# THE WESTERN CANON

# 西方正典

[美国] 哈罗德·布鲁姆 著

江宁康 译

译林出版社

图书在版编目（CIP）数据

西方正典：伟大作家和不朽作品／（美）布鲁姆（Bloom, H.）著；江宁康译. —南京：译林出版社，2015.10（2022.12重印）
（阅读指南丛书）
书名原文：The Western Canon
ISBN 978-7-5447-5545-0

Ⅰ.①西… Ⅱ.①布… ②江… Ⅲ.①文学评论－西方国家 Ⅳ.①I106

中国版本图书馆 CIP 数据核字（2015）第 141470 号



著作权合同登记号　图字：10-2016-502 号

**西方正典［美国］哈罗德・布鲁姆／著　江宁康／译**

责任编辑　李瑞华　于伊莎
装帧设计　周伟伟
责任印制　单　莉

原文出版　Riverhead Books,1994
出版发行　译林出版社
地　　址　南京市湖南路 1 号 A 楼
邮　　箱　yilin@yilin.com
网　　址　www.yilin.com
市场热线　025-86633278
排　　版　南京展望文化发展有限公司
印　　刷　江苏苏中印刷有限公司
开　　本　880 毫米 × 1230 毫米　1/32
印　　张　16.625
插　　页　2
版　　次　2015 年 10 月第 1 版
印　　次　2022 年 12 月第 10 次印刷
书　　号　ISBN 978-7-5447-5545-0
定　　价　78.00 元

# 译者前言

哈罗德·布鲁姆是美国耶鲁大学英语系的资深教授，也担任过哈佛大学和纽约大学的英语系教授。他自幼喜好读书，迄今著作等身，被人们称为“百科全书”式的文学批评家。他的文学批评以观点鲜明、分析细腻著称；而他的西方文学造诣更是博大精深，对西方各国文学经典之间的相互传承和影响关系有不凡的见识。1994年，他应美国伯克利出版集团的邀请出版了《西方正典》一书，阐述了自己对于西方文学经典之作的独特见解。布鲁姆在该书中深入分析了从但丁到贝克特等二十几位西方文学大师的经典著作，其所评所论常使人有触类旁通、耳目一新之感。布鲁姆的著作，尤其是《西方正典》，迄今仍是美国主要大学英语系和比较文学系的必读教科书或参考书，一版再版，读者众多。可以说，《西方正典》就是布鲁姆一生读书经验的生动总结，其中传达的思想智慧和审美品位足以启迪后学发奋，令人受用匪浅。

布鲁姆从七岁起就开始接触西方文学名著，他的文学素养使他对文学的审美价值和语言艺术的重要性深信不疑，并对唯美主义的艺术观念青睐有加。德国哲学家康德认为，审美活动是非功利性的，审美判断更多地是主观的心理功能；在想象性艺术中，天才就是表达超出自然的审美意象的能力。这些观点对自幼饱读西方经典的布鲁姆来说，显然是易于接受的，所以他在《影响的焦虑：一种诗歌理论》(1973)一书中明确提出了“审美自主性”(aesthetic autonomy）的原则，并且强调：“审美只是个人的而不是社会的关注。文学批评作为一门艺术，总是并仍将是一种精英现象。……只有审美的力量才能渗入经典，而这力量又是由娴熟的文学语言、原创性、认知能力、知识以及丰富的词汇所组成。”这些观点成了布鲁姆文学批评思想的核心。从方法论上看，布鲁姆的批评思想包含了德·曼关于审美阅读和修辞阅读的二分法，但他与德·曼等人的解构思想在本质上的“差别要远远多于相似”。由于他同时对文本的语言形象和修辞手法极为重视，他的审美批评在实践上体现了克罗齐的美学观，即把审美认知看作为直觉的和分析的两种活动：一方面以审美的眼光来领悟作品形象，另一方面以艺术的眼光来分析语言风格。于是，他把审美感受和语言特征当作自己文学批评的主要关注对象，在批评实践上也以此作为两个基本的分析角度。

在弗洛伊德著作的影响下，布鲁姆进一步提出了“影响的焦虑”这个重要的观点。布鲁姆认为，任何作家都会受到前辈文学名家和经典名作的影响，这种影响正如弗洛伊德所说的是那种“熟悉的、在脑子里早就有的东西”，但是这种影响也会使后人产生受到约束的焦虑。这种唯恐不及前辈的焦虑常常会使后来者忽略了文学自身的审美特征和原创性，并让自己陷入前人文本的窠臼而不得出，这就是布鲁姆所谓的“面对前代大师的焦虑”。能否摆脱前代大师们的创作模式而建立起自己的创作特色并形成新的经典，这就是天才和庸才的根本区别。在这个过程中，只有少数作家才能克服或“否定”这种“影响的焦虑”，并以自己的审美原创解放自己的艺术创造力。布鲁姆还指出，没有文学影响的过程，即一种令人烦恼的学习传统的过程，就不会有感染力强烈的经典作品出现，所以经典本身就意味着影响的焦虑的存在。所谓“影响的焦虑”实际上提出了一个关于传统和艺术创造个性的问题，或者说是关于“审美原创性”和文化传承性之间的矛盾，其核心是作家如何避免因循文学传统而又不失“崇高”的美学价值的问题。布鲁姆接受了英国美学家佩特的看法，把浪漫主义定义为使美感增加陌生性（strangeness）效果的艺术，并认为这个观点适于所有的西方经典作品。于是，他把从但丁的《神曲》到贝克特的《终局》这一文学历史发展过程看作为一个从陌生性到陌生性的不断发展过程。他认为，这种陌生性是一种无法习得的审美原创性，只在少数天才作家身上才会产生，而只有莎士比亚等人才能把人情风俗的"陌生化"推向经典的高度。

维柯曾在《新科学》一书中提出了历史循环论的三个阶段，即神权的、贵族的和民主的（或神的、英雄的和人的）三个循环阶段，每个新的神权阶段将会随着一场大混乱再次出现。布鲁姆的《西方正典》一书直接借鉴了维柯的历史三分法来划分西方文学经典史。他认为，神权时代、贵族时代、民主时代和混乱时代是依次发展的过程：神权时代是产生荷马史诗、神话与宗教经典的时代；贵族时代上起但丁而下到歌德为止；民主时代主要发生在十九世纪欧美诸国；而二十世纪则是一个混乱时代，一切文学规范开始被打破，但这又预示了一个新的神权时代（或一个"网络"的神权时代）就要来临。布鲁姆的这一文学循环论其实在加拿大文学批评家弗莱的《批评的剖析》（1957）中已有表述，如弗莱把西方文学史分为传奇的、喜剧的、悲剧的和讽刺的几个循环阶段。布鲁姆重建西方经典的做法与他对美国文学现状的悲观看法有关。他认为当今西方文学界已是万物破碎、中心消解，仅有低劣的文学和大众的趣味到处蔓延。出于抗衡时代"流弊"的愿望，他要以"美学价值"为核心重建经典的历史，并把"崇高"的审美特征当作经典作家和作品的根本标志。布鲁姆在《西方正典》中以西方经典作家论来建构一部自文艺复兴迄今的文学史，这种纪传体编史结构加上国别间文学的影响研究，构成了一部恢宏的西方文学史。在《西方正典》这部书中，作者除了对二十六位西方文学名家的专门论述外，还列举了一个从古埃及文明和两河流域文明开始直到当代美国文学的世界文学经典作品目录，其中包括约三百四十多位作家和一千二百多部代表作品，并把一些小民族如匈牙利和新西兰，以及亚、非、拉等国家的文学名作都包容了进来。布鲁姆在审美体验和文本细读基础上所做的文学经典比较研究，对我们建立新的比较文学研究视野无疑有重要的借鉴意义。

布鲁姆的文学经典研究实际上具有鲜明的"针对性"，即他对当代的一些流行批评理论持反对态度，例如他把女性主义、新马克思主义批评、拉康的心理分析、新历史主义批评、解构主义及符号学等都视为"憎恨学派"（School of

Resentment)，因为这些批评观念常常主张颠覆以往的文学经典，并特别重视社会文化的问题。布鲁姆也反对大众文化对文学经典的侵蚀，所以他把《哈利•波特》的流行和斯蒂芬•金获得美国国家图书奖看作是当今“英语界和西方文化界里所发生的最为可怕的一件事”。在这种近似愤世嫉俗的批评话语里，我们能看到当代美国文学批评中的内在矛盾，即以布鲁姆为代表的坚持审美理想和精英道路的批评倾向与当代各种介入社会生活的批评倾向，如女性主义和族裔身份研究等文化批评倾向之间产生的理论和方法的冲突。布鲁姆坚持重建文学审美理想的意图在一些批评家看来是“不能被广泛认可，而只能被一批隐退的精英们所滋养的”期望。但是，布鲁姆执着的审美理想及其批评实践在美国学界的影响相当广泛，他的“对抗性批评”(antithetical criticism)也就有了重要的现实意义。

布鲁姆以对抗性的批评来贬低大众文学和文化研究，同时大力开展重建经典的事业，但他也不能不遇到一个自己预设的文学史规律的前提：竞争。如果说文学经典都是亘古不变的，是一以贯之的，那么，我们只要跟着古人走就行了，如十七世纪欧洲的宫廷趣味的诗歌当时要比莎剧更为精英们认可。正是有了精英文学和通俗文学的竞争，文学的经典才能在历史发展中不断吐故纳新，过去的通俗才会变成今日的经典，这也是莎剧的历史写照。所以，否认大众文化与文学经典的互相作用，实际上也就否认了“竞争”的普遍性，因为文学的经典化和大众化其实是一个相互影响和建构的历史发展过程。实际上，美国文学史的近年发展也在重建着经典，如《诺顿美国女作家文学选集》(1985)的出版和通俗文学作品堂而皇之地进入文学史之中等等。布鲁姆的早期论文《普罗米修斯的复兴：浪漫主义诗歌产生的背景》也是一个很好的例子，其中不但对浪漫主义诗歌，也对十八、十九世纪的英国社会、政治和经济进行了细致的探讨。可以说，文学的社会性和文学的审美性实际上是相辅相成的，文学经典的构成和意义也会随着社会变革而变动和发展。

要求重申文学审美功能的批评倾向主张深化对文学经典的研究，尤其是对作品本身语言风格的阐释等等，这也为当代文学批评带来了多样化的视野和方法。布鲁姆最近在重释《哈姆雷特》剧本时再次表现出这种倾向，如他提出:这一出戏所表现的“既不是对死者的哀悼也不是对生者的复仇,而是最大限度地表现了哈姆雷特所意识到的、无边无际的自我内在意识的挣扎”。不可否认,布鲁姆的审美批评倾向代表了一种文学精英主义的批评思想,与其相似的还有克里斯托弗•克劳森对多元文化的质疑和约翰•波宁等人对当代文学批评的抨击,如波宁就质疑了后殖民主义批评“对差异和复杂性的盲目崇拜”等问题。已故的爱德华•萨义德在比较福柯和布鲁姆时曾敏锐地指出,前者关注的是一个“文化的世界”,而后者关注的是一个“艺术的世界”。这真是一语中的。我们在认识当代美国文学批评时,抓住审美与文本的批评和社会与文化的批评这两者之间的矛盾,也就抓住了当代批评与理论发展中的一个核心问题。布鲁姆的对抗性批评也好,他所指责的文化研究也罢,其实都是当代美国,甚至是西方文学理论发展中两个此消彼长的传统,即柏拉图派和亚里士多德派之争的继续,正如布鲁姆所说,福柯和新历史主义等表现的只是“柏拉图主义漫长历史上的一段小插曲”而已。不过,布鲁姆的文学批评思想是十分复杂的,他关于审美自主性、影响的焦虑与创造性误读、文学经典重构和对抗性批评等一些重要的批评观念和理论在美国学界的影响绝不容忽视。他的批评思想和实践为我们认识当代美国文学批评的全貌提供了丰富的材料,也为我们深入认识西方文学史和比较文学史提供了一个独特的视野。

布鲁姆的渊博学识来自于他一生饱读诗书的经验,也得自于他不流俗见的独立思考品格。在当今电子媒介铺天盖地而来之际,他仍然坚持着阅读纸质经典作品的立场,因为只有书本的文字可以使人一读再读、反复思忖、豁然领悟。所以说,《西方正典》不仅是一部西方文学经典佳作的艺术画卷,而且是一部当代学者毕生阅读的感悟体验。在时代呼唤“全民阅读”的氛围中,《西方正典》在开阔读者视野、表现文字之美、传达阅读愉悦、陶冶思想情操等等方面确实是一部益智怡人的经典大作。

# 目　录

## 民主时代



## 混乱时代



## 排列经典

# 中文版序言

正如我一些失明的朋友所证实的，阅读在其深层意义上不是一种视觉经验。它是一种认知和审美的经验，是建立在内在听觉和活力充沛的心灵之上的。我在这里不是要做关于阅读的说教，因为那样我就是在对可教者劝喻，而且我有时惟恐会变成有关如何及为何阅读的传道士。英国有一位马克思主义拉拉队的头领竭力鼓噪，要称我为阅读复兴主义的吉米•斯瓦加牧师。我要是有一点那位不可思议的斯瓦加所具有的奇特能量也好啊！不，我本意不是去重现早年的记忆，那从八岁到十五岁之间的经历，当时我在布朗克斯图书馆麦尔罗斯分部获得了某种新生。说来难免带有感情色彩和怀旧思绪，因为回忆那七年之久的小读者经历要使我一下子倒退六十五年。在我将近七十二岁之时，我日益感到自己一生主要的成长经验始于七岁那年，当时我说服了我的两个姐姐带我去公共图书馆，实际上是每天都去。她们已到了可以领取图书证的年龄。我是家里的老小，一个小调皮，所以她们对我呵护有加，和我一起来回奔走，每人都夹着一堆书。

我记得那里的书借期是两周，并可续借一次。我最喜爱的诗人有：哈特•克莱恩、华莱士•斯蒂文斯、威廉•巴特勒•叶芝、威廉•布莱克，以及雪莱和济慈等人，我焦虑地盼来四周后还书和借书的日子，那时我眼睛紧盯着书架上我喜爱的那些书，生怕别人在我再借一次之前把它们取走。我想，正是对这些名篇佳作的极端喜好才激起我对如今屏幕上的东西即电子书籍之类不屑一顾。我喜欢那些向往已久的书籍的纸张、外观、重量、手感、印刷，甚至是书页空白，如华莱士•斯蒂文斯的《风琴》与《秩序的理念》、哈特•克莱恩的《诗集》、纳萨奇版的威廉•布莱克作品、叶芝的《最后的诗篇和戏剧》，还有旧的深蓝封面的牛津版雪莱、济慈、丁尼生、布朗宁和华兹华斯等人的作品。

大约两年前，太卫•瑞尼克劝我在一场关于"电子书籍"的研讨会上做一次演讲，他幽默却不太准确地把这次研讨会定名为"下载或死亡！"(Download or Die!)。我记得自己对一群出版商、编辑和记者们说到，当我们从卷轴书进步到手抄本，再到印刷装订书籍时，那是一个巨大的文化发展过程。在我演讲并预言大量投资电子书籍的出版商们会遇到经济灾难时，我的头脑里充满了那些诗卷的可爱形象，那些诗卷伴我度过了童年，成了我幼时周遭乏味环境中的光辉偶像。当时我的左邻右舍都是东欧移民和他们的孩子。我们在家里和街上都说意第绪语；而我在五岁半上小学前从没听过英语。作为一个极少耐心的读者，我有着疯狂的阅读速度和记住任何我所喜欢的东西的超凡能力。我是自学英语阅读的，当时还不知如何发音。所以直到今日，我的语音仍有自己独特的腔调，我通常更多地依赖眼睛而不是耳朵。

也许你们已经知道，在二十世纪最后三分之一的时间里，我对自己专业领域内所发生的事一直持否定的看法。因为在现今世界上的大学里文学教学已被政治化了：我们不再有大学，只有政治正确的庙堂。文学批评如今已被"文化批评"所取代：这是一种由伪马克思主义、伪女性主义以及各种法国/海德格尔式的时髦东西所组成的奇观。西方经典已被各种诸如此类的十字军运动所代替，如后殖民主义、多元文化主义、族裔研究，以及各种关于性倾向的奇谈怪论。如果我是出生在1970年而不是1930年的话，我就不会以文学批评家和大学老师为职业，就算我有十二倍的天赋也不会作此选择。但是，正如我在一些完全乱套的大学中对怀有敌意的听众所说的，我的英雄偶像是萨缪尔•约翰逊博士，不过即使是他，在如今大学的道德王国里也难以找到一席之地。

我对布朗克斯公共图书馆麦尔罗斯分部记忆犹新的是，那些藏书中的核心部分都是基于审美和认知的考虑而遴选的。如果我不是在1938年而是在

1998年怯生生地在那里跌跌绊绊走动的话，那我会发现有什么东西可用来陶冶自己呢？三年前，当我在政治正确的斯坦福大学于一阵骚动之后开始讲座时，我学会了对这类事情略加防范，所以如今我也注意避免冒犯这里的任何人。在斯坦福讲演是我在耶鲁以外的大学里最后一次露面，我说，如果一张桌子或书桌在运输途中脱落了几条腿，购买者是不会不要求退款的。而我们这些人现在在斯坦福以及其他地方却要得意地向人们推荐或布置阅读那些已经掉了腿的书籍，仅仅是因为这些称不上是书的读物是由一些有特殊身份、性别、性欲倾向和族裔背景的人所写，或是涉及到那些流行于学界和媒体的憎恨政治中的东西。我不认为自己的言论有任何政治色彩。在这个宗教战争不断的年代里，我们有一位总统正在统治着我们，他曾吹嘘说自己从没完整地读过一本书。于是，在对靠掉书袋而写成的书大加赞扬的人和自诩半文盲的领导人的崇拜者之间，你几乎是别无选择。我们正处在一个阅读史上最糟糕的时刻，各家图书馆也难逃此劫。我被一再地告诫说，孩子们读什么无关紧要，只要他在读书就行，不管他读的是哈利•波特还是斯蒂芬•金。对这种说法我不敢苟同，因为学着去读《哈利•波特》会使你进而要去读斯蒂芬•金的小说，这也正是后者在评论最新的《哈利•波特》时得意地宣称的。这篇评论发表在反文学的《纽约时报周日书评》上。

诚实迫使我们承认，我们正在经历一个文字文化的显著衰退期。我觉得这种发展难以逆转。媒体大学（或许可以这么说）的兴起，既是我们衰落的症候，也是我们进一步衰落的缘由。

**哈罗德•布鲁姆**

**2004年10月**

# 序言与开篇

无可避免地带着一种怀旧之情，本书研究了二十六位经典作家，并试图辨析使这些作家跻身于经典的特性，即那些使他们成为我们文化权威的特性。“审美价值”常常被视为康德的一个观念而不是一种现实存在，但我在一生的阅读中却从未有过如此的经验。不过，如今学界是万物破碎、中心消解，仅有杂乱无章在持续地蔓延。那些所谓的文化战争与我无涉，我对当前低劣状况的指陈将在第一章和最后一章里表述。此处我要做的是解释本书的结构，并且说明为何我要从数百个往昔公认的西方经典作家中遴选出二十六位代表人物。

维柯曾在《新科学》一书中提出三阶段的循环理论，即神权、贵族和民主三个阶段的循环，每个新的神权时代将会在一场大混乱后最终出现。乔伊斯曾在《芬尼根守灵》中庄谐并用地借鉴了维柯的理论来结构全书，我也如此这般地遵循《守灵》的风格，只是将神权时代的文学略而不论。我的历史叙述始于但丁而终于贝克特，不过我并未严守年表的顺序。由此，我将莎士比亚作为贵族时代的第一人，因为莎氏实乃西方经典的核心人物；我随之将莎氏放在与几乎所有其他作家的关联中进行审视，因为乔叟和蒙田影响过他，而他也影响了诸如弥尔顿、约翰逊博士、歌德、易卜生、乔伊斯及贝克特等人；与他有关的还有那些试图反对他的人，特别是托尔斯泰和弗洛伊德，后者既利用了莎士比亚却又坚信是牛津伯爵为那个“斯特拉福镇小子”捉刀代笔。

本书对作家的选择并非像看上去的那样是随意而为。所选作家的理由是他们的崇高性和代表性：因为一本书可以论述二十六位作家，却容纳不下四百位人物。当然，自但丁以降的主要西方作家均已在此，他们包括乔叟、塞万提斯、蒙田、莎士比亚、歌德、华兹华斯、狄更斯、托尔斯泰、乔伊斯和普鲁斯特。但是为何不选彼特拉克、拉伯雷、阿里奥斯托、斯宾塞、本•琼生、莱辛、斯威夫特、卢梭、布莱克、普希金、麦尔维尔、贾科莫•莱奥帕尔迪、亨利•詹姆斯、陀思妥耶夫斯基、雨果、巴尔扎克、尼采、福楼拜、波德莱尔、布朗宁、契诃夫、叶芝、D. H.劳伦斯和其他许多人呢？因为我实际上是在论述代表各个民族之经典的人物：英国的乔叟、莎士比亚、弥尔顿、华兹华斯和狄更斯；法国的蒙田和莫里哀；意大利的但丁；西班牙的塞万提斯；俄国的托尔斯泰；德国的歌德；西班牙语美洲的博尔赫斯和聂鲁达；美国的惠特曼和狄金森。主要剧作家是莎士比亚、莫里哀、易卜生和贝克特；主要小说家是奥斯汀、狄更斯、乔治•艾略特、托尔斯泰、普鲁斯特、乔伊斯和伍尔夫。约翰逊博士的入选在于他是西方最伟大的文学批评家，迄今难有与之比肩者。

维柯并不认为在第二个神权时代到来之前会是一个混乱时代，而我们这个时代虽然号称继续处于民主时代，称其为混乱时代却实在恰当不过。这个时代的关键作家是弗洛伊德、普鲁斯特、乔伊斯和卡夫卡：他们的个人风格代表了时代的文学精神。弗洛伊德曾自称是一个科学家，但是他将像蒙田或爱默生那样作为一个伟大的散文家而流传于世，因为他创立的治疗方法已被贬斥为漫长巫术史上的一段插曲。我很希望能为更多的现代诗人留下篇幅，而不仅仅是聂鲁达和佩索阿，但我们时代的诗作无法比肩《追忆似水年华》、《尤利西斯》或《芬尼根守灵》，也比不上弗洛伊德的散文或卡夫卡的寓言故事。

对于这二十六位作家，我试图直陈其伟大之处，即这些作家及作品成为经典的原因何在。答案常常在于陌生性(strangeness)，这是一种无法同化的原创性，或是一种我们完全认同而不再视为异端的原创性。沃尔特•佩特曾把浪漫主义重新定义为使美感增加陌生性，但我认为他的定义并不限于浪漫主义，而是适用于所有的经典作品。从《神曲》到《终局》的成就实际上就是从陌生性到陌生性的循环。当你初次阅读一部经典作品时，你是在接触一个陌生人，产生一种怪异的惊讶而不是种种期望的满足。当初次阅读《神曲》、《失乐园》、《浮士德·第二部》、《哈吉·穆拉特》、《彼尔·京特》、《尤利西斯》及《漫歌》等作品时，人们将体会到它们共有的怪异特征，它们使你对熟悉环境产生陌生感的能力。

作为迄今为止最伟大的一位文学巨匠，莎士比亚却经常给我们相反的印象：他让我们不论在外地还是在异国都有回乡之感。他的感化和浸染能力无人可比，这对世界上的表演和批评构成了一种永久的挑战。令我感到荒谬和遗憾的是，当今的莎士比亚评论，从文化唯物主义（新马克思主义）、新历史主义（福柯）到女性主义，无不放弃直面此种挑战。莎氏评论已完全背离了莎作的审美价值高度，并试图将他降低到英国文艺复兴时期的“社会动力”层面上去，似乎李尔、哈姆莱特、伊阿古及福斯塔夫这些人物的创造者与约翰·韦伯斯特和托马斯·米德尔顿之间没有真正的差别。英国最好的批评家柯莫德在《关注的形式》（1985）一书中提出了一个警告，这是我所知道的有关经典命运，或者说首先是有关莎士比亚命运的最清楚警告：

> 经典，它不但取消了知识和意见的界限，而且成了永久的传承工具；不过，经典无法抗拒理性，也就当然能被解构。如果人们对经典不以为然，他们也可以设法去摧毁它。虽然很难看到学术机构，包括招生机构，可以抛弃经典而正常运行，但捍卫经典再也不能由中心体制的力量来进行，也不能由必修课来延续。

一如柯莫德指出的，摧毁经典的方法唾手可得，而且此事确实进展迅速。不过本书一再清楚地表明，我并不关注近来有关经典的辩论。这场辩论发生在右翼的经典保卫者和学术新闻界之间。前者希望为了假想的（并不存在的）道德价值而保存经典；后者我称之为“憎恨学派”，他们希望为了实行他们所谓的（并不存在的）社会变革而颠覆现存的经典。我希望本书不会成为一曲西方经典的挽歌，或者在某个时刻会有一种逆转，旅鼠们不会再成群结队地自坠山崖。对在书末列举的经典作家，特别是我们这个世纪的作家，我已大胆地对他们的传承可能作了小小的预测。

一部文学作品能够赢得经典地位的原创性标志是某种陌生性，这种特性要么不可能完全被我们同化，要么有可能成为一种既定的习性而使我们熟视无睹。但丁是第一种可能性的最好例子；莎士比亚则是第二种可能性的绝佳榜样。充满矛盾的惠特曼则常在这一悖论的两边徘徊。莎氏之下最伟大的既定经典代表要算希伯来《圣经》的最初作者，十九世纪圣经学界称之为“耶和华文献作者”（Yahwist）或“J”的那个人。（“J”是从希伯来语 Yahweh 的德语拼音而来，或源于英语的 Jehovah，系一时的拼法错误。）与荷马一样，J 是指某个人或某些人，其真实身份已湮没于时间之中，但似乎早于荷马而生活在三千多年前的耶路撒冷附近，或在那时被创造出来。我们无法知道 J 究竟是谁；但基于纯粹文字文本和主观的理由，我思忖 J 也许是所罗门王宫廷中的一位女官，当时的宫廷是精英文化之所，弥漫着宗教怀疑论和心理学诡辩的氛围。

有一位敏锐的批评家指责我在《J 书》里没有直截了当地证明 J 就是母后拔示巴，一位希提特族妇女，大卫王把她纳入内宫并使她的丈夫乌利亚轻易地殒命于战场。我很高兴后来采纳了如下假设：所罗门之母拔示巴是一位可钦佩的候选作者。如此假设可使“耶和华篇”中她对所罗门灾难性的儿子和继承人罗波安的阴郁看法得到充分的解释；据此也可理解她对希伯来长老们充满了讽刺的描写，以及她对某些长老妻子和像夏甲与他玛那样的外来女性的喜爱。不仅如此，极具 J 式讽刺意味的是那位写出最终成为犹太圣典的著作的人不是以色列人，而是一位赫梯妇女。所以我在下文中间或把耶和华文献作者称为 J 或拔示巴。

作者 J 是我们现在所说的《创世记》、《出埃及记》和《民数记》的原始作者，但她的作品经过了五个世纪的审查、修改，经常的废止和一连串编辑中的歪曲，最后在从巴比伦流亡归来时期由以斯拉或他的某个学生毕尽全功。修改者包括僧侣和虔诚的抄写者们，他们似乎被拔示巴描写耶和华时的随意嘲讽所冒犯。J 的耶和华是人类——太有人性了：他吃吃喝喝，还经常发脾气，喜欢寻衅开心，嫉妒心重、报复心强，自诩公正却不断徇私；在将祝福从一位精英身上转移到整个以色列人时，他又变得神经质似的焦虑不安。在他引领着那群疯狂痛苦的人穿过西奈荒野时，他变得对己对人都如此疯狂和危险。这些就是作者J要被视为所有作者中最为渎神的原因。

就我们所知，J的传奇在耶和华亲手埋葬他的先知摩西于一座无名冢时结束，而那位历经磨难的以色列领袖却不能对那“应许之地”多看一眼。拔示巴的杰作就是对耶和华和摩西关系的描写，这段叙述既非讽刺也非悲剧，而是从耶和华出人意料地挑选那位不情愿的先知开始，到他毫无缘由地杀害摩西，再到随之而来的痛苦折磨着上帝和他的选民。

神性与人性的爱恨纠葛是J的一大创造，是那种持续久远以致我们难以察觉的原创性的又一标志，因为拔示巴讲述的故事已经深入人心。产生经典的这种原创性所隐含的强大冲击使我们认识到，不论虔诚的修订者们如何拼凑，西方世界犹太人、基督徒等对上帝的崇拜只是对一个文学人物的崇拜，即J的耶和华而已。我所知道的可与之相比的震惊有两个：一是基督徒敬爱的耶稣也是《马可福音》的作者杜撰的一个文学人物；二是当我们颂读《古兰经》并聆听唯一的安拉的声音时，这个声音是由其先知穆罕默德大胆地详细记录下来的。也许有一天，或正好是二十一世纪的某一天，当摩门教至少成了美国西部的主要宗教时，我们的后来人将会经历第四个冲击，即他们会遇到真正的美国先知约瑟夫·史密斯在他的《天价珍宝》及《教义和约法》中所大胆描写的那些明确的形象。

经典的陌生性并不依赖大胆创新带来的冲击而存在，但是，任何一部要与传统做必胜的竞赛并加入经典的作品首先应该具有原创魅力。我们的教育机构里现在充斥着理想主义的恨世者，他们责难文学及生活中的竞争；但是所有的古希腊人都认为，审美与竞争是同一的，布克哈特和尼采也重新发现了这一真理。荷马所教授的也是争斗的诗学，而他的对手赫西奥德却是首先学到这一课的。批评家朗吉努斯认为，柏拉图全部的哲学生涯就是与荷马无休止的争斗，因为荷马被从《理想国》里驱逐出去了；然而，驱逐的企图是徒劳的，因为是荷马而不是柏拉图长存于希腊人的学校课本里。斯特凡·格奥尔格认为，但丁的《神曲》是“世代相传的书和学校”；这种说法过去对诗人可能更合适，现在也可恰如其分地用于形容莎士比亚的戏剧，而本书通篇都会证实此说。

当代作家不愿被告知他们必须与莎士比亚和但丁竞争，但这种竞争正是乔伊斯成名的原因，他的伟大声誉在现代西方作家中只有贝克特、普鲁斯特和卡夫卡可以媲美。品达永远是文学成就的基本原型，他歌颂贵族竞技者神一般的胜利，同时隐含地表明他的胜利颂歌本身就能战胜每个可能的竞争者。但丁、弥尔顿和华兹华斯都重复了品达的赛跑获胜这个关键隐喻，赢得棕榈叶是俗世的不朽事业，却奇怪地与任何虔诚的理想主义格格不入。人们尽力表示敬意的“理想主义”正是当今学院里的风气，在保持社会和谐与矫正历史不公的名义下，所有美学标准和多数知识标准都被抛弃了。实际上，“经典的传播”就意味着经典的消亡，因为我们正在讲授的并不包括那些最好的女性作家以及非裔、西裔和亚裔作家的作品，却包含了那些只是以怨恨为共同特征的作品。在这种怨恨中是没有陌生性和原创性的；即使有，那也不足以创造出耶和华文献作者与荷马、但丁与莎士比亚、塞万提斯与乔伊斯的传人。

作为“影响的焦虑”(the anxiety of influence)这个批评概念的首倡者，我很高兴看到，“憎恨学派”一再坚持这个观点只适用于“已死的欧洲白人男性”，而不适用于女性和我们奇怪地称为“文化多元主义者”的人。于是，女性主义的领头鼓吹者宣称，女性作家好比被褥缝纫工一样亲密地合作；而非裔和西裔文学活动家则进一步强调他们未受到任何文化污染之害，他们每一个人都似清晨的亚当一样纯洁。他们似乎是亘古未变历来如此：自我创造、自我生息并自具伟力。不管这些说法如何自欺欺人，它们若出自诗人、剧作家和小说家之口都是可以理解的和正常的。但是这些断言如来自所谓的批评家，那么其中的乐观言论既不真实也无趣味，而且有悖于人类的天性和文学的本质。没有文学影响的过程，即一种令人烦恼并难以理解的过程，就不会有感染力强烈的经典作品出现。在我的影响理论受到攻击时，我无法真正确认它，因为攻击者从未恰当地解释我的观点。正如本书有关弗洛伊德的章节所表明的，我倾向于莎士比亚式地解读弗洛伊德，而不是弗洛伊德式地解读莎士比亚或其他作者。影响的焦虑无关真正的或想象的父亲是谁，它是借助于诗歌、小说或戏剧并在它们之中出现的一种焦虑。任何强有力的作品都会创造性地误读并因此而误释前人的文本。一位真正的经典作家或许会或许不会把这种焦虑在作品中予以内化，但

这无关大局:强有力的作品本身就是那种焦虑。彼得•德波拉在《论历史修辞学》一书中清楚地表达了这种观点:

> 作为对影响的描写，弗洛伊德式家庭罗曼司代表了一种极为牵强的解读。对布鲁姆而言,"影响"既是一个确定诗学传统的比喻范畴,又是一个心理、历史和意象关系的复合体。……影响是解说文本之间关系的,它是一种互文现象。既是内在的心理防备——诗人的焦虑体验——又是外在的文本之间的历史关系,它们是误读或诗学误解的结果而非原因。

毫无疑问，上述精当概括对于不熟悉我有关文学影响问题的思考的人也许略显晦涩,但德波拉给了我一个较好的出发点,即由此开始审视正在受到威胁的西方经典。要想在丰富的西方文学传统中一再取得重大的原创性,人们就必须承担影响的分量。传统不仅是传承或善意的传递过程,它还是过去的天才与今日的雄心之间的冲突,其有利的结局就是文学的延续或经典的扩容。这一冲突既不能通过社会关怀来解决,也不能由任何急躁的理想主义者来评判,或被马克思主义者"让死者埋葬死者"的口号所消弭,更不能被主张以图书馆代替经典和以档案代替探究精神的博学家所化解。诗歌、故事、小说和戏剧产生于对先前的诗歌、故事、小说和戏剧的反应,这种反应依赖于后辈作家的阅读和阐释活动,这些活动又与新的创作相一致。

对前人作品的解读需要一定的防范意识，因为对前人作品一味赞扬会抑制创新,而且不仅仅是出于心理学的原因。这个问题不涉及俄狄浦斯式抗争,而是由强有力的、原创性的文学想象的本质所决定的:形象化语言及其种种变化。新的隐喻或别致的比喻总是要脱离已有的用法,这种脱离取决于至少要部分地摒弃或反对先前的比喻。莎士比亚以马洛为起点,早期莎士比亚式的反派主角模式,如《泰特斯•安德罗尼克斯》和《理查三世》中的摩尔人亚伦十分接近马洛笔下的马耳他犹太人巴拉巴斯。当莎士比亚创作了威尼斯的犹太人夏洛克时,笑剧反角道白的隐喻基础就彻底改变了,夏洛克是对巴拉巴斯的重大误读或创造性误释;而摩尔人亚伦则更接近于重复巴拉巴斯,特别是在形象化语言的层次上。可是当莎士比亚创作《奥赛罗》时，马洛的所有痕迹都消失了：可以看出，伊阿古的自得其乐的恶行远比过分自鸣得意和神气活现的巴拉巴斯在形象上更细腻、更精巧。伊阿古与巴拉巴斯的关系显示出莎士比亚对前人马洛的创造性误读完全获得成功。莎士比亚是一个独特的例子，前辈们与他相比无不略逊一筹。就《马耳他的犹太人》和《帖木儿》而言，《理查三世》显示了一种影响的焦虑，不过莎士比亚仍在探索。到《亨利四世》(上)中出现了福斯塔夫，这种探索才算完成，于是马洛就成了舞台上和生活中都不必遵行的方式。

莎士比亚之后的作家中相对而言不被影响的焦虑所左右者屈指可数：弥尔顿、莫里哀、歌德、托尔斯泰、易卜生、弗洛伊德和乔伊斯；莎士比亚对除莫里哀之外的这些作家来说都是个问题，而这正是本书力图表明的。伟人总是惺惺相惜，但也会为之所误。莎氏写出了西方传统中最好的诗文，在他之后写作是一种复杂的定数，因为一切要素中，如人物的表现、记忆在认识中的作用、语言中指代新意的种种隐喻等，以原创性尤为难得。但莎士比亚对这一切都驾轻就熟，任何心理学家、思想家或修辞学家都无法与他相比。维特根斯坦虽然讨厌弗洛伊德，两人在怀疑和维护莎士比亚时却很相似，莎氏对于哲学家(维特根斯坦)一如对于心理学家(弗洛伊德)，都是一种冒犯。就原创性的认识来说，哲学史上还无人可与莎氏相比；维特根斯坦透露出的迷惘既诙谐又深刻：莎氏所表现的思考与思考本身之间的真正区别何在？诚如澳大利亚诗人兼批评家凯文•哈特所说的，“西方文化从希腊哲学中吸收了观念性词汇，我们一切有关生与死或有关形式与内容的言谈都与这个传统不可分”。但是，观念实际上会超越词汇，所以我们必须提醒自己：莎士比亚很少依赖哲学，他比柏拉图、亚里士多德、康德、黑格尔、海德格尔及维特根斯坦等人对于西方文化更为核心。

近来我在维护审美自主性时颇觉孤单，但最好的维护还是阅读《李尔王》并观看随后的精彩演出的经验。《李尔王》并非出自某个哲学危机，它的魅力也不是某种程度上由资产阶级体制促生的神秘化所能解释的。如果某人坚持文学不必依赖哲学，或审美无关意识形态和形而上学，那他就会被看作一个怪人：这种情形标志着文学研究的堕落。审美批评使我们回到文学想象的自主性上去，回到孤独的心灵中去，于是读者不再是社会的一员，而是作为深层的自我，作为我们终极的内在性。一位大作家，其内在性的深度就是一种力量，可以避开前人成就造成的重负，以免原创性的苗头刚刚崭露就被摧毁。伟大的作品不是重写即为修正，因为它建构在某种为自我开辟空间的阅读之上，或者此种阅读会将旧作重新打开，给予我们新的痛苦经验。许多原创作品并非原创，而是爱默生式的反讽让位于爱默生式的实用主义：创新者知道如何借鉴。

影响的焦虑使庸才沮丧却使经典天才振奋。使混乱时代三位最有活力的美国作家——海明威、菲茨杰拉德和福克纳——紧密联系起来的是康拉德对他们的影响，但他们又通过把康拉德和美国文学先驱结合在一起而巧妙地调和了他的影响：海明威借鉴了马克·吐温，菲茨杰拉德借鉴了亨利·詹姆斯，福克纳则借鉴了麦尔维尔。同样巧妙的借鉴也见于 T. S. 艾略特对惠特曼和丁尼生的承继，埃兹拉·庞德对惠特曼和布朗宁的融合，以及哈特·克莱恩从艾略特又转向惠特曼等。创造力强的作家不是选择前辈，而是为前辈所选，但他们有才气把先辈转化到自己的写作之中并使他们部分地成为想象性的存在。

在本书中，我不直接关注所涉及的二十六位作家之间的互文关系，我的目的是把他们当作整个西方经典的代表，不过毫无疑问，我对影响问题所具有的兴趣随处可见，有时甚至是不完全自觉的。强力的文学无法驱除对有关的先辈之作和权威之作所产生的焦虑，不论它是否想要与之竞争。虽然多数作家拒绝理解文学影响的过程，或试图把它们理想化为全然的宽容和善行，但是随着经典的历史不断延伸，竞争和浸染中的黑暗一面也日益增强。一首诗、一部戏剧或一部小说无论多么急于直接表现社会关怀，它都必然是由前人作品催生出来的。正如在所有认识活动中一样，无常性支配着文学，而由西方文学经典构成的无常性主要表现在影响的焦虑上，这种焦虑形成了或不当地形成了每一部渴望永恒的新作。文学不仅仅是语言，它还是进行比喻的意志，是对尼采曾定义为“渴望与众不同”的隐喻的追求，是对流布四方的企望。这多少也意味着与己不同，但我认为主要是要与作家继承的前人作品中的形象和隐喻有所不同：渴望写出伟大的作品就是渴望置身他处，置身于自己的时空之中，获得一种必然与历史传承和影响的焦虑相结合的原创性。

# 论经典

On the Canon

# 1 经典悲歌

经典的原义是指我们的教育机构所遴选的书，尽管近来流行多元文化主义政治，但经典的真正问题仍在：那些渴望读书者在世纪之末想看什么书？《圣经》所云的七十载光阴还不够阅读西方传统中伟大作家的部分名著，更不用说遍览世界上所有的传世之作了。读书必有取舍，因为实际上一个人没有足够时间读尽一切，即使他万事不做光读书也罢。马拉美的名句"此身憔悴，啊，我已饱读天下诗书"不免夸张。马尔萨斯式的过剩应该是经典焦虑的真正缘由。近来，自称身负批评家政治使命的学界旅鼠们无时无刻不在坠身悬崖，然而，主张教化的潮流终会退去。我们的每一个教育机构中都将设立文化研究系，这一趋势好比一头公牛不可拂逆；同时，审美的暗潮也会涌动，从而使人们恢复几许读书的激情。

奥登曾言：评论劣书有害人品。像所有多才的道德家们一样，奥登忍不住地要理想化，他也确实应该活到今日，时下，一些新的政治委员们告诫说读好书于人品也有害，我想这也许是对的。阅读名家如荷马、但丁、莎士比亚和托尔斯泰的作品，不会使我们变成更好的公民。照那位凡事正确、品位崇高的奥斯卡·王尔德的说法，艺术确实毫无功用。不过他还指出，一切劣诗都是诚挚的。假如我有行事的权力，我会要求把这句话刻在每一所大学的校门之上，以便每个学生都能思考其中的真知灼见。

《纽约时报》一篇社论曾称赞玛雅·安杰洛为克林顿总统所写的就职诗具有惠特曼的雄浑，其诚挚感人至深；该诗就成了充斥今日学界的所有速成经典中的一部。令人不快的事实是，我们对此无能为力，因为我们的抵制是有限度的，过了这个限度连我们的大学也不得不指控我们是种族主义者或性别主义者。我记得一位同事无疑是以嘲讽的口吻告诉《纽约时报》的记者说："我们都是女性主义批评家。"这一说法似乎更适于用在一个被占领的国家，因为那里的人们无法指望从解放中获得解放。于是，那些机构也许会听从兰佩杜萨的《豹》中亲王对同伴的劝告："对一切事都稍做改变，于是一切就会照旧。"

不幸的是，万事在变，因为阅读的艺术和激情作为我们事业的基础，深深地依赖那些从小就爱好读书的人。即使虔诚而孤独的读者们如今也必定感到苦恼，因为他们也无法确知，新一代人是否会反叛时弊，钟爱莎士比亚和但丁胜过所有其他作家。黄昏的大地上阴影正在延伸，我们在临近第二个千禧年，阴影还会扩大。

对此我并不忧伤；我认为审美只是个人的而非社会的关切。虽然我们有些人不喜欢别人说我们缺乏后辈所具有的自由、宽容和开放的社会视野，但不管怎样大家都是无辜的。文学批评是一门古老的艺术；布鲁诺·斯奈尔认为阿里斯托芬堪为鼻祖，但我宁可同意海涅的看法，"有一个上帝，他的名字叫阿里斯托芬"。文化批评是又一门沉闷的社会科学，但文学批评作为一门艺术，却总是并仍将是一种精英现象。相信文学批评会成为民主教育或社会进步的基础，这种看法是不对的。正当今日英语系和其他文学院系缩小到我们现在古典文学系的规模，并把自己繁重的任务转交给文化研究军团时，我们或许能重拾那不可回避的任务，即研究莎士比亚和少数可以与他比肩的人，因为毕竟是他们创造了我们。

当我们从个别读者和作者与保存下来的作品之间的关系来看经典，并忘掉经典是必修书目时，经典就可视为文学的"记忆艺术"，而非宗教意义上的典籍。记忆即使在被迫的情况下也总是一种艺术。爱默生曾把记忆和希望对立起来，但那时的美国与现在非常不同。现在虽然希望已很渺茫，但记忆和希望两者已合而为一。把希望体制化是危险的，而我们所在的社会也不再允许把记忆体制化。我们的教育应更有选择性，要挑选那少数有能力变得高度个性化的读者和作者。对其他适应政治化课程的人可以任其自然。实际上，审美价值可以被认知或体验，却无法传达给那些无法抓住其感受和知觉的人。以审美的名义进行争吵总是大谬不然。

我更感兴趣的是许多同行们避开了审美领域，其中一些人至少在当初还有体验审美价值的能力。据弗洛伊德之见，逃避隐含着压抑，是无意识的却是有目的的遗忘。我的同行们之所以逃避，他们的目的很明显：去减缓错位的负疚感。审美语境中的遗忘是具有毁灭性的，因为在批评中，认知总是依赖于记忆。朗吉努斯也许会说，愉悦正是憎恨者所遗忘的。尼采也许会称其为痛苦；但他们总是会站在高处去思索着相同的体验。那些从高处如旅鼠般跳下的人们会喋喋不休，认为最好把文学解释成是资产阶级体制所促生的神秘化。

这样一来就把审美降为了意识形态，或顶多视其为形而上学。一首诗不能仅仅被读为“一首诗”，因为它主要是一个社会文献，或者（不多见但有可能）是为了克服哲学的影响。我与这一态度不同，力主一种顽强的抵抗，其唯一目的是尽可能保存诗的完整和纯粹。那些弃此目的的“军团”代表了我们传统中的一种倾向，即总是要避开审美领域；如柏拉图的道德主义和亚里士多德的社会科学。对诗的攻击往往是因其对社会福祉的破坏而要驱逐它，或者容其苟活但要求它在新的多元文化主义大旗下执行社会净化的任务。在学界的马克思主义、女性主义和新历史主义表象之下，柏拉图主义的古老论题和同样过时的亚里士多德式社会疗法仍在我行我素。我认为，上述这些观念和一直受困的审美支持者之间的冲突永无竟时。我们正在败退，并无疑地还将败退，这是令人沮丧的，因为很多优秀的学生将弃我们而去，另寻其他学科和职业，这种抛弃已随处可见。他们的选择无可厚非，因为我们不能保护他们，使他们免受我们专业内知识和审美价值与成就标准降低的连累。现在我们所能做的一切只是维系审美领域的连续性，同时也不屈服于说我们反对冒险和抵制新阐释的谎言。

弗洛伊德给焦虑所下的著名定义是“焦虑的预期”(Angst vor etwas)。总有一些事情在未发生时会让我们感到焦虑，也就是说，当我们预期要被召唤去实现它们时会感到焦虑。爱欲大概是最令人愉悦的预期，它把自身的焦虑引入反思意识，这就是弗洛伊德的主题。一部文学作品也要引发它要实现的预期，否则它就会失去读者。文学最深层次的焦虑是文学性的，我认为，确实是此种焦虑定义了文学并几乎与之一体。一首诗、一部小说或一部戏剧包含有人性骚动的所有内容，包括对死亡的恐惧，这种恐惧在文学艺术中会转化成对经典性的企求，乞求存在于群体或社会的记忆之中。即使是莎士比亚，在其最有感染力的十四行诗中也徘徊于这一执著的愿望或冲动。不朽的修辞学也是一种生存心理学和一种宇宙观。

构思一部让世界不会遗忘的文学作品，这种想法来自何处？这与希伯来圣经无关，因为希伯来人视经典为弄脏翻阅之手的东西，这也许是因为凡人之手不宜持有圣洁之作。于是耶稣为基督徒们重写犹太经典，而与耶稣有关的最重要之事就是复活。在世俗的写作史上，人们何时开始谈到诗歌或故事能够永存的？这种自负存在于彼特拉克的诗中，又被莎士比亚的十四行诗大大增强。它也已隐含在但丁对自己《神曲》的赞许中。我们不能说是但丁将这种观念世俗化，因为他包罗万象，所以从某种意义上说，他没有将任何东西世俗化。对他而言，他的诗如《以赛亚书》一样大都是预言，所以我们或许可以说是但丁发明了有关经典的现代观念。杰出的中世纪专家柯尔提乌斯强调指出，但丁认为在他之前只有两次真正的超凡之旅：维吉尔的《埃涅阿斯记》第六卷和《哥林多书》第十二章第二节叙述的圣保罗的故事。从《埃涅阿斯记》中诞生了罗马；从保罗的故事中诞生了非犹太人的基督教；但丁如果活到八十一岁的话，他也许会使《神曲》中隐含的奥秘预言得以实现，不过但丁在五十六岁时就死了。

密切关注经典隐喻之兴衰的柯尔提乌斯在《诗作为永恒化》这篇附论中将诗名之永恒追溯至《伊利亚特》，甚至还包括贺拉斯的《歌集》。这些作品告诉我们，是缪斯的口才和热情让那些英雄们不朽。雅各布·布克哈特在柯尔提乌斯引用过的有关文学声誉的章节中指出，意大利文艺复兴时期诗人兼哲学家但丁"最深刻地意识到他是声誉和不朽的传播者"，柯尔提乌斯认为这种意识早在公元1100年法国的拉丁诗人作品中就已存在。但这一意识在一定程度上与世俗的经典观联系起来了，这样不是被赞颂的英雄，而是赞颂本身被视为了不朽。世俗经典意指一些受到认可的作家作品，它实际上直到十八世纪中叶才出现，即出现于敏感、感伤和崇高的文学年代。威廉·柯林斯的《颂诗》在"敏感"(Sensibility)的英雄先驱中追溯崇高经典，自古希腊直到弥尔顿，因此是最早宣扬世俗经典传统的英语诗作之一。

经典是具有宗教起源的词汇，如今已成了为生存而互相争斗的文本之间的选择，不管你认为这个选择是由谁做出：主流社会、教育体制、批评传统，或如我主张的是由那些自认为被某些古代名家所选中的后起作者。一些学术激进派人士近来甚至主张，跻身经典的作品是由成功的广告和宣传捧出来的。这些怀疑论者的同道们有时甚至进一步质疑莎士比亚的卓越声名，认为他名不副实。如果你崇拜历史进程中的复合神，你就注定要否认莎氏那显著的美学权威性，即他戏剧中易受诽谤的原创性。原创性正在成为个人事业、自给自足及竞争等词汇的文学同义语，这些词汇无法取悦女性主义者、非洲中心论者、马克思主义者、受福柯启发的新历史主义者或解构论者——我把上述这些人都称为"憎恨学派"的成员。

有关经典构成的一个有见地的理论是阿拉斯戴尔·弗勒在《文学的类型》(1982)中提出的。他在"文学经典和体裁等级"一章中论述道："文学趣味的变化总是与重估由经典作品所代表的体裁有关。"每一时代里都有一些体裁比其他文体更具经典性。在我们时代的早期阶段，美国的散文罗曼司被推崇为一种体裁，它帮助福克纳、海明威和菲茨杰拉德成为二十世纪主要的散文小说家，并成为霍桑、麦尔维尔、马克·吐温等的合格继承人，也成为因《金碗》和《鸽翼》而成功的亨利·詹姆斯的某些方面的继承人。赞赏罗曼司而不是"写实"小说的后果之一是奇幻的叙事，如福克纳的《我弥留之际》、纳撒尼尔·韦斯特的《寂寞芳心小姐》、托马斯·品钦的《拍卖第四十九批》等作品受到的好评超过了西奥多·德莱塞的《嘉莉妹妹》和《美国悲剧》。新闻体小说是当今一个新的体裁，例如杜鲁门·卡波特的《冷血》、诺曼·梅勒的《刽子手之歌》、汤姆·沃尔夫的《虚荣之火》，等等；《美国悲剧》在这些作品的烘托下也重获了它往日的荣耀。

对历史小说的评价似乎一直不高。戈尔·维达尔曾带着辛酸对我倾诉，他直露的性倾向使他无法获得经典地位。更可能的是，维达尔最好的小说（除了极端无节制的《米拉·布雷肯瑞奇》）都是出色的历史小说，如《林肯》、《伯尔》等好几部作品，这种次级体裁不再适于经典化，这也有助于解释梅勒极富创意的作品《古代的夜晚》为何遭遇凄凉了，这一部深刻分析欺诈术的作品无法再获得《亡灵书》在古埃及的地位。历史写作和叙事小说已分道扬镳，我们的感受力似乎再也不能让它们彼此接纳。

弗勒费了一番笔墨来解析为什么一个时代容不下所有体裁这个问题：

> 我们必须容忍如下事实：文体从来都不会均衡地，更不用说全面地，出现在一个时代里。每一时代只有一小部分体裁会得到读者和批评家的热烈回应，而能为作家所用的体裁就更少了：除了最伟大、最杰出或最神秘的作家，短暂的经典对所有人是一样的。每一时代都会从体裁库中删掉一部分。或许可以说，所有时代里都存在所有体裁，它们隐约地体现于各种离奇怪诞的特例中……但活跃的文学体裁总是少数，并遭受各种程度的增删。一些批评家禁不住按流体力学的模式来思考体裁的谱系，似乎体裁总量是不变的，只是要重新分配。
>
> 但是，这一思考没有坚实的基础。我们最好将体裁的变动仅仅视为一种审美的选择。

我自己部分同意弗勒的看法，主张审美选择总是经典构成的每一世俗方面的指导准则，不过在维护文学经典和反对文学经典同样都已高度政治化的今日，要坚守我的主张殊为不易。就对审美价值的伤害而言，从意识形态上捍卫西方经典与那些宣称要摧毁或“破解它”的人的攻击是相同的。对西方经典来说，没有什么比遴选规则更重要了，这些规则是精英们按照严格的艺术标准建立起来的。反对经典者坚信在经典的构成中总有意识形态的因素；确实，他们更进一步提出经典构成的意识形态性，认为创造经典（或使一部经典不朽）本身就是一种意识形态行为。

反经典的英雄非安东尼奥·葛兰西莫属，葛氏在《狱中札记》里反驳了如下观点：任何知识分子仅仅依靠与同道（如其他的文学批评家）共享的“特殊资格”，就可摆脱主导社会群体的影响。“这些不同类型的传统知识分子通过某种群体意识而经验他们连续不断的历史资格，可以表现出自身对主导社会群体的独立自主性。”

作为文学批评界的一员，我认为自己遭遇了最糟的时代，并认为葛兰西的苛责并不妥当。专业主义的“群体意识”令许多反经典的高级传教士们出奇地喜爱，而我却不以为然，同时也不承认西方学界有什么“不间断的历史连续性”。我希望强调和上一个世纪及过去三代人中的少数批评家的连续性。至于我自己的“特别资格”纯属个人事务，与葛兰西无关。即使“主导社会群体”指的是耶鲁大学的法人，或纽约大学等一般美国大学的董事会，我也找不到我个人的特别治学方法与任何社会群体有什么内在关联，我毕生都用自己的方法去阅读、记忆、判断以及解说我们称为“想象性文学”的东西。要寻找为某种社会意识形态服务的批评家，人们只需注意那些要把经典非神秘化或破解的人，或是那些与之对立却同蹈覆辙的人。不过，这两部分人都不真正是“文学的”。

回避或者压抑审美在所谓的高等教育机构中是普遍的风气。莎士比亚至高无上的美学地位四个世纪以来举世公认，然而他如今也被“历史化”为实用主义的无足轻重的东西，其真正原因在于莎氏怪异的美学力量不见容于任何意识形态说教。现今憎恨学派的基本原则可以一语道破：所谓的审美价值也出自阶级斗争。这一原则太宽泛而无法全然否定。但我本人坚持认为，个体的自我是理解审美价值的唯一方法和全部标准。不过，我也不得不承认，“个体的自我”只有相对于社会才能被界定，两者之间的冲突不可避免地牵涉到社会的和经济的阶级之间的冲突。作为一位制衣工人的儿子，我一直有无尽的时间来阅读和思考。我所工作的耶鲁大学当然属于美国体制的一部分，因此我对文学的长期思考易于受到最传统的马克思主义阶级分析方法的批评。热烈宣扬孤独自我的审美价值势必使人们要提醒我：思考的闲暇必须向社会去购买。

没有一位批评家，包括我在内，可以像独居的普洛斯佩罗那样在一座迷幻岛上施展精妙法术。批评与诗一样，（在隐含的意义上）好似公有财产中的窃取物。如果我年轻时的统治阶级听任某人成为美学说教者，那么这个阶级的利益必然与这一说教有关。不过，赞同这一点无关大局。领悟审美价值的自由也许是阶级冲突的产物，但价值本身并不等于自由，即令价值没有那种领悟便不能把握。就定义来说，审美价值产生于艺术家之间的交流，一种诠释性的相互影响。做艺术家或批评家的自由必然来自社会冲突。但与审美价值有关的自由感受的来源并不等同于社会冲突。已获得的个体性里总有一份负疚感；这种负疚感来自于个体只是一个生存于世却对审美价值没有贡献的人。

不对竞争的三重问题——优于、劣于或等于——做出解答，就不会认识审美价值。这个用经济学的形象化语言提出的问题，在弗洛伊德的经济学原理中是找不到答案的。一首诗无法单独存在，但审美领域里却存在一些固定的价值。这些不可全然忽视的价值经由艺术家之间相互影响的过程而建立起来。这些影响包含心理的、精神的和社会的因素，但其核心还是审美的。马克思主义者或受福柯启发的历史主义者可以无休止地坚持认为，美学的生产是一个历史动力的问题，但此处不欲讨论"生产"这个问题。对约翰逊博士的座右铭我欣然赞同："除了傻瓜，无人不是为钱写作。"但是，自品达至今不可否认的文学经济学却不能确定美学最高权威的问题。经典的破解者和传统主义者都认为这种最高权威只能在莎士比亚作品中找到。莎士比亚就是世俗经典，或者说是俗世的圣经，考察前人或后辈是否属于经典作家都须以他为准。这是憎恨学派成员遭遇的一个难题：他们要么否认莎氏的超凡特质（这是痛苦而费劲的事）；要么必须表明历史和阶级斗争为何并如何产生出莎剧的这些特质，因为这些特质赋予了他在西方经典中的核心地位。

这些人所遇到的是莎氏最独特的力量中不可超越的障碍：不管你是谁和身在何处，他总是在观念上和意象上超过你。他使你显得不合时宜，因为他包含你，而你却无法包括他。不论是用马克思主义、弗洛伊德主义还是德·曼的语言学怀疑主义，你都无法以新的信条来阐释莎士比亚。相反，莎氏却以自己的后识而不是先知来阐释信条：所有弗洛伊德思想的精粹已存在于莎剧之中，此外还有莎氏对弗氏的有力批判。弗洛伊德的心灵地图是莎士比亚的，前者似乎只是对后者的肤浅解说。换个角度说，对弗洛伊德的莎士比亚式阅读可以阐明并压倒弗氏的文本；而对莎士比亚的弗洛伊德式阅读只会削弱莎氏的力量，或者如果我们可以容忍的话，将是某种达到荒谬程度的损失。《科里奥兰》是对马克思的《路易·波拿巴的雾月十八日》的有力解读，远非马克思主义地解读《科里奥兰》所能企及。

我确信莎士比亚的卓越会是憎恨学派最终无法逾越的巨石。他们怎能两者兼顾呢？如果莎氏成为经典的核心实属偶然，那么他们应该表明为什么主导社会阶级选择莎氏而不是本·琼生作为那样一个随意的角色。或者，如果推崇莎士比亚的是历史而不是统治阶级，那么莎氏究竟具有何种特质去左右那全能的造物主，即社会经济的历史？这一探讨的思路显然接近于幻想；不过只要承认有一种质的差异一切就简单得多，这就是莎氏与其他作家，甚至包括乔叟和托尔斯泰等人之间的那种类的差异。绝不承认原创性是憎恨派的大毛病，莎士比亚仍然是我们所知的最有原创性的作家。

一切强有力的文学原创性都具有经典性。几年前在纽黑文的一个暴雨之夜，我坐下来再次阅读了约翰·弥尔顿的《失乐园》。我需要为在哈佛大学的系列讲演写一篇有关弥尔顿的东西，但我要全盘重评此诗，好像我和我的前人从未读过此诗那样去读它。这样做就意味着我要抛开头脑里贮存的连篇累牍的有关弥尔顿的评论，但这实际上是不可能的。不过我仍然尝试了，因为我想重新体验一下四十多年前第一次读它时的感受。我一直读到午夜入睡，《失乐园》原有的熟悉特征开始消退。以后的几天里它一直在消退，直到我读完全诗，我感到一种莫名的震动，既觉生疏又全神贯注。我读的是什么？

虽然《失乐园》是一部古典形式的圣经史诗，但它给我的奇特印象却与英雄史诗无关，我认为它具有文学幻想或科幻小说的特性。“离奇”(weirdness)是它的首要效果。让我震惊的是两个不同却相关的感受：作者的竞争和取胜能力，这种能力或隐或现地巧妙展示在作者与其他作者及包括《圣经》在内的文本的竞争中；还有那不时表现出来的惊世骇俗的陌生性。直到读完全诗我才(清醒地)回忆起威廉·燕卜荪眼光犀利的专著《弥尔顿的上帝》，书中评价《失乐园》好比某些非洲原始雕塑一样具有粗野之美。燕卜荪基于他所厌恶的基督教准则指责弥尔顿的粗野。虽然燕卜荪在政治上是一个马克思主义者并深切同情中国共产党人，但他绝不是憎恨学派的先驱。他以惊人的才能将自由文体历史化，他也保持着社会阶级冲突的意识，但他并没有受惑而将《失乐园》降低为经济力量之间的一种相互作用。他主要关注的仍是审美，即文学批评家的正业，他力图将自己对基督教（以及弥尔顿的上帝）的道义不满转移到对诗的审美评判上。我和燕卜荪一样对该诗的粗野特征印象深刻，其竞争必胜主义更令我着迷。

我认为西方经典中只有很少几部作品比《失乐园》更重要——如莎士比亚的主要悲剧，乔叟的《坎特伯雷故事集》，但丁的《神曲》，托拉经，福音书，塞万提斯的《堂吉诃德》，以及荷马史诗。也许除了但丁的诗，上述作品都不如弥尔顿的沉郁作品具有斗争性。莎士比亚当然从与之竞争的戏剧家那里受到启发，而乔叟纯熟地引用一些虚构的权威去掩盖他对但丁和薄伽丘的真正借鉴。希伯来圣经和希腊文新约圣经如今的面目是数次修订而成的，修订者也许与原作者并无共同之处。塞万提斯以无与伦比的兴致戏拟了前人的骑士故事，而我们不知道荷马的前辈写下了什么样的文本。

弥尔顿和但丁是西方最伟大作家中最好斗的两位。学者们似乎都设法回避两人的凶悍犀利，甚至粉饰他们为虔诚之人。于是，C. S. 刘易斯能够在《失乐园》中发现自己的“纯净基督教”(mere Christianity)；约翰·弗里切罗发现但丁是一位忠实的奥古斯丁信徒，满足于在“自我小说”(novel of the self) 中模仿奥氏的《忏悔录》。正如我也开始认识到的，但丁创造性地修正了维吉尔（在众多人之中），其深刻性正如弥尔顿以自己的创作全然修正了他之前的所有作家一样（包括但丁）。但是，不管争斗中的作家是玩世者如乔叟、塞万提斯和莎士比亚，还是咄咄逼人者如但丁和弥尔顿，竞争是永存的。这种马克思主义的批评对我似乎特别有价值：强有力的写作中总是存在主题与结构之间的冲突、纠葛和矛盾。我与马克思主义者的不同之处在于冲突的起源上。自品达以降，力争经典地位的作家会为某一社会阶级而战，正如品达为贵族而战那样。但每一有雄心的作家主要还是为了自己，因此就常常背叛或忽略自己的阶级，以便增进完全以“个人化”为核心的自我利益。但丁和弥尔顿都为了自己所坚信的某种精神上丰富而正义的政治事业而牺牲甚大，但他们不会为了任何事业而放弃自己的主要诗作。他们的做法是事业等同于诗，而不是以诗来服膺事业。如此一来，他们就提供了一个先例，尽管今日的学术争执各方不太遵循这一先例，而是寻求把文学研究和社会变革的要求联系起来。人们会在他们期望找到的地方找到但丁和弥尔顿这一倾向的现代美国追随者们，即自惠特曼和狄金森以来最强有力的诗人：社会反叛者华莱士·斯蒂文斯和罗伯特·弗罗斯特。

能够写出经典作品的人总是认为他们的写作比任何典范的社会事业更为重要。问题在于是否干预，伟大的文学即使面对最有意义的事业也会坚守其自足性：不论是女性主义、非裔文化主义，还是当前其他各种政治正确的事业。受干预的事情各不相同；强有力的诗就定义而言也是拒绝任何干预的，即令是但丁和弥尔顿的上帝也罢。萨缪尔·约翰逊博士是文学批评家中最聪敏的人，他正确地指出，奉献的诗无法与诗的奉献相提并论："不朽的善恶观念对于智慧之翼太过沉闷。""沉闷"是"不可干预"的隐喻，而"不可干预"本身是另一个隐喻。当代经典的破解者们贬低公开的宗教，却号召写奉献式诗（和奉献式批评！），即令所奉献的对象已变成了妇女或黑人的进步，或是在美国最鲜为人知的神祇——阶级斗争。一切取决于你的价值观，但始终让我不解的是，马克思主义者在到处发现斗争上很有悟性，却看不到冲突性就是高雅艺术的内在特性。过度理想化和过分贬低想象性文学常形成一种奇特的组合，并总是在寻求自己的自私目的。

《失乐园》成为经典是在弥尔顿的下一世纪，当时世俗经典还没有建立起来。"谁使弥尔顿成为经典？"这个问题的答案首先在于弥尔顿自己，但同时还有其他强有力的诗人，从他的朋友安德鲁·马维尔经约翰·德莱顿等一直到十八世纪和浪漫主义时代的几乎每一位重要诗人：蒲柏、汤姆逊、柯珀、柯林斯、布莱克、华兹华斯、柯勒律治、拜伦、雪莱、济慈等。当然，约翰逊博士和黑兹利特等批评家也对其经典化作出了贡献。但是，弥尔顿如他之前的乔叟、斯宾塞、莎士比亚和他之后的华兹华斯等人一样，直接战胜传统并使之屈从于己。这是检验经典性的最高标准。能够战胜和涵盖传统的人仅是少数，今日也许无人堪为。因此，如今我们面临的问题是：你是否能从传统内部挤压出自己的空间，而不是如多元文化主义者希望的那样从外部着手？

从传统内部着手绝非意识形态之举或让传统为任何社会目的服务，即使这种目的在道德上令人赞赏。只有审美的力量才能透入经典，而这力量又主要是一种混合力：娴熟的形象语言、原创性、认知能力、知识以及丰富的词汇。历史不公的最终结局也是不公的，它给予受难者的除了受难意识外别无他物。西方经典不管是什么，都不是拯救社会的纲领。

捍卫西方经典最蠢的方法是坚称经典体现了所有七种根本的美德，这些美德形成了我们标准的价值观和民主原则。这显然是不真实的。《伊利亚特》讲述的是战功的无尚荣耀，但丁则热衷于让私敌受永恒的折磨。托尔斯泰个人的基督教观念与他人的观念几乎大相径庭，而陀思妥耶夫斯基宣扬的却是反犹主义、蒙昧主义和必要的人身限制。就我们能够辨认的莎士比亚的政治观来说，似乎与他笔下的科里奥兰没有太大的差异，弥尔顿关于言论和新闻自由的观念并不能防止强加各种方式的社会限制。斯宾塞为屠杀爱尔兰起义感到欢欣，华兹华斯的自大狂只赞赏自己的诗才而罔顾别人的任何成就。

西方最伟大的作家们颠覆一切价值观，无论是我们的还是他们的。不少学者要求我们在柏拉图或《以赛亚书》中找到我们的道德和政治观的根源，但他们和我们所处的现实脱了节。假如我们读经典是为了形成社会的、政治的或个人的道德价值，那我坚信大家都会变成自私和压榨的怪物。我认为，为了服膺意识形态而阅读根本不能算阅读。获得审美力量能让我们知道如何对自己说话和怎样承受自己。莎士比亚或塞万提斯，荷马或但丁，乔叟或拉伯雷，阅读他们作品的真正作用是增进内在自我的成长。深入研读经典不会使人变好或变坏，也不会使公民变得更有用或更有害。心灵的自我对话本质上不是一种社会现实。西方经典的全部意义在于使人善用自己的孤独，这一孤独的最终形式是一个人和自己死亡的相遇。

我们拥有经典的原因是生命短促且姗姗来迟。人生有涯，生命终有竟时，要读的书却前所未有地多。从耶和华文献作者和荷马到弗洛伊德、卡夫卡及贝克特，经历了近三千年的旅程。但丁、乔叟、蒙田、莎士比亚及托尔斯泰是这一旅程所必经的深广港口，每一位作家都足够我们以一生的时间去反复阅读，实际的难题在于每次广泛的一读再读都要排除掉一些东西。于是，一项测试经典的古老方法屡试不爽：不能让人重读的作品算不上经典。难以避免的类似是色情作品。如果你是堂•乔万尼而由莱波雷洛开书单的话，一次短暂的遭遇就足够了。

与某些巴黎人所见不同的是，文本给予的不是愉悦而是极端的不快，或是一个次要文本所不能给予的更难的愉悦。我不想和艾丽斯•沃克的《梅里迪安》的欣赏者们争辩，那是一部我勉力读了两遍的小说，但第二次阅读是我最精彩的文学体验之一。在那次阅读产生的顿悟中，我清楚地认识到那些宣称破解经典者的口号中所隐含的新原则。检验新经典的正确方法简单明了，并对社会变革极有益处：它不必也不能重读，因为它对社会进步的贡献正在于它慷慨地让人们急速吞咽后再唾弃。从品达经荷尔德林到叶芝，自我经典化的伟大颂诗已宣称其竞争性的不朽。将来能为社会接受的颂诗无疑会免除各种藻饰，而着眼于共同的姐妹情谊所具有的适度谦逊和缝制被褥式的新型崇高感，这是现在女性主义批评所偏爱的比喻。

不过，我们必须选择：因为时光有限，我们要重读伊丽莎白•毕晓普还是阿德里安•利奇？我是和普鲁斯特一起追忆似水年华，还是试图再读一遍沃克对包括黑人和白人在内的一切男性令人激动的谴责？我以前的不少学生如今是憎恨学派的明星，他们宣称正在教授社会无私，而这又从学习如何无私地阅读开始。作者、文学人物和读者都无自我。我们是否要和这些宽宏的鬼魂一起聚在河边，抛掉过去自认的罪孽，然后在忘川之水中经受洗礼呢？我们怎样做才能获救？

文学研究无论怎样进行也拯救不了任何人，也改善不了任何社会。莎士比亚不会使我们变好或变坏，但他可以教导我们如何在自省时听到自我。接着，他也许会教我们如何接受自我及他人的内在变化，也许包括变化的最终形式。哈姆莱特是死亡派遣给我们的少数几位使者之一，死亡从不在我们与那冥界之间无可逃遁的关系上撒谎。这种关系是完完全全的孤寂，尽管传统中不乏使死亡社会化的各种可憎企图。

我已故的朋友保罗·德·曼喜欢把每一文学文本的孤独性比之为一个人的死亡，这种类比我曾反对过。我向他提出，把每一首诗的产生比做一个生命的诞生是更具反讽意味的比喻；这种比喻把文本像婴儿一样联结起来，无声被联结于过去的声音，无语被联结于已说的话语，就好比我们每人曾听到死者的言说。我没能赢得那场争辩，因为我无法说服他认可那更宽泛的人生比喻；他偏好那更具海德格尔风格的反讽所具有的辩证权威。一部文本如悲剧《哈姆莱特》与死亡共有的全部就是孤独。但是，当我们与一部文本共处时，它是否也以死亡的权威在言说？不管答案是什么，我要指出的是，不论是文学的还是存在的死亡权威，基本上都不是某种社会权威。经典是死亡的侍从而远不是主导社会阶级的奴仆。要开启经典，你必须说服读者从充塞着死者的空间中清出一块新的地方。让已逝的诗人乐意为我们腾出地方，阿托德曾呼吁道；但这正是他们不愿做的。

如果我们能够永生，或我们的寿命可加倍达到一百四十岁，那我们可以放弃所有关于经典的争论。但我们生命有涯，在世难久，如果以各种社会正义的名义写出的劣作充斥这短暂的人生，在我看来这不是文学批评家的责任。弗兰克·伦屈夏教授信奉以学术意识形态来变革社会，他试图把华莱士·斯蒂文斯的《坛子轶事》解读为一首政治诗，宣扬的是社会主导阶级的观念。对斯蒂文斯而言，摆放坛子的艺术与插花艺术相通，所以我不知为什么伦屈夏不出一本稍有分量的书来论述插花艺术政治学，并以《爱瑞尔与我们时代的花》为题。我至今仍记得约三十五年前第一次被带到耶路撒冷观看足球赛时的震惊，当时犹太观众正在为来自海法的客队欢呼，因为该队属于政治上的右派，而耶路撒冷队属于工党一派。不妨也把文学研究政治化一下？先把报道体育运动的作者换成政治学权威们以便重组棒球赛事，让共和党人和民主党人在世界系列赛上对阵。这样一来，我们就再也不能像现今这样逃避到棒球中去获得田园式的消闲。棒球队员所负的政治责任恰如文学批评家现在所鼓吹的政治责任一样。

作为一种普遍的世情，文化过时现象在美国尤为突出。我们是西方传统的最后继承者。建立在《伊利亚特》、《圣经》、柏拉图和莎士比亚等先辈遗产上的教育，在某种有限的形式中仍是我们的理想，虽然对我们身处闹市的生活来说，这些文化基石不免显得遥远。憎恨一切经典的人会为一种精英的负疚感所困，因为他们会清楚不过地意识到，经典总是间接地服务于西方社会每一代富有阶级的社会、政治及精神关注与需求。很显然，培育某些审美价值必然需要资本。作为古代抒情诗的最后一位杰出代表，品达将艺术才华投资在以颂诗换重金的赞美操练之中，于是他就称赞有钱人，因为他们以重金酬报他对他们神圣血统的慷慨夸耀。这一崇高与金钱和政治权力的联盟从未停止，将来也不可能会停止。

当然，从阿摩司、布莱克直到惠特曼这样的先知们会奋起抨击这一联盟，而且一个类似布莱克的伟大人物无疑有一天会再次出现，但只有品达而不是布莱克会成为经典的规范。即使但丁和弥尔顿这样的先知也做了一定的妥协，在《神曲》和《失乐园》中作者显示了实用主义的文化意图，而这是布莱克不愿或不能做的。我花毕生精力钻研诗的学问方才明白为什么布莱克和惠特曼不能不成为真正的隐逸和神秘诗人。如果你切断了财富与文化的结盟——它标志着弥尔顿与布莱克之间或但丁与惠特曼之间的那种差异——那你就是在为那些寻求摧毁经典延续性的人付出高昂而可笑的代价。你于是成了一位迟到的诺斯替教徒，通过把你对传统的误读加以神秘化来抗拒荷马、柏拉图和《圣经》。这样的战争只会产生有限的建树；如布莱克的《四天神》和惠特曼的《自我之歌》即为此类有限之作，因为他们会驱使他们的继承者们完全扭曲创造的愿望。继承惠特曼道路最成功者是深刻地而非肤浅地类似他的人，如斯蒂文斯、T. S. 艾略特和哈特•克莱恩等十分严谨的诗人。只模仿惠特曼那显见形式的人都消逝在荒野之上，初出道的狂想者和学术骗子们则要倒在那位飘逸父亲的身影之中。没有播种就无收获，惠特曼不会为你代劳。次等的布莱克或学徒式的惠特曼一定是伪先知，无益于任何人。

诗要依赖世俗力量这种事实令我极为不快；我只是响应威廉•黑兹利特，这是大批评家中真正的左派。在其《莎剧人物论》对科里奥兰的精彩论述中，黑兹利特开头就无可奈何地承认："人民的事业确实不能算做诗的一个主题：它运用修辞，进行论辩和解说，但不能向心灵展示即时而清晰的意象。"黑兹利特认为这些意象在暴君及其仆从那里却随处可见。

黑兹利特清楚地意识到修辞的力量和权力修辞学之间麻烦的互动，这一认识能够照亮我们现今所处的黑暗。莎士比亚与科里奥兰的政治观也许相同或不同，这正如莎氏的焦虑与哈姆莱特或李尔的焦虑也许相同或不同。莎士比亚也不是悲剧性人物马洛，后者的工作与生活似乎都在教会莎士比亚何为畏途。莎士比亚隐约了解黑兹利特苦心阐明的道理：不论是悲剧还是喜剧，缪斯总是站在精英一边。对每一位雪莱或布莱希特而言，在任何社会里都有成群有实力的诗人自然地趋奉主导阶级一方。过度热衷于社会竞争玷污了文学的想象，因为在整个西方历史上，创造性想象都视自身为最具竞争性的方式，类似于孤独的跑步者总在为一己荣耀而竞跑。

伟大诗人中最杰出的女性是萨福和艾米莉·狄金森，她们是比男性更顽强的竞争者。阿姆赫斯特的狄金森小姐没有去帮助伊丽莎白·B. 布朗宁太太完成一床被褥。相反，狄金森把布朗宁太太远远抛在身后尘土之中，尽管这份胜利与惠特曼在《当紫丁香最近在庭园中绽放时》一诗中对丁尼生的胜利相比，被更为微妙地传达出来。《紫丁香》一诗明显地响应了桂冠诗人的《惠灵顿公爵挽诗》，从而让敏锐的读者认识到，林肯挽诗远超过对那位铁腕公爵的哀悼。我不知女性主义批评在要求改变人性方面能否成功，但我相当怀疑任何理想主义（无论如何姗姗来迟）将会改变西方创造心理学的整个基础，这基础涵盖了男性与女性作家，从赫西奥德与荷马的对抗一直到狄金森与毕晓普的竞争。

当我写下这些句子时，我瞄了一眼报纸，注意到有一个故事讲述女性主义者面临的烦恼，她们被迫为一个参议员提名而在伊丽莎白·赫斯曼与杰拉尔丁·费拉罗之间做出选择，这种选择与批评家实际上需要在已故的强力诗人梅·斯文森与激情诗人利奇之间作选择一样。一首目标明确的诗也许会有最典型的情感和最受称道的政治观，但会失去诗的意味。一位批评家可以有政治责任感，但他的首要职责是再次提出那古老而严峻的有关竞争者的三重问题：优于、劣于或等于？我们正在摧毁人文与社会科学的一切知识和美学标准，这是以社会正义的名义进行的。我们的机构对此没有信心：脑外科医生和数学家可以不受任何限制。学习本身已被贬低，似乎博学与判断和误判都不相干。

尽管要破解经典的人抱有无限的理想主义，但西方经典之存在正是为了设置限制，以建立一个既非政治又非道德的衡量标准。我了解如今在大众文化与自称的“文化批评”之间有一种潜在的联盟，以此联盟名义进行的认知本身也许会必然担上“不正确”的污名。认知不能离开记忆而进行，经典是真正的记忆艺术，是文化思考的真正基础。简而言之，经典就是柏拉图和莎士比亚；它是个人思考的形象，不管是苏格拉底临死之际的思考还是哈姆莱特对未知国度的思考。死亡与记忆在对经典引起的现实检验的意识中走到了一起。从本质上说，西方经典决不会封闭，但现今的拉拉队长们也无法将其强行打开。只有一种力量能够将其打开，即弗洛伊德或卡夫卡在他们的认知否定中所表现出的持久力量。

加油鼓劲是可以转移到学术领域里的积极思考力量。西方经典的正规学子尊奉认知活动中内在的否定力量，欣赏审美感悟中艰辛的愉悦，摸索学识教给我们行走的隐秘之路，并让我们拒绝轻易得来的快乐，包括拒绝一些人无休止的呼唤，这些人宣扬某种超越一切个人审美经验的政治美德。

轻率的永生观念在包围着我们，因为当今流行文化的主题不再是摇滚音乐会，而是被摇滚乐录像所取代，其本质是一种瞬间的不朽，或一种不朽的可能性。宗教与文学的不朽观念之间的关系总是纠缠不清，即使在古希腊罗马时代也是如此，当时的诗艺和奥林匹斯诸神之间的关系也是混乱复杂的。这种烦恼可以容忍，在古典文学中甚至是良善的，但它在基督教的欧洲则变得更为不祥。天主教对神的永生和人的名声之间区分十分明确，因为那是牢固建立在神学教义之上的，这种区分一直延续至但丁出现，但丁自认为先知并暗中赋予《神曲》一种新圣经的地位。但丁实际上取消了世俗和神圣经典构成的区分，这一区分再没恢复过，这是我们对力量和权威产生烦恼意识的另一个原因。

“力量”和“权威”这两个词在政治学领域里的意思实际上相左，在我们应该称为“想象性文学”的领域里也是如此。如果我们难以看出这一对立，也许是因为存在一个“精神的”中间地带。精神的力量和权威总会无人不晓地影响到政治和诗。因此我们必须把西方经典中的美学力量和权威同由之衍生出的任何精神、政治及道德后果区分开来。虽然阅读、写作和教学当然属于社会行为，但甚至教学也有自己孤独的一面，用斯蒂文斯的话来说，这是一种只有两个人能分享的孤独。格特鲁德•斯坦因认为，写作是为自我及陌生人而为，我要将这一高见引申为一个对应的短谚：阅读是为自我及陌生人而为。西方经典的存在不是为了增强预先存在的社会精英。它将被你和陌生人所阅读，于是，你和那些从未谋面的读者能感受真正的美学力量，以及波德莱尔（和以后的埃里希•奥尔巴赫）所说的"美学尊严"的权威。美学尊严是经典作品的一个清晰标志，是无法借鉴的。

美学权威和美学力量都是对能量的一种比喻或象征，这些能量本质上是孤独的而不是社会性的。海登•怀特早就揭示了福柯的一个大错，即他对自己的隐喻变得盲视，对这位尼采的信徒来说这是一个具有讽刺性的弱点。福柯以自己的比喻替换了拉夫乔伊的思想史比喻，但他常常忘记他的"史料"是有意或无意的反讽。新历史主义者的"社会能量"也是如此，他们永远记不住"社会能量"和弗洛伊德的"利比多"一样都是不可量化的。美学权威和创造力也是比喻，但它们所指代的东西，不妨称为"经典性"，却有着大体上可量化的特征；这就是说，威廉•莎士比亚写了三十八部戏，其中二十四部是杰作，而社会能量这种东西却写不出一场戏。作者之死是一个比喻，隐含恶意；作者的生平却是一个可以量化的实体。

一切经典，包括时下流行的反经典，都属精英之作，世俗经典从未封闭过，这使"破解经典"之举实属多余。虽然经典如同所有书目一样都倾向于收纳而非排斥，但我们如今所面对的是花毕生精力去阅读再阅读也难以通览的西方经典。事实上，今日想要掌握经典毫无可能。这不仅意味着要细读三千来本书，这些书若非大多数也有相当一部分具有真正的认知和想象难度，而且这些作品之间的关联也会由于我们视野的扩展而更复杂麻烦。西方经典的内涵还具有高度的复杂性和矛盾性，而决不是一种统一体或稳定的结构。没有一个权威可以告诉我们西方经典是什么，当然，这不是指自1800年到现在这个时期。它不会也不可能正好和我及其他人所开列的书单一样。即便是一样，这样的书单也只是一个崇拜物，另一件商品。不过，我不打算同意马克思主义者的说法，即西方经典是"文化资本"的又一例证。我不清楚像美国这样充满矛盾的国家，除了一些高雅文化的碎片促进了大众文化而外，是否会有产生文化资本的环境。自1800年以来，即从美国革命后一代人开始，我们并没有一种正式的高雅文化。文化统一是一种法国现象，在某种程度上也是德国的产物，却不是十九或二十世纪美国的现实。在我们的语境中并从我们的观点来看，西方经典是一份幸存者的名单。按诗人查尔斯•奥尔森的说法，有关美国的一个核心事实是它的空间，奥尔森把它作为一本论述麦尔维尔和十九世纪的书的开篇之句。在二十世纪即将结束之际，我们面对的核心事实是时间，因为日暮的大地正处于西方的日暮之时。难道有人会把三千年宇宙战争中幸存者的名单称为一种崇拜物？

问题在于文学作品的消亡或不朽。能成为经典的必定是社会关系复杂斗争中的幸存者，但这些社会关系无关乎阶级斗争。审美价值产生于文本之间的冲突：实际发生在读者身上，在语言之中，在课堂上，在社会论争之中。很少有工人阶级的读者能决定文本的存废，左翼批评家也无法为工人阶级代劳。审美价值出自记忆，或（如尼采所见）出自痛苦，出自追求更艰辛而不是便捷的快感所带来的痛苦。工人们充满焦虑，转向宗教并寻求解脱。他们确知审美对他们是另一种烦恼，这就使我们体会到，成功的文学作品是产生焦虑而不是舒缓焦虑。经典也是一种习得的焦虑，东西方经典都不是道德的统一道具。如果我们能设想出一种多元文化和多元价值的普遍性经典，那它的基本典籍不会是一种圣典，如《圣经》、《古兰经》或东方经典，而是在世界各种环境中以各种语言被阅读和表演的莎士比亚戏剧。不论当代新历史主义者有何种信念，莎士比亚对他们说来只是英国文艺复兴时期社会能量的一个能指；而对千百万非白种欧洲人来说，莎士比亚代表了他们的伤悲，他们与莎氏用语言所塑造的人物认同。对他们来说，莎氏的普遍性不是历史的而是最基本的，因为他们的生活被他搬上了舞台。在他的人物之中，他们看到和遇到了自身的苦恼和幻想，而不是早期商业化伦敦城所显示出的社会能量。

记忆的艺术既有修辞学的先例又有魔术般的创新，它在很大程度上是想象的或真实的场景被转化成视像的过程。我自幼便对文学有着不寻常的记忆，但这纯粹是语言的记忆，没有一点视觉成分。只是近来当我年逾六旬，我才认识到，我的文学记忆一直依赖经典作为一个记忆系统。如果我是特例的话，那只是因为我的经验是经典主要实用功能的一种更极端情形：毕生阅读的记忆和整理。最伟大的作家占据了经典记忆剧场的“场景”角色，他们的杰作占据了在记忆艺术中被“意象”所填满的位置。莎士比亚和他的《哈姆莱特》，即核心作家和普世戏剧，促使我们不仅要记住《哈姆莱特》剧中发生之事，而且更为重要的是要记住文学中发生了什么使作品值得记忆并因此延长了作者生命的事。

福柯、巴尔特及他们的徒众所宣称的作者之死是另一类反经典的神话，类似于要排斥“所有已死的欧洲白人男性”的仇恨叫嚣，这些人加起来正好是“面包师傅的一打”：荷马、维吉尔、但丁、乔叟、莎士比亚、塞万提斯、蒙田、弥尔顿、歌德、托尔斯泰、易卜生、卡夫卡和普鲁斯特。不论你是谁，这些人都比你有活力，又毫无疑问都是男性，而且我猜都是“白人”。不过与任何活着的作者相比，他们都没有死。如今我们之中又出现了加西亚•马尔克斯、品钦、阿什伯里以及其他一些人，他们有可能成为最近去世的博尔赫斯和贝克特那样的经典作家，但是，塞万提斯和莎士比亚是另一类生命力的代表。经典确实是生命力的准绳，是测定那些不可公度之物的一种尺度。关于作家不朽的古代隐喻在这里有其意义，它为我们更新了经典的力量。在《诗作为永恒化》这篇附论里，柯尔提乌斯引用了布克哈特在《文学声誉》中关于声誉等于不朽的思索。但这两人都生活在“沃霍尔时代”之前，而在“沃霍尔时代”有如此多的人都可以当十五分钟的名人。十五分钟的不朽如今可以免费赠与，并被视为“破解经典”行为中一个皆大欢喜的后果。

捍卫西方经典绝非要维护西方，它也不是一项民族主义的事业。如果多元文化主义意指塞万提斯，谁能与之争辩？审美与认知标准的最大敌人是那些对我们唠叨文学的政治和道德价值的所谓卫道者。然而我们并不依照《伊利亚特》的道德或柏拉图的政治学来生活。讲授阐释学的人更认同萨福而非苏格拉底。这正如我们不能指望莎士比亚为我们破败的社会做些什么一样，因为莎剧的功能与公共道德和社会正义几乎毫无关联。当今新历史主义者奇怪地混合了福柯和马克思，但这一流派却仅是柏拉图主义漫长历史上的一段小插曲。柏拉图希望在放逐诗人之时也放逐暴君。但放逐莎士比亚，或把他还原到他的社会环境中，并不能使我们摆脱暴君。无论怎样，我们不能抛弃莎士比亚，或抛弃以他为中心的经典。我们常常忘记的是莎士比亚在很大程度上创造了我们，如果再加上经典的其他部分，那就是莎氏与经典一起塑造了我们。在《典范人物》中，爱默生恰如其分地写道："莎士比亚不属于杰出作家之列正如他不属于大众一样。他的聪明令人不可思议，而其他人的才智却能被了解。一位好读者似乎可以钻进柏拉图的脑子里去思考，但无法如此对待莎士比亚。我们仍不得其门而入，就经营才能和创造性来说，莎士比亚确实举世无双。"

我们有关莎士比亚的一切言论都不及爱默生的领悟重要。没有莎士比亚就没有经典，因为不管我们是谁，没有莎士比亚，我们就无法认知自我。莎士比亚赐予我们的不仅是对认知的表现，更多的还是认知的能力。莎士比亚与其同辈对手的差异既是种类也是程度的差异，这一双重差异决定了经典的现实性和必要性。没有经典，我们会停止思考。你可以无止境地梦想以种族中心和性别的考虑来取代审美标准，你的社会目的也许确实令人赞赏，但正如尼采恒久地证明的，只有强力才能与强力般配。

# 贵族时代

The Aristocratic Age

# 2 经典的中心：莎士比亚

就法律而言，演员的地位在伊丽莎白时代的英国，近于乞丐和类似的卑微者。这无疑令莎士比亚感到痛苦，于是他辛勤工作以便能以绅士的身份荣归斯特拉福镇。除了这一愿望外，对莎氏的社会观我们几乎一无所知，唯有我们从剧情中搜索到的那些含混不清的信息。作为一位演员兼剧作家，莎士比亚必然要仰仗贵族的赞助和保护，他的政治观——假如他确实有的话——很适合漫长贵族时代的鼎盛时期(在维柯的意义上)，这一时代我设定为自但丁开始，经过文艺复兴和启蒙运动，直到歌德为止。年轻的华兹华斯和布莱克的政治观属于法国大革命时代并预示了接下来的民主时代，这一时代在惠特曼和美国经典那里达到了辉煌的顶点，直到在托尔斯泰和易卜生那里获得最后的表达。莎士比亚艺术的源头令我们感到一种根本上属于贵族的文化意识，虽然莎氏超越了这一意识，就像他超越了其他一切。

莎士比亚和但丁是经典的中心，因为他们在认知的敏锐、语言的活力和创造的才情上都超过所有其他西方作者。这三样禀赋会合成一种本体性激情，即一种欣喜的能力，或如布莱克关于地狱的警句所指出的："充满活力即为美。"社会能量存在于每一时代，但不能写出戏剧诗歌及叙事文。原创的力量出自个人的天赋，存在于一切时代但显然会受到特定环境的巨大激励，亦即我们仍然只能片断地研究的民族浪潮，因为伟大时代的统一性基本上是一种幻觉。那么，莎士比亚是偶然的吗？文学想象和体现这种想象的文学塑造是否如演奏莫扎特一样飘忽无形？莎士比亚不属少数天生就有诗才的人，这类自然天成的诗人包括马洛、布莱克、兰波和克莱恩。这些人甚至似乎无需发展：《帖木儿》（上）、《小诗集》、《启明》、《白色楼群》都已属上乘之作。从写作《泰特斯·安德罗尼克斯》、早期历史剧及笑剧的莎士比亚身上，我们几乎看不到那位写出《哈姆莱特》、《奥赛罗》、《李尔王》和《麦克白》的作者。当我同时阅读《罗密欧与朱丽叶》和《安东尼和克莉奥佩特拉》时，我有时会难以相信是前一部浪漫抒情剧的作者创作了后一部气势宏大的戏剧。

莎士比亚何时成名的？哪些剧作从一开始就是经典？1592年二十八岁的莎士比亚就已写了三部《亨利六世》和后续的《理查三世》以及《错中错》，以后不到一年又写了《泰特斯·安德罗尼克斯》、《驯悍记》、《维洛那二绅士》等剧。令人惊叹的《爱的徒劳》约写于1594年，是第一部完全成功之作。1593年5月30日，比莎氏年长半岁的马洛遇害于一家酒店，时年二十九岁。如果那时莎士比亚也死去，他与马洛就难以相提并论了。《马耳他的犹太人》、两部《帖木儿》、《爱德华二世》甚至片断的《浮士德博士》等都远比莎氏《爱的徒劳》之前的作品更有成就。马洛死后五年，莎士比亚终以一系列大作超过了他的前辈和竞争者：《仲夏夜之梦》、《威尼斯商人》和两部《亨利四世》。鲍通、夏洛克和福斯塔夫等在《约翰王》中的福尔孔布里奇和《罗密欧与朱丽叶》中的墨柯修之外增加了新型舞台形象。这些已略微超出了马洛的才情和兴趣，尽管形式主义者对之不悦。这五部剧本另辟蹊径，成为A. D. 努托尔很恰当地说的“一种新摹仿”。

在莎士比亚创作福斯塔夫之后过了十三四年，我们又看到了他写出的一系列杰出戏剧形象：罗瑟琳、哈姆莱特、奥赛罗、伊阿古、李尔、爱德蒙、麦克白、克莉奥佩特拉、安东尼、科里奥兰、泰门、伊莫根、普洛斯佩罗、卡力班及许多人物。至1598年，莎士比亚名声已经确立，福斯塔夫也成了确立其名声的天使。没有一个作家在语言的丰富性上能够与莎氏相比，《爱的徒劳》就充分体现了这种丰富性，并使我们觉得此剧一劳永逸地触及了许多语言的极限。不过莎氏最高的原创性体现在人物表现上：鲍通是一个令人难忘的成功；夏洛克对任何人都是一个永远难以捉摸的形象；约翰·福斯塔夫爵士却充满了创新和感人力量，莎士比亚在他身上改变了创造文学人物的全部意义。

福斯塔夫使莎士比亚背负了唯一真正的文学欠债，当然他有所负欠的既不是马洛也不是中世纪道德剧的“恶行”，更不是古代喜剧中好吹嘘的士兵模式，而是莎氏最真实也最有内在关联的先辈《坎特伯雷故事集》的作者乔叟的模式。福斯塔夫与同样无耻的巴思妇人阿丽丝有着微妙而生动的联系，后者比道尔·提仕特或魁格利夫人更适合与约翰爵士并驾齐驱。巴思妇人耗干了五位丈夫，可是谁能磨倒福斯塔夫呢？学者们已注意到福斯塔夫体现出的与乔叟的奇特关系：约翰爵士早先也是在通往坎特伯雷的路上出现的，他和阿丽丝都戏拟了《哥林多前书》中的诗句，即圣保罗督促基督的信徒们坚守使命。巴思妇人宣称她的婚姻使命：“上帝召唤我们时的状态/我将坚守不渝：我自身无足轻重。”

福斯塔夫效仿她而为自己的强盗身份辩护：“怎么？哈尔，一个人在自己本分内忙活可不是罪过。”两位精力旺盛的嘲讽者都鼓吹一种压倒一切的内在性，在此时此地由生命来证实生命。他们都是坚忍的个人主义者兼享乐主义者，他们都否定陈腐的道德，都预示了布莱克伟大的“地狱箴言”：“狮和牛共用法律就等于压迫。”他们好比有强烈自我意识和激情的狮子，只冒犯有德行的人，正如福斯塔夫对反叛亨利四世的人所说的那样。约翰爵士和阿丽丝教我们的是野蛮的智慧，掺杂了逃逸的伎俩。福斯塔夫与巴思妇人十分般配，“我不仅机智，而且是他人机智的因由”，巴思妇人颠覆男性权威既是语言上的也是性欲上的。在《泉边天鹅：莎士比亚读乔叟》中，塔尔博特·唐纳德森抓住了无休止自言自语者和独白者之间最惊人的相似，认为在《堂吉诃德》中也有类似的特质，即孩童式地沉浸在游戏之中：“巴思妇人告诉我们她只想游戏一番，也许福斯塔夫在大部分时间里也是这样。但就如巴思妇人一样，我们常常迷惑于他的游戏始于何处又在哪里结束。”我们确实不知道，但阿丽丝和约翰爵士却知道。福斯塔夫可以与她一样说：“我已享受此生”，但他比她更明白，所以莎士比亚不必多费口舌。乔叟描写事物的基本秘诀在于将剧情发展和人物与语言联系在一起，这使他笔下的巴思妇人成了福斯塔夫的先辈，使赎罪券商成了伊阿古和爱德蒙的主要榜样。当我们见到阿丽丝和赎罪券商出现时，他们在倾听自我并由此而分别摒弃了游戏和欺骗之道。莎士比亚巧妙地抓住了这一启示，从福斯塔夫开始广泛地扩展主要人物自我倾听的效果，尤其是他们的变化能力。

在这里，我可以找到莎士比亚成为经典核心的关键原因。正如但丁超越其他前辈或后来作者，强调我们每个人终极的不变性，即我们在永恒中必得占据的一个位置,莎士比亚也在证实多变的心理上超越了所有人。这只是莎氏卓越特质的一方面；他不仅胜过所有对手而且在自我倾听基础上开创了对自我变化的描写，仅仅是在乔叟的启发下就完成了所有文学创新中的最非凡之举。人们可以推测，莎士比亚一定深研过乔叟，所以在创作福斯塔夫的不寻常时刻想起了巴思妇人。一切文学中自我倾听的首席人物哈姆莱特在自我倾诉上与福斯塔夫差不多。我们每一个人现在都会不停地自我倾诉与倾听，然后才进行思考并依照已知情况行事。这并不全是心灵与自己的对话，或内在心理斗争的反映，这更是生命对文学必然产生的结果的一种反应。莎氏从福斯塔夫起就在想象性写作的功能（这就是如何对他人言说）之外加上了如今占据主导或许也更沉郁的诗艺训诫：如何对自我言说。

在他成功的舞台演出过程中，福斯塔夫形象激发了一种道德评判的大合唱。一些最精密的批评家和思想家尤其怀有敌意，他们使用的绰号包括"寄生虫"、"懦夫"、"吹牛的人"、"德行败坏者"、"诱惑者"，以及更直接的"馋鬼"、"酒鬼"、"嫖客"等。我最喜欢的评价是萧伯纳的"昏庸可恶的老怪物"，我认为，这一评价也是因为萧伯纳私下已意识到，他在机智上无法与福斯塔夫相比，所以不能带着常有的轻松自信赞赏自己的心智而鄙薄莎士比亚。萧伯纳和我们一样，面对莎士比亚时都会产生一种自相对立的认识，即同时意识到陌生性和熟悉性。

在论述了浪漫派和现代诗人并思考了影响和原创性的问题之后，再论述莎士比亚，我感到一种令人震惊的差别，这种差别在种类和程度上都是莎士比亚所独有的。这种差异与戏剧本身关系不大。一场导演拙劣和演员念不清台词的莎剧演出从类别和程度上看，与莫里哀和易卜生剧作的或优或劣的演出是不同的。他有一种语言艺术的震撼，比任何作品更宏大也更确定，令人信服地感到那根本不是艺术而是一种永恒存在。

写作至此，我可以断言：莎士比亚就是经典。他设立了文学的标准和限度。但是他的限度在哪里？我们能从他那里找到盲点、压抑或想象和思想的失败吗？即使在最接近他的对手但丁那里，我们也无法确定诗的限度，但是人类的界限肯定可以发现。早先或同时代的诗人不能使诗人但丁大发慈悲。《神曲》中充斥着诗人，各得其所地待在但丁安排的地方。有一位奇怪地缺席的诗人奎多·卡瓦坎底在青年时期是但丁最好的朋友，却被但丁在他自己流亡的反讽序曲中逐出佛罗伦萨。卡氏的父亲和岳父是可怕的法瑞那塔，他在《地狱篇》中生动地出现过，在那里父亲表述了悔恨，因为是但丁而不是他的儿子奎多获得了永恒朝圣的荣耀。在《炼狱篇》第十一节中，但丁暗示他自己取代奎多的位子成了"我们语言的光荣"。莎士比亚的奎多·卡瓦坎底大约是马洛和本·琼生的混合。在他的世俗喜剧中，莎士比亚几乎不可能直接描写他们，但我因不算莎学专家所以能无顾忌地猜测，《第十二夜》中的马孚利欧是讽刺琼生的某些道德姿态，而《李尔王》中的爱德蒙是建立在马洛自己和他的戏剧人物之上的一个虚无幻影。两位人物都不乏吸引力；马孚利欧是《第十二夜》中的一个喜剧性受害者，只是我们觉得他走错了地方。在别的地方，他就会恰当地保持自己的尊严和自重。爱德蒙则适得其所，是李尔破败宇宙的深渊里比伊阿古有过之而无不及的角色。你只有是戈纳瑞和里甘才会爱上他，但大家都会觉得他有一种危险的吸引力，他没有矫饰，而是在面对任何结局时直言他和我们应有的责任。

爱德蒙有冲动，有大智，有丰富的见识，也有冷峻的快乐，能保持情绪高昂直到死亡。他没有任何温情，可以说是文学史上第一位表现了陀思妥耶夫斯基式虚无主义特质的人物，这些特质体现在《罪与罚》中斯维德里盖洛夫和《群魔》中斯塔夫罗金等人物身上。从《马耳他的犹太人》中的巴拉巴斯形象前进了一大步，爱德蒙将马洛式的马基雅维里角色提高到新的崇高地位，既是对马洛的嘲讽式赞颂，也是对这位伟大的偏激者的一种胜利超越。爱德蒙和马孚利欧一样都带有一种含混的赞颂，但最终证明了莎士比亚的宽宏，尽管这种宽宏是反讽性的。

我们对莎士比亚实际的内心生活几乎一无所知，但你若多年不舍地阅读他，你会逐步了解他不是什么。卡尔德隆是宗教剧作家，乔治·赫伯特是虔诚的诗人，但莎士比亚两者都不是。虚无主义者马洛却矛盾地显示出一种宗教的敏感，于是《浮士德博士》可读为自相矛盾之作。莎氏最压抑的悲剧《李尔王》和《麦克白》产生不出基督教意识，伟大而隐晦的戏剧《哈姆莱特》和《一报还一报》也不会。诺斯罗普•弗莱认为《威尼斯商人》应被理解成基督教义的严谨例证，即与《旧约》中所谓坚持个人义务和为己复仇相对立的《新约》之宽恕。《威尼斯商人》把犹太人夏洛克搬上了舞台，其意图是塑造一个喜剧式反角，因为莎士比亚明显地具有当时的反犹主义观念；但我没有发现在剧中有弗莱所称的神学寓言。只有安东尼奥真实的基督徒本性在唾骂夏洛克时显现了出来，因为他提出，犹太人获救的条件包括立即成为基督徒，这是夏洛克不可能赞同的强制改宗。安东尼奥的提议是莎士比亚的创造，并不属于“一磅肉”的传统。不论这一情节可以有多少种解释，甚至是我也难以称其为基督教义。即令莎士比亚的道德观极其暧昧，他也立即使我们的预期变得渺茫，但又保留了他那明显带有危险特征的普遍性。

一位出生于保加利亚、现在任教于耶路撒冷希伯来大学的朋友告诉我，她最近在索菲亚看了一出彼特洛夫的保加利亚版《暴风雨》的演出。那是一场笑剧，虽然她认为成功但观众却不满意，因为据她说，保加利亚人将莎士比亚视为古典的或经典的作家。在看过以日语、俄语、西班牙语、印度尼西亚语及意大利语演出的莎剧后，我的学生和朋友们在描述莎士比亚时通常会说，观众们都发现莎士比亚在舞台上表现的就是他们自己。但丁是诗人的诗人，而莎士比亚是人民的诗人；但丁虽然不为俗人写作，但他与莎士比亚都具普遍性。我了解任何文化批评和唯物主义辩证法都不能说明莎氏的无阶级性或但丁的精英式普世主义。他们既非偶然也非多元决定的欧洲中心主义的产物。显然，这种超卓的文学成就、思想力量、形象塑造，以及那些超越翻译成功地移置在各种文化中并引起关注的比喻，确实能留存久远。

但丁和弥尔顿都是有自我意识的诗人，都寻求过为世人留下传世而不朽的预言式架构。莎士比亚让我们疑惑的是他对《李尔王》的身后遭遇显然毫不在意。此剧有两种不同版本，按通常被阅读和演出的形式把它们混在一起并不是太令人满意。莎氏校对和确认过的剧本只有《维纳斯和阿都尼丝》及《鲁克丽丝受辱记》两部，但它们都配不上那位写下十四行诗的诗人，更不如《李尔王》、《哈姆莱特》、《奥赛罗》和《麦克白》了。一个作家怎么会对自己的《李尔王》最后定本如此大意或漫不经心呢？莎士比亚好比斯蒂文斯笔下的阿拉伯月亮："把他的星星遍撒于地"，似乎莎氏才情无比充沛，他不必太过计较。他旺盛的精力或才情是打破语言和文化障碍的部分原因。你无法把莎士比亚只限定在英国文艺复兴时代，正如你不能把福斯塔夫局限在《亨利四世》范围之内，或者把那位丹麦王子约束在他的剧情里。

莎士比亚对于世界文学，正如哈姆莱特对于文学人物的想象领域：一种四下弥漫又不可限制的精神。一种脱离教条和简单化道德的自由就成了精神自由挥洒的必要因素，虽然这种自由使约翰逊博士感到不安，并让托尔斯泰义愤不已。莎氏具有自然本身的那种恢宏，这一恢宏又让他领受了自然的淡漠。这种恢宏中没有什么关键之处是与文化和性别有关联的。如果你一而再地反复阅读莎氏之作，你或许不会了解他的个性或他的人格，但你肯定会认识到他的脾气、感受和知觉。

憎恨学派被其教条驱使而认为审美权威，尤其是莎士比亚表现出的那种权威，长期被当作文化谋略来维护商业化中心大不列颠的政治经济利益，这一做法自十八世纪迄今延续不断。在当代美国，一些人将莎士比亚看作被用于建立欧洲中心主义的势力，以反对各种少数群体合法的文化追求，其中包括现在已很难被称为少数群体的学院派女性主义者们。这使人理解为什么福柯获得了憎恨派的青睐：他用"书库"这一隐喻来取代经典的提法，这就消解了各种等级体系。但是如果没有经典，那么一直受莎士比亚影响而写作的约翰·韦伯斯特也可取代莎氏的地位了，这种替代一定会贻笑韦氏的。

莎士比亚无可取代，即使古今少数堪与他作对或与他为伴的戏剧家也无法取代。如今有什么作品能媲美莎氏的四大悲剧？正如乔伊斯所坦承的，即使但丁也缺少莎士比亚的丰富多彩。这意味着莎士比亚笔下的人物是寓意无尽的，而且也意味着莎士比亚的三十八部戏剧再加上十四行诗组成了一部不完整的《俗曲》，它远比但丁作品更恢宏，也更清新地摆脱了但丁的神学寓言。莎士比亚的丰富性大大超过但丁和乔叟二人的作品。作为哈姆莱特、福斯塔夫、罗瑟琳、克莉奥佩特拉、伊阿古和李尔等形象的创造者，他不仅在程度上而且在性质上都与众不同。如果这一差异可以确定的话，我们就接近于认识到了莎士比亚为何必然重新占据西方经典的中心，而且不论政治考虑如何干扰，莎士比亚仍将继续重新占据西方经典的中心。

弥尔顿二十岁出头时发表的第一首诗，被作为莎士比亚第二对折本(1632)的赞辞之一，不过没有署名。当时莎氏已谢世十六年之久，但是声誉仍旧，而且他也经受了自十八世纪德莱顿、蒲柏、约翰逊博士直到浪漫主义早期阶段开始的经典化过程，这也是一个神化莎士比亚的运动。年轻的弥尔顿专擅地称他的这位前辈为“我的莎士比亚”，将他视为男性缪斯和“记忆的爱子”，并且巧妙地暗指莎士比亚是“声誉的伟大继承者”，在某种意义上将是弥尔顿自身遗产的一部分。弥尔顿将是这样一群诗人中的一个：

> 自你无价之书的天际里，
> 获取深刻感人的神喻诗行，
> 然后你却夺走我们的幻想，
> 让我们变成有太多思索的大理石。

在1632年，“无价之书”是指“珍贵无比的书”，但仅此还不能澄清这些诗行的含混和暧昧之处。弥尔顿和其他敏锐的读者变成了莎士比亚的纪念碑。他们不再有自己的想象，他们成了大理石而顺从莎士比亚的“思索”的力量。但是由于弥尔顿的狡智，莎士比亚也将如此。弥尔顿在给予我们一个莎士比亚之时也预见了博尔赫斯的出现，这个莎士比亚谁都是但又谁都不是，如自然一样无名无姓。如果你的读者、观众以及你的人物和演员都变成了你的作品或你的书，那你也就只能与他们同在了。莎士比亚是自然的艺术家，使弥尔顿受到匿名的赠予，这一源泉成了弥尔顿自己的禀赋而无需多余的引证。莎士比亚是弥尔顿的力量之所在，后者又将这一力量大方地转赠莎氏，莎氏虽生在弥尔顿之前却也在某种意义上在他之后到来。在弥尔顿刚发表诗作时，他已经预示了自己的经典结局，他好比又一座无墓的碑石，将活在读者的心中。不过，莎士比亚拥有广大的观众，他们良莠不齐，而弥尔顿却急切地暗示，他的观众比较而言虽少却精。献给莎氏的诗属于经典互文，实际上具有自我经典化的意义。

在某种意义上“经典的”总是“互为经典的”，因为经典不仅产生于竞争，而且本身就是一场持续的竞争。这场竞争的部分胜利会产生文学的力量。即使弥尔顿这样有强力的诗人，他的力量显然也是竞争性的而不会全属弥尔顿一人。我认为，更具有完全自主性的极端例子见于但丁甚至莎士比亚的作品中。从某一方面看，但丁是更强的弥尔顿，他超越了古今所有对手这一事实就比弥尔顿的成功更具有说服力，这或许只是因为弥尔顿总受着莎士比亚的影响。但丁影响了我们阅读维吉尔的方式，而莎氏会深刻地改变我们对弥尔顿的态度。维吉尔几乎不影响我们对但丁的理解，因为但丁已摒除了真正的伊壁鸠鲁式的维吉尔。弥尔顿对于我们分析莎士比亚没有帮助，因为弥尔顿消弭莎氏影响的做法不过重复和扭曲了莎氏自己的策略，即把自我隐含在作品之中。

莎士比亚的这种做法比历来任何公开的自我经典化过程更为有力，这一过程使我们再次感到莎氏作为经典核心的不偏不倚性。可信的传记传统显示，威廉•莎士比亚这个人与但丁、弥尔顿和托尔斯泰这些具有强烈个性的人物相比，绝无半点个性。他的朋友与熟人都证实所见到的是一位和善的平常人：开朗、机智、亲切、文雅、不摆架子，好比一个你能与之随意小酌的友人。大家众口一致地认为莎氏性情和善谦逊，当然在事业上他还是精明的。他带有真正的博尔赫斯之风，似乎这位创造出数十位主角及数百位生动配角的人却没有花费想象力来塑造自己的性格。居于经典正中的就是我们已知的所有作家中最无自我意识又最不咄咄逼人的一位。

我们的分析能力似乎很难把握莎士比亚生活的平淡无奇和他戏剧的超凡魅力之间的反常对比。他的两位同时代勉强可称为竞争者的人也有超常的特性：本•琼生的暴躁直率，马洛的双重人格及浮士德式的偏激。他们皆为大诗人，如今他们的生平与作品几乎同样著名。莎士比亚与抑郁的塞万提斯在性格上相近，但后者不情愿地过着四处奔波和磨难不断的生活。再有，莎氏与蒙田也有性格相似之处，但蒙田退休后的创作生涯不时被上层政治和内战所打断。莫里哀也许在脾性和喜剧才气上可以媲美莎士比亚，但莎氏只演过小角色而莫里哀做过主角，除了《唐璜》，莫里哀躲避悲剧正如拉辛不碰喜剧一样。尽管莎士比亚有明显的社交能力，但他在大作家中却出奇地孤僻。他洞察力超群出众，思想的深刻和新颖无人可比，把握语言的能力驾轻就熟，远胜过但丁在内的所有人。

莎士比亚位居经典核心的秘密部分地在于其非功利性，虽然新历史主义者和其他憎恨派一再抨击，但莎士比亚不受任何意识形态的约束，与笔下机敏的主角哈姆莱特、罗瑟琳和福斯塔夫相差无几。他不谈神学、形而上学、伦理学，政治理念也比他那时的批评家所看到的为少。他的十四行诗显示自己不像福斯塔夫那样能摆脱超我；他也不像最后的哈姆莱特具有超脱性，更不像罗瑟琳那样能始终把握与自己生活有关的一切。但由于他想象出这些人物，我们可以假设他不愿跨越自己的界限。他是清醒的，所以不像尼采或李尔王，他能想象出疯狂等一切东西，但自己却不会发疯。他的智慧在我们的圣贤之中不停地变换，从歌德到弗洛伊德，尽管他自己从不愿前进一步充当圣贤。

尼采的告诫令人难忘：我们总是为心中已死之物寻找词语，因此言说行为本身总是有一种轻蔑。这位矛盾的格言家一定已经意识到，他只是在解说哈姆莱特和伶王的话，正如爱默生一定知道，当他提出补偿定律亦即“没有付出即无收获”时，他只是在附和李尔而已。克尔凯郭尔也发现人们不可能不是后莎士比亚的，他被那超凡而忧郁的丹麦先辈所惑，王子与奥菲丽娅的关系预示了克尔凯郭尔与雷吉娜的关系。爱默生在谈及柏拉图时说过：“大灾祸使他成了我们原创性的源头”，但爱默生自己应该承认，是莎士比亚首先教会了他在原创性的问题上要大声发出警告。

憎恶莎士比亚的最有名者要算托尔斯泰伯爵，他是憎恨学派尚未认可的先辈之一。他的《莎士比亚与戏剧》(1906)是为著名的《何为艺术？》(1898)所写的一篇犀利的跋：

> 从莎士比亚崇拜者所显示的来看，他的作品主题充斥着最低劣和最鄙俗的生活观念，这种观念视世上富贵之人的外在显要为真正的荣耀，却

蔑视劳工大众。他不仅抛弃了一切宗教,也抛弃了改善现存秩序的人道努力。

莎士比亚声誉的基本内因过去和现在都在于,他的戏剧迎合当时和今日上层阶级的非宗教和不道德的心智架构。

……人们在摆脱了催眠状态后将会明白，莎士比亚及其模仿者们琐碎和不道德的作品只是为了取悦讨好观众,决不可能表现生活的教诲;由于没有真正的宗教剧,生活的教诲应该在别处寻找。

托尔斯泰的文章主要是为了责备《李尔王》,但这却成了一个可悲的讽刺,因为托尔斯泰在人生的最后时刻不知不觉地变成了李尔王。高明的憎恨派不会把布莱希特当作真正的马克思主义戏剧家,或把保罗•克洛代尔当作真正的基督教剧作家,从而厚待此二人却鄙薄莎士比亚。但托尔斯泰的呐喊具有真正道德狂热的深刻,以及他自己审美尊荣的所有权威。

显然,托尔斯泰《何为艺术?》之类的文章是一个灾难,并使人不禁要问一个严肃的问题:为什么这样一位大作家会如此错谬?托尔斯泰不以为然地列出一串莎士比亚的著名崇拜者;他们包括歌德、雪莱、雨果及屠格涅夫。他还应该添上黑格尔、司汤达、普希金、曼佐尼、海涅以及其他几十人,实际上除了伏尔泰等几个乏善可陈的例外,所有懂得阅读的主要作家都可以算在内。托尔斯泰对美学的反叛有一个次要因素就是创作上的妒嫉。托尔斯泰对莎士比亚与荷马共享的荣耀并不认可，并抱有一种特别的激愤；托尔斯泰认为只有自己的《战争与和平》够格与荷马比肩。更有意思的是,托尔斯泰对《李尔王》这出非道德非宗教的悲剧从心底感到厌恶。我宁可容忍这种厌恶也不赞成企图把莎士比亚刻意写作的前基督教戏剧基督教化，托尔斯泰很准确地看出作为戏剧家的莎士比亚既非基督徒也不是道德家。

我记得在华盛顿的一次画展上,我站在一幅提香的画前,画作表现了阿波罗将马希亚斯剥皮的情景。我十分震惊，只顾点头同意我的同伴美国画家拉里·戴的评论,他认为该画作具有《李尔王》最后一幕的撼人力度。提香画作也曾在圣彼得堡展示并让托尔斯泰有机会看到,我记不起他有什么具体的评论,但他可能已思考过提香所作的恐怖末日形象。《何为艺术?》一文不仅抛弃了莎士比亚,还抛弃了但丁、贝多芬和拉斐尔。如果你是托尔斯泰也许你可以不理睬莎士比亚,但也要感激托尔斯泰为我们指出了莎士比亚的力量和冒犯的真正缘由:不受过多的道德与宗教约束。显然,托尔斯泰并非在一般意义上这么说,因为希腊悲剧、弥尔顿、巴赫等也没通过托尔斯泰的大众平易性标准的检验,通过检验的是雨果及狄更斯的部分作品,斯陀夫人和陀思妥耶夫斯基的一些二流作品,以及乔治·艾略特的《亚当·比德》。这些都是基督教和说教艺术的例子,虽然"好的普遍艺术"对一些奇特的次级作家来说是可以接受的,这些作家包括塞万提斯和莫里哀。托尔斯泰要求"真实",而在他看来,莎士比亚的问题就在于他对真实不感兴趣。

这必然牵涉到这样的问题:托尔斯泰的抱怨有多大关系?西方经典的核心难道只是对谎言的实际赞颂?萧伯纳极为称赞《何为艺术?》一文,大概他喜爱班扬的《天路历程》超过莎剧,而其原因大概也如托尔斯泰将《汤姆叔叔的小屋》置于《李尔王》之上那样。这种想法如今我们耳熟能详,我的一位年轻同事告诉我,她喜爱艾丽斯·沃克的《梅里迪安》更甚于托马斯·品钦的《万有引力之虹》,因为品钦说谎而沃克塑造了真实。通过用政治正确性取代宗教正确性,我们就回到了托尔斯泰对艰深艺术的诘问。但是,托尔斯泰所不愿正视的恰恰在于,莎士比亚实际上独特地同时展示了艰深和浅显的艺术。我猜这或许正是莎士比亚的冒犯之处,也是他何以成为经典中心的根本解答。在今日多元文化环境中,莎士比亚能够抓住上层和下层阶级中绝大多数观众。就我所知,使莎剧直抵经典中心的是一种普遍适用的表现方式,这种方式只产生或碰到了少数法国的反对者。

这种表现男男女女的方式过去和现在都是真实的吗?不管是在什么意义上说,《汤姆叔叔的小屋》难道比《神曲》更诚挚吗?也许,沃克的《梅里迪安》比《万有引力之虹》更诚挚些。无疑地,托尔斯泰晚年比莎士比亚或任何其他人都诚挚。诚挚不是通往真实的必然之路,想象性文学处于真理和意义之间,我曾把这一交会点比作古代诺斯替教徒所说的“虚空”(kenoma),如布莱克所写,这是我们在其中徜徉和哭泣的宇宙虚空。

莎士比亚对这一虚空有无人能及的更令人信服的表现,尤其在他为《李尔王》和《麦克白》设置背景时是这样。在那里莎士比亚再次占据了经典的中心,因为我们难以想到更有说服力的例子了,不管是荷马、但丁或是托尔斯泰。单从修辞文采上看,莎士比亚无人能及;没有更精彩的全套比喻能超出莎士比亚。如果你要寻找无视修辞的真理,那你也许应该去研究政治经济学或系统分析,而听任美学家和俗众一起把莎士比亚捧上天。

我在不停地绕回到莎士比亚天才的奥秘这个问题上,并充分意识到“莎士比亚的天才”这句话意味着就憎恨学派而言我已被排除在这种天才之外。但福柯所谓的“作者之死”的问题在于它仅仅是变换了修辞手法而不是新创了一种方法。如果《李尔王》和《哈姆莱特》是由“社会能量”所写成的,那为什么这些能量恰恰在斯特拉福工匠之子的身上比在强壮的泥瓦匠本·琼生身上更具艺术生产性?忿忿不平的新历史主义者或女性主义批评家有一种奇怪的激愤,这种激愤不断产生出一些同道来,他们坚信培根爵士或牛津伯爵才是《李尔王》的真实作者。弗洛伊德作为一位大家,至死都坚持认为摩西是埃及人,是牛津伯爵写成了莎剧。名字非凡的卢尼是牛津伯爵说的首创者,他在《释梦》和《性学三论》的作者身上找到了信徒。如果弗洛伊德加入了“平地社”(Flat Earth Society),我们也不会为之过于懊恼,尽管在深层之下还有深层,而且我们至少会感谢弗洛伊德并没有过分依据卢尼的假设。

让弗洛伊德大感宽慰的是,他相信莎士比亚这位先辈并非来自斯特拉福镇的平庸之辈,而是谜一样的有权力的贵族。这不仅仅是一种势利。因为对弗洛伊德及歌德等人来说,莎氏作品就是文化的世俗中心,寄托着人类理性荣光到来的希望。对弗洛伊德来说还不仅如此。在某一层次上,弗洛伊德理解是莎士比亚通过发现心理活动而发明了精神分析,于是弗洛伊德才能认知和描述它。这一理解会令人不快,因为它颠覆了弗氏所宣称的:“我发明了精神分析,因为此前并无文献记载。”当所谓莎士比亚是一个冒名顶替者的说法带来报复的机会时,弗氏的厌恶得到了发泄,尽管从理性角度看这种厌恶无损于莎剧的先驱地位。莎士比亚曾极大地损伤了弗洛伊德的原创性,而今他的面具被揭开并受到羞辱。我们应该庆幸没有一本弗洛伊德写的《牛津伯爵与莎士比亚主义》,同《摩西与一神教》以及新历史主义、马克思主义、女性主义论莎士比亚的各种名作并列在书架上。法国的弗洛伊德已是十足愚蠢,而今又出现了法国的乔伊斯,这确实令人难以接受。但最矛盾百出的是法国的莎士比亚,这是新历史主义应得的名号。

真实的斯特拉福人在二十四年里写了三十八个剧本,然后返乡老死。他在四十九岁时写了最后一部戏《两位贵亲戚》,是与约翰•弗莱彻合作的。他在三年之后近五十二岁时就去世了。李尔和哈姆莱特的创造者历经波折后平静地死去。迄今没有杰出的莎士比亚传记问世,这不是因为我们对他知之甚少,而是因为可知的实在有限。我们时代的一流作家中,也许只有斯蒂文斯在外在经历与激情上如莎氏一样平凡。我们只知道斯蒂文斯痛恨所得税累进制,而莎士比亚也曾为了保护房产投资而在大法官法庭迅速兴讼。我们还多少知道,这两人的婚姻生活除了开始之时都平淡无奇。除此之外,我们所知的仅有剧作,或是斯蒂文斯在沉思的狂喜中产生的复杂变奏。

令人十分满意的状态是想象力沉入作品之中而作者心中平静如水,波澜不惊。马洛使我思忖其人,是他本人而不是他的剧作能被人一直在思考;兰波则让人二者皆思,只是这年轻人比他的诗更为神秘。斯蒂文斯这个人全然地自我逃避以至我们几乎无从寻找他;莎士比亚这个人却说不上是避世者或其他什么。他在剧作中没有无可争辩的代言人;既非哈姆莱特又非普洛斯佩罗,当然更不是哈姆莱特之父的鬼魂,虽然莎士比亚应该扮演过这一角色。即使最仔细的学者在他的十四行诗中也不能清楚地划定惯常的和个人的看法之间的分野。为了理解莎士比亚其人其作,我们总要回到那位伟大剧作家无可争辩的核心成就上,这几乎是从剧作一上演就开始了。

对待莎剧超卓成就的一个方法是否定它。从德莱顿至今,选择这一做法的人少得可怜。虽然现在新历史主义的新奇立场或故意贬损莎士比亚的做法是另有所图,但事实上那就是在进行否定,这一般是隐含的,有时也会明白说出来。如果英国文艺复兴时期的社会能量(假设这不仅是我所怀疑的一个历史化隐喻)以某种方式造就了《李尔王》,那么莎士比亚的独特性就会受到怀疑。也许是在一两代人中,说《李尔王》的作者是"社会能量",跟推测是牛津伯爵或培根爵士写作了这出悲剧差不多同样富有启发性。这里牵涉的动机是相同的。但把莎士比亚简化为环境所造,不管是什么环境,就像把但丁贬低为当时佛罗伦萨及意大利环境的创造物一样容易。不论在这里还是在意大利,没有人会挺身宣布卡瓦坎底与但丁在审美价值上是同等的,同样徒劳的是宣称本·琼生或马洛是莎士比亚的真正对手。琼生和马洛是风格十分不同的大诗人,有时也是杰出的剧作家,但读者或演员遇到《李尔王》时就进入了另一种艺术境界。

什么是莎士比亚的特异之处,使得只有但丁、塞万提斯、托尔斯泰以及少数几个人成为他的美学同侪?提出这个问题就是在探寻文学研究的最终目的,即探寻能够超越一时之社会需求及特定成见的某种价值观。照现今所有的意识形态来看,这一探寻是虚幻的;但本书的部分目的就是要挑战左的和右的文化政治学,因为它们正在摧毁批评,也许随之还在摧毁文学本身。莎士比亚作品中一个普遍的基本特质是多元文化性,它在所有语言中能被普遍地感觉到,所以也就在全球实际上构建了一种文化多元主义,这比以政治化的笨拙努力去实现这一理想要高明得多。莎士比亚是一种世界经典雏形的中心,而不是仅仅属于西方或东方,更别提欧洲中心论了。这样我就又回到那个大问题:什么是莎士比亚独特的卓越之处,即那种在程度和种类上都与其他作家不同的差异?

莎士比亚运用语言的能力虽然高超,但还不是独一无二和不可模仿的。英语诗歌常常显示出莎士比亚的影响,这足以说明他高妙文采的感染力量。莎氏独特的伟大在于对人物和个性及其变化多端的表现能力。对这一伟大之处所作的经典赞誉出自萨缪尔·约翰逊1765年所写的《〈莎士比亚作品集〉序言》,这一赞誉既富启示性又有误导性:"莎士比亚凌驾于所有作家之上,至少是超过所有现代作家,他是自然的诗人,为他的读者们举起了一面生活和世态的忠实镜子。"

约翰逊对莎士比亚的赞誉呼应了哈姆莱特对演员的夸奖。与这段话相对的是奥斯卡·王尔德的说法:"所谓艺术举起面向自然的镜子这一不幸的格言自哈姆莱特之口说出，是为了让旁观者相信，他的一切有关艺术的观念全是胡言。”

事实上，哈姆莱特说的是演员举起面向自然的镜子，但约翰逊和王尔德却把演员看作诗人兼剧作家。王尔德的“自然”是意图阻挠艺术却徒劳的一种障碍物，约翰逊则视“自然”为一种现实原则，它使独特个性融入共性，亦即“共同人性的成果”。莎士比亚比这两位真正聪明的批评家更睿智，因为他从冲突的角度看待“自然”，如在悲剧最高境界中的李尔和爱德蒙，哈姆莱特和克劳狄斯，以及奥赛罗和伊阿古。你不可能面向任何一个自然举起镜子，或自以为是地认为你的现实感受比莎氏悲剧更加丰富。没有哪部文学作品会如莎剧那样提醒你，剧作只能和剧作相比；同时也暗示你，一种悲剧理念不只是像另一种悲剧理念（尽管可能会像），它还像人或人的变化，或是像人的变化的最终形式即死亡。

一个词的意义往往是另一个词，因为与人或物相比，词语之间更为互相接近。莎士比亚经常暗示，词汇更像人而不像物。他对人物的表现有超凡的丰富性，因为在他之前或之后的作家中，没有人给过我们更深的感受：每一个角色都以与他人不同的声音说话。约翰逊注意到这一点并归之于莎士比亚描写一般自然的精确性，但是莎士比亚本人也许会起而质疑这一自然的现实性。他巧妙地呈现想象性人物既一致又各异的逼真声音的能力，源自文学创作中前所未有的最丰富现实感受。

当我们要分析莎士比亚的现实意识时（或者如果你愿称为戏剧中的现实的话），我们可能会对它感到迷惑。如果你与《神曲》保持一定距离，该诗的陌生性会令你吃惊，但莎剧似乎能让人马上就感到熟悉，而且剧情意蕴丰富，令人难以一下子悟透。但丁为你解说他的人物，如果你不接受他的裁决，他的诗就抛弃你。莎士比亚的人物容纳多种观点，以致他们成为你判断自我的分析工具。如果你是一位道德家，福斯塔夫会惹恼你；如果你变得堕落，罗瑟琳会揭穿你；如果你是老古板，哈姆莱特决不会接近你。假如你是解说者，莎氏笔下的恶棍会使你一筹莫展。伊阿古、爱德蒙和麦克白等人的行为动机过于复杂，其中大多数是他们为自己想象和发明出来的。和福斯塔夫、罗瑟琳及哈姆莱特等大智者一样，这些恶魔式的人物都是自我的艺术家，或如黑格尔所说的是自我的自由艺术家。哈姆莱特是最丰满的人物，莎士比亚赋予他一种创作的意识，而不是莎氏自己的意识。阐释哈姆莱特如同阐释爱默生、尼采和克尔凯郭尔等箴言家一样困难。“他们活着并写着”，人们内心也许会抗议说，但莎士比亚设法给了我们这个哈姆莱特，他补充了一些内容就把《贡扎果谋杀案》改成了《捕鼠机》。莎士比亚的成就最令人迷惑的是，他为解释我们所设想的语境超过了我们能够用来分析莎剧人物的语境。

对许多读者而言，《李尔王》触及了人类艺术的极限，并似乎与《哈姆莱特》并列莎剧经典的顶峰。不过我个人却偏爱《麦克白》，该剧的每一句台词和每一剧情所透露出的冷酷命运一直让我感到震惊。《麦克白》只有一位重要人物，《哈姆莱特》也是这样以其主角的出类拔萃遮盖了所有次要人物（我们也一样）。莎士比亚塑造个性人物的能力最大程度地表现在《李尔王》里，也十分奇怪地表现在《一报还一报》里，这两部戏里都没有次要人物。李尔使我们见到了经典杰作核心中的核心，就如我们读到《地狱篇》或《炼狱篇》中一些特别的章节时那样，或如托尔斯泰的叙事作品《哈吉•穆拉特》一样。这里如其他地方一样，创造之焰烧毁了一切语境，给予我们可谓原初审美价值的东西，让我们摆脱历史和意识形态的束缚，让一切可教之人去阅读和观赏它。

憎恨派也许会强调，只有精英才能受此教育。一些更真实的情形告诉我们，在本世纪行将逝去之际，深入地阅读经典越来越难。原因也许是传媒或其他混乱时代里扰人的东西，不过即使精英们也逐渐失去了苦读的耐心。在我这一代人中，细读还不会中止，但在以后几代人中它肯定会消失。我快四十岁时才有了第一台电视，这是否毫无关系？我不能确定，但有时我想，批评偏好语境而非文本是否反映了一代人已经变得厌倦了细读深究。李尔和考狄莉娅的悲剧可以传达给浅薄的观众和读者，因为莎士比亚的奇才能吸引几乎来自各种层次的关注。但是，恰当地演出和阅读莎剧所要求的东西远超过任何简单的应答意识所能提供的。

约翰逊博士以不能忍受考狄莉娅之死而著称，他说：“我在多年前即对考狄莉娅的死深感震惊，后来直到我作为一名编辑去修订剧本时，我还不知是否能忍受再次阅读剧本最后几场的痛苦。”

正如约翰逊所表达的,《李尔王》悲剧最后一场中出现了一种可怕的荒凉景象,它所产生的效果是莎氏及所有其他作者此类描写都无法比拟的。约翰逊也许认为考狄莉娅的死代表了那种荒凉,这是由于因悲伤过度而再次疯狂的老国王怀抱死去的考狄莉娅出场的惨景。这一场景所具有的形象力量颠倒了所有自然的预期,因此有了弗洛伊德在《三个匣子的主题》(1913)中著名的误读:

> “李尔怀抱死去的考狄莉娅上。”考狄莉娅就是死神。如果倒过来看,情形就变得可理解而且很熟悉了——死亡女神从战场上带走归西的英雄,就像德国神话中的英灵女侍一样。永恒的智慧罩上了原始神话的外衣,吩咐老人弃爱赴死,与死亡的必然性交友。

弗洛伊德当时五十七岁,尚有二十六年余生,但他在谈及这位“主角”时也禁不住把自己投射入角色之中。弃爱赴死,与必死的命运交友,这些都是哈姆莱特王子的作风,却不适于李尔王。莎剧中和生活中的国王都死得很艰难,李尔就是这种国王最典型的表现。他的先驱并非文学性的君王,而是所有统治者的榜样,即主耶和华自身。当然你若视耶和华为一个文学人物而莎士比亚只在日内瓦圣经中见到过,那就要另当别论。J作者笔下的耶和华是《创世记》、《出埃及记》和《民数记》等原初系列中的主要人物,他和李尔一样忽而暴躁,忽而发狂。作为父权形象的李尔不会为女性主义批评家所爱,而会被他们归类为父权专制的原型。他的力量即使行将消亡也是他们不可容忍的,因为他们把它解释为上帝、国王和父亲三位一体的一种狂躁性格。但是,他们忽略了该剧的既定意旨,剧中李尔王不仅因为表现出善良的一面而为大家敬畏,而且也显然被考狄莉娅、弄臣、葛罗斯特、埃德加、肯特、奥本尼及剧中的臣民们所爱戴。他在个性上很像耶和华,但他要温厚一些。他对待考狄莉娅的主要错误在于他要求对自己的厚爱给予太多的回报。莎士比亚塑造的众多人物中,李尔是最感情用事的,这一特性本身也许很有魅力,但与他的年龄和地位皆不相称。

即使对李尔最敌视的解读能破除所谓国王必有社会同情心的迷信，却并没有涉及他极富感情的一面，而他的女儿戈纳瑞和里甘也具有这种品质，不过，她们都缺少他那种对爱的着魔似的追求。李尔如果没有和女儿考狄莉娅的性情相似之处，他就会和另两位女儿一样。莎士比亚没有明确去描写考狄莉娅与她姐妹的不同之处，也没有多叙述埃德加和爱德蒙之间同样显著的反差。但是，莎士比亚成功地赋予了考狄莉娅和埃德加以一种倔强的性格，这种性格比两人共同的谨慎性格更为突出。这两位令人真正难以割舍的人物身上有着逆反的固执个性，一种骨子里具有的任性力量。考狄莉娅深知她的父亲和姐姐的为人，而且可以略施手腕预先阻止这场悲剧，但她没有做。埃德加所采取的自惩式伪装比真正必需的要低劣得多，他在伪装早就应该抛掉之时还在惺惺作态。他一直不愿向葛罗斯特透露自己的身份，直到他隐瞒姓名杀掉爱德蒙为止，这一奇特之处和莎士比亚不愿把父子相认并和解的场景表现出来如出一辙。我们听到埃德加叙说这一场景，却无法见到场景本身。我认为可以感觉到，埃德加也许是莎士比亚在剧中的个人代表，和马洛式的爱德蒙恰成对照。爱德蒙是一个天才，他和伊阿古一样聪明，但更加冷酷，可说是莎氏所有人物中最冷酷者。正是从爱德蒙和李尔的对照之中我找到了莎剧巨大美学力量的来源之一。莎士比亚作品的核心存在于此类对照之中，它是观剧者和读者都会一心向往的，它也使得剧作无法佑护我们或它自己。在我读过的最强有力的文学作品中心，有一种可怕而蓄意的空缺，一种我们会被吸入进去的宇宙虚空。细心体察《李尔王》悲剧，我们会感到自己被抛上抛下，直到一无所值，孑然一身。

《李尔王》的结局没有超越尘世之意，而哈姆莱特死时似乎还有这种意味。李尔的死对他是一种解脱，但不是对幸存者们如埃德加、奥本尼及肯特的解脱。这对我们也不是解脱。李尔身上体现了太多的东西，因而他死去的方式使其臣民难以接受，我们所分担的李尔的苦难太过沉重，因此无法如弗洛伊德所说的“与死亡的必然性交友”。也许莎士比亚始终不在舞台上显示葛罗斯特死状是为了让垂死的爱德蒙与李尔之间的对比更加尖锐。爱德蒙力图避免无意义的死亡，所以想撤销处死考狄莉娅和李尔的命令。但他太迟了，我们和爱德蒙都不知道他被抬下舞台面对死亡时究竟变成什么样。

这一戏剧的伟大之处与李尔父权的伟大息息相关，人类的这一方面如今在一个批评的时代受到了严词贬责，这时代活跃着女性主义、马克思主义文学批评和从巴黎进口的各种反资产阶级十字军。不过，莎士比亚太警觉而不会让自己的艺术屈从于父权政治或是基督教，甚至屈从其赞助人国王詹姆斯一世的皇室专制主义。李尔今日受到的厌恶大多数是毫无理由的。这位困惑的老迈国王所代表的自然与虚无的爱德蒙称作女神的自然完全不同。在这部场面宏大的戏剧中，李尔和爱德蒙虽曾两次同台演出重头戏，但彼此从未说过一句话。他们能说什么？在莎剧中最富情感的人物和最冷酷的人物、最忧心的人物和最无所谓的人物之间能有什么样的对话？

在李尔所感受的自然中，戈纳瑞和里甘是不自然的女巫，是深渊里的妖魔，她们也确实如此。从爱德蒙的自然观来看，他的两位鬼魅恋人无比自然。莎剧不让人们采取中间立场。拒斥李尔不是一种审美选择，不管你如何努力抗拒他的过激和怪异的力量也罢。莎士比亚在此与J作者有了共同点，后者所写的富于人性的耶和华既不适合我们，又让我们无法回避。如果我们想要一种不会自毁的人性自然，我们应当转向李尔的权威，尽管这一权威存有弊端，尽管在其伤人的力量中有着妥协。李尔不能救己也不能疗人，他不能没有考狄莉娅。但剧中没有什么可以救他：肯特只希望死时与主人相聚；奥本尼仿照李尔而弃位；先知式的生还者埃德加显然是为了莎士比亚和观众而说出下面的剧终台词：

我们命定忍受这悲惨时代的重负，
叙说我们内心的感受，而不是言语堂皇，
最老迈者无所不忍；我们年轻者
将见不到这样多，也活不到这样长。

自然以及国家都伤痕累累而濒临消亡，三位幸存者也随着死亡进行曲退场。最关紧要的是自然的解体，以及我们对生活中什么是自然的感受。剧终的效应如此巨大，以致一切都似乎颠倒了。为什么李尔的死会同时给予我们如此强烈又如此矛盾的感受呢？

1815年，六十六岁的歌德写了一篇评论莎士比亚的文章，试图缓和自己对这位西方最伟大诗人的对立态度。他以莎氏的崇拜者开始，提出了所谓“古典主义”理论，这种理论认为莎士比亚并非十全十美，并以《罗密欧与朱丽叶》的一个相当严肃的版本来“纠正”莎士比亚。虽然歌德最终的评判还是肯定莎士比亚的，但文章本身却不够鲜明而闪烁其词。此文有助于增强莎士比亚在德国的地位，但歌德对这位超过自己的诗歌和戏剧天才有着矛盾的心态，这妨碍了他对莎氏独特和持久的风格做一个清晰的陈述。这一任务直到黑格尔在身后出版的演讲集《美学》（或译《纯艺术的哲学》）一书中才得以完成，黑格尔有关莎士比亚表现人物的深刻见解仍有待我们去阐发，如果我们的批评会达到与他相称的水平的话。

从根本上说，黑格尔想把莎士比亚式人物与索福克勒斯、拉辛、维加及卡尔德隆等人笔下的人物区别开来。希腊悲剧英雄必须以个人力量来对抗一种更高的道德力量，一种道德悲情，它融入了人所面对的命运，因为命运早已成了那种更高悲情的一部分。黑格尔发现拉辛刻画人物有一种抽象的风格，它使具体的激情表现为纯粹的拟人化，于是个人与更高力量的对立就显得抽象。黑格尔认为维加和卡尔德隆稍高一畴，他认为两人表现人物时也有抽象风格，但也有一定的完整性和个性感。德国悲剧就没有这种高水平，歌德虽在早年抱有莎士比亚主义，最终却从刻画人物转入歌颂激情；席勒则因为以暴力取代现实而被拒绝。与这些人相比，黑格尔对莎士比亚极为推崇，其中评价莎氏表现力的最好的一段话是这样写的：

> 莎士比亚在他包容无限的世界大舞台上，越是把邪恶和荒谬推到极限，他越能集中表现那些人物的局限。不过在这一过程中，他赋予人物以智慧和想象；通过由智慧而产生的想象，他们将自己的形象客观地视为一件艺术品，就这样莎士比亚使他们成了自由的自我艺术家。再经由充满活力和真实的性格塑造，他能充分唤起我们对罪人、最庸俗低能者及蠢人的兴趣。

伊阿古、爱德蒙和哈姆莱特就对自己的智慧所成就的形象进行了客观思考，并能看出自我可以成为戏剧人物和审美艺术品。他们于是就成了自由的自我艺术家，这就是说他们可以随心所欲地描写自我、改变自我。通过自我倾听和反思这些表达，他们改变并继续在自我中思索他者（otherness），或是这种他者的可能性。

黑格尔在莎士比亚身上和有关他的论说中看到了需要看到的东西，但黑格尔简练的讲演风格需要一定的解释。我们可以用那恶棍爱德蒙，这个李尔悲剧中马洛式的马基雅维里为例去理解黑格尔。爱德蒙的邪恶无以复加，作为西方文学提供的第一位彻头彻尾的虚无主义者，他的形象迄今无人可比。麦尔维尔和陀思妥耶夫斯基的虚无主义来自爱德蒙的影响要甚于来自伊阿古的影响。正如黑格尔所说，爱德蒙的想象力和智力都极好；他远胜于伊阿古，也许是最伟大的反马基雅维里者哈姆莱特的敌手。凭借超常的智力——精力充沛、敏捷、冷静和精确——爱德蒙把自己包装为一个自然女神的恶棍式追随者，在这一形象中，他客观地把自己当作一件艺术品进行思考。在他之前的伊阿古也是这样，但是伊阿古具有邪恶的情感，并感受到甚至受累于这种情感。爱德蒙则是一位更自由的自我艺术家，因为他感情麻木。

我早就注意到，悲剧主角李尔和主要反角爱德蒙两人之间从没有说过话。他们在关键的两场戏中同处舞台，也就是剧情开始和结局的时候，但彼此无话可说。他们确实不能沟通，因为双方都不曾有一刻接近过对方。李尔万事用情，爱德蒙却永远无动于衷。当李尔向他的几位“不自然”的女儿发怒时，爱德蒙绞尽脑汁也不能理解，因为爱德蒙认为，他对葛罗斯特的态度和戈纳瑞与里甘对李尔的态度都是“自然的”。爱德蒙这个最自然的恶棍当然地成了戈纳瑞和里甘二人狂烈的害人情绪的发泄对象，他使她们得到满足，却不为她们所动，直到看着二人的尸体被抬上舞台，而此时他也被自己的哥哥埃德加刺成致命重伤而躺在地上慢慢死去。

当爱德蒙思量着深渊里的已死妖魔时，他面对的是自己的真实形象，并因此解脱而转化成一个完全的自我艺术家：“我与她们二人都有婚约；我们三人/现在一瞬间都结合了起来。”这语气的冷漠令人惊讶，其中的反讽差不多是独一无二的，虽然韦伯斯特和其他詹姆斯一世时代作家力图模仿它。爱德蒙的沉思从反讽又变成一种我能体会但难以归类的口吻：“不过爱德蒙还是可爱的！/因我的缘故一个毒死了另一个，/随后她又自杀。”他并没对奥本尼和埃德加多说什么，而是大声讲述给自己听。莎士比亚的语言表达了这位最出色反角自述的内心痛苦，突出了这一形象，扩展了其自身的自我艺术性的自由空间。我们听到的不是自豪或赞叹，而只有对与那可怕姐妹的联结感的沉思。

黑兹利特和我一样对爱德蒙有着令人吃惊的感情，他强调了爱德蒙毫无虚伪的清新特征。爱德蒙也没有欺骗或作态。他倾听自我，并回应以求变的愿望，他了解这会是一种积极的道德改变，当然他坚持自己的本性不会变：“我挣扎着活着，还想做些善事，/尽管这与我的本性有违。”莎士比亚的悲剧式反讽要求这一逆转因太迟发生而救不了考狄莉娅。于是我们会问：“为什么莎士比亚要表现爱德蒙这一异常的变化呢？”不管这一问题有无答案，我们应当考虑这种变化本身，尽管爱德蒙直到被抬下场时仍坚信自然是他的女神。

为什么或怎么可能一个虚构的人物会被称为“一位自由的自我艺术家”？我在莎士比亚之前的西方文学中尚未发现这一现象。阿喀琉斯、埃涅阿斯、但丁的朝圣者、堂吉诃德等人都没有因为自我倾听而改变自我，也没有在此基础之上通过智力和想象去自我转向。我们天真的但在美学上重要的信念就是，爱德蒙、哈姆莱特、福斯塔夫及其他几十位人物能够像作品表现出来的那样脱离戏剧而活动，这也许有违莎士比亚的初衷，但却关系到这些人是否会成为自由的自我艺术家。就戏剧的和文学的幻想以及形象语言的效应来说，莎士比亚的创造力是无与伦比的，虽然四百多年来人们普遍地模仿这种能力。除了在莎士比亚式的独白中，这种力量是不可能产生的，法国批评理念中不允许悲剧人物向自己或观众直接诉说，拉辛也不允许。西班牙黄金时代的剧作家特别是维加等人发展了十四行诗体的独白，它虽有巴洛克式的卓越，却不具有内在性的特征。不过，你否认人物的内在性并不能使一个人物变成一个自由的自我艺术家。莎士比亚不可能运用巴洛克式的表现手法，但悲剧的自由是一种莎士比亚式的矛盾修辞法，而不是一种维加、拉辛或歌德的状况。

这样，人们就知道为什么塞万提斯是不成功的剧作家，却是《堂吉诃德》的成功作者。塞氏和莎氏之间有一种微妙的相似：吉诃德和桑丘都不是自由的自我艺术家，他们完全进入了戏剧发展之中。莎士比亚独特的力量在于，他的悲剧主人公，不管是正角还是反角，都消解了戏剧和自然之间的界限。哈姆莱特独特的声望，他令人信服的创新意识，都超出了他据《贡扎果谋杀案》改编的《捕鼠机》。哈姆莱特心灵上每时每刻都在上演一出戏中戏，因为他比莎剧中任何其他人物都更是一位自由的自我艺术家。他的得意与痛苦同样植根于对自我形象的不断沉思之中。莎士比亚成为西方经典的中心至少部分是因为哈姆莱特是经典的中心。那种自由反思的内省意识仍是所有西方形象中最精萃的，没有它就没有西方经典，再冒昧点说，没有它也就没有我们。

莫里哀在莎士比亚死后六年出生，在他写作并演出时，法国还没受到莎士比亚的影响。只是到了十八世纪中叶，莎士比亚在法国的复杂命运才逐渐定型，但这已是莫里哀身后三代人之久了。不过莎士比亚和莫里哀确实有相似之处，而莫里哀似乎从没听说过莎士比亚。他们的相似之处在于性情和思想自由，即使两人的喜剧形式多少有些差异。由伏尔泰开始的抵制莎士比亚的法国传统打的是新古典主义和拉辛悲剧的旗号。迟来的法国浪漫主义给法国文学带来了强烈的莎士比亚的影响，这种影响特别强烈地体现在司汤达和雨果两人身上；但到了十九世纪末期，对莎士比亚的狂热已消退了大半。虽然如今在法国，莎士比亚、莫里哀及拉辛的上演机会都是均等的，但笛卡尔的传统再次普遍地确立了起来，法国文坛相对说来还是非莎士比亚化的。

过分估计莎士比亚对德国人的持久影响并不合适，因为即使歌德也对这种影响存有戒心。十九世纪意大利的主要小说家曼佐尼堪称莎士比亚式的作家，莱奥帕尔迪也是如此。托尔斯泰虽然有反对莎士比亚的愤激论点，但他自己的艺术却借鉴了莎士比亚对人物的感觉，这表现在他的两部杰出小说，以及晚期著名的短篇小说《哈吉·穆拉特》中。陀思妥耶夫斯基浓厚的虚无主义显然来自莎士比亚式先驱，伊阿古和爱德蒙；普希金和屠格涅夫则是十九世纪重要的莎士比亚式批评家。易卜生才华卓越，却怎么也避不开莎士比亚，这对他实属大幸。也许，彼尔·京特和海达·嘉伯乐的共同之处就是莎士比亚式的激情，那种由自我倾听激发的变化才能。

西班牙直到现代都忽略莎士比亚。西班牙黄金时代的主要人物——塞万提斯、维加、卡尔德隆、莫利纳、罗哈斯和贡戈拉——都为西班牙文学带来了某种莎士比亚式的和浪漫主义的浓厚巴洛克艺术风格。奥尔特加—加塞特论夏洛克的有名论文和马达里亚加论《哈姆莱特》的专著是最初有影响的文本，它们都确认莎士比亚时代也是西班牙时代。不幸的是，戏剧《卡德尼欧》已经失传，其中莎士比亚和弗莱彻合作为英国读者翻译了一个塞万提斯的短篇小说，但是许多批评家已经感觉到塞万提斯和莎士比亚的相似之处。我的一个持久期望即是看到新的戏剧天才能让吉诃德、桑丘和福斯塔夫同台演出。

莎士比亚对混乱时代的影响仍然巨大，特别是对乔伊斯和贝克特。《尤利西斯》和《终局》基本上是莎士比亚式的表现，它们各自以不同的方式令人想起了《哈姆莱特》这部戏剧。在美国文艺复兴时期，莎士比亚的影响最显著地体现在《白鲸》和爱默生的《典范人物》中，对霍桑的影响则更为微妙。莎士比亚的影响没有限制，但这并不是使他居于西方经典中心的原因。如果说塞万提斯发明了含混的文学反讽（它彰显于卡夫卡的作品之中），那么我们可以说，莎士比亚真正地发明了情感与认知的矛盾反讽并使之左右了弗洛伊德。我日益吃惊地发现，莎士比亚的出现会使弗洛伊德的原创性消失，但这不会让莎士比亚震惊，因为他懂得文学和剽窃难以分辨。剽窃是一个法律词汇而非文学定义，正如神圣和世俗构成了政治和宗教的区分而根本不属于文学范畴那样。

普遍性是只有少数几位西方作家才具有的真正特征，如莎士比亚、但丁和塞万提斯，也许还有托尔斯泰等人。歌德和弥尔顿因为文化变迁而失去了光彩；惠特曼表面上很风光，实质上却有避世之意；莫里哀和易卜生仍然同登舞台，但总是位居莎士比亚之后。狄金森由于她的认知原创性而十分晦涩，聂鲁达没能达到他所期望的与布莱希特和莎士比亚齐名的意愿。但丁的贵族式普世主义开创了西方伟大作家的时代，即从彼特拉克到荷尔德林的时代，但只有塞万提斯和莎士比亚取得了完全的普遍性，成为贵族时代最伟大的大众作家。民主时代最具普遍性的是有缺陷的奇才托尔斯泰，一位贵族和大众的混合作家。在今日的混乱时代，乔伊斯和贝克特最为接近，但前者的巴洛克式铺陈和后者的巴洛克式拆解都损害了作品的普遍性。普鲁斯特和卡夫卡的感受力中有但丁式陌生性的特点。我与安东尼奥·加西亚—贝里欧意见一致，他认为普遍性是诗歌价值的基本性质。为其他诗人充当经典的中心是但丁的独特作用。莎士比亚和《堂吉诃德》对更广大的读者而言仍是经典的中心。也许我们可以进一步推论：对莎士比亚来说，我们需要用更具博尔赫斯特征的术语来取代普遍性。无论何人，不管怎么说，莎士比亚就是西方经典。

# 3 | 但丁的陌生性：尤利西斯和贝亚特丽丝

新历史主义者及憎恨派同道们一直试图贬低和瓦解莎士比亚，意图通过消除中心来解构经典。有意思的是，作为经典次中心的但丁在美国和意大利均没有受到类似的攻击。这种攻击无疑将出现，因为五花八门的多元文化主义者们难以找到比但丁更值得反对的大诗人，而且但丁狂野和强烈的精神属于极端的政治不正确。在西方主要作家中，但丁是最咄咄逼人和善辩的，这方面连弥尔顿也矮他一截。和弥尔顿一样，他是一个政治党派中人，但是他的强烈异端性一直被学术评论所遮掩，这些评论经常善待他，似乎视他的《神曲》为诗体的圣奥古斯丁之作。不过我们最好还是先标明他那不寻常的胆识，这在包括弥尔顿在内的所谓基督教文学的整个传统中是无与伦比的。

在西方文学史上，从耶和华文献作者、荷马直到乔伊斯、贝克特这一漫长历程中，没有什么比但丁对贝亚特丽丝的赞美更为高扬激烈，贝亚特丽丝从一个欲望的形象升华为天使的形象，成为教会拯救等级体系中的关键因素。她原本仅仅是但丁意志的工具，她的神祇化也必然包含但丁自己的被选。他的诗是一种预言，好比第三种约书而不属于新旧约。但丁不会承认《神曲》是他虚构的上乘之作，相反，他认为此诗是真实的和普遍的，而不是暂时的真理。朝圣者但丁在诗人但丁的叙述中所见所说的一切，都是为了使我们永远地相信但丁在诗歌和宗教上的不可回避。从朝圣者或诗人的角度看，诗歌显示出的谦逊态度让但丁研究者们印象深刻，但是这一姿态比不上诗歌对所有其他诗人的颠覆，以及诗歌致力于体现但丁自己的先知潜力。

我迫切要解释的是，这些话主要是针对但丁研究而不是但丁本人。我认为，难以把但丁出众的诗歌才能与他的精神抱负区分开来，这种抱负必然是独特的和不受亵渎的，因为但丁在身后一代人之内就赢得了未来的名声。如果《神曲》不是莎士比亚唯一真正的文学对手，那么贝亚特丽丝对教会甚至文学天主教就是一种冒犯。这部诗篇影响广大不容忽视，对T. S. 艾略特这样的新基督教诗人来说，《神曲》可算是又一部圣经，一部对基督教经典《圣经》有所增补的“新新约”。查尔斯•威廉斯是新基督教诗人如艾略特、C. S. 刘易斯、W. H. 奥登、多萝西•L. 赛耶斯、J. R. R. 托尔金及其他人的导师，他甚至认为，亚大纳西的“人类必服膺神”的信条直到但丁才有了全面的表达。于是，教会必须等待但丁和贝亚特丽丝形象的出现。

威廉斯在《贝亚特丽丝形象》(1943)一书中通过深入的研究，指出了但丁成就中最大的争议之处：诗人最杰出的创造是贝亚特丽丝。莎剧中没有一个角色，包括卡里斯玛型的哈姆莱特或神祇式的李尔，能够媲美贝亚特丽丝这一极为丰富的人物。比她更有震撼力或更受称道的表现只有J作者的耶和华和《马可福音》中的耶稣。贝亚特丽丝是但丁原创性的标志，她之所以被捧上基督教拯救机制的崇高地位，全在于她的诗人最大胆的行为，即把他继承的信念转化为更具他个人特色的东西。

但丁研究者不免要反驳我的主张，但是这些人因受研究对象的长期影响，已经不能充分意识到《神曲》中的陌生性。对有雄心的读者来说，这部作品是迄今可见的文学创作中最为奇特的一部，译文艰涩和内容庞杂也无法阻止它流传。普通读者被《神曲》所吸引在于但丁精神的品质，这品质不是一般所说的“虔诚”二字就可以概括的。但丁对诗歌先辈或同辈们皆无真正的正面评价，对于《圣经》，除了其中的《诗篇》，他终究不觉得有多少实际用途。他似乎觉得，只有耶稣的祖先大卫王配做他的唯一前辈，这是仅有的另一位能坚持表达真理的诗人。

初次接触但丁的读者立即会发现，别的世俗作家都不会断然确信自己的作品即真理，是最重要的全部真理。弥尔顿，或许再加上后来的托尔斯泰，都具有但丁式坚定的正义感，但他们两人也反映了现实的矛盾和较多的独特观感。但丁在修辞上、心理上和精神上都十分强大，足可以削弱别人的自信。神学不能支配他，而只是他的许多资源中的一种。没有人能否认但丁是一位超自然主义者，一位基督徒，一位神学家，或至少是一位神学寓言家。但所有既定的观点和形象在但丁的笔下都发生了巨大的变化，他是以原创性、创新性和丰富奇特的想象直逼莎士比亚的唯一诗人。在劳伦斯•宾扬精致的三韵体译诗或约翰•辛克莱尔流畅的散文体译作中初遇但丁的读者，会失去一些阅读意大利原文的恢宏感，但仍然可以领略整个宇宙。但是，最关紧要的是但丁作品的陌生性和崇高性，这是除莎士比亚而外无人能比的独特品质。正如莎氏作品那样，我们在但丁作品中也能发现超卓的认知力量和不受实际约束的创新性。

你若阅读但丁或莎士比亚，你会感受到艺术的界限，然后你又会发现这些界限已被扩展或突破了。但丁的全面突破比莎士比亚更具个人性也更公开，如果说他比莎士比亚更是一个超自然主义者，那么他超越自然的才能和莎士比亚独特而无与伦比的自然主义一样是为他独有的。两位诗人最容易互相冲突之处是他们对爱情的表现，这让我们回到贝亚特丽丝这个形象，即但丁作品中爱情的发生与结束之地。

《神曲》中的贝亚特丽丝在天堂的等级体系中占有一席难以理解的地位。对此我们无法借助任何指引来加深理解；在教义中也找不到任何东西要求赞美这位特殊的佛罗伦萨姑娘，只是但丁对她怀有永久的爱。博尔赫斯在《梦中相遇》一文（《其他探询，1937—1952》）里对这种坠入情网作了最具有反讽性的评论：

> 坠入情网等于创造一种神会失足的宗教。但丁坦承了对贝亚特丽丝的崇拜，这是一个不争的事实；而她取笑和斥责他的事实在《新生》中得到了表现。有些人坚持认为这些事实是象征其他人的，但即使如此，这也会加深我们的认识，即认定那是一场不幸的与不现实的爱情。

博尔赫斯至少把贝亚特丽丝恢复到了原状，即“幻觉中的邂逅”，以及恢复到对但丁读者而言是谜一样的他者：“贝亚特丽丝的永远存在是为了但丁，而但丁的存在几乎与贝亚特丽丝无关，或者就是毫无关联。我们的虔诚和敬意使我们忘记了这一可怜的不协调，而但丁对此无法忘却。”

博尔赫斯也是在吐露自己对贝亚特丽丝·维特波的反讽式荒唐热情（见他的犹太教神秘主义故事《阿莱夫》），这无关紧要。但是，博尔赫斯巧妙地强调的是那种显著的不合宜，即但丁和贝亚特丽丝共同的经历（几乎没有）与但丁在《天堂篇》里想象两人共受神示之间的不协调性。正是这种不协调性引领但丁走上了通向崇高的王家大道。他像莎士比亚一样能抛开一切，因为他们都超越了别的诗人的局限。但丁作品中到处可见的反讽（或寓意）就在于他一面突破界限一面却声称接受这些界限。但丁作品中一切生动和创新的东西都是随意的和个人的，但又表现为真理，与传统、信仰和理性都是一致的。误读但丁几乎是难免的，直到与规范相融合时误读才会减少，这最终让我们遇到了但丁不可能会欢迎的某种成功。现代美国学术研究中神学的但丁就是奥古斯丁、托马斯·阿奎那及他们同道的混合物。这是一个遵守教规的但丁，学识深奥，信念虔诚，所以只有美国的教授们能完全理解他。

但丁在文学界的子孙们就是真正奉他为经典的那些人，而这些人又并非一群全然的忠诚者：彼特拉克、薄伽丘、乔叟、雪莱、罗塞蒂、叶芝、乔伊斯、庞德、T. S. 艾略特、博尔赫斯、斯蒂文斯以及贝克特等人。这十几位作家的共同点就在于具有但丁的特征，虽然他们是十二位不同的但丁，却活在他身后的诗歌创作中。这种类比对一位有他那般力量的作家来说绝无过誉，可以说，有多少但丁就有多少莎士比亚。我所理解的但丁日益远离现代美国批评和学术所造就的正统名人但丁，其中代表性的学者有 T. S. 艾略特、弗朗西斯·弗格森、埃里克·奥尔巴赫、查尔斯·辛格尔顿以及约翰·弗里切罗等。另一条意大利学术传统是从那不勒斯思想家维柯开始，经由浪漫主义诗人福斯科洛和浪漫主义批评家弗朗切斯科·德·桑克提斯，在二十世纪初美学家克罗齐那里达到全盛。如果把这一意大利传统与著名的现代德国文学史家柯尔提乌斯的看法相结合，那么一种有异于艾略特—辛格尔顿—弗里切罗型的但丁就会出现，这是一个先知式诗人而不是一位神学寓言家。

维柯在论说但丁时的溢美之词是:“如果他不懂拉丁语和经院哲学，他或许会成为一位更伟大的诗人，也许仅是托斯卡纳俗语就足以让他与荷马齐名。”不过,人们只有逡巡在神学寓言家的黝暗森林里才会觉得维柯的评价具有新意,在那里《神曲》的突出特点成了但丁所谓的奥古斯丁式转变,即从诗到信仰的转变,这种信仰压抑和支配了想象力。奥古斯丁和阿奎那都把诗歌当作儿戏,只配与其他儿童玩具并列。那他们会怎样评价《神曲》中的贝亚特丽丝呢？柯尔提乌斯敏锐地看到:但丁不仅把她表现为获得救赎的途径,而且把她描述为每一个心地善良的人可以指望的总代理。但丁的转向是朝着贝亚特丽丝而不是奥古斯丁，而贝亚特丽丝指派给但丁做向导的也不是奥古斯丁而是维吉尔。

但丁显然偏爱贝亚特丽丝,或自己的创造,而不是各种神学家的寓言,这和但丁并不渴望超越自己的诗一样清楚。奥古斯丁和阿奎那与但丁神学的关系,就如同维吉尔和卡瓦坎底与但丁诗作的关系。作为诗人兼神学家的先知但丁,或最后约书《神曲》的作者但丁,使所有的先辈们都相形见绌。如果你要把《神曲》当作神学家的寓言来读,那么应从唯一的也是与但丁真正有关的神学家开始:这就是但丁自己。如同其他一切伟大的经典作品,《神曲》打破了神圣和世俗写作之间的界限。对今日的我们来说,贝亚特丽丝就是神圣加世俗的寓言,是预言和诗的统一。

作为诗人和个人,但丁的突出特点是傲气而非谦逊,原创而非守成,丰富或有活力而非节制。用保罗•瓦雷西奥的话来说,但丁的先知姿态是加入的而不是改宗的,所以瓦雷西奥强调《神曲》的隐逸性或奥秘性。你不会被贝亚特丽丝转化或投向她;到达她的旅行是一个加入的过程,因为正如柯尔提乌斯首先指出的,她是私人真知(gnosis)的中心而不是共同教会的中心。总之,贝亚特丽丝由露西亚,一位身份十分不清楚的西西里圣徒派到但丁处,以至于但丁研究者都不知道但丁为什么会选择她。约翰•弗里切罗是健在的、最优秀的但丁批评家,他认为:“从某种意义上说,整个旅行的目的就是写这部诗,并达到露西亚和一切神祇的显赫地位。”

但为什么是露西亚呢？回答显然不应是：为什么不是她呢？锡拉库扎的露西亚在世和殉教的时间早于但丁一千年，如果她对诗人和诗作不具备重要的隐秘意义，她可能已被忘记干净。我们不知道这重要性是什么，我们也不知道那位差遣露西亚去见贝亚特丽丝的更高贵女性是谁。一般人认为这位“天堂夫人”是指圣母玛丽亚，但是但丁对她并未指名道姓。露西亚被唤为“一切酷行的敌人”，这大概是所有天堂夫人的共同特征。“启示的恩典”这一有用的概念是评论者加给但丁笔下的露西亚的；但这一称呼不像一位名字意指“光”的特别的西西里殉道者的特质。我努力要强调的一点是，但丁对存在的坚定信念具有突出的随意性。《神曲》中有隐秘之义，诗作无可争辩地具有隐秘的方面，而因为贝亚特丽丝居于中心，这些方面决不会是次要的。阅读《神曲》使我们总是遇到贝亚特丽丝的形象，这与其说是因为她是耶稣的某种化身，不如说是因为她是但丁崇高愿望的理想化身。我们不知道历史上是否存在过但丁的贝亚特丽丝。即使她确实存在过并能被确认为佛罗伦萨一位银行家的女儿，那对诗作也无关紧要。《神曲》中贝亚特丽丝的重要性不在于她是基督的替身，而在于她是但丁独特个性的理想化投射，代表了诗作者的观点。

我要万分冒昧地把塞万提斯和但丁并列讨论，以便比较二人笔下的主人公：堂吉诃德与朝圣者但丁。堂吉诃德的贝亚特丽丝就是受惑的杜尔西尼娅，被他幻想变形的一位村姑，名叫阿尔东扎·洛伦佐。银行家女儿贝亚特丽丝·波提纳里与但丁的贝亚特丽丝的关系如同阿尔东扎与杜尔西尼娅的关系。确实，堂吉诃德的等级制是世俗的：杜尔西尼娅就置身于高卢的阿玛迪斯、英格兰的帕梅林、太阳骑士以及类似的神话骑士的世界里，而贝亚特丽丝则上升到圣伯纳、圣方济各和圣多米尼克等人的境界。如果一个人偏爱诗而不是教义的话，这不算什么差异。侠客和圣徒同样都是在诗之中和对于诗的隐喻，在体制性和历史性的天主教义中，天堂里的贝亚特丽丝和受惑的杜尔西尼娅的地位或现实是一样的。不过，但丁的成就使我的比较显得有些冒犯。

但丁的信仰也许真是既虔诚又正统，但是贝亚特丽丝是他自己的人物而不属于教会；她部分属于个人真知，即诗人用来替代拯救体系的选择。“改宗”贝亚特丽丝可能是十足奥古斯丁式的，但很难说就是改宗圣奥古斯丁，这就像向杜尔西尼娅奉献不等于尊奉圣手伊索特一样。但丁比古今其他诗人更大胆、更咄咄逼人,更高傲也更有胆略。他对于不朽有自己的见解;但他与同时代博学而虔诚的诠释学者们毫无共通之处。如果一切都在奥古斯丁和托马斯•阿奎那的著作中,那我们就可以去阅读这二人的作品。不过,但丁要我们阅读他的作品。他写诗不是为了解说传承的真理。《神曲》就意味着真理,我认为,把但丁去神学化和将他神学化都是没有意义的。

临终前的堂吉诃德后悔自己的英雄式疯狂举动,他退回到原来的好人阿龙索•吉哈诺的身份,于是他也感激上帝的怜悯使他变得清醒虔诚。每一位读者会和桑丘•潘札一起抗议:"不要死……听我的劝多活几年。……也许我们会在树丛后找到杜尔西尼娅夫人,不再着魔,美丽如画。"但丁的诗在结束时却没有桑丘和读者一道来希望诗人的伟力不要从基督教天堂的奇想中消退。我估计一些人阅读《神曲》是为了借此接近那感天动地的神圣的爱,但我们多数人是为了但丁才去读他,去认识那独特的诗歌个性和戏剧性人物,因为在这方面连弥尔顿都难以望其项背。没有人要去把《神曲》改成《堂吉诃德》,但桑丘的风格可能会使朝拜永恒容易些,也许这还会提醒研究者:虚构就是虚构,即使它自己另有所图也无用。

不过,贝亚特丽丝是一个什么样的虚构呢?如果像柯尔提乌斯所坚持的,她是上帝的发散,那么即使我们对但丁所传达的东西有所感受,我们也无法进行诠释。但丁的启示不像布莱克的那样具有私人特性,但并不是因为他比布莱克缺乏原创性。他的启示更新颖更广为人知,因为它十分成功;西方文学中除了鼎盛之际的莎士比亚,还没有任何作品表达得如此完美。但丁极为文雅的脾性有着最独特最粗犷的表现,这使他能让传统迎合自己本性而不是靠吸纳传统来达到普遍性。因为他运用了我所知道的最超绝的反讽,所以但丁的颠覆力量常会导致人们以这样或那样的方式去误读他。如果《神曲》是一个真实的预言,那么研究者仍会被吸引并根据奥古斯丁传统来解读它。别处哪里能找到对基督教启示的恰当解释呢?即使约翰•弗里切罗这样仔细的阐释者有时也会改变诗学规则,似乎只有奥古斯丁能够提出一套自我掌控的范式。《神曲》这样的"自我小说"必须到奥古斯丁的《忏悔录》中去寻根。但丁发明了自己的源头,以自己的改宗形象贝亚特丽丝来掌握自我，所以他远比敬慕和模仿他的浪漫派诗人更有力量，而我认为贝亚特丽丝似乎不是奥古斯丁式人物。贝亚特丽丝在奥古斯丁的改宗叙事中会成为一个被尽力升华的欲望对象吗？弗里切罗充分地表明，奥古斯丁认为历史是上帝的一首诗。贝亚特丽丝的历史会是上帝所写的一首抒情诗吗？因为我自己偏好在莎士比亚、爱默生或弗洛伊德的作品中依我的需要去寻找上帝的声音，我就很容易发现但丁《神曲》的神圣性。不过，我在奥古斯丁的作品中听不到上帝的声音，所以我不会谈论神圣的《忏悔录》。但我也不相信但丁在倾听上帝时会不听自己的声音。毫无疑问，一部爱自己胜过爱《圣经》的诗也可以说爱自己胜过爱奥古斯丁。

根据对诺斯替教并无偏爱的查尔斯•威廉斯的说法，贝亚特丽丝就是但丁的“知”(knowing)。他的“知”是指从知者但丁到被知者上帝的途径。不过，但丁不希望贝亚特丽丝只是他自己的“知”。他的诗不主张每个人找到一个孤立的“知”，而是由贝亚特丽丝为一切能找到她的人发挥普遍作用，因为她通过维吉尔而为但丁所作的斡旋大概是独一无二的。贝亚特丽丝的神话虽然是但丁创作的中心，但她只存在于但丁作品中。其中的陌生性很难觉察，因为我们不知道有什么人物可以与贝亚特丽丝相比。弥尔顿在《失乐园》里描写的天堂缪斯尤瑞尼亚并非一个人，只有警示意味却非真人之名，雪莱模仿但丁在《我心以外》中颂扬艾米莉•维维安尼，但其中并没有弥漫着极致浪漫派激情，所以维维安尼最终为那幻灭的爱人而变成了“一个棕色的小妖”。

再现但丁的陌生性时，我们需要看他是如何描写一个具有普遍意义的形象的。西方文学史上没有一个人物如荷马笔下的英雄奥德修斯那样历久不衰，这位人物的拉丁文名字是尤利西斯。从荷马到尼科斯•卡赞札基斯，尤利西斯/奥德修斯的形象经历了许多作家异乎寻常的修饰再造，其中有品达、索福克勒斯、欧里庇得斯、贺拉斯、维吉尔、奥维德、塞内加、但丁、查普曼、卡尔德隆、莎士比亚、歌德、丁尼生、乔伊斯、庞德以及华莱士•斯蒂文斯。W. B. 斯坦福在他精研的专著《尤利西斯主题研究》(1963)中，把维吉尔笔下沉默的反角与奥维德对尤利西斯的正面描写作了对比，这一对比确立了大概总是在这个主角或正反角的各种变形中竞争的两种情形。维吉尔的尤利西斯延续到但丁作品之中，但由于变化颇大以致维吉尔笔下的模糊形象在逐渐消退。维吉尔不愿意直接指责尤利西斯，他便把这一工作转交给了他笔下的人物，这些人物把《奥德赛》的主人公界定为狡诈欺骗之徒。奥维德这位流亡的非道德主义者把自己和尤利西斯组合成新的身份，于是传给我们现在已永久定型的尤利西斯，世上第一位伟大的流浪情种。

在《地狱篇》第二十六章中，但丁创造了最具有新意的尤利西斯，我们见到的这位英雄没有到伊萨卡家中去寻找妻子，却离开喀耳刻以便突破阻拦探索未知的险境。哈姆莱特未知的国度里从没有行者归返，如今却成了所有注定奔波的英雄中这位最令人印象深刻者的实际目的地。这一章中有一段特别引人注意，也特别难以理解。尤利西斯和但丁之间存在着一种辩证关系，因为但丁害怕作为诗人（非朝圣者）的自己与跨界游历者尤利西斯之间过分相似。这种害怕也许不完全是自觉的，但是但丁总会在某种程度上体验到，因为他把尤利西斯描写为受到高傲的驱使，没有任何已存在过的诗人比但丁更为自傲，就连品达、弥尔顿、雨果、斯特凡•格奥尔格或叶芝都不如他。学者们想听听贝亚特丽丝或各类圣徒们为但丁说话，但她和他们与但丁毕竟不能同声。尤利西斯和但丁的话语危险地相似，这也许可以解释当维吉尔说希腊人会轻视意大利诗人的声音时，为什么这个说法难以服人。但丁也没对自己为尤利西斯写的一场精彩讲话做出反应，这段话可谓是发自火焰的金石之言：

> 当我离开喀耳刻时，已被她在后来埃涅阿斯所说的该塔附近囚禁了一年多，然而，对稚子的爱，对老父的责任，以及欠珀涅罗珀的情——这应该使她欢欣——都不能熄灭我内心里周游世界和历练人世善恶的热情。我乘着一艘孤船驶向宽广无垠的大海，与我同行的是几位共甘苦不分离的伙伴。远眺一个个海岸，我们见到了西班牙、摩洛哥、撒丁尼亚以及其他四面环海的小岛。我和同伴到达一处狭窄海口时都已年迈力衰，这里是赫拉克勒斯设立界标禁止通行的地方。在右侧我驶离了塞维利亚，在左侧我早已扔下休达。“兄弟们，”我说，“我们历经千难万险到达了西方，到了这

短暂的守望时刻，我们绝不能放弃历险，要在太阳的照耀下探寻那渺无人烟的世界。想一想你们的根源，你们生来不是行尸走肉，而是要追寻美德和知识。”我几句简短的话使同伴们又急切地上路了，我根本无法阻止他们，我们将船尾向着晨曦，发狂地划桨如展翅一般，船首始终朝着左方。夜晚带着另一极的群星出现，我们这一极却低垂在海面上。自从我们开始了远航，月亮已有过五次盈亏。远处隐约可见一座山峦，高耸入云从未见过。我们一会儿快乐无比，一会又哀叹不已，因为从新大陆卷起一股暴风雨，冲击着我们的船头。风暴三次把船卷进漩涡，第四次则托起了船尾压下了船头，一直到海水吞没了我们，正如上苍所安排的那样。

英译散文也许不如意大利三韵句式那样特别地铿锵有力，但是这段不寻常的讲述难道不会在一般读者心中激起某种反应，就如但丁批评家中最有才华者所写的那样吗？“把尤利西斯亡于水中的命运同但丁的死前洗礼和随后复活区别开来的，是历史上的基督事件，或恩典，是个体心灵中的基督事件。”

当然，一段平淡无奇的描写也会引起同样合理的反应。不过差别在于：教义或虔信总是避免歧异力求一致，而诗歌文本总是超越竞争者的。根据基督教义的权威来解读但丁显然是错的，即使但丁自己对这种简化负有部分责任。在但丁的地狱布局中，我们在往下的第八圈第八层上发现了不远处的撒旦。尤利西斯是一个狡诈的献策者，主要是因为他以诡计攻陷了特洛伊，这是一座维吉尔特别记载的意大利及罗马人的祖城。但丁没有与尤利西斯交谈，因为从某种意义上说他就是尤利西斯；写作《神曲》就相当于朝那未知的大海驶去。但丁明明白白地告诉我们，他不会让尤利西斯讲述这些故事：阿喀琉斯之死、特洛伊木马以及雅典娜神像遭窃等，这些都成了这位流浪者遭诅咒的缘由。

最后一段旅程不论结局如何都与此无关。满身火焰的但丁带着求知的欲望趋赴尤利西斯之火。他获得的知识属于纯粹的探求，而付出的代价是儿子、妻子和父亲。他的探求不是别的而是但丁自己高傲和执著的象征，为此他拒绝了返家的条件而延长了自己的流亡时间。吃别人的咸面包，走别人的楼梯，这些就是探求的代价。尤利西斯情愿付出更终极的代价。尤利西斯的最后旅程或奥古斯丁的成功改宗，谁的经历实际上更接近于但丁？传说但丁曾在大街上被指认为得以从地狱里返回的人，是一个巫师式人物。我们可以假定他确信自己所见到的具有真实性，一位自视具有真正先知法力的诗人是不会把自己的地狱之行仅仅当作隐喻的。他的尤利西斯说话带有绝对的威严并且入木三分：没有诅咒的悲伤，只有深知单凭高傲和勇气不足以成事的高傲。

维吉尔的埃涅阿斯像一个自命不凡的人，这也是许多但丁研究者实际上或希望把但丁归于其中的类型。但是，但丁不是埃涅阿斯，而是如他笔下的尤利西斯一样粗野、自我中心和躁动不安，并且和尤利西斯一样渴望着置身他处，渴望着与众不同。他与自己化身的最大差异也许体现在尤利西斯这句感人的话里："对仍属于我们的感受如此短暂的警觉。"即使这样，我们也应该牢记，但丁死时仅五十六岁，而他却希望再活四分之一世纪，所以他在《飨宴》一诗中把自己的理想寿命定为八十一岁。只有到那时他才会觉得完美，他的预言也许会实现。我们知道尤利西斯远航之地是"渺无人烟的世界"，而但丁的寰宇之旅却朝着挤满死者的冥界，因此两人的探求相去甚远，而尤利西斯显然更为极端。至少但丁的探求者是一位正反角合一的人物，类似于麦尔维尔的亚哈，是一位不信神却又像神的人物。诺斯替教和新柏拉图主义的英雄与基督教的英雄大不相同，不过但丁的想象并不是以基督教英雄主义为动力的；除非他是在赞颂自己的十字军祖先卡夏盖达，这位祖先过度地夸奖了后人的勇气和果敢。这也就是但丁描绘尤利西斯的基调：崇敬、视为同道和家族荣耀。即使他处身地狱第八层，他仍然颂扬宗族精神。这正是尤利西斯所断言的，他的最后旅程是"乱奔"，这大概与但丁受维吉尔引导的逃奔恰成对照。

严格地就诗而言，没有任何逃奔比《神曲》更为疯狂，不过但丁并不希望我们仅仅将其当作一部诗。这是但丁的而不是但丁研究者的特权，更不是他的读者应有的立场。假如我们想知道是什么使得但丁能跻身经典，并成为莎士比亚之下的经典中心，那我们就需要重现他成功的陌生性，也就是他持久的原创性。这个特质与奥古斯丁有关老的自我死去、新的自我诞生的故事全无关系。尤利西斯也许是老的自我，贝亚特丽丝则是新的自我；但是但丁笔下的两个人物都是他自己独有的。但丁不会比奥古斯丁做得更好，不过他明白，《神曲》既不像奥古斯丁也不像维吉尔。它就是他所期望的:但丁式的诗篇而已。

耶稣•本•希拉是奇妙的《德训篇》的作者,这篇作品一直存于非经典的《次经》中。但希拉自视为众多名人之后的集大成者,是我们的先辈们培育了他。这或许能解释为什么他是第一位坚持以自己名字署名作品的希伯来作家。但人们并不能总是说但丁不是一位集大成者,以便赞扬他的前辈名人们。但丁根据自己的裁决将那些人安置在灵薄狱、地狱、炼狱和天堂里,因为他是真正的先知并希望在自己活着时就兑现预言。他的裁决是彻底的和无情的,有时是道德上不能接受的,至少对我们今日大多数人是如此。他已经做出了最终的判决,所以你读他的作品时不会和他争辩,这多半是因为你只想倾听并再现他所见到的一切。他活着时肯定不是一位在争吵中容易对付的人,因为他一直在证明着自己的言语犀利。

但丁尽管是一位已死的欧洲白人男性,但他仍是在作品中最有活力的人物,在这一点上与唯一胜过他的莎士比亚恰成对照,后者的个性即使在十四行诗中也让人捉摸不透。莎士比亚可以说谁都是又谁也不是;而但丁就是他自己。他在语言中的在场不是幻觉,而所有巴黎学派的教义正好相反。但丁《神曲》中的每一行都有个人的印记,他的主要人物是朝圣者但丁,接着就是贝亚特丽丝,这不是《新生》中的女孩,而是天堂等级体系里的关键人物。但丁所省略的是贝亚特丽丝的升天过程,人们会诧异为什么大胆的作者没有接着说明她获选的奥秘。这也许是因为他所有的先辈们不仅是异端,而且是异端中的异端,即诺斯替派。从魔法师西门开始,异教首领们都把最亲近的女性追随者送上天堂等级的最高处,即使狂躁的西门,浮士德的第一个原型,也选择了提尔的妓女海伦娜,宣称她的前世化身之一就是特洛伊的海伦。但丁的爱欲已经升华且恒久留存,他几乎无人可比。

在诗学而非神学的意义上,但丁的贝亚特丽丝神话更接近于诺斯替教而不是基督教正统观念。神明化贝亚特丽丝的所有证据不仅出自于个人(这必然如此),而且出自于类似于第二世纪诺斯替教的幻象世界。贝亚特丽丝一定出自神圣永恒之光或上帝伟力的发散,也出自一位二十五岁夭亡的佛罗伦萨女子。她并没有经历过宗教式的审判并由此获得福佑和成圣，她似乎直接从死亡上升到了获救的等级中。《新生》或《神曲》中都没有提到贝亚特丽丝的原罪或错误。相反，她从一开始就是其名字所表明的“受到福佑的人”。但丁提到，她在九岁时就是“最年轻的天使”，是上帝的女儿，在她死后，诗人说“受福佑的贝亚特丽丝如今继续凝视着他的天颜，这是神佑永驻的容颜”。

我们不能认为但丁是沉迷在色欲的夸张之中，因为没有贝亚特丽丝便难以想象《神曲》，她总是肯定能在最高的天庭里受到欢迎。彼特拉克为了和这位父辈诗歌巨人保持距离，便创造了（他认为的）一位诗歌偶像来指代他所爱慕的劳拉，但是除了但丁，又有什么显赫权威能妨碍我们把但丁对贝亚特丽丝的崇拜看作最有诗意的偶像崇拜呢？但丁借助自己的权威而把贝亚特丽丝整合进基督教类型体系中，或更准确地说他是把基督教类型体系融入贝亚特丽丝的形象中去了。这部诗属于贝亚特丽丝而不属于基督，诗的作者是但丁而不是奥古斯丁。这不是要否认但丁的精神性，而只是要指出，原创性本身不是一种基督教的美德，但丁的影响正在于他的原创性。就像除莎士比亚之外的其他诗人一样，但丁没有诗歌父亲，即使他所认定的维吉尔也不能作数。但是，在《炼狱篇》的最后几段里，维吉尔被贝亚特丽丝召唤来，然后当贝亚特丽丝再度荣归时，维吉尔又从诗中消逝了。

这是一次特别的回归，因为这之前还有另一个但丁的宏大创造：马蒂尔达，这个人物当时正在复原了的人间天堂里采集花朵。马蒂尔达这一形象对雪莱的诗曾产生关键的影响，因此由雪莱翻译但丁的这一段诗十分合适，事实上，这一段译文是英文本《神曲》中最精彩的部分。下面是雪莱译诗中最华美的一段，他后来在他自己的但丁式死亡之诗《赞颂生命》中对此景象有诡异的戏仿：

我驻足歇息在阴影之中
美目流盼，心中默想，
五月鲜花繁茂灿烂。

如繁星满布的夜晚，此时似有一物，
突如其来令人惊呆，
攫住一切感官，卷走所有思绪，

一位孤独的女子！她走来
一边吟唱，一边采花，
鲜花朵朵满布她脚下小径。

“美艳的女子，如果容颜的魅力
足以窥见真正的内心，
你便是沉浸在爱的光芒中，缓步而下

朝这岸边走来。我祈求让我赢得
你的芳心，来吧，我能听见
你的歌声：就如同在恩那峪的普罗色潘，

你似是而非在我的幻觉中，一边歌唱
一边采花，如同那美丽的姑娘
然而她失去了春天，母亲西利斯则失去了她。”

在前一节诗里，但丁曾梦见“一位年轻美貌的女子，穿过草地走来，一边歌唱，一边采花”，但她自称是利亚，《圣经》里雅各的第一位妻子，她与年轻的妹妹拉结大不相同，后者是以色列人祖先的第二个妻子。利亚预示了马蒂尔达，拉结却成了贝亚特丽丝的先驱，但是人们稍加注意便能看出，二人之间有着活泼型与沉思型生命的对比：

无论谁问我的名字，知道吗，我是利亚，我用洁白的手四处采摘为自己做一个花环；我打扮起来对镜愉悦地自我欣赏；可是我妹妹拉结不离镜台而终日默坐。她看着自己美丽的双眼而陶醉，我却习惯用双手妆扮自己。她喜欢观看，而我以行动来满足自己。

时间已经消磨掉了这些隐喻吗？它们都让位于女性主义的批判了吗？或者说，在后弗洛伊德时代，我们不再夸耀自恋了吗？言辞一贯尖锐的查尔斯•威廉斯的评论如今无疑有点令人难堪："但丁最后一次梦到：采花的利亚——还有别的行动吗？拉结注视着镜子——还有别的沉思吗？如今，灵魂可以安心地在爱与美中自娱一番了。"

作为行动的象征，利亚或马蒂尔达采花的情景不幸地让我联想到詹姆斯•瑟伯的一幅漫画：两个女人正看着第三个女人摘花，其中一个对另一个说，"她有真正的艾米莉•狄金森的精神，除了她不时地会感到厌倦"。拉结或贝亚特丽丝对镜沉思的形象一般会唤起弗洛伊德的不快比喻，即他把妇女自恋比为猫的自恋。我的联想无疑是随意的，但是类型学，不论有多少博学的解释，并不总是适合于但丁。我极为怀疑这些说法：他想使《神曲》成为关于自己改宗或关于自己成为基督徒的诗。如果他确实如此，那也只能在词源学意义上去理解英文"about"这个词，即处于某物以外的。从内部看，《神曲》只是关于但丁受召唤而承担预言之责。

你无需接受以利亚的衣钵就能成为一名基督徒，但你若是但丁那就两样了。马蒂尔达取代普罗塞尔皮娜的情景发生在复原了的人世天堂，这并非属于新改宗的基督徒，而是属于使命在身的先知诗人。雪莱不是基督徒而是一位卢克莱修式的诗人先知，马蒂尔达这一段改变了他，因为这段话为他指明了诗的使命之激情，即重建他的杰出前辈华兹华斯已失去了的天堂式自然。重获活力的普罗塞尔皮娜使缪斯得以返回，所以马蒂尔达应该是贝亚特丽丝的先导。贝亚特丽丝并非是基督的模仿，不过但丁的创造力把它自身和往日旧爱合为一体，不管这旧爱是真实的还主要是源于想象。

把失落的爱加以理想化几乎是一种普遍的人类行为，人们多年铭记不忘的常是对于自我而不是他人的一种失去的可能性。拉结和贝亚特丽丝二人的关联如此绝妙，其原因在于她们各自代表了一种失落之爱的激情意象，而不在于二人都习惯于沉思型生活。拉结对教会有意义是因为她被解释成沉思的象征，但她对诗人和读者有意义是由于伟大的叙述者耶和华文献作者或J作者使她的因生育而早逝成为雅各生活中的大悲之事。在诗歌的类型学中拉结早于贝亚特丽丝而成为可爱女子的早逝代表，而利亚与马蒂尔达的关联则在于功德未满的形象。雅各效力拉班是为了赢得拉结的芳心，不过他却先娶了利亚。但丁也盼望贝亚特丽丝的归来，但是经过炼狱寻找贝亚特丽丝的旅途却把他首先引到了马蒂尔达处。此时正值晨星或金星在运行，它把马蒂尔达而不是贝亚特丽丝带到了但丁身旁。马蒂尔达如爱恋中的女人在歌唱，但丁则走在她的身旁，不过这仅是预备而已，就像利亚对于拉结也是一种预备。

诗人意外碰上的是一支凯旋的队伍，令人吃惊地围绕着先知以西结所见的“轮盘和巧作”，即战车和君王的壮丽场景。但丁要读者去看《以西结书》来了解更狂热的细节，他还响应圣徒约翰的《启示录》把以西结的王者视为基督，这样他就避免了引起震惊。对但丁来说，战车意味着教会的胜利，不是曾有的而是应有的胜利；他用新和旧两本约书来烘托这一理想的战斗形象，这并非是在借重两部约书，而是要为自己扫清道路。所有这一切，包括象征基督的狮鹰兽，都因为它所预告的美人而有意义，那是古老爱情的回归，不再会一去不返地失落。

在《炼狱篇》第二十节中，贝亚特丽丝的真正到来让维吉尔永远消失。她使维吉尔显得多余，这不是因为神学代替了诗歌，而是因为但丁的《神曲》已经全然取代了维吉尔的《埃涅阿斯记》。虽然但丁明确坚持他是另有所指，但丁(此时由贝亚特丽丝首次也是唯一一次在诗中直呼其名)却通过美化贝亚特丽丝而颂扬了自己的诗人之才。事实上，他还能做什么呢？即使是最具神学倾向的但丁主要诠释者查尔斯•辛格尔顿也强调指出，贝亚特丽丝的美丽“据说任何艺术的或自然的造物都比不上”。如果你企图把但丁纳入神学家的寓言(如辛格尔顿一贯所为)，那么就只有上帝通过教会才能创造和保存那种超越自然和艺术的瑰丽。但我们需要始终提示自己的是，确切地说，贝亚特丽丝完全是但丁的创造，正如杜尔西尼娅是堂吉诃德的创造一样。如果说贝亚特丽丝比历史上或文学中的任何女人都美，那么实际上这是在赞扬但丁自己的表现能力。

但丁明显的意图是要在《炼狱篇》中探讨天主教的论点，即如果对上帝的渴望被误导入歧途，就必须通过赎罪来加以纠正。但丁贯穿全书最大胆的断言就是宣称他对贝亚特丽丝的渴望并非不合宜，而总是通向神的形象。《神曲》是一种成功，也许可以算作西方宗教诗作的上品。它也肯定是一部完全个人化诗作的典范，它使得许多读者相信自己见到了终极真理。即使特奥多林达•巴罗里尼在专著中一面将但丁去神学化，一面也承认："《神曲》也许比迄今所有文本都更有意识地追求模仿生活，模仿人类生存的状态。"

这一判断令人困惑。难道《地狱篇》、《炼狱篇》，更别说《天堂篇》，比《李尔王》以及受但丁影响的《坎特伯雷故事集》都更有意识地在寻求"模仿生活"吗？不管但丁的现实主义是什么，那都不是乔叟和莎士比亚给予我们的：变化着的人物，如同真实变化的人类一样。在《神曲》中只有但丁在变化和发展；其他人都是固定不变的。实际上，最后的审判已降临到这些人身上，所以他们必然如此。贝亚特丽丝作为诗中的一个人物，已经适得其所，所以她和模仿生活相距甚远，因为她与人类生存状况有什么关联呢？查尔斯•威廉斯虽然好为人师，但他比不少但丁研究者们在探讨这一问题时更为踏实。他在评介《神曲》时说："即令这样好的诗也当然是有局限的。它没有试图处理贝亚特丽丝自己的得救，以及但丁在其中的作用这一问题。"

我觉得这一提法有些过激，但这又比用教义来贬抑但丁或错把他的诗当作对生活的模仿为好。从但丁的角度来考虑，作为一位诗人，他写贝亚特丽丝获救应该说是绝无问题。她给予但丁诗歌以最伟大的形象，因而拯救了但丁；而他也拯救了她，使她没有被湮没，虽然这也许是她所并不在乎的拯救。威廉斯自己突发异想地考虑到了贝亚特丽丝和但丁的"婚姻"，但这只是他自己而不是但丁的意思。当她进入炼狱时，她既不是作为诗人的爱人也不是作为他的母亲对他说话，而是作为一个神对一个凡夫说话，尽管这位凡夫与她有过特殊的关系。就但丁而言，她对但丁的疾言厉色是另一类型的自我赞许，因为她已成为他原创性的最好标志，是他预言的实现。事实上，是他自己的天才在责怪他，因为这位最恃才的诗人还能接受其他什么指责呢？我认为他不会反对基督的直接降临，但是他似乎也不会过分冒险地去进行这样的表现。

缪斯介入时，但丁却称之为“福佑”，并断言她可以担任造福众人的角色。除了他的诗，缪斯降临与任何其他人都无关；他是她的先知，这一作用他早在《新生》中就已经有了预备。尽管但丁和许多传统，如诗的、哲学的、神学的和政治的传统，有着复杂的关系，他却让贝亚特丽丝与这些事情毫无牵连。她与基督显然不同，却与《神曲》浑然一体，因为她就是但丁的诗，是他的形象的集大成者，她代表的不是上帝，而是但丁自己的伟业。我渐渐习惯于有专家告诉我，但丁重视自己的成就是因为他视其为通往上帝之路，不过我拒绝相信他们。作为一位离开自己城邦在外流亡的人，一位目睹他寄予厚望的帝王失败的人，但丁最终发现在一切废墟中只有自己的诗可以依托。

哲学家乔治·桑塔亚纳在《三位哲学诗人》(1910)一书中区分了卢克莱修、但丁和歌德三人的不同，依据的是他们的伊壁鸠鲁式自然主义、柏拉图式超自然主义和浪漫派或康德式理想主义。桑塔亚纳指出：“但丁与柏拉图主义和基督教的关系就好比荷马与异教徒的关系。”但是他又补充说：但丁“所感受到和表现出的爱既不正常又不健康”。仅仅因为它丝毫没有抵制他把所爱者神秘地转化为神圣救赎机制的一部分，就断言但丁对贝亚特丽丝的情感是不正常和不健康的，似乎过于不敬。当然，桑塔亚纳在这里仍是敏锐和新颖的，正如他反讽式地夸奖但丁以一贯的唯我主义超越了他的时代。

桑塔亚纳还指出，但丁是与众不同的柏拉图主义者，但他应该进一步做出更重要的论断：但丁也是一位与众不同的基督徒，而贝亚特丽丝就标志着这一不同，标志着但丁加给教会信仰的东西。事实上对诗人和批评家来说，《神曲》至少已成为费奥雷的约阿希姆所预言的第三部约书。反对实证检验的最微妙立场并非出自奥尔巴赫学派、辛格尔顿和弗里切罗等人，而是出自 A. C. 查瑞提研究基督教类型学的论著《事件及其来世》(1966) 和查氏所认可的前辈莱奥·斯皮泽的论点。查瑞提坚信贝亚特丽丝是基督的一个形象，但又不是基督或教会本身，他还引用科内姆·福斯特的话说：“她没有替代基督，她只是反映和传达了基督的旨意。”这话也许出自虔诚，但对于《神曲》却不够确切，因为但丁看到的贝亚特丽丝只是她个人而不是基督。她不是一面镜子而是一个人，甚至斯皮泽在《代表文集》(1988)中也毫不费力就确认了她的个性化地位，即她的独一无二之处：

> 贝亚特丽丝是一则寓言，它不仅是启示的寓言而且是个人启示的寓言，她的自传性来源和她的彼岸地位都可以证实这一点。她不是天使，却是人的有福灵魂，正如她影响了俗世的但丁一样，她也被唤来为但丁的朝圣服务，这一任务她一人即可担当；她不是圣徒，只是贝亚特丽丝；她不是殉道者，而是早逝者；她留在世间只是为了让但丁看到奇迹的可能性。但丁在教义上的放肆不如看上去那么大胆，如果考虑到在事实上，启示传达到基督徒时是以个人的形式出现，只适宜他一个人。……她是……在那预示了他的救赎者之前出现的那些历史人物……的对应者。

斯皮泽虽然博学，此论却不够恰当，也丝毫没有减少但丁的"胆识"。照但丁看来，贝亚特丽丝所代表的绝不仅是私人的或个别的启示。她起初只是走近但丁这位诗人，然后通过他再去走近读者们。维吉尔在《地狱篇》里对她说，"啊，美德夫人，由于你这一个人，人类在这天堂的最小角落里却成了万物之首。"这句话被柯尔提乌斯解释为："通过贝亚特丽丝一个人，人类就凌驾于尘世万物之上，无论这意味着什么：贝亚特丽丝一人就对所有人具有一种形而上学的尊严——单单贝亚特丽丝一人。"斯皮泽也过快地抛开了作为基督的预显和作为基督的模仿之间的差异。你可以争辩说，如果贝亚特丽丝在基督之前出现，她就是另一位先驱，但是她的出现在后，所以但丁所爱的她就不是基督的模仿。正如桑塔亚纳所注意到的，她至少是柏拉图化的基督徒，在但丁生前死后都没有停止过柏拉图化。她最多就如柯尔提乌斯所坚持的：是诗歌的真知和但丁的图景的核心。

这又回到了她标志着但丁原创性的问题，即她是标志着他的艺术力量和陌生性的核心。高傲不是基督教的美德，但在大诗人身上却总是至关重要的德行。莎士比亚也许是重大的例外，正如他在许多事务中一样。我们从来不知道他写作《哈姆莱特》、《李尔王》或《安东尼和克莉奥佩特拉》时的态度如何。也许他不需要态度，因为他从不缺少认可和商业上的成功。他一定清醒地认识到他自己有何等原创而巨大的成就，但我们在他的剧作中找不到任何自我赞许的地方，他的十四行诗里对此略有显露，但也相当克制。莎士比亚能够不含嘲讽地说到任何对手的诗才与能力，或是相信乔治·查普曼“伟大诗篇”的“豪迈启航”吗？但丁豪迈地启航驶向天堂，庆贺自己赞颂了贝亚特丽丝。在《失乐园》里，撒旦的高傲不管如何与弥尔顿的高傲有关，却给他带来了堕落。在《神曲》中，但丁的高傲使他升华，直达贝亚特丽丝及天堂。

贝亚特丽丝出自但丁的高傲，也出自他的需要。学者们要解释她代表或意味着什么；而我却建议考虑什么是贝亚特丽丝让但丁从诗中排斥掉的东西。维柯深为但丁广博的神学知识而悲叹。但丁精神的丰富性不是问题；不过他的诠释者的精神丰富性却是问题。如果在《神曲》中排除了贝亚特丽丝的话，维吉尔就必然再创造这样或那样的圣徒去引导但丁从世俗乐园上升到天堂的玫瑰园。一位读者的宗教抵触情绪在圣奥古斯丁取代贝亚特丽丝时必然会增强，而许多英美的但丁研究者们常常不愿意承认这种抵触情绪。更为重要的是，但丁对既定教义的抵触也会增强。但丁的图景和天主教信仰之间更多的是表面的而非实际的一致，不过但丁以贝亚特丽丝为中心部分是为了避免不得不浪费想象力与正统观念做无谓的争执。

正是贝亚特丽丝的存在和作用改变了奥古斯丁和阿奎那，使他们的形象意义更加丰富，并使真理（如果你认为是）或者虚构（如你这样看）增加了陌生性。作为真知的研究者，不论是诗学真知还是宗教真知，我都判定这部作品既非真理又非虚构，它只是但丁的“知”，而他把这一知命名为贝亚特丽丝。当你的知极为精深时，你不必在意它是真理还是虚构；你主要要知道的是这一知真正是你自己的。有时我们称此知为“爱”，并几乎总是认定这一经验的永恒性。但更常见的是它抛下疑惑的我们而去，我们既非但丁又写不出《神曲》，于是最终所知的只是失落。贝亚特丽丝就是这失落和经典不朽性之间的区分，因为没有她，但丁如今只会是又一位彼特拉克之前的意大利作家，客死流放之地，成为自己高傲和激情的牺牲品。

我对查尔斯·威廉斯十分反感，不管他写了基督徒的幻觉和怪异的诗歌，或是写了《他自天堂来》和《鸽之降临》等公开为基督教辩解的作品。我也不认为威廉斯是一位无功利的文学批评家。他以自己的方式成为意识形态家，如同构成今日憎恨学派的新女性主义者、伪马克思主义者以及法国派还原论者一样。不过，威廉斯的相当独特之处在于他把但丁主要视为贝亚特丽丝形象的创造者：

> 贝亚特丽丝的形象存在于他的思想中；长驻在那里，并有意被更新。形象这个词因为两个原因而很适合。首先，他内在的主观回忆也是某种客观外物，它是外在事实而非内在欲望的形象。它是景象而非创造。但丁故而断言，他不可能创造出了贝亚特丽丝。

诗人的断言就是诗，但丁既非第一位又非最后一位强调创造就是澄清景象的大诗人。也许莎士比亚对《辛白林》中的伊莫根说过同样的话。威廉斯把贝亚特丽丝比为伊莫根，但是贝亚特丽丝又不同于朝圣者但丁、向导维吉尔和《地狱篇》里的尤利西斯，因为她算不上一位文学人物。她具有戏剧的特质，如好几次高声的斥责；但她又不仅是一个人物，而更是整个诗篇，所以读者只有读完和消化了全篇《神曲》后才能理解她，这或许可以解释贝亚特丽丝形象的奇特含混性（这决不是美学的缺陷）。她的可望而不可及即使对诗人兼恋人也是一样，这要比威廉斯所认识到的更为迷人，这也是因为但丁精心营造了这种效果，在《天堂篇》里，这种效果在但丁远眺她时那动人的瞬间达到了极致：

> 我举目望见她浑身散发着永恒的光芒，为自己形成一个冠冕。任何一只凡人之眼，就算它潜入深深海底，距离那雷声滚滚的最高天际，也不及我的目光距离贝亚特丽丝那样遥远。但是这对我无关紧要，因为她的形象直达于我，无比清晰毫无阻隔。
>
> "啊，夫人，我的希望全寄托于您，您为了我的获救不畏亲临地狱，我所眼见的一切事物中，我知道，您使尽了所有的办法让我摆脱束缚获得自由，这是您的恩典和美德。让我保存您的厚爱，以便我的魂灵在被您充实之后，还可以飞出这身躯，使您欣喜欢心。"我祷告如斯，而她虽然似乎相

距遥远，却仍然含笑看着我，然后再一次转向那永恒的源泉。

我在以前写的一部书里曾对这一精彩的段落作过评价，我注意到，但丁拒不接受任何人的救助，即使是圣徒式的救助，他只接受自己的造物贝亚特丽丝的援手。有一位天主教文学批评家指责我不懂这种信仰，至少还有一位但丁研究者说我的看法属于浪漫派加撒旦式的观点(不管在如今年代里这种指责是何意)。我所引述的显然是弗洛伊德的哀怨而有说服力的总结性论文——《有尽及无尽的分析》，这位精神分析学的创立者哀叹他的病人不愿接受他的治疗。比我们众人高傲的但丁也只接受贝亚特丽丝的治疗，并向她一个人祈祷。他的预言胆识不是奥古斯丁式的，正如他的帝国政治观念拒绝奥古斯丁的感觉，即教会已经取代了罗马帝国。《神曲》是一部启示录式诗歌作品，贝亚特丽丝唯有那位期盼死前就实现预言的诗人才能创造出来。奥古斯丁对但丁的诗会作何想？我猜，他最反对的应是贝亚特丽丝，那是承载了天堂的一个私人神话，一如但丁要夺走上帝的王国那样。

如果有的话，谁是贝亚特丽丝的原型？她是一位基督教的缪斯，进入了诗歌的情节中并与诗融为一体，以致我们不能不读书思人。为但丁指定的先驱是维吉尔，如果《埃涅阿斯记》中有类似贝亚特丽丝的人，那一定是维纳斯。正如柯尔提乌斯所强调的，维吉尔的维纳斯更像阿尔忒弥丝或狄安娜的形象，而与阿佛洛狄忒相差甚远。她严于律己，奇怪地像预言家西比尔，几乎不像爱洛斯的母亲，却合当是半人半神埃涅阿斯的母亲。真实的维吉尔既是伊壁鸠鲁派又是斯多噶派，他(与但丁的强烈误读正相反)并不渴望恩典和赎罪，而只希望在痛苦和无意义的无边景象中获得片刻的喘息。如果但丁的描写更准确，那么维吉尔应该和杰出的法瑞纳塔同在地狱的第六层，这里是为伊壁鸠鲁派和异教徒们预留的。

维吉尔自己的先驱是卢克莱修，这是所有唯物主义和自然主义诗人中最有创造力的人，他更倾向于伊壁鸠鲁派而不是伊壁鸠鲁。但丁从来没有读过卢克莱修，因为后者只是到了十五世纪末才被重新发现。这件事使我深为遗憾，否则但丁将会有一位旗鼓相当的对手。我们不知道卢克莱修是否会吓住但丁，不过但丁若知道维吉尔在精神上而不是在感觉上更接近卢克莱修而不是他自己的话，他一定会狂怒不已。当然，维吉尔的维纳斯是有意不同于卢克莱修的维纳斯的，于是颇具讽刺的是：如果我关于维吉尔的维纳斯是贝亚特丽丝的直系祖先的推测完全正确，那么卢克莱修事实上就应该是但丁邪恶的祖先。乔治•桑塔亚纳在《论事物的本质》中对维纳斯有一段恰当的描写，把她比作与战神有辩证张力的恩培多克勒之爱：

> 卢克莱修的战神和维纳斯皆非道德的力量，又与原子论的机制不相容；他们是这种机制本身，并一直在制造和毁灭着生命，或一切宝贵的事业，如写作拯救诗的卢克莱修之所为。战神和维纳斯并肩扶持，共同统治着宇宙；一物降生必伴有另一物死亡。

恩培多克勒—卢克莱修式法则“死为他人之生，生为他人之死”定能让叶芝这位异教神秘论者高兴，不过但丁却会轻蔑地加以拒绝。维吉尔根据自己的维纳斯所作的反应无疑是爱恨交加的。他显然曾仔细研究过卢克莱修的诗，所以他采用了卢氏的观点，即维纳斯通过其子埃涅阿斯把最真实的生命赋予了罗马人，其子也成了罗马人的祖先和缔造者。但是这位维纳斯并没有永久地和战神共处。她毕竟是爱神，所以很有意思的是，维吉尔描写的维纳斯和贝亚特丽丝一样贞洁。维吉尔不像但丁那样对女人充满了激情，(照但丁的构思)维吉尔大概应该和伊壁鸠鲁派的法瑞纳塔一样出现在《地狱篇》第十节中，而且还应该和但丁所尊敬的老师、鸡奸犯布鲁内托•拉提尼一起出现在第十五节中。

具有绝妙讽刺意味的是，贝亚特丽丝作为至尊的基督教缪斯大概源于狄安娜式的维纳斯形象，这部分是因为作者针对色欲的伊壁鸠鲁式的维纳斯而进行的反构思，部分也是因为但丁的先辈不近女色。维吉尔的史诗中处于主宰地位的女性是可怕的朱诺，女神的噩梦，维吉尔的维纳斯的对头，一位道地的反缪斯。但丁会有一位反缪斯吗？弗里切罗在《地狱篇》第九节里找到了她，即美杜莎的形象，接着又把这一形象与但丁《石韵诗》中的佩特拉夫人联系起来，其中包括加布里埃尔•罗塞蒂出色地翻译过的一首著名六行诗：《咏微光和巨影》。弗里切罗把但丁和他下一代的异议继承者彼特拉克作了对照，后者的劳拉实际上既是缪斯又是反缪斯，是贝亚特丽丝和美杜莎的合体，是维纳斯和朱诺的统一。弗里切罗的比较研究赞扬了但丁，因为贝亚特丽丝的意义超越了自身，被认为导向基督和上帝，而劳拉只是严守诗中人物的身份。实际上，我认为这一差别无关紧要，即使弗里切罗有着奥古斯丁式的严格：

> 彼特拉克如皮格马里翁一样热爱自己的创作，而且反过来也被她所创造：双关语"劳罗/劳拉"指向这一作为其创作本质的自我包含过程。他用诗塑造了劳拉夫人，而后者又创造了他桂冠诗人的名声。因此，她不是指向自身之外的女调停者，而是处于诗人自身界限亦即其诗作之内。这恰如彼特拉克在最后的祷告中所坦承的，他的罪过是崇拜偶像和赞美自己的创造。

如果今日但丁在神学上对人们（实际上是我们大多数人）已不再有说服力，那么有什么可以用来证明弗里切罗的感觉，即但丁似乎摆脱了彼特拉克无法逃脱的审美困境呢？作为文艺复兴和浪漫主义诗歌以及现代诗的先驱，彼特拉克是否也要和在中世纪一统局面消解后出现的诗人们一起分担所谓的原罪呢？但丁像彼特拉克一样深爱着自己的创造。贝亚特丽丝还能是别的什么呢？她既然是《神曲》中最了不起的原创性，难道她不也同样创造了但丁吗？只有但丁是我们的权威，他可以说贝亚特丽丝指向了自身之外；她显然是限定在《神曲》之内的，除非你相信但丁个人的真知不仅对自己而且对所有其他人来说都是真实的。

除了永恒的朝圣者但丁，还有其他什么人向贝亚特丽丝祈祷吗？彼特拉克愉快地承认了偶像崇拜，因为正如弗里切罗精辟地指出的，这一坦白有助于他与那些名声赫赫的先辈们拉开距离。但是难道但丁不欣赏自己创作并已完成的惊人诗篇《神曲》吗？偶像崇拜是一个神学范畴，又是一种诗的隐喻；但丁像彼特拉克一样是诗人而不是神学家。但丁比起劳拉的牺牲品来是更伟大的诗人，彼特拉克对此毫不怀疑；但是两人中彼特拉克对后代诗人影响更大。但丁直到十九世纪时还是默默无闻，他在文艺复兴和启蒙时期几乎无人赞赏。彼特拉克占据了他的位置，并实现了他的诗歌偶像崇拜或创造抒情诗的精明计划。但丁死于1321年，当时彼特拉克正好十七岁。当彼特拉克于大约1349年准备写作十四行诗第一稿时，他似乎已经知道自己正在开创一种超越十四行诗体的模式，这一模式在六个半世纪后依然生机十足。但是人们不可能再写一部《神曲》了，正如莎士比亚停止写作后悲剧也不再辉煌一样。最后的结论还是：但丁伟大的经典性与圣奥古斯丁和基督教的真理，如果那是真理的话，都没有关系。在如今这糟糕的时刻，我们首先必须去恢复文学的个人性和诗歌的自主性。但丁和莎士比亚同样是这一复兴的最终源泉，只要我们能够躲开海妖的歌声，不再听她们唱着神学家的寓言就行了。

# 4 乔叟：巴思妇人、赎罪券商和莎剧人物

除了莎士比亚，乔叟要算是英语作家中最杰出的一位。这一断言虽然只是对传统评价的重复，但在世纪之末它对我们却极有价值。阅读乔叟或自古以来他在文学上少数几位对手的作品——如但丁、塞万提斯和莎士比亚的作品——可以使人产生恢复洞见的愉快效果，我们所有人在面对纷至沓来的昙花一现式名作时也许会禁不住失去理智，这些作品如今给我们带来了危害，促使人们放弃美学的求索，而乔叟在其作品中坚守着文化正义。如果我们从过誉之作转向那些配得上美誉的作品，那么《坎特伯雷故事集》应该算是一个卓越的范例。人们透过书里的众多人物能见到我所说的文学人物的虚拟现实（我不能不这么说），即那些真正让人信服的男男女女。那么，是什么让乔叟有能力把人物描写得如此历久弥新呢？

已故的唐纳德·霍华德在其1987年出版的精彩传记中，曾试图解答这个棘手的难题。霍华德承认我们对于乔叟除了他的作品以外缺少更深入的了解，但他又提醒我们要注意乔叟时代的社会人文环境：

> 财产和遗产是中世纪晚期人们持久的关注中心，可说是为之困扰，尤其对乔叟所属的商人阶层是这样；武装抢劫、绑架、设局诬告等都是获取财产及遗产的惯用方式。乔叟当年的英国人并不似现代那种坚定刻板的

> 英国人，这些人是启蒙运动和大英帝国的子孙；而当年的英国人更像诺曼人祖先，脾气暴躁，在本阶层人中行为不羁（在上层或下层人面前则较克制）。他们会在大庭广众之下随意哭泣，暴怒不已，誓言丰富且咒语奇特，争斗常流于血腥，诉讼无止无休。中世纪的死亡率很高，生活则飘摇不定；有更多的不安与恐怖，更多的屈从和绝望，更多的舍命一搏。暴力更多，尤其是更具复仇性的公开暴力：挂在长钉上的首级或悬在绞架上的尸体，这是他们的方式；我们今日的方式只是在邮局里展示案犯的脸部特写照片而已。

我们的方式急速恶化，邮件炸弹在各大学里响起，伊斯兰原教旨主义者的恐怖活动在纽约市爆发，枪弹在纽黑文四下乱飞，即使我在此处静坐写作时也不能避免这种混乱。霍华德所描写的乔叟生活在战争、瘟疫和暴乱之中，这一切对当代美国而言并不陌生，霍华德自己就在专著即将面世时死于我们今天的瘟疫。他的重点概述仍然是十分精当的：乔叟时代天下不宁，市民们动辄发怒，所以他的坎特伯雷朝圣者到达贝克特的圣托马斯祠堂后有太多的事情要祷告。乔叟本人的性格不仅体现在讽喻式朝圣者乔叟身上，而且还鲜明地刻印在他所有的诗篇中。他和自己的直系前辈但丁及薄伽丘相似，把杰出的原创性极强烈地表现在他的人物和自己的声音上，即他娴熟的语言和人物塑造上。他也和但丁一样，开创了一些表现自我的新方法，因而他与莎士比亚的关系类似于但丁与彼特拉克之间的关系，区别只在于莎士比亚有着令人惊异的丰富性，他的博大甚至超过了约翰·德莱顿对《坎特伯雷故事集》的评价：“上帝之丰富多彩莫过于此。”即使把奥维德或“英国的奥维德”马洛都算上，也没有任何作家像乔叟一样给予了莎士比亚如此重大的影响。乔叟式的暗示在他本人那里虽然没有得到充分的发展，但它却是莎士比亚原创性最伟大的起点，即他表现人类个性的方法。但是在廓清他给予莎士比亚的影响之前，乔叟的伟大应该得到强调和解释。

我最喜爱的乔叟批评家 G. K. 切斯特顿曾说过：“乔叟的反讽有时太宽广以至于人们难以觉察。”他解释这种反讽的要旨在于：

其中的一些暗示隐含着宽广无边的思想，联系着现实和万物的真正本质。它包含了某种现象世界的哲学问题，包含了那些先哲们所提及的一切，这些先哲绝非悲观主义者，他们提出，我们都处在造物者身影的世界里，当他居于某一层面时自己也会同样被那身影所笼罩。在这之中隐含着造物者和造物之间的所有奥秘关系。

切斯特顿以一种典型的悖论感去追溯乔叟不同寻常的现实主义和心理穿透力，直到将其归为对逝去的时光和更广大的现实所产生的反讽式意识，但这一现实已经消失，仅余断壁残垣供人悔恨和回忆。在乔叟作品里，善意虽存但总有所减损，而对骑士豪爽行为的摒弃也随处可见。切斯特顿执著于从乔叟那儿得知的已消失的传奇世界，这一执著被霍华德确认为《坎特伯雷故事集》的深刻"思想"。这些故事给我们"一幅混乱的基督教社会的画面，到处呈现荒芜、衰败以及不稳定的状况；我们不知道它会变成什么样"。于是，只有讽刺作家笔下能留存这样一幅画面。

霍华德在他写的传记中把乔叟的疏离或矛盾归因于商人出身和贵族教育之间的冲突，那种教育是他后来成为一位年轻宫廷诗人时所接受的。但丁开启了文学的贵族时代，尽管他和神学时代的寓言还保持了联系。不过，乔叟不像但丁，他不属于任何一种贵族，哪怕是小贵族。我对从社会的角度去解释一位大诗人的反讽姿态总是心存戒备的，这是由于大诗人的气质和自信不是任何武断定论所能解说的。乔叟的姿态是一种如此宏大的意识，它导致一种四处弥漫和独具个性的反讽，所以环境的因素本身不像是最主要的。乔叟的英国前辈是他的诗人朋友约翰•戈尔，他长乔叟十二岁，但他明显地不如这位新崛起的作家。英语是乔叟自幼就使用的语言，但他也说盎格鲁式的法语(即以前的罗曼语)，而且后来的宫廷教育使他学会了说、写和读巴黎口音的法语和意大利语。

由于乔叟早就觉得在英语世界里没有造诣深厚的前辈，他就首先转向当时法国的重要诗人(和作曲家)纪尧姆•马肖。这一早期阶段在他著名的挽诗

《公爵夫人书》中达到顶点，随后就结束了，他受国王的差遣前往意大利，于1373年2月到达文艺复兴之前的佛罗伦萨，此时那里的文学高潮已经消退。被逐的但丁也已死去半个多世纪，他的下一代继承人彼特拉克和薄伽丘均已年迈；而且他们在两年内便相继去世。对乔叟这种才情和眼界不凡的诗人说来，这些作家，或者说但丁和薄伽丘，必定既是灵感又是随之而来的焦虑的因由。彼特拉克对乔叟来说不是意味着一个真实的作家，而是意味着一个代表性的形象。诗人乔叟在三十岁时知道自己要追求的是什么，彼特拉克不具备这些东西，但丁也只能给予他一些次要的东西。乔叟在作品中虽然从未提到过薄伽丘的名字，但后者就是乔叟所需要的艺术源泉。

但丁精神上的高傲无以复加，他所写的第三约书，即真理的图景，完全不符合乔叟的讽喻气质。不朽的朝圣者但丁和坎特伯雷的朝圣者乔叟之间的差异十分明显，尤其是乔叟的反讽显然是故意而为的。《声誉之宫》受到《神曲》的启发，但又是对后者的善意讽刺；《坎特伯雷故事集》在某一层面对但丁而言是一种怀疑式的批评，特别是针对作者与自己图景的关系。乔叟和但丁的差距在于气质，他们是两位性格不相容的诗人。

但丁的一大崇拜者和诠释者薄伽丘则是另外一回事；侧身于诗人殿堂的他不喜欢被人称为“意大利的乔叟”，正如忌讳薄伽丘名字的乔叟想必也不愿被人称为“英国的薄伽丘”。但是除了乔叟惊人的大量借用外，两人之间的相似性不但是确实的，而且几乎是必然的。这里的关键是《十日谈》这部作品，乔叟从未提过它，或许根本没有通读过它，但它却很可能是《坎特伯雷故事集》的范本。嘲讽式地讲述那些以说故事为主题的事件，这大概是薄伽丘的发明，这一突破的目的是为了让说故事摆脱教诲与道德的束缚，从而使听众或读者而不是讲故事者去承担责任，不管他们的用意是好是坏。乔叟借用了薄伽丘的观念，即认为故事不必是真的，也不必是图解真理，只要是“新事物”就行，新奇就是好。作为比薄伽丘更具有讽刺才能和更有创造实力的作者，乔叟把《十日谈》改造成《坎特伯雷故事集》的方式是十分激进的，可以说是彻底改写了薄伽丘的架构。如果我们把两部作品对照来读，两者之间并没有什么相似之处；但是如果没有薄伽丘这个未获认可的中介，那么乔叟成熟的讲故事模式可能就不会产生。

乔叟认为自己的代表作是《特罗伊拉斯和克莱西德》，这是英语中少有的几部精彩长诗之一，但与《坎特伯雷故事集》相比，这部作品如今已经很少有人读了，而且《故事集》确实更具有原创性和经典性。也许正是因为这种原创性，乔叟低估其最惊人的成就，尽管我对这种假设极为反感。这部作品并未完成，从技术上说它只是由大块的片段组成；不过当你阅读它时，这种不完整的印象就会退去。确实，它可能就属于作者不想写完的作品之一，因为它已经成了作者生命的一部分。生活作为一种朝圣之旅的形象——与其说是奔赴耶路撒冷不如说是奔赴审判——与乔叟的坎特伯雷朝圣的构思原则结合了起来，同时它还结合了三十位边走边讲故事的朝圣者。但是，这部作品具有极大的世俗性，而且有着几乎完美的反讽特色。

叙述者是完全简单化了的乔叟自己：他情绪高昂、无限好心、随听随信，而且对于二十九位同伴中某些人的恶劣品质有着惊人的容忍力，并加以赞赏。塔尔博特•唐纳德森是最世故和最有人情味的乔叟批评家，他强调朝圣者乔叟倾向于“对所见诸事的含义毫无体察，即使他看得十分清楚也罢”，同时，他对“有成效的偷窃”一惯“由衷地赞赏”。也许，朝圣者乔叟并非如唐纳德森所说的是又一个格列佛，而似乎是对朝圣者但丁更为恶意的戏拟，朝圣者但丁是一位严厉、武断、常怀愤恨的先知式道德家，对所见事物的含义领悟得透彻万分。这可能正是乔叟式的反讽，用来对这位诗人进行微妙的嘲弄，而这位诗人想象之高傲无疑地让《声誉之宫》的作者深为震惊。

真实的乔叟是一位喜剧性的讽刺家，操纵着那支看似平常的朝圣队伍，表现出一种与世无争和不计功利的态度，这正是我们迄今可以辨认的莎士比亚的处世之道。两位诗人的出世态度有助于创造出一种排斥的艺术：我们在解说乔叟这位朝圣者时常感到迷惑的是，为什么他在描述每一个人时都会记住某些细节，而同时又忘掉或略去其他的细节。在巴思妇人和赎罪券商这两个最有意思的人物身上，这种选择性记忆的艺术有助于产生莎士比亚式的回响。霍华德敏锐地注意到，乔叟改写了薄伽丘是因为他看到了“每人所讲的故事也是一个有关说书人自己的故事”，可以猜测的是，上述的后一个故事将能填补朝圣者乔叟留下的一些空白。我们时常宁可相信故事而不是相信说书人，尤其是当说书人如巴思妇人和赎罪券商那样可怕时。当然，朝圣者乔叟更为叵测，因为我们从未能确定他是否如自己显然想要表明的那样天真无邪。有些批评家认为，那位叙述者极为老练，他就是诗人乔叟本人，他在同伴面前戴着面具，显示出一种危险地狡黠的温和，实际上他却一丝不苟地注视着周围。

要找一位能像乔叟那样完美和精彩的反讽作家，我想只有上溯到耶和华文献作者或斯威夫特。对我的《J书》进行批驳的人中有一位是我最欣赏的圣经学者，他曾问道：“是什么让布鲁姆教授认为反讽于三千年前就已存在？”由于乔叟所写的并非圣书，所以没有什么人反对接受一个麻烦的事实：写出坎特伯雷朝圣故事的这位如此多才多艺的作家，他所写的篇章总有嘲讽的意味。乔叟真正的文学前辈也许就是耶和华文献作者，而他的真正传人则是简•奥斯汀。这三人都以反讽作为主要手段来发现或发明些什么，迫使读者自己去确切地发现他们创造的是什么。与斯威夫特尖刻的反讽那种普遍的侵蚀性不同，乔叟的反讽充满了人性，我们尽管不能确定赎罪券商的堕落程度，但事实上几乎每一个自称在朝圣的人都被揭示出并非真心在朝圣。《奥赛罗》中贯穿全篇的可怕字眼是“诚实的伊阿古”，这正是乔叟式的反讽，也必定为莎士比亚所知道。“诚实的伊阿古”的直接原型是“温和的赎罪券商”。吉尔•曼在一篇我所见到过的最透彻地分析乔叟式反讽的文章中，指出其暧昧性的核心就在于其流动性，总是喜剧性地跳到另一角度去观察事物，因而始终不让我们有可能进行道德判断，因为在幻觉之中隐含着幻觉。这就又回到了我的假设：乔叟式反讽所针对的是但丁以先知自居的傲慢姿态。

如果但丁遇上巴思妇人和赎罪券商以及一群坎特伯雷朝圣者，他（如果想费这个事的话）会毫不犹豫地让他们在地狱里各就其位。他们所关注之事（如果有的话）将不得不包括他们在永恒之中为何居于何位，因为但丁所关心的只是最后的状态。对乔叟而言，小说不是表述或表现终极真理的媒介；它最适合于描写感情和一切与幻觉有关的东西。我们公认乔叟是一位重要的讽刺作家，这个看法也许会让他本人感到吃惊；但乔叟不像但丁那样只会偏爱自己的人物贝亚特丽丝,他似乎对一切喜剧创作都怀有审慎的喜爱。最后,我们不应当把乔叟本人、诗人乔叟和朝圣者乔叟三种身份截然分开:这三位合成了一个令人喜爱的讽刺作家,他最丰富的遗产便是创造了英语世界中仅次于莎士比亚的众多文学形象。我们可以发现,在这些人物形象上已经萌生了莎士比亚最具有原创性的想象力:表现特定戏剧人物的内在变化。

乔叟数世纪前已预示的内在性,我们现在常把它与文艺复兴和宗教改革联系起来;他笔下的男女人物开始形成一种自我意识,而只有莎士比亚知道如何把这种自我意识激发成自我倾听,并产生随之而来的震惊效果以及求变意志的觉醒。在《坎特伯雷故事集》中,在弗洛伊德之后被我们称为深层心理学的东西已数度出现,它与道德心理学适成对照,并经由莎士比亚而臻于完善,因为正如我前面已经说过的,弗洛伊德只是把它加以梳理和整编。这就又回到了霍华德的问题,尽管他的兴趣是故事而我重视的是人物:究竟是什么让乔叟有能力超越自己的反讽并赋予人物以某种活力,这种活力仅有莎士比亚在乔叟的帮助下能够青出于蓝?回答这个问题既费神又困难,不过我仍然试着勾勒一个答案。

乔叟以十分不同的方式写了两位最具有内在性和个性的人物:巴思妇人和赎罪券商,一位是伟大的活力主义者,另一位近似于真正的虚无主义者。道德批评家们对巴思妇人和她唯一的传人福斯塔夫爵士全无好感;而赎罪券商又同他的远房子嗣伊阿古和爱德蒙差不多,都是不可以用道德来衡量的,赎罪券商还类似其最后的子嗣,即陀思妥耶夫斯基的而不是莎士比亚式的虚无主义者斯维德里盖洛夫和斯塔夫罗金,这些人物的一些特征尤其相似于莎士比亚的伊阿古。当然,把巴思妇人和赎罪券商两人比为福斯塔夫和伊阿古,要好于把他们放在乔叟之前的中世纪重要诗歌《玫瑰传奇》的背景上来理解,我们也会从中获得更多的洞见和愉悦。学者们从《玫瑰传奇》中的老鸨“老妇人”身上找到了巴思妇人性格的来源,又从这部传奇中的“似是而非者”身上发现了赎罪券商的影子,那位伪善者激活了整部传奇。但是,“老妇人”不像巴思妇人和福斯塔夫,她与其说有活力还不如说更为堕落,而“似是而非者”全无温和的赎罪券商和诚实的伊阿古所拥有的那种危险的智慧。

为什么许多学院派批评家对乔叟和莎士比亚有如此苛刻的道德要求，远远超出这两位诗人自己的道德关切，这确实是一个恼人的谜，我认为其中的一个原因就是当前道德癖的流行，即那种以社会经济正义为名来摧毁文学研究的毛病。传统学者和憎恨学派成员都是柏拉图主义的继承人，即使他们对柏拉图一无所知，也都在寻求把诗学从诗歌领域中放逐出去。乔叟最出色的创作是巴思妇人和赎罪券商，这是莎士比亚明确认识到并从中获益的，在这一点上没有任何别的文学启迪可与之相比。要了解莎士比亚受到了何种触动，我们就要回到真正的经典化过程本身，在这一过程中，主要的作家们会挑选自己无可回避的先辈们。正是斯宾塞称乔叟为“纯净英语的源泉”，而正是莎士比亚被塔尔博特•唐纳德森巧妙地比喻为“泉边天鹅”，畅饮着乔叟语言的独特甘醴，塑造新型的文学人物，或者说是以新方法来描绘旧式人物，不管是在巴思妇人强烈生存愿望的暧昧性中，还是在赎罪券商既渴望欺骗和又渴望被发觉的那种不道德暧昧性中。

从乔叟晚年写给朋友巴克顿的一首小诗中，我们了解到他对创造出这位妇人是十分自豪的，这首诗在提到“婚姻中的痛苦与悲伤”时就引巴思妇人作为典型例子：

> 我祈求你们看看巴思妇人，
> 作为我们身边发生的事例，
> 上帝赐你自由地生活，
> 人身束缚令人难以忍受。

在《坎特伯雷故事集》的总序中，我们首次遇到“好妇人”时，我们当然印象深刻，但是没想到她在讲自己的故事前就会让我们领受她的火爆脾气，尽管叙述者先前暗示过她有旺盛的性欲。她有点聋，原因我们后面会发现；她的袜子色泽紫红；她的面容鲜丽姣好，恰配得上长袜的颜色。她尽人皆知的缺牙显示了潜藏的欲望，她曾有过五个丈夫外加不少其他伴侣，是一位在国内外都臭名昭著的朝圣者，她的朝圣旅程实际上等于当今堕落年代里的爱之舟在到处逡巡。不过，这一切只提示出她实实在在是个“到处浪荡”的爱欲“技巧”专家。她的福斯塔夫式机智，女性主义的论调（我们今日可以如此说），以及强烈的生存意志等都还没有真正地显露出来。

霍华德提醒我们说，乔叟创作出巴思妇人时还是一位鳏夫；他还进一步敏锐地指出，自古以来还没有一位作家对女性心理显示了如此深刻的见解，或是如此满怀同情地描写她们。我同意霍华德的说法，即这位妇人确实讨人喜欢，不管道德家们如何急于反对她，也不论她最可怕的对手威廉•布莱克认为她体现了“女性意志”（照他所说）的看法使我如何不安。尽管他的评论对坎特伯雷朝圣者中的这位妇人相当严厉，但显然她也使他惊讶万分：“她也是个麻烦的祸水，我不会再提起她，也不会揭示乔叟所隐藏的东西；让年轻的读者去研究他对她的评说：它就像一个稻草人一般有用。对于和平的世界说来，这种德行的人出生得太多。”

但是，如没有这些人物，文学将会变得暮气沉沉，生活也会缺少文采。巴思妇人的开场白是一种坦白，但更像一篇得意的辩护或自赞。与赎罪券商的开场白不同，她那意识流一般的遐想并没有让人对她比她自己了解得更多。她的开场白第一个字就是“经历”，她引此作为自己的依傍。作为先后嫁了五个丈夫的寡妇在六百年前或今日都一样，会令一位妇女具有某种光环，这是巴思妇人清楚地知道的；但她仍嚷嚷着渴望有第六个丈夫，而且还妒忌睿智的所罗门王能有一千个床上伴侣（七百位妻子，三百位妃子）。这位妇人叫人敬畏的是她无尽的激情与活力：性欲的、语言的和论辩的。她旺盛的生命力在文学史上从无先例，后来者中也只有莎士比亚所创造的福斯塔夫可与之媲美。想象这位妇人和胖子福斯塔夫骑士的碰面当然是合理的文学想象。福斯塔夫比那位妇人更聪明机智，但他即使用上全部精力也无法使她安静下来。令人叫绝的是，在乔叟作品中只有令人生畏的赎罪券商可以打断她，而且多半是在吹捧她的时候才行，但是人们越捧她，她就越放肆。莎士比亚在《亨利五世》中描写了一个听说（不是事实上）福斯塔夫死了的场景，这是乔叟无法为那位妇人做的。这是我们应当赋予她的最高赞颂，且将道德批评家们的合唱都丢在一边：她的身上唯有生命力，即对更充沛生命活力的永久祝福。

正如那修道士所说，这妇人的经历只是一个故事的长篇序曲，它有八百多行，而故事正文仅有四百余行，而且在这妇人强烈的自我表白之后引起的（天哪）是某种审美失望。但读者若不负有天赋的卫道之责，都会希望她的序曲更长而故事再短些。乔叟显然是被她迷住了，与在另一场景中他为赎罪券商所惑一样：他知道这两个人物已经突破了框框，机灵狡黠地自行其道，以艺术的奇迹来表现自然的怪异。我在西方文学史上还找不到一位女性人物比这位妇人更不易解说的，尤其当她对天下几乎所有的书都为男人所写的后果表示抗议时：

上帝，假如女人写下了许多故事，
如同僧侣们写下大量的圣喻，
她们定会记下男人们更多的罪状，
要让所有亚当的子孙都弥补不完。

她将率直的坦白和强烈的性欲完全地结合了起来，使众多男性学者们深感惊谔，他们因此而贬损这妇人。她对教会的道德完美准绳进行的隐含而十分实在的批判既巧妙又有喜剧色彩，预示了我写作之时仍在教会和天主教女性主义者之间进行的争议。这妇人冒犯了不少道德家，部分原因只是她的个性太强，而乔叟和所有大诗人一样都相信性格的重要。由于这妇人是既成秩序的颠覆者，所以很多人将她归为怪异的一类，这一类当然也包括了赎罪券商。虽然这妇人接受了教会的道德思想结构，她身上仍有一种深藏的冲动要背离教会的影响。圣哲罗姆确立的守寡优于婚姻的完美准绳对巴思妇人毫无意义；她对婚姻性关系只是因为生育子女才被许可的说教也不赞同。

她尽管有过五位已故的丈夫，却不像有过孩子，对此连提都未提过。在中世纪教会观念中她直接反对的就是婚姻中的主导权问题。她坚信妇女应该有自己的领地，这是她反叛的核心所在；我不赞同霍华德所说的，她的故事“削弱了她的女性主义观点，揭示了我们怀疑的一些有关她的事情，以及她自己也不了解的东西”。照此说法，这妇人要求的只是丈夫外在的或言语的服从，这倒低估了巴思妇人所具有的乔叟式反讽特征。仅仅两句话形不成一个故事，也无损八百行充满激情的开场白：“她对他万事服帖，一切惟他的喜怒是从。”

我认为，这妇人所说的“万事”完全是指性爱而言。在这两行之前的一句是说丈夫连续亲吻了这妇人一千次，巴思妇人所理解的给男人以快乐大概仅此一件事而已。她诉求权力固然不错，但在床上却是例外，她那必有的第六位丈夫将会了解这一点。正如她告诉我们的，她前面的三个丈夫人品很好，富有但年迈，第四与第五位丈夫年轻但惹是生非。第四位竟然胆大妄为找了个情妇，于是活该被她折磨而死；第五位比她小一半岁数，在她撕破他坚持要读给她听的反女权的书后，打聋了她的双耳。在他终于让步烧掉那本书之后，她重新获得了自己的权力，又同他快乐地一道生活，不过好景不长。乔叟讽刺地暗示，那性欲旺盛的威猛妇人榨干了这可爱的第五任丈夫，正像她让前四位丈夫油尽灯枯一样。

她的朝圣伙伴们清楚地理解她的表白。不论男女读者，只有聋子和厌世者才会抗拒妇人那些渴望和自我颂扬的最辉煌时刻。在她描述第四位丈夫时，她想到了自己对酒和与此相关的对爱欲的同样嗜好，于是她突然高喊：

可是基督啊，每当我想起，
我年轻快乐的时光，
我便从心里发痒。
直至今日我都满心愉悦，
因为我曾在我的时光里拥有自己的一切。
天哪，年岁消磨了万物，
夺去了我的美貌与活力。
随它去吧，再见！让魔鬼来吧！
面粉已飞散，无处去收集：
我只能尽力而为，好好卖掉麸皮；
不管怎样，得乐且乐随遇而安吧。

这里没有什么新鲜的启示，也没任何东西能帮助《坎特伯雷故事集》的架构和范围变得更加完整。上述十一行诗句包含了巴思妇人的记忆和欲望，但又承认时间已经改变了她的形象。如果说乔叟作品中有哪一段突破了自己的反讽，那么非此莫属，因为这里所有的反讽属于时间，它是一切生气勃勃的英雄不可战胜的敌人。仍然雄赳赳的巴思妇人对这一反讽所说的最豪迈的一句话是："我曾在我的时光里拥有自己的一切。""我的时光"是得意之辞；她的活力也许已衰退成麸皮，但这女人真正的精髓却保存在福斯塔夫式的昂扬精神中。不过，其中的伤感是显而易见的，这也证实了她对衰落的现实体认：老去的欲望行将朽败，不过她也明白，最适合自己的是及时行乐，这是一种世俗或经验的智慧，也是对她指责教会理想的一种补充，因为这种理想对她而言是一种谴责。乔叟当时已近六十岁，深感垂垂老矣，因而赋予她滔滔不绝的口才，这既适合这个人物也适合她的创造者。

巴思妇人在长篇大论的开场白中是否有所改变？乔叟式反讽并非表现变化的好方式。我们静听巴思妇人的独白，朝圣者们也是如此。那么她听到了自己的倾诉吗？听到她说在自己的时光里曾经拥有一切，我们都很感动。但是她不感动吗？她没有赎罪券商那种受过良好教育的自我意识，后者只是看不到他对自身的影响。这妇人与福斯塔夫最相近的地方是得意于她的孤芳自赏。她不愿意改变现状，所以在通篇开场白中表现了对老迈以及变化的最终形式亦即死亡的精神抵制。改变的是她高昂的精神，即从天生的精力充沛转变成为高度自觉的活力主义。

就我所知，乔叟对待变化并没有反讽的态度，这大概是因为他与许多研究自己的学者不同，他对自己的杰出创作感情太深，他要让她直接打动读者。她的及时行乐不同于勉强的热心；与之最为类似的是福斯塔夫爵士的乐观情绪，后者也遭到学院派批评家们更多的贬斥。福斯塔夫的机智在《亨利四世》（下）中丝毫不减，但是当哈尔严拒他的场面即将到来时，我们觉得他变得有些阴沉。福斯塔夫仍然有生气，但他的欢乐需要得到刺激，好像那生存的意志要得到活力主义思想的触动那样。巴思妇人和福斯塔夫都不像拉伯雷的庞大固埃。

他们仍然受到福佑，都在呼唤更多的生命，但他们都知道时间总有尽头，因此担当起竞争者的新角色，为留住那消退的福佑而战斗。巴思妇人虽然伶牙俐齿、机敏吓人，但在这些方面还是不能与福斯塔夫相争。她对生命力衰退的粗浅意识，以及她保持高昂精神的强烈意志，都更类似于莎士比亚最伟大的喜剧人物。

巴思妇人和福斯塔夫是前后出现的两位讽刺家，他们正如唐纳德森所指出的，把自己的权威建立在充满自信的个性上。他们还和堂吉诃德、桑丘•潘札及庞大固埃等组成了一个家族或同盟，专事游戏之道，而与社会秩序或严谨的精神背道而驰。游戏之道在其严格的界限内所带来的是自由，即不受个人超我困扰的内在自由。我认为这就是为什么人们要阅读乔叟、拉伯雷、莎士比亚和塞万提斯的原因。在这一空间里，超我不再为所谓的进取心而催逼某人。巴思妇人和福斯塔夫的言词语态咄咄逼人，但实际的目的仍是自由：摆脱今世、此时、国家和教会的道德以及自我之中任何妨碍其充分地自我表达的东西。甚至一些欣赏这两个人物的人也坚持认为他们是唯我主义者；不过，自我中心和唯我主义有所不同。巴思妇人和福斯塔夫完全意识到了周围的人与物，但比起这两位已陶醉的活力主义者来说，他们周围的一切都引不起我们多大的兴趣。

许多学者已指出了这两人与《哥林多前书》文本的隐含关系，即保罗号召基督徒们坚守自己的使命。巴思妇人所说的是："上帝召唤我们时的状态，我将永守不渝：我自身无足轻重。"福斯塔夫既呼应她又超过了她："怎么？哈尔，一个人在自己本分内忙活可不是罪过。"这两人在嘲讽保罗时本意并无不敬，他们的机灵使自己不再受惑，但他们仍是信仰的徒众。妇人不住地巧妙提醒众信徒们，她并不需要十全十美，而福斯塔夫心中牵挂不已的是那位贪婪者戴维斯的命运。福斯塔夫比那位妇人更充满焦虑，而她并无要把将来的亨利五世认作养子的不幸命运。作为莎士比亚笔下而不是乔叟笔下的人物，福斯塔夫比巴思妇人更能体验到内在化所产生的变化。两个人物都会倾听自我，但只有福斯塔夫能坚持不懈地这样做。我猜对莎士比亚来说，使他受乔叟影响的关键性人物不是巴思妇人而是赎罪券商，这位西方文学中所有虚无主义者的鼻祖。我这里弃而不论巴思妇人和福斯塔夫是出于无奈，但从他们转向赎罪券商及其在莎剧中的继承者也不过是抛弃肯定的活力主义而转向否定的活力主义而已。没有人喜爱赎罪券商或伊阿古；但是也没有人能抗拒他们那负面的旺盛精力。

把巴思妇人与福斯塔夫联系起来是文学批评的老生常谈，但我从未见到有人思考过，莎士比亚最重要的反面人物极可能和赎罪券商一脉相承，他们是《奥赛罗》中的伊阿古和《李尔王》中的爱德蒙。马洛的反面英雄如帖木儿大汗及狡猾的马耳他犹太人巴拉巴斯，尤其是后者，显然对莎士比亚的人物描写产生了深刻影响，这表现在他第一部悲剧《泰特斯·安德罗尼克斯》里的摩尔人亚伦身上，也表现在理查三世身上。一边是亚伦及理查，一边是伊阿古及爱德蒙，这两者之间有一个身影，他似乎就是《坎特伯雷故事集》中的被弃者，那个反派人物赎罪券商。他的开场白和故事与乔叟这部未完成的重要作品的外在结构不相合。作为一个飘泊者，赎罪券商的故事有独特的世界，它与乔叟的其他故事毫不相同，但它对我来说似乎是乔叟诗作的顶峰，处在了艺术的极限，无人能够超越。唐纳德·霍华德思考过赎罪券商及其故事与《坎特伯雷故事集》中其他人之间的区别，他把赎罪券商的插曲比作“中世纪美学的边缘世界，在严肃手稿的边缘上画出的猥琐图案”，他是荷兰画家希罗尼穆斯·博斯的先辈。赎罪券商的出场和他的叙述是如此尖锐，使他从边缘走向乔叟作品的中心，创造了尼采所说的“最怪异来客”，是对欧洲虚无主义的表现。我以为，赎罪券商和莎氏笔下的主要反角如伊阿古和爱德蒙等人之间的联系十分密切，就如陀思妥耶夫斯基以莎士比亚的聪明反角为模型而塑造了斯维德里盖洛夫和斯塔夫罗金那样。

赎罪券商和他可怕的同伴，那位诡黠的传票官，一起首次出现在总开场白的末尾。传票官好比今日折磨伊朗的思想警察，他是俗人，却抓住所谓的思想异端者送入宗教法庭。他偷窥人们的性关系，在辖区内对所有开业妓女的收入提成，还对嫖客们敲诈勒索。作为总开场白的叙说者，朝圣者乔叟颇为欣赏传票官在敲诈时的分寸：每年只要一夸特烈性红酒就能许可性交易继续进行。乔叟不愿对传票官的道德卑劣反应过度，这似乎让反讽暂时偃旗息鼓了，但这其实是为更有趣的赎罪券商提供了背景。传票官只是一个温和的畜生，是赎罪券商的合适朋党，后者把我们扔进意识的地狱，而且因为高度的可变性，这更像莎士比亚式而不是但丁式的地狱。乔叟从同时代的文学和现实中继承了赎罪券商和江湖骗子的这种一体性，但我以为赎罪券商突出的个性是他最不同寻常的创造。

赎罪券商四处游历贩卖赎罪券，毫不理睬法令条律，但他又显然获得了教会的默许。作为俗众，赎罪券商不应传教，可是他们照做，乔叟的赎罪券商更是出众的传道士，超过今日美国电视上的各种传教者。批评家对赎罪券商的性能力意见不一：他是被阉者、同性恋还是双性人？我断定上述说法全都不对；无论如何，乔叟就是要让我们不知就里。也许赎罪券商自己知道，而我们却对此难以肯定。在二十九位朝圣者中，他是最令人怀疑也最聪明的一个，几乎和第三十位朝圣者乔叟并驾齐驱。赎罪券商的神通确实广大，我们不禁想知道他过去的长期经历，但是他却只字未提。他是个十足的宗教骗子，贩卖假的圣骨，胆敢拿基督施予的救赎做交易，但是他却具有真正的精神意识以及丰富的宗教想象力。

“黑暗之心”是约瑟夫·康拉德作品中一个晦涩的隐喻，用它比喻魔鬼式的赎罪券商恰如其分。这个形象与他后世的小说形象一样形成了一个不可测的深渊，虽然堕落了却极富想象力。R. A. 梭弗是一位乔叟批评家，他对赎罪券商有着出色的论说，“他的职业就是每天出卖自己和自己的举止；但从他执迷的方式来看，他十分明白并且后悔他无法赎回自己的罪过”。他所明白的是，他的表现无论怎样突出也无法为他赎罪，而我们在寻思他的说教与故事时也会怀疑，除了贪婪和得意于其传道的力量外，是否另有什么原因促使他把骗子这一行作为一生的职业。我们无法知道是什么使乔叟创造了这第一位虚无主义者（至少在文学上是第一位），不过，我觉得切斯特顿的一个典型的悖论倒很有启发：

> 杰弗里·乔叟正好与“温和的赎罪券商”相反，他才是温和的赦免者。但是如果我们不理解在某种意义上，他们的各种怪癖都联系着同一个中心，我们就会误解那个奇特而复杂的社会里的每一个人。邪恶的赎罪券商

具有官僚式贪婪，而善良的赦免者具有对大众的亲和力，两者都源于同一宗教体系的特别诱惑和繁琐程序。从新教观点看，他们的出现是因为那种体系并不简单。许多甚至比乔叟还要严肃的人，总是习惯于看到（不妨这么说）一种罪恶的两面；在这里是一种可饶恕的罪在其最终方向上和不可饶恕的罪之间全然而又极难言喻的差异。正是由于对这种差别的任意解释才导致歪曲和腐败的出现。这在臭名昭著的赎罪券商身上得到生动的显现；从赦罪理论中滋生的歪曲了的赦罪实践。但也正是因为运用这种区分，像乔叟这样的人独特地产生了均衡而精微的思想习惯，这种习惯要求多方面看待某一个问题，这也是一种认识能力，即认识到即使一种罪恶在其等级秩序中也理应占有一席之地，也至少要认识到在地狱和炼狱千丝万缕的联系中，还有比赎罪券商更不可宽恕的人和事。

切斯特顿认为乔叟有一种视角主义（perspectivism），这只有中世纪天主教信仰压倒一切的现实性才会使之可能。不论其源由如何，这种视角主义比信仰本身在诗学上更重要。视角主义的含混性使赎罪券商得到解脱，而这个人物也标志着乔叟式反讽的限度。总的说来，乔叟在我们对喜剧的（莎士比亚式）感受中应算一位真正的喜剧诗人。赎罪券商的开场白和故事没有喜剧性而是死气沉沉。正如他自己所说的，“他是一个十足的坏蛋”，但又是一个天才，其他任何次一等的词汇都不适合于他和后来的伊阿古。和伊阿古一样，赎罪券商综合了戏剧家、说书人、演员和导演的才能；而且他也像伊阿古一样是杰出的道德心理学家和开创性的深层心理学家。赎罪券商、伊阿古和爱德蒙施魔咒于他们的受害者，也包括我们这些人。他们都公开宣称自己的欺骗性，而对象仅仅是我们，在赎罪券商的例子中，坎特伯雷的朝圣者则成了我们的替身。他们对自己的智力和邪恶的大肆吹嘘令人迷惘，而这正是崇高文学激情常有的表现。赎罪券商、伊阿古和爱德蒙等角色的负面活力与巴思妇人、庞大固埃和福斯塔夫等形象的正面活力同样让人着迷。我们对活力所作的回应正如威廉·黑兹利特在《诗歌通论》中所强调的：

我们是自己去看事物，而且照我们感受其存在的状态，以及我们不得不去思考它的状态，向别人展示。想象力体现并塑造事物，给予那隐约持久的意愿渴求以明显的轮廓。——我们并不希望事物如此；但我们希望显示事物的本来面目。知识是有意识的力量；心灵却不再如此受骗，即使它可能成为邪恶和愚昧的受害者也罢。

黑兹利特曾评介伊阿古道："他对自己和别人的命运几乎或完全无动于衷，他为了琐细而不实的小利甘冒一切风险，他自己也是那支配他的激情的上当者和受害者。"这一切评介也适用于赎罪券商。正如莎士比亚和乔叟所充分理解的，伊阿古和赎罪券商使我们受到感染。赎罪券商发明的"圣骨遗骸"让我们开心，这只是些装满破布和碎骨的玻璃盒子以及魔法手套。我们对他否认其传道的一切道德后果的热情也感同身受。

我的双手和舌都灵巧利索，
所以看我做生意真是乐事，
这些贪婪和邪恶
都需要我的传道来解脱，
要让他们为此向我慷慨解囊。
我的目的只是多多获利，
根本无关改恶从善那一套，
我管不了当他们被埋葬入土时，
他们的灵魂要堕入黑暗。

亲耳听到这样的言词并由此想象那样的情景令人愉快。读到赎罪券商那精彩的故事则更让人乐不可支：三位客栈旅人好比今日被称为"地狱天使"的飙车者，他们竟要去杀掉死神，原因就是当时瘟疫猖獗、死神活跃。他们遇到了一位极度老迈的可怜人，他正在寻找回到大地母亲之路：

在大地上我母亲的门前，
自早至晚我用拐杖敲着，
说道:“亲爱的妈妈，让我进去！”

在这几个刺客的威逼下，这奇特的老人指点他们去找死神的住所，那里的橡树下有一堆金币似的东西。两个刺客共谋除掉最年轻的第三个刺客，而这年轻同伙也早在他们的酒里小心地下了毒药。老人的预言得到了应验，但我们仍然不知道此人是谁。这老人显然也是乔叟的创造，是《坎特伯雷故事集》中赎罪券商天才的产物。这位四处流浪的老人似乎与死神订有盟约，尽管自己想死却总也不能如愿，他指引别人去寻找他不屑或已放弃的财富，于是学者们就敏感地将他的身份与“流浪的犹太人”传奇联系起来。赎罪券商明知面临诅咒，但他是否害怕成为又一个这样的流浪者呢？作为赎罪券商的投射物，这位奇怪的老人揭露了赎罪券商言词中的空洞之处。他说自己欺诈生涯的动机仅仅是贪财，而他真正的动机是自我揭示、自我毁灭和自我诅咒。他自己甘受命运的摆布，或者说，他要通过在其他朝圣者面前忍受凶恶的老板施加的令人无地自容的羞辱，以达到推迟陷入绝望和自我献祭的目的。

赎罪券商之所以能从自甘宿命转变到自寻毁灭，是因为他倾听了自我并由此产生了消极的意愿。我觉得这一时刻特别令人激动，因为我猜这对于莎士比亚也是诗学修正主义的一个关键时刻，这种修正主义导致了表现人物性格、认知能力和个性特点的原创方式。乔叟的《特罗伊拉斯和克莱西德》中狡黠的掮客潘达洛斯还不足以算是伊阿古和爱德蒙的先辈；潘达洛斯虽说狡黠，但心肠太好，为人太善。而赎罪券商此刻正在滔滔不绝地为他的精彩故事作结，并向他的同行朝圣者提供他的专业服务：

“偶然会有一两位跌落在
自己的马下，脖子摔成两段。
看看你们这样安全无恙，
这是有我与你们为伴。

你们不论贵贱都会得到赦免，
当灵魂从身体内飞出时。
我劝客店老板抢个先机，
因为他最先恶贯满盈。
上前吧，老板大人，首先奉献，
你可以亲吻所有的圣物。
四便士银币就行：快打开你的钱包。”

这段不加掩饰的狂妄言辞激起了（实际上在请求）强烈的反响，尤其在直接向老板说出来时，他是所有朝圣者中最有可能去掐死着了魔的赎罪券商的。在这一刻，赎罪券商已完全失去了控制而不知所以，被他自己的召唤力量所驱使，陷入了对惩罚不可遏止的需求。当旅店老板粗野地要割下并拿走赎罪券商的睾丸时，这位大声嚷嚷的教外传道者变得沉默了：“他气得一句话也没说。”我无法把这一幕与伊阿古最后沉默的誓言分开：“从此以后我将一言不发。”这两个出色的反角都怀有一种恐惧并用它来感染我们，即使他们自己没有意识到这种恐惧也罢。伊阿古的才能与只知战争的那种精神奇特地不协调，即使赎罪券商也是一个错位的灵魂，他得意于自己的骗术甚至茫然无知自己有唤起永恒恐惧的才能。如爱德蒙或陀思妥耶夫斯基的斯维德里盖洛夫等人的特殊认识能力一样，赎罪券商和伊阿古的要害就是那惯于背叛信任的超凡智力。只有乔叟有能力教给莎士比亚表现的奥秘，他的伟大经典性最终在于赎罪券商这一阴郁的先知形象，这一形象的后代仍在生活中和文学中与我们相伴。

# 5 | 塞万提斯：人世如戏

我们对塞万提斯其人所知道的要比对莎士比亚多，但无疑我们还要对他多加认识，因为他的生活既多彩又艰辛，而且他还具有一种英雄气质。莎士比亚是在经济上获得了巨大成功的剧作家，他去世时是一位富人，他对社会地位的雄心（就像当时那样）也获得了满足。而塞万提斯虽然因《堂吉诃德》而名满天下，却拿不到分文版税，也没有获得什么赞助。他除了要养活自己和家庭外别无什么雄心大志，他的剧作家生涯则是个失败。他的才情不在写诗，而体现在《堂吉诃德》之中。作为莎士比亚的同时代人（据认为他们死于同一天），他与莎氏都具有天才的普遍性，他可以说是西方经典中唯一能够媲美但丁和莎士比亚的人。

人们会因为他和莎士比亚及蒙田都是智慧型作家而将三人相提并论。除了莫里哀，再没有第四人如他那样清醒、温和及善良，从某种意义上说，他是蒙田再世，不过是在另一种文体中。在某一方面，只有塞万提斯和莎士比亚可以高居荣耀的顶峰；他们总是走在你之前使你无法超越。

读者感受到《堂吉诃德》的魅力后只会觉得充实而不会失落什么。许多时候人们在阅读但丁、弥尔顿或斯威夫特时不会产生这样的感觉，斯威夫特的《一只澡盆的故事》总让我感到那是继莎士比亚之后最好的英语散文，但同时它又在反驳我。阅读卡夫卡也不会有上述经验，他是混乱时代中的一位核心作家。莎士比亚最接近于塞万提斯，因为这位剧作家一直让我们感受到他无处不在的非功利的创造能力。虽然塞氏始终小心地表现为忠实的天主教徒，但我们从不把《堂吉诃德》当作一部信徒之作。他可能是一个老基督徒，而不是出自改宗的犹太人或新教徒家庭，不过，我们无法确认他的身世，正如我们难以确知他的处世态度一样。对他的种种反讽特征，我们既无法加以描述，也不可能完全忽略。

塞万提斯尽管在战争中很英勇（在与土耳其人进行的勒班多大海战中，他的左手永久性地残废），但他还要防备反宗教改革的势力和宗教法庭。吉诃德疯疯癫癫的言行给了他和塞万提斯某种形式的傻瓜证书，使他成为类似于《李尔王》中弄臣的角色。当《堂吉诃德》第一部出版时，《李尔王》也正在上演。塞万提斯几乎肯定是伊拉斯谟的门徒，这位荷兰的人文主义者论基督教内在性的作品极大地感染了西班牙的犹太人，因为这些人在被迫要放弃的犹太教和令他们成为次等公民的基督教之间正感到不知所措。塞万提斯祖辈是医生世家，这是西班牙犹太人在1492年被迫改宗和遭驱逐前普遍操持的职业。一个世纪以后，塞万提斯似乎仍被那可怕的年头隐约地困扰着，那一年所造成的危害不仅对犹太人和摩尔人，而且对西班牙的经济与社会利益，都是巨大的。

似乎没有两位读者读到过同样的《堂吉诃德》，而最杰出的批评家们对小说的一些基本方面也意见不一。奥尔巴赫认为，在把日常现实表现为一贯的快乐上，《堂吉诃德》无人可及。我刚刚重读过这部小说，但困惑于自己没能找到奥尔巴赫所说的“那种普遍而多彩的、率真而无虑的快乐”。对奥尔巴赫来说，“象征和悲剧性词语”即使用来界定主人公的疯癫也似乎是错的。对于这种说法，我认为巴斯克文人米盖尔·德·乌纳穆诺是所有批评者中最尖锐、最具吉诃德式特性的人。他的“生命的悲剧意识”这个说法出自他对塞万提斯大作的深切了解，乌纳穆诺认为这部小说足可以替代《圣经》而成为真正的西班牙圣书。乌纳穆诺称主人公为“吾主堂吉诃德”，他是卡夫卡之前的卡夫卡式人物，因为他的疯癫来源于对卡夫卡所谓“不可摧毁性”的信仰。乌纳穆诺的“愁容骑士”是生存的探索者，他仅有的疯狂举动就是对死亡的圣战：“堂吉诃德的疯癫真伟大，原因在于产生疯癫的根源也伟大，即永不熄灭的生存渴望，这是最张狂的傻事和最英勇的行为的源头。”

依此观之，堂吉诃德的疯癫等于拒绝接受弗洛伊德所说的“现实检验”，或曰现实原则。当堂吉诃德与必然的死亡交友时，他死得很快，这就回到了被认为是死亡崇拜的基督教——在西班牙的空想家中，乌纳穆诺并非唯一这么看的人。对乌氏来说，小说中的快乐仅仅属于桑丘•潘札，他净化了自己的保护神堂吉诃德，因而高兴地跟着那垂头丧气的骑士去经历每一桩冒冒失失的错误历险。这一解读又一次接近于卡夫卡杰出的寓言《桑丘•潘札的真相》，这则寓言讲述了桑丘一口气读完所有骑士故事，直到他想象中的守护神，即人格化的堂，带着他一路开始冒险。卡夫卡也许是把《堂吉诃德》改成了一个长而苦涩的犹太笑话，但这也比奥尔巴赫把它解读为十足的快乐更加忠实于原著。

也许只有《哈姆莱特》能够像《堂吉诃德》那样激发出如此多的不同阐释。我们无法清除对哈姆莱特的浪漫主义解释，而堂吉诃德也已引起了一个人数众多而持久的浪漫主义批评派别，同时还有反对理想化塞万提斯主人公的各种专著和文章。浪漫派学人(包括我自己)视吉诃德为英雄而不是傻瓜，拒绝把小说解读为以讽刺为基调的作品，并在书中发现了一种关于堂吉诃德的探求的形而上的或幻想的态度，这使得塞万提斯对《白鲸》产生影响的说法似乎顺理成章。从1802年德国哲学家兼批评家谢林到1966年的百老汇音乐剧《拉曼却人》，对堂吉诃德那被认为不可能的梦想探求的赞颂一直持续不断。小说家们是神圣化堂吉诃德的主要提倡者，在众多崇拜者中包括英国的菲尔丁、斯摩莱特和斯特恩；德国的歌德和托马斯•曼；法国的司汤达和福楼拜；美国的麦尔维尔和马克•吐温；以及实际上所有现代西班牙语美洲作家。陀思妥耶夫斯基似乎是最不像塞万提斯的作家，但他也坚称，《白痴》中的梅什金公爵就是以堂吉诃德为模型的。因为塞万提斯出色的实验已被公认是创造了小说的新形式，它一改流浪汉小说的套路，所以许多后代小说家对它的热爱是完全可以理解的；但是这部小说所引发的巨大热情，尤其是司汤达和福楼拜所表现出的热情，无疑是对其成就的极大赞扬。

我自己在读《堂吉诃德》时自然地倾向于乌纳穆诺的看法，因为我认为此书的核心即在于对堂吉诃德和桑丘英勇个性的揭示和颂扬。乌纳穆诺反常地偏好堂吉诃德而不是塞万提斯，我对此无法苟同，因为没有一个作家能像塞万提斯那样和笔下的主人公有着如此紧密的联系。我们但愿能知道莎士比亚自己对哈姆莱特有什么想法；但即使借助间接知识，我们也能充分了解堂吉诃德对塞万提斯有什么影响。塞万提斯创造了无数的方法来中断自己的叙述，并迫使读者取代谨慎的作者去讲述故事。那些狡猾邪恶的魔法师不停地做法以便打击不屈不挠的堂吉诃德，同时塞万提斯也用他们来迫使我们变成非常活跃的读者。堂吉诃德认为魔法师是存在的，而塞万提斯实际上将他们变成其语言的关键要素。魔法改变了一切，一切都成了吉诃德的悲叹，而邪恶的魔法师就是塞万提斯自己。他笔下的人物已读过彼此的所有故事，小说第二部大半是关于这些人物阅读第一部后的反响。读者被训练得更为老练地做出反应，而堂吉诃德却顽固地拒绝学习，这种拒绝更多和他的"疯癫"有关，而与让他发狂的骑士传奇故事关系不大。堂吉诃德和塞万提斯一起发展了一种新型的文学辩证法，即交替宣称叙述在与真实事件的关系中既是有力的又是无用的。在第一部里，即使堂吉诃德也慢慢地了解到虚构的局限性，塞万提斯则增强了作者的那份自豪，特别是因为他创作了堂吉诃德和桑丘。

吉诃德和桑丘之间的友爱而又常起龃龉的关系是全书中最精彩的部分，它胜过书中所展现的自然和社会现实的种种生动情态。将堂吉诃德及其随从联系起来的是两人都参与的所谓"游戏之道"(order of play)，以及虽然吵闹却相互平等的感情。我在西方文学中还想不到其他完全相似的友谊描写，当然更想不到那种巧妙地依靠闹嚷嚷的对话而存在的友谊。安格斯·弗莱彻在他的《心灵的颜色》中捕捉到了这些对话的光彩：

> 吉诃德和桑丘相会于一种生机勃勃的气氛中，即两人对话的那种热烈活泼。他们说话时常常激烈地辩论，这样就大大拓展了彼此思想的空间。没有一个念头不会受到对方的掂量或批评。主要通过礼貌地表示异议，冲突最尖锐时互相也最客气，双方逐渐建起了一个自由游戏的区域，在这里我们读者可任由思想翱翔。

在吉诃德与桑丘的多段对话中,我最喜欢的一节是在第二部第二十八章,此时那骑士已经学到了约翰·福斯塔夫爵士的应变机巧,显示其莽撞性格中好的一面。不幸的是,他的决定却让受到震惊的桑丘被丢在那愤怒的村庄里。这事件过后,可怜的桑丘哭诉说浑身疼痛,但他只受到了骑士迂腐的安慰:

> “这原因,”堂吉诃德说,“毫无疑问地就是,他们拿的棍棒太长,把你从头到背凡是疼的地方全打着了;如果那棍棒再打多点地方,你会疼得更厉害。”
>
> “天哪,”桑丘惊呼,“您的恩典使我心里轻快了不少,还把一切都说得清清楚楚!我的天!我疼痛的原因有那么神秘吗,还要您劳神向我解释棍子打着我的地方就会疼?”

这段对话中包含了两人之间的联系,即他们在实质上享有的平等而亲密的关系。关于谁是更有创造性人物的问题我们稍后再论,但是我们注意到,他们二人合为一个形象时比各自分开时更有原创性。在这个友爱但争吵的二人组合里,桑丘和堂吉诃德是被比相互间的情感和真心敬重更重要的东西联结起来的。就最高境界而言,他们在游戏之道中相互为伴,这一领域自有其规则和现实图景。乌纳穆诺在此再次显示了他作为塞万提斯批评家的作用,不过,约翰·赫伊津哈作为理论家在其精深之作《游戏的人》(1944)中却很少提到塞万提斯。赫伊津哈从一开始就断言,他的主题是游戏,它应和喜剧及傻事分开:“喜剧的范畴与最好和最差意义上的傻事有关。不过游戏不是犯傻,它超出了智慧和傻事的对立。”

堂吉诃德既非疯子又非傻瓜,他只是一位游戏着的侠客。游戏是自发的行为,不同于疯癫和犯傻。赫伊津哈认为,游戏有四大特征:自由、无功利性、排他性或限定性、秩序。这些特征在堂吉诃德的游侠经历中都能看出,但不完全适用于桑丘忠诚的随侍,因为桑丘投入游戏时总是很迟钝。堂吉诃德把自己提升到理想的时空,忠于自由、忠于非功利性和独善其身、遵从限制,直到最后他被击败,于是就放弃游戏,重新恢复基督徒的“清醒”,然后死去。乌纳穆诺指出,吉诃德要外出寻找真正的故乡，却在流放中找到了它。一如以往，乌纳穆诺懂得这本杰作的内在深刻性是什么。堂吉诃德和犹太人及摩尔人一样，都是流亡者，但他是以改宗的西班牙犹太人或西班牙摩尔人的方式实行国内流亡的。堂吉诃德离开了村庄，在流亡中寻找自己的精神家园，因为他只有在流亡时才是自由的。

塞万提斯从未清楚地告诉我们阿龙索·吉哈诺（书中这一名字有几种不同的拼法）为什么当初在读了骑士传奇故事后要发狂，以致最终走上了堂吉诃德的道路。作为拉曼却一个穷困的绅士，阿龙索只有一个弱点：他是当时流行文学的痴迷读者，这使他头脑里充满了虚幻想象。塞万提斯形容阿龙索为一个死气沉沉生命的典型例子。他单身，年近五十，可能没有性经验，一直与一位四十来岁的女管家为伴，他还有一个十九岁的侄女，一个雇农，以及两位朋友：村里的牧师和理发师尼可拉斯。离他家不远处还有一位农家女，强健的阿尔东扎·洛伦佐，她无意间成了他幻觉中的理想对象，还被重新改名为伟大的夫人，杜尔西尼娅·德尔·托波索。

她是否就是这位好人寻求的真正目标我们还不清楚。有一位批评家竟至于暗示，吉哈诺由于难以压抑对其侄女的欲望才被迫变成堂吉诃德的，这一看法在塞万提斯作品中没有任何佐证，但这说明塞万提斯是如何让研究者们不择手段的。塞氏告诉我们的一切就是他的主人公发了疯，但我们却没有任何医学方面的证据。乌纳穆诺的反应似乎是对吉诃德失去理智的最好解说：“他为了我们而失去理智，为了我们的利益而留给我们一个宽阔胸怀的永久典范。”这就是说，堂吉诃德的发疯为我们单调贫乏的想象力增添了间接的活力。

贫农桑丘被说服做了骑士二度出征的随从，这次出征便是那荣耀的风车大战。他对善良但迟钝的桑丘所做的开导是，他会成为就要被骑士征服的一个岛屿的总督。塞万提斯初次向我们介绍桑丘时不免带着反讽意味，桑丘的智慧非同寻常，他真正的愿望不是财富，而只是作为总督的名声。更为重要的是，桑丘内心怀有一种对游戏之道的渴望，尽管多数时候他对吉诃德游戏人世的一些后果感到不安。和堂吉诃德一样，桑丘也在寻找新的自我，这是古巴作家阿莱赫·卡彭铁尔所认定的属于塞万提斯首创的一种观念。不过我认为，莎士比亚和塞万提斯同时想到了这点，两人的不同只是在于主要人物的变化模式。

堂吉诃德和桑丘·潘札互为对方的理想谈话伙伴；他们会由相互倾听而改变自我。在莎剧及他的诗作中，变化出于自我倾听和对所听含义的思考。但是堂吉诃德和桑丘二人都不能倾听自我，吉诃德式理想和潘札式现实都牢固地存在着而令人不容怀疑，他们也就无法从自己定的标准中脱身出来。他们能满口亵渎之语而无所觉察。莎士比亚主人公的悲剧性伟大延及他的喜剧、历史剧和传奇剧；但只有在高潮出现时，幸存者们才会完整地听到别人说什么。莎士比亚的影响并不局限在英语国家内，它超过了塞万提斯的影响。现代的唯我主义就是植根于莎士比亚（以及他之前的彼特拉克）作品中的。但丁、塞万提斯和莫里哀依靠的是笔下人物的互动关系，这似乎比莎士比亚高度的唯我主义更不自然，也许他们确实没那么自然。

莎士比亚笔下人物没有像堂吉诃德与桑丘那样的相互交流，因为他写的朋友和恋人们从不认真地听取别人的倾诉。试想安东尼死亡的场景，克莉奥佩特拉听到和窃听到的大多是自己的声音；或试想一下福斯塔夫和哈尔之间的戏耍，此时福斯塔夫由于王子不断的攻击而被逼着要保护自己。有一些较轻微的例外出现在《皆大欢喜》中的罗瑟琳和西利娅等人身上，但并不常见。莎士比亚式的个性是无可比拟的，但其代价也是巨大的。塞万提斯的自我中心受到乌纳穆诺的夸赞，也总是被桑丘和堂吉诃德的自由关系所限定，他们相互给予游戏空间。塞万提斯和莎士比亚在创造个性上都是超群的，但是最杰出的莎士比亚式人物，如哈姆莱特、李尔、伊阿古、夏洛克、福斯塔夫、克莉奥佩特拉及普洛斯佩罗等人，最终都在内心孤独的氛围中悲壮地凋萎。堂吉诃德和桑丘却是互相解救的。他们的友谊是经典性的，并且部分地改变了往后的经典本质。

如果疯子从不会被其他的男男女女所欺骗，那么疯癫意味着什么呢？任何人，包括吉诃德自己在内，都不能利用堂吉诃德。他的确把风车当成了巨人，把木偶戏当成了真实，但我们不应该嘲笑他，因为他也让你迷惑。他的疯癫是文学性的，只有罗伯特·布朗宁杰出的骑士罗曼司《蔡尔德·罗兰来到幽灵塔》中说话人部分的文学性疯狂能够与之作有益的对比。堂吉诃德的疯癫还由于那伟大的原型，阿里奥斯托《疯狂的奥兰多》中的奥兰多（罗兰），他陷入了情欲的疯狂之中。正如堂吉诃德对桑丘所说的，另一位高卢的英雄先驱阿玛迪斯也是如此。布朗宁的罗兰只想"习惯于失败"，即使在他之前已有一个又一个诗人骑士在幽灵塔遭到失败也罢。堂吉诃德要比这些人坚强些，他想赢，不管会经历多少次痛苦的失败。正如他清楚地表明的，他的疯癫只是前人所想出的一种诗学策略，他是一个道道地地的传统主义者。

塞万提斯一直谨慎地和一位西班牙先辈保持着距离；他最为接近的是改宗者费尔南多·德·罗哈斯，即精彩的叙事剧《克里斯蒂娜》的作者，该剧因其粗犷的非道德主义和缺乏神学假定而不是一部真正的天主教作品。塞万提斯认为，"如果它多遮掩住一些人性的话，我认为它就是一部圣书"，这显然是指人类的性欲拒绝接受任何道德的羁绊。堂吉诃德当然对自己的性欲强加了一些道德的限制，以致他快要成一位传道士了，这也是乌纳穆诺所说的真实的他：真正西班牙教会的吉诃德式传道士。堂吉诃德永远渴望着去挑战一切异端，这显然是性冲动的一种升华。他欲望的模糊对象就是受惑的杜尔西尼娅，这是必在暴力中并借助暴力去获取的光荣标志，而这又总被塞万提斯表现为一种荒谬的举动。塞万提斯经历了勒班多等战役，长期做过摩尔人的俘虏，然后又蹲过西班牙的大牢（《堂吉诃德》那时也许已经开始动笔），他对战争和监禁都有着切身的了解。我们不能不对堂吉诃德惊人的英雄主义既怀有巨大的敬意又怀有相当的反讽，这是一种不易分析的塞万提斯姿态。堂吉诃德的勇气虽然表现得狂怒乖张，但也令人信服地超过了西方文学中所有其他英雄们的勇气。

没有批评家的勇气，我们难以深入地直接面对《堂吉诃德》的伟大之处。塞万提斯虽然尽情嘲讽了他们，但仍然喜爱堂吉诃德和桑丘·潘札，任何热心的读者也会如此。解释爱是人生中的徒劳之举，"爱"这个字既表示万物也意味着虚无，但对于最伟大的文学来说却应该是一种理性的可能性。这里，塞万提斯也许已经比莎士比亚更明确地触及到了普遍性的问题，因为我一直感到困惑，我对堂吉诃德唯一的游侠竞争对手福斯塔夫爵士的钟爱，并没有必然地受到我所有学生的赞同，更不必提我的大多数同事了。没有人四处叫喊堂吉诃德是

“一个昏庸可恶的老怪物”，这是萧伯纳用来贬低福斯塔夫的判词，不过总有一些塞万提斯的批评家们坚持认定堂吉诃德是一个傻瓜和疯子，并告诉我们塞万提斯是在讽刺他笔下主人公的“放纵无羁的自我中心”。不过假如此话当真，那人们就不必写书了，因为谁愿意去了解善良的人阿龙索·吉哈诺呢？当他在最后终于幡然省悟时，他在宗教的和清醒的状态中死去，这始终在提醒我去回忆自己年轻时的朋友们，他们经历了数十年无休止的精神分析后，终至枯槁老朽，耗尽了一切激情，只适于在清醒和辨析的状态中死去。其实，甚至这部伟大作品的第一部也决无一点嘲讽主人公的意思；而在第二部里，大家公认的主旨是要让读者更坚定地认同堂吉诃德和桑丘二人。

具有真正美国趣味的赫尔曼·麦尔维尔称堂吉诃德为“有史以来最聪明的智者”。他欣然把这位主人公的虚构性丢在了脑后。他认为有三种基本的原创性文学人物：哈姆莱特、堂吉诃德和《失乐园》中的撒旦。亚哈算不上是第四种，他也许是三种人物的融合，但是他的船员却具有一种塞万提斯式的氛围，麦尔维尔在一段精彩的说辞中曾直接为之祈祷，并令人难忘而狂热地将塞万提斯置于《天路历程》的幻想家和所有美国民主党人的英雄安德鲁·杰克逊总统之间：

> 为我作证吧，您这伟大的民主之神！您毫不犹豫地给了那有害的囚徒班扬洁白的诗歌珍珠；您用精心打造的纯金片包裹上老塞万提斯萎缩的残臂；您从碎石堆上拣起了安德鲁·杰克逊，把他举到战马背上，让他高过王冠！您施用全能的力量，在这凡世上尽显威风，从君王般的凡夫之中挑选出精英；为我作证吧，神啊！

这段话显示了美国宗教的迷狂，与塞万提斯谨慎的天主教毫不相同，但又与乌纳穆诺所解释的西班牙吉诃德主义宗教颇为类似。乌氏在《堂吉诃德》中发现的那种生命悲剧意识也是《白鲸》所表达的信念。亚哈是一个偏执狂，态度较和蔼的吉诃德也是这样，但两人都是在寻求人世正义的过程中受尽磨难的理想主义者；他们不是唯神论者，而是世俗的、神灵般的人物。亚哈寻求的仅是莫比—迪克的毁灭,对这位贵格派的船长来说,名声事小,复仇事大。

对堂吉诃德来说,除了那些幻想中的魔法师外,没有人伤害过他,他以坚忍的斯多噶主义来承受种种打击。据乌纳穆诺解释,堂吉诃德的动机来自于要获得不朽的声名,或者可以解释为"时空里的一种人格扩张"。我认为这是耶和华文献作者的"赐福"的世俗版本:向无垠的时间中引入更多的生命。吉诃德的美德是慷慨和纯良。他如果有什么缺点的话,那就是信奉西班牙黄金时代的信条:以武力取胜乃万事之理;但由于他一再战败,因此这个缺点再坏也坏不到哪儿去。

乌纳穆诺和我一样非常严肃地看待堂吉诃德对阿尔东札·洛伦佐升华了的欲望,以及随后他对这位不幸着了魔的天使般的杜尔西尼娅所做的贝亚特丽丝式的赞颂,这让我们察觉到这位骑士身上十分复杂的一面。他凭着信念而活,但他不时突发的清醒意识也显示出他知道自己在执迷于一个虚构,即使只是一闪念,他也意识到这仅仅是一个虚构。杜尔西尼娅是一个绝妙的虚构,堂吉诃德是一位着了魔的读者,一位行动的诗人,他创造出了一部宏大的神话。乌拉穆诺的吉诃德是一个悖论式的主人公,是卡夫卡和贝克特笔下在混乱时代中漫游的渺小探求者的祖先。塞万提斯也许无意间创造了一位"不可打败"的世俗英雄,但是这位英雄在乌纳穆诺言词激烈的评论中却取得了神圣的地位。这位吉诃德可以说是一位形而上学演员,他为了坚持理想主义而宁可被人们所嘲笑。

相对于这位本质上具有情欲信念的理想主义骑士,塞万提斯又树立了一个诡计多端、不同寻常的莎士比亚式人物,希内斯·德·帕萨蒙特,此人首次出现在第一部第二十二章中,是前往苦役船的一名囚犯,他在第二部第二十五到二十七章又出现了,并成了幻术大师佩德罗,他用一只神秘的猴子算命,然后又上演了一台生动的木偶戏,以至于堂吉诃德将木偶戏当了真,精神错乱之下将木偶们砸毁。希内斯是塞万提斯给我们创造的一个虚构形象,他是在伊丽莎白时代的下层社会和西班牙黄金时代的底层阶级里左右逢源的人物。当堂吉诃德和桑丘初次遇见他时,他正和其他十几位犯人被押解着行进在一条路上,他们都被国王判为苦役船上的奴隶而要去服刑。其他犯人戴着手铐，被脖子上的铁链拴在一起。希内斯是最危险的犯人，所以他身上铁链重重：

> 这些人的后面有一个三十岁左右的人，相貌不凡，只是他在看人时双眼有点交叉。他被缚的方式与众不同，拖在身后的是一条粗大的铁链，全身也被这铁链捆住，喉咙上套着两只环，一只连着铁链，另一只拴着护身枷的末端，两根铁棒垂到腰际，并被大锁固定在手铐上，这样他既不能抬手摸嘴，又不能低头碰手。

士兵解释说，希内斯是出名的危险人物，即使锁链缠身，他的胆大与狡诈也让他们害怕他会逃掉。他的刑期是在船上服十年苦役，这就等于生不如死。罗伯特·冈萨雷斯·埃切瓦里亚认为，希内斯头手不能相碰的惨景是对流浪汉小说作者的一种嘲讽，因为这位流浪汉希内斯正在编着自己的故事，并大言不惭地说：

> “你们要了解我的生平，那好，我是希内斯·德·帕萨蒙特，我的一生已由你们见到的这双手写明了。”
>
> “他说的没错，”押解士兵说，“他亲自写了自己的历史，你愿意它有多了不起都行，不过他把书留在了牢里，典当了二百雷阿尔。”
>
> “我要把它赎回来的，”希内斯说，“即使这样要花上二百达克特也罢。”
>
> “能值那么多吗？”堂吉诃德询问道。
>
> “能值那么多，”希内斯回答道，“我的书要让《小癞子》这类已有的或将写的书灰头土脸。我要告诉你的是，它全是事实，既有趣又吸引人，谎话不可能这样。”
>
> “书名叫什么呢？”堂吉诃德问。
>
> “《希内斯·德·帕萨蒙特生平》。”
>
> “写完了吗？”

> “哪能写得完，”希内斯说，“我的一生还没结束呢?！”

狂妄的希内斯说出了流浪汉们的一个重大原则，而这一原则不适于《堂吉诃德》，尽管那也是以主人公之死而告终的。但是，堂吉诃德在阿龙索•吉哈诺这位老好人真正死亡之前就已象征性地死去了。《小癞子》是西班牙流浪汉小说的匿名原型，它于1553年面世，读起来仍然非常精彩，并于1962年被诗人W. S. 默温译成了漂亮的英文。如果惯于吹嘘的希内斯所说的故事比《小癞子》更好，那确实是求之不得的事；但它当然更好，因为它是《堂吉诃德》的一部分。希内斯已在苦役船上熬过了四年，而由于那高尚却疯癫的吉诃德的干预，他不用服完十年刑期。尽管倒霉的桑丘曾竭力警告他的主人，说他的行为会直接冒犯国王，但希内斯和其他囚犯还是逃掉了。塞万提斯自己曾做了五年摩尔人的囚徒，在西班牙又被控作为收税官玩忽职守而遭监禁，所以他用堂吉诃德的口吻清楚地表达了纯粹的个人情感，包括这样的高声疾呼：“多数人应在更好的条件下为国王效劳，我认为让上帝所造的自由人成为奴隶是非正义的。”

经过一番打斗后，押解士兵们逃之夭夭，骑士就指点获得自由的囚犯们去拜见杜尔西尼娅，以便告诉她这场冒险。希内斯在试了试和动辄发怒的吉诃德讲道理后，带领众囚徒对这位救星和桑丘报以乱石和剥光衣服，然后一跑了之，直到

> 现在他们孤零零地留下，驴子和罗西南提，桑丘和堂吉诃德，驴子耷拉着头似有所思，不时甩甩耳朵，那刚刚过去的一阵暴怒的石子还让它心有余悸，罗西南提被一块石头打中，正躺在主人身旁，桑丘一丝不挂，还处在对圣友会的惧怕之中，堂吉诃德则为这些不知好歹之徒如此对待自己而一脸苦相。

我觉得这段话中的伤感之情表现得十分细腻，这也是塞万提斯的持久艺术魅力的一个原因。和他的主堂吉诃德一样，乌纳穆诺也极度狂热而兴奋地谈论到：“这一切都教导我们，正是由于这些囚犯忘恩负义，我们才要把他们从苦

役船中解救出来。”悔恨的吉诃德不会同意这位巴斯克人的解说，而是向桑丘发誓自己已经接受了教训，可是那位聪明的随从却反唇答道：“如果阁下接受了教训，那我就是土耳其人。”只有塞万提斯吸取了教训，这是因为他对自己创造的杰出小人物希内斯·德·帕萨蒙特，“这位著名的流氓与小偷”，深怀好感。希内斯是位自信而且邪恶的、巫魔般的小混混，但堪称文学史上经典的罪犯型人物之一，就如莎剧《一报还一报》中的巴拿丁或巴尔扎克笔下精彩的沃特林。如果沃特林能够作为卡洛斯·埃雷拉神父再度出现，那么希内斯就可以装扮成木偶戏大师佩德罗。一个重要问题是，除了作者的自豪之外，什么原因促使塞万提斯让希内斯在《堂吉诃德》第二部里再次出现？

批评家们基本上同意，希内斯和堂吉诃德的差别，或者说江湖骗子和空想侠客的差别，部分而言是两种文体的差别，即流浪汉小说和现代小说的差别，塞万提斯是现代小说的主要创造者，就像莎士比亚（他不知道希腊悲剧，顶多了解罗马的塞内加的一些残篇）创造了现代悲剧和悲喜剧。如同莎士比亚的主角，真正的内在性体现在堂吉诃德身上，而流浪痞子帕萨蒙特尽管骗术高明，却一切都表露在外。希内斯能变化形态，但只是外表变化而本性依旧。堂吉诃德和莎士比亚的重要角色一直都在不停地变化，这也是他与忠实的桑丘经常吵吵闹闹却又终于继续友爱对话的目的。这两人由游戏之道联系着，同时也在彼此给予的无限加深的人性化中结合了起来。他们历经了无数危机，但在吉诃德的世界中又怎能不如此呢？桑丘有时在断绝关系的边缘上徘徊，但他终未走出这一步；部分原因在于他着了迷，最终则是因为他和堂吉诃德之间的相互友爱。这种友爱也许和游戏之道难以区分，但这是理应如此。希内斯·德·帕萨蒙特再现于第二部的一个原因显然是他从未加入此类游戏，即使他身为木偶戏大师也罢。

每位读者都知道《堂吉诃德》两部的区别在于，第二部中最重要的人物要么明确显示读过第一部，要么知道自己曾是其中的角色。这就使江湖骗子希内斯的再次出现获得了一个不同的框架，也就是在我们读到第二部第二十五章时，出现了一位身着羚羊皮衣的男子，长袜短裤，外加一件马甲，一块绿色塔夫绸包住一只眼睛以及半边脸。这人自称是佩德罗大师，牵着一只算命的猴子，上演一场丈夫救妻子梅里桑德拉的戏，梅里桑德拉的丈夫是著名的游侠堂盖菲罗，他是查理曼大帝的心腹，梅里桑德拉则是大帝的女儿，但被摩尔人囚禁着。

佩德罗大师和堂吉诃德以及桑丘•潘札住在同一客栈中，老板提起这位木偶戏大师时说："他说话比六个人还多，喝起酒来十二人也比不过。"佩德罗在灵猴的指示下(它的预言占卜只算以往不管今后)，认出了堂吉诃德和桑丘，然后上演了一出木偶戏，这当然是塞万提斯杰作中辉煌比喻的一部分。奥尔特加—加塞特在《关于吉诃德的思考》中有一个经典的阐释，他把佩德罗大师的木偶戏比为委拉斯凯兹的《宫娥》这幅画，为国王和王后作画的人把画室也放入画中。这幅画不是堂吉诃德所能安稳观赏的，他当然也是木偶戏最糟糕的看客：

> 见到这么多摩尔人，还听到这么大声的喧闹，堂吉诃德想到，帮助这些逃亡者就是行善；于是他站起来大喝道："只要我还活着，只要我在场，我就决不允许对大名鼎鼎的骑士和大胆的多情人堂盖菲罗施暴。住手，你们这群渣滓；要么停止追打，要么来和我决斗一番！"
>
> 他边说边拔剑，纵身一跳至台边；带着陡然而起的恼怒，他乱剑砍向那些摩尔人傀儡；打翻了这些，斩首了那些，一个断了胳膊，一个少了条腿。他的一次向下一劈差点要了佩德罗大师的命，要不是他躲闪得快，他的脑袋要比一堆杏仁糊还容易开花。

这一处心积虑的向下一劈也许就是这段轻快插曲的核心。佩德罗大师侵入了游戏之道，在其中这流氓不仅无法立足，还反遭其报应。堂吉诃德此前曾对桑丘说过，这位木偶戏大师必定和魔鬼做了桩交易，因为那只灵猴"只回答有关过去和现在的问题，而这是魔鬼的知识所能及之处"。在吉诃德批评佩德罗大师错把教堂大钟归于摩尔人清真寺时，这位骑士对骗子的怀疑并没有消失。希内斯/佩德罗的辩解进一步为堂吉诃德砸碎戏台留下了伏笔：

“别找碴，堂吉诃德先生，也别吹毛求疵。成千出荒唐不经的喜剧天天上演，但它们不是照演不误，还到处受到掌声欢迎和种种赞扬吗？演下去，孩子，随他去说；即使我的戏中错误多如太阳上的尘埃，只要我的钱包能填满就行。”

堂吉诃德的回答既严厉又简短：“你说出了真情。”这里的佩德罗大师变成了塞万提斯重要的文学对手，即那位惊人地多产而又腰缠万贯的诗人兼剧作家洛佩·德·维加。后者在经济上的成功加深了塞万提斯作为一名商业失败的戏剧家的感受。骑士随后对幻象布景的攻击既是在批评大众品位，也是吉诃德式或幻想意志的形而上学表现，这也使艺术与自然之间的分野更为含混。文学反讽所加强的脱节的幽默一直没有被后来之事所化解，受到惩戒的堂吉诃德为自己的莽撞赔了钱财，还谴责邪恶的魔法师一贯欺骗自己。希内斯随后就从小说中消失了，他已经完成为那位幻想骑士充当无赖陪衬的功能。我们得到的不仅是快乐，而且也看到一则审美寓言反映出吉诃德事业的一个缩影，它既表明了自身的局限，也表明了要突破文学表现规范的持之以恒的努力。希内斯只是流浪汉的原型，毫无希望同现代小说成功的先驱者堂吉诃德竞争。

对《堂吉诃德》两部分的不同偏爱造成了读者的分裂，也许这是因为它们不仅是非常不同的作品，而且奇怪地彼此分离，这体现在语气和态度上，但更多地体现在堂吉诃德和桑丘与周围世界的关系上。塞万提斯在第二部里仍无半点疲态（我喜爱第二部），不过骑士与随从同样都必须保持一种新的自我意识，他们有时还会觉得这是一种潜在的负担。知道自己是一本小说故事发展中的人物并不能帮助你经历随后的冒险。堂吉诃德和桑丘虽然被熟知他们先前挫折的读者所包围，但仍然我行我素。桑丘实际上更为狂热，二人关系也更加友好密切。尤为精彩的是，桑丘曾当了十来天能干而烦人的岛上总督，直到他明智地引退并重返自我和堂吉诃德身边。这部分最触动我的是塞万提斯本人改变了与自己写作的关系。在面临死亡之际（他也知道），他自己身心的一部分要随堂吉诃德而消逝，另一些更深层的东西则会随桑丘·潘札而活下来。

塞万提斯和这部巨著的关系难以归类。莱奥•斯皮泽认为这部作品给了文学一种新的但也许需要小心限定的权威：

> 高踞他所造的广阔无垠宇宙之上的是塞万提斯君王般的艺术自我，一个包罗万象的创造性自我，既像自然，又似上帝，全知全善，这种艺术家像神却又没有神化，塞万提斯总是屈服于上帝的超凡智慧，这种智慧体现在天主教会的训谕中和国家与社会的既成秩序里。

塞万提斯是否属于被迫改宗的犹太人后裔这件事并不重要，因为正如斯皮泽所确知的，他不屈服就等于自杀。不管《堂吉诃德》是什么或不是什么，它都算不上一部忠于天主教的小说，或如斯皮泽所暗示的是在赞美“至高无上的理性”。小说带来的持久笑声常是忧郁和苦痛的，堂吉诃德既是人性情感的卫士又是悲伤之人。“独特的塞万提斯式”这个词能界定得清楚吗？奥尔巴赫说它“无法以语言描述”，但他又努力尝试着：

> 这不是一种哲学；它也没有教谕的目的；它甚至不是一种被人类生存的无常性或命运的力量所激发的存在，如蒙田和莎士比亚的情形。它是一种看待世界的态度，因此也是看待其艺术主题的态度，勇气和沉着在其中起着主要作用。他在各种感官游戏中获得愉悦，并带有某种南方人的节制和自负。这阻止他真心严肃地对待游戏。

我得说这段雄辩的评论并非在描述我一再重新阅读的《堂吉诃德》，也许这只是因为塞万提斯是以严肃而又嘲讽的态度对待人世游戏，以及堂吉诃德和桑丘•潘札的反游戏。塞万提斯和莎士比亚都是多重复杂的：它包容我们，涵括我们之间千差万别的变化。堂吉诃德和桑丘都很聪敏，尤其当我们将二人一起看待时更是如此，正如智慧和语言艺术是福斯塔夫、哈姆莱特以及罗瑟琳等人的特征。在全部西方经典中，塞万提斯的两位主人公确实是最突出的文学人物，（顶多）只有莎士比亚的一小批人物堪与他们并列。他们身上综合了笨拙和智慧，以及无功利性，这也仅有莎士比亚最令人难忘的男女人物可以媲美。塞万提斯如莎士比亚一样使我们自然化了：我们再也不能看出是什么因素让《堂吉诃德》具有如此永久的原创性和莫测的陌生性。假如在最伟大的文学之中仍能找到人世游戏，那么舍此无他。

# 6 | 蒙田和莫里哀:真理的不可捉摸性

法国文学中似乎没有哪一个人能够独占民族经典的中心:既无莎士比亚也无但丁、歌德、塞万提斯、普希金和惠特曼等人。相反,法国有一群文坛巨匠都可以同时名列中心:拉伯雷、蒙田、莫里哀、拉辛、卢梭、雨果、波德莱尔、福楼拜和普鲁斯特。也许人们可以将蒙田/莫里哀视为一个复合作者,因为那位最杰出的散文家正是莎士比亚喜剧唯一敌手的精神之父。

莫里哀认为他的事业就是去娱乐体面人,是一件不寻常的工作,而莎士比亚由于意识最为博大,因此可能不会这样认为。他的观众对他的一切出格描写都报以欢迎。伊丽莎白女王当然不是太阳王路易十四;即使最睿智的英王詹姆斯一世也从未成为莎士比亚剧作的重要观众,而路易十四对莫里哀却一贯欣赏有加。也许这一考虑限制了莫里哀,当然这种影响并不大,因为他几乎和莎士比亚一样是享有世界声誉的剧作家。他与莎氏有着非同寻常的相似之处,这也许因为蒙田对两人都产生了影响。莫里哀的哈姆莱特是《恨世者》中的主角阿尔西斯特。这两位人物都部分地源于蒙田,也都证实了尼采那狂野并永远让人不安的格言:“我们能用语言表达的东西其实在我们心中已死,言说行为本身总有某种轻蔑的意味。”这类轻蔑在《哈姆莱特》第五幕中已被克服,但阿尔西斯特从未做到过。尼采激烈的见解只适用于言说而不适用于写作,因此和散文家蒙田的艺术相抵触。

爱默生和尼采都承认是蒙田的信徒，他在《随笔集》中说过的名言是："分割这些字词，它们就会流血；它们既有激情又有活力。"蒙田的成功在于把自己和作品融为一体以达到一种清晰的原创性，原创性这个词在英文里比在法文里具有更加积极的意义，因为法语视原创为奇特。蒙田作品中最少法国风格的是他激进原创性所具有的陌生性，而正是这种陌生性使他成为了经典作家，他不仅是法国的，而且是西方的。我常常带着新鲜感回到有关西方经典的未曾识透的真理：作品不是因为对现存秩序亦步亦趋，而是因为其独特性而被经典认可。和每一位主要经典作家一样，蒙田能让一般读者初读其作品后感到惊讶，这也许只是因为他与我们对他的先见大不一样。他可以被解说为怀疑论者，或者是人文主义者、天主教徒、斯多噶主义者，甚至是伊壁鸠鲁派，几乎是随便你怎么说。

他的视野和范围有时接近于莎士比亚的广博，尽管他不认识莎士比亚而莎氏对他却略知一二，但不妨把他看作所有莎剧人物最大的参照系，而且远比哈姆莱特这一探求着的自我更为博大。蒙田在重读和修改自己作品时也在不断地改变着，这也许比其他任何例子更能说明，蒙田其人其书是合为一体的。没有一位作家像蒙田那样永久地、敏锐地倾听自我；也没有其他哪一本书在如此不断地完善着。我尽管不时地在重读蒙田的作品，但我自己也无法完全熟知它，因为它是一个变化的奇迹。我所知道的唯一类似的经验是不停地重读蒙田的美国版，即爱默生的笔记和日记。但是，爱默生的日记简直就是一大堆零碎篇章，而不是一本书，蒙田的自我散文却是一本书。对我这样有悲观倾向的文学批评家来说，蒙田的《随笔集》具有经典的地位，足以和《圣经》、《古兰经》、但丁和莎士比亚等一比高下。在包括拉伯雷和莫里哀的所有法国作家中，蒙田似乎受民族文化的约束最少，当然他也颇为矛盾地和法国心智的形成有着密切的关系。

蒙田极少提及的母亲来自于西班牙犹太人改宗者家庭，他们在西班牙经过改宗而抛弃了次等公民的地位，并定居于波尔多。虽然蒙田一直是天主教徒，但他的一些兄弟姊妹却成了加尔文教徒。无论蒙田是什么样的作家，说他是宗教作家都大谬不然。蒙田书中提及和引述基督之处仅及引述苏格拉底的十二分之一。即使坚持认为蒙田是天主教自由派作家的M. A. 史克瑞奇也最终强调说，对蒙田而言，“神圣事物要涉及人世生活就不能不扰乱让人类最感自在的自然秩序”。作为一位公众人物（尽管大多是违心的），蒙田拒绝在宗教内战中偏袒任一方，这些战争在法国到处肆虐并伴随其整个成年生活。他个人效忠加斯科涅同乡、纳瓦尔的亨利，即新教拥护者亨利四世，后者为了保全巴黎和王国而最后改宗皈依了天主教。蒙田如果身体好些的话，他就可能接受亨利四世的邀请而成为他的顾问之一。但是命运叵测，《随笔集》的作者以一般公民的身份死于五十九岁那年。

他的作品已享誉全欧洲，其影响和知名度从未衰减过。如果我冒昧所做的预言不谬，那我们离一个新的神权时代将仅有十年或更短的时间，那时蒙田将会消失，至少是暂时的。他的力量完全出自男性读者们身不由己地对他的认同。女性主义者却不大可能原谅蒙田，因为他比弗洛伊德更具有男性沙文主义；弗氏宣称女性是不可解的谜，而蒙田认为女性毫无神秘可言。女性就他最珍视的人性而言几乎没有人性，因为他视女性全然地属于自然。但他是太聪敏了，即使在他自己的年代里，他也不会看不出谁应该承担这一责任。这是他晚期一篇充满性意识的散文《论维吉尔的几首诗》中隐含的结论：

> 我认为男人和女人都为同一模子所铸，两者除了教育和习俗外，差异并不太大。柏拉图毫无偏见地邀请双方来到理想国，共同参与学习、锻炼、治理及战争或和平的工作。哲学家安提西尼消除了她们和我们之间的一切道德区分。谴责一种性别要比为另一性别辩解容易得多。正如老话所说：锅笑水壶黑。

我在本章中所引用的是已故的唐纳德·弗莱姆的畅达译文，我认为他是蒙田作品的最佳译者。弗莱姆认为蒙田的变动性集中地体现在他已经逐渐地意识到，我们所有人，包括男性人文主义者，都同出一类，这一认识在我们蹒跚地走向民主时代终结之时不算是什么轰动的发现，弗莱姆补充说：“但是对于1590年的一位博学作家来说，这却是较激进而且不符合人文主义的。”

为了发现1590年时蒙田的更多激进观点，我建议把他和布莱斯•帕斯卡尔加以比较，后者是法国科学家及宗教作家，出生于三分之一世纪之后的1623年。帕斯卡尔几乎一提到蒙田就充满了焦虑和怨恨，并且拒不认为蒙田的天主教义实际上是基于他身上占主导地位的怀疑主义。因为蒙田在柏拉图式表象世界中只遇到了变动性，所以他很容易采纳一种信念，即天主教的上帝是不可变动的，并且超出我们的认知范围。他的上帝并没有隐藏起来，只是遥不可及，所以我们不得不耐心地永远守候，等待上帝亲自赠予的礼物。同时，我们又作为自然的人而生存着，对我们所栖居的世界抱有一种愉快的怀疑态度。相比之下，帕斯卡尔的上帝既是隐藏的又是可达到的，这一悖论为悲剧创造了一种语境，就如拉辛剧中所显示的，但这又与喜剧领域相违，正像莫里哀所证实的。蒙田之于莫里哀，正像帕斯卡尔之于拉辛：他们都激发了一种戏剧图景。蒙田的怀疑主义也许促成了《哈姆莱特》式的悲喜剧，但它更有助于激发《恨世者》那样的反讽喜剧。由帕斯卡尔和拉辛所代表的法国悲剧图景，并不如蒙田和莫里哀所展现的那种法国喜剧图景更容易为外界接受。

T. S. 艾略特的新基督教教条促使他偏向帕斯卡尔而不是蒙田，这可能是一种精神上的选择，却是个站不住脚的文学判断。艾略特由于介绍帕斯卡尔的《沉思录》而引起了难堪，因为那部作品只是对蒙田生吞活剥的一个坏例子，甚至会让许多人指责为公然的剽窃。有人曾猜测，帕斯卡尔写作《沉思录》时面前可能正摊开着一本蒙田的《随笔集》。不论这一说法是否真实，这还是一个恰当的比喻，点出了帕斯卡尔对蒙田作品的厌恶和滥用。我们似乎处在博尔赫斯早期小说《皮埃尔•梅纳尔："吉诃德"作者》的情境之中，帕斯卡尔即梅纳尔，而蒙田则是塞万提斯。这儿是我最喜爱一个的对比，上面是帕斯卡尔《沉思录》第三百五十八节，下面是蒙田《论经验》这篇典范之作中的精彩片断：

> 人既非天使也非禽兽，然而不幸的是应做天使者却言行如兽。

> 他们想要逃避自身放弃为人。这是疯狂：他们变成了野兽而不是天使；他们自甘沉沦而不求上进。

蒙田自有其源头，他以强大的自我为中介改写并超越了这些源头。帕斯卡尔则全部依赖着蒙田，虽然这并非其所愿，但他已经无法摆脱。这就导致了双重的不幸结果：帕斯卡尔只是申斥我们大家；蒙田却指责我们某些人把疯狂理想化。帕斯卡尔把我们还原为我们的行为；蒙田则关注我们的本质存在。帕斯卡尔为何如此着迷于蒙田呢？艾略特坚持认为，帕斯卡尔学习蒙田是为了推倒他，但这就像人们朝雾中扔手榴弹一样不起作用。艾略特告诫我们，蒙田是"一团雾、一股气、一种流体、一种阴险的元素"，这显然是迄今为止对蒙田最奇特的评价。艾略特招人非议的比喻的真正意图正如《大教堂谋杀案》所揭示的，即他认为蒙田"成功地表达出每一个人的怀疑主义"，而帕斯卡尔和艾略特都无疑地在这些人之列。

我认为这个说法大谬不然，因为它低估了蒙田，蒙田的原创性和创造力并非出自他有限的怀疑主义，因为那最终不过是一种天主教的怀疑主义。蒙田作品带有反讽式的谦逊，但他的写作如哈姆莱特一样具有人格的感召力。使我们受到浸染的不是蒙田那并非出自独创的怀疑主义，而是他极具原创性的个性，这种个性首次被一位作家用作自己作品中的材料。惠特曼和诺曼·梅勒是蒙田的旁系，爱默生和尼采则是他的嫡传。帕斯卡尔要做他的摧毁者，却成为其才情的无意受害者。蒙田既不是雾，也不是气体或流体，他是一位完整的、自然的人，因而也是极力寻求恩典者如帕斯卡尔和艾略特等人的冒犯者，上述二人虽然是有造诣的讽刺家，却都算不上是喜剧作者。

弗莱姆的蒙田研究被恰如其分地命名为《蒙田对人的发现》，尽管在十六世纪晚期这样的发现有点姗姗来迟，但更困难的是为蒙田找到真正的先驱，这比发现弗洛伊德的先驱还要麻烦。蒙田倒是欣然把一切归功于塞内加和普鲁塔克，因为他确实在素材上广泛地借鉴了这两人。蒙田的原创性是不容怀疑的；人的自我意识从未被表现得如此充分和完美。蒙田的奇迹在于他几乎从不具有我们今日否定意义上的"自我意识"，我们现在不会称赞某人说"她是一位有自我意识的人"。虽然蒙田用了整整八百五十页来谈论自己，但我们仍期望更多，因为他所代表的既非普通人也肯定不是女人，而几乎是任何有愿望、有能力及有机会阅读和思考的男人。

他的天赋或魅力就在于此，而且人们难以解说个中缘由。爱默生体会深切，但他也不能加以诠释，至于其他蒙田研究者就更无能为力了。我所知道的最可信线索是柏拉图的苏格拉底，蒙田深受其影响。瑞士史学家赫伯特·吕蒂认为，蒙田的意义全体现在他一句最兴之所致的话中："当我与猫玩耍时，有谁知道是猫在逗我还是我在逗猫？"这是超出了视角主义的一步，或者不如说，是游戏式的一步和苏格拉底式的一步。不过，柏拉图的苏格拉底是二元论者，重灵魂而轻肉体；蒙田则是一元论者，拒不为了取悦灵魂而伤害身体。但苏格拉底这个源头仍不足够。那么是什么让蒙田能如此清楚地观察并书写真实的自我？大多数读者会同意，蒙田最精彩的一篇散文是他慎重地选为压卷之作的《论经验》。我会从中寻找蒙田的秘密，如果我能找到的话。

爱默生自己最佳的作品被顺理成章地题名为"经验"，其中有我最喜欢的一段，特别有说服力地表明，他从自己的导师蒙田身上学到了多少："我们决不能忽略自身天性的必然倾向，即看事物总是从私人角度出发，或浸透着自己的性情。但是，上帝本属于世上荒野乱石间。这种需求使自信成为道德观中的主要美德。我们必须牢记这种匮乏，不管这令人多么难堪；我们要有更旺盛的自我恢复力，经过一系列的行动后更加坚定地把持我们的轴心。"

这里的"匮乏"指想象性需求，就如华莱士·斯蒂文斯的诗所显示的那样。那么蒙田的"匮乏"是什么，或他对于《随笔集》的读者有什么样的想象性需求呢？这种需求和个人的魅力是一致的，并且说明了他对于我们所做的图谋。他畏惧自己的及我们的忧愁，于是以自己的才智为大家消愁解闷。他的忧郁本身就具有经典意义，他的才智也变得如此。关于经典式忧郁，我最赞同麦琪·齐尔格在其论文《从圣餐到吃人》中的小结：

> 和星球影响学关于外力融入躯体的理论相关，忧郁也期待着诗学影响的理论，这从一开始就是和艺术个性相一致的，而这种个性从根本上说是充满矛盾的。忧郁既是一种气质也是一种疾患，由原本对立的盖伦和亚

> 里士多德二人的理论融合而成，包含了诅咒和祝福。这标志着天才和恶魔的结合，既在过去善恶主导精神的意义上，也在现今内在特质的意义上。

忧郁的或艺术的矛盾与无法自我更新的审美焦虑有很大关系，这在弥尔顿的撒旦，一位伟大的诗人和遭罚的天使形象上得到了表现，撒旦在堕落前一直被称为卢西弗。蒙田作品中的主导情调一直是忧郁，如早期的第一卷第二和第三篇：《论悲伤》和《我们的情感超出我们自己》。不过，这些尝试向我们透露的东西并不多。蒙田作品真实或成熟的忧郁超越了作者的矛盾心态，并变成了痛苦与死亡的阴影。埃蒂安•德•拉•博埃西是蒙田一生中几乎唯一的密友，年长他两岁。经过六年的密切交往后，博埃西在三十二岁时突然去世。也许是因为不想再遭受失友之痛，蒙田自此之后与人再无真正的友情。基督教或圣保罗把死亡视为由堕落带来的反常，这与蒙田的看法相违。正如雨果•弗里德里希认识到的，蒙田没有费神去质疑基督教的立场，而只是漠视它，把它看成与己无关的事。尽管蒙田忠于苏格拉底，但他并不赞成苏格拉底的灵魂不朽观，更不认同基督教关于死后复活的教义。

蒙田作品第三卷第十二篇《论面相》中关于预备死亡的建议最缺少基督教意味(或者说最有趣)：

> 如你不知怎样死，可别发愁；自然届时会给你充分全面的指点让你做什么。她会为你安排得妥妥帖帖。你就不必劳心费神了。

> 我们因考虑死亡而使生活烦恼不安，又因为忧虑生活而死亡。一个折磨我们，另一个吓唬我们。我们的准备并非为了死亡，因为这只不过短暂一刻的事。一刻钟的痛苦，既无后顾之忧又无现时危害，这无需任何特别的规诫。说实话，我们要防备那种对死亡的准备。

蒙田的真话最终是在《论经验》里，它接着上一篇排斥基督教死亡观的文章之后，是全书终篇。自然怀疑主义让位于自然的知识，但仅仅是为了回到可知世界的局限，回到苏格拉底：“我从自己的经验中确认了人类的无知，依我看，这是当世学校里最确定的事实。对那些从我或他们自己的虚幻经验中无法认识自己之无知的人，应该让他们通过大师中的大师苏格拉底去认识这个道理。”

无知之外便是弗洛伊德所说的“自我总是一种身体自我”的认识，对此蒙田有着更具文采的解释：

> 总之，我在此信手写下的一堆文字只是记载我生活的随笔，如果将其中的教诲反过来看，那它足以作为精神健康的例证。但就身体健康而言，我比别人能提供更多有用的经验，我表达的是纯粹的经验，没有被艺术或理论改头换面或腐蚀过。经验确实乱糟糟地存在于医学领域里，理性把这个领域完全给了它。

理性据认为关注的是“存在”，而蒙田坚持说他并不描述存在，而只描述过程，我们身体的健康只是一个过程的故事。经验就是过程，这将是蒙田之后一切文学的哲学，从莎士比亚、莫里哀、普鲁斯特一直到贝克特。蒙田起初表现的是自己的存在，却发现了这个事实：自我就是过程或转变，是一种跨越。如果自我就是运动，那么自我的历史记载者不可能总是记住他“曾想说什么”。智慧不是知识，因为本身即为虚幻的知识属于“曾想说的东西”。聪明人只谈过往变迁，如蒙田虽一直把持着一个自我，这自我却一直处于变动之中，好比一种音调让位于另一种音调：

> 我们必须学会忍受无法回避的事情。正如世界的和谐一样，我们的生活中也充满了矛盾，还有各种不同的音调：甜美和严厉，尖刻和呆板，柔曼和高亢。如果一位音乐家只喜欢其中一种，那他还能说什么呢？他必须懂得同时并用和融会贯通它们。我们应该以此态度对待善与恶，因为这二者都是我们生活中至关重要的。没有这混合则没有我们的生存，这两者的重

要性不相上下。试着抵制自然需求其实是在仿效克泰西封的愚蠢,因为他竟然和自己的骡子比赛踢东西。

我不会轻易接受这一劝告,虽然我知道这是智慧之言。而且,作为一个要踢开自然必然性的人,让我和骡子做一场注定失败的踢东西比赛倒也无妨。在蒙田的文章中这只是序曲,接着他要坦诚论及自己肾结石的无穷痛楚,以及自己心灵上产生的反讽式安慰:"不过,你不会因病而死,你因活着而死。死亡无需借助疾病即可利索地杀掉你,疾病却拖延了某些人的死亡,这些人因为老想着自己正迈向死亡而活得更久些。"

这一反讽程度有多深不得而知,但我们在接近文章末尾时,反讽的经验就大大增强了:

我一直努力专注地夸耀自己在享受生活的乐趣,不过当我细细体味后却发现这实际上不过是一阵风而已。但这有什么呢?我们都是风,甚至风也比我们更聪明,它喜爱大声喧哗,四处流动,得意于自己的能耐,不祈求那不属于自己的特性,如稳定和坚实。

蒙田在此宣称了自由与局限同时存在:存在于生活乐趣之中,存在于自我和他的《随笔集》之中。我们只要不坚持自己没有的特性就会像风一样聪明,不过,这篇散文无论如何充满反讽,它仍是为自我、自然的乐趣及蒙田的作品所写下的辩护,同时又承认这一切皆是过眼烟云。但是,正如文章所要强调的,在这一变动中人们只要各得其所地活着就足够了:

我们皆是大傻瓜 。"他虚度此生,"我们会说,"我今日无所事事。"怎么,你不是活着吗?这才是你最根本的而且最辉煌的事业。培育性格而不是写书才是我们的责任,赢得生活的秩序和安定而不是赢得战斗和土地。我们最伟大而光荣的杰作就是恰如其分地活着。

这些话对蒙田及他最初的读者说来都特别尖锐，因为他们当时的环境正是一场野蛮的三方内战。这三方分别是吉斯领导的天主教联盟，纳瓦尔的亨利领导的新教徒，以及最后一位瓦罗亚国王亨利三世所领导的保皇党。获得秩序和安定在当时是极为困难的，所以这段话是针锋相对的。当《论经验》臻于高潮时，智慧与反讽就会为了修辞主导性而竞争。苏格拉底再次被援引以接受全面的赞扬，是由一段精彩的话引入的："苏格拉底最令人吃惊的莫过于老来还找时间学习跳舞和乐器，并认为学有所值。"蒙田在自己生命尽头时曾模仿苏格拉底做此箴言："我拥有的生命越短促，我越要让它更深刻更充实。"我们已在建构起对普通生活的礼赞，尽管这冒犯了帕斯卡尔并促使他进行篡改，但在其全部语境中我们折服了，忘却了帕斯卡尔：

> 他们想要逃避自身放弃为人。这是疯狂：他们变成了野兽而不是天使；他们自甘沉沦而不求上进。这些超越的性情如神圣不可攀之境让我畏惧，苏格拉底一生让我最难理解的是他的狂热与执著好似走火入魔，也没有什么比人们所称道的柏拉图的圣人品质更有人性。我们的学问之中，一些在我看来属于最平凡低俗的东西却被捧上了天。在亚历山大的一生中，我认为他关于不朽的幻想比任何事物都世俗平常。菲洛塔斯曾以巧答刺痛了他。他写信致贺亚历山大，恭喜他获得天帝朱庇特的谕旨被列为神祇之一："就你来说，我很为此高兴；但对于那些必得相伴并服从一个超出且不满足于人类能力者的人，我有理由表示怜悯。"

我觉得这段话已接触到这位散文家的一个艺术极限；它的力量在对伟人弱点的拒斥中趋于崇高，如对苏格拉底和亚历山大。我们超出了作者的忧郁及其矛盾；蒙田面对古人时并没有后来者的感觉，尽管他尊敬这些人，但他也用人类智力去评判他们。正如弗莱姆所说的，蒙田已将他的人文主义人性化，智慧则取决于我们肯定能获得的那唯一一种知识，即如何生活。但如此表述等于没领会蒙田，我们要不断地返回他的作品以便更新经典的智慧，因为我们在别的地方找不到这种智慧。《论经验》一文富含智慧，而且由于它的看法立足于某种别处听不到的认知乐章，因而至为重要：

> 知道如何正确享受我们的存在，这是绝对的完美和真正的神圣。由于我们不懂如何利用我们自己的环境，于是只好另寻其他的；由于我们不知我们内心的风景，于是只好到身外去寻找。但是踩高跷毫无用处，因为我们还得用腿走路。即使在人世最高的王位上，我们还得以自己的臀部端坐。

这一喜剧图景必定会让帕斯卡尔相当恼怒，也不会让超越的渴望有存身之地，更容不下那种孤注一掷的信念和隐形上帝的悲剧。当我们蹒跚地走向新的神权时代时，蒙田的这四句话应该作为我们的驱邪法宝，以避开那些神谕贩子。蒙田之所以有助于确定西方经典的中心，是因为每一位读者都可以借蒙田的指点而找到自我，不管这个自我已变得怎样破碎。在弗洛伊德出现以前，没有哪位世俗道德家如蒙田一样给过我们如此多的教诲，所以现在我认为对弗洛伊德的准确赞誉便是称他为我们混乱时代里的蒙田。

维多利亚时期的诗人兼小说家乔治·梅瑞狄斯在其最好的小说《自我主义者》中写了一出莫里哀式的上流社会喜剧，他还写了一本《喜剧论文集》，向我们描绘了一位在上层与中层观众之间游移不定的莫里哀，他虽然轮流在宫廷与市井间演戏，但私下里还是心向市民阶层的。这大概是理想化的看法，因为家具商的儿子莫里哀似乎要比手套商的儿子莎士比亚更像贵族时代的喜剧家。蒙田在晚年将自己的生活态度与普通人联系起来；但莫里哀像莎士比亚一样很少让我们窥见他内心深处的感情。他像蒙田一样是自然主义者，也许甚至是一位怀疑主义者，而且可以肯定的是，他和莎士比亚一样世俗。

富于常识的莫里哀也认同了阿里斯托芬的实用态度，但他在其他方面却压抑了自己的阿里斯托芬精神，它与路易十四的宫廷是难以适合的。对莫里哀说来，上帝实际上就是指那仁慈伟大的君王，没有他的同情和经常的支持，莫里哀是难以躲过他的敌人，即巴黎的顽固派的。太阳王是莫里哀成功事业的一根支柱；另一根支柱则是他对戏剧的宗教式献身热情，因为他最终在写作剧本、演出和领导剧团等工作中耗尽了生命。在第四次演出《想象的病人》(1673)后，莫里哀传奇般地死去。这部闹剧是莫里哀不顾身患重病而亲自创作、导演并主演的。他当时年满五十，却已经把三十年的生命献给了戏剧。

在今日垂暮的学术界中，置换经典是极为简单的事，但这在舞台实践中却难以实现，莫里哀和莎士比亚同样是不受威胁的，因为剧场观众与学界中人不同的是能够以脚投票。莫里哀因此比蒙田更有可能在美国幸存，尽管莫里哀追随蒙田表现了真理的不可捉摸，而这种表现又不被当时以社会正义的名义占据学术界的理想主义者和意识形态家所欢迎。新旧清教徒都不会接受蒙田或莫里哀；但这对于莫里哀却无关紧要。在我们正转向又一个神权时代之际，莫里哀也许会使蒙田式的怀疑主义继续存在，因为在新时代里没有什么人会发现真理是不可捉摸的，而蒙田自己也会和弗洛伊德一起消逝。

莫里哀的喜剧和蒙田的散文中所表达的真理总是令人难以把握，相对而游移，并让各家各派论战不休。除了他那已知的家庭不幸外，就我们所能认识到的莫里哀的个人意识而言，对戏剧的坚定信念也许赋予了他某种超脱或清明，这也是我们在莎士比亚身上发现的特质。对这两位戏剧巨匠我们真的是无法认识清楚，也许理当如此。高明的喜剧图景在无所不包时(如在莫里哀的剧中)，肯定会令人不安甚至最终令人沮丧。每当我阅读或观看《伪君子》或《恨世者》时，都会反思自身的劣性，还有我的敌人的可怕特性。在莫里哀剧中我面对的是执迷者，但不是本•琼生式的怪异强人，莫里哀的狂热者并不表现为荒唐可笑。正是莫里哀那独步天下的才华写出了我所说的“标准闹剧”——这几乎是一个矛盾的但又令人信服的修辞。

雅克•吉沙尔诺的评价令人难忘：因为莫里哀的剧作“表现了每个人的生活都是一部罗曼司，一出闹剧，一场遭难记”，所以，观众“被引导到一种不愿怀疑自己的糟糕信念中去”。他又以恰当的口吻进一步指出，莫里哀的上乘之作证实了灵魂“由自由的幻觉所陪伴，它本质上是邪恶的”。这种说法也许有点苛求，因为莫里哀身上承继了过多的蒙田气质，这让我们感觉到灵魂中别的某种既非邪恶又非虚幻自由的东西。不论这种更谦和的特性是什么，它与蒙田的最大区别在于，充满《随笔集》字里行间的“变迁”感被莫里哀的重现力量所取代。蒙田一直在变，而莫里哀的人物却不会变。他们必定是一成不变的。蒙田倾听自我，正如哈姆莱特和伊阿古一样，而这却是莫里哀的主人公不会做的。

众所周知，莫里哀的代表作是《恨世者》、《伪君子》以及充满矛盾的《唐璜》，后一部剧作以散文而非诗体写成，而且至少现在我们很难视其为喜剧。我看过的《唐璜》演出，要么显得莫里哀是在全心呵护剧中主人公，要么显得他是在全然指责主人公，这两种表演都不对。《恨世者》和《伪君子》虽然剧情复杂，却很少争议。我们不知道莎士比亚是否在所有剧中只对《哈姆莱特》情有独钟，这点已被批评家臆断数世纪之久了。莫里哀与恨世者阿尔西斯特却有某种联系，因为莫里哀创作、导演和扮演了他的许多最有趣的角色；只不过这种联系无论如何还算不上一种认同。《恨世者》中的真理在哪里？我们对阿尔西斯特有什么样的想法和感受？莫里哀作品中真理的难以捉摸性部分地源于蒙田的精神影响，但更多地是出自莫里哀自身高度的原创气质。

《恨世者》首先是一部充满惊人活力的戏剧，莫里哀在创作时必定有魔力附身。每次我观看或重读此剧时，我都一再被其剧情的进展和活力所震惊；这出剧从头到尾都是一部强烈震撼的谐谑剧。理查德·威尔伯的译文从一开始就传达了这种品质：

> **菲林特**：喂，你怎么啦？
>
> **阿尔西斯特**（坐着）：最好走远点。
>
> **菲林特**：好啦，好啦，到底怎么啦？你的话阴沉沉的……
>
> **阿尔西斯特**：我说你走开，你干扰了我的孤独。
>
> **菲林特**：哦，听着，说话客气点。
>
> **阿尔西斯特**：我就是要不客气，先生，也不想听什么人啰嗦。

阿尔西斯特因自己的朋友对一位熟人满腔热情地问候而严词拒绝了他，这立即建立起贯穿全剧的喜剧氛围。他在全剧中每个关键时刻的激情应对真可谓“英雄的”或“狂热的”,因为二者存于一体;但是若认为这是“吉诃德式的”却不妥。和答尔丢夫与唐璜一样,阿尔西斯特的形象远远超出了剧中小型沙龙式的背景。和乔叟的赎罪券商一样,答尔丢夫是一个无以复加的宗教伪善者,不过他的热情过于猛烈,所以一些批评家把他比做名声不佳却又英勇大胆的活力主义者,如巴思妇人和福斯塔夫。唐璜式的活力奇特地类似伊阿古的活力,这也是现代虚无主义的另一个先声。

莫里哀的作品中有一种有趣的辩证法,它类似于莎士比亚的做法,即通过使性格疏异于他人而丰富这个形象。阿尔西斯特、答尔丢夫及唐璜类似于哈姆莱特、伊阿古及爱德蒙,他们为充满活力的矛盾冲突所付出的代价就是与所有他人隔离开。菲林特就是阿尔西斯特的霍拉旭,而答尔丢夫和伊阿古只有他们的受害者相伴。唐璜有备受考验的随从萨加纳雷,而爱德蒙则只有与戈纳瑞和里甘两人的“赴死约会”。我颇觉不安的是,自雅典时代以来的两位戏剧大家都在暗示,不管如何消极,我们的确变得更满足于与他人分离而不是共享我们的生存;不过我认为莎士比亚和莫里哀之间的这种相似性决不是偶然的。

关于阿尔西斯特的真理是什么,或者它的难以捉摸是否永远会让我们对他抱着爱恨交加的看法呢?理查德•威尔伯曾奇迹般地使阿尔西斯特口说美国诗文,并表明了一个有着微妙平衡的评价,尽管我觉得略显严厉:

> 如果阿尔西斯特渴求真实(他确有此志),他那无边而不自觉的自我主义也会不幸地将其冲淡和磨平。和许多言语乏味又满怀怨恨的人一样,他对人严对己宽,而且在其理想失败时也觉察不到这一点。……和周围人一样,他也是时代风尚衰颓的受害者,他无法始终如一地做个“信誉之士”,一个单纯、宽容、热情、果决和纯真的人。他的特点是有这份理想,并能忽冷忽热地实现它。他的喜剧性弱点就在于他把自我与理想以一种吉诃德的方式混同起来,为了自欺和自我表现而情愿歪曲这个世界。然而充满悖论的是,主张真实情感和真诚交往的人却是最做作、最难接近也最有危险的人,这危险就是空虚和孤独,也是剧中那吵闹无聊的社会中所有人都要躲避的东西。因此,他必须不断地演戏以确认自己的存在。

这段话精彩而明确，既没对阿尔西斯特的太多称赞，也没说出全部的事实，因为莫里哀和威尔伯的读者/观众们仍将钟爱剧中那一贯狂怒的阿尔西斯特而不是别人。不妨用“哈姆莱特”来替换威尔伯第一句话中的“阿尔西斯特”，然后再将它读为论述哈姆莱特的段落，有些观点就会不太适用：哈姆莱特有幽默感，严于律己，极少吉诃德式作风。威尔伯这段评论的后半部分也可以说是论哈姆莱特的。我们不知莫里哀是否有意让阿尔西斯特成为对他本人的批判，我们也很难说莎士比亚是否在哈姆莱特身上表现了自己的某种特质。不过在我看来，阿尔西斯特确实是莫里哀所写的人物中具有道德智慧（虽然不是幽默）的一位，这使他能够借莫里哀之手写一部戏剧，而且我们也早就认识到，作为剧中剧作者的哈姆莱特可想而知也能写出《哈姆莱特》。

约翰·霍兰德曾论及当戏剧主人公是讽世者时剧情所具有的独特性。伪君子答尔丢夫和登徒子唐璜也是这类讽世者，但阿尔西斯特是所有人中最为咄咄逼人的。莫里哀超凡的才气部分表现在他的喜剧大大地超过他的讽刺，所以阿尔西斯特必然成为社会批评家，并且反过来在《恨世者》中受到批判。霍兰德的洞见在于，他认为戏剧一定要防范讽刺式的主角，所以莎士比亚为了维持《罗密欧与朱丽叶》的悲剧地位，就必须在墨丘西奥吸引我们太多注意力之前就了结他。威尔伯代表了有关阿尔西斯特的批评传统中最好的部分，与他不同，我宁可督促大家把《恨世者》部分地视为防范阿尔西斯特并维护自身的一出戏，正如《哈姆莱特》部分地也是对哈姆莱特极高智力的一种防备。阿尔西斯特具有威尔伯提到的一切喜剧弱点，而且他还表现了一位真正的社会讽刺家和卓尔不群的道德心理学家所具有的审美尊严。

尽管有一些喜剧缺陷，阿尔西斯特仍然获得了我们的同情甚至是赞赏，因为莫里哀如莎士比亚一样，都了解我所说的那种表现一个人被难以忍受的刺激触怒发狂状态的美学。观众和读者不得不认同这样一种表现，这也许是因为我们最终都会被必死的命运所激怒。阿尔西斯特不管有没有受刺激都性情暴烈，而且他是喜剧的胜利。但是，他不断的表演与哈姆莱特一样，不止是威尔伯所指出的要竭力“相信自己的存在”。阿尔西斯特强烈的表演性是对人类苟且生存的激烈讽刺，而且和哈姆莱特一样，阿尔西斯特的心灵也是永久骚动不宁的。两个主人公都是想得太好而不是想得太多，每一位都在自己无法逃脱的环境中难以生存。哈姆莱特消极地渴求一死；阿尔西斯特却逃进全然的孤独之中。在拒绝自己所爱的女人方面，两人也颇为相似。风情万种的塞莉梅娜绝非柔顺的奥菲丽娅，但两人均遭到拒绝是由于被激怒的讽刺家，如阿尔西斯特和哈姆莱特，为自己所爱设定了不可能达到的标准，他们对人世也对自己固守着不可企及的要求。这就是莫里哀喜剧和莎士比亚悲剧中共有的一个关键因素，两部戏剧都把讽世者处理成了英雄。

在我看来，W. G. 莫尔跟吉尔沙诺一样是最有价值的莫里哀批评家，他提醒我们不能只注重分析阿尔西斯特而忽略了戏剧的结构，这再次暗示了喜剧已经包容了讽世者：

……这里揭示的远不止阿尔西斯特的性格；这是一个问题，一个在艰难时世里如何对待原则的问题。把这部杰出剧作当作对性格的研究实在限制了这出戏的影响范围。有关诚挚之本性的全部问题，牵涉到虚荣心、时尚、怨恨及习俗等等——正是问题的复杂性决定了戏剧的秩序和结构。

不过，莫尔也看到阿尔西斯特确实是一位极复杂的人物，是剧中的傻子，但也是剧中的哈姆莱特，一位我们永远无法完全理解的人物：

从精微意义上讲，阿尔西斯特是可笑的，这不是由于他谴责了当时的虚伪社会。他的反社会是由于他推崇做事都需要依据原则，他也力求据此而行。阿尔西斯特因此成了一个更为复杂而有趣之物的象征。

为了揭示莫里哀塑造人物的深度和广度，值得看一看那难以捉摸的特性究竟是什么。人们也许可以称它为一般和个人的结合，人类有种自然倾向去寻求自身以外的标准以涵盖和保护个人的行为。反之，我们常常看不到坚持这种一般标准有多少是出于自身利益和虚荣心。……阿尔西斯特想要的虽是自己未意识到的，却正是认可、偏爱和出众。……在戏剧性地表达恨世爱人这一主题上，莫里哀强大的创造性力量使他得以勾勒出一位超出想象的人物，这人在个人的、社会的、道德的、政治的甚至是神学的广度上确实可比哈姆莱特。

但是，我们所有人不是都混淆了一般和个别吗？难道作为演员兼戏剧家的莫里哀不也渴望认可、偏爱和出众吗？连莫尔也难免落入以道德眼光反对阿尔西斯特的窠臼。莫里哀却未犯此错。拉蒙·费尔南德斯告诉我们："阿尔西斯特就是丧失了喜剧意识的莫里哀。"按费尔南德斯的说法，阿尔西斯特受累于行为过分：太讲道德，太理性，太要强，太过坚持真理，甚至也太聪敏以致无人能够忍受。阿尔西斯特与他的作者成了一个对照：莫里哀因为是戏子而没有地位，甚至不能体面地得到安葬。作为他的保护者与赞助人路易十四的朝臣，莫里哀必须善于掩饰，藏而不露，应该少说话多暗示。

即使在扮演阿尔西斯特一角时，莫里哀这位经验老到的剧目经理也必然注意到了这一蹊跷：剧中三位女性角色分别由疏远的妻子、他的情妇和一直坚拒他的那位女演员扮演。莫里哀与阿尔西斯特的关系难以理清，所以这使我们要慎重地对待所有的道德批评家。我感到惊奇的是，文学批评家们不喜欢阿尔西斯特（我却相反），只是因为他言辞尖锐地替所有每天为劣诗所困扰的批评家们说话：

先生，这些是敏感的话题；我们都期望
得知自己拥有真正的诗歌火焰。
不过有一次，我对一位不想提及其名者说过，
鉴于他所写的一些诗句，
这位先生应该努力控制住，
那经常骚扰心灵的写作欲望；
要驾驭住那冲动的愿望，
想把自己的打油之作公之于众；
因为卖弄自己的作品

常会让人变成小丑的角色。

我认为，阿尔西斯特的唯一不足之处是他与美丽而迷人的塞莉梅娜恋爱的失败；但是讽世者传统上是回避婚姻的。在这里，我不得不为阿尔西斯特辩护，并反对那些道德批评家们把他与唐璜相提并论，因为这两人都自命为一切领域包括性欲在内的最高裁判。有时我怀疑，莫里哀的现代批评家们是否把他与拉辛混淆了，这就像把蒙田和帕斯卡尔混同一样奇怪。马丁·特内尔在《古典时刻》中就把莫里哀放入其时代，即拉辛的时代，这样《恨世者》马上就成为一部有歇斯底里主人公贯穿始终的剧本。特内尔的指责是道德批评的最终简化："假装秩序已经重建，经过磨炼的小丑已精神正常，这是敷衍了事。""什么是正常？"阿尔西斯特会为此暴怒，而清醒的观众或读者会赞同他。如果社会是理性的而只有阿尔西斯特失常的话，《恨世者》的伟大之处就全然无存了。我需要求助蒙田去反驳那些批评家而维护阿尔西斯特。

我们已经习惯于在哈姆莱特的性格中去寻找一种蒙田式的怀疑主义精神，但批评家们从未向我们显示哈姆莱特是一个小丑。观看一位无法（也不应）达到那崇高境界的演员扮演哈姆莱特，会是一种可怕的经历，但是我们通常都期望一位有能力的和有悟性的演员担当此角。看一位不称职的演员把阿尔西斯特演成一个自欺欺人的傻瓜，这是一种古怪拙劣的剧场经历。批评家们一次次的道德讨伐对剧本的危害甚大，至少在英语国家里是如此。阿尔西斯特需要由杰出的演员扮演，莫里哀第一次成功地饰演此角显然证明了这一点。根据传统的说法，莫里哀导演和扮演的阿尔西斯特远不止是一位自毁的丑角。这部戏要求导演和演员都能想象出一位道德讽刺家，他虽有力量和尊严，但也成了喜剧精神而不是社会报复的受害者。

阿尔伯特·伯默尔在《莫里哀的戏剧盛宴》中行文十分谨慎，却惟独对阿尔西斯特严词苛责。他之所以如此并非出于一般的道德原因，而是因为阿尔西斯特是一位孤独者而不是改革者或雅各宾派，还因为当塞莉梅娜最终愿意结婚时他却无心接受。同理也可以认为哈姆莱特应该受到指责。不过，阿尔西斯特不如哈姆莱特聪明，两者也都不同于其他文学形象，正如伯默尔所认为的，阿尔西斯特“具有惊人的见识和道德能量”，只是个性太不合群。除了让-雅克·卢梭以外，没人会喜欢阿尔西斯特，因为卢梭在塞莉梅娜的追求者身上发现了类似自己的德性。就目前所知，塞莉梅娜和阿尔西斯特从未相爱过，这实际上也符合剧情的喜剧精神。阿尔西斯特和卢梭一样，只爱自己，这无疑增强了他对卢梭的吸引力。

含蓄而深沉的莫里哀并没有赞扬阿尔西斯特不同于自己的个性，但我想，他也许会对他的贵族式恨世者在我们这个混乱时代里所激起的道德责难感到有趣。蒙田教会了莫里哀什么是真理实际上的不可捉摸性，这对一位演员说来是极好的教诲，如果阿尔西斯特认识到这点他也会受益，但是他没有认识到。我们公认莫里哀的才华是在喜剧而非悲剧，但我们也认识到，他最杰出的喜剧都是十分阴沉的，即使它们绝不是悲喜剧——悲喜剧不是法国的戏剧体裁。蒙田和莫里哀同样在避免那种悲剧图景，即吕西安·戈德曼在《隐蔽的上帝》中归于帕斯卡尔和拉辛的图景。宗教情感和宗教信仰是两回事，尤其在信仰仍被强加于人的时代。缺少宗教情感也许是写出《论经验》的散文家同《恨世者》、《伪君子》和《唐璜》的作者之间的关键联系。

这种联系必须隐而不露才可靠，但是从比喻意义上说，两位作者对医学的共同歧视可以替代这种联系。莫里哀对医生的讥讽巧妙地暗示了医学和神学之间的类似，这种暗示也在蒙田作品中间接而恰当地表达了出来。弗莱姆所发现的蒙田从人文主义到赞颂日常生活的变化，也完全被莫里哀吸收，莫里哀的理想观众是一些老实人，这些人被蒙田用来取代人文主义的理想。蒙田的原创性在于自我描绘，而这却很难成为喜剧作家的时髦题材。莫里哀的原创性在于从闹剧发展出了一种批判性的喜剧，这一发展也需要非戏剧的催化剂。我猜想，莫里哀领悟了蒙田的暗示，但是颠倒了自我描绘，或是把它里外翻了过来。阿尔西斯特是这种对立颠倒的最主要例子，但还有其他例子，它们都遵循蒙田的描绘完整人的方法，即有意表现一些身心残缺的形象。蒙田教人控制意志，走向自持；莫里哀展现了放纵意志的阴暗喜剧，这导致了自暴自弃和破坏性的激情。我发现阿尔西斯特是强有力并令人尊敬的人物，但结果他却没照蒙田在

《论经验》结尾处的劝诫去行事。如果你要逃避自身放弃为人，你就是陷入疯狂。如果你没有上升为天使，你将自堕为野兽。到头来，希望逃到荒野孤独之中（不管有何比喻意义）的阿尔西斯特却是在追求蒙田避之惟恐不及的东西。

# 7 弥尔顿的撒旦与莎士比亚

弥尔顿在经典中的地位是永久的，即使如今的女性主义文学批评视他为最可憎恶的主要诗人也罢。弥尔顿在与约翰·德莱顿的一次交谈中曾经脱口表白说斯宾塞是他的“伟大源泉”，这句话我理解成是针对莎士比亚而作的防卫。莎士比亚是弥尔顿诗学焦虑真正的隐形来源，但矛盾的是，他也是弥尔顿经典性的催生者。莎士比亚之后的所有作家中，只有弥尔顿，而不是歌德、托尔斯泰或易卜生，才最好地运用了莎氏表现人物及其变化的方法，即使他自己力图要摆脱莎氏的影响。莎士比亚之后最具有莎氏风格的文学人物就是弥尔顿的撒旦，他是伊阿古、爱德蒙和麦克白等著名反派角色的继承者，也是反马基雅维里的哈姆莱特性格中的阴暗面的继承者。弥尔顿和弗洛伊德(后者极为尊敬弥尔顿)同样都受惠于莎士比亚，但二人又同样地要摆脱这份欠债。不过，能够继承莎士比亚的创造力并使之为自己所用，这也许正是弥尔顿和弗洛伊德矛盾心理的最真实类同，也是撒旦对上帝的反叛和心灵内在冲突之间的共同点。

反派主角主要是由马洛在帖木儿身上创造出来，这位锡西厄的牧羊人后来成了世界的征服者，但它更体现在自鸣得意的马耳他犹太人巴拉巴斯身上，这是一位邪恶的幽默家。从马洛的主要虚无主义者形象到莎士比亚早期的恶魔形象之间只有一步之遥，例如血腥悲剧《泰特斯·安德罗尼克斯》中的摩尔人亚伦和驼背理查三世。所有这些人物形象都很粗糙，因而对约翰·弥尔顿的艺术感受力影响很小。《失乐园》中撒旦的理智虚无主义正是源自哈姆莱特广博意识的深处，但弥尔顿笔下堕落的天使所发出的虚无主义声音首先是出自伊阿古，即那位最早感到无人赏识的受难者，他被那神灵般的将军晾在了一旁。

弥尔顿公开的神话是莎士比亚代表"自然"，意指无所不包的荒野或自然中的自由，而他，弥尔顿，代表较单纯或更好的超越自然之道，以达到天堂，或至少可以去表现天堂。不过，没有人能在弥尔顿的天堂里一次停留很长时间；即使作为一位党派或群体成员的弥尔顿自己也难以坚守片刻。《失乐园》的宏大在于它既充分展示出了悲剧性也表现了史诗性：它是卢西弗堕落成撒旦的悲剧，尽管它不愿表现出光的使者和晨之子卢西弗这位群星之首堕落前的状态。我们只看到了堕落中的撒旦，以及他堕落前后及当时出现的亚当与夏娃。从另一种"悲剧"意义上说，《失乐园》是亚当和夏娃的悲剧，他们和撒旦一样带有难免的莎士比亚特性，但似乎不如撒旦那样被表现得令人信服，因为撒旦更多地体现了莎士比亚式的成长着的内在自我。这一点也许可以说明弥尔顿和《奥赛罗》与《麦克白》作者之间的麻烦关系，这两部戏剧似乎最深刻地影响了《失乐园》。在抵制莎士比亚无所不包的特点时，弥尔顿仍乐于将其用在自己的反面人物，而不是正面男女主人公身上，不过他在描写上帝和基督时却全然加以避免，这也许导致了戏剧人物的苍白，但这些形象却与莎士比亚毫无牵连了。关于弥尔顿的上帝，准确说法只能是，这是一个华而不实、处处防备和自以为是的形象；弥尔顿的基督却如我曾指出的，被降格为带领一群武装分子发动进攻的首领，类似于天堂中的隆美尔或巴顿。

莎士比亚去世时，弥尔顿只是七岁孩童。1632 年，当弥尔顿的诗《论莎士比亚》发表时，莎士比亚已经死去了十六年。我们在考虑弥尔顿与英语中（也许是所有语言中）最伟大的诗人之间恼人的关系时，必须记住这一年代顺序。华莱士·斯蒂文斯死于 1955 年，迄今有四十年了，但他的存在仍然萦绕于当代美国诗坛。莎士比亚与弥尔顿在年代上相距更近，这是一种危险，弥尔顿的赞诗实际上成了一种防卫姿态，尤其是这儿：

记忆的爱子，声誉的伟大继承人，

您的大名难道需要这小小的见证？
您在我们的惊奇与诧异中，
已建起了自己永世的丰碑。

莎士比亚堪称记忆之子和缪斯之母，他自己也是启迪弥尔顿的男性缪斯，但他所启示的并非一种超验景象。“惊奇与诧异”无论当时和如今在经验上都是对的，这是就莎士比亚影响了其他的诗人而言，但这些特点在弥尔顿的抱负中仍是次要的。和但丁一样，弥尔顿也想写一部实际上是第三约书式的圣诗。不过，诧异和惊奇与真理和崇敬大不相同，莎士比亚的“自然”也远异于圣典的或弥尔顿式“启示”。麦克白和撒旦均是他们自己想象力的受害者；前者也许表现了莎士比亚身上隐含的焦虑，他也许以此来责难自己的想象力；后者则显然反映了弥尔顿对幻想及其不满者的不信任。

作为一位新教先知，事实上是新教诗人，弥尔顿会对如今人们将《失乐园》解读为最吸引人的科幻小说感到十分不快。我经常重读此书，总是为那诧异和惊奇而感慨，为弥尔顿成就的陌生性而激动。《失乐园》的不同凡响在于其不可思议地融莎士比亚悲剧、维吉尔史诗及《圣经》预言这三者于一体。《麦克白》中恐怖的病态与《埃涅阿斯记》中的噩梦体验，以及希伯来圣经中的独断权威等相互融合。这种融合可以让任何文学作品堕入九层地狱，但眼盲并遭到政治失败打击的弥尔顿却是不可摧垮的。西方文学中也许没有比这更成功的宏伟想象。我们在《力士参孙》和《复乐园》中可以感受到弥尔顿对自己的失败难以接受，但在《失乐园》中，他战胜了一切对手，唯有那不露痕迹的竞争者莎士比亚除外。

读者在《失乐园》中是以撒旦为中心的，他是几乎所有学院派阐释者的鞭挞对象，却又显然是全诗的最荣耀所在，只有弥尔顿在第七卷中对希伯来本《创世记》的独特发挥可以部分地与之抗衡。当然，撒旦是失败了，但伊阿古和麦克白这些反派主角在完成使命后也无不如此，这也如歌德作品中的靡菲斯特因为浮士德的升天而遭击败一样。这种失败是辩证的，主要是看谁能最终影响读者的观点。伊阿古不懂爱米利娅为什么要舍命挽回苔丝德蒙娜的名誉，所以他宁可受折磨而死也不肯对任何人，甚至自己，表露心迹。“从此以后我将一言不发。”在我们最后见到撒旦时，他也变成了在地狱底层不断吐信的一条蛇。

我们决不会赞同这一观点，这也是弥尔顿在写作中最冷酷的主观评论和自我伤害之举。这使他看起来有些邪恶，因为他似乎是在报复撒旦，这个形象耗费了诗人太多的精力和欲望力量。莎士比亚从没有报复过伊阿古或麦克白，也不曾这样对待过三十八部剧作中的任何人物。

决定了莎士比亚与众不同的不只是戏剧体裁。莎士比亚是无功利性的一个奇迹，他既不相信也不不信，既不道德化也不赞同虚无主义。伊阿古即使令人悚然，也能让我们快乐。弥尔顿却让我们从撒旦身上得到的愉悦带有某种负罪感，因为他突出地强调了信仰和公开的道德感。我倾向于怀疑晚期的弥尔顿在写作《力士参孙》时是否还相信什么；我也搞不懂弥尔顿诗中的基督形象。就如同美国宗教主义者心中的耶稣一样，弥尔顿的基督确实没怎么受难，而且很快就走下了十字架。美国的耶稣复活后停留在人世上远超过四十天，既未受难也未升天，这适合于弥尔顿，欧洲的耶稣却绝不适合。

弥尔顿式的动人撒旦形象在《失乐园》中毫无拘束，角色和身份始终如一，好比《奥赛罗》中施诡计的高手伊阿古一样，不过两人最终还是毁灭了。我们不会忘记，伊阿古一步步地控制了所有人物，直到他得意于中计被毁的奥赛罗成为自己的牺牲品，这使我们想起了撒旦的无畏雄姿和他引诱我们堕落的狡诈。他们共同的自负出于莎士比亚对马洛作品的提炼，并由莎氏门徒约翰·韦伯斯特在《白魔》里给予了精辟的阐述，反派主角在剧终时奄奄一息地躺在许多尸体中间并兴奋地大叫：“我画出了这一夜景，这是我的杰作！”作为夜景的一位勾画者，撒旦无处不带有伊阿古、麦克白、哈姆莱特和爱德蒙等人物的印记。

我们必须假设弥尔顿并未明确地认识到这种受惠，虽然他无此意识会令人感到困惑。弥尔顿所表现的撒旦对上帝的爱恨心理类似弗洛伊德所解析的原初矛盾心理，这完全是莎士比亚式的，即伊阿古对奥赛罗、麦克白对自己俄狄浦斯式野心，以及哈姆莱特对万事万物乃至对自己的那种矛盾心理。按照弗洛伊德的定义，矛盾心理是超我（即“我”之上）和本我（即“我”之下）两者关系的基本特征。混合着的同等爱恨情感同时在这些心理动因或虚构之间来回流动，心潮涨落和交错使得“我”，即那不幸的自我，焦灼而沉沦。这种矛盾心态控制了伊阿古、麦克白和撒旦，并成了他们难以分离的特征。

由于认识到战斗和世俗存在之间并无分野，伊阿古在《奥赛罗》未明言的漫长前景中把自己认同于那位战神奥赛罗将军，这也好比卢西弗认同于弥尔顿的上帝一样。撒旦因“怀才不遇”而痛苦，因为他被基督所取代；伊阿古心有同感是因为自己被凯西奥所取代，后者是奥赛罗赏识和选作副官而高于伊阿古的外来人。伊阿古是战火考验过的掌旗官，负责奥赛罗的旗帜以及这位老长官的荣誉。也许富有经验的奥赛罗的伟大之处在于他清楚战争与和平的区分，他知道不能相信那忠心的旗手或“古人”会坚守这一分界。撒旦的情形是神学上多元决定的，要比伊阿古的情形问题更多。弥尔顿的上帝为何宣称基督为子而不是天使长卢西弗？卢西弗最初究竟为了什么而堕落为撒旦？如果他从一开始就被取代了，为什么他在上帝诏示基督的更高地位之前却对此一无所知？

在这些问题上，弥尔顿的上帝绝不能说给了我们多少启示：

你们这群天使，都是光明的子孙，
王位、权势、威严、德行、法力，
都要听从我这不可违拗的诏令。
今日我要宣告，我已得到
自己的独子，在这圣山上
他已涂膏，也被你们所瞧，
他就在我右边，受命做你们的首领；
我誓言要让他
接受天堂里众灵的跪拜，并认他为主：
接受他至高的统领
团结起来万众一心
幸福永在：凡违犯他
即违犯我，也破坏了团结，
要即时逐离上帝，赶出福地，让其堕入

无边的黑暗，深陷其中，他的苦境
已然注定永无救赎，永无止尽。

这显然是基督教的传统教义，但这在诗学上也可以接受吗？我每次读到这段严厉而随意的告白时就会想起已故的威廉·燕卜荪爵士的明敏之言，他认为上帝在此首先引起了所有的麻烦，好比《约伯记》中所述的他对撒旦夸耀自己仆人约伯的顺从与正直的典故。这里有一个想象的缺失，即我们只因为上帝的威慑力才听不出他的威胁带有虚张声势的意味。早在任何人违犯上帝之前，不顺从似乎就是希伯来上帝的心结。耶和华的早期历史现在虽然没能完全复原，但也表明对潜在违逆的焦虑与一个隐藏的故事大有关系，这故事叙说的是一位显然出自众多小神的孤独战神如何把自己确立为至尊人物。不过对诗人弥尔顿说来，没有这类早期的历史，它就像是一个年轻自我的浪漫故事，战神奥赛罗当初就是以这一自我赢得新娘苔丝德蒙娜的。

主张共和的弥尔顿大概会拒绝我们这样的感觉，即他的上帝言语中带着暴君的腔调，因为新教的上帝对《失乐园》的作者而言是唯一合法的君主。当然，弥尔顿还使那上帝听起来更像詹姆斯一世或查理一世，而不像大卫王或所罗门，更不像J作者的耶和华了。弥尔顿的上帝就像那好战的弥赛亚一样大有问题，后者就是在“父神战车”上统率天军的那位。奥赛罗的权威在言辞的感染力上远胜过弥尔顿的上帝：“收好你们闪亮的刀剑，以防露水使它们生锈。”这种权威正是伊阿古起而反抗的，这使他的成功与撒旦那隐晦得多的成功相比更为壮观，也更具有毁灭性。

我绝不是在暗示悲剧性的撒旦是一位“小伊阿古”，更类似于《辛白林》中的伊阿契莫，而不是伊阿古或麦克白。诗中描写撒旦的不足之处（与他的美学品质相比应该只是微瑕）却很意外地源于他拒绝或不能恰当地将诗中的基督教论点戏剧化。他本可以像非基督徒歌德和雪莱那样，因为关注西班牙黄金时代戏剧尤其是卡尔德隆的作品而大大受益，尽管涉及到的天主教难免对他有所妨碍。不难猜想，至少在《失乐园》中，上帝和基督妨碍了弥尔顿天才的发挥，威廉·布莱克在《天堂与地狱的婚配》中已作了类似的推测。

弥尔顿伟大的诗作表明他仍不由自主地处在莎士比亚的影响之下。他的撒旦糅合了伊阿古的本体论虚无主义和麦克白的先期幻想，再加上哈姆莱特对妄言的蔑视。凡是诉诸语言的东西在撒旦心中已经死去，这与哈姆莱特的情况一样。撒旦在悲剧情节中受到伊阿古式审美骄傲的驱使，还受到麦克白不断增强的愤激感的驱使，每一次篡位的尝试都只会导致那可怜的演员又一次忘记台词。撒旦困境中上乘的戏剧因素都源于莎士比亚的发明，如撒旦倾向于先倾听自我，然后再想好要说的话，只有这样才能承受变化。但是弥尔顿却避免表现撒旦由卢西弗而来这一关键性转变。如果我们细读文本，简直找不到那最关键的变形时刻。我们所能找到的只有拉斐尔这位并非全然温和的天使长奇怪而简洁的说教：

……但这并没唤醒撒旦，
这是他如今的称号，他以前的名字，
在天堂里已不再听到；他位列一等，
虽不是首席天使长，却大权在握，
蒙恩而荣耀，但他却满怀
对上帝之子的嫉妒，那日
正是全能天父颂扬其子，并宣告
弥赛亚为受膏之王，由于骄傲
他难以忍受那场面，觉得自己受了委屈。

这里的回避最不像莎士比亚的风格；我们要听的是一场戏剧化的表演，正如我们想看到卢西弗永远败落之前的模样。由于放弃了莎氏风格，弥尔顿就压抑了反派主角转变的戏剧性时刻。说到底，错的是拉斐尔；卢西弗则认为自己受到委屈，我们也对卢西弗如今堕落为撒旦的党派之见感到厌烦。莎士比亚向我们展示伊阿古和麦克白，弥尔顿则只是假定基督徒读者会全盘接受从胜利者角度讲述的故事。许多此类情节甚至会让《失乐园》沦落，但莎士比亚式撒旦的回归立即就会使作品重现生机，只要他也有机会表达自己的观点：

那么你说我们是被造的？而且是
二手的活儿，
由天父传与其子？这说法真新奇！
我们想知道这训谕的来历：谁见到
何时有过这样的创造？你记得
那造物主给予你生命？
我们不知有何时不似今日之模样，
既不知何者先我们而在，则自生自养
全靠我们自身旺盛活力，而当命运旅程
逡巡一周之后，
这天国本土的成熟产儿，上苍的子孙们，
我们的力量永在己身。

这一观点影射了诗歌的和人世的实际状况，说明基督教所谓的真理也难以将其掩没。假如撒旦已沉湎于一种戏剧反讽之中的话，那么这些反意问句中却不只是有反讽。它们采用了伊阿古气势汹汹的模式，使《失乐园》的读者一时间变成了奥赛罗，被那鲜明而难以抗拒的宏论所压倒。撒旦从伊阿古、麦克白，以及更微妙地从哈姆莱特等人物身上学到的是一种消极的能量，它能让人信服是因为它超越了单纯的坚忍并暗示了一种超越快乐原则的持久冲动。莎士比亚也许没有创造一切，但他肯定创造了我们（如我们现在这样），他创造出的西方虚无主义从哈姆莱特经伊阿古和爱德蒙一直到麦克白。

撒旦虽然出口成章，却仍是重复了莎士比亚所发现的我们心中的虚无。哈姆莱特说，他本人既是虚无又是万物，而伊阿古则走向更深的深渊："我非当下之我"，这句话有意反用了圣保罗的话："蒙上帝的恩典，我即当下之我。""我们不知有何时不似今日之模样"，但我们现在却什么也不是。从本体论意义上说，伊阿古深知自己已成空壳，因为那存在的唯一施予者、战神奥赛罗已经弃他而去。被抛弃的撒旦坚认自己是自我的创造，并着手解除那意图取代他的造物。

力量更强的伊阿古毁灭了他的神，把他认可的唯一现实与价值贬成一团混乱。相比之下，可怜的撒旦只敢惹弄上帝却不敢摧毁他。

伊阿古显然在邪恶才干上超过了撒旦，而且还会使弥尔顿在直面莎士比亚的影响时感到沮丧。早在构思《失乐园》之前，弥尔顿已想到写一出悲剧而不是史诗，题目或为《失乐园》，或为《失去乐园的亚当》。现在所见诗作第四卷第三十二至第四十一行原来应为悲剧的开场。撒旦站在底格里斯河源头的尼法提斯山顶，遥望伊甸园并直接向那耀目的太阳诉说着，语气带有詹姆斯一世时代反派主角的腔调，犹如回想起马洛笔下过激者的悲情：

啊，你带着无与伦比的荣耀，
在那至尊领地里仿佛是一位上帝
君临这新世界；你的容颜使群星
无地自容；我呼唤你，
不是以友好的声音，且加上你的名字，
啊，太阳，我要告诉你我恨那光焰
所带给我的记忆，
我从那里沦落，何等的辉煌曾在你的天际；
直到高傲和野心让我跌倒，
在天庭与那无敌的天帝战斗。

在保存下来的《失去乐园的亚当》的写作提纲中，并没有名叫撒旦的角色，而只有卢西弗。但这一段给了我们一个线索去认识撒旦堕落之前的模样。在这十行诗句的基础上，马洛式的卢西弗变成莎士比亚式的撒旦；我们在此还能听到帖木儿的声音，却不见伊阿古和麦克白。卢西弗和帖木儿一样言语夸张；崇高是衡量的标准，一切事物都要依其高下来加以评判。太阳取代了晨星，卢西弗起初却不屑点出那位篡位者的名字。当他添上这一名字时，它所激起的痛苦记忆令其愤恨难忍。这样我们就又回到了弥尔顿所拒绝表现的重要转变：确切地说，卢西弗在何时以何种方式变成了撒旦？由此向下的约三十五行大概是一种补充，这似乎是最可能的回答：

我飞升之处即是地狱；我自身即是地狱，
那万丈深渊的最低处
还张着大口要将我吞噬，
与这相比，我受苦的地狱似乎也成了天堂。

这里的第一行显然是改写自马洛的靡菲斯特所说的："难道这即地狱，我也身在其中"，不过另外三行却超出了马洛。当然，如果没有伊阿古设局陷害奥赛罗，如果麦克白未曾经过那否定的旅程而到达其幻想的内部，那么弥尔顿是想不出逼真的地狱入口这种精彩形象的。如果《失去乐园的亚当》已经写成，卢西弗就会成为马洛的一个角色；撒旦则产生于弥尔顿思想中莎士比亚的成功影响。马洛是位漫画家，卢西弗好比帖木儿和巴拉巴斯，是一部宏大的漫画。莎士比亚创造了永远变化、不断成长的内在自我，即那最深沉并吞噬万物的自我，这首先完美地体现在哈姆莱特身上，并仍然在吞噬着撒旦的内心。在《人类变化着的天性》一书中，荷兰心理学家 J. H. 凡•登•伯格认定马丁•路德是不断成长的内在自我的发现者。路德当然具有一种新的内在性，但它和耶利米的预言只有程度上而无本质上的不同，那预言说上帝从此将在我们的内心写下他的法则。我不想冒昧地把莎士比亚的感受力描绘成新教的或反天主教的。如莎氏一贯的情形，那感受力两者都是又两者都不是，因此也许路德的内在性广泛地影响了莎士比亚对人类意识的感受。但我觉得，莎士比亚的内在自我在类别和程度上都有别于路德的，也和到路德为止的全部西方意识史有本质的不同。哈姆莱特激进的自我依赖跳越了几个世纪而延伸到尼采和爱默生，然后又超出他们的外部界限，并继续在超出我们的。

爱默生对莎士比亚的看法依然是正确的："他的心灵就是地平线，在地平线之外还有什么我们尚无法看到。"还原论者一再提醒我们，莎士比亚根本就是一位职业戏剧家，这个说法却受到爱默生的精巧嘲讽："这些魔幻伎俩是他为我们戳穿有关演艺生涯的幻觉所做。"我仅能猜测爱默生会对当今的文化唯物主义者和新历史主义者说些什么，但其《典范人物》(1850)中的《莎士比亚，或那位诗人》一文已经对此做了适当的批评：“莎士比亚是自己唯一的立传者；即使他实际上也无可言说，除了对我们心中的莎士比亚。”弥尔顿的莎士比亚特征存在于撒旦内心最深沉处，即他对自我的某种吞噬力量的忧虑。弥尔顿是怎样得到吞噬者的幻象的呢？

这种溯源的复杂性就在于，撒旦既是伊阿古又是被毁的奥赛罗，既是爱德蒙又是疯狂的李尔，既是受赞誉的又是受贬责的哈姆莱特，既是濒临杀君边缘的又是迷惘于谋杀后困境的麦克白。弥尔顿舍弃卢西弗而突出撒旦的做法显示了他成熟的一面，也许是他在不知不觉中违背所愿而更接近了莎士比亚。卢西弗不论遇到什么挫折，决不会因一时的焦虑和性妒忌而痛苦，而这却是撒旦心中最消极之处。撒旦对时间的困扰来自麦克白；而莎士比亚之后所有重要的性忌妒受害者，如弥尔顿、霍桑或普鲁斯特作品中显示的，都难以完全摆脱莎氏的影响。在莎氏之前很少有消极能量的表现，在他之后只有陀思妥耶夫斯基的虚无主义中跳动着类似的能量，就如在《失乐园》中撒旦身上所体现的那样，但是，再也不会有弥尔顿式的崇高气势了。

比较伊阿古和撒旦各自表现怀旧情绪的两段话可以看出，两者都是在“我画出了这一夜景，这是我的杰作”这种原则之上的微妙变体。第一段出自伊阿古的幻想，在第三幕第三场中的三百二十一至三百三十三行，这一宏伟场景开始于爱米利娅的退场，她受遣去拿苔丝德蒙娜的手帕，但它却因已经溃败的奥赛罗上场而有了一个辉煌的间隔：

我要把这手帕丢在凯西奥的房中，
让他看到。无足轻重的琐事
对忌妒者说来却如强烈的证明，
像《圣经》上的证据；这也许有用。
摩尔人已中了我下的毒有了转变：
险恶的用心原就包含毒汁，
初次品尝不觉难吃，

但只要它稍入血液，
就会像硫磺那样爆燃。

（奥赛罗上）

我确实说过这样的话。
你看，他来了！罂粟、曼陀罗，
还有世上一切催眠的药浆，
都不能使你安享甜美的入睡，
就如昨日你经历过的那样。

和这一段相对照的是伊阿古的信徒撒旦在第四卷第三百六十六至三百八十五行中的类似表现，当时他正如窥视狂一样盯着浑然不觉的亚当与夏娃：

啊，温良的一对，你们绝不会想到
变故已经临近，所有这些欢乐
都要消失，你们还要遭到厄运，
今日的欢乐越浓烈，那灾祸越深重；
虽有幸福，这幸福却
难保长久，你们在天堂中的尊位，
难以防止这个敌人的闯入；
但我此来别无所求，
只为怜悯你们的孤独
虽然我自己无人怜悯：我寻求互助
和你们彼此亲善、坦诚无间，
你我必得相邻共处，
自今以后；我的住所也许少些乐趣，
不如你们这乐园仙境让你们欢欣，

但你们要领受造物主的创造；他给了我，
我也乐于给人；地狱会敞开
她的大门，让你们二人入内娱乐，
还要请来她所有的君王；那儿宽敞无比，
绝不像此处十分局促，
你们在那里会得到众多子孙。

不管那“内在的人”是否出自路德于1520年提出的“基督教自由”的观念，伊阿古的胜利在于他是在剧情发展中间就让奥赛罗的内在的人崩溃了，撒旦则一边品味着即将到来的胜利，一边又幸灾乐祸地对待亚当和夏娃最后的一点内心自由。没有受害者内在和外在的高贵，伊阿古和撒旦的得意就达不到那种令人惊叹的程度。上面两段诗句都表现了虚无力量的崇高，并把所勾画的夜景中的审美骄傲同那被毁或将要被毁的伟大操守所引发的施虐受虐式怀旧联系起来。撒旦的先驱伊阿古对自己的杰作沾沾自喜，撒旦却仅仅表示了一点伪善的悔恨。伊阿古的优势是必然的，因为他的所作所为更接近于纯粹的审美家。在伊阿古的吟唱中你能听到约翰•济慈和沃尔特•佩特的声音：

罂粟、曼陀罗，
还有世上一切催眠的药浆，
都不能使你安享甜美的入睡，
就如昨日你经历过的那样。

与此相反的是，你从撒旦那里只听到政客式强制联姻的戏拟口吻：“彼此亲善、坦诚无间”。

这种从戏剧批评家到政客的转变让人黯然无语，并使我们懂得了，我们企望撒旦能有更多的伊阿古式才能与虚无主义。但弥尔顿要怎么做呢？乔叟的赎罪券商具有真正精神上的虚无主义，但是这一特征没有被充分地发展，直到莎士比亚敏锐地发现如何赋予马洛式反派主角以更内在的狂野非道德性为止。

社会和历史运动同样作用于莎士比亚及他的同时代人，他们与《奥赛罗》、《李尔王》和《麦克白》等剧的作者在这方面不相上下，但莎氏显而易见更多地运用了人物的内在心理活动。莎士比亚知道如何恰当地运用和转变乔叟与马洛的艺术，但是包括弥尔顿和弗洛伊德在内的所有人，都不知道如何恰当地运用莎士比亚而不是为他所用，或者说，不知如何将如此宽广博大的东西转化为完全个人的东西。

# 8 | 萨缪尔·约翰逊博士：经典批评家

西方文学批评可以追溯至数个源头，包括亚里士多德的《诗学》，以及柏拉图在《理想国》里对荷马的攻击。我倾向于以布鲁诺·斯奈尔的《心灵的成长》为准，因为那本书高度赞扬了阿里斯托芬对欧里庇得斯的激烈攻击。看起来冷酷却有道理的是，一种智性活动应该出自有意的闹剧，而现在它正消亡于无意的闹剧之中，这些闹剧正由一群糟踏教育机构的当代"政治"和"文化"批评家们在上演着。不对一位经典的批评家做出适当的评价，人们就无法为西方经典唱一曲完整的挽歌，他就是萨缪尔·约翰逊博士，各民族中空前绝后、无与伦比的批评家。

约翰逊与本书研讨的另两位散文家蒙田和弗洛伊德的共同点，要少于后两人之间的相似处。怀疑主义或伊壁鸠鲁式性情会引起约翰逊的恼怒；他是名副其实的保皇党、基督徒和古典主义者，他不像 T. S. 艾略特在渴求这三重身份时有着相当糟糕的信念。约翰逊博士就没有坏信念的问题，他既善良又伟大，而且又具有最清新和最狂野的陌生性。我这样说不仅仅指他的独特或古怪的（虽然也是高尚的）个性，如我们从最精彩的文学传记，鲍斯韦尔的《约翰逊传》中所得知的那样。约翰逊是创造力很强的诗人，曾写过一部杰出的散文传奇《罗塞拉》，但是他的所有作品，尤其是文学批评，基本上属于智慧文学。

像他真正的先驱，也就是希伯来圣经中《传道书》的作者一样，约翰逊是令人不安和非常规的，是一位非常独特的道德家。约翰逊之于英国，犹如爱默生之于美国，歌德之于德国，蒙田之于法国：他们都是民族的圣贤。但是，约翰逊和爱默生均是原创性的智慧作家，尽管前者强调自己的道德观源自基督教、古典主义和保守观念。约翰逊也如爱默生、尼采或法国道德家传统一样，是一个杰出的格言家，正如霍加特指出的，他融道德与谨慎于一身。也许，最适合约翰逊的称号是文学与生活的经验性批评家。约翰逊比其他批评家高明的是，他表明了自我是唯一的方法，因此批评是智慧文学的一个分支。批评不是政治和社会科学，也不是性别崇拜和种族鼓噪，但这些却是西方大学里的现状。

批评家无论大小总难免出错，约翰逊博士也不例外。"《项狄传》不会传世"这句断言就是约翰逊做过的最糟糕的宣告，其他还有他对康格里夫《悲哀的新娘》中一段诗的过分赞誉，认为那诗连莎士比亚都比不过。我觉得在英语世界里，约翰逊比柯勒律治、黑兹利特、布雷德利或哈洛德•戈达德等人都更堪称莎士比亚的最佳阐释者，因此约翰逊的上述失言特别奇怪。可以为解的是，康格里夫的作品实在平庸，与他自己的散文喜剧杰作毫无共同之处。康格里夫对一座寺庙墓地的描述似乎激发起约翰逊对死亡的某种敬畏，这与他敬畏上帝的思想差不多。在鲍斯韦尔的《约翰逊传》中有一段话是理解约翰逊的核心：

> 他对这可怕的变化总的说来充满了阴郁的感受。他的心灵好比罗马巨大的斗兽场。他的裁决稳居中央，与那些忧烦的难题斗争着，好比一位强壮的角斗士对付那些关在四周囚洞里随时准备向他扑来的野兽。在一番搏斗之后，他把它们逐回洞中，但并不杀掉它们，尽管它们还在攻击他。我提出是否要放松心态面对死亡的问题，他带着激情答道："不必紧张，先生，随它去。一个人要紧的不是如何死去，而是如何活着。死亡之际无关紧要，它只是短短一瞬。"接着他又带着急切的表情补充道："人知道这必然的结局，而且只能顺应，抱怨毫无益处。"

约翰逊的立场实际上呼应了蒙田的观点，但效果却大相径庭：蒙田没有约翰逊的那种焦躁激情或极度狂热。作为一位自主的思想家（这也是他对弥尔顿的赞词），约翰逊避免了神学沉思，但又难免对人类理解终极真理的局限感到焦虑。“希望与畏惧”是约翰逊常用的并举，没有哪位作家像他那样对各种终结十分敏感：事业的、文学作品的以及人类生活的。约翰逊的终极焦虑和文学批评观念之间有一种复杂关系。与 T. S. 艾略特不同的是，他做出的审美判断不依赖宗教的理由，约翰逊对弥尔顿的政治观和精神性都大为不悦，只是《失乐园》的感染力和原创性让他折服，尽管两人有着思想意识上的差异。

在评论弥尔顿、莎士比亚和蒲柏时，约翰逊在各方面都显示出一位智慧批评家应有的品质，他直接针对作品的成就给予充分的回应，在批评中充分展示出自我。我想不出还有哪位重要的批评家能像他那样意识到他所谓的“人心的背叛”这个问题，尤其是批评家的人心。这一引文出自《漫步者》第九十三期，约翰逊在其中第一次严肃地认识到，对“健在的作家应有一份宽容”，但他又提醒说，这份宽容不是“普遍必需的；因为写作者可被视为一般的挑战者，每一个人都有权对他进行攻击”。这种视文学为竞技的经典观念，据约翰逊所知，完全是古典的，由此还引出一段精彩论述，并成为约翰逊的批评信条：

> 不论对当代人的判定是什么，他知道这些人人心的背叛，并想到了我们常常会以追求典雅和得宜为借口来满足自己的骄傲和忌妒，但他自己不太会受到干扰；他们这些人不应享有免受批评的特权，也不会因为批评而难受，他们留存下来的只有自己的作品和名字。对这些作者，批评家无疑有充分的自由进行严厉的评论，他危害的只是自己的名声，他也会像埃涅阿斯在炼狱里拔剑出鞘那样，面对的全是刀枪不入的幽灵。他或许会对已有的名气略表敬意，但那仅是为了自己的安全而显示的尊敬，其他各种动机如今已不复存在。

这里的“竞技”一词已上溯到了它的源头，那出色的反讽提示批评家，他在地狱里拔剑相向的幽灵正是他无法伤害的作者。不过，对那些最大的幽灵如莎士比亚、弥尔顿和蒲柏等人怎么办呢？“从批评到自然之间总是有着某种吸引力”；这里的“自然”意指莎士比亚，此论被沃尔特•杰克逊•贝特看作约翰逊所有批评作品的座右铭或起点，因此也强调了约翰逊作为经验批评家的地位。评价想象性文学的终极标准是智慧而不是形式，而莎士比亚为约翰逊提供了批评的最高检验：一个人如何对西方经典的核心人物做出适当的反应？

约翰逊论述莎士比亚可以说是从早期《〈莎士比亚作品集〉序言》(1765)中的一句名言开始的："除了表现普遍的自然以外，没有任何事物能够长久地取悦众人。"约翰逊的追求是为莎士比亚式的模仿自然确立公正的评价，在这方面没有人比他做得更好。"在其他诗人的作品中，一个人物更多地表现为一个个体；而在莎士比亚作品中，他的人物常常代表了一类人。"显然，约翰逊不是指伊阿古和哈姆莱特缺乏个性表现；相反，他们的个性因为集中地表现了一种生活价值体系而得到确认和加强，这种体系是构思的延伸，我们在生活与文学中很难设想一位不带一丝哈姆莱特色彩的个人魅力型知识人物；或者说，我们也难以想象一位邪恶的天才，一位以算计人而不是以运筹文字为乐的审美家，不会被按照伊阿古的邪恶名声进行评价。莫里哀显然不知道莎士比亚为何人，但《恨世者》中的阿尔西斯特却令人想起了哈姆莱特。易卜生当然是知道莎士比亚的，所以他笔下的海达·嘉伯乐堪称伊阿古的后代。莎士比亚对人类天性的掌握不容怀疑，所以莎士比亚之后的一切人物形象都在一定程度上带有莎士比亚的影响。约翰逊敏锐地注意到，其他每一位戏剧家都倾向于让爱情成为一个普遍的因素，莎士比亚却不然：

> 爱情只是许多激情中的一种，而且它对整个生命的影响不大，所以它在诗人的戏剧中没有多大作用，诗人从活的世界中捕捉思想，然后按自己所看到的模样展示出来。他知道任何其他激情，不论是正常的或过分的，都是幸福或灾祸的缘由。

谁对本能冲动(drive)在莎士比亚作品中的作用解释得更准确，是约翰逊还是弗洛伊德？弗洛伊德对《哈姆莱特》、《李尔王》及《麦克白》等剧的评论，至少给予了为满足性欲(尽管被压抑)所作的争斗与权力之争同样的地位。约翰逊和莎士比亚未必会赞同此论，而且莎剧中的本能冲动或激情更为复杂和丰富，简直就是多种激情的综合，远远超过弗洛伊德所能允许，在三大悲剧中尤其是如此。我们可以觉察到，约翰逊自己的本能冲动虽与极度压抑的性欲有关，却完全是莎士比亚式的，流露出追求不朽的诗的意志，这在约翰逊写给鲍斯韦尔的一封信中（1763 年 12 月 8 日）令人难忘却又消极含蓄地以反讽口吻表现了出来：

> 也许在每一颗已知的心中都潜藏着与众不同的愿望，它使每一个人先是希望，然后是相信，自然已赋予了他独特的东西。这种虚荣感会使一个心灵滋生厌恶，又使另一个心灵激发欲望，直到艺术提升它们超出原有的力度，并且随着刻意而为渐渐变成习性，它们最终牢牢控制了当初鼓励它们显现的人。

这段话当然也有自我批评之意；它不也是对莎氏人物如麦克白的恰当解释吗？要求出众的欲望显然成了寻求隐喻的动机，也是造就诗人的本能冲动。它不也使莎剧的男女主人公、恶棍或反派主角都具有了活力吗？约翰逊在为莎剧所写的序言中说："如此丰富和普遍的人物是难以区分和保留的，也许没有一位诗人能够把他的人物彼此区分得更为清楚。"台词的个性化，即适合于人物的恰当台词，是莎士比亚的奇迹之一，约翰逊精明地运用了这一点来对他自己希望出众的欲望作了分析。我所奇怪的是，约翰逊坚信莎士比亚基本上是一位喜剧家，却勉力写作悲剧，这大概是为了寻求更多的与众不同：

> 他在悲剧里总是力争写出喜剧性场景来，但在喜剧里他似乎悠闲奢侈，沉浸在与自己天性相投的思考方式中。在他的悲剧场景中总会有一些欠缺，但他的喜剧超出了预期或愿望。他的喜剧以思想和语言娱人，而他的悲剧大部分以事件和行动见长。他的悲剧似乎出于技巧，而他的喜剧则出于本能。

莎士比亚戏剧基本上是从喜剧、历史剧一直发展到悲剧和传奇剧的（用我们的术语来说)，这对约翰逊的观点既是反驳又是支持。谁能说《李尔王》属于技巧而《皆大欢喜》却出自本能呢?从某种意义上说，约翰逊在这里既说的是莎士比亚也说的是他自己，但约翰逊强调莎士比亚是“自然的镜子”，这一说法是恰如其分的。更有趣的是，约翰逊显然偏爱福斯塔夫而轻视李尔，这一定与约翰逊的焦虑有关，即莎士比亚“似乎在写作时并无任何道德目的”，这种焦虑我们今日已不再认可了。不过，正如贝特所表明的，约翰逊式的焦虑具有真正的批评力量。莎士比亚不会沉溺于“诗学正义”，这是约翰逊的一个遗憾，因为约翰逊本人深具善意，并确实畏惧悲剧和疯狂。莎士比亚和斯威夫特一样，都使约翰逊感到不安，他也许是把李尔王的疯狂视为自己可能会发狂的某种预言。作为一位杰出的天生讽刺家，约翰逊却极力避免写讽刺作品，这当然会让他的诗人地位受损，我们也对他的诗才知之甚少。李尔的愤怒使约翰逊情不自禁地受到了感染，他对此剧的一般观感也是充满了激动之情的:

> 李尔的悲剧是莎剧中理当受赞赏的，也许没有哪一部剧作如此强烈而持久地吸引人们的注意力，如此深刻地激发起我们的情感并吸引我们的好奇心。独特有趣的艺术复杂性，对立人物的突出矛盾，命运的突然变化，事件的快速发展等等，无不使心灵充满了永久的骚动，产生义愤、怜悯、希望等情绪。没有一个场面不促使忧患加剧，动作进行，也没有一行戏文不有助于剧情的发展。诗人的想象激流如此有力，以致心灵一旦卷入，便不由自主地奔腾跳跃。

我们听得到一个有力的心灵在抗拒着那最强大的心灵，但无可奈何的是约翰逊已被卷入了莎士比亚想象力的激流之中。约翰逊只有在最为背离自己意愿时，才能成为一位强力的和真正的批评家，于是人们发现，那麻烦的隐喻“独特的”再次出现在“独特有趣的艺术复杂性”中。对约翰逊说来，与众不同既是成功也是虚荣。在莎剧世界里，那只是成功，它超越了诗学正义、善与恶、疯狂与虚荣等等观念。在约翰逊以前，没有人如此表述过莎士比亚那独一无二的压倒性的表现力量，他以敏锐的措辞指出莎士比亚的本质就是区分的艺术，使之与众不同，创造出千变万化。悲剧对此种艺术并不陌生，这是约翰逊当然知道的。莎士比亚的灵魂博大无比，在约翰逊的灵魂中发现了最博大的批评之镜，这是一面会发声的镜子。这是一位经典批评家在解说一位经典诗人，我发现约翰逊评论莎士比亚的精髓是在其《〈莎士比亚作品集〉序言》一个特别而简短的段落中，“与众不同”再次成为一种关键的隐喻，成为批评家与诗人的共同点：

> 虽然他遇到许多困难，而克服困难的援助又那么少，他还是能够获得众多的生活形态与各种自然天性的真切知识；使它们千变万化，突出它们的与众不同之处，在适当的结合中充分展示它们的全貌。在他的这一表现上，他无可仿效，却成了所有后来者的仿效对象：也许人们会怀疑，所有的后继者能否提供更多的理论知识原理和实践审慎规则，超过他一人所贡献给国家的。

这段话含义太多，所以我们应该站远一点以便看清约翰逊的见解，听清他赞美莎士比亚所引起的回响。“理论知识”或可称为“认知意识”；而“实践审慎”也是一种智慧。如果莎士比亚曾获得了“真切知识”并展示了全貌，他所取得的已经远远超过了哲学家。莎士比亚几乎无所承袭，他作为原创者建立了所有后来作家必须维系的某种偶然性。约翰逊认识到了这点并告知我们：莎士比亚确立了衡量以后艺术表现的标准。洞知众多的生活形态和各种自然天性不能离开艺术表现。莎士比亚随多样性而变化，人物的出类拔萃是其标志，并展示在全景式的画面之中。变化、标志和展示就是洞知，所知者即我们称为心理学的东西，这正如约翰逊所暗示的，莎士比亚实际上是心理学的开创者。如果这就是向自然举起一面镜子，这面镜子确实是非常活跃的。

在《漫步者》第四十一期中有一篇约翰逊短小的杰作《论一位朋友之死》。这篇小文发表于1759年1月27日，此时他的母亲刚去世数日。作为基督徒的约翰逊谈到了重聚的愿望，但是他文中的语气和阴郁情绪充分显示出，他全然接受了现实原则并要与必然的死亡交友，我们也能更自然地从怀疑主义者蒙田和弗洛伊德的作品中发现这类情绪，对他们来说，宗教只是一种幻觉。在关于幸存者的心理学上，约翰逊是难以被超越的：

> 这些灾难由神逐渐加之于我们，使我们不再热爱生活。对于其他的邪恶，毅力可以驱逐，希望可以减缓，但不可恢复的丧失却让决心和期望都无可作为。死者不能复生，留下的只有消沉和哀伤。

与这段独特的短文相比，约翰逊对信仰的断言与其说虚弱，不如说矛盾和勉强。作为一位经验主义者和自然主义者，约翰逊见识精辟，决不会轻信什么。他对意识本身有一种难以平息的热情；他需要更多地生活，一直到尽头。即使鲍斯韦尔从没有写过《约翰逊传》，我们也会记住约翰逊的个性，因为它就隐含在他所写和所说的每一件事中。这种批评家的个性会受到我们时代各种形式主义或当前文化唯物主义的反对。不过，当我想起那些最令我佩服的现代批评家，如威尔逊•奈特、燕卜荪、诺斯罗普•弗莱、肯尼思•伯克等人时，我首先想到的既非理论也非方法，更不是阅读。首先出现在脑海中的是各种热烈多彩的个性表达：奈特坦诚引述降神之事，燕卜荪宣称《失乐园》中高度的野蛮性几近阿兹特克人或贝宁人，弗莱欣然把艾略特对文明衰落的新基督教式解释说成是"伟大西方的黄油倾覆式神话"，伯克运用爱默生关于透明眼球的意象来整合I、aye和eye这三个词。约翰逊博士比其他批评家更强的地方不仅在于其认知力、学养和智慧，而且在于他的文学个性耀眼夺目。

这位忧郁的死亡沉思者的另一面是幽默的批评家约翰逊，他教导批评家们不应该严厉、自负或傲慢。在《诗人传》这部重要批评著作中，约翰逊介绍了五十位主要由书商（出版商）选中的诗人，包括不入经典之列的诗人彭弗瑞特、斯普拉特、雅尔登、多塞特、罗斯科蒙、斯泰普尼和弗尔顿等人，对如今许多被草草封为经典的蹩脚诗人以及初出茅庐的狂徒来说，这些人堪称先驱。雅尔登可以作为古今此类狂人的代表。约翰逊指出，雅尔登以亚伯拉罕•考利（如今除专家外已无人记起此人）的风格试写了一首品达式颂歌，"他一心以考利为榜样，也试图与之竞争，但他写的《黑暗颂》显然是考利《光明颂》的翻版”。

不过，倒霉的雅尔登终究会被人遗忘，只有《雅尔登传》中结尾一句精彩的约翰逊式表述还值得记忆：“他的其他诗作足可让人细读再三，尽管它们仍缺少精雕细琢，韵律有时颠三倒四，但他的毛病更多地是缺少悠闲，而不是忽视热情。”

这段话似乎已说尽了不幸的雅尔登，但这还不算那位小诗人引起大批评家所做的最好评论。雅尔登也试图写过自己的《生命颂》，其中为了回应新创光明的突然出现，他让上帝也一时无措：“全能的上帝惊诧地站立了一会儿。”约翰逊对这句话的评语是：“他理应记住，无穷智慧决不会惊诧，一切惊诧都是新奇之事作用于无知的后果。”

《诗人传》这部杰作在论述约翰逊的前辈蒲柏时最为有力；还有关于低劣诗人兼出色言谈者理查德·萨维奇的部分，约翰逊早年居住在伦敦时曾与此人共度波希米亚式的寒士街生活；对于弥尔顿，约翰逊既厌恶又极为夸赞；德莱顿从某些方面来说则是约翰逊的先驱。在那些文章中也有一些重要的著名片断是论述考利、沃勒、艾迪生、普莱尔、斯威夫特、扬及格雷等人的，还有数页对约翰逊的朋友、疯诗人威廉·柯林斯的评价。这部融诗歌评论与文学传记于一体的著作在英语世界中无可匹敌。和约翰逊的其他文学评论一样，阐释和传记很难彼此区分开，例如《漫步者》及《闲谈者》中的文章，《罗塞拉》中的若干部分，莎剧的序言和注释，以及很多由鲍斯韦尔《约翰逊传》所引用的段落等。

约翰逊也许不会相信（我却相信）爱默生所说的“确切地说没有历史，只有传记”，但实际上约翰逊所写的就是传记批评。当传记几乎无处可寻时，如莎士比亚的例子，约翰逊展示了本质上的传记历史是怎样一种精巧的形式。对约翰逊来说，传记的基本重点始终应放在个性上，所以他认为关键问题是原创性、创新及对自然和其他诗人的模仿。和我一样关注影响的批评家必然要向约翰逊学习，他隐约地理解为什么自己的重要诗篇只限于《伦敦》和《徒有其志》，这两篇作品都十分出色，却说不上已发挥了他的全部潜力。他对蒲柏之完美的感觉妨碍了他取得更多成就；他赞颂蒲柏，却避免创造性地误读这位高雅的诗歌之父，其气质与约翰逊相差甚远。

T. S. 艾略特与约翰逊相比只是一位小批评家，他通过在《荒原》中改写丁尼生和惠特曼而成为强力诗人。约翰逊力图削弱新古典主义传统代表人物本•琼生、德莱顿和蒲柏等人的继承者，而支持奥利弗•哥尔德斯密斯和乔治•克雷布等人。我迄今感到迷惑的是，为什么好斗的约翰逊不愿与蒲柏一决高下，因为只有他绝对适合这么做。这两人的关系更像安东尼•伯吉斯和乔伊斯之间的关系，而不是贝克特与他一度的宗师之间的关系。我激赏伯吉斯的《唯一的太阳》(1964)，不过它是不加修改地巧妙模仿了《尤利西斯》。即使早期的贝克特在他自己喜乐的小说《墨菲》中也表现了对《尤利西斯》高度创新性的误读，并从中摆脱出来，为了自己的目的而开始了漫长的发展，这一发展经历了《瓦特》和伟大的三部曲(《莫洛伊》、《马龙之死》和《无名者》)，直到他摆脱了乔伊斯的影响写出了成功之作《如此情况》，以及他的三部主要剧作。作为诗人，约翰逊不求伟大，尽管他在《徒有其志》中已显露其伟大。作为批评家，约翰逊却不可限量，并超越了所有前辈。鲍斯韦尔并没有向我们解释这一难题。问题并不在于《徒有其志》的感染力，而在于它的独特性；约翰逊知道它的建树有多大。但他为什么不继续下去呢？

在英语世界里，我想不出还有哪位诗人具有约翰逊的才能却有意拒绝重要诗人的地位。爱默生与华兹华斯诗作之间的关系一如约翰逊和蒲柏诗作间的关系，而爱默生也像约翰逊一样选择了另辟蹊径写作散文。不过，即使算上爱默生最好的诗作如《酒神》、《日子》和《查林》颂诗等，他也比不上约翰逊《徒有其志》的厚重和光彩。约翰逊在完成这部作品之后就倾其才华于批评和对话而不是诗。他难以自禁地喜爱莎士比亚，这与他渴望"诗学正义"和改善人类道德略有矛盾。但蒲柏比德莱顿更为约翰逊所偏爱；他全心热爱蒲柏，甚至认定蒲柏所译的《伊利亚特》是"任何民族与时代都不可以妄加比拟的成果"，这一成果确实"可以说是改变了英国语言的品质"，包括约翰逊自己的语言。

受到这一大言吹捧的译本如今已无人问津，但我们也知道了约翰逊对蒲柏最高成就之一《愚人国》的极度偏爱远胜那广受称誉的《人论》。约翰逊斥责后者为"知识贫乏、情感庸俗，却又空前地被轻松的风格掩饰了。读者虽然从中一无所得，却会觉得满心充实；当他遇到以新面貌出现的旧作时，就再也辨不出妈妈和奶娘的言谈了”。

约翰逊深知自己的智力、学识和才情都高于蒲柏。那究竟是什么妨碍了他，使他不愿全力以赴地以诗人为持久职业呢？他对蒲柏诗才的解说显然提供了部分答案：

> 蒲柏具有构成天才的一切素质，这些素质又恰如其分地彼此协调相处。他具有创造力，写出了新的事件系列并展示了新的想象场景，如在《劫发记》中所表现的；外在的和偶然的修饰和说明都与已知主题联系起来，如在《批评论》中所显示的。他具有想象力，这强烈地影响了作者的心智，使他能够传达给读者各种各样的自然形态、生活插曲及情感力量，就如他的《艾洛依莎》、《温莎森林》和《道德信札》所包含的。他具有判断力，能够从生活或自然之中选择当下目的所需求之事；并通过区分事物的本质与效果而常使再现比现实更为有力：他始终能随手运用语言的万千色彩，能随时以雅致的表达装点每一题材，正如他使自己的语言符合荷马史诗中奇妙多姿的情感与描摹那样。

我唯一要质疑的是最后一项能力，即判断力，以及它在蒲柏译本《伊利亚特》中的表现；不过我也衷心赞同他对《劫发记》中的创造力和《道德信札》中的想象力的推崇。

因为约翰逊对蒲柏情有独钟，所以他在总结这位诗人的情况时难免有夸大之嫌：

> 其他人可以制造出新的情感与形象；但试图进一步改进措辞方法则会很危险。艺术和勤奋已尽力而为，需要增加的只是努力应付烦琐的杂事和多余的好奇。
>
> 除此以外还有最后一个老问题：“蒲柏算是个诗人吗？”对此做出回答肯定很肤浅。不过我们可以反问：“如果蒲柏不是诗人，那诗歌又何在呢？”以某种定义来限定诗只会显出定义者的狭隘，虽然把蒲柏排除在外的诗

歌定义实在难以获得。让我们环顾当今回溯以往;让我们探究那些被一致授予诗歌花环的人;让他们的作品受到检验,让他们的宣言表达出来,于是有关蒲柏的各种争议将会平息。如果他给予人世的仅是译本,他也理应获得诗人之名:如果《伊利亚特》的作者要评价他的后继者,这位译者定能获得很高地位而无需展示其他的天才证据。

人们在这里会遇到某种困惑。约翰逊教条的一面使他认为,新古典主义的对句是诗歌形式的最终完美规范。为什么这样一位怀疑主义的经验批评家和渊博的学者竟然如此崇拜蒲柏公认的完美技巧,这一点我实在不能理解。约翰逊熟记了蒲柏和德莱顿的成千诗句,以及弥尔顿的少量作品,但他知道(如他们一样)这些诗句缺少弥尔顿的气魄,更遑论莎士比亚的超卓了。约翰逊推崇弥尔顿的优点而不是坏名声,但他对莎士比亚并无类似的矛盾感受。约翰逊肯定从未认同于荷马/蒲柏的阿喀琉斯,他却出色地引福斯塔夫爵士为同类。难以确认《徒有其志》是否在技巧上超过了蒲柏。值得强调的是,约翰逊正是他所赞扬的弥尔顿那样的人物,一位自主的思想家,而蒲柏的名声却并非仅仅来自约翰逊的溢美之辞。蒲柏是一位大诗人,但他绝不能与莎士比亚和但丁相提并论,因为读但丁和莎士比亚就是在读诗歌本身;断言荷马会赞赏蒲柏的《伊利亚特》也有点奇怪的。这几乎会招致布莱克的愤怒反应,抨击他的蒲柏式赞助者,即那位蹩脚诗人威廉·哈利,还有蒲柏本人:“因为哈利在浴室中见到了肥皂/大叫是蒲柏让荷马更加美好。”

最吸引约翰逊的是蒲柏的艺术性,或如约翰逊所说的蒲柏的“诗的谨严”,而罗伯特·格里芬则将这一奇怪说法看作是“蒲柏独特地融合了天赋与勤奋”。约翰逊关于自己的神话之一是相对于蒲柏之勤勉的懒惰;但他指的是自己心灵的不安分和无耐心,这与蒲柏的深思熟虑有所区别。约翰逊一向以畏惧自己心灵著称,似乎他会成为自己想象力的受害者,好比莎剧中麦克白经受的想象力危险泛滥的最惊人景象。约翰逊可称为他的诗歌之父蒲柏的孝子,而缪斯却在诗人的家族罗曼司中寻求矛盾纠葛。《诗人传》中隐含着强烈的悲伤,体现了劳拉·昆尼所说的对“文学空间俄狄浦斯化”的质询。面对犹如拉伊俄斯的亚历山大·蒲柏，约翰逊宁可逃离十字路口也不愿不孝。也许，约翰逊太善良而不能成为一位大诗人，但我们不应为他的顾虑而抱憾，因为我们现在了解到他既是一位伟大的人，也是最伟大的文学批评家。

约翰逊有意为之的经典批评有其宗教政治的和社会经济的动机，但我欣然看到他在《弥尔顿传》中置自己的意识形态于不顾。今日信奉“批评与社会变革”的信徒们应该依次去读读约翰逊和黑兹利特对弥尔顿的评价。对一切有关宗教、政治、社会和经济的问题，托利党人约翰逊和激进反对派黑兹利特是截然对立的，但他们同样赞赏弥尔顿的优秀品质，两人的论述都令人难忘，尤其是以下一段黑氏的评论：

> 弥尔顿借鉴的比任何其他作家都多，他也遍览了一切可资模仿的材料，不论是神圣的还是渎神的；但他与其他作家的区别也是不容置疑的。他写过史诗，原创性并不逊于荷马。他的心灵力量在每一诗行上打下烙印。……我们在读其作品时会感到自己处在一个强大智慧的影响之下，它和别的智慧越接近就越显出其独特的品质。……弥尔顿的学识有着直觉的效果。

莎士比亚是唯一的例外，正如我在追寻弥尔顿的撒旦形象中莎士比亚的持久影响时所表明的。黑兹利特对我来说似乎是英语批评家中仅次于约翰逊的，而他并不喜欢后者。但约翰逊评论弥尔顿的文章已经预示了黑兹利特的看法：

> 原创是对天才的最高赞誉。……在所有以荷马为师的人中，弥尔顿也许负欠最少。他天生是一位自主的思想者，相信自己的能力，不屑他人的帮助或阻挠：他坦言自己受惠于前辈的思想和形象，但他从不刻意寻求这些。

两位批评家都在弥尔顿作品中准确地发现了某种使学识转化为直觉的力

量：创造的力量，这被约翰逊视为诗歌的精髓。约翰逊的忧郁气质虽然让黑兹利特感到疏远，但也教他更加珍视创造力，因为治疗忧郁涉及到持续地发现和再发现生活的各种可能性。约翰逊比我所知的任何其他人都懂得，任何对死亡的预期，特别是对自己死亡的预期，都令人难以忍受。说他的批评就是基于这一理解毫不为过。约翰逊认为人类存在的基本法则不会变化：人类天性不愿直面将要来临的死亡。约翰逊赞扬莎士比亚，说他笔下人物的言行都受到人皆不能免的普遍激情的影响，而此时批评家首先想到的是那种逃避死亡意识的激情。1778 年 4 月 15 日，鲍斯韦尔在约翰逊六十九岁之时曾记下一段精彩而残酷的对话：

**鲍斯韦尔**："好吧，先生，我们必须欣然承认死亡是一件可怕的事。"

**约翰逊**："是的，先生。我没有尽力把它说成看起来不可怕的事。"

**诺尔斯太太**（似乎沉浸在善良而神圣的光明中，并享受着愉快的安详）："圣保罗不是说过：'我已为信仰酣战一番，该做的事我已了结；今后留给我的将是一顶生活的王冠！'"

**约翰逊**："是的，夫人，但这是一位受到神启的人，一位因超自然的干预而改宗的人。"

**鲍斯韦尔**："死亡的前景确实令人畏惧；但我们发现事实上死很容易。没什么人相信我们注定于某刻死去，相信此说的人则行事果决，好比一个将被吊死的人那样。他实际上并不想被吊死。"

**斯瓦德小姐**："惧怕死亡还有一种方式，这显然有些荒谬；即惧怕死亡只是一场无梦的快乐酣睡。"

**约翰逊**："它既非快乐也非酣睡，它只是虚无。仅仅生存本身就比虚无好得多，一个人宁可在痛苦中活着也比死好。"

约翰逊以下面的说辞结束了这段对话："这位夫人混淆了灭绝（即虚无）与对灭绝的畏惧感。正是在这种畏惧感中才存在灭绝的恐怖。"这位批评家的现实主义将此恐怖感与对疯狂的畏惧和对获救的希望联系了起来，但恐怖本身即超越了畏惧与希望。若要活下去，我们得从引发恐怖的意识中撤离。

约翰逊关于莎士比亚的最精微之论是他对《一报还一报》第三幕第一场中公爵“决绝赴死”一段宏论的评价：“你既不年轻又不年迈；/但就像餐后的睡眠，/同时梦见两种经验。”约翰逊论道：

> 这段想象十分精妙。我们年轻时忙于为将来盘算，反而忽略了眼前的欢乐；我们年迈时又以回忆年轻时快乐往事来消遣老来的无奈。所以我们一生中没有一刻充分利用过当下的时光，这如同餐后的梦境，早上的故事与晚间的设想融为一体。

这里的“餐”在莎士比亚和约翰逊那里都是指我们称为中饭的那一顿。约翰逊所看到的是，莎士比亚的精彩想象揭示出我们完全不能生活在当下一刻的处境；我们不是在展望就是在回想。约翰逊没有说出却暗示道，我们弃绝当下是因为我们必死于当下某一时刻。灭绝的恐怖是比喻的动机；尼采所谓的“与众不同的欲望和欲往他乡的愿望”都是因为拒不接受死亡而引起的。约翰逊认为，内心追求出众，包括文学上出类拔萃的欲望，其驱动力是相同的：逃避那想到死亡就令人眩晕的意识。

贝特有一个我所知的最为精辟的观点，即他强调没有任何其他作家比约翰逊更着迷于心灵就是行动的观念，这种行动除非被导向勤奋，否则将通向自毁或毁人。约翰逊揭示出，心灵对生存的渴望会变成一连串不同的形式，它是文学经典化的现实驱动力。黑兹利特反感约翰逊的忧郁并视之为非自然的情绪，这种忧郁或许可称为与黑兹利特的积极自然主义相抵触的消极经验主义。两位批评家都称赞福斯塔夫为莎士比亚喜剧精神的最佳表现，但是约翰逊更需要的是那种幽默所产生的安慰，这也使他完全违背道德意愿而欣然认同福斯塔夫其人。黑兹利特则和我们大家一样全心喜爱福斯塔夫；约翰逊与直至今日的一些不那么重要的道德家一样并不赞同福斯塔夫，但又无法抗拒他。

虽然约翰逊在道德上有所禁忌，但他还是被福斯塔夫深深打动并变得十分迷乱，几近不能自制：

但是，未经模仿而且无法模仿的福斯塔夫，叫我如何描述你？你既有见解又有邪念；你的见解让人称道却无尊敬，你的邪念让人轻视却不厌恶。福斯塔夫是一位缺点满身的人物，这使他当然地要遭到蔑视。他是个小偷、馋鬼、懦夫、吹牛者，动辄欺负打击弱小贫困者，恐吓污辱胆小无助者。他阿谀奉承且心术不正，对奉承过的人总在背后讽刺挖苦。他和王子熟识只是当他为一个邪恶的同伙，他因这种熟识而傲慢自负旁若无人，并认为连兰开斯特公爵也要借重自己。就这样一个腐败可鄙之人却成了王子的依靠，尽管王子也瞧不起他。他仗的是自己最讨人喜的性格，即永远无忧无虑，笑声热情有力，这不停的笑声让人更加放松，因为他的小聪明既不高尚也无大志，只是些轻浮的俏皮话供人解闷，虽有活力却不令人反感。必须注意的是，他并无重罪或血债在身，所以他的放纵危害不大，也许可以获得谅解。

这一表现教给我们的道德是，没有人比自甘堕落却又讨人欢喜的福斯塔夫更加危险；机智和正直都不应对此同伴感到安全，福斯塔夫诱惑亨利就是镜鉴。

我极力维护福斯塔夫，所以基本上不同意上述观点，但对约翰逊的同时代人毛里斯•摩根十分赞许，后者在《论戏剧人物约翰•福斯塔夫爵士》(1777)一文中为这个所有文学中最出色的喜剧角色作了辩护。据鲍斯韦尔说，约翰逊对摩根的反应是小声嘀咕：摩根下一个要证明的也许是伊阿古的道德风范了。不过，人们可以原谅约翰逊，因为他令人感动地认识到，福斯塔夫表现了“最讨人喜的性格，即永远无忧无虑”。

约翰逊始终非常需要这一性格，所以他在谈话和写作中常常引用福斯塔夫。他喜欢把自己描述成福斯塔夫，年老而无忧无虑，有着逐渐衰退又无时不在的活力。不论有无鲍斯韦尔的记载，这种活力始终存在于约翰逊的作品和人品中。这股力量能否继续影响我们尚不可知。不过，如果经典的价值被完全逐出文学研究，那约翰逊还会有读者吗？

如果不受意识形态羁绊的普通读者不再存在，那么约翰逊将会和其他许多经典一同消逝。不过，智慧不会轻易灭绝。如果批评在大学和学院里灭亡了，那它还会栖身他处，因为它是智慧文学的现代版本。我不忍为约翰逊博士唱挽歌，因为我自幼就视他为英雄，于是我在结束本章时要引用《〈莎士比亚作品集〉序言》中的一段话来献给他，以便我们再次听到由最杰出的批评家来论述最伟大的诗人：

> 幻想性创造的随意组合也许会娱人一时，因为我们由于厌烦平淡的生活而追求这种新颖性；但是突如其来的奇迹所产生的愉悦转瞬即逝，心灵只有在真理稳固的基础上才会得到安逸。

# 9 歌德《浮士德·第二部》:反经典的诗篇

在所有西方伟大作家中,歌德似乎最少引起我们的注意。我觉得这种疏远与其诗歌的拙劣英译关系不大。荷尔德林诗作的译文也欠佳,但他对我们大多数人的感染力超过了歌德。作为一位诗人和睿智的作家,荷尔德林堪称德语世界中的但丁,不过,他能超越平庸的翻译,却无法逾越生活和文学中的变迁,因为这些变迁使他的核心观念显得遥远而过时。歌德曾经是爱默生和卡莱尔的前辈,但他已不再是我们的祖先。他的智慧仍在,但似乎是来自另一个太阳系。

在德国,歌德没有任何与自己实力相当的诗坛前辈;从紧随其后的荷尔德林以降,歌德没有文坛上的对手,海涅、莫里克、斯特凡·格奥尔格、里尔克、霍夫曼或别出一格的特拉克尔和策兰等人都无法与他相比。不过,尽管歌德是德国想象性文学的真正始祖,但从西方的角度看,歌德代表的是一个终结而不是起点。埃内斯特·罗伯特·柯尔提乌斯在我看来是最杰出的现代德国文学批评家,他看到了欧洲文学有一个从荷马到歌德的连续传统。只是到了华兹华斯这位现代诗歌开创者时才越出了这一传统,华兹华斯还开创了从罗斯金、普鲁斯特、贝克特直到近期主要作家的一条审视自我内心的传统。歌德的生平年代是1749年到1832年,而华兹华斯的生平年代是1770年到1850年,这就使英国浪漫主义诗人成了这位德国圣贤同代人中的年轻者。英美诗人们仍在不自觉地重复着华兹华斯，但我们很难说歌德在当今德国诗坛有什么重大影响。

不过，应当指出的是，歌德的疏远对我们今日而言有一种巨大的价值，尤其在当下法国思想家们宣称作者已死以及文本霸权的时候。歌德的每一部作品尽管各不相同，但都带有他独特而强大个性的印记，人们对此无法回避或解构。阅读歌德会再次提示我们，作者之死只不过是个过时的高卢式比喻。歌德的一个或众多魔鬼总是出现在他的作品中，他麾下的魔鬼似乎要多少就有多少，这也增强了那永久的悖论：诗歌和散文既体现了一种古典的和几近普遍的时代精神，也表现了一种浪漫主义高度个人化的情绪。歌德作品中的逻各斯，或亚里士多德所谓的理式（思想内容），是唯一的弱处，因为奇异的歌德式自然科学在今日看来，似乎是对他超凡卓绝地理解的现实的一种不恰当概念化。当然这无伤大雅，因为歌德的文学才能和智慧即使在他的理性观念消逝之后仍会存在下去。

柯尔提乌斯巧妙地指出，"光明压倒黑暗的情景最适于歌德作品"。他还提示我们，歌德用"heiter"来形容这情景，但这个词与其做"欢乐"解，倒不如视为拉丁语"serenus"的同义词，后者意指无论是白天还是黑夜的无云天空。与后来者雪莱一样，歌德也在晨星中找到了个人的象征，但他不像雪莱那样是为了逐渐融入黎明的奇妙一刻。清明的歌德如今是我们性情上的一种负担，因为我们及我们的作家们都无法安宁。歌德的浮士德活到百岁，这一寿数也是歌德热切期望的。尼采教给了我们关于痛苦的诗学；他高明地坚信，只有痛苦才是真正值得怀念的。柯尔提乌斯在歌德那里找到了古代传统中的愉悦诗学，不过，一种清明的诗学好比万里无云的天空，它更接近于歌德的景象。

"关于生活的错误乃生活所必需"，尼采的这一重要见识是他（承认）得自歌德的诸多惠泽的一部分，歌德的诗歌理念集中在这样的复杂认识上，即诗本质上是比喻，而这种比喻又是一种创造性的错误。在其名作《欧洲文学和拉丁中世纪》(1948，英文版 1953）中，柯尔提乌斯结合了歌德关于比喻的两个精彩观点。在《西东诗集》的附录"注释与短文"里，歌德对阿拉伯诗歌中的比喻进行了评论：

对东方人来说，万物互相隐指，所以他惯于把风马牛不相及之事相提并论，乐于通过字母和音节的微小变化产生出相对立的事物。这里我们看到语言本身已有自我制造的能力，确实，当语言如此和想象碰撞之际，诗就产生了。接着，我们如果从最初的、必要的和基本的比喻开始，然后标明那些更随意和大胆的比喻，直至最终我们发现那些最大胆、最任意，甚至是最笨拙、常规和陈腐的比喻，我们就会对东方诗歌有了一个总的印象。

显然，这也是对诗歌的一般性比喻："万物互相隐指。"在他的《格言与反思》中，歌德提到自己真正的先驱（他唯一能接受的先驱，因为他以另一种现代语言写作）："莎士比亚有许多精妙的比喻，这些比喻出自拟人化的概念，也许根本不适合我们，但对他却是极为合适的，因为在他的时代，所有的艺术都为寓言所支配。"

这反映了歌德对"寓言"和"象征"所作的不恰当区分：寓言中"特殊事物只是作为普遍性的一个例子"，而"象征"或"诗的本质表现的是特殊事物，并不意指或联想到普遍性"。歌德还注意到莎士比亚"在我们不会去搜寻的地方发现了意象，如在仍被视为神圣之物的书本里"。比喻一本书为神圣之物在歌德相当无趣的意义上并不算寓言，但作为真正的象征方式它是寓言，在其中万物仍互相隐指。书的比喻显示出歌德这位诗人的最大抱负，即体现和扩展欧洲的文学传统，不为一些偶然之事阻挠，也不丢失自己的形象。

歌德这一特征由他在二十世纪的主要传人托马斯·曼做了最好的解说。曼以一种爱的反讽（或反讽式的爱）描绘了一系列出色的歌德形象，从论文《歌德与托尔斯泰》（1922）到三十年代的三篇系列论文（《论文人》、《资产阶级时代的代表人物》和《浮士德》），再到小说《绿蒂在魏玛》（1939），最后是二十世纪五十年代发表的《歌德畅想》。我们暂且不论《绿蒂在魏玛》，这些歌德形象中最杰出的是曼在歌德逝世一百周年时的讲话：《资产阶级时代的代表人物歌德》。对曼说来，歌德是"身为诗人的伟人"，是德国文化和个人理想主义的先知，但他首先是"个性的奇迹"，是卡莱尔所称的"神一样的人"。作为资产阶级的代表人物，歌德自己说过"概念与情感的自由交易"，这句话被曼解释为"典型地把自由主义经济原则转用于知识生活”。

托马斯•曼强调,歌德的清明是一种美学成就而不是自然天赋。在晚期论文《歌德畅想》中,曼赞美歌德“出色的自恋,过分严肃的自负,极其关注自我完善与启示及个人天赋的锤炼,这一切是‘虚荣’这个狭隘字眼无法承载的”。这一性格描写的迷人之处在于,它既是对歌德也是对曼自己的写照,这一段和1936年发表的精彩论文《弗洛伊德和未来》皆是如此:

> 歌德的模仿在维特及威廉•迈斯特阶段,以及《浮士德》和《西东诗集》的老迈时期,仍然能够塑造并神奇地铸就一位艺术家的生命——崛起于他的潜意识,以艺术的方式转变成一种欢笑、童心和深沉的意识。

在曼的歌德式模仿中,托尼奥•克洛格尔显出了维特的形象,汉斯•卡斯托普具有威廉•迈斯特的特征,《浮士德博士》以《浮士德》为准,《菲利克斯•克鲁尔》则源自《西东诗集》。歌德说“即使完美的范本也有恼人之处,因为它们会引导我们跳过成长的必需阶段,结果常常是我们漫无目标地做出无穷的错事”,曼对此的评论中有着刻意的回响。曼在好几处都引述了歌德的严肃和核心的问题,即他在晚年所提出的“一个人活着时,别人也活着吗?”这一问题隐含了歌德的两句著名箴言,这两者之间形成了一种晚来创造的辩证法:“只有将别人的财富转为自己的东西,我们才能产生出伟大的东西”;“实际上除了精力、力量和意志,还有什么可称为我们自己的东西呢?”

柯尔提乌斯所论的歌德是文学文化的完善者和最后代表,这一文学文化始于荷马,再经维吉尔到但丁,随后在莎士比亚、塞万提斯、弥尔顿和拉辛的作品中达到了高峰。只有具备歌德式魔鬼才力的作家才能集如此众多名家之大成而不会因此衰竭。我们如今感到困惑的是,虽然歌德具有活力与智慧,但他呈现给我们的最好抒情诗中却有一种过分完整的意识,这使我们难以相信在这些诗中我们能发现我们自己;这些诗作与华兹华斯的作品同样有力,却远不如后者感人。《激情三部曲》虽有非凡的修辞力量,却不像《丁登寺》和《神喻颂》那样是我们生存核心之所需。《序曲》说不上比《浮士德》高出一筹,但它似乎更有规范性。关于歌德的最大审美之谜不在于他的抒情和叙事成就，因为这两项成就都不容置疑，真正的谜在于《浮士德》，它在西方主要的戏剧体诗中是最为怪异和最难以同化的。

埃里希·赫勒机巧地写道："浮士德的原罪是什么？精神的不安现状。浮士德怎样才能获救？精神的不安现状。"这或是歌德式的混淆，或是歌德个人所理解的通过原罪获救的诺斯替观念；故此称其为混淆似不为过。赫勒将这看作更像是某种没有道理的含混性：

> 他无法描写的是人类精神的悲剧。正是在这里浮士德悲剧不能成功并变得不合情理地含混，因为对歌德而言，最终也不存在具体的人类精神。它从根本上来说是与自然精神同一的。

赫尔曼·维根尽管坦承"浮士德的获救极不正统"，但他将那异端式的救赎归因于主人公"张扬自己人格的不懈努力"，这显然也是歌德自己的追求。我觉得赫勒恐怕是正确的，因为浮士德并无个性或什么具体的人类精神，这也是我们理解此诗的难点之一。歌德最像荷马之处（或者不如说是对荷马的怪异戏拟）就是缺少任何人类精神的观念，而只有自然的力量和驱力。浮士德好比荷马的众英雄，本身就是各种力量冲突的战场。这就是他和哈姆莱特大相径庭之处，后者属于《圣经》中人类精神的传统。浮士德无法像哈姆莱特一样诉说自己心中正在经历着的一场斗争。相反，他的心智、他的心灵及他的感知都严格地相互区分，他自身恰巧就是这三者冲突的场所。

然而，歌德所写的毕竟不是荷马史诗而是德国的悲剧，尽管对《浮士德》而言"悲剧"这个词具有独特的意义。赫勒认为，浮士德的悲剧是他无力成就悲剧。荷马的阿喀琉斯是一位悲剧英雄吗？布鲁诺·斯奈尔、E. R. 多兹和汉斯·弗兰克尔向我们表明，即使阿喀琉斯这位最优秀的希腊勇士也基本上童心未改，因为他的智力、感情和感官印象没能整合起来。歌德身上具有荷马式的积极品质，但是浮士德似乎只表现出荷马式的童稚性格。俄狄浦斯和哈姆莱特在各自悲剧里成熟起来，相比之下浮士德仍然是个孩子。

这不能算作一种审美的缺憾。它只是增强了那突出的陌生性，这种陌生性使《浮士德》成为西方诗歌中最怪异的名作，也标志着古典传统的终结，即一种恢宏和无所不包的羊人剧的结束。《浮士德》第一部就已经十分狂放，第二部则使布朗宁和叶芝也显得循规蹈矩，并使乔伊斯显得浅白直露。对歌德而言幸运的是，莎士比亚是英国人，语言的隔阂使他在吸收和模仿莎士比亚时没有太多碍事的焦虑。《浮士德》并不是真正的莎士比亚式作品，但它却几乎无时不在戏拟着莎氏之作。

本杰明•班奈特认为这部诗作的原意正是为了“重振语言”，我也许可以简化为“企图像莎士比亚重振英语那样重振德语”。班奈特把《浮士德》奇怪的无体裁视为一种“反诗学”，它要从诗的语言中清除反讽，恢复某种悲情形象。班奈特以一种宏大的（和有意的）非现实主义批评话语宣称，《浮士德》的包容量“从你可随心所欲地扩展的意义上讲是无限的”。我有时在读《浮士德》时，真希望自己和诗都能严格节食，但班奈特的观点还是站得住脚的。

一个难以设想的批评问题是：人们能够在范围和局限上确定歌德《浮士德》的审美成就吗？班奈特也许已排除了范围问题，但局限问题却不容回避，尤其是在那个时代的那个国度里，《浮士德》似乎是一个怪诞的多余物，是诗歌核心传统中一头雪白而无用的大象。正如我已说过的，我们读华兹华斯的《序曲》或布莱克的史诗要比学着读《浮士德》轻松得多。面对歌德诗歌个性中显著的清明和《浮士德》中的高度混浊，我们是否感到迷惑？或者是否只是我们无法确定自己在歌德世界戏剧中的位置，于是我们就怀疑事实真相并质疑究竟我们为什么要卷入其中？

以抒情诗的多样性和修辞力量来为《浮士德》的伟大辩护，或者维护其神话般的创新性，现在似乎都已不够。我们一般偏爱歌德的《罗马挽歌》和《西东诗集》，甚至是《威尼斯铭语》也比《浮士德》更受欢迎。我听说过一种很有敌意的论调，认为《浮士德》对歌德来说就好比《查拉图斯特拉如是说》对尼采（及所有尼采追随者），简直就是一个大灾难。确实，《浮士德》的脉络和《查拉图斯特拉》的梗概都难以把握。但细读《浮士德》是另一回事。它好比一场感受的盛宴，虽然其中不免有许多不利健康的菜肴。作为一场性欲的噩梦或色情幻想，它是无可比拟的，这就是为什么大受震惊的柯勒律治拒绝翻译这一诗作。这部作品所讲的是什么东西(如果有的话)能够令人满足，而歌德找到各种方式向我们表明光性欲本身是不够的。更烦人的是，《浮士德》教给我们的是，没有活跃的性欲，任何东西都绝不会让人满足。

班奈特非常有益地提醒我们，《浮士德》的独特艺术在于让诗系统地消除一切我们赖以理解它的视角。只有刻意含混，你才能阻止视角主义，而歌德似乎发明了七十七种含混的方法。尼采的歌德体现了狄奥尼索斯精神而不是阿波罗精神，正如弗洛伊德的歌德体现了爱神而不是死神。我认为《浮士德》中的唯一神祇或小神就是歌德自己，因为这位非凡的诗人既非基督徒也非伊壁鸠鲁派，既不是柏拉图主义者也不是经验论者。也许，自然精神而不是靡菲斯特在为歌德代言，但我们如今觉得歌德的精神令人烦恼或激愤，所以靡菲斯特当然成了《浮士德》中最打动人的形象，他被埃里希·赫勒正确地推举为尼采虚无主义观念的合法先驱。赫勒认为，尼采终归是一位浮士德式人物，不过这一看法却回避了尼采自己的反讽。

我从没见过比英雄荒诞的靡菲斯特怪异而极为荒谬的最后陈述更令人震惊的诗歌，这发生在他独立战斗抵御从天堂中四散涌出的玫瑰和天使之臀时，这些东西阻碍了他攫取浮士德抵押给他的灵魂。我们该如何对待这一难以置信的惊骇场景？浮士德径直大喊道："我正在享受着最美好的时刻！"然后他倒地死去，随之发生的事既超出又不配文学批评。低级闹剧引来可怕的突变，当靡菲斯特领着一群由头上长着短直角的肥鬼和长着弯角的瘦鬼组成的乌合之众，当这些鬼魅随即在甜美的男童天使现身后全都逃之夭夭时，它使我们受到震撼。靡菲斯特被强烈的恋童欲望所左右，虽然也竭力抗争，并大言自比约伯，但他最终还是承认失败，而在他坦承自己过于人性的欲望时，我们给予了他最后一点怜悯。

"可怜的老魔"，我们会想，他也可被称为"顽强的老魔"，这是他对自己的恰当诅咒。歌德令人永远震撼的成就有一个关键之处：浮士德不具备人类的精神或个性，靡菲斯特却欣然有之。歌德在描写靡菲斯特时是位真正的诗人，当他写魔鬼群聚之时也不乏自知，因为他似乎是无所不知的。

虽然《浮士德》与其说是舞台剧还不如说是歌剧，但它仍在德国的舞台上演出。我从未见过这种演出，也宁可不看，除非哪位天才导演能运用上所有的电影手段。《浮士德·第二部》已是电影的一场噩梦，而读者在艰难地阅读怪异的文本时，头脑中实际上就在导演这部电影。《浮士德·第一部》显然是有趣的，但只有《第二部》才构成了西方文学中最奇特的经典之作。

歌德于1772年开始写作《浮士德》，当时他大约二十三岁；直到六十年后，在他临终之前，该书才在1832年完成。一部花了六十年写成的诗剧理应变成一头怪物，而歌德也努力使《第二部》尽可能地成为怪物。他的批评者们一直在不停地为戏剧的所谓"统一性"而争辩，并试图在《第一部》中至少找到隐含的《第二部》线索。除了一些结构上的联结外，两部《浮士德》都同样写了浮士德其人和喜剧性的魔鬼靡菲斯特。后者不像撒旦式的人物，不管是我们想到的大众传统中的撒旦或是弥尔顿《失乐园》中的反派主角。浮士德没有个性，而靡菲斯特就更无单一的个性了，所以两个人物不能为作品两部分提供多少连续性。

这点并不重要，因为《第二部》的作者情愿尽可能地表现为一个谜。歌德几乎从他的文学生涯一开始就被称为一位文学的弥赛亚，他通过不停地实验而机灵地避免了僵化，《浮士德·第二部》也许更像一场实验而不是诗。众多的《浮士德》版本常常附有写作日期及诗体的分析图表，这使我们想到《圣经》研究中对《摩西五书》所作的各种图示，另外歌德自己也相当于耶和华文献作者、埃洛希姆作者、《申命记》作者、僧侣作家以及大主编。与莎士比亚戏剧、但丁《神曲》和塞万提斯的《堂吉诃德》一样，《浮士德》是另一部世俗圣典，一部野心勃勃的巨著。与莎士比亚及塞万提斯的专注人世不同，歌德像但丁和弥尔顿那样都希望以戏拟式手法去描写总体图景。但对歌德说来，这个图景是复数的。在《第二部》里，神话、历史、沉思和诗人较早的想象混为一体，这实在不能被称为"折中"。但不管它是什么，歌德都会加以运用，因为一切都可纳入那"伟大忏悔的碎片之中"，这就是歌德的文学作品，尤其是《浮士德》。

歌德得体地（实事求是地）把莎士比亚置于自己之上，但莎氏对《浮士德·

第二部》的影响比不上对《第一部》的影响，这无疑有助于解释充斥《第二部》的大量古典人物、故事及各种形式。歌德接纳古典人物的部分原因是对莎士比亚的一种防卫之举，不过这种规避并没有奏效。为什么呢？在1815年的一篇论文中歌德有一个关于莎士比亚的关键论说，这篇文章由兰道尔夫·波恩译为《说不尽的莎士比亚》。尽管歌德对这位最伟大作家一直怀有复杂的心理，但他的审美感受力压倒了自己的脆弱性：

> 也许没有人能够比他更好地表现出个体人物身上"必然性"和"意志"之间的联系。被看作某个角色的人物受一定的必然性影响；他受到局限，只适于某种独特的行为模式；但作为一个人，他有意志；而意志的诉求是不受局限并有普遍意义的。这就产生了一种内在的冲突，莎士比亚在赋予内在冲突以意义上比任何作家都高明。但是某种外在冲突也会产生，个人或许会因此而受到激励，于是某种不充分的意志会在此情境中被提升到不可免的必然性的高度。这就是早先我在讨论哈姆莱特时提到过的那些动机。

歌德对哈姆莱特的解释是在《威廉·迈斯特的学习时代》(1796)中提出的，威廉对莎氏笔下最丰富的人物进行了理想化，这种理想化十分著名但又文不对题。在以下文字里我们能够认出哈姆莱特吗？

> 一位主角，带着可爱、纯真、高贵和最道德的天性，但又缺乏成为英雄的坚强神经，他在无法承受而又抛舍不开的重负下压垮了。一切责任对他而言都是神圣的，但眼前的这个又太沉重。要求他的是不可能之事；并非事情本身不可能，仅仅是对他而言不可能。他辗转反侧，备受折磨；他进退失据，神经紧张；最终，他疲于奔命却在思想上失去了鹄的，而且再也无法回复心灵的平静。

我们几乎不知道歌德/威廉·迈斯特读的是哪一出莎剧；显然这不是那一

出莎氏悲剧，其中哈姆莱特失手杀死了波洛涅斯，又轻松地让罗森克兰茨和基尔登斯特恩毙命，而他对奥菲丽娅的言行粗鲁无礼则不容宽恕。不过，将歌德《浮士德》（不论是《第一部》还是《第二部》）比作《哈姆莱特》或任一部主要的莎氏悲剧又太过刻薄。那位丹麦王子是个戏剧性人物，他的个性既有普遍的焦灼不安，又有诡奇的博大宽厚。哈姆莱特的个性是所有虚构人物中最具有作者意识的，不过这不是指哈姆莱特即莎士比亚的自我表现。确切地说，哈姆莱特是内在性的一个奇迹；莎士比亚找到了各种方式来暗示心理活动的丰富多彩，这使我们困惑不已，直到我们转向哈姆莱特，想倾听他讲述让我们迷惑的宇宙中的每一事物。这出戏虽然很长，但沉湎其中的读者（而不是观众）却想再长一些；我们真希望能够获知哈姆莱特的每一种观感。

根据这一不可达到的标准，歌德的浮士德甚至还有靡菲斯特似乎压根就算不上艺术人物。为了避免挑战莎士比亚，歌德转向西班牙黄金时代的巴洛克戏剧，特别是卡尔德隆的戏剧，作为一种与莎氏竞争的模式。卡尔德隆较好的戏剧也像《浮士德》一样，主角们都在角色与理念之间不确定的领域里生存和徘徊；他们是一系列复杂主题延伸了的比喻。这一模式在卡尔德隆和维加作品中运用得很好，但歌德想同时以两种方式获得人物个性与主题隐喻之间的对立，而且他毫无羁束地舍弃了卡尔德隆的方式并自愿地再次进入了莎士比亚的宇宙之中。

作为奇思异想的大师，歌德虽非一贯却经常地放弃它；因为只要唤起了莎士比亚，歌德笔下宇宙万象的戏剧就会相形见绌。除了所谓的悲剧英雄而外，读者经历的奇异经验在于，那宏大的戏剧，尤其是怪诞的《第二部》，诚如老年纪德所说的“浸透了生命活力”。疯癫的神话和总在算计的靡菲斯特不离我们左右，活灵活现，但浮士德本人却是被动的、苍白的、沉闷的或昏昏欲睡的。问题不在于以德国人出现的文艺复兴式探求者歌德身上有太多的多重自我，而在于他的主要人物身上几乎没有任何弥赛亚精神。歌德的旺盛精力过多地耗费在《第二部》中奇妙的怪物身上，而不是花在可怜的浮士德身上。这绝非偶然，但仍是一种审美缺憾。歌德显然是固执于不许人们错认浮士德为自己，以致他忘掉了自己最出众和超自然的能力，这种能力也是他自己个性中卓尔不群的特质。《威廉·迈斯特的学习时代》(卡莱尔视其为歌德小说中最佳之作)也有类似的问题,我被几乎每一位人物迷住,只有那木头人威廉·迈斯特除外。

歌德既使自己也使每一位他所遇到的人受到迷惑，因此他创造的每一个人物都无法与他自己相比。莎士比亚几乎从不显露出自己的喜好,比起马洛和本·琼生来,他明显地缺少光彩,在这方面他甚至比不上一些二流人物如乔治·查普曼或约翰·马斯顿。歌德的作品如《浮士德》,尤其是《第二部》,其中的荣耀与困惑就在于写作本身完全成为诗人迷人性格的表现，我们最珍视的是诗人自己的个性而非他的表现。拜伦作品中出现的情形更大程度地表现在歌德身上,《浮士德》机敏的作者当然懂得这一点。

个人魅力型的伟大作家并不多,歌德却是全部西方文学中的主要典范。他身上最重要的就是自己的个性，他对其他作家的影响就如哈姆莱特对其他文学人物的影响一样。他的权威传记作者尼可拉斯·波伊尔在《歌德:诗人与时代》(1991)第一卷中,开篇就不容争辩地断言:“对于歌德,我们必须了解更多的东西,无论如何,他比几乎所有其他人都有更多的东西应该被知道。”即使歌德的同时代人如拿破仑也无法撼动这一判断,拜伦、奥斯卡·王尔德和其他美学名流也无法撼动这一判断。我们对于莎士比亚几乎一无所知,而且我们还逐渐怀疑关于这个人除其剧本外还有什么可以知道的。关于歌德,波伊尔似乎知道他的一切,而这一切似乎也都有意义。

尼采和柯尔提乌斯从十分不同的角度观察到，歌德自身就代表了整个一种文化,即存在于长期传统之中的文学人文主义文化,这一传统自但丁延续到《浮士德·第二部》,后者正是维柯所说的贵族时代中的经典性成就。在歌德的记忆中,神权时代的那些古典作品,如荷马史诗、雅典悲剧及《圣经》等,都被但丁、莎士比亚、卡尔德隆和弥尔顿等人否定过,从这种否定中产生了一种文化,这种文化在歌德的国家与时代里只属于歌德一人。这种集大成于一身的现象以后再不属于任何杰出诗人。正如他自己也许知道的,歌德代表一种终结,而不是全新的开始。直到他死后约一个世纪,贤哲们才在他之后崛起,但是他又与这些人同时消逝,今日在任何诗人身上都看不到他的影响,他只与死者以及靠死者为食的学者们共存。

歌德之谜在于他自己神秘的个性，其光环一直存在于民主时代，只是到了今日混乱时代里才最终消逝。歌德之后出现的最后一位大作家是托马斯•曼，而后者也已不幸地褪色，就如他的导师歌德那样黯淡下去，尽管这不会是永久的。人文主义式反讽在二十世纪九十年代早期已不再时髦，在九十年代后期的天启神谕中大概也难以再逞风光。歌德从来不是一位基督徒，却自年轻时就被视为弥赛亚，所以他以惊世骇俗的反讽来反对神化自己并维护自己。《浮士德•第二部》里唯一的有神论者是靡菲斯特；浮士德自己催促我们思考人间之事而不是某种超验权威，所以这一形象预示了尼采的出现。

在维克多•雨果及许多后来人（包括我自己）心中，莎士比亚是一位人间的神，歌德则在德国当时的一代美学家中赢得了一种复杂的满足感，即获得了神祇般地位。但是，莎氏与歌德之间的巨大对照或许可称为语言魅力和作家魅力之间的对照。歌德同时代人几乎都看不到歌德身上的自然天才（格言家利希滕伯格是我想到的唯一例外），以及超越纯粹自然的某种光辉。不过，歌德不愿成为先知，更不必说神，他宁愿称自己为人间顽童。作为一位彻底的破坏偶像者，歌德继承了西方审美文化中最具野性和个性化的东西，我们今日对此似乎已经难以理解。他超凡的自我中心性正是一种典范，爱默生据此转化而成美国式自力自强的宗教，所以从某种复杂但真切的意义上说，今日美国比现代德国更具有歌德的特征（无意识地）。歌德精神上的强烈魅力是一种永不安宁的自我审视，《浮士德》只有被看作一部无限自我的史诗性戏剧时才是一部宗教诗作。

自我的宗教在《浮士德•第二部》中找到了最崇高的丰碑。《第一部》虽是出色的诗篇，但比起第二部的跌宕起伏来也只能算作淡淡的序曲。浮士德形象显然可追寻到基督教异端的源头，即所谓的首位诺斯替教徒，撒马利亚的魔法师西门，他去罗马之时曾用名浮士德斯，即“受宠者”。西门在自己奇特生涯的早期就发现了提尔的妓女海伦，并宣称她是堕落的“上帝的思想”，她先前的化身之一是特洛伊的海伦。这一异教传闻是浮士德传奇的遥远源头，后来又牵扯上一个叫做乔治或约翰•浮士德的真人，这人是十六世纪早期四处流浪的占星术士加诈骗者，大约死于 1540 年。

最早版本的浮士德故事书(1587)就有不少的基本情节,先由马洛在《浮士德博士》(1593)中加以利用,然后又有许多人包括歌德都从中借鉴过。通俗体和诗体浮士德故事的早期版本都倾向于把浮士德与登徒子唐璜联系起来。两则传奇的共同点很显著:都是反派主角寻求隐秘的知识,包括奥秘的或肉体的;主角都经历了一个接一个的性欲幻想;都因卷入无尽的欲望而受到诅咒。诗人兼名人的拜伦也深具个人魅力,他身上集中地体现了这两种传奇色彩,对于这一点,敏锐的歌德也认识到了。在《浮士德·第二部》中,浮士德和唐璜的联袂传奇完成了死亡的堕落:浮士德和海伦之子欧福良(拜伦)遭受了坠海夭折的命运。

《浮士德·第一部》以一位可悲地不适当的唐璜为主角,他与单纯的玛格丽特经历了扭曲的恋情,这导致后者亡于俗世却又令人难以置信地获救到了天堂。但是,歌德更为关切的是向我们展示一个尽可能丰满的浮士德,虽然在歌德的浮士德身上,抒情的成功超过了剧情的成就。我们记不得这一最出众的浮士德代表了一位最有能力的人,只记得他代表了一种意识的历史,这种意识不管作者的愿望如何都是与行动和激情截然分开的。歌德有一颗永不安定的心,他的浮士德的心也总是骚动不宁。歌德清楚地意识到其中的差异,并欣然进行了一场审美冒险。没有人是因为迷上了浮士德而去重读《浮士德》的任何一部,而我们大多数人都会为哈姆莱特所倾倒。我重读《浮士德》是为了认识歌德是如何处理那位非歌德式主人公的。而当我重读《哈姆莱特》时,问题就更像是哈姆莱特如何能够处理哈姆莱特了。

这又回到了埃里希·赫勒的观点:歌德回避悲剧,莎士比亚却抓住这一体裁永远不放;或如赫勒严肃地总结的:"如果说,歌德的局限性源于其显然是无边无际的才情的话,那么这是指他的天赋而不是能力;相反,他总是以自己的能力保护自己免受天赋之累。"

我对此言的修正是:《第一部》是歌德对自己天赋的防范之作,而更具魅力的《第二部》就体现了歌德对他人天赋所做的有趣防范;这些人包括希腊悲剧家、荷马、但丁、卡尔德隆、莎士比亚和弥尔顿。《第二部》在面对邪恶的现实上与《第一部》相差无几,但不喜欢悲剧的读者却毫不在意,事实上也不可能在意，因为歌德式神话创造如滚滚波浪般惊骇了我们，逼使我们竭力做出超自然的反应。抒情诗无法传译，妖魔电影却可以，《浮士德•第二部》正是我们遇到的最宏大的妖魔电影。使我观看每一集新的《德拉库拉》的同样天性驱使我一再去读《第二部》，其中靡菲斯特是最有想象性的吸血鬼。歌德按理已摒弃了欲望，却又让靡菲斯特写下了大半个第二部，留下了非凡的诗意结局。

《第一部》的结局好比一只完美的大锅，其中充满了罪孽、谬误和懊悔，只适合于浮士德沉浮其中；但《第二部》第一场就扔掉了这一切。歌德最深地受惠于莎士比亚的是那种实际的认识，即神化式描写可以戏剧性地令人信服。第五幕里的哈姆莱特已超越了他在头四幕中所经受的一切；而《浮士德•第二部》第二场自开始至终局，浮士德已完全摆脱了玛格丽特悲剧的阴影。哈姆莱特可以拒绝承认自己对已故的奥菲丽娅有深沉的旧爱，但我们不应该相信他，而浮士德对他的奥菲丽娅却不肯表达什么怀念之情。歌德显然不热衷于悔恨，特别是有关性爱之事。一个失落的女子就是一首完美的诗，玛格丽特是《第一部》，而海伦就是《第二部》。我对以女性主义方式阅读歌德或但丁和叶芝等人的想法颇为不安，因为这些人比弥尔顿更注重理想化女人，因而也就将她们妖魔化了。当《第二部》终场时，神秘的合唱队唱道："女人，永远地/为我们指路"，一位今日的女性可能会问道："指向哪里？"

歌德追随但丁，但这如今已不能算做一种防范。不论公开的对象是玛格丽特还是海伦，浮士德总是主体，最终也是其自我探寻的真实对象，因为歌德只是在有意识地探寻自己。与《爱的徒劳》中的伯朗尼一样，歌德也在女性的眼神中寻找真正的普罗米修斯之火，作为自己创作之焰的辉映。莎士比亚在这一主题上表现了广泛且有意为之的幽默，而歌德与伯朗尼一样都有自恋倾向。正因为如此，女性主义批评最好离莎士比亚远些，因为他的立场既属于所有性别，也不属于任何一方。歌德容易受到女性主义批评的攻击，但结果不会有什么意义，除非这种批评针对的是我们即将面对的可怕神话中对怪异之物的女性化。

歌德在当时的唯一挑战者是神话诗人威廉•布莱克，他没有公众，他所镌写的"小型史诗"(弥尔顿的术语)只适合一小部分有教养并接近痴迷的读者。我自幼即读过布莱克十分深奥的诗篇，年轻时也发表了不少有关评论文章，所以我在阅读《浮士德·第二部》时自然就想到了以布莱克作为对照。布莱克的神话诗创作很系统,并且在很大程度上服务于他同经典传统的启示式论辩。歌德的创作却不拘一格,游戏中见深沉,并努力包容传统。我自己也想不到会把《浮士德·第二部》置于《四天神》、《弥尔顿》和《耶路撒冷》之上。

以上判断也适用于把雪莱、济慈、拜伦与《浮士德·第二部》相提并论时,如果雪莱和拜伦这些歌德崇拜者有生之年能读到这部最杰出诗篇的话,他们也不会持异议的。雪莱所译《浮士德·第一部》中的章节仍是最佳的英语译文,而拜伦和歌德的关系应该是《第二部》中部分被隐藏的关键核心之一。拜伦的精神以驾车男孩的形象出现,然后又以浮士德与海伦结合所生之子欧福良的不幸形象显现。更为奇特的是,歌德认为与妖魔同义的拜伦精神也进入了小人形象侯蒙古鲁斯,这形象要比驾车童或欧福良都更活泼。歌德与拜伦从未谋面,只有过简短的书信来往,随后拜伦就在希腊遭遇了死亡,但这足以说明歌德发展出了某种对拜伦的依恋,因为他离奇地把拜伦置于弥尔顿之上,仅次于莎士比亚。歌德那不太纯熟的英语无疑影响了这些判断,而这一现象在欧洲浪漫主义时期并不罕见。尽管歌德对古典作品情有独钟,《浮士德·第二部》却堪称欧洲浪漫主义的核心作品,而拜伦主义必然在这部实质上并非悲剧的悲剧中充分展示出来。

莎士比亚、但丁、歌德、塞万提斯和托尔斯泰等人各以自己的作品打破了所有体裁之间的区分。歌德冒昧地公开嘲笑文体,而且是一种哈姆莱特式的嘲讽。我想不出还有哪部像《浮士德》一样的杰作公然拒绝给予读者以任何清晰的观点。也许这就是为什么歌德对视角多变的尼采有极大感染力的原因,但这又使读者(包括我自己)非常不安地去面对这样一部诗,这部诗使我们任何时候都不能全然严肃地或一味反讽地对待之。歌德自己缺乏某种真正的写作诚意,虽然从另一方面说这种欠缺显得极其(而且有意地)迷人。《芬尼根守灵》和《浮士德》都是庞大的文学白象,但前者十分幽默,一旦你知道如何读它,就会发现其中充满了乔伊斯式的善意。如果为《守灵》付出一生中颇多的时光,你会因此得到回报;这就是该书的特征。《浮士德·第二部》对精力充沛的读者说来具有震撼性愉悦的效果,但那也是一个陷阱,一个无人能探触到底的靡菲斯特式深渊。

乔伊斯以诚心而善意的严肃性对待《守灵》,它的读者既不感到被嘲弄也不觉得被利用。歌德雄心勃勃地要重铸世界文学和语言,却多少让读者付出了代价。乔伊斯虽是混乱时代中维柯式的英雄诗人,但和在他之前的布莱克一样,他的文学精英主义具有民主性。历经艰难之后就会获得公正的酬报。而作为贵族时代最后一位自觉的诗人,歌德乐于让我们受到极端矛盾和困惑的折磨。这对《浮士德•第二部》的审美光彩无所减损,但它确实让人有点恼怒,尤其在今日是这样。也许这只意味着浮士德式人物在女性主义及与之相关的意识形态盛行的年代里已经过时。但这也可能意味着歌德指责我们向诗歌要求它们所不能给予的东西。但问题仍在于:除了作者精彩语言的持久活力之外,《浮士德•第二部》还有什么?抒情的瑰丽和神话般的诗歌创新足以让这二倍篇幅于《浮士德•第一部》的作品保持其诡异和雕琢的浮华吗?如果我们要从这位最杰出的德语作者那里索取更多的话,我们是否真的要失望?

歌德构思中的超常大胆之处在于,他把对欲望的赞颂和弃绝同时写入一部诗剧中,即使它长达一万二千多行、历时六十年之久。歌德已成了一位民族圣贤,但他别出心裁地既不与宗教常规和中产阶级道德为伍,也不被社会所关注的好趣味吓倒。《浮士德》就这样包罗万象,尤其是在第二部中。大多数受过教育的读者都读过《浮士德•第一部》的某个版本,所以这里我只对第二部有赖它作为前景之处加以评说。我以前曾说过,两部分相差太大,所以实际上是独立的两部诗;不过既然歌德并非如此想,作者的意愿当然应该占上风。

完整地演出两部《浮士德》大约要二十一二个小时,这是以未删节的《哈姆莱特》为准并乘以四来计算的。对于此种可能性,我会和哀悼斗牛士之死的洛尔卡一样大喊:"我不想看!"歌德的一个奇特想法是,莎士比亚并非为舞台演出而写剧,当然《浮士德》全篇的演出最好在来世(虽然它已在德国上演了)。正如他自己崛起于疾风暴雨的年代,或曰英国感伤年代的德国翻版,歌德自然会把真正崇高的戏剧和心灵的戏剧联系起来,但这绝非指《浮士德》是一部哲理剧。恰恰相反,这部充满了性渴望的诗剧与任何社会背景下对爱的现实主义表现极少关联,尽管声名显赫的卢卡奇试图以马克思主义的观点来分析浮士德与玛格丽特的爱情。《浮士德》是一部宏大的幻想之作，包容了各种弗洛伊德式本能冲动，如爱欲和死亡，浮士德自己是不安宁的爱神，靡菲斯特则是躁动于安逸之中的死神。

让我们直接进入《浮士德·第一部》中的“瓦尔普吉之夜”，暂且撇开浮士德毁灭性地引诱可怜的玛格丽特那迷人又痛苦的开篇。正如每位读者很快会认识到的，歌德笔下的瓦尔普吉之夜不是那种为了庆祝妖魔在哈茨山中布罗肯峰上安息的邪恶狂欢。这毕竟不是一部基督教诗歌，而且歌德的灵魂偏好布罗肯峰而不是大教堂。当我们把瓦尔普吉之夜与之前一场，即玛格丽特（让我们现在如歌德开始时那样称她为格丽欣）在大教堂里遇到恶灵并因受罚而昏过去的那场相对照时，我们也是如此；那是一种极具基督教氛围的精神打击，与活生生的靡菲斯特毫无共同之处。瓦尔普吉之夜与较早的“森林与洞穴”一场的对比则更为重要，那一场打断了浮士德对格丽欣的追求。

歌德与惠特曼（似乎不太像！）有一个奇怪的共同点，即他们是二十世纪之前公开谈及自慰的仅有的两位重要诗人。惠特曼赞美它，歌德却嘲讽它。在“森林与洞穴”一场中，靡菲斯特出现在浮士德面前，打断了他的独自苦思，浮士德从苦思冥想中找到了“趋近众神”的福乐，他不公正地指责靡菲斯特让他这位学者产生了对格丽欣的性欲。魔鬼的回答却令人折服：

这超凡脱俗的欣喜——
弥漫在晨露和夜色的山巅之上，
欢快地拥抱着大地和天堂，
四处蒸腾仿佛你是一位神祇，
以急切的旨意探寻着大地，
感觉你的心与六天的创造合而为一，
在你的高傲中欢悦莫名，
如今不再是凡夫俗子，
享受神佑与万物融为一体——
然后使你那崇高的旨意

（他做了一个手势）

以我难以启口的方式终结于斯。

浮士德是否避免让自己沉湎于自慰，这一点其实没有多少可怀疑。《第一部》中其他地方也有不少自我满足的暗示，《第二部》中则通篇都有。“瓦尔普吉之夜”是在拒绝涤净情欲和随后引诱玛格丽特之后发生的，接着就是玛格丽特的基督教式自我折磨，但这一夜却让人们感到极大的宽慰。浮士德自己经历了一场无以复加的享受：他加入春之嬉闹，一个梦境的入口，和一群年轻的裸体女妖混为一团，情欲迸发，随心所欲，而且亚当的第一位妻子、动人的莉莉丝也在内。随后的舞蹈狂欢高潮出现在浮士德和靡菲斯特的矛盾图像中，他们看到了同一个形象，魔鬼视其为美杜莎，而浮士德把它当作受害的格丽欣。后者悲伤的命运成了《第一部》余下部分的主题，而第一部通篇都浸染了妖魔狂欢的景象，以及对色欲的实际赞颂。格丽欣或许可以得救进入天堂，但是读者在她痛苦地与浮士德和靡菲斯特相处时就会拂袖而去，并乐于为《第二部》的幻想世界而抛弃奥菲丽娅式的痛苦。

因为本书关注的是经典的问题，我对《第二部》的兴趣在这里就只限于：什么原因使这部奇特的诗篇传世不朽？因为篇幅和专业知识的局限，我不能对整个作品加以评论。浮士德和靡菲斯特的打赌对作品两部分说来都是传统批评的中心，但我认为这并不重要。他的缺少个性使我对他能否到达美妙的瞬间并使之稍作停留毫不在意。他那不懈奋斗的主题对我也没有意义，不论这是与魔鬼订约的动力或是所谓因订约而得救都不重要。歌德作品的力量不在于这些已经说够了的滥调，因为这些如果真像所说的那样重要，它们早就要让《浮士德》沉沦了。《第二部》的神话诗学力量集中体现在不同的创新上：浮士德下降至“母亲之所”及随后海伦的出现，侯蒙古鲁斯的创生和经历，古典的“瓦尔普吉之夜”，浮士德、海伦及欧福良的逸事，最后还有争夺浮士德死后灵魂的战斗，以及诗篇结束时对天堂的含混描写。歌德就运用这些奇特的想象创造出一个包罗万象的神话，对愿意并能够不惮烦难地读完这部狂想诗篇的人来说它确实与众不同。

歌德崇高的坏趣味重新出现在令人难忘的“母亲之所”一场中，其中靡菲斯特递给浮士德“钥匙”，这“钥匙”明显地代表着男性的生殖器：

**靡菲斯特**：“喂，拿上这把钥匙！”

**浮士德**：“这东西太小！”

**靡菲斯特**：“抓住它，记住这东西很有用。”

**浮士德**：“它就在我手中胀大起来，发着光，闪着亮！”

**靡菲斯特**：“你马上就会明白它的效能不凡。

它直觉地知道你欲何往；

跟着它直通母亲之所。”

降身“母亲之所”显然涉及某种近乎乱伦的、阴郁的多重遭遇，它发生在人与女性祖先之间。当靡菲斯特告诉浮士德他将被下面的众多奇怪形体包围时，他催促这位多思的学者“舞动你的钥匙，不让她们靠近你”。浮士德激动地回答：“我把它抓得紧紧，感到力量新增，勇气新增。”这次神秘降身的“大事业”明显意指手淫，愈持久愈有雄风，结果也极具诗意，再现了帕里斯当初强暴海伦的景象。妒意在身的浮士德对这位古典尤物也是欲望难禁，叫喊着自己手中仍握有那把钥匙。他以钥匙对着帕里斯，直到触及了那个幽灵，接着就抓住了海伦。这里有一阵爆破式的性高潮。浮士德晕过去后，各种幽灵也像雾气一样消散了。

这就是第一幕的结局。本杰明•班奈特指出，《第二部》的余下四幕在结局处都有对自慰高潮越发微妙的暗示。在第二幕结局处，侯蒙古鲁斯在伽拉忒亚的脚边表演了一场俄南式的自杀。第三幕结束时欧福良弃绝了女性抚慰，带着强烈的情欲投入虚空之中。第四、第五幕结束时歌德对基督教的嘲讽显然暗示了那种与自慰有关的情景。在第四幕里，一位志得意满的大主教想象着从“罪孽深重之地”崛起一座大教堂，而全诗的结局是一场伪但丁式显灵，其中格丽欣成了贝亚特丽丝，浮士德则变为但丁。但在这一原始天主教狂喜的迸发中，歌德仍保持着沉静中的激情。终场充满了“喜悦的神圣大潮”，一位神父被箭刺穿，另一位则在一棵大树直冲天际的过程中见到了全能的爱。在这天堂里的狂喜中，“更完善的天使们”却拒不接纳即使是“焚烧过”的人间不洁遗物，就如同他们坚持分开灵魂与肉体一样。班奈特提醒我们，全诗的精神内蕴仍是色欲的，但这种色欲观念仅限于自我兴奋与自我满足的范围之内。

心存敬畏的浮士德若无那阳具般的钥匙是无法降身母亲之所的，这一降身实际上是为《第二部》召唤那些神话缪斯。靡菲斯特通过受难的格丽欣使浮士德从自我满足中摆脱出来；浮士德与虚幻的海伦的幻想结合使整个《第二部》里的浮士德再次陷入自体快感之中，这显示出某种反讽式发展及人性的失败。歌德在此又向我们提出了视角主义的难题，而在《第二部》中它始终未得到解决。又是一次妖魔狂欢，这次是古典的而不是日耳曼式的，它展示出爱神更为丰富的形象，超过了孤独的浪漫派追求或群体的基督徒激励。歌德进一步表现了这样的反讽，即靡菲斯特这个基督教的恶魔遇到古典的瓦尔普吉之夜的现实主义时，也常常忐忑不安。“赤裸无处不在”，他对不知羞耻的斯芬克斯、放纵不羁的格里芬们以及各种“前后体一览无余”的生物咕哝着。

当魔鬼“以现代的方式”想要一两片无花果树叶时，一切就变得轻松热闹了。浮士德一面渴求着古典的海伦，一面觉得在远古的怪物之中反倒自在，而侯蒙古鲁斯则是三人中最大胆的。这一奇异的生灵是《第二部》里最出色的创造物之一，由曾是浮士德忠实助手的炼金术士瓦格纳所造。这是个令人着迷的小人或是袖珍成年人，被迫住在那创造出他的玻璃小瓶内，他与靡菲斯特截然不同，后者出现在瓦格纳的实验室带来了那种炼狱的能量，它使火焰转化为比人类心灵更强的东西。侯蒙古鲁斯既非玩世者也非虚无者，更非某些批评家所说的是浮士德的缩影。智者侯蒙古鲁斯太善良而不具备歌德式的嘲讽能力，但他在知识和悟性上超出我们众人。他是意识的火焰，显现为而不是具体化为心灵，他似乎比诗中任何人更具有歌德的感情。无穷尽的诙谐和讨喜却包含了渴望爱情这样的悲剧性缺陷，这使他在遇见伽拉忒亚时产生了绝望性的自我毁灭。

侯蒙古鲁斯虽然只出现在第二幕，他的个性却让人印象深刻，因为《第二部》中的浮士德不幸地缺少个性，至少在歌德来说是如此。《第一部》中的浮士德只是哈姆莱特的穷汉式翻版，但他感情充沛，凶猛异常，并具有变得非常消极的能力。《第二部》中的他高贵而乏味，只会空想而不具备基本的反应能力。歌德有意理想化这一晚年浮士德，使他象征了古典诗歌品质，于是甚至他对海伦的感情也成了歌德自己对希腊诗歌与雕塑的感情的表露。这种冷漠高贵的浮士德形象难免在靡菲斯特身上导致相应的变化，后者几乎不再是魔鬼，而是力图使自己成为一个极致浪漫派的基督徒，徒劳地贬损着古典时代的辉煌，或至少是在寻求调和希腊与德国的传统。可怜的靡菲斯特！他成了一位理性者和比较者，甚至是一位历史主义者，而不是一个企图使我们退回到创始深渊的反派阴谋家。

之所以是侯蒙古鲁斯要让浮士德飞至古典的瓦尔普吉之夜，而不是魔鬼要这样做的，原因必定在此。这个小人说得很清楚，探险的目的就是要让浮士德更接近海伦，从而治疗浮士德的痛苦，而其中的个人动力在伽拉忒亚脚下就会完全显现出来。所有这些细节相对于歌德的动机都不重要，他的动机是要展示自己诗歌生涯中的伟大片断，即关于古希腊妖魔狂欢的那一千五百余行，这一狂欢过去从未发生在大海或陆地之上，只是由于歌德的愿望如今才出现。

如果真像约翰逊博士所坚持的，诗的本质乃是创造，那么古典的瓦尔普吉之夜就显示出了诗的本质在于：适度的狂野，激进的包举前人力量的原创性，以及最重要的是那种对新神话的创造。比起西方后来的任何诗人，歌德为美增加了更多的陌生性（佩特给浪漫派下的定义），这就巩固了他在文学经典中的地位。歌德的崇高性使其诡奇特色的发挥超出我的想象。这一成就如此独特和激动人心，以致批评无法容纳它，尤其是德国的批评因为歌德崇拜而成了一种如此庄严的世俗宗教。

歌德排除了一切我们能在正统古典作品中看到的东西：奥林匹斯山众神，荷马式的武士，降魔伏怪的英雄。歌德的众神本身就是妖魔，如创世之夜无形无影的潜伏者弗克亚德们。他们变化不定，生机勃勃，使我们惴惴不安，但这恰是歌德的意图所在。十分奇怪的是，我能想到的当代类似者是诺曼·梅勒《古代的夜晚》中开场时的长长噩梦，在那里我们被带回到埃及《亡灵书》的世界里去了。梅勒描写这些阴郁场面确为高手，极富意味地传达了古代夜晚的他异性

(otherness)。这部埃及式小说的后半部令人失望,但是死亡如欺诈一样,从来都能激活梅勒的想象。

死中之生更是歌德的专长,他的暗夜之旅轻松地超过了梅勒的。我们从泰沙里的法萨鲁斯开始,恺撒曾在那里击败庞培。诗人卢坎笔下的女妖爱瑞希托被歌德从尸体掳夺者变成了无意义战争的记录者。她不是直接面对侯蒙古鲁斯、浮士德和靡菲斯特这三人,而是逃脱开,任他们去自由探查千百处营火,那营火周围曾聚集了许多原始的神灵和妖怪,在每年的这一夜复活。歌德在神话诗歌对位法中操纵了许多古典范例,随意挑选其中之一作为自己的导师必定是欺骗,不过,阿里斯托芬的《蛙》倒是最可能的先驱。阿里斯托芬是位冷峻的戏拟者,尤其是对欧里庇得斯而言,但在文学史上没有什么戏拟作家在广博程度上可与写作《浮士德·第二部》的歌德相比。靡菲斯特遇见格里芬之时,一系列独特的气氛开始形成,而我是不会在乎遇见格里芬们的。这些凶恶的野兽所干的只是守护财宝,有着鹰的头和翅,狮的身和爪。这些色彩斑斓、眼光犀利、行动敏捷、性情暴烈的野兽作为守护者当之无愧。但在歌德作品中,他们只是酸腐的老守财奴,被靡菲斯特称为"白须贤者",他们的答话好比迂腐的字典编辑,喉咙里滚动着 r 音:

> 没有白须!格里芬!——没人愿意
> 被人叫做白须者。词语的声音反映出
> 它们意义的源头:
> 灰白、悲苦、污浊、阴森、坟墓和呻吟,
> 这些都来自一个词源,
> 都让我们浑身不快。

没有读者会害怕传令兽说出这样的话:"灰白、悲苦、污浊、阴森、坟墓和呻吟。"

歌德笔下的妖怪只要一开始说话,即使他们的坏脾气也不会比《镜中世界》里幻影们的怪腔调更糟。古典的瓦尔普吉之夜是十足的童心表达,并使所

有妖魔鬼怪变成了另一种怪物。斯芬克斯也不再是高耸的狮身女人面花岗石雕像，而变成了喋喋不休的说书老人，或是不住问些机巧谜语的管闲事的迷信者。传说中的塞壬既不能感人也失去了美妙的歌喉，而本应是疯狂吸血鬼的拉弥亚也成了束衣浓妆的乡下妓女，但她仍能在别人怀抱里变成可憎之物。

歌德笔下的妖怪没有一个被贬损；他们的离奇古怪仍是动人心魄的，但我们毕竟只是像浮士德，全然牵挂着失踪的海伦，或如脱离躯体的靡菲斯特，比他所遇到的一切更腐臭。我们所见和靡菲斯特相同，因为只有他是三人中没有寻求完美却极力追求声色之人。当然，他保证不了什么，只是无目的地漫游，直到撞见侯蒙古鲁斯，后者带他去听了一场前苏格拉底哲学家泰勒斯和阿那克萨哥拉之间的辩论。

泰勒斯沉静，显然十分聪慧，他争辩说水是万物的本原，但又对瓦尔普吉之夜的大灾祸毫无所知。阿那克萨哥拉是火的信徒，他是革命的启示者，与布莱克的奥克或那些推动法国大革命的事实上的梦想家一样。阿那克萨哥拉由于崇敬女神赫卡忒而匍匐于地，所以胜利桂冠显然归于好脾气的、潘格罗斯式的人物泰勒斯。

当古典的瓦尔普吉之夜历经重重波折接近尾声时，我们的三位天空飞人已有了不同的命运。最邪恶的德国旅行家靡菲斯特在希腊妖魔的狂欢中可怕地享受了一番。被狡诈的拉弥亚戏弄之后，可怜的魔鬼跌跌撞撞，直到遇见那实在可怕的法克亚德，即三位女妖，她们总共只有一只眼和一颗牙。恐怖的女妖们使靡菲斯特不敢正视，他终于明白了这些女妖是自己的姐妹，和他一样都是黑夜和混沌的孩子。他认出她们之后就与其中一位合成一体，那就是无影无形的希腊深渊女神，然后他离开法萨鲁斯前往斯巴达，等待海伦的归来。

此时的浮士德与百人队队长切隆在一块儿，这位善良的怀疑论者试图把浮士德从对海伦的迷恋中解脱出来，他的疗法是把浮士德带到医界泰斗爱斯库拉皮乌斯的女儿曼多处。但她是奥菲士式浪漫主义者而不是理性的简化论者，她看出浮士德是另一位奥菲士，于是如同她曾对待奥菲士那样，也带浮士德下地去见冥后珀尔塞福涅，不过这次要带回来的不是欧律狄刻，而是海伦。歌德十分机巧，他决定不写有关浮士德和冥后相见的情形，我们只能自己想象。

歌德在侯蒙古鲁斯的故事上倒是投入了创造精力，这位小人儿注定只能在古典的瓦尔普吉之夜死去。为了在小瓶子以外获得适当的生存场所，这小人耐心听完了泰勒斯和阿那克萨哥拉之间的辩论，但他没得到什么有益的指教。相反，他与和善的泰勒斯一起去观赏了歌德最精彩的创造，即一种巴洛克式水上狂欢，刻画了塞壬(现在已赎罪了)、涅瑞伊德和特赖登等形象。我们也就离开了妖魔群聚的法萨鲁斯，来到月光沐浴下的爱琴海诸岛。

在萨莫色雷斯岛，我们进入了卡比里领地，许多奇特的小神灵“不停地创生自己，/却不知自己为谁”。歌德在此有点含糊其词，没有说清这些无知的矮人是无知的学者所称颂的泥土小壶呢，还是能够救助海难者的大力神灵。但不论他们是谁，海中众生为他们举行盛大庆祝仪式，这一审美奇观才是重头戏。荣耀属于海洋的恩典——被海豚从帕弗斯(阿佛洛狄忒圣地)家中带来的伽拉忒亚。伽拉忒亚对侯蒙古鲁斯而言是自我超越和自我毁灭的契机，对歌德来说完全成了一个正面形象。

普罗透斯是更为暧昧的人物，他是欺骗和推诿的能手，但又是可信的预言者，全然掌握了时间及它的秘密。这位海上老人对人类一切雄心大志皆报以嘲笑，他像孩童一样欢乐，而且显示了歌德最好的反讽能力，这位最好的也是最危险的艺术哲学家指点侯蒙古鲁斯生存行事的道理。普罗透斯建议他投身入海，以便加入那无穷的变化之中，但无望升为人类的一员。人类的佼佼者如阿喀琉斯和赫克托耳都不免坠入冥界。这真不如大海那样循环往复，享受着不息的生命而无需害怕折磨人类的个体死亡。

由于歌德的一生就是心理多变的一生，那我们是否在普罗透斯身上听到了年迈诗人自己的心绪呢？抑或歌德寄身于下一位哲学家兼先知涅柔斯，他劝告人们弃世，但又使用了爱神的口吻。当他那些多里德女儿们在伽拉忒亚的统领下催促他给予那些年轻水手生命时，尽管这些女子们救起了并爱着这些水手，他还是拒绝了，他的回答清楚地表现了歌德自己终身的爱欲智慧：“当感情的咒语消失时，/轻轻地送他们回到陆地上”。放弃又一次得到礼赞，因为涅柔斯和伽拉忒亚如李尔和考狄莉娅一样，有着压倒一切的父女之爱，但在海豚要把伽拉忒亚带走之前，虽然将有一年的分离，他们也只是交换了一下眼神，高兴地叫了一声算作互认。

这种对放弃的赞美于老年歌德是至关重要的，它为侯蒙古鲁斯的激情提供了含混的背景。侯蒙古鲁斯已厌倦了与世隔绝的生活，所以这位方术妖魔决心要在他的本身元素火和异质元素水之间做出选择。涅柔斯拒绝给他明确指导，他就骑上普罗透斯的背去加入伽拉忒亚庆祝队伍。歌德式反讽充满了这一情欲要求的自慰高潮，侯蒙古鲁斯一跃而起倒毙在伽拉忒亚脚边："一会挺起又高又壮，一会灼热又美又长/虽然它也带着爱的脉动不停动弹。"伽拉忒亚是对象，但可怜的侯蒙古鲁斯是唯一的爱人，所以最后他的小瓶子在她的宝座上迸碎。他的生命之火熄灭于波涛之中，刹那间改变了它们的形象。塞壬领着所有海中生物得意地吟唱，宣称胜利属于爱神。歌德无疑对此是赞同的，而古典的瓦尔普吉之夜最后结局并非放弃可以解说。对超脱的人类智识的玄秘表现毁灭了心灵，将其作为对爱神的又一奉献。歌德典型的含混不让我们对此失败产生任何固定的看法，《浮士德·第二部》的剩下部分只是增强了这位老迈诗人对自己放弃学说的模糊立场。

我要跳过《第二部》中三千多行诗句，以便专注于浮士德的死亡场景，及随后天使与靡菲斯特对那灵魂既严肃又戏谑的争夺。最大的省略出自我的迟钝而绝望的跳跃，也就是省去了歌德非常特别的海伦幻想，这是把德国转移到希腊的非凡之举。歌德以他习惯的大胆方式对荷马和雅典悲剧作了戏拟，从而献给我们一部最独特的诗作：特洛伊海伦的复活，她与浮士德的结合，两人之子欧福良的生与死，以及海伦的重归冥界。像古典的瓦尔普吉之夜以及《第二部》结尾天堂合唱一样，歌德所创造的海伦也是一种反经典的诗篇，令人难以想象地改造了荷马、埃斯库罗斯和欧里庇得斯等人的创作，甚至瓦尔普吉之夜也颠倒了希腊神话的源泉，终篇的合唱则以巧妙的野蛮风格戏拟了但丁的《天堂篇》。

这一切对歌德而言都不是全新的：《浮士德·第一部》是对莎剧的持续戏拟，但加入了卡尔德隆和弥尔顿的风格。我想不出还有什么诗人比歌德更多地继承了西方的经典。从荷马到拜伦的整个进程被写入了《浮士德》，倾倒一空后又重新装填，但包含了不管多么庄严的戏拟也必然造成的巨大差异。我在本书中的论点是：任何新作要想成为经典必须具有反经典的东西，但不是在歌德这种极端的意义上。易卜生重复了歌德的某些姿态，《彼尔·京特》就戏拟了《浮士德》和莎剧。民主时代的另外一些大诗人如惠特曼、狄金森和托尔斯泰等，他们未曾想过要像易卜生那样生硬地把西方传统汇集起来。在我们混乱时代中有各种版本的易卜生——乔伊斯是其中的佼佼者——但是歌德对戏拟对象的虔诚在同等才力者中无人可比。贝克特与莎士比亚的关系同乔伊斯和易卜生与莎士比亚的关系类似，但决不同于歌德的。柯尔提乌斯在《欧洲文学论文集》中引用了歌德 1817 年写的一封信："我们这些诗坛后生必须敬重前辈们，如荷马和赫西奥德等人的遗产，要视它们为真正的经典之作；在这些人面前我们应膜拜有加而不要多问，因为这些人是受过圣灵启示的。"

这不是易卜生或乔伊斯的口吻。柯尔提乌斯在 1949 年的评述十分得当：歌德标志了一方面传统的终结。也许我所借鉴的维柯观点不适用于此处，但如果"贵族的"指的是思想精英主义，或对真知的感知，那么歌德确实是但丁所开启的时代中最后一位大诗人。写一部反经典的史诗，或如《浮士德·第二部》那样恢宏的宇宙诗剧，你需要比别人更紧密地联系着经典，而自歌德以来已无人经历过这种痛苦（或喜悦）的关系。这就使浮士德的死特别深刻，因为不仅仅是一个戏剧人物浮士德在死去。

如果易卜生愿意让铸纽扣匠来处置彼尔·京特的话，那么后者会怎样死去呢？我们能够想象波尔迪·布鲁姆之死吗？浮士德的死法是古典式的，因为正如我们看到的，无论有多少戏拟和反讽，传统的延续都没有断裂。歌德之后，一切能断裂的都已断裂。爱默生、卡莱尔及尼采都敬重歌德，他们都认识到歌德的确是一个终结。浮士德的死预演了这一终结。弗洛伊德在为其治疗寻找一种意象时提出："它在何处，我就将趋赴。"浮士德最后的工程就是这种雄心的体现，即开垦海滩，重造一个新的尼德兰。

弗洛伊德尽管也有歌德式的科学主义思想，但他也是一位歌德式讽刺家，他知道浮士德至死都在探索逆转心态（mentality of reversal）："我在何处，它就将在何处。"在这一逆转中，靡菲斯特和他的徒众们为了浮士德的环境生态工程而犯下谋杀，这使浮士德在悔恨中备受俄狄浦斯式大错的折磨，即令他击退“忧虑”时也是如此。临死的浮士德（虽然他自己不知情）抛弃了魔法，决心挺而抗争这魔法，决心独自与自然进行抗争，拒绝一切超越的可能性，于是他就开始变成弗洛伊德式的人物，接受现实原则。这一接受也带来了最后一个理想主义的幻觉，这就是排干最后一处沼泽，真可谓“它在何处，浮士德就将趋赴”。

靡菲斯特还带来了最后的羞辱：阴森的勒莫瑞斯们代替了工人，已盲的浮士德听见了铁锹的声响，但不知这些人是在为自己掘墓，并不是为他改造自然的大计出力。维吉尔式的死亡与黑夜精灵勒莫瑞斯只是骷髅，实际上是木乃伊，他们盗用了《哈姆莱特》中掘墓人为奥菲丽娅挖墓时所唱之歌。伴着阴森的乐曲、挥锹的声音和哈姆莱特式忧虑，浮士德最后的谵语却来得不合时宜：“我正在享受最美的时刻。”话语刚落，他就向后倒在了勒莫瑞斯们的怀里，又被勒莫瑞斯们放在地上埋葬了。用浮士德自己的话来说，他的灵魂应被收回，因为他和上帝的赌已输了。

随后就是有名的惊险喜剧，显示出老歌德有意要激化的恶劣趣味。此时靡菲斯特极为焦虑，不住哀叹协议已变得一文不值，而且他和那些胆小的魔鬼正受到天使玫瑰风暴般的打击。这位魔鬼已被小妖们抛弃，只得独自为战，又不幸地失去自我控制，在男童天使臀部的神赐色诱下不知所以。浮士德的灵魂被这些迷人小童带往天堂，而靡菲斯特自然地要哀叹自己上当受骗。这一切都是善意而低俗的玩笑，歌德也许应该就此打住。但是，他却滥用和戏拟了但丁的《天堂篇》，此后向所有读者提出了一个有关视角化的终极问题。这一明显有天主教意味的结局加在了一出全然非基督教意义的诗剧上，我们该当如何对待？受福的孩童和各级天使同属一类，但是读者该如何应对天堂里众多的玛里亚努斯博士和所有伺奉基督的悔罪妇女？浮士德真是要在但丁式天堂中占据一席，做一群受福孩童的良师吗？这一结局是不是由奥斯卡·王尔德预先写好的？或者这都是歌德最后的亵渎，他对正常感受的最终冒犯呢？

仔细阅读之后，我们不会判定歌德诗篇的最后场景带有不明显的基督教意味。相反，它是深奥的、个性化的、极为异端的作品；但丁之作也是如此，教会直到后来才承认其卓越并将其归入经典。歌德十分巧妙地模仿了但丁，同时也通过把多个贝亚特丽丝式人物送入天堂而胜过但丁一筹。甚至玛里亚努斯博士事实上也不是正统派，他向圣母致敬时说:“您一人即是众神;/我们推举的女王!”可怜的格丽欣在人间和天堂都忏悔不止,而圣母接纳她只是要让浮士德受教益,使他跟随自己所爱升入更高的天界。

不过,我们何时曾听过浮士德忏悔?浮士德确实已经死去,但已活了一百年之久,这当然关系到时间。一生与魔鬼为伍,浮士德既未忏悔也未受到宽恕,但他却及时升天获救,这正应了那名字之意:“受宠者”。这并不公允,在任何正统的意义上说显然既不属于天主教派也不属于基督教。歌德有创意地将天主教神话和但丁式架构纳入自己的神话诗学系统之中，它与布莱克的神话诗学系统一样个性化,但更为吸引人,事实上引起了许多自相矛盾。如果浮士德升入更高天界,那是因为玄秘的歌德教义给了他拯救。在《浮士德·第二部》圆满结束时,基督教和基督只是神话诗学对位法中的另一支脉而已。

阿特金斯精心翻译的最后篇章有纯粹歌德式的情欲化极致浪漫主义:“女人,永远地/为我们指路。”但那是什么路?圣母并没有为浮士德指示哪条路,但玛格丽特和海伦却做到了。宏伟的缪斯队列为歌德指了路,他在自己的抒情诗篇中成为不朽。《第二部》结局显示的天主教色彩恰好是反经典的另一个例子,这体现在歌德一生所成功展示的语言和个性之中。

# 民主时代

The Democratic Age

# 10 经典记忆：早期的华兹华斯与简·奥斯汀的《劝导》

有些音乐学者宣称，蒙特威尔第、巴赫与斯特拉文斯基是音乐史上最卓越的三位创新者，尽管对这一断言仍然存在诸多争议。我认为西方经典的抒情诗歌领域中这样的人物仅有两位：彼特拉克和华兹华斯，前者开创了文艺复兴诗歌，后者所创立的现代诗歌至今已延续了整整两个世纪。由于我一直使用维柯的术语来结构本书，所以用他的话来说，彼特拉克创立了贵族时代的抒情诗，并经由歌德之手达到极致。华兹华斯开启了民主/混乱时代对诗歌的祝福/诅咒，这些诗歌不涉及任何事件。它们的主题是男女主人公本人，无论他们是否在诗中出现。

彼特拉克创立了约翰·弗里切罗所称的偶像崇拜诗；华兹华斯则如威廉·黑兹利特所言，是在诗歌的空白平台上另起炉灶，以自我，或更准确地说，以自我的记忆来填充空白。在第二个神权时代——我急切地追随维柯预言它的迫近——我认为诗歌会将贵族式的偶像崇拜与民主式的记忆同样弃如敝屣，并回复到更受限制的虔敬功能，虽然我不太确定虔敬的对象是否会一直被称做上帝。不过无论如何，华兹华斯是一个开端，尽管他像所有伟大的作家一样被英雄般的先驱们所影响，尤其是弥尔顿和莎士比亚。

把简·奥斯汀与华兹华斯放在一章中讨论似乎有点奇怪，她比华兹华斯晚生五年，是年轻一些的同时代作家；尽管华兹华斯比她多活了三十多年，但他最具有生命力的诗歌都创作于她开始发表作品之前。奥斯汀文学世界的中心是她在小说领域里的前辈如塞缪尔·理查森、亨利·菲尔丁，以及约翰逊博士。我们无法确知她是否阅读过华兹华斯的作品，正如我们无从考证艾米莉·狄金森是否阅读过沃尔特·惠特曼那样；然而有些人认为，奥斯汀后期的小说，尤其是她死后才出版的《劝导》(1818)，与华兹华斯的作品存在着共通之处，因此我将晚期的奥斯汀与早期的华兹华斯并置，特别是他的三首诗：《康柏兰的老乞丐》(1797)、《荒屋》(1798)及《迈克尔》(1800)。

华兹华斯的史诗《序曲》和杰出的危机抒情诗三部曲《永生的喻示》颂诗、《丁登寺》和《决心与自立》等影响更为广泛，成就也更加斐然。然而在我选择的那三首诗中有一种震撼人心的深刻性，华兹华斯的其他作品都难以企及，当我步入老年时，这些诗在表现个人苦痛时精心控制的悲情与审美尊严让我比阅读其他任何一首诗都更受到感动。它们散发着华兹华斯早期创作的气息，这种气息唯有在托尔斯泰晚期及莎士比亚的某些阶段里出现过，即一种普遍的共同哀伤，简单质朴，没有沾染任何意识形态的痕迹。进入十九世纪以后，华兹华斯的诗更具有弥尔顿的风格，但是他在将近三十岁时创作的诗中却透露出莎士比亚的诸多影响，他的《边缘人》改写自《奥赛罗》，他在乞丐、小贩、儿童及疯子身上捕捉到《李尔王》的某些约伯特质。下面是《康柏兰的老乞丐》非同寻常的开头：

我在散步时见到一个老乞丐；
他正坐在公路边
一道粗砾的矮石阶上。
这石阶就在大山脚下，
让牵马走下峭壁陡坡者
便于上马续行。老人
把拐杖放在宽大的石阶上，从一个
沾满白面粉的袋子里，那是村妇们的施舍，
他一块块地捡着碎屑破片；

眼光凝重严峻
又有些呆滞。他在阳光下，
坐在石阶的第二层，
荒山环绕仅此一人，
他坐着，孤单地吃着食物：
手颤抖着，却极力
不让面包屑撒落，
但碎屑纷纷如细雨；小山雀，
胆怯地注视着这天赐的美餐，
已然离他不过半根拐杖。

我记得曾在三十多年前出版的一本书(《幻想的伙伴》，1961)中写到过这一段诗，认为康柏兰的老乞丐与华兹华斯诗中其他潦倒的孤独者不同，因为他没有传达任何启示；他没有促使诗人警醒并达到那恩典显现的一刻。现在看来，我那时太年轻而缺乏理解力，尽管我当时比华兹华斯写下这些诗句时还略微年长些。整首诗将近二百行，是一部世俗的启示，揭示出人生终极之事。如果真有神启而天然的虔诚这种矛盾修饰法，那么这段诗必定就是：老乞丐与小山雀、石上的阳光、颤抖的手中撒下的面包屑。这是一种顿悟，因为它向华兹华斯及我们昭示了一种至高无上的价值，昭示了人类在最窘迫的时刻仍应保持的尊严，这个垂垂暮年的乞丐几乎没有意识到他的境况。在叠句"他继续走着，孤独的一个人"衬托下，这首诗勾勒出一个老迈衰弱的乞丐，"他的眼睛注视着/地面，当他移动时，/他的视线也跟着移动"。

在这里以及后来的一些地方，华兹华斯几乎是狂热地强调老乞丐身体的衰弱及无助，意图强化该诗的强烈主张，即不应将老人禁闭在"妄称为工业的房子"里，这一抗议预言了狄更斯对社会收容所的攻击。这个老人"爬"过一户又一户人家，构成"一份集合了/过去的慈爱行为与义举的记录，/否则便没有人会记住"。华兹华斯让我们可以自己去选择视角：我们是将此视为怪异景象，还是视为爱心之作，或两者兼而有之？我们很难分享诗人自己的视角，但又不

能不感到惊叹(带着某种震动):

那就让他过去吧,头顶神恩!
这无边的孤独
是世事浪潮对他的赐予,他好像
只是一个人独自呼吸和生存,
无可非议,不受伤害,他怀着
仁慈的天理布施于他的
善良:虽然他过着一己的生活,
且让他去触动那些文盲的村民
好心行善深切思量。
——那就让他过去吧,头顶神恩!
只要他还能走动,就让他呼吸
山谷里的新鲜空气;让他的血液
与霜冷和冬雪搏斗,
让肆虐树丛的狂风
吹起衰颓脸上的几绺白发。

我们大多数人可以接受这一观点,只要这个老人现在不仅被视作一个人,而且也被视作一个过程。华兹华斯没有就此止笔,而是欣喜于这个老人必须融于自然的悖论,无论老人自己是否领会这一点:

让他不再忍受山林里的孤独,
让林中鸟鸣的快乐曲调,
将他环绕,无论他是否听到。
他的乐趣太少:如果他的眼睛
注定一直瞄着地上,
不努力还看不到

那地平线上太阳的面容，
升起或落下，至少让光线
射进他那呆滞的眼球，
让他，随时随地，坐在
树下或公路近旁边的
绿地上，和小鸟一起
分享那靠运气得来的一餐；直到最后，
就像他生活在自然之眼的注视下，
让他也在自然之眼的注视下死去!

这个崇高而奇特的段落从“让他不再忍受”一直到“在自然之眼的注视下死去”，这里的自由实际上不过是忍受苦难并在大自然中匿迹的自由。当我们思量着这段结句时，它会强烈地震撼我们，直到我们最终感受到“自然之眼”的比喻展现其全部的范围与伟力。“自然之眼”不可能仅仅指太阳，也不可能通过感官去感知，因为这个老人耳力衰退，看见的也只是脚下的地面。赞颂老人的意志似乎不可思议，然而这正是华兹华斯的用意所在，即使这种意志的运用已缩减至老乞丐歇息和进食的当时当地。但这正是早期华兹华斯相当刻意地表现的：人的尊严牢不可摧，意志也会经久长存，从呱呱坠地到与世长辞，自然之眼一直在注视着你。在寻求接近超自然的天然虔诚的过程中，这首诗可能透露出残忍，却没有流于感伤的危险。在这里，华兹华斯的原创性异常突出；诗人心灵的他异性是这首诗创造的最大形象，三十三年以来，每当我想起这首《康柏兰的老乞丐》，脑海中浮现的总是它的他异性。罗伯特·弗罗斯特和华莱士·斯蒂文斯在他们描绘老年的怪异诗歌，如前者的《一个老人的冬夜》和后者的《冗长迟缓的诗行》中，也捕捉到一些华兹华斯的他异性，但没有展现其全部力量。

《荒屋》是一首冷峻的长诗，由华兹华斯叙述了可怜的玛格丽特的故事，大多数读者看到的是作为《漫游》(1815)第一卷的最终修订本。华兹华斯从1798年开始着手创作《荒屋》；最好的版本显然是学者们所谓的“D”手稿，目前在牛津与诺顿英国文学选集中都很常见，我这里采用的也是这个版本。柯勒律治是对这首诗大加褒扬的第一人，也是最有声望的一个人，他想将这首诗从《漫游》中分离出来以便恢复它独立存在的状态，使之成为英语世界最美的诗歌之一。《荒屋》历经二百年之后，仍旧被奉为一首优美绝伦、极度深刻的诗作。当前流行于英美的唯物主义与新历史主义派别的文学批评——马克思主义与福柯思想的奇特混合——指责华兹华斯没有保持坚定的政治立场，放弃了早年对法国大革命的支持。到 1797 年，华兹华斯已经摆脱了长期的政治与心理的危机，他的诗不再寻求解决社会病痛的政治途径。《康柏兰的老乞丐》、《荒屋》、《迈克尔》以及华兹华斯其他描写英国下层百姓苦难生活的诗篇都是浸透着同情与深刻情感的杰作，唯有浅薄的意识形态家才会以政治理由抵制它们。新派的学术道德家们应该反思华兹华斯何以被雪莱——政治上是他那个时代的托洛茨基——或其他激进派诗人如黑兹利特与济慈所接受。雪莱、黑兹利特与济慈深刻意识到的是华兹华斯那不可思议的天才，他教会人们如何感同身受他人的各种颠踬困顿。如果我们的学术政治委员们知道如何阅读的话，华兹华斯或许可以感化他们，这正是他写作诸如《荒屋》这样好诗的宏图所在。

玛格丽特的故事是华兹华斯从他的朋友、一个上了年纪的走街串巷小贩那里听说的，那是在一个荒屋的旧址上，“四面秃墙/彼此瞪视”，还有“一块园地/如今已然荒芜”。这里曾是玛格丽特、她的丈夫罗伯特以及两个幼子的家园，如今已是一片废墟。流浪者（这是他在《漫游》中的名称，因此这里我也如是称呼）从荒芜凄凉的景象中感受到自己内心的哀伤，因为他与玛格丽特曾有着父女般深厚的感情。他驻足于玛格丽特的泉水前掬水而饮，失落之情扑面而来：

当我歇息欲饮
一张蛛网却悬在水边，
在湿滑的踏脚石上
有一块无用的木碗碎片，
它让我心动难忍。

这份浓烈而又坚忍的悲伤让位于滔滔不竭的父亲般哀悼，有如《圣经》般庄严与深沉，正适宜于流浪者这个父权形象。（“父权”这个词如今在我们的大学里声名不佳，因此我必须赶紧说明，我使用这个词的语境是犹太传统中所说的“父亲的德行”，尤其是亚伯拉罕与雅各的德行。）我们听到的是对玛格丽特的哀悼与赞颂：

以往的日子里
每当我走过这条路时，她就
住在这几面墙内，当我出现，
她像女儿一样欢迎我，而我也爱她
如同自己的孩子。哎，先生，好人先死，
那些心中干枯如夏日尘土的人
却熬到最后。许多路人
都为可怜的玛格丽特温柔的面容祝福，
当她捧着那来自一处废泉的
清凉甜水时，没有人到来时
不受到欢迎，没有人离开时
不觉得她的爱仍在。她已逝去，
虫子爬上了脸颊，这破败小屋
四周的花儿已谢，
玫瑰和蔷薇被风吹打，
光光的土墙顶上布满
杂草和乱茅。她已逝去，
荨麻已枯、蝮蛇露面，
在我们坐过的地方她曾给
怀中的婴儿喂奶。那没上掌的小马驹，
四处奔跑的小母牛和陶匠的小毛驴，

如今歇息在烟囱墙边，
我曾在那儿看到她夜间炉火的闪亮，
那温馨的火光透过窗户
洒在路上。请原谅我，先生，
我常常想着这小屋
如同想着一幅画，直到我的理智
沉落，陷入徒劳的哀伤。

虽然华兹华斯的诗歌一向充满忧愤和探寻，他的诗句却很少有如此凝重的回响：

哎，先生，好人先死，
那些心中干枯如夏日尘土的人
却熬到最后。

这些诗行深深地烙入雪莱的记忆里，成为其长诗《阿拉斯特》的题词。在那首诗中，它们隐含地被转而反对雪莱的诗歌之父华兹华斯。在《荒屋》中，这些诗句是为玛格丽特写下的墓志铭，她的早逝于自己的温厚善良，和她的希望的力量；希望是她最可贵的品性，被她对善良和灾难来临之前与丈夫孩子共度时光的回忆所滋养。

粮食歉收、战时经济、穷苦困顿以及悲观绝望迫使玛格丽特的丈夫远走他乡，此后她希望丈夫回归的永恒意志却成为毁灭她和整个家庭的情感。我在西方文学史上任何其他地方都不曾见到有人像华兹华斯这样能理解希望的天启力量，它从美好的记忆中汲取能量，却比绝望之情更加危险。或许正是企盼考狄莉娅生存的疯狂希望，而不是明知她已死的现实绝望，最终摧毁了李尔；但是莎士比亚似乎乐于让这一点含混不明。《第十二夜》中可怜的马伏里奥受到恶作剧无情愚弄，他因对情欲与社会抱有荒谬的希望而遭人讥笑。这些都不足以与华兹华斯在《荒屋》以及其他诗作中的成就进行类比。华兹华斯的慧眼看出，希望具有危险性并可以摧毁我们的本性，他独特的记忆神话也因此成为了经典。玛格丽特的希望大过她本人，也大过我们中的大多数人。

你可能会认为玛格丽特的希望是世俗化的清教式希望，这种希望是清教意志的作用。清教意志依赖于个人灵魂的自尊，以及精神领域中私人判断的相关权利，包括宣称自己内心的灵光，任何人都可以凭借这一灵光自行阅读与阐释《圣经》。我疑心在高雅文学中是否有过这种世俗化发生。将一部文学力量十足的作品称作宗教的或世俗的，这是政治决定而不是审美决定。玛格丽特是个悲剧性的人物，因为摧毁她的正是她最优秀的禀性：希望、回忆、忠诚与爱。她的清教徒式脾性如同简·奥斯汀笔下女主人公体现的清教式意志，可以被称为宗教的或是世俗的，然而这种称呼将只是描述你自己，而不是描述《荒屋》或《劝导》。令我们深切关注玛格丽特的原因类似于我们为什么会被华兹华斯对康柏兰老乞丐的态度所感动，我们也因同样的原因被以主人公命名的诗《迈克尔》中那个老牧羊人遭受的庄严盟约苦难所深深打动。

在还算成功的莎士比亚式戏剧《边缘人》（1795—1796）中，华兹华斯奇怪地让剧中的伊阿古式人物奥斯瓦尔德说出了他所有早期诗作的信条。奥斯瓦尔德在对剧中奥赛罗般轻信受骗的主人公说出这段话时，以一种莎士比亚可能也会欣然采用的詹姆斯一世时代的爆发力，超出了当时的情境、整部剧作以及他自己的想象：

动作一晃而过——一步，一击，
肌肉的运动——这样或那样——
动作一完，我们在随后的空虚里
疑惑自己像是遭到背叛：
永恒的痛苦，难解又晦暗，
伴随着无边无际的自然。

莎士比亚或许会发现这些话更适合于麦克白而不是伊阿古，但是其中隐含的虚无主义对于这两个反派主角都很合适，对爱德蒙也是如此。华兹华斯可能反对我将这些话与他所描述的天真受难联系在一起，然而他早期诗作的力量却极少与安慰或关注悲伤的意义有关。《荒屋》使人痛心悲切，因为它远远地避开了慰藉，就像玛格丽特故事的高潮部分：

同时，她的破屋
残败欲倒；因为他已不在，是他用手
在这十月初霜的寒冷中
补上每一处裂缝，再用新稻草
修好长绿苔的屋顶。她就这样
度过长长的冬季，不安而寂寞，
直到这破落小屋在风霜雨雪中
倾坍；而她睡在夜晚的湿气中
冷到心头，风雪天里
她的褴褛破衣遭风吹打，
即使她在火旁也难逃脱。但是
她珍爱这破败的处所，不想为了外面世界
离开这儿；那屋外的长路，
这粗糙的凳子，还有那甜美恼人的希望，
深深植根于她心上。在这儿，我的朋友，
她缠绵病床；在这儿，她死去，
这断壁残垣的最后一位房客。

与康柏兰的老乞丐一样，玛格丽特也死在自然之眼的注视下，凄厉的寒风灌入屋中，肆意吹打着她。华兹华斯对流浪者讲述的玛格丽特的故事反应强烈，其中凸现出这首诗的伟大之处：

老人停住脚步：他发现我深受感动。
我本能地从矮凳上站起身，

难过地掉转脸,没有力气
谢谢他讲述的这个故事。
我站着,靠在花园的门边,
回味着那女人的苦难;似乎
让我欣慰的是我怀着兄弟情爱,
在悲伤的无助中为她祝福。

这不是圣经式的祝福，因为那种祝福会蕴含着更多的对生命及世代延续的期望,也很难说清“悲伤的无助”会带来一种怎样的祝福。华兹华斯是一个充满原创精神的诗人,因此他大胆地使用无助的祝福这样一种矛盾修辞法,尽管他明知这看上去是自相抵触的。《边缘人》带着莎士比亚的痕迹,甚至《序曲》也有弥尔顿的风格,然而,华兹华斯之前的诗歌没有任何一首像《康柏兰的老乞丐》与《荒屋》那样奇特和直白。希望引发毁灭,这就是四处弥漫着的华兹华斯式的焦虑,在必须阐释一种如此矛盾的毁灭时,我们仍然会犹疑不决。

正如彼特拉克开创了文艺复兴诗歌，华兹华斯无疑创造了现代或民主诗歌。前人的身影总是存在,即使对最强大、最原创的诗人也不例外;彼特拉克摆脱不了但丁的影子,华兹华斯在他主要创作阶段也从没能避开过弥尔顿。维柯的预言在这里又一次富有启发性;神权时代歌颂众神,贵族时代褒扬英雄,民主时代哀痛与珍视人类大众。在维柯那里没有混乱时代,他仅仅指出将出现一种混乱的状态,到那时会开始向神权时代的回归。依我个人之见,我们这个世纪在新的神权时代姗姗来迟(希望它永不来临!)之际已经将混乱供上了神坛。在众神、英雄、人类之后,接下去唯有机器人了,我满怀惊恐地注视着那些肌肉发达的“终结者”们推挤和驱逐着人类。《荒屋》本身是一首悲切阴郁的诗,但在二十世纪九十年代,它却似乎是一个愉快的慰藉,是人类反对混乱、反对向神权时代清规戒律求助的一声呐喊。

华兹华斯作为一个诗人写下《荒屋》是想为自己带来什么呢?我由肯尼斯·伯克想到这个问题,因为他教我们始终要记住去询问:作者作为个人通过写这首诗、这部戏剧或这本小说是想为自己带来什么？作为诗人,华兹华斯梦寐以求的是创造一种可以给他带来赞誉的趣味，因为核心作家中没有人如此坚定地要将自己极度个性化的气质普遍化，即使但丁也没有。华兹华斯的精神包容着人类与自然的他异性，或许没有其他诗人可与之比拟，既无古人也无来者。黑兹利特1828年对比华兹华斯与拜伦时精确地洞察到了这一点，此时拜伦已经谢世四年，华兹华斯也已多年未有佳作问世（这种不幸的情况从1807年一直延续到1850年，是历史上重要诗歌天才最长的蛰伏期）。黑兹利特首先就已故的拜伦勋爵机敏地提出一个不怀好意的问题（“他满怀着家族自豪感，是否已没有兴趣再探究智力的图谱？”），然后他将华兹华斯与拜伦比较，而拜伦一向欣赏蒲柏甚于欣赏华兹华斯：“《抒情歌谣集》的作者描写石地上的青苔、衰枯的蕨草，透露着他对它们奇特的感受；创作了《恰尔德·哈罗尔德》的诗人则描写参天的松柏，或坍塌的立柱，充溢其中的感情足以引起学童们的共鸣。”

《康柏兰的老乞丐》与《荒屋》也都源自某种异常奇特的感受，难以用规范的术语表达。华兹华斯的独到之处在于，他采用类似于后来托尔斯泰所期望的方法，把这些奇异的感情变成世人诵读的诗歌。恰当地让一个垂垂暮年的乞丐在自然之眼的注视下度过有生之年后死去；为温婉可爱的农妇玛格丽特被记忆与希望的力量摧毁而感到无比悲怆；这些是每个年龄段的人，无论性别、种族、社会阶层或意识形态，都可以意识到的情感。指责华兹华斯的诗没有写出政治及社会抗议，或抛弃了革命，这本身就逾越了学术自大与道德至上之间的最终分界。在这一界限之外，我们需要一个新的狄更斯来刻画伪善，一个新的尼采来记载下憎恨一族的男男女女们，因为他们的“灵魂正斜着眼瞧人”。

《迈克尔》（1800）是华兹华斯一首杰出的田园诗，也是他众多最优秀、最具特色的诗作的原型，那些诗歌常使我们联想起罗伯特·弗罗斯特。《雇工之死》的作者在表现原初人类情感方面有自己的力量，却无法与华兹华斯等量齐观，后者甚至直追耶和华文献作者触及艺术极限的能力。华兹华斯笔下的迈克尔是一个“听得出各种风声、各种呼哨的含义”的牧羊人，八十高龄仍像《圣经》中的族长一样力大无比、精力充沛。暴风雨让他爬上山去援救羊群，而他的孤独又使我们对他长久难忘：“他独自一人/置身千百重迷雾之间，/迷雾拂向他，留下他，在高山之巅。”

他老年得到的独子鲁克一直被当作小牧羊人抚养，他是他父亲生活的中心。经济的困窘迫使他暂时将这个男孩送到城里的亲戚那里谋生。这首诗的情节让我想起我最喜爱的一部可怕电影中的讽刺，W. C. 菲尔兹主演的《致命的一杯啤酒》，其中菲尔兹的儿子、可怕的切斯特去了大城市，被一伙大学男孩引诱着喝下了一杯致命的啤酒。他立刻酒醉失态，打碎了一个救世军女孩的小手鼓，这女孩是一个合唱队里跳踢腿舞的高手。她觉得羞辱难当，就用曾经学过的高踢腿，一脚将切斯特踢昏过去。这一次意外不可宽恕地将切斯特引向了罪恶的一生，并最终死于那所谓的爸妈斯内夫利，或者说菲尔兹夫妇之手。鲁克与切斯特很相似，只是崇高的迈克尔在鲁克离开之前要求儿子放下新羊舍的第一块基石，他走之后父亲将建好它，作为两人之间的一个盟约。当这个男孩堕落并逃往一个遥远的国度之后，我们感受到那铭刻于心的哀伤景象，以及其中的谴责力量。

爱的力量中有着慰藉；
它让事情可以忍受，否则
就使头脑迷惑心儿破碎：
我和不少人聊过，
他们记得那老人，他怎样
度过噩耗传来后的时光。
他的身板从小到老
结实异常。在岩石间
他走来，仰望那太阳和云彩，
还倾听着风声；和往常一样
为了羊群，他干各种各样的活儿，
也为了那一小块祖传土地。
他不时来到山间空谷
修修补补，建造羊舍，

因为羊群急需。人们没有忘记，
每一颗心都怀着怜悯
为那老人——人们都相信
有许多日子他造访那里，
却从未搬起一块石头。

从马修•阿诺德直到目前未受学术堕落影响的华兹华斯信徒们，他们一直推崇这段诗的最后一行；然而尽管这行诗句确实不凡，我还是更喜欢这首诗的最后一段，它似一棵独立的橡树挑战着我们的记忆：

有时在这儿的羊舍旁，人们看见他
独自坐着，或是让那忠实的狗
趴在脚边相伴。
整整七年，他频频
来此建造羊舍，
但他去世时工程还没完。
三年或更多一点，伊莎贝拉
也随丈夫而去：她死后
房产被卖掉，落到一位陌生人手里。
小屋曾叫“夜之星”，
如今无存——犁铧耙遍这块宅地，
四周变化处处触目：
——只有那橡树留存，
长在门边；还有那
未完的羊舍依然可见，
近旁流淌着绿顶小山谷的潺潺溪水。

我早年曾相信，记忆会被均等地分为快乐和痛苦两部分，而且我认为我可以逐字背诵的那些诗，其遣词造句总是恰到好处，其魔咒般的品质会带来无比的愉悦。略为年长以后，我觉得自己又赞同尼采的倾向于将难忘之事等同于痛苦经历的观点。如今我认为华兹华斯显然理解到，更难得到的快乐可能是痛苦的。新教意志与华兹华斯的同情性想象之间有着共通之处，这也可以解释为什么本章所探讨的奥斯汀的《劝导》与华兹华斯作品之间有一些奇特的类似之处。迈克尔的盟约没有被自然破坏却毁于鲁克，这盟约是一种出自清教意志的行为，这种意志想要把自己烙印于人们的记忆之中。《迈克尔》结尾处那棵孤独的橡树与未完工羊舍的糙石便是它的象征。

华兹华斯与奥斯汀不同(她是一种倒退)，他并不偏爱皆大欢喜的结局，在他心目中，婚姻的隐喻并不专指男女之间的结合，而是更多地联系着他所说的"自然"与他自己"体察入微的心灵"之间的和谐一致。自然在华兹华斯眼中是最有力的劝导者，而在劝导当中，经验的损失换来想象的获益。《康柏兰的老乞丐》中这种获益是一种不易消受的欢悦，但同样也不易忘却。《荒屋》结尾处的祝福是彻底的失落，却铭心刻骨，而《迈克尔》也是以全然失落的场景结束。

华兹华斯阴郁而崇高的田园诗留给我们的唯有经典的记忆，之所以"经典"，是因为华兹华斯已为我们做了选择。他像赫尔墨斯那样来到我们面前，告诉我们要记忆些什么，如何记忆，并非如此一来我们就会得到拯救或变得愈加谨言慎思，而是由于唯有记忆的神话可以弥补我们经验的损失。一旦领悟，他的教诲就具有经典性：乔治·艾略特与普鲁斯特(通过中介人物罗斯金)保存了这种教诲，贝克特《克拉普的最后磁带》也可以看作华兹华斯的最后驿站。这种教诲仍然延续着，尽管在这个糟糕的时代里，经典记忆受到咄咄逼人的道德教化和饱学无知之士的双重威胁。

"劝导"一词来自于拉丁语的"劝告"或"敦促"，即建议最好采取或不采取某一特定行动。这一词的本源可以追溯到"甜蜜"或"愉悦"，因此行动或不行动的好处带有强烈的个人趣好，而无关道德判断。简·奥斯汀选择它作为最后一部小说的标题，这让我想起了《理智与情感》或《傲慢与偏见》，而不是《爱玛》或《曼斯菲尔德庄园》。我们看到的不是一个人、一幢房子或一处庄园的名字，而是一个抽象概念，在这里只是单独一个名词。标题主要关联着书中女主角安妮·埃利奥特，她十九岁时受到教母罗塞尔夫人的劝导，要她解除与年轻的海军军官弗雷德里克·温特沃思上校的婚约。后来的发展证明这个建议糟糕至极，直到八年之后安妮与温特沃思上校才修复旧好。正如奥斯汀所有讽刺喜剧的风格，女主角的结局圆满。然而每次我重新读完这部无可挑剔的小说后，总是会感到十分难过。

这似乎不是我个人的异常反应；当我问及我的朋友及学生们阅读这部小说的感受时，他们常常表示对《劝导》也会感到一种悲伤，而阅读《曼斯菲尔德庄园》时却很少有如此感受。安妮·埃利奥特安静而善言，自尊又自立，绝不会感到孤独无助，她的自我意识从不会动摇和犹疑。我们读完全书后，感到的并不是她的悲伤：萦绕于心的是小说的沉郁风格。这种悲伤充实了我所谓小说的经典劝导性，它借此向我们显示了其非凡的美学价值。

《劝导》在西方小说之中就如同安妮·埃利奥特在小说人物中的位置，是一个强有力但并不引人注目的随从。书和人物都朴实无华，沉静闲逸；安妮·埃利奥特乍一看似乎缺乏《傲慢与偏见》中伊丽莎白·贝内特及《爱玛》中爱玛·伍德的激情活力，这或许是奥斯汀说安妮“对我来说太温顺”的言下之意。安妮对我们而言确实太难以捉摸，而在温特沃思眼中却并非如此，他有着某种神秘的波长可以与她沟通。朱利叶·麦克马斯特指出，“虽然两人相互之间极少开口，但一种间接的交流在安妮·埃利奥特与温特沃思上校之间不断地进行着，各人都对对方话中的含义心领神会，而参与谈话的其他人却不能如此。”

《劝导》中的这种交流依赖于深厚的“情意”，奥斯汀认为它的价值胜过“爱”。男女间的“情意”在奥斯汀心目中是更深沉、持久的情感。安妮·埃利奥特虽不引人注目，却必定是奥斯汀本人最情有独钟的创造，我这么说并不言过其实，因为她在安妮身上确实是尽情挥洒着自己的天赋。亨利·詹姆斯坚持小说家必须感觉敏锐，绝对不能错失任何细节；根据这个标准（显然不全面），在所有英语作家中，唯有奥斯汀、乔治·艾略特及詹姆斯本人能够和司汤达、福楼拜及托尔斯泰等人一同步入严格限制人数的万神殿。安妮·埃利奥特很可能是所有散文体小说中感觉最敏锐、不曾错失半点细节的人物，尽管她并无成为小说家的危险。我所见过的对安妮•埃利奥特最精确的评价来自斯图亚特•塔夫：

> 既没有人听见安妮说话，也没有人看到她，但她总处在中心。我们通过她的耳朵、眼睛与心灵留心到周围的事情。没有人意识到她，她却在意每一个人，觉察到发生在他们身上的每一件事，而他们本人却一无所知……她了解温特沃思的内心，知道他正给别人和他自己惹下哪些麻烦，而他却要等到后果发生才恍然大悟。

这样一个完人带来的审美危险显而易见：小说家如何能使这种人物令人信服呢？乔伊斯《尤利西斯》中的波尔迪有着充分的说服力，因为他性格完整，这正是乔伊斯最大的意图。奥斯汀的反讽模式制约了对完整性的表现：我们不会跟随她的人物们进入卧室、厨房和厕所。奥斯汀在《理智与情感》中讽拟的东西，在《劝导》中却被抬升到至尊的地位：一种内在的、特殊的孤立感受力的崇高性。安妮•埃利奥特不是奥斯汀笔下唯一善解人意的人物。她与众不同之处在于她对他人及自我的感知准确到了几近不可思议的程度，而这无疑是奥斯汀作为小说家最明显的特征。安妮•埃利奥特之于奥斯汀的创作正如《皆大欢喜》中的罗瑟琳之于莎士比亚：这两个人物几乎达到了唯有小说家或剧作家才能掌握的全知视角，若非如此，这部小说或剧作就会丧失所有的戏剧性。C. L. 巴柏令人难忘地强调过这一局限：

> 剧作家通常一次向我们显示一件事情，并以适当时机将其充分展现；他笔下的人物向两极发展，或滑稽嬉闹，或庄重严肃；剧中人物不可能身处综观全剧而不偏不移的位置，即使罗瑟琳也不行，否则这部戏剧将无任何生动和跌宕可言。

让我将巴柏的观点转个方向：比之哈姆莱特、福斯塔夫，或伊丽莎白•贝内特，或《曼斯菲尔德庄园》中的芬妮•布莱斯，罗瑟琳与安妮•埃利奥特差不多更是完全保持了岿然不动，几乎能够综览全部戏剧与整个小说。她们的姿态不能完全超越视角的限制,但罗瑟琳的机智与安妮的敏感都恰到好处,既不咄咄逼人也不谨慎保守,因此能够比我们更加接近于创作者的姿态。

奥斯汀从来没有丧失强烈的戏剧性;一直到小说结束,我们都体会到安妮因温特沃思旧情复燃而产生的不安。但是我们应当如信赖罗瑟琳那样去信赖安妮;如果评论家们更信任罗瑟琳对剧中其他人物及她自己的反应,那么托奇斯通的酸腐在他们眼中就会像雅克的虚荣一样一目了然。安妮•埃利奥特的反应有着同样过人的权威; 小说中除温特沃思以外的其他人都不介意她所说的话,而我们必须对之加以重视。

与巴柏相同,斯图亚特•塔夫的观点即使反向考虑也一样是正确的;奥斯汀的反讽明显地具有莎士比亚的风格。读者一定会陷入最初低估安妮•埃利奥特的错误。人们很容易赞赏伊丽莎白•贝内特或罗瑟琳的才智,而看不到安妮•埃利奥特精确的感受力。她性格中的秘密就在于结合了奥斯汀的反讽和华兹华斯的希望姗姗来迟感。奥斯汀在很大程度上拥有莎士比亚那无与伦比的才能,她为我们塑造出的人物,无论是主角配角,各自都有他或她一以贯之的说话风格,然而相互之间又完全不同。安妮•埃利奥特是奥斯汀笔下最后一个我想必须称为清教意志的女主人公,但是在她那里,这种意志被它的传人即浪漫派的同情性想象修正了(或许是完善了),而正如我们所见到的,华兹华斯是这种同情性想象的先知。或许正因为如此,安妮才成为如此复杂与敏锐的人物。

简•奥斯汀早期的女主人公以伊丽莎白•贝内特为代表, 她表明清教意志直接承自塞缪尔•理查森笔下的克拉丽莎•哈娄,再加上萨缪尔•约翰逊博士作为道德权威环绕在侧。马克思主义批评即使在其文学宣言中也不免将清教意志视为商业行径, 而谈论简•奥斯汀所排斥的社会经济现状的做法已成为时髦,比如西印度群岛的奴隶制,部分地构成了她的人物们能享有经济保障的根本原因。然而所有文学巨著都建立在排除的基础上,也无人证明增强对文化与帝国主义之间关系的意识对于人们学会解读《曼斯菲尔德庄园》会有丝毫裨益。《劝导》结尾时对温特沃思在其中享有高位的英国海军表示崇敬。毫无疑问,温特沃思在海上下令执行鞭刑,就不如在陆地上温柔地享受与安妮•埃利奥特的柔情蜜意更欢愉。但是奥斯汀再一次显示出,她的卓越艺术是建立在排除的基础之上，英国海军令人不快的现状与《劝导》的关联并不比西印度群岛与《曼斯菲尔德庄园》的关联大。奥斯汀的浓厚兴趣在于清教意志的实际和世俗后果，对我而言，这些后果是帮助我们赏析其小说女主人公的关键因素。

奥斯汀那种莎士比亚式的内在性在安妮•埃利奥特身上臻于完美，它修正了克拉丽莎•哈娄俗世化的清教殉道行为的强烈道德内涵，她在遭到罗弗雷斯强奸后慢慢地死去。克拉丽莎保持自身清白的强烈意志消解了她对生存的渴望。接受罗弗雷斯事后的悔过并与之结婚会损害她生存的本质意义，这就是说，她受到侵犯的意志必须得到尊崇。《克拉丽莎》中的悲剧被奥斯汀转变为反的喜剧，但这种转变却没有改变意志维持自身的企图。《劝导》强调出于自身意志的互相尊重，男女双方都看重对方的价值。显然，财富、资产及社会地位在这儿是重要的外部条件，但见识、性情、教养、才智及感情这些内部因素也同样不可小视。爱默生在某种程度上（作为爱默生坚定的追随者，这样说我很痛心）已经预示了当前马克思主义对奥斯汀的批评，他曾抨击她墨守成规，不让她的女主人公们摆脱社会成规而获得真正的心灵自由。然而这是对简•奥斯汀的误解，她懂得成规的作用在于解放意志，尽管成规可能会扼杀个性，但没有它，意志也就无关紧要了。

奥斯汀的重要女主人公——伊丽莎白、爱玛、芬妮及安妮——都拥有内心的自由，因此她们的个性不可能被压制住。奥斯汀的小说艺术不是关注这种内心自由的社会经济根源，虽然这方面的焦虑在《曼斯菲尔德庄园》与《劝导》中有所增强。反讽是奥斯汀用来创新的手段，而约翰逊博士将创新称为诗歌的精髓。拒绝接受敬意，除非这种敬意发自自己敬重的人，以此为核心的内在自由观念是最高程度的反讽。在奥斯汀所有作品中，最精彩的喜剧场面必定是伊丽莎白拒绝达西的第一次求婚，其中意志与尊重辩证法的反讽几乎令人恼怒。这种高明的喜剧持续到了《爱玛》之中，在《曼斯菲尔德庄园》里得到某种提炼，而它在《劝导》中又演化为可以确定但又难以命名的其他东西，这里奥斯汀已经成为如此自觉的大师，她似乎改变了意志的本性，好像意志也可以接受劝导，成为更罕见、更不带功利的自我行为。

没有人认为在《劝导》中简·奥斯汀已成为极致浪漫派作家；她认可的诗人仍旧是威廉·柯珀，而不是华兹华斯，她最钟情的散文作家也一直是约翰逊博士。但是弥漫于她早期作品中对想象与“浪漫爱情”的极度不信任在《劝导》中已经难寻踪迹。安妮与温特沃思在长达八年且前景黯淡的分离中始终保持着对彼此的情意，各人都心怀一股想象的力量而设想着重续旧缘的美满结局。这不是用于反讽小说，而是用于浪漫爱情的素材。《劝导》中常见辛辣尖刻的反讽，但它们几乎从不指向安妮·埃利奥特，只是偶尔地涉及温特沃思上校。

奥斯汀压制住向来对主人公的讥诮反讽，同时《劝导》中又萦绕着以往作品里从未出现过的某种悲切哀鸣，这中间的复杂关系纠缠难解。尽管安妮对自己充满信心，却无法摆脱对一种死气沉沉生活的焦虑心态，她只是从不提及，可能有的损失不止但也包括了得不到满足的性欲。我记得只有一位批评家，澳大利亚的安·莫兰，强调过奥斯汀的强烈暗示：“安妮……是个充满激情的女人。与意志相违背，她的内心一直坚持必须实现它的渴求。”既然安妮八年前已经拒绝向温特沃思表达好感，她认为有必要强持意志，因此成为奥斯汀笔下第一位意志与想象背道而驰的女主人公。

虽然奥斯汀表面上仍归属贵族时代，但她体现于《劝导》中的作为作家的本真性却驱使她在很大程度上走向了新起的民主时代，或我们过去所说的浪漫主义。在安妮·埃利奥特的心理中，或者说在奥斯汀的灵魂中，并不存在内战；但是出现了由于自我的分裂而引起的伤感，记忆与想象结为了同盟，共同对抗意志。吉恩·罗夫曾指出，安妮与温特沃思都蕴含着华兹华斯式的记忆力量。奥斯汀绝非是个偶然成名的作家，因此我们不妨发问，她为什么选择以彼此怀念的淡淡忧伤来贯穿《劝导》一书？毕竟，婚约遭拒的温特沃思重修旧好的愿望并不如安妮那样迫切，然而记忆与想象的融合战胜了他的意志。这是简·奥斯汀自身意志的舒缓吗？她在《劝导》完成后动笔写的一部未竟小说《塞迪顿》中重拾早年的方式，因此安妮·埃利奥特的故事或许是小说家游离正途或纵情信笔的产物。华兹华斯与《劝导》之间的相似之处不多，但确实存在。英格兰的极致浪漫主义小说，无论是拜伦风格的如《简·爱》、《呼啸山庄》，还是华兹华斯类型的如《亚当·比德》，无疑都是后来的发展。在《劝导》中奥斯汀笔下女主人公的性格并没有发生变化，但她显然带有更多的问题，因为考虑到生命的局限而蒙上了一层从未有过的忧伤。《劝导》时而显露的优雅悲情或许与简·奥斯汀不佳的健康状况有关，表明了她对自己英年早逝的预感。

斯图尔特·塔夫对比了华兹华斯与奥斯汀，他敏锐地注意到两人都是“婚姻的诗人”，也都具有“一些人所深切感受与理解的责任感，这些人视自身生活的完整与宁静在本质上是与其他人的生活紧密联结的，并认为人们的生活不仅仅是一种社会秩序”。苏珊·摩根拓展了塔夫的见解，指出了奥斯汀的《爱玛》与华兹华斯的力作《颂诗：童年回忆的永生喻示》之间特殊的类似关系。个体意识的成长是他们共同的主题，它在华兹华斯那里是消涨互现，对奥斯汀而言却全是增益。爱玛的意识无疑在发展着，她经历了准华兹华斯式的转变，从近乎唯我主义的快乐发展到与他人产生共鸣的更难得的愉悦。安妮·埃利奥特一开始就成熟得多，几乎无需意识上的成长。她因拒绝温特沃思而感到长久的懊悔，这却使她免于被希望击垮，我们已经看到这种希望的毁灭力量是华兹华斯早期作品，尤其是可怜的玛格丽特的故事中可怕的重点。不存希望，而怀有多种复杂的情感，这就是奥斯汀以其一贯的技巧所要表现的：

> 安妮·埃利奥特能够娓娓而谈——借此表达出她怀念以往的温暖情愫并对未来抱有快乐的信心，而不顾忌那似乎损害了行动力并猜疑上帝的过度焦虑的谨慎！——她年轻时不得不处处小心，年长后才学会了浪漫——一个不自然开端后的自然发展。

这里学会浪漫完全是来自于追溯既往；安妮认为浪漫生活已离她远去。确实，温特沃思于八年后重返故里时仍心怀怨愤，思忖着安妮对他的魔力已一去不返。果断与自信将他造就为出类拔萃的海军指挥官，而他恰恰对安妮缺乏这些品性感到不满。奥斯汀以细致精巧的笔锋追溯着他逐渐摆脱这种想法的过程，记忆的力量上升到主导地位，他意识到，他感觉被她抛弃而断定她缺乏行动的能力是误会了她。这真是一个美妙的反讽，当安妮苦苦等待之时，他却需要进行自我劝导，甚至没有觉察出她的等待，或者可以去重新点燃安妮的希望。这一喜剧散发着淡淡的忧伤,读者也在等待着,思量着偶然性在这里的作用何其之大。

前苏格拉底哲学家与弗洛伊德都认为不存在意外之事，而奥斯汀的想法显然与此殊异。她也认为性格就是命运,但命运一旦启动,在奥斯汀的小说世界那样受到过分限定的社会环境中,往往会逃避性格的影响。我在重读《劝导》时尽管知道它的结局圆满,但是当温特沃思与安妮不由自主地彼此疏远时,我仍然感到焦虑。读者并没有完全相信他俩会有一次令人满意的会面,直到安妮读了温特沃思写给她的忐忑不安的信以后:

"我再也无法静静地倾听下去。我必须尽我所能向你表白。你刺穿了我的灵魂。我半忍着痛苦,半含着希望。不要告诉我已为时太晚,不要说如此珍贵的感情已一去不返。八年半之前,你几乎击碎了我的心,如今我以一颗更加忠于你的心向你求婚。不要说男人比女人忘得更快,比女人更早绝情。除你之外,我再也没有爱过别人。我可能不公平、意志薄弱,还曾怨愤满怀,但从未用情不专。我为了你才来到巴思。我的一切想法,一切打算都只为了你一个人。——这一切你都没看出来吗?你难道不了解我的心意吗?——要是我读懂了你的想法,我甚至都不会等上这十天,我以为你一定看穿了我的心思。我简直写不下去了。我听到的一字一句都深深地感动着我。你压低嗓音，别人听不出来，但我能辨别出你说话的语调。——你太高尚、太出色了!你的确给了我们以公正。你相信男人中存有真正的感情与忠诚。请你相信我最炽烈、最坚定的爱情。

F. W.

"我必须走了,不知道我的命运如何;但很快我会回到这里,或者跟你们一起走。一个词语,一个眼神,就足以决定我今晚是踏进你父亲的大门,还是从此放弃。"

很难想象《傲慢与偏见》甚至《爱玛》或《曼斯菲尔德庄园》中会出现这样的一封信。敏锐的读者可能从小说一开始就已经感觉到了安妮的激情何其炽烈,但在这封信之前从未有过任何迹象显示温特沃思也满怀同样的感情。他的信很适合他的海军军官身份,写得不好,不完全是奥斯汀的风格,却因而更有效果。我们终于意识到,我们一直相信他是个不错的人,仅仅是因为安妮对他的爱激起了我们的关注。奥斯汀巧妙地避免了让他本人引起我们的兴趣。然而这部小说的效果之一就是说服读者相信自己能够明辨秋毫、自我劝导;安妮•埃利奥特在读者的眼中太过善良,对奥斯汀本人而言也是如此,但是细心的读者越来越坚信他们会以适当的方式去理解安妮。这本最精致的小说中最微妙的成分就是要求读者本身具有记忆的力量,以便感受到安妮•埃利奥特因为太矜持而不愿意直接表达出来的持久而深刻的渴望。

这种渴望之情萦绕于整部小说中,感染了安妮以及我们自己的认知。我们感受到安妮的存在就是意识到我们自己已然失落的爱,无论这可能是多么的虚幻或理想化。八年前断裂的关系要修复如初,不太可能,也违背了奥斯汀小说最"现实主义"的结构,但她谨慎地避开了这种局面。读者也开始被说服,随同作者一起希望安妮如偿以愿。安•莫兰精彩的评述认为,奥斯汀"对安妮最满意的时刻是安妮认为自己最一无是处之时"。读者被奥斯汀引导着,安妮也逐渐被劝导并跟上读者的步伐,更充分地表达出了自己的渴望。

约翰逊博士在《漫步者》第二十九期发表了《期待不幸的愚行》一文,对各种无论恐惧的还是乐观的迫切期望提出了警告:

> 由于恐惧或希望的对象尚不确定,因此我们不应该偏信其中之一的表现而忽略另外一个,因为它们同样靠不住;希望夸大幸福,而恐惧也加重灾难。大家都承认,没有人发现占有的幸福比得上期待的快乐,期待可以引发欲望,激励求索;现实中生活的灾难也未必如此可畏,它们只是被人们自己的想象夸大了。

这是约翰逊博士针对想象力的危险蔓延提出的一系列断言之一,奥斯汀作为他的信徒显然读到过他的一些断言。如果遵循这位伟大批评家的建议排除这样的表现,那么华兹华斯根本不会写作,奥斯汀也不会写出《劝导》。然而这部小说由她创作出来非常奇怪，在西方小说中，众所周知她是最高明的排除艺术大师。除去了所有可能干扰她的反讽式完美结局的因素，简•奥斯汀的任何一部小说都可被称作是完满的省略。《劝导》是她四部经典小说中最奇怪的一部，因而也是流传最不广泛的，但是，当我们走近她的同时代人华兹华斯努力在文学中开创的民主时代的尾声时，她所有的创作愈加变得陌生。她泰然自若地停留在贵族时代的最后边缘上，她与华兹华斯的艺术同样都依赖于日薄西山的清教意志与新兴的同情性想象之间的分裂，记忆是这种分裂的粘合剂。如果我本书的论点正确，那么奥斯汀将会熬过文学的暗淡前景而长存，因为原创性和个人图景这两者之中的陌生性是我们恒久的需求，在正朝我们蹒跚走来的神权时代中，唯有文学可以满足这一需求。

# 11 | 沃尔特·惠特曼：美国经典的核心

如果有人试图在西方传统的背景之下列举美国的艺术成就，那我们在音乐、绘画、雕塑和建筑等方面的建树将多少有点相形见绌。问题不在于人们用巴赫、莫扎特和贝多芬做标准；因为斯特拉文斯基、勋伯格及巴托克等人就足以让我们的作曲家自惭形秽了。另外，不论现代美国绘画与雕塑有多么辉煌，我们之中从未出现过马蒂斯。只有文学，它因为有了沃尔特·惠特曼这个美国经典的核心而成为例外。在过去的一个半世纪里，没有一位西方诗人，包括布朗宁、莱奥帕尔迪或波德莱尔，其影响能够超过惠特曼或狄金森。我们这个世纪的主要诗人，如弗罗斯特、斯蒂文斯、艾略特、哈特·克莱恩和伊丽莎白·毕晓普等，足以媲美聂鲁达、洛尔卡、瓦莱里、蒙塔莱、里尔克和叶芝等人。我们主要的小说家如霍桑、麦尔维尔、詹姆斯、福克纳等人，也可相应地与西方同行们并驾齐驱。

也许只有詹姆斯足以同福楼拜、托尔斯泰、乔治·艾略特、普鲁斯特和乔伊斯等人相提并论，但我们还有堪称世界水平的个别作品，如《红字》、《白鲸》、《哈克贝利·芬历险记》和《我弥留之际》。这其中最重要的作品是1855年初版的《草叶集》。惠特曼当然不仅仅是1855年的诗人，他的成功也体现在那两首当时无题的长诗里，它们最终题作《自我之歌》和《沉睡者》。1856年，第二版《草叶集》加入了“日落之诗”，这就是我们今日所知道的《横过布鲁克林渡口》。

1860年的第三版又加上了《当我与生命之海一同退潮时》和《来自那不停晃动的摇篮》。1865年的版本则悲剧性地添上了美国挽诗，它足以与《利西达斯》(弥尔顿)和《阿多奈斯》(雪莱)并列，这就是为殉难者亚伯拉罕·林肯所写的伟大悼诗《当紫丁香最近在庭园中绽放时》。

六篇主要诗作，即《自我之歌》和其他五篇虽次要却十分独特的沉思之作，是惠特曼最重要的作品。我们若要找到在审美意义上同样重要的西方作品，那就必须回到歌德、布莱克、华兹华斯、荷尔德林、雪莱和济慈。在十九世纪下半叶以及几乎整个二十世纪，或许除了狄金森外，没有人比得上惠特曼作品的直接感召力和崇高性。但是有一个令人不快的悖论，即我们从未正确地理解过惠特曼，因为他是一位既相当艰深又十分细腻的诗人，他所做的常与他声称要做的正好相反。

对许多现在的读者而言，惠特曼是一位情感充沛的大众诗人，是艾伦·金斯伯格及其他职业反叛者的先辈。他的正宗传人是两位试图摆脱他的影响却未果的美国大诗人：T. S. 艾略特和华莱士·斯蒂文斯。当然还可加上蔚为大观的哈特·克莱恩，他的诗作运用了艾略特和斯蒂文斯的修辞方法，又汲取了惠特曼的灵感和姿态。英国诗人兼先知D. H. 劳伦斯是英语世界中第四位真正的惠特曼式诗人；庞德、W. C. 威廉斯及其他候选者应该另当别论，不过我觉得约翰·阿什伯里是第五位惠氏传人，他确实学到并发扬了《自我之歌》的长处。西班牙语诗人以聂鲁达为顶峰，他们从另一个方向上受到惠特曼的影响，其中惠氏更多地是作为一位象征性人物存在着，他实际的诗歌文本却不那么要紧。

惠特曼的原创性与他的自由诗体关系不大，更重要的是他神话般的创新性和精湛的形象性语言。他的隐喻和格律在另辟蹊径上比诗体创新更有成效。即使他的简洁小诗也具有令人震惊的原创性：

> 啊，灵魂，这是你的时辰，你自由飞翔，
> 进入那无语世界，
> 远离书本，远离艺术，白日不再，
> 教诲已尽。

你全然崭露，静静地凝视与沉思
那最珍爱的主题，
夜晚、沉睡、死亡和群星。

这首小诗题为《夜半清空》，属晚期之作，作者似乎沉浸在斯蒂文斯的意识之中。抒情诗结尾的“群星”代替了缺席的、大海一样的母亲或母亲般的大海。当惠特曼呼唤“夜晚、沉睡、死亡”时，母亲的意象总是在第四或第五个出现。斯蒂文斯称赞这首小诗，因为它有力地表现出惠特曼对其主题所取的姿态，并显示出他对世界的清新感受。夜半正是惠特曼的顿悟之际，此时白天的纷扰已不能妨碍他静获启示。描写这一时刻的杰作是《沉睡者》，这也许是六篇主要诗作中最为人们忽视的。1855 年，它与《草叶集》中其他的诗作都是无题的；在 1856 年，它有了题目“夜诗”；而到了 1860 年，题目又成了“追逐沉睡”。事实表明，惠特曼的第一个念头常常就是最好的；这确实是他的“夜诗”。一旦进入夜晚，惠特曼就有意识地化身为美国的耶稣，这一大胆想象再现了《自我之歌》中死亡与复活的关键时刻。不过，我们最好从《沉睡者》开始，再进入《自我之歌》的若干方面，最后转到那明显忧伤的惠特曼。

我们知道，惠特曼作为美国宗教的先知，是在回应爱默生的激励以及爱默生所代表的传统，即带有东西方异教思想特征的传统。1854 年时他的出发点似乎是爱默生的散文名作《诗人》，其中宣称诗人们应该是“解放之神”。《自我之歌》最早的手稿出现在笔记的片段之中，其中所记录的对美国耶稣的认同，要比修改后的成诗第三十八节密切得多：

钉子无奈地穿透了我的手。
我记得自己的十字架受难和血腥加冕
我记得嘲笑者们和无情攻击
墓穴和白麻布已离开我
我又生活在纽约和旧金山，
再次走在两千年后的街道上，

传统并不都能为教堂注入活力
它们是死的，不过是冰冷的泥砖，
我能轻易建造一座同样好的，你也能：——
书卷不是人——

美国宗教的耶稣既不是十字架上的受难者也不是升天的神，他是与门徒们度过四十天之后的复活者，《新约》实际上没有对这四十天作任何解释。《自我之歌》最后十五节的诗人是对复活者的最伟大文学表现。《沉睡者》是复活的前史，它描绘了惠特曼式的化身的秘密，其中融合了人—神和诗歌人物。与惠特曼的大多数佳作一样，这首诗当然也提到其他许多事物，因为救世主之选择的召唤并非自始至终；但不管在哪里它都没有远离惠特曼。

我认为，批评家一般不讨论这个问题是因为它叫人为难，正如惠特曼坦承的自体快感让人难以探讨那样。没有什么证据能显示惠特曼除了自己以外还和什么人有过性关系，就我对他生平和诗歌的了解，我猜想他只有过一次失败的尝试，即在1859—1860年的冬季他试图建立起某种同性恋关系。也许惠特曼再次发现自己不愿忍受与别人身体的接触。无论他有何种准自闭症或性心理病症，他的天才与气概使他写出了六首重要的长诗。《沉睡者》足以说明他的地位，在惠特曼诗作中最具有布莱克风格，尽管惠特曼没有读过布莱克。和布莱克一样，惠特曼采用了希伯来先知的幻想姿态：

我整夜徜徉在自己的幻想中，
轻轻迈步，快速无声地迈步又停下，
睁眼俯向沉睡者们闭起的眼睛，
徜徉而彷徨、迷惑、不适、矛盾，
歇息、凝视、屈身、停止。

不论自己的状态如何，他直面沉睡者，那些已死和未死、受苦和平静的人，并对受难者们施以眷顾：

黑暗中我双眼低垂，站在最受折磨、
最为不安的人们身边，
离他们咫尺之地我双手来回抚慰，
不安的人陷入床中，一时睡去。

在一连串奇异的认同之后，诗的讲述者虽然隐隐地受到威胁，还是开始重新整合自我。我不愿以弗洛伊德的观点来解说这一点，更不会借用荣格的理论。外在于先知式自我的力量将强化自我，它最初威胁着要淹没自我，于是惠特曼自己也害怕溺水而死亡，而这正是诗的第三节他的替身所遭受的危难："一位美丽而硕大的泳者，赤身游过海水的阵阵漩涡。"这一巨人或"勇敢的巨人"在最初的诗稿中紧邻着两段后来被删掉的诗句，那是一个梦境，其中的他赤裸着羞愧地冲入世界，发生了与某个卢西弗式形象认同的噩梦，这个形象与麦尔维尔笔下雪白的巨兽有着奇异而阴郁的类同，高潮也就由此而生：

现在那庞大灰暗的鲸鱼身躯，似乎
就是我自己；
小心，捕钓者！尽管我懒散地睡卧，
我的鳍翅拍打就意味死亡。

成为被弃者的幻想与狂暴的否定相互交错：这是磨难与伴随着被选为施惠者而来的诱惑共存的模式。惠特曼夜诗的最后一节精彩动人，开头的诗句堪称对布莱克一幅画的描述：

沉睡者们裸身而卧美丽异常，
他们手牵手川流而过整个大地，
从东往西他们裸身而卧。

惠特曼写夜色的神奇字眼是“经过”(pass),对他而言,获救即是成为一个过客。所有不幸的沉睡者都在近似复活的状态下苏醒了:“他们经过夜晚的活力激发和夜晚的化学变化,然后苏醒。”面对这一景象,惠特曼让诗与自己在庄严的融合中结束:

此夜我也是过客,
我要短暂地走开,噢夜,
但我又返回且爱你,
为什么我要害怕把自己交托给你?
我不怕,我一直都被你引向前方,
我爱那多彩疾行的白昼,但我不会抛下她,
在她怀里我已躺了很久,
我不知为何向你而来,我不知偕你又将何往,
但我知道我来去都安然,
我只在夜晚停留片刻,然后及时起身,
我会按时经过白昼,噢,我的母亲,再按时回到你身旁。

虽然诗中此处只提及了母亲和夜晚,但是死亡的暗示却无处不在。这段诗仍有一些保留和恐惧,但又能有什么别的办法呢?在惠特曼很感兴趣的古代诺斯替教词汇中,夜的深渊是原始母亲,深渊里的创造即构成堕落。承认自己远远知之不足,此时惠特曼有意识地在死与复活的循环中冒险。他的真知就是他将安然地来去,然后再飞升。与惠特曼摇摆的信念形成阴暗对比的是李尔对葛罗斯特的绝望声明:“你必须耐心;我们哭着来到此世。/你知道我们初次呼吸空气时,/我们就叫嚷哭闹着。”“我们一出世就哭闹着,/来到这群小的舞台上。”惠特曼的悲情在于他那仍不完善的诺斯替真知与李尔的悲剧哭喊相去不远。《自我之歌》从第三十八节起试图提供一种更完善的知。第四十一节依据的是惠特曼的精确见解,即所有的神,包括耶和华,都曾是凡人,这一诗节上升到极度的渎神:

我来放大，我来应用，
一开头就压过那小心翼翼的老贩子，
为自己取得了耶和华的确切身形，
拓印克罗诺斯，其子宙斯，其孙赫拉克勒斯，
买来奥西里斯、伊西斯、约鲁斯、梵天、佛陀的手稿，
我的文件夹里随意夹着曼尼陀，一页里还有安拉、
奥丁和面目可憎的梅克西特里，还有每一种偶像和图画，
他们值多少钱也都买下，但一个子儿不加。
承认他们过去的生活，和他们所做的事情。

针对这些神，惠特曼发誓今生要做自己的事："那无足轻重的超自然，我自己正等着成为至尊的一员。"第四十三节中，耶稣在接纳各种神祇的背景下被接纳，诗的结尾几节则抛掉了所有的精神焦虑。笔记本片断更清楚地显示了惠特曼的雄心："我正等待时机成为上帝；/我想自己将做得好，最纯粹也最惊人。"笔记第四十九节的草稿是对惠特曼事业最极致的陈述："多半这就是我们得自上帝的；我们得到人"，他还说，"我难以领会有比人更奇妙的事物"。约瑟夫·史密斯所宣称的摩门教教义，即完人可以成神，在惠特曼的赫尔墨斯神智学中已经独自显现了出来。

惠特曼式的美国宗教出自《自我之歌》中最有创造性的一面，即对我们每个人三种成分的心理图绘：灵魂、自我、真我或我自己。我这里用的是惠特曼自己的术语，不会落入弗洛伊德或任何其他心理学范畴中去。惠特曼首先区分的是灵魂与自我，其中的灵魂如肉体一样是自然的一部分，是某种程度上异化了的自然。惠特曼的灵魂是指与自我对立的性格（character）或气质（ethos），自我则指人的人格（personality）和情绪（pathos）。性格行动而人格承受，即使所承受的是或强或弱的令人愉悦的情感也罢。所以当惠特曼写下"我的灵魂"时，他指的是自己心中黑暗的一面，即他本性中疏离或异化的一面。他在写"我自己"（如《自我之歌》的标题所示）时，他指的是那位沃尔特·惠特曼，一位美国人，一

位粗犷但显然勇于进取的男人。

正如惠特曼坦承的，他的自我是一分为二的。还有一个细微的、女性化的自我，他称之为“真我”或“我自己”，并将它等同为夜晚、死亡、母亲和大海这强有力的四重奏。惠特曼的灵魂是一个未知的自然，一种空白，而那粗犷的自我则是一个人格特征或面具，一系列不停变化的认同。真我或我自己不仅是已知领域，而且是知的能力，类似于已知者去认识事物的诺斯替式能力。

惠特曼的灵魂和两个自我的神话虽然复杂却始终如一。他应该称自己的主要诗作为《灵魂之歌》，但他从未受惑这么做，正如他也不会用《真我之歌》为题那样。惠特曼写过一些杰出的真我或我自己的诗歌，包括《沉睡者》和《当我与生命之海一同退潮时》。即使挽诗《紫丁香》也全然是一首我自己的诗，尽管它是指向所谓的“我灵魂的记录”，或是揭示我未知的本性。

正是在《自我之歌》这首最具抱负的诗中，惠特曼虽不太完整却最充分地解说了他的灵魂与两个自我之间的关系。他以“我赞美我自己”开头，意指诗的主人公即沃尔特• 惠特曼，或如他在1856年所称的该诗是“沃尔特•惠特曼，一个美国人的诗”。在诗中第四行他就邀请自己的灵魂，这一邀请在第六节被接受，但那只是在从未邀请过灵魂的“我自己”在第五节中得到出色描绘之后。我常觉得这些是《自我之歌》中的最佳诗句，或至少是最能吸引人的，它们确实预示了T. S. 艾略特和阿什伯里的诗风人格。这里，惠特曼又突然说道，是真我而不是那粗犷的沃尔特：

> 远离推搡拖拉，我站在那里，
> 兴味盎然，自得又同情，闲适又孤独，
> 眼光朝下，直立着，手臂靠在无形的支撑上，
> 扭头好奇地看着接下来会是什么，
> 同时在赛局之内和之外，一边观看一边寻思。

远离竞争，不恋爱欲，真我茕茕自立，不即不离，孤芳自赏，既唾手可及又保持距离，似乎既是球手又是球迷。这里的整段文字具有无尽的魅力，令人难

忘。一时间，惠特曼不再逃离我们，我们也因之加深了对他的理解。

但接着，他又轻快而有力地模糊了我们的认识："我相信你，我的灵魂，另一个我不会向你屈从；/你也不必屈从于它。"

这里正是惠特曼天才的核心，也是他和他的导师爱默生共有的天才。那粗犷的自我，惠特曼的人格形象，可以自由地联系着灵魂或未知的自然；但是另一个我，即真我或神秘的自我倾向于与灵魂形成主人—奴隶关系。在这里惠特曼的语言需要仔细品读：诗人的人格显然对他高深莫测的性格有种受虐的冲动，而那性格相应地也会被迫屈服于那超脱的、回避的本真自我，虽然我们不知道是谁在逼迫。他的内心既在又不在赛局中，尽管有种种自由姿态，显然也会屈从那未知或不可知之事，而异化的自然天性又会遭受倒过来的屈从。

美国诗人惠特曼拒绝了这两种精神姿态，诗中其他地方也对两种屈从有所谈论，即在有关紧急危机和部分解危的两个精彩段落里。在二十八至三十节中，灵魂实际上已对我自己施行了强暴，之后则是三十八节中灵魂对自我内部的他者的羞辱。这两种危机都旨在与第五节里灵魂和粗犷外部自我的象征性半结合形成对比。惠特曼幽默地描写了一次荒诞不经的拥抱，这并没能预防许多严肃的注释者逐字解释诗人的喜剧。奇妙怪异的形象体现在灵魂以一只手抓住自我的胡须，而另一只手触及自我的脚尖。惠特曼将字面的和比喻的意义混为一团，其中最让我们迷惑的是他对自体快感的召唤。《自发的我》这一有趣的咏唱有一个惊人的结尾：

> 有益身心的舒解、安息和满足，
> 这是从我身上信手拈来的一串东西，
> 已完成使命——我随意扔弃任其掉落。

更令人惊异的是《自我之歌》中的第一次危机，其中的形象也许还有所表现的行为是一次成功的却不情愿的自慰。如今对惠特曼的看法中有许多反讽，其中之一即宣称他是一个同性恋诗人。无疑地，他最深层的冲动是一种同性欲望，他关于异性激情的诗篇打动不了任何人，包括他自己。但不管理由是什么，在他的诗中或许也在生活中，他的性欲倾向是自慰式的。他诗中的一个常见意象就是一个人在自我亢奋之后把精子射在地上。与施虐受虐相比，自体快感更是西方最后一个禁忌，至少在文学再现中是这样，但惠特曼在自己一些重要的诗作中却称颂它。

如果有人在1855年宣称，美国经典作家已经随着一本名叫《草叶集》的书出版而出现，这本书印刷拙劣，除了作者自己外再无主题，我们也许会略表怀疑。我们的民族诗人竟是一位自我中心的自慰者，一位在一系列无题无韵并显然是散文体的诗作里宣称自己神圣性的诗人，这只会使我们顶多有些善意的同情。毕竟，年轻的亨利•詹姆斯这位有争议的、最敏锐的批评家在十年后评论《桴鼓集》时曾坚定地贬抑惠特曼，他认为惠氏思想平庸，只不过当日的阿诺德•施瓦辛格，徒劳地想以夸耀肌肉来达到崇高。

詹姆斯后来颇有悔意；但我们也不会做得更好，也只会事后生悔。最大的例外是爱默生，他在邮局里收到了书，读过之后就写信给惠特曼，并告诉他这是美国人所写的最具智慧和巧思的诗篇。爱默生的评价仍然正确。他未老先衰，且后来评价较严厉，但他早期的断语仍是美国文学批评实践的最高典范。爱默生自己已竭尽了全力，他也确实做得很好，但他立即认识到这是他所预言过的诗人，一位文学的弥赛亚，而他自己则是为他服务的以利亚或施洗者约翰。

在写给惠特曼的信中，爱默生提到1855年的《草叶集》时说："我欣喜地读到它，它的巨大力量让我们高兴。"五年以后在他的最后一部名作《生活之道》中，他给"力量"(power)下了定义：

> 所有的力量都一样，即对世界本质的一种把握。与自然法则并存的心灵将处在事件的急流之中，因这些事件的强大而变得强大。构成人与事件的材料是一样的；他能理解事件的发展并能预测它。不管发生什么，首先发生在他身上，所以他等于将要发生的一切。

我认为爱默生对惠特曼的第一印象并不错，即后者是一位美国萨满教巫师。巫师当然是自我分裂的，性倾向含混的，人神难分的。惠特曼作为巫师则不断地变形，能够同时身居多处，知道许多木匠之子小沃尔特·惠特曼极少能了解的事情。我们看到他回到古代锡西厄那有魔法的奇异医师那里，这些人都知道自己拥有或受制于一种神秘或魔法自我，于是我们就能充分地理解惠特曼了。这就是为什么惠特曼迄今仍然是美国宗教诗人的原因。当我阅读古老的准诺斯替教托马斯福音书时，便不由想起了惠特曼；而当我读到南方浸礼会关于与耶稣一起行走谈心的赞美诗时，持异议的贵格会教徒惠特曼又闪入我的脑海。正如理查德·波伊里尔所说，这个惠特曼写出的《最后的祈求》这首美国抒情诗，配得上出自圣十字约翰之手，是又一首"灵魂的暗夜"的颂赞哀歌：

终于，轻柔地，
从那坚固城堡的墙壁里，
从那连环相扣的锁键中，
从那紧闭的门户里，
让我飘浮起来。

让我无声地向前滑行，
以柔软之钥打开锁键——以一声细语
打开重重大门，噢灵魂！

轻柔地——不要急躁，
（噢人世的情欲哟，你威力强大，
噢爱哟，你威力强大）。

这是最后的祈求，因为即使巫师也必然知道，变化的最终形式即死亡。灵魂，或一个人未知的本性，打开了通向真我被死亡拥抱的一扇扇门。这里的抒情模式和圣十字约翰的暗夜一样都源自所罗门的《雅歌》，惠特曼之前的《紫丁香》挽诗对之也有呼应，尤其是在那画眉隐士的《死亡之歌》中。但在那儿，死亡与母亲仍是同一的；在惠特曼的图景中，自我的性欲终点最后要回到自己的领地，回到和自己的灵魂一同历险。这意味着，惠特曼的最后罗曼司是与他自己的，我们则回到似乎令人烦恼的问题：我们民族诗人自体快感的厄洛斯。

自慰的缪斯并不受到我们的欢迎，就我所知，在其他人那里也是如此，但是惠特曼具有永久争议的名声中却有关键的自体快感成分。我倒认为，惠特曼的普遍性，他那超越语言界限的巨大能量，并没有受到他那广泛的性欲，包括这一关键成分的妨碍。他的诗作不承认有任何性欲的区分，正如他拒绝接受人和神之间任何强加的界限那样。显然，惠特曼这位当时的自由州纽约的民主党人，就像弥尔顿自成一派那样，永远都是自成一党；但他和弥尔顿都知道如何将自己孤独的言辞变成永久重要的声音。

惠特曼的经典性在于他成功地永久改变了（不妨说是）美国的声音形象。从海明威那里可以听到惠特曼的声音形象（海明威也许并非有意），正如我们在彼此殊异的诗人那里都可以不受阻挡地听到它。这声音响起于孤独、受伤或禁欲的心灵之中，响起于带有惠特曼色彩的想象性文学中。斯蒂文斯并没想要让他的基韦斯特岛歌女唤回惠特曼，但他的诗却以此结尾：

> 造物者迫切地向大海寻找词汇，
> 向星光朦胧下芳香门庭寻找语言，
> 也向我们和我们的起源而来，
> 只是区分更诡异，发音更尖锐。

门庭的语言属于济慈，但是大海及我们自己的语言，还有人类起源的语言，都出自惠特曼。他的《来自那不停晃动的摇篮》原本是以“出自海的片言”为题的，片言即是死亡，清醒而神圣的死亡。不过我难以理解的一件事是，华莱士•斯蒂文斯虽然对惠特曼的流浪汉性格及其粗犷的美国人沃尔特形象都不以为然，却给惠特曼写下了最美好的赞词，这是我们文学中仅见的：

> 在遥远的南方天空秋日正走过

好像漫步在红色海岸边的沃尔特·惠特曼，
他正在歌唱，诵唱着属于自己的东西，
那形形色色的世界：过去的和将来的，死亡与白昼。
万事都无终结，他唱道。无人看到终结。
他的胡须如火，他的手杖就是跳动的火焰。

惠特曼若能读到这首唤起其爱默生式力量的诗该是多么快乐！斯蒂文斯囊括了一切：惠特曼是雄浑的太阳，是秋意中的哀唱，是一位过客，他拒绝终结，否认末日。斯蒂文斯笔下的惠特曼不是神灵，但他与日出日落共进退，吟唱着分裂的自我和那不可知的灵魂，点燃了比自然之火还明亮的光焰。斯蒂文斯虽没有呼应《紫丁香》挽诗结尾处交错的吟唱"每一和所有"，但他透露出了它的狂喜激情，它的信念，即真有那些"夜晚的回馈"。我在斯蒂文斯的热烈赞颂中没有听到讽喻，没有任何意识形态，没有无处不在的社会能量。我所听到的只是某种形象的声响，一种声音的形象，一个声音在吟唱，在传递，它坚信为了生活，起源和结局可以分开。

惠特曼老来越发怀念自己的师长，并讲述了当年爱默生安慰他的一句话：世界最终要聚集在《草叶集》的作者周围，因为世界受惠于他，所以必须这样做。尽管后来爱默生和惠特曼之间有很多误解，我们仍然能记得那句精确的预言，一如我们记住惠特曼在爱默生墓前所说的话那样："一位正直平和的人，爱心四溢，包容一切，清彻明白如同太阳。"把这两人联在一起的力量远远超过把他们分开的力量，这正是惠特曼所说的"包容一切"，就像作为自足天体的太阳的形象。

这位美国宗教的先贤沉静严谨，他只在作品中充分表白自己。这位美国宗教的诗人高扬信心之际几乎掩盖了一切。爱默生是一位睿智的作者，类似尼采、克尔凯郭尔、弗洛伊德，以及他的前辈蒙田。惠特曼却带来了审慎的精明，他没有传达任何智慧，不过我们却不会忽视他。他告诉我们他遭受的折磨和分裂，还有那既是知者又是被知者的自我所具有的奇特能力。在他最好的那些诗作中，你分不清本体的或经验的自我。依照大陆辩证法的标准，这一含混会使他最好的诗作也显得散漫，并使它们成为庞德《诗章》的先驱。惠氏和庞德之间有一种复杂关系，但是如果你在《自我之歌》或《紫丁香》中去找《诗章》的踪迹，却得不到多少启示。不过从《荒原》和《关于最高虚构的笔记》出发回顾以往，我们至少可以部分地阐明惠特曼的创作。在惠氏作品中取代了智慧或哲学洞见的是布莱克所说的"图景"(vision)。布莱克更为急切也适于去充当先知，他认为"图景"是为回归人性而作的设计规划。惠特曼虽然有着美国式的高昂，他的图景却更为适度：整合惠特曼的心灵已是一大工程了。但这一工程并没有完成，也无法完成；不过就我所了解的美国宗教而言，美国的上帝也没有完成，他是另一项永远在进行中的工程。

要解释惠特曼在美国文学经典中不可动摇的中心地位，就必须绕一个圈子。我们出过一些很了不起的女诗人：狄金森、莫尔、毕晓普和斯文森。不过就算再涌现一打如此杰出的诗人也不会动摇沃尔特的核心地位，因为作为作家，惠特曼和莎士比亚或亨利·詹姆斯一样，并非一种男性现象。我以为莎士比亚是双性化的，詹姆斯是女性化的，惠特曼则是自欲的，但不管怎样，他们三人都不受性别局限而且也不是男性定向的。一些大作家确实是如此：弥尔顿、华兹华斯、叶芝，以及最重要的诗人但丁。他们的特性是今日过激的女性主义批评家们难以接受的，其中一些特性尤为恶劣。这些大诗人可能会一时遭受新的文化批评的攻击，但最终他们会修正那些批评的。

经典的力量就体现在最强有力作家的平静持存之中。他们的丰厚是无穷尽的，因为他们代表的是心脏和大脑，而不是腰腹或任何种姓、派别或族群的特权。若你愿意，你可以反对但丁或弥尔顿的气质，但在理性和情绪上他们难以被攻击。托洛茨基这位有责任心的知识分子拒绝把但丁的《神曲》"仅仅视为历史文献"，他力促俄国作家看清他们与但丁诗作之间"直接的审美关系"。据托洛茨基判断，但丁作品的力量和强度以及智慧和深情等对马克思主义作家是至关重要的。《神曲》和《失乐园》已强加给我们某种直接的审美关联——或许还有基督教诗篇，但每部作品的陌生性和野性光彩(如威廉·燕卜荪对弥尔顿诗的评论)都是文学史上无与伦比的。

D. H. 劳伦斯的评价可谓恰如其分，他认为惠特曼是十九世纪之后诞生的最伟大现代诗人，他具有陌生性，甚至是奇特地幸存于民主时代最强力作家中的狂野力量，这些强力作家包括惠特曼、托尔斯泰和易卜生。比起我们混乱时代的核心作家，如乔伊斯、普鲁斯特、卡夫卡、贝克特和聂鲁达等人来，惠特曼、托尔斯泰和易卜生都重获了某种古代遗风。《自我之歌》中有着强烈的夸张和宽宏，这也见于托尔斯泰的《哈吉•穆拉特》和易卜生的《彼尔•京特》；可以说，这三部作品具有真正的荷马风格，这与乔伊斯的《尤利西斯》适成对照，后者尽管有细心安排的类比，但它与其说像荷马还不如说更像福楼拜。《自我之歌》、《哈吉•穆拉特》和《彼尔•京特》这三部作品如同其作者，都塑造了英雄形象，尽管它们常是含混的并且稚气未脱。阿喀琉斯也有孩子气，奥德修斯虽然已是成人，却不是最老迈的希腊人；乔伊斯的波尔迪还不到中年，却似乎比都柏林的任何人都要年长两千岁。

《自我之歌》的主人公确实很像爱默生，而爱默生的仰慕者尼采曾经精彩地评说："他不知自己高寿几何，也不知自己仍将何等年轻。"如果把《自我之歌》与《查拉图斯特拉如是说》放在一起，尼采的作品在审美上是难以相比的。比之惠特曼诗作，查拉图斯特拉的激动狂热实在是因为尼采深知自己已经年迈，也明白自己在试图表现得何等年轻。设想自己永远活在清晨是一种危险的审美要求，这也使查拉图斯特拉沉沦得无影无踪。有时，《自我之歌》中的沃尔特会扮演清晨的亚当，但更多的时候他有意显得和黑夜与混沌一样老迈。

惠特曼从爱默生那里学到了一个难以理解的观点，即以后的美国诗人必须身兼自己所遇到的一切事物的命名者和废名者。惠特曼在遇到这一辩证两难时精明地选择了逃避的方式：他压根拒绝为任何事物命名和废名。艾米莉•狄金森与爱默生的关系十分微妙，却在废名与命名的艺术上臻于完美；但是她的认知力就我所知，在莎士比亚以降的西方想象性文学中难有匹敌者。惠特曼心智敏锐，狡黠多谋，但他和丁尼生（他所仰慕者）一样都缺少认知的原创性。他的原创性来自于别处：形式的创新、姿态、风格、心理图绘、想象性视野等等。如丁尼生那样，在惠特曼作品中最重要的往往是他的痛苦的性质，他诗歌的感染力也大多出自于此。这种痛苦在《自我之歌》中产生了两次危机，即在第二十八节和第三十八节中，第一次是性欲并因此是自体快感的，第二次是带有美国色彩的宗教和基督式的。

早期笔记中的片断是《自我之歌》的起点，也是惠特曼发出自己诗歌声音的起点，其中包括成诗第三十八节的初稿。初稿和成诗中都有“岬角”的意象，在我看来这是惠特曼崛起为诗人的基本标志。一般意义的岬角是指突出在海上和海中的岩石，造成陡然坠落的危险感。惠特曼如往常一样既不命名也不废名，使岬角成了一个隐喻，表现出他与自己性欲的一种矛盾冲突关系，正如笔记本上的初稿所示，“它”指的是自己的一种触摸：

它使周围人围拢来，他们全站在岬角上讥嘲我
他们站在岬角上自己的位置，却任我被触摸。
前哨已从我身上其他部分离开
他们抛下我，无助地被触摸冲刷
他们全来到岬角上观看，还一起对付我。——
我踉踉跄跄蹒跚如醉
我被背叛者遗弃，
我乱说一气毫无理智，
我自己就是最大的背叛者。
我自己第一个上了海岬。

《自我之歌》在最后一行还加上了：“我自己的双手引我去那里。”我不明白为什么批评家们没有提到惠特曼这里的自慰形象。理查德·蔡斯和肯尼思·伯克在我之前注意到了它，而我对此已经多次进行了思索。惠特曼的感官除了触觉外全都抛弃了他而跑到岬角上去取笑他，要目睹他的失败，甚至还协助触摸对付他。但是叛逆的感官只是模仿惠特曼这第一个上岬角者。

“我自己”是指哪一位惠特曼？为什么是“岬角”？这一定是“我自己”或“真我”在向未知灵魂的他者屈从，而那高居母体海水之上的岬角含义再明显不过。虽然惠特曼极力赞颂男性的欲望，他却把男性生殖器形象化为一个危境，会坠落身亡，跌入母亲、大海和原始的黑暗之中。杰拉德·曼利·霍普金斯在完

全摆脱了同性恋欲望后，曾提到他的灵魂与惠特曼的接近，并夸赞《自我之歌》中一些段落的韵律和用词，并在他的诗《自然是赫拉克利特之火，是复活的安慰》中有意无意地暗指《沉睡者》中的一句（“我们向前冲！一伙嬉戏的无赖”），这首诗开头时写到了“一伙伙嬉戏”的云朵。

在他最深刻的十四行诗之一《没有最坏，一切皆无》中，霍普金斯用了一个隐喻“坠落之崖”去表达惠特曼“岬角”的约伯式痛苦，但其中的性欲暗示更为隐蔽：“噢心灵，你有崇山峻岭；坠落之崖；/可怕、险峻、无人能测。”惠特曼的心灵在岬角上发现了坠落之崖，这是惠氏既庆幸又畏惧的心理放纵的标志。惠特曼的爱默生特征使他个人的执迷转化成诗的力量，岬角意象使自慰激情转变成审美尊严。人们可以将惠特曼与诺曼·梅勒作一对比，后者如金斯伯格一样更多地源自于亨利·米勒而不是惠特曼。梅勒的自慰比喻是“炸掉你自己”，这一形象没有坠落岬角的危险令人印象深刻，也和惠特曼为成功的自慰行为而欢庆产生冲突。直到高潮时惠特曼自己才站立岬角；尔后他就欣喜于自己充分表现出的男性风景之中。好比一位古埃及的神，惠特曼通过自慰创造了一个世界，但他的岬角比他的收获更令我们难以忘怀。

第三十八节的危机更为尖锐，惠特曼因为和所有的被弃者过度认同而感到痛苦，他不顾自己要为大家补过的愿望而高喊：“够了！够了！够了！够了！我确实有些惊讶！站开些！/给我一点时间……”他将以异常的敏捷和力量恢复过来，不顾巨大痛苦而敞开自己的激情，那个“我自己”如美国基督一样受难：“我怎能旁观自己在十字架上蒙难和血腥加冕。”当他奋起时，当“锁链从我身上滚落时”，我们看到了美国宗教对复活之执迷的最重要文学表现，这是惠特曼所有作品中最奇特的一段：

我重新充满无上力量前行，是无尽凡人队列中的一员，
我们走向内陆和海岸，跨越一切界线，
我们的法令快速地传遍整个大地，
我们帽子上缀的花朵已生长千年。

惠特曼是一位十分重要的人文主义者，因此这里的反讽不能不加分析，但是要领会它依然很难。《自我之歌》的吟唱者好似基督，是“无尽凡人队列中的一员”。这一形象是常见的美国式复活的意象，其中作为预备的花朵已生长千年。“这是一个大失败。”爱默生这样提到各各他，然后他又说，作为美国人，我们要求胜利，既是感官的又是灵魂的胜利。《自我之歌》正是以爱默生的精神把复活作为一个美国式的巨大胜利来庆祝。在《神学院演说》中，爱默生宣称，耶稣“看见上帝化身为人，由此新生并出发去拥有他的世界”。这种焕然一新的前进被张扬为惠特曼充满了崇高力量的奋进，这是以美国宗教的方式视美国本身为一首最伟大的诗，或普世复活。

这就是《自我之歌》令人惊异的结尾，这首复活之诗不需要末日审判和终结。摩门教、南方浸礼会、黑人浸礼会及圣灵教会，不论何宗何派抑或是世俗的诗歌爱好者，都可以自由地把《自我之歌》尾声部分精彩的三联句中所表现的惠特曼当作美国的耶稣，他在复活与升天之间永恒的四十天里与美利坚一道散步聊天：

你不知我是谁或我意何为，
但我对你却是健康有益，
过滤并充实你的血液。

起初没抓住我继续努力，
错过这里再寻我到那里，
我会在某个地方等着你。

也许和所有大作家一样，惠特曼的出现是历史的偶然。也许就不存在偶然，一切事物包括我们视为至高无上的艺术工作，都是多重因素决定的。但是，历史不仅仅表现为阶级斗争或种族压迫，或性别专制。“莎士比亚创造历史”对我说来是比“历史创造莎士比亚”更有用的说法。历史与语言都不是神或造物主，但莎士比亚作为作者却是某种神。莎士比亚成为西方经典的中心是因为他通过改变对认知的表现而改变了认知。惠特曼成为美国经典的中心是因为他通过改变对私人自我和隐含可信的后基督教宗教的表现而改变了美国自我和美国宗教。

从政治的角度阅读莎士比亚当然不如以莎士比亚的眼光去看待政治更加有趣，正如从莎氏的角度看待弗洛伊德要比以弗氏的方式把莎士比亚简单化更有意义。惠特曼公认比不上莎士比亚、但丁或弥尔顿，但他的才气足以和西方文坛上从歌德、华兹华斯直到今日的作家们一比高下。

写出我们时代的氛围或其他时代的氛围意味着什么？整个十九世纪四处传扬的歌德如今在德国以外已是读者寥寥。但是他比任何德语作家都更多地写出了他的时代氛围。惠特曼几乎从一开始就声名远扬，迄今仍然是世界性的人物，但他会不会最终像歌德一样只限于自己的语言？惠特曼作为美国宗教诗人的特殊身份也许会让他在海外受到永久关注，但人们也记得年轻的歌德亦曾如弥赛亚那样被许多同时代人伺奉。我怀疑，成为一个民族之经典核心可以保证在某一语言内的持久流行，但超出了这一特定的语言，其声誉就难以永久不变。惠特曼在国外也许会褪去光彩，但我认为在国内决不会如此。《草叶集》的诗人出自一个败落家庭，其中充满了阴郁的呆滞和激情，为恶魔和鬼神所纠缠。作为一个生存的奇迹，惠特曼似乎知道他的诗歌使命有赖他直面家庭的所有磨难。

《草叶集》第二版（1856）收进了一首新诗，名为《横过布鲁克林渡口》。这首原先称作“日落之诗”的诗作曾经是梭罗心爱的惠特曼作品，它也预示了哈特·克莱恩的诗《桥》（1930），其中宏伟的布鲁克林大桥取代了惠氏时代的布鲁克林/曼哈顿渡口，这一替代既是事实上的也是象征性的。像《自我之歌》一样，日落之诗本质上也是颂赞的，但其中的第六节是惠特曼之自我最具否定意味的连祷：

并非只有你被夜幔罩住，
黑夜也让我头罩布幔。
我的杰作似乎空幻不实，

我以为自己想法伟大,实际上它们却很贫弱?
并非只有你一人知道什么叫邪恶,
我也曾编织陈年矛盾的缠结。

在许多杰出诗人的作品中,颂赞与痛苦总是并存的,但在惠特曼作品中始终并列着令人惊异的自我颂赞与自我折磨。对自我的哀挽因惠特曼的典范而成了美国诗歌中的典型体裁,但问题不在于他为何发明了这一方式,而在于为何这一体裁自他之后不可遏止地流传。《草叶集》第三版(1860)中两首"海上漂流"诗应算上乘之作,这就是《来自那不停晃动的摇篮》和《当我与生命之海一同退潮时》,激发了各种各样数不清的追随之作,如艾略特的《枯燥的拯救》、斯蒂文斯的《基韦斯特岛的秩序理念》、毕晓普的《三月末》、阿什伯里的《波浪》,以及阿蒙斯的《科森斯海湾》。由于我的首要目标是经典性,所以我最迫切的问题就是:这两首诗成为核心之作的原因何在?

部分原因在于《来自摇篮》中死亡发自海上的哀鸣,因为美国文学中任何有关死亡的思考都会绕回到惠特曼那里。在《来自摇篮》中,夜晚、死亡、母亲和大海完美地混同于一,但在更强有力的《当我与生命之海一同退潮时》一诗中,这一混同减弱到几乎消失的地步。但是,《来自摇篮》这首诗体现了惠特曼诗人品格的形成,而《退潮》隐约代表了某种暧昧痛苦的个人危机,这使惠特曼在1859—1860年冬备受折磨。大概是性欲上的失败感受让《退潮》充满了新的悲情,其浓烈超过惠特曼先前所有作品。在挽诗《紫丁香》出现之前,还没有任何特别时刻如此完美地表达了美国家庭罗曼司,此时正是他痛苦地倒在海滩上之际,从这一姿态中创造出了与父亲和解的最有力形象。

我扑向你的胸膛,我的父亲,
我紧贴着你使你无法松脱,
我紧抱你不放直至你给我一些回应。

亲我一下吧,父亲,

用你双唇碰触我如同我碰触所爱者一样，
当我紧抱你时请向我吐露让我羡慕的私密低语。

大海低语和母亲般呻吟的秘密在于，退潮的汹涌挡不住海水的正常回流。对惠特曼来说，这是一种宗教的奥秘，是某种神秘性的体现，是一种自我本身被认识的认识行为。惠特曼的理解十分深刻，即他的国家需要自己的宗教和自己的文学。他成为美国经典之核心的部分原因在于他仍没有被认可的、作为民族宗教诗人的地位和作用。美国宗教的圣贤和神学家们是一个奇特而多样的群体：爱默生，摩门教先知约瑟夫·史密斯，迟到的南方浸礼会先知爱德加·扬·穆林斯，威廉·詹姆斯，“第七日降临派”创始人艾伦·哈蒙·怀特，以及美国神学家中最细心者贺拉斯·布什奈尔。

这位美国宗教的诗人是孤独的，即使他一再声称自己的多样性。他若与谁同行，那人往往不是耶稣就是死亡：

孤独地站在深夜后院中，
我的思绪早已飘离我身，
走在朱迪亚的古老小山上，
我的身旁就是美丽文雅的神。

这些是朱迪亚的古老山坡，但地点却在美国，就如《紫丁香》挽诗中树阴下的沼泽一样，惠特曼曾在那里听到蜂鸟的鸣叫。鸟儿合唱着死亡与和解，而母亲—乱伦的禁忌已象征性地解体。惠氏是一位伟大的宗教诗人，尽管这是美国宗教而非基督教，正如爱默生的超验主义是后基督教的。像梭罗一样，惠特曼也带有《福者之歌》的色彩，但这印度教图景里掺进了西方赫耳墨斯神智学的新柏拉图主义和诺斯替教因素。

惠特曼作品中的“知”被称为“记录”(tallying)或“做记录”(keeping tally)，这与自体快感和写诗有关。当他记录时，他学爱默生那样提醒自己，他不是创世的一部分，或者说，他身上最好的也最古老的东西要上溯到创世以前。“记录”就成了惠特曼对真知的隐喻，即对美国宗教的永恒理解。就广度来看，惠特曼的“记录”是他主要的经典比喻，也成了我们民族文学的核心。哈特·克莱恩理解这点，所以在《桥》的“哈特拉斯岬角”一节中祈求惠特曼：“啊，从死者中站立，/你带来记录和一份新约定；/就是那鲜活的兄弟之情。”在克莱恩的图景中，惠特曼的新约定是奥菲士式的，“记录”则代替了欧律狄刻。我以为克莱恩对哀伤的惠特曼所作的解释似乎无人能及，因为那记录确实是《当紫丁香最近在庭园中绽放时》的作者在深入死境后带来的，只不过这是在向林肯的棺材献上记录的标志之后：

这里，棺柩缓缓通过，
我献给你我的紫丁香花枝。

在古老的原始诺斯替教托马斯福音书中记下了耶稣第四十二号格言：“当一名过客。”也许耶稣在告诉他的信徒们要像犬儒派贤者们一样四处漂泊，但我更倾向于惠特曼式解读：“过往”是对《紫丁香》挽诗的文字隐喻，“记录”则是实质的比喻，惠特曼的诗歌才情在于让“知”也成了某种过往，一种游历或探询——内在性在何处能完整地记录下来：

我要把这一切都保留，得自夜晚的每一与所有，
那灰黄鸟儿吟唱的奇妙之歌，
还有那记录着的曲调，我灵魂中激发的回声，
闪耀而坠的星星伴着一脸凄苦的面容，
紧抓的手牵着我走近鸟儿的呼唤，
我置身同伴中间，永存对他们的记忆，为了我所深爱的死者，
为了我的时代和土地上最甜美最聪慧的灵魂——为了亲爱的他，
紫丁香、星星和鸟儿交织成我灵魂的吟唱。
那儿黄昏的幽暗中有着芳香的松树和云杉。

这一特殊的结尾大概是美国诗歌或惠特曼诗作中最好的一段，它错综地交织着组成这首诗的各种意象。它所编结的不仅是挽诗中那些主要的标志。这里汇聚了惠特曼所有的重要诗作，即使在诗人自信地吟唱着那与其经典核心地位相同一的记录时。

如果你想想主要的美国作家，你可能会记起麦尔维尔、霍桑、马克•吐温、詹姆斯、凯瑟、德莱塞、福克纳、海明威、菲茨杰拉德等小说家。纳撒尼尔•韦斯特、拉尔夫•埃利森、托马斯•品钦、弗拉内里•奥康纳及菲利普•罗思等人也应该算上。最重要的诗人自惠特曼和狄金森开始，还包括了弗罗斯特、斯蒂文斯、莫尔、艾略特、克莱恩，也许还有庞德和 W. C. 威廉斯，最近的诗人罗伯特•佩恩•沃伦、西奥多•罗思科、伊丽莎白•毕晓普、詹姆斯•梅里尔、约翰•阿什伯里、A. R. 阿蒙斯，梅•斯文森等人也应该列入。戏剧家都不太出众：尤金•奥尼尔如今读来令人不满，也许只有田纳西•威廉斯的剧本能够经受时间的考验。主要的散文家仍是爱默生和梭罗，他们迄今无人可比。爱伦•坡已经为全世界所接受，所以他的作品虽然几乎千篇一律地令人惊骇，却无法被排除在外。

在这三十几位作家中（你还可加上自己所喜欢的），谁在国内外影响最大是不必质疑的。艾略特和福克纳也许最能挑战惠特曼，这是就他们对其他作家的影响而言，但是这两人还没有他那几近世界范围的影响和重要性。狄金森和詹姆斯的美学成就可以媲美惠特曼，但他们在普遍性上也无法与他抗衡。美国文学在国外总是以惠特曼为第一位，不论是在西班牙语美洲国家、日本、俄国、德国或非洲都是如此。我这里只想提一下惠特曼对 D. H. 劳伦斯和聂鲁达两位诗人的影响。

聂鲁达可以视为整个拉丁美洲文学经典的核心，而劳伦斯虽然在现今社会教条主义风行的时代明显不合潮流，仍可称为持久的小说家、散文家、诗人以及先知，他的荣耀和影响总会复归的。劳伦斯如在他之前的雪莱和哈代一样，会继续埋葬那些为他送终的人，如同惠特曼已经埋葬了好几代不满他的殡葬者一样。

劳伦斯发现惠特曼具有某种光环，这是虔诚的摩门教徒授予美国摩西杨伯翰的。劳伦斯更具有象征性的摩西可能会取悦惠特曼：

> 伟大诗人惠特曼对我来说举足轻重。他是一往无前的开路者，他是一位先锋。只有他一人是如此。英法两国都没有这样的先锋—诗人，欧洲也没有。欧洲的所谓先锋只是些改革者。美国也一样，惠特曼之前无人可以够格。他走在所有诗人的前头去探索生命未开的蛮荒。除他之外，无人如此。

劳伦斯帮助培育了美国的批评传统，即总是在重新发现真实的惠特曼，一位大艺术家，具有精致、细巧、空灵、神秘和艰深等特征，尤其是有经典的原创性。惠特曼奠定了我们想象性文学中为美国所独有的东西，即使反对阵营也承认他的先辈地位。我们这一代让我敬佩的诗人中，詹姆斯·怀特算得上一个惠特曼，阿什伯里差不多算另一个，而 A. R. 阿蒙斯也是一个惠特曼，无疑地，还会有更多真正的惠特曼出现。

我记得某个夏天自己正处于情绪低谷，和一位酷爱钓鱼的朋友住在南塔基，我大声向我们二人朗读惠特曼，然后自己又恢复了平静。我孤独时就对自己大声朗读，几乎总是读惠特曼的诗作，有时我是急于舒缓自己的哀伤。不论你是大声向别人朗诵还是处在孤独之中，吟诵惠特曼特别合适。他是我们时代氛围的诗人，无可取代也无法匹敌。英语世界中只有少数几位诗人能超过《当紫丁香最近在庭园中绽放时》：莎士比亚、弥尔顿，或许还有其他一两人。甚至莎士比亚和弥尔顿是否已经取得了比惠特曼的《紫丁香》更急切的哀情和更阴郁的词藻，这一点我都不能肯定。发疯的李尔和瞎眼的葛罗斯特之间精彩的场面；撒旦召集堕落的天使后发表的演讲——这些场景都体现了竞争性的崇高。下面的诗句也是如此，只是带有异常的沉静：

> 一座老旧农舍前的庭园里靠近白漆的篱笆，
> 高高的紫丁香树丛伸展着浓绿的心形树叶，
> 尖巧的花儿朵朵挺立，带着我喜爱的馥郁芳香，
> 每一片叶子都是奇迹——出自庭园这片树丛，

带着颜色雅致的花朵和浓绿的心形叶儿，
我折下带花的一枝紫丁香。

# 12 艾米莉·狄金森：空白、欣喜、暗者

如果借用埃里克·本特利的《作为思想家的剧作家》这一书名，称一本书为《作为思想家的诗人》，那么艾米莉·狄金森将会是此书特别关注的一个对象。除了莎士比亚，狄金森是但丁以来西方诗人中显示了最多认知原创性的作家。最可能与她匹敌的是布莱克，后者也为自己重构了一切观念。但布莱克是一位系统的神话制造者，他的系统有助于组织自己的思索。狄金森却为自己重新思考一切，不过她写的是抒情式的沉思，而不是舞台剧或神话诗式的史诗。莎士比亚写了几百个人物，而布莱克只写了十几个他所谓的"巨形"。狄金森一直用大写的"我"来实践一种独出机杼的简约诗艺。

她的批评家几乎总是低估她令人吃惊的智慧深度。她的品位不容平庸之作；如果她不去重命名或再定义，她就将对象改写得让人们不容易辨认出来。惠特曼把作品送给爱默生看；狄金森却独特地选择了托马斯·希金生，他是一位勇敢的人但不是批评家。他为此感到困惑，我们也和他差不多；我们感到困惑不是因为她独特的魅力，而是因为她思想的力量。我不相信任何批评家能够充分地应付她的知识诉求，我自己也是如此。但我希望进一步地确立她超凡的认知原创性，以及随之而来的作品难度，以便帮助我们认清她最好诗篇的精华所在。

正如我不断地发现的，陌生性是进入经典的基本要求之一。狄金森如但丁

或弥尔顿一样具有陌生性，他们把自己独特的图景强加于我们，以致我们的学者夸大了他们的正统性。精明的狄金森不强加给别人任何东西，但她如但丁一样是一位独立的思想家。她的同时代人惠特曼因为诗思微妙和比喻空灵而领先于我们。狄金森也在等着我们，永远在前方路上等着我们这些迟到者，因为没有什么人可以仿效她重新为自己思考一切。

大约十年前在一本名为《打破器皿》的小书中，我搜寻了英美诗中一些空白隐喻的用法，这体现在从弥尔顿到华兹华斯、柯勒律治、爱默生、惠特曼及斯蒂文斯等人的作品中。我曾想把狄金森的空白也考虑进去，但最终我在它们极大的深刻性面前退却了。这些空白在她的九首诗中尤其突出，这九首诗都很精妙，但我最喜爱的是第七百六十一首，那是1863年作者三十二岁时所作：

从空白到空白——
一条无迹可寻的路
我拖着机械的步伐——
停止——或毁灭——或前进——
都同样地冷漠——

如果我抵达了终点
它终结在
所有被揭示的不定之外——
我闭上眼睛——四下摸索
做一位盲者——更是轻松——

把这一切堆积到一首十句共四十一个词的小诗中应该是一件难事。这首抒情小诗引领着我们一路从忒修斯到达弥尔顿；前者是忘恩负义的原型人物，他抛弃了给他指引迷宫之路的女子，而后者在使用普遍的空白隐喻上居所有男性诗人之冠，这种空白是自然天性对他失明的赠与。狄金森并没有阿里阿德涅给她走出迷宫的线团，即使她会猜想到那令她害怕去接近之物，那大概是噩梦中的牛头人身怪兽，这象征着男性力量，可能也包括男性的性欲。惧怕会引起无望的冷漠，必然会导致一个人步履机械地从一处空白茫然地走到另一处空白。卡夫卡的地洞已经被预示了，而人们记得保罗·策兰对狄金森的迷恋，这导致了一些杰出的译作出现。所有这一切都包含在第一节诗的十九个词中；而且不仅如此，因为我们怎能限制住“从空白到空白”所产生的激荡回响？

爱默生曾经写道，自然中见到的废墟或空白只存在于我们自己的眼中。他大概暗引了柯勒律治的颂诗《沮丧》，诗中主人公以“一只空白一片的眼睛”凝视着，再往前的典故是柯勒律治和爱默生都知道的弥尔顿对失明的哀悼。选择“失明”即放弃看见“空白”，这在狄金森及她的男性先辈作品中都比喻了诗的危机。当然，斯蒂文斯不断写出的空白更接近于狄金森而不是弥尔顿或柯勒律治，而且在斯蒂文斯的作品中，诗歌危机的联想是不断产生的。如果你回顾一下《从空白到空白》的第一节，主要动词“拖”用的是过去时。那么现在她又在何处？第二节也没有给出答案：“如果我抵达了终点/它终结在/所有被揭示的不定之外——”这一节写得艰难而且想得深沉。从过去时“抵达了”转换到“终结在”的现在时，这暗示着她确实到了某个终点，这一终点是难以揭示的，也仍然是不定的。

难驾驭的词就是那超越性的“之外”，这给那有条件的“终点”一种不同的价值含义，提示我们“终点”和“终结”之间的文字游戏。一个终点要终结于任何事物“之外”这一说法已根本取消了终点，这也预示了诗的决意动作，它与拖着机械步伐的动作形成对照：“我闭上眼睛”。当你不再注视空白时，你就处在自然的废墟或迷宫之外，但你的收获也就难以确定了：“四下摸索/……更是轻松”。

能否将此句读为“四下摸索……似乎更是轻松”？也许是，但这就损失了某种反讽的惊奇，这一反讽会扩展到破折号之前的“做一位盲者”。失明了会更轻松吗？在这种隐喻性的修正中，弥尔顿的哀悼失去了英雄式的悲情，而正是在这种悲情上，柯勒律治、华兹华斯和爱默生等人找到了自己的空白比喻。狄金森的所有求索之诗都有卡夫卡式的迷宫特征：都是些无目的的旅行，更像斯蒂文斯《秋天的光彩》中的海滩漫步，以及惠特曼“海上漂流”诗作里的同样场景。

在我看来，她的《从空白到空白》一诗显然倾空了某种男性诗人英勇悲情的传统。她的空白是弥尔顿，和/或爱默生，一种极富莎士比亚意蕴的空白：靶眼或靶心的白点，“你的眼睛的真正空白”。靶眼也许向无路可循的狄金森暗示了忒修斯和阿瑞阿德涅的线团，但把古典的(非莎士比亚式的)忒修斯与父权式的弥尔顿联系起来的微妙机会也许太好了，因而不可错过。《从空白到空白》就成了从靶眼到靶眼的运动，或是从忒修斯到弥尔顿的运动，狄金森的小诗事实上带有某种微妙的威胁。

我迄今所勾勒的仅是某种废名的例子，很像乌尔苏拉·勒吉恩寓言中夏娃为野兽去掉名字的故事。吉恩的标题可以为狄金森所用，只要狄金森愿意：“她将它们去名”。如果可能，我也会以此为题而不是用《艾米莉·狄金森诗歌全集》为题。她从未停止过废名，即使空白也难免她崇高而激越的废名行为。爱默生催促诗人们去废名并重新命名。惠特曼机智地避开命名或废名。狄金森无意于重新命名，因为这是在重新概念化之后，与废名几乎一样。我也没有兴趣使狄金森成为阿姆赫斯特的维特根斯坦，同样也无意视其为阿德里亚娜·里奇及类似反叛父权诗歌传统者的先驱。狄金森所创造的方式别人难以模仿，而且对本世纪女性诗人中的佼佼者影响不大，如玛丽安娜·莫尔、伊丽莎白·毕晓普及梅·斯文森。狄金森的影响更微妙地显现在哈特·克莱恩和斯蒂文斯那里，这些人继承了她废名的热情，抛掉了所有的看法与定见，但仍无法媲美她的缜密智慧。

已故的燕卜荪爵士认为，我们时代的诗不过是一场鬼脸游戏，此时他想到的是克莱恩，这是实际上有自杀意味的行为。除了卡夫卡，我想不出还有任何作家如狄金森一样如此有力和一贯地表达出这种绝望。我们都感觉到卡夫卡的绝望主要是精神上的；狄金森的绝望则本质上是认知的。她很像爱默生那样赞赏自己的奇智，也很像弥尔顿那样自成一派，她采取的是布莱克的姿态但不是他的方式。她的痛苦是知性的而非宗教的，所有试图视她为奉献型诗人的做法都已不幸地破产。那名为“上帝”的实体在她的诗里可谓生平多舛，遭遇了相当的不敬和误解，还比不上她命名为“死亡”的对立实体。狄金森曾爱上一位或两位牧师，以及一位法官，但她从没有在哪一位爱人身上虚掷感情，只要她认为这人与她距离得太远也太严肃。一位先喊上帝为窃贼和赌徒，然后又尊上帝为父亲的诗人，是不会有什么虔诚信仰的。

狄金森作品中的文学原创性是惊人的，主要就在于她用诗来思考的方式。她写作之前就已开始了废名的隐含举动，她以此对弥尔顿/柯勒律治/爱默生式的空白采取行动，带着她隐藏的莎士比亚式替换。随后她又通过恢复比喻的历时性特征而揭示其中的意义；她比我们更隐含地懂得隐喻在时间上的不充分。这部分得益于她阅读爱默生的诗，更多的则是出自她自己；爱默生并没有显示出像她那样的怀疑，即怀疑隐喻在诗的永恒或精神获救上的历史主宰地位。虽然她极端浪漫主义而追求斯蒂文斯所说的返璞归真，但她那白人被选者的感觉对重归这种本真的代价仍充满了不信任。如果你是重要的西方女诗人，你当然能够崇敬布朗宁夫人，因为她实际上不可能妨碍你。狄金森却如惠特曼一样，他们的直接影响最令人恐惧。惠氏最忠实的追随者是那些对他回避最多的人：写《荒原》的艾略特以及斯蒂文斯。同样，受狄金森影响最大的是毕晓普和斯文森，这两人都小心避免在表面上去仿效狄金森。她自己的诗作明显地类似爱默生的诗，但是他们二人的直接先驱是英国的极致浪漫派，她的内在源头则令人惊异地是莎士比亚。男性传统的巨大遗产对她是独特而有利的，因为她和那个文学世界有着一种原初关系。女性主义批评不能或不愿视竞争为文学的铁律，所以继续认为狄金森是一位同道，而不是一位必然地令人生畏的人物。

当人们精疲力竭或神志错乱时，就可以去阅读那些大诗人之作，因为从最好的意义上说，它们可以安慰我们。华兹华斯和惠特曼当然名列其中。狄金森的作品要求读者的积极参与，所以读者应具备最佳心态去读她的诗。我在不同时期教授她的诗时，都感到十分头疼，因为其诗的艰深超出了我的极限。我已故的师长威廉• K.韦姆萨特曾对我在狄金森讨论课上的讲解冷酷地打趣道，这证实了(他说)我的状态正是他所谓的“感受谬误”的标志。确实，狄金森对任何人都是一种威胁，只要这人相信崇高的文学会引导人们达到所谓的“欣喜”(transport)状态。狄金森奇特地喜欢这个词，不论它是做动词还是名词。从她的手稿中我们可以得知，她认为“恐怖”和“着迷”可以作为“欣喜”的替换词。在这一恐怖与着迷的融合中，她似乎至少退回到一个世纪前的情感浪潮中，即那个感伤主义和崇高的文学时代。但她的“欣喜”却是大相径庭的东西，这实际上就是使爱默生式实用主义产生影响的那种差异，正如作于1867年的第一千一百○九首诗所显示的：

我适应他们——
我寻找暗者
直到我完全适应。
这劳作是适度的
并带着十分的甜美
我的节制提供
他们更纯的食粮，如果我成功了
如果不能，我也曾
朝着目标欣喜若狂——

这九行中共四十五个词足以让人头晕，但我总是会想起安格斯•弗莱彻在论崇高时对雪莱的新阐释，他认为崇高会让我们放弃轻松愉快而去追求更难得和痛苦的快乐。弗洛伊德对这一说法也许不会赞同，因为这似乎通过施虐受虐的方法提升了他所说的“基本诱因”。这首简短有力的诗有五个核心词汇：两个“适应”、“暗者”、“欣喜”、“目标”。诗中的关键问题是：“谁是暗者？”而不是“什么是暗者？”这一区分我是从“我适应他们”一句中的“他们”得来的。这里的“他们”似乎是“暗者”的先行词。狄金森诗中的“暗者”(The Dark)与“黑暗”(Darkness)有所不同，前者有时似乎是指我们所称的“死者”。

最有魅力的诗人总是含蓄地要求我们，在学习他们的语言时要阅读他们所有的或几乎所有的诗作。在狄金森作品中，这要求也许同样是明确的，所以我引用了作于1862年左右的第四百一十九首诗：

我们慢慢习惯了暗者——

当光明移开时——
好比邻居拿着灯——
好听她说再见——

这一刻——我们犹豫不决地停步
为了夜的新来临——
然后——我们的视野适应了暗者
上路——直立——

还有更广大的——黑暗——
大脑中的那些夜晚——
没有月亮显示任何迹象——
或是星星——出现——在其中——

最英勇者——摸索一番——
有时碰上了树
直接撞在额头上——
但是他们会看到——

或是黑暗产生变化
或者视线中某物
适应了午夜——
生命几乎径直前行。

极为有趣的是那最英勇的人额头直接撞在了树上，这有助于使诗作摆脱过于简单的寓意。我的理解是，这首诗的中心在“我们的视野适应了暗者”，这也预示了五年之后出现的诗作，“我适应他们——/我寻找暗者/直到我完全适应”。早期的诗描述对惧怕死者心理的克服，而后来的“我适应他们”从一开始就远离惊恐。使我们适应暗者和死者，这需要我们对自己的死亡进行持久且非常刻意的高度思考。紧接着的就是很复杂的思考：当狄金森称这思考为她的节制时，她能是什么意思呢？而她说自己如果成功的话，一种更纯的食粮将会产生，是为暗者还是为她的死亡？

除非我们将这首诗读为玄妙之言，否则我们就会得到类似弗洛伊德以一个重要比喻来表达的东西："哀伤之作"。狄金森预期了里尔克和她的译者策兰的出现，她在哀悼者完全适应被哀悼者和以更纯的食粮替换不适于哀悼的食粮之间建立了联系，不适于哀悼的食粮使哀悼成了忧郁症。尽管狄金森的诗具有高度的信心，但她还是小心地加上"如果我成功了"。余下的则是充满尖锐反讽的安慰："如果不能，我也曾/朝着目标欣喜若狂——"这意味着"欣喜"是对哀悼训练失败的一种比喻，同时也联系上了早先的诗作："我们慢慢习惯了暗者——"，这其实是作为变化着的黑暗较为容易的替代说法，而不是指调整某人视力适应午夜的黑暗，这就是逐渐适应暗者及自身死亡的恰如其分的结果。

狄金森不是午夜的崇拜者，叶芝却是。当叶芝写到午夜时分上帝将赢时，他是指死亡会胜利，因为上帝与死亡在叶芝的各种诺斯替式景象中几乎是同义的。而在狄金森作品中，上帝和死亡都不是赢家，她仔细地让两者分开。她想让诗歌"这可爱的语义学"获胜，于是她的诗终于胜利了，并以一种严格限定方法延续了从彼特拉克到现今的传统。她笔下众多的彼特拉克的劳拉被不同的学者猜测为不同的男性，而她对他们的内在化热情不论与现实有何关系，显然使她在诗歌隐喻上得到了回报。

这里是她的又一首关于欣喜、空白和死亡的精短抒情小诗，这是第一千一百五十三首，八个短句共三十六个词，也许作于1874年，即她死前的十二年：

通过何种耐心的欣喜
我才获得那滞重的祝福
没有你，我独自领略我的空白
验证我如此这般——

通过那荒凉的欣喜
我如此接近地获得了这般
死亡的垂青
免除我如此这般——

揭示这种反讽本身就是某种荒凉的欣喜。“耐心的欣喜”对狄金森而言也是一个矛盾词，她倾向于和济慈一样执著于看似矛盾的修辞法。简•奥斯汀应当喜爱“耐心的欣喜”，因为这是她的那种反讽风格。“滞重的祝福”则更妙，它是我们为领略空白的严峻过程所做的准备，会把我们遇到的自然荒废景象转化为活力本身，而不是变成爱默生式的身体之眼。从这里开始，诗就变得十分艰深，集中在“这般”的四层含义上。诗的第四和第八行形成了对照，“验证我如此这般”与“免除我如此这般”互相对应着。

正是那被爱的死者（或许是情人）被召唤来验证和免除。复述狄金森是危险的，但有时又是有益的，故而我要尝试一下。诗人对那苟活式的死亡感到哀痛和厌恶，在涉及到她的几次丧失之时，反讽性地颠倒了她艰苦地获得的坚忍自制生活。欣喜衰减为耐心；满足变成了滞重；领略则转为接受某种荒芜景象。没有了失去的人而继续下去，这一行为就证实了某种成就，这就是第一层“这般”。第二层“这般”集中显示了被精妙地称为“荒凉的欣喜”的状态，这是一种莎士比亚式的场景，类似于我们在哈姆莱特将死之际的感受。而第三层“这般”（“如此接近地获得了这般”）让我们到达了诗中的现今时刻并接近了一个积极的矛盾词“死亡的垂青”。最后一层“这般”表示生命的残存，是活着的死亡。“如此这般”既非祈祷也非请求，而是对功绩的肯定，是接近已获得之物，是要摆脱生存的绝望。在英语世界里，不论是在英国还是美国文学中，难道有比这更出色地表达了深刻绝望的短小抒情诗吗？

“欣喜”、“空白”和“暗者”这三者对狄金森来说有什么共同之处呢？她算不上美国的第一位后基督教诗人，只有爱默生能够当此名声。她高扬的原创精神姿态显然表达得较为曲折，不像惠特曼那样在这方面也唯有在这方面看起来似乎是直露无遗。但是她有我们所有诗人中最为出众的心灵，不论过去和后来，她在阐明美国宗教上是无人可比的。把奥菲士主义、超验启示主义和诺斯替教融合成民族意识的审美体现就是原创性，甚至爱默生也没有像狄金森那样仔细思考过原创性的问题。她还想在自己表达绝望的方式上取得原创性，她也确实做到了。对她而言，绝望也是某种欣喜或欢悦，而空白则不能与暗者区分，这不是因为失明，而是因为她强烈地不信任一切可以被归为感觉的东西。她知道爱不是一种感觉，而痛苦就全然是一种感觉。有些地方还可见到纯粹狄金森式的维特根斯坦格言：

爱不是感觉。爱不像痛苦，它要经受考验。人们不会说："那不是真正的痛苦，因为它消失得太快。"

不论狄金森的性心理偏好是什么，她都不会喜欢痛苦本身，因为她想的是感觉的另一面。对她而言，绝望不是感觉；与爱一样，绝望要经受考验。她最具原创性的诗作常常包含这种考验，这些诗也正是她的最有名之作，如第二百五十八首：

有某种斜光
在冬日的午后——
压抑着，好像那
大教堂乐声的重量——

天堂的伤害，它降临我们——
我们却找不到伤疤，
但内在的差异，
蕴涵着真意——

无人可教授的东西——任何——
这是绝望的印痕——
似一种庄严的苦恼
来自天上——

当它来临时，山水在倾听——
阴影——也屏住呼吸——
当它离去时，就像是远方
呈现出死亡的面庞——

我猜测对狄金森而言，欣喜、空白、暗者都与光线大有关系。她的最佳传记作者理查德·斯沃尔以一种恰当的含蓄口吻说："她可以说是光的专家"，并引用了她1866年3月在一封信中对前辈华兹华斯优美的褒词，这封信写于杰出的抒情诗《斜光》写成之后约五年：

> 二月好似冰鞋一滑而过，我知道三月已至。就有了"光"，那陌生人说"既不在陆上也不在海中"。我自己就能捕捉到它，但我们也不会责怪于他。

华兹华斯成了陌生人，因为狄金森认定他就是柯勒律治在《午夜霜降》一诗中所期盼的陌生人。狄金森诗中的陌生人是对自然和意识的著名暗指，那位大师或男性前辈的复合形象有时被她称为陌生人。在有关皮尔城堡的诗《哀曲》中，华兹华斯悲伤地纠正道，幻想的光从未存在于海上或陆地，而只是存在于诗人的梦中，"当午后回来时"——这里引用斯蒂文斯对狄金森"某种斜光"的改写，出自他的《我们时代的诗》——他没有机缘目睹新英格兰冬季的最后时光。

"除了这天气这里还有什么？"——这是斯蒂文斯式的重大问题，而这问题已预先在狄金森绝望的佳作里有了答案(斯蒂文斯了解这点)。她的诗是一种否定的欣喜，在视野的中心崇高地抓住了那空白的空白，这是一种矛盾语式的"天堂的伤害"或"庄严的苦恼"。关键词语是"伤害"和"苦恼"；那种光表达了绝望的痛苦，但修饰词"天堂的"和"庄严的"却暗示应当欢迎那种光，因为它传达了可赞叹的东西。大教堂的乐声造成的压抑毕竟是某种特殊的压抑，只有对已唤起并增强了的感受力才产生作用。虽然她是爱默生式的实用主义者，狄金森却发现那“内在的差异”确实形成了差别，这种意义转换超出了进一步解说的可能。

那特别的斜光，在双重意义上是“某种”，它被认为是“绝望的印痕”，它不是《启示录》七种封印之一，而接近于反用《雅歌》中心上的情欲印记：

> 将我如印痕样贴上你的心，贴上你的臂：爱情如死亡一样猛烈；妒忌像坟墓一样残忍；它的炭是烈火，燃着最炽热的光焰。

狄金森没有发现伤疤，但印痕却已上了身。常出现在她最强有力诗作中的那种绝望感受，表面上看是本体的，却隐含着情欲，那特别的斜光暗示着失落的忧伤。这就是那最后诗节中未提到的“之间”的部分隐义，在那一节里我们得知斜光来而复去，在短暂间歇里普照的斜光消退了。倾听着的山水和屏息的阴影正是狄金森最好的形象比喻，但她的省略却更胜一筹。全诗都让我们感受到光的效应，但除了某种斜光外，诗中没有对光的任何直接描写。正如尼采所说的，每一个字都有偏见或倾向，因此每一个字都会作为一种先入之见而已经偏斜，而在狄金森看来，甚至所有的真理也都会被有所偏斜地说出来。所以，“斜”是个字中之字，通过使用它，狄金森使它成为对自己绝望的另一种隐喻。

我不认为对这首诗的标准解释就是狄金森式的；这首诗并不关注对死亡的恐惧。那道斜光加给她的“内在的差异”的是另一种认识，它涉及到进一步的情欲丧失，这会在她心头加上又一道印痕。狄金森诗中，欣喜的最消极或空白部分仍属美国式崇高的一部分，是对非自然的诡异自我的颂赞。我认为她的斜光也是非自然的。它是对她自己意识中某种特殊倾向的比喻。布莱克说，我们看到什么就变成什么，而狄金森更近于爱默生，后者说，我们是什么就只能看到什么。使狄金森压抑的并不全然是外在的东西，那种庄严的苦恼在某种程度上已是她的特征，就像那受伤者的天堂。她的意识（很少是被动的）微妙地反映在这首诗里，以一种从属的光芒对冬日之光作了回答。针对那陌生人华兹华斯，她正确地断言，她已捕捉到他那既不在海上也不在陆地的光。

《斜光》这首诗中最神秘之处就是意义的延宕，这种延宕被大大加强而超过了狄金森已经非常极端的一般实践。在“内在的差异”的抒情诗作中，某种静默随光而至，形成了它最深刻的意义。一年后在第六百二十七首诗中，她达到了最高成就，同时也发展了一种类似的洞见。除了惠特曼的《紫丁香》，这首诗在我看来似乎是美国诗歌的巅峰之作，并与惠特曼的诗作同样代表了真正的美国式崇高：

我无法获取的色调——无与伦比——
这种颜色太遥远
所以我无法在集市上展露——
以它的光焰换取一基尼金币——

那精美的——不可触及的行列——
明亮夺目
好比克莉奥佩特拉的侍从——
一再出现——在空中——

那些主宰的时刻
在灵魂上发生
又留下某种不悦
却太过精细——难以诉说

急切的眼光——盯着湖光山色——
仿佛其中正好掩藏着
某种秘密——这秘密向前推进
像四轮马车——却在马夹中藏着——

夏季的吁求——
那冬雪的另一——恶作剧——

以薄纱掩盖住奥秘，
是怕松鼠——知道，

它们无拘束的姿态——在嘲弄我们——
直到受骗的眼睛
高傲地闭起——在坟墓里——
以另一种方式——去观看——

我们看到这其中所包含的就是她的诗学，是爱默生与反爱默生因素的结合，一种新的完全个人化的自我依赖，一种重大的废名行动，一种否定之举，其深刻性和辩证性足以媲美尼采和弗洛伊德的散文。狄金森《我无法获取的色调》这首诗与她那时代的任何诗都不同，因为此诗认识到我们总是被各种观点所包围。狄金森全部艺术的外部极限，有如这首诗所显示的，就是思考和写出冲破包围之路。但她知道，我们被一种偶然性支配着，那就是生活在表达先辈观点的原初诗作之中。尼采《权力意志》中的那些警句写于狄金森创作高潮期的一代人之后，可以看作是对《我无法获取的色调》的评价。以下一段出自《权力意志》第一千〇四十六节(写于 1884 年左右)：

我们要紧紧抓牢自己的感觉，
还有我们对这些感觉的信赖——
而且要自始至终地想到它们的后果！
世间一切生命在大地上辛劳
于是才有今日这般世界(持久并缓慢变迁)，
我们想继续建造它——不去批评它的虚假！
我们的评价是这建造事业的一部分；是为了强调和重视。
人们一定要弄懂“生命”这一艺术的基本现象——

尼采建议采取双重姿态，而这已经由爱默生和狄金森实现。我们需要同时承认自己感知的不确定性并为这些感知找到新的方向，似乎在我们之前没有人对它们有过感知和描述。

狄金森《色调》小诗的重点全集中在那不能得到、难以把握的秘密，一种无法表述的隐喻和象征。那有名的尾句“以另一种方式——去观看——”被女性主义批评家勉强解读为视野的性别变换。但这是一首十分晦涩的诗，其艰难与其杰出之处几乎相当，它仅仅会服从于非同一般的细读，而不是任何意识形态或争辩热情，无论它们的社会目的有多么善良。在她魅力的顶峰前我们遇到了最杰出的心灵，这是近四百年来西方诗人中绝无仅有的。不管我们自己的方针或目的是什么，我们必须十分小心不要把自己的姿态与她的混淆。爱默生、尼采和罗蒂使我们对视角主义的困惑产生过警觉，而狄金森在做同样的事时也以诗的力量来暗示一种超越，即以另一种方式把自身和经典传统的偶然性引入一种辩证关系之中。

1862年狄金森三十一岁时，她开始和善良而苦恼的托马斯•希金生通信，后者在和平及战争时期都是一个英雄，但又说不上有爱默生的智慧。希金生是狄金森的少数几位外界接触者之一，但他和别人一样代表了对狄金森极其合格的探求。他提供又一个证明，即她希望的色调如此渺远，所以在大众集市上展示它是不合逻辑的。不过，她的第一诗节并不夸张；其基本的重点不是在集市而是在其艺术的界限，在她曾希望获得却未能获得的东西。她用了四个连续的比喻（或颜色）去列举“我无法获取的色调”：天空景色，源于灵魂的主宰经验的不满，某种光线或盯着风景的“急切的眼光”，冬夏季节的变换。所有四种对象都以“色调”为先行词，不过它们又都被表现的迫切性更精细地组合或联系了起来，也就是描写“我无法获取”的东西的否定性的需要，即令对一种在场的认知已被生动地暗指了出来。

这一四重的崇高否定首先表现在克莉奥佩特拉侍从的招摇与华美服饰，以济慈式的精美语调重复着那显现于空中的“不可触及的行列”。“不可触及”（impalpable）不是狄金森式词汇；她在自己全部一千一百七十五首诗作及片断中另外只用过一次，那就是她说到“烦恼感觉不可触及/直到我们自己碰上——”（第七百九十九首）。也许，她无法获得也无法呈现的事物从未打动她，因此那色调或行列即使实际被看到时也似乎仅有想象图景。这将和下一节互相应和,“那些主宰的时刻……在灵魂上发生”,既不在内部也不在旁边。

当转换到风景时,我们碰到的是更为不可触及的境地:

急切的眼光——盯着湖光山色——
仿佛其中正好掩藏着
某种秘密——这秘密向前推进
像四轮马车——却在马夹中藏着——

可以感受的只有这个词汇所有意义上的魅力。“掩藏着”(repressed) 这个词在狄金森的所有诗中只出现过一次, 而我们在后弗洛伊德时代就需要记住该词更古的意义,因为这个词关系到有意的而不是无意的掩饰或遗忘。那些令人渴望的湖光山色被狄金森不寻常地拟人化后,其秘密就难以守住,很可能在某道斜光中表现出来。这一秘密在下一诗节里得到部分解说,即这首诗倒数第二节所揭示的:

夏季的吁求——
那冬雪的另一——恶作剧——
以薄纱掩盖住奥秘,
是怕松鼠——知道,

冬雪是白纱绸面罩或袍子;但被掩盖或遮住的是什么奥秘呢?夏季吁求的是什么,只是为了让冬季表明,一个季节的吁请仅是另一恶作剧?吁求、恶作剧、遮掩等等都是逃避,源自人格化和视角化的自然的怀疑:松鼠知道秘密,已穿透了奥秘。不过,松鼠本身就是诗中最神秘的部分。我们如何去解读那令人诧异的关于松鼠的诗行,即“它们无拘束的姿态——在嘲弄我们——”?

在精彩的但无日期的第一千七百三十三首诗中也许有点线索:

没人见到过敬畏，也无缘进入其屋
他不允许
虽然在他可畏的住处，
人的本性曾经留驻。

无法期望他那可怕的居所
直到奋力逃脱
那对理解能力的束缚
以及被困的生命活力。

敬畏就是耶和华(也许还有敬爱的审判者主)，他那可畏又可怕的居所大概就是永恒，在死亡没有耗尽活力之前是无法进入其中的。对理解能力的束缚是对现实原则的有意防备，或如弗洛伊德所说是与死亡的必然性交友。当松鼠的姿势被说成“无拘束的”，而且据说正在嘲弄我们时，这或许是指它们理解现实检验的能力不像我们的一样受到束缚。我们就继续受到它们的嘲弄：

直到受骗的眼睛
高傲地闭起——在坟墓里——
以另一种方式——去观看

每个人的眼睛都受了欺骗，因为我们的理解能力受到束缚，而眼睛又因为错误地期待着在什么地方会重新睁开，所以现在傲慢地合上。在坟墓的上下文里，“以另一种方式——去观看”是指什么？除非诗中最后一句是单纯而犀利的反讽(尽管我不这样认为)，否则我们又回到了狄金森从爱默生那里学到的视角主义——进而由此发展出了自己的否定性诗学。她的新视角主义是观看的另一种方法，因为它会看见不能见之物，即那推动风景和四季产生人间意义的力量。她的眼睛没有受骗，因为她不再为自己而去索取或争夺。她无法获得的确实是最好的，但她的意志由此具有的接受性却补偿给她某种独一无二的废名力量。

爱默生和尼采的权力意志也是接受性的，不过这种意志引起的反应是阐释，于是在他们的作品中，每一个词都成了对人类或自然的某种阐释。狄金森的方式，不论是观看还是意志，都倾向于质疑而不是解说，它暗示着某种他者化，既是对人类姿态也是对自然过程。她的原创性是其诗坛后辈无法比拟的，如华莱士·斯蒂文斯、哈特·克莱恩和伊丽莎白·毕晓普。她的经典性来自于她已实现的陌生性，以及她与传统之间的诡异关系。更重要的是，她的经典性源于她的认知力量和修辞的灵活，而并非出自她的性别或任何与之有关的意识形态。她独一无二的欣喜和她的崇高性是建立在将一切确定之物的名称废去，并使它们成为众多的空白这一举动之上；这给了她和她的忠实读者另一种观看的方式，几乎可以直透暗者。

# 13 | 经典小说：狄更斯的《荒凉山庄》和乔治·艾略特的《米德尔马奇》

二十一世纪的新神权时代，无论是基督教的还是穆斯林的，或是两者兼有或两者皆无，也许都会与计算机时代并轨，这一计算机时代早在“虚拟现实”和“超文本”出现时就已降临了。无处不在的电视与“憎恨大学”结合成一头凶猛野兽（已经紧密团结起来了），这样的未来会永久性地取消文学经典。小说、诗歌和戏剧也许将会被全部取代。在这短短的一章里我要怀旧式地面对极盛时期的经典小说。源自过时的罗曼司体裁的小说在被众多名家推至极限后已经衰落了，他们是乔伊斯、普鲁斯特、卡夫卡、伍尔夫、托马斯·曼、劳伦斯、福克纳、贝克特，还有斯特恩和福克纳在南美的传人。在民主时代小说的鼎盛阶段，小说大师曾不计其数：奥斯汀、司各特、狄更斯、艾略特、司汤达、雨果、巴尔扎克、曼佐尼、托尔斯泰、屠格涅夫、冈察洛夫、陀思妥耶夫斯基、左拉、福楼拜、霍桑、麦尔维尔、詹姆斯、哈代，康拉德是尾声。康拉德之后，客体的阴影降临在自我之上，叙事的散文体小说正在接近尾声。

十九世纪小说家中无人能比得上狄更斯，即令托尔斯泰也比不上，狄更斯创造的财富几乎可以匹敌乔叟和莎士比亚。大多数评论家如今都会同意，《荒凉山庄》是狄更斯的核心作品；虽然他对《大卫·科波菲尔》情有独钟，但这部作品不过是他的“青年艺术家的肖像”。狄更斯的世界常是梦幻的伦敦和想象的英格兰，在《荒凉山庄》中以清晰和深刻的文笔显现了出来，这是他的其他作品无法比拟的。没有任何其他英国小说创造了如此多的东西，虽然此书也许更多是受本·琼生方式而不是莎士比亚方式的影响。狄更斯小说中的主人公一般都比较稳定，而且会随着剧情的发展逐渐淡化，在这一点上我赞同切斯特顿的看法，他是我最欣赏的狄更斯批评家，也是研究乔叟和布朗宁的专家。我们不会期望希普、帕克斯尼夫和斯奎尔斯产生显著变化，就像我们不会在本·琼生笔下的沃尔普尼或马蒙爵士身上看到意识的突变。不过，艾丝特·萨默森的确是在不断变化之中，狄更斯细致地为她设计了第一人称的叙述来表现其个性和人格，他在这方面的创新常为人们所忽视。

我得承认在每次重读这部小说时，只要萨默森一哭，我也就泪水难禁，这并不是因为我多愁善感。读者必须要么认同她，要么就根本不能以老式的感受方法去读它，尽管老式的方法是唯一重要的感受途径。我们都受到过精神创伤，所以我们都是形形色色的艾丝特；我们也和她一样要"振作向前"。艾丝特总是对遇到的每一个善意和关爱的表示报以哭泣；在最好的情况下，如果不是遇到死亡，我们也会忍不住哭上一场。精神创伤会慢慢平复，稍有减缓便会带来如释重负的感觉和欣喜的泪水。

艾丝特的精神创伤具有普遍性，因为它产生于无父无母的重负，迟早我们都注定要失去父母。女性主义评论家们都认为艾丝特是父系社会的牺牲品和受害者，他们一般都不欣赏约翰·贾迪斯，因为他与狄更斯的整个表现艺术格格不入。作为一位伟大的文学艺术家，狄更斯的父权观念不会超过莎士比亚，而罗瑟琳和克莉奥佩特拉的创作者在我看来并没有什么父权意识。我们并不知道莎士比亚这个人有什么样的意识形态。作为丈夫、父亲及家庭智慧先知的狄更斯当然是一个男权统治的理论家，而这正是约翰·斯图亚特·穆勒所憎恶的；但作为艾丝特·萨默森这一形象的塑造者，小说家狄更斯却不是个意识形态家。那位不由自主与自己作对的艾丝特可以称得上是小说史上最聪慧的角色之一，而且对我来说，她似乎是对狄更斯思想精髓的更真实写照，超过了大卫·科波菲尔。福楼拜所说的他和爱玛·包法利的关系是狄更斯绝不会说的；如果他承认"我就是艾丝特·萨默森"，那会显得很奇怪，但我认为，他就是萨默森。

在《荒凉山庄》的双重情节中，艾丝特是一个统一的角色；只是她结合了卡夫卡的法庭迷宫和她母亲德洛克夫人的悲剧。艾丝特与大法庭的联系不在于理查德·卡斯顿的堕落和他与爱达的婚姻,而在于她的监护人约翰·贾迪斯严拒大法庭,她也参与其中。贾迪斯在《荒凉山庄》一书中的主要作用不在于他是位最和蔼最无私的家长(他确实是),而在于他要始终不懈地严拒大法庭,以证明人设下的迷宫终究还是要人来解开。狄更斯对卡夫卡巨大影响的好处之一是卡夫卡在我们理解狄更斯上所发挥的全然博尔赫斯式影响。大法庭好比卡夫卡的审判庭和城堡,是一种诺斯替式图景:法律已被宇宙的主宰即造物主篡夺了。狄更斯没有受到布莱克的影响,但《荒凉山庄》读起来却很有布莱克作品的味道,这要感谢它们都具有一种诺斯替式的观点,尽管狄更斯的异教冲动是无意识的。《荒凉山庄》中的大法庭是不可改变的;只有当你不理会它时它才会消逝,就如贾迪斯和艾丝特不愿理会它那样。这大概就是可怜的克鲁克先生自发燃烧的天启含义,这也是《荒凉山庄》中最出名的怪诞之事(虽然还有许多类似事件,都增强了这部幻想传奇小说的魅力)。克鲁克疯狂却又良善,如篝火一样燃起,因为他自认象征性地与大法官取得了认同。

从狄更斯在世迄今,对艾丝特·萨默森的评价就让批评家莫衷一是;我不认为她会使那些凭直觉阅读的读者或批评家如此分裂。《荒凉山庄》中的反讽言辞大多出自那位匿名叙事者的章节中。狄更斯在艾丝特的叙述中去掉了明显的反讽,直到她足够坚强和痊愈后她才能自己做出反讽式判断,就如她在最后针对斯金波及其他人所做那样。与其说她是狄更斯表现自我的无私性甚至精神创伤的实验品,还不如说狄更斯是在尝试以一种必然属于莎士比亚的方法来描写她的心理变化。狄更斯在几个方面描写她时是违背自己才情的,这可能在他意料之中。虽然她的奇特病况和后遗症使她充满了奇思怪想,但艾丝特还不如自己父母那样更属于狄更斯的世界,因为内莫和德洛克夫人都出自狄更斯式冲动的骚荡。艾丝特侧立一旁,如此不同于狄更斯的浮华描写,这使他有时可爱地显示出对她的敬畏。她是狄更斯贡献给英国新教意志女主人公传统的一个杰作,这一传统开始于克拉丽莎·哈娄,而终结于劳伦斯所写的恋爱中的女人乌尔苏拉和古德伦·布朗文;终结于福斯特《霍华德别墅》中的玛格丽特和海伦姊妹,以及伍尔夫《到灯塔去》中的莉莉·布里斯科。

当我们将艾丝特与《米德尔马奇》中的多洛西娅·布鲁克或哈代《林地居民》中的玛蒂·萨斯相对照时，前者并不十分孤独。无私的意志这一说法很像一个矛盾语，但是艾丝特已成了独具一格的重要修辞家，她的特别方式就是说话低调含蓄。她是一个幸存者，她的和善是对精神创伤的一种防范。她的全部个性像一个高度有意识的机制要去对付持久的创伤，抵抗那个癫狂社会强加给私生子的罪名。虽然她从来不去浪费精力反抗她所在的社会，她也从来不屈服于猥亵卑琐的道德判断，甚至当她还是个小孩子而被迫忍受她的教母对她的永恒羞耻喋喋不休的责怪时，她也毫不屈服。甚至小时候的艾丝特也知道她自己是无辜的，知道要把她自己从狂乱的社会中拯救出来，得依赖自己的道德智慧和超凡忍耐力。她公开的自我反对言辞不仅是对可恶制度的一种有力防御，更重要的是对她深刻意识到的创伤的防御。"沉默，流放，狡黠"——这些是乔伊斯笔下的斯蒂芬允许自己使用的仅有武器——并非源自大卫·科波菲尔而是来自艾丝特·萨默森，她海洋般宽广的顺从在狄更斯所有作品中，实际上是在民主时代所有英国文学作品中，都是最可敬畏的意识。

艾丝特很容易为憎恨学派的"唯物主义"批评家们所不喜。她既不完全是女性主义者们的理想人物，也不是马克思主义的反叛典型。对他们来说，《荒凉山庄》里的女主角应当是杰出的贺廷斯，是七年后出版的《双城记》中更为优秀的德伐日夫人的先驱。贺廷斯就像比她更凶恶的德伐日夫人一样激发起了狄更斯以及他的读者的受虐狂倾向，但她又敌不过进行有力抵抗的巴克特警探，他是令人惊奇的狄更斯式梦想家中最奇特的一个。引人注目的贺廷斯情绪外露，急躁饶舌，心狠手辣，但不是德洛克夫人的替身(如女性主义批评家所断言的)，而是艾丝特的陪衬，衬托出艾丝特的沉静和她的华兹华斯式聪明顺从。

艾丝特是男权社会的受害者吗？她所受的精神创伤太个人化，而不能归咎于社会相对于私生子而加给私生女的更大污名。我也不认为她的固执耐心是对自己的不尊重。此处卡夫卡又一次以博尔赫斯式的方法来帮助阐释《荒凉山庄》，因为他堪称我所说的经典耐心的大师。对卡夫卡而言，唯一的过错是没有耐心，而在艾丝特·萨默森身上也可看到令人敬畏的卡夫卡式特征，我所说的是弗朗茨·卡夫卡其人，而不是指他笔下的人物或虚构世界。卡夫卡个人所受的创伤与艾丝特(以及克尔凯郭尔)的经历惊人地相似。这三人都擅长克尔凯郭尔式的向前回想(forward recollection)。艾丝特似乎从一出生就开始等待一位强力而和蔼的父亲出现,这就是约翰•贾迪斯的形象,除了艾丝特之外,狄更斯在《荒凉山庄》中所创造的贾迪斯这个人物最为引人注目。实际上,艾丝特就是狄更斯,或如惠特曼所说的她是狄更斯的"真我"或"我自己",贾迪斯是狄更斯渴求的理想中的父亲,而不是现实中米考伯式的生父。

近来,具有新信念的批评家们暗自抱怨狄更斯从未交待过贾迪斯那明显可观的收入来自何处。这其实是误解了《荒凉山庄》的本质,忘记了这部作品既是社会小说,也是幻想传奇。和善的贾迪斯属于浪漫传奇;也许有许多小精灵在某处快乐谷里为他铸造金子。他为艾丝特所起的名字全都是为了让她变成幻想传奇中的一个小老太婆,如德登或考伯韦伯夫人等等,或传说中的任何人,他对艾丝特的关爱无微不至几乎是母爱加父爱的混合体。不过这一父母同体的故事隐含着对光阴荏苒的忧伤,这巨大的厌世感受无疑也与贾迪斯对大法庭迷宫完全憎恶的情绪有关。狄更斯没有暗示这位善良老人为什么过早地在荒凉山庄里过起退休的生活。

值得注意的是,《荒凉山庄》里的大多数重要人物都有生活中的原型:斯金波是以浪漫派散文作家莱•亨特为模型的;波伊松的原型是诗人沃尔特•S. 兰多;巴克特的原型是伦敦一位有名的警探;贺廷斯则是模仿一位比利时女杀手玛丽亚•曼宁,因为狄更斯和麦尔维尔都目睹了对她的公开处决。至于杰利比太太、弗鲁特小姐、可怜的乔以及其他人都有各自的原型;而艾丝特显然出自于狄更斯最喜欢的妻妹乔吉娜•霍加斯,她曾为他主管家务。莱斯特•德洛克爵士可追溯到德文郡第六任公爵,而德洛克夫人与约翰•贾迪斯一样,完全是狄更斯本人的创造。也许,狄更斯个人的一些特质没有在艾丝特身上体现,却显示在贾迪斯身上了;但是,艾丝特的监护人最重要的特征和德洛克夫人一样,都属于浪漫传奇式人物。如贾迪斯回避酬谢并非出于自我毁灭的倾向,而是由于这与浪漫传奇的原则不符。德洛克夫人的死亡之旅完全是一种浪漫传奇式叙述,是男权社会对逾矩女性加以惩罚的寓言。如果她有罪孽的话,并不是因为她生了私生女,而是因为她把这个孩子遗弃给了别人,这使孩子从一出世就失去了母爱的关怀。

在这里，小说又一次地更接近于浪漫传奇，而与男权社会的政治没有什么联系。小说中狄更斯对浪漫传奇体裁的最大挑战在于，他突破了自我克制的模式，让贾迪斯意识到他对艾丝特的真正责任是给予父爱。艾丝特摆脱了贾迪斯的束缚而嫁给了伍德科特，她就不再会重蹈其母的覆辙了。她的精神创伤虽然没有全部消失，并仍然纠缠着她，但是我们感到她再不会被她的自我否定所说服。令人惊奇的是，狄更斯竟能让我们如此之多地感受到她的意识。

贾迪斯则另当别论，如果说我们只能得到相当模糊的认识，那我们了解，连贾迪斯自己也不大清楚他的自我，更不用说狄更斯了。贾迪斯从未真心去寻找一位妻子，不管他如何想过这个问题，因为他要的只是两个女儿和一个儿子。大法庭逼疯了他的儿子瑞克，但他丧子后却最终看到艾达回到了身旁，艾丝特也在身旁。一个未解的谜团是，他为什么梦想娶艾丝特，因为他并非一个性欲旺盛的人，而艾丝特（像她的母亲）却肯定是。也许他真正的焦虑在于她也许会投向德洛克夫人的怀抱，这是让他绝望的，但他们同住在荒凉山庄里一定会让他不再有此忧虑。

真相可能很简单；他必须承认，他不如艾丝特坚强，所以他用慈善的心去抵挡孤单的侵袭，那折磨浪漫传奇世界的孤独精神。读过这本小说的人不会相信贾迪斯渴望得到艾丝特，如果说计划中的婚姻有半乱伦性质的话，这必定是从她的角度而非从他的角度来看的。狄更斯和读者们都不希望他们结婚，而我们最终发现艾丝特和贾迪斯也同样不希望如此。

这其中的疑团不限于《荒凉山庄》；对我来说，狄更斯作品中的意志问题似乎可以在很大程度上解释其小说世界的陌生性和魅力。在乔治·艾略特的作品中，读者遭遇的是一种纯净的道德，在如此杰出的小说中这可能是不太相配的，但自我却更加清晰了。狄更斯所创造的舞台纷繁复杂，这把冲动提升到了意志之上，也常常让我们疑惑：是否在狄更斯所创造的人物中并无不同类型的意志。在莎士比亚的作品中，如同在我们所谓的现实中，人类意志在程度上各不相同，但在类型上却相差无几。在狄更斯的作品中，真正平庸的人物只有一种意志，特别奇异的人物有另一种意志，而比较友善的角色则有第三种意志。尽管评论家们时常认为本·琼生和莫里哀是狄更斯的先驱，特别是本·琼生，他与狄更斯分享无数共同的爱好，但狄更斯并未成为一名剧作家。他的舞台剧并不能体现他的所有抱负；小说作为一种单人剧，作者在其中扮演所有的角色，他是无可匹敌的，他在不计其数的崇拜者面前不遗余力地演出，这无疑导致他在五十八岁时就逝世了。

尽管陀思妥耶夫斯基和卡夫卡的作品中常常显现他的影子，狄更斯在英语世界里并没有真正的传人。你怎么可能再实现一种艺术，在其中传说故事就像社会现实主义的传奇一样被讲述？诺斯罗普·弗莱在小说所坚持的一点上发现了狄更斯的中心，这就是：现行的事态绝不会消灭应该存在之物。那些对《荒凉山庄》的快乐结局持不同意见的评论家们总是不值一驳的：匹克威克先生仍是狄更斯的典型形象，而狄更斯最崇高的时刻是《匹克威克外传》中里奥·亨特太太朗诵她自己创作的《垂死之蛙颂》。《荒凉山庄》里有好几处崇高的顿悟，与狄更斯最精彩的作品相称，这包括一个双重时刻，即小说的两股叙述主线在德洛克夫人的出逃中汇合之时。叙述者的第五十六章中以巴克特警探所经历的一种景象结尾：

> 就在那里，他的心灵登上了高塔，极目远望。他看到许多孤单身影在街上爬行；许多孤单身影躺在荒野、路边和干草堆下。但是他所寻找的人影却不在其中。他注意到其他孤独者正在桥的阴影里窥视；也有人影在河水下游的阴影处站着；随波漂浮着一个黝黑无形的物体，比所有的一切都孤单，似乎垂死挣扎般抓住了他的注意力。
>
> 哪儿有她？不论死活，她在哪里？他折好手帕小心朝上托着，如果可能，让它施出法力，显示出她找到它的那个地方，还有那夜景中的小屋，手帕盖着婴孩，他会在那里发现她吗？荒野上的砖窑发出蓝色微火的光焰；制砖茅屋破败的顶上风吹得茅草四散；泥和水都已冻硬；磨坊里有一匹盲眼瘦马整日转圈，磨盘好比一具折磨人类的刑枷；穿过这一荒芜破败景象的是一个孤单身影，只有这悲伤的世界相伴，经受风吹雨打，似乎已失去了一切依傍。这也是一个女子的身影，她穿着破烂，在德洛克宅邸的大门

和厅堂里未见过这样的穿着打扮。

巴克特在这里显然成了狄更斯的代表，因为他看到了事实真相：德洛克夫人即将到来的自我毁灭。这一景象又让位于一个噩梦般的形象，极其类似布朗宁的诗《罗兰骑士来到黑塔》，这首诗作于《荒凉山庄》刚动笔的1852年，不过在1855年才出版。狄更斯在描写巴克特所看到的景象时不太可能看到布朗宁的诗，不过还是有一种可能性，即约翰·福斯特有时会把布朗宁的手稿借给狄更斯看。不过，这两人的相似处要比任何可能的直接影响更引人注意。狄更斯和布朗宁同龄（都出生于1812年），又都在四十岁时写下了相似的场景。巴克特看到"磨坊里有一匹盲眼瘦马整日转圈，磨盘好比一具折磨人类的刑枷"；而布朗宁的寻求者则首先看到"一匹僵直的瞎马，瘦骨嶙嶙；木然地站着，不知何故到了这里"。在这匹红毛瘦马之后，他看到了地狱的刑具，就像狄更斯写的是"折磨人类的刑枷"：

> 更有甚者——前面不远处——噢，看哪！
> 那机器有什么险恶用途，那轮盘
> 或是大耙而不是轮盘——耙住又卷起
> 人的身体，如丝线一般？那架势就像
> 地狱的刑具，无意中留在世上
> 或是被带上来磨亮它生锈的钢牙。

布朗宁和狄更斯可谓英国的两位怪异大师，这是他们两人唯一相似的地方。二人共同的幻想方式里有一种死亡的梦魇在主宰着，这也许因为他们都已人到中年，事业鼎盛。艾丝特·萨默森的幻想紧随巴克特那一章之后，当时她跟着巴克特追赶正在逃走的母亲，但这一拯救却无功而返：

> 透明窗子里是火与光，从门外寒冷黑暗中看上去温暖而明亮，但这些窗子很快消失，我们又在松散的雪中碾压搅腾。我们费力前行，但这阴暗

的路难以跋涉，九英里路却并不短。同伴在车厢里抽着烟——我想起昨晚在客栈里请他这样做，那时我看到他正站在火前舒适的烟草雾气之中——他警醒如常；快捷地上上下下，尤其在我们接近住宅或行人时。他点起昏暗小灯，那好似他的宠爱之物，因为马车上已有灯了；他不停地把灯转向我，看看我是否坐稳。车前有一扇折叠窗，我从不关上它，因为那会把希望也关在车外。

“碾压搅腾”代表了压抑的重盾在破裂，让艾丝特更全面地认可了母亲，并引出另一个布朗宁式鬼怪水磨坊的幻象：“我们又返回那阴郁的来路，撕裂泥泞霰雪和融雪，仿佛一只水轮在撕裂它们。”在布朗宁和巴克特警探见到刑具的地方，艾丝特看到的是被压抑物的回归，正在撕裂由创伤强加在她精神上的枷锁。这里也如他小说中许多关键时刻一样，狄更斯的艺术形象诡异地深奥、清晰又意味无穷。在他最大胆的想象中有一种玄秘的正确性。这也无疑存在于埃德加•爱伦•坡的作品中，而坡的幽灵有时似乎出现于《荒凉山庄》里；不过，坡的幻觉和奇想难以找到恰如其分的语言来透彻地表达。狄更斯的措辞和隐喻与他的创造性可以说是无比般配，《荒凉山庄》的经典陌生性也由此取得胜利。

阅读《米德尔马奇》的感受大不同于沉浸在狄更斯的世界中，这里的“阅读”一词有时显得太传统而不足以传达《荒凉山庄》给人的全部意蕴。在莎士比亚和狄更斯之间只有拜伦和狄更斯相仿，他们都是在年仅二十五岁时就已名声大噪。这位小说家终身的名气不仅在类型上而且在程度上都与任何其他作家不同，即令歌德和托尔斯泰也未曾在如此多国家的所有社会阶层中产生普遍的影响。也许只有狄更斯，而不是塞万提斯，在世界性影响上可以与莎士比亚一较高低，他的作品与莎士比亚的作品、《圣经》和《古兰经》一样，都代表了我们能感受到的真正的文化多元主义。

莎士比亚作品堪称世俗大众的《圣经》，这一说法不会令人奇怪；更令人吃惊的是狄更斯也近乎成为某种宇宙神话，因为他的作品被译成许多种文字，读者遍及全球。他的巨大经典性超出了小说世界，甚至像莎士比亚一样，他的作品可以并且正在世界各地上演，其影响却超出了剧场之外。从这个意义上说，狄更斯本人就是民主时代经典小说的一个危险例子。巴尔扎克、雨果和陀思妥耶夫斯基至少具有某些狄更斯的恢宏，尽管他们使我更接近了经典小说成就的极限。司汤达、福楼拜、詹姆斯和乔治·艾略特似乎是无可争议的经典小说家，他们基本上是忠于小说体裁的；我选择艾略特的《米德尔马奇》不仅是因为它那不容置疑的卓越，而且因为它在目下糟糕时刻更有特殊的作用——如今有不少初出道的道德家们把文学用于他们声称有助于社会变革的目的。如果说经典小说中有什么将美学和道德价值融于一炉的范例，那么乔治·艾略特就是最佳代表。《米德尔马奇》是她对道德想象所作的最细腻的分析，它也许是迄今为止散文小说中最细腻的一部。

《米德尔马奇》的乐趣首先在于故事的感染力和人物个性的深度与活泼，而这两者又都依赖于乔治·艾略特的修辞艺术以及她对语言的把握，尽管她算不上是一位卓越的文体家。当然，她也不仅是一位小说家，她以新的方式把小说发展成道德预言，这种新方式只有 D. H. 劳伦斯努力地践行过，劳伦斯从表面上看与她并不相似，但实际上却是她的信徒。《米德尔马奇》中的人物多洛西娅·布鲁克与《恋爱中的女人》里的乌尔苏拉·布朗文之间有直接的传承关系；充实的存在就是寻求的目标，寻求者之选择的证据显然是某种特殊的道德意识，它几乎完全脱离了其新教起源。

尼采宣称对乔治·艾略特不屑一顾，因为据说后者坚信，你既可抛弃基督教的上帝又可同时保留基督教的道德，不过这一次尼采却要为误读而羞愧。艾略特并不是一位基督教道德主义者，而是浪漫主义的或华兹华斯式的作家；她对道德生活的感知来自《丁登寺》、《决心与自立》和《永生的喻示》等颂诗。当她的出版商觉得其田园牧歌《织工马南》“缺少明亮色调时”，她的回答略带自嘲和认可：

> 鉴于你读过我的小说，我对你发现它相当阴郁并不感到惊讶；实际上我本来就不该相信除了我还有别人会喜欢这部小说（既然威廉·华兹华斯已死），如果利维斯先生也不曾被它强烈吸引的话。但我希望你别认为它

是一个悲伤的故事，因为从总体上说它的背景——可能是有意为之——具有明亮的色彩，显示了纯朴和自然的人际关系所具有的疗治作用。

《织工马南》把我们带回到《荒屋》、《迈克尔》和《康柏兰的老乞丐》等作品之中，那是充满纯朴善良情意的田园风光中的男男女女。华兹华斯主义始终是艾略特的基本立场，她自我克制的道德之所以有意义，仅仅是因为其目的不仅是对待别人时要视他们的利益高于自己的利益，而且是要认为可以鼓励他们去实行同样的自我克制。单独来看，这似乎是一种过时的理想主义；但在她的作品中却实际上显示出道德与审美合一的立场，因为“善”在她和华兹华斯二人身上都不一定指惯常所说的善良。他们激励我们走向道德的崇高境界：竞争性的，既对立于自然也对立于我们所说的“人性自然”，孤独但又随时与人沟通。

但是人们不必想象华兹华斯在写小说。《米德尔马奇》是对近代乡土社会整个面貌的全景式复杂表现；这就难以容下华兹华斯式的景象。不过，令乔治·艾略特取得重要成就的先驱是华兹华斯而不是其他小说家（如果我们忽略《丹尼尔·德隆达》中葛文多伦·哈尔斯的话），也许我们可以说《天路历程》的作者班扬与华兹华斯一起成为她的共同先辈，这种联系是我借鉴于巴里·夸尔斯的。

《米德尔马奇》以十九世纪三十年代早期为背景，当时正值维多利亚王朝开始之时的改革年代，社会希望的观念自始至终与主人公多洛西娅·布鲁克和利德盖特痛苦的道德教育形成对照。正如夸尔斯注意到的，当他们为时已晚地学到放弃虚构自我之际，他们已失去或远离了任何公共语境。班扬和华兹华斯的图景虽然总是打动叙述者，但似乎与多洛西娅和利德盖特的顺从命运格格不入；但它们仍然就在选择的外表之下。马丁·普莱斯在思索利德盖特落入罗莎蒙德·温西的圈套时说：“乔治·艾略特试图写出一部细腻无比的作品，探讨一个人的德行如何会卷入甚至促成其犯错。”在《荒屋》那更为崇高的层面上是玛格丽特的悲情，她天启式地期待丈夫回归的那种希望的力量导致自己和孩子的毁灭。这种细腻在现代诗歌作者和最聪慧的小说家那里都有所体现，我们也再次看到乔治·艾略特受惠于华兹华斯的是什么。

我们一般不会有意到小说家身上去寻求认知力，也不会对抒情诗人或戏剧家这样做。乔治•艾略特既像艾米莉•狄金森和布莱克，也像莎士比亚，她会为自己重新思考一切。她是有思想的小说家（但不是哲学家），我们常常错认她的原因是低估了她的视角化中的认知力量。这一力量显然与她的道德见识是相辅相成的，但她作为道德家也具有与此无关的直率性，这使她从过多的自我意识中解脱出来，不至于妨碍她或隐含或公开地评判自己笔下人物的意愿。

从这一意义上说，她的后继者是艾丽斯•默多克，虽然后者不能经常直接与乔治•艾略特进行比较，但艾略特的道德权威在一个世纪之后都无人能够挑战。我们不再有文学的或精神的圣贤或先知，当我们读到把艾略特当作古代哲人的文字时，难免会伤感并觉得困惑。最有名的是 F. W. H. 麦尔斯描写小说家 1873 年造访剑桥大学的一段文字：

> 我记得在剑桥，我有一次与她一起漫步三一学院的庭园，时值多雨的五月傍晚；她激动得难以自制，不住念叨着常用来启发人们的三个词：上帝、永生和责任。她急不可耐地宣称第一个词是不可想象的，第二个词是难以置信的，第三个词则是专断绝对的。也许没人会以更严厉的语调来确认那非个人、无回报法则的权威性。我静听着，夜色降临，她凝重、庄严的面容向我转过来，好比一位先知；好比她从我的掌握中逐一拿走了两份诺言的手卷，只留给我第三份，对必然的命运充满敬畏。当我们停下分手时，在圆圈形的树林中间，顶着星空最后的微光，我们似乎在凝视着空着的座椅与厅堂，好比提图斯在耶路撒冷，注视着没有神灵的圣殿和上帝已去的天堂。

如果我们写出这篇文字，那高昂的措辞会显得有反讽意味，但是这种反讽的意义不大。当乔治•艾略特希望成为一位反讽家时，她是经典小说家中最少喜剧性的，但也是最难被人嘲讽的；顶多只有一些对她作品的无心戏拟。道德的崇高性若没有得到制度或事业的支持，就会使我们感到不耐烦。乔治•艾略特的某种光彩存留至今；我们瞥见它却又把它搁置一旁，宁可谈论她的思想或者艺术。当然,这一光彩没有消失殆尽,因为它见于多部小说,尤其是《米德尔马奇》。

亨利•詹姆斯回避了门徒的角色,但他在论及她身后出版的书信笔记时,不得不以相同的措辞来表达所见到的崇高性:“从那些书页中升腾起一种高尚道德的芬芳,一种对正义、真理和光明的热爱,一种待人处事的博大宽宏,一种要为人类良心的暗昧之处高擎火炬的不懈努力。”

詹姆斯此言伤感而无讽喻,但我们不知有哪位小说家可以受此溢美之辞。一部经典小说不必是智慧的文学,事实上这也少见;也许《米德尔马奇》是绝无仅有的。索尔•贝娄的《系主任的十二月》让人却步。我读过它后虽同意其中的观感,却无法忍受那无休止的倾向性。《米德尔马奇》中作者不断的干预令我难以苟同,但是这些干预与小说中其他部分一样受人欢迎。乔治•艾略特的审美秘诀在于詹姆斯在 1866 年评论她时所说的,她掌握了“道德和审美共鸣的那一块中间地带”。也许与其说这是个秘诀不如说是艾略特本人,因为我想不出古往今来还有哪位重要的小说家能把公开的道德说教转化成一种审美的美德,而不是一场灾难。即使你热情地赞同由多丽丝•莱辛和艾丽斯•沃克等人推动的反男性十字军运动,她们的排他言论也令人不快。对《米德尔马奇》的细读有助于我们更多地认识艾略特是如何将道德与审美融为一体的。

《米德尔马奇》与艾略特的最后一部小说《丹尼尔•德隆达》一样构思宏大,其结构与但丁的《神曲》有隐含而明晰的关联。亚历山大•威尔士对《米德尔马奇》的这一点已明白地指出过,他和夸尔斯都注意到了《德隆达》所受到的影响。但丁式的渴求认知和最终被人知晓与记忆的欲望,威尔士认为是《米德尔马奇》的两个探求者的强劲动机:这两人就是作者的替身多洛西娅和作者审慎同情的人物利德盖特。大作家中最有抱负的人应属但丁,他在大胆描写的审判景象中让所有人物都有其必然的命运。他们在我们眼前展示自己,却已不再变化;他们有过他们的机会。乔治•艾略特作为一位人道的自由思想家却以但丁为榜样,这一选择有点奇怪,但她严苛的道德评判能力大概有助于解释她与《神曲》作者的基本相似性,后者可能会把她放在《地狱篇》第五章中,当然我们今日已很难视她和乔治•亨利•利维斯为十九世纪的弗朗切斯卡和保罗了。她在《地狱篇》中的同情心必然是给予尤利西斯的，后者对知识不顾一切的渴望正是《米德尔马奇》主人公们仿效的英雄原型。

威尔士在谈到利德盖特时说：“正是他的身姿和被罚最具有但丁的风格”，所以我从第十五章和第七十六章的阴暗对比来开始讨论利德盖特，在前一章中他刚出场，而在后一章里他已经承认了失败，并放弃一切继续求知的愿望。我们一开始见到的是二十七岁的利德盖特，一位对医学研究充满了求知热情的有前途的外科医生：

> 我们不怕一再述说一个男人如何爱上一个女人的故事，他们要么成婚，要么生离死别。是由于过多的诗歌或愚笨，我们才从不厌烦于描述詹姆斯国王所说的女人的“沉静与俏丽”，从不厌烦于倾听老行吟诗人的弦歌之声，并对另一种“沉静和俏丽”相对来说不太感兴趣，因为那需要勤思和耐心克制各种小小的欲望？在这激情的故事中，情节发展也是多变的：一会儿是辉煌的婚姻，一会儿是挫折与劳燕分飞。灾祸常常与行吟诗人所唱的另外那种激情相联结。许多中年男子每天忙碌工作犹如每日打领带按部就班，其中有不少人想要自行其是并稍稍改变一下世界。很少有人意识到，他们这些人正被按照俗众的模样塑造成适于成批包装的东西；也许他们慷慨奉献的热忱就如各种实际的爱情一样，会不知不觉地冷却。直到有一天，他们早先的自我如鬼魂一般回归老家，使新家具也变得阴森可怕。世上没有什么比他们的逐渐转变更为微妙的！开始时，他们无意地吸纳它：你我都会发送出一些会影响他们的气息，此时我们说出一些常见的谬论，或是得出一些愚昧的结论；或许这种变化仅因为某位女子的惊鸿一瞥。
>
> 利德盖特并非这些失败者中的一员，而且他还有更好的前景，因为他的科学兴趣很快会变成职业性的热忱：他为自己谋生的工作注入了青春信念，那过去的学徒日子丝毫不减这种信念。他求学于伦敦、爱丁堡和巴黎，坚信医生是世上最好的职业，因为它呈现出科学和艺术之间最完美的交换，提供了智慧成果与社会效益之间最直接的联盟。利德盖特的本性要求

这样的组合：他是有感情的人，有着血肉情谊，专门研究的一切抽象思考都不会伤及这种情谊。他不仅关注“病例”，而且关心约翰和伊丽莎白，尤其是后者。

这里的“詹姆斯国王”不是指的英语《圣经》，而是指詹姆斯一世自己，他侈谈女士的“沉静与俏丽”或安详与美貌。可怜的利德盖特在五十岁时作为失败者去世，成了无数既无法自我塑造也不能改变世界的中年男子中的一员。如果把特提斯·利德盖特医生的名字换成狄克·戴弗医生，那你把这两段插入《夜色温柔》中去就会恰如其分，尽管风格不尽相同。菲茨杰拉德的戴弗与利德盖特一样都因为一场糟糕的婚姻而失败，还有如乔治·艾略特所说的，两人都有的依“惯例”行事的习惯。弗兰克·柯莫德指出，“《米德尔马奇》大量描写婚姻的社会因素，就像《虹》描写婚姻的精神因素一样多。”菲茨杰拉德似乎要二者兼得；但无奈地缺乏艾略特的超凡智慧和劳伦斯的先知洞见，所以他失败了，尽管《夜色温柔》不愧是一部漂亮的失败之作。戴弗完全够格成为乔治·艾略特精彩之言的主角，她说利德盖特寻求“那种揭示细微行动的想象力，这些细微行动任何镜头都捕捉不到，只有内在之光经过长长的必经之路才能在外部的黑暗中追踪到，那内在之光就是能量的最精粹部分，在它完美地照亮的空间中甚至能让飘渺的原子也沐浴到它”。

这就是乔治·艾略特版本的但丁的天堂，它被表述为一种理想化的世俗朝圣，而这一景象正是利德盖特和戴弗所没能看到的。在他的挫折中利德盖特再次预示了《夜色温柔》的主人公——他最终将在纽约州西部保留地芬格湖区某个小城里行医。在书中第七十六章，当利德盖特对多洛西娅诉说时，我们听到了他的崩溃：

我很清楚自己必须毫不迟疑地离开米德尔马奇镇，越快越好。在这里我不能指望会长期地得到一份收入，就算情况再好也罢，在新地方很容易做必要的改变。我一定要和别人一样想着取悦世人以换来钱财；在伦敦的人丛中寻找一小块容身之地，奋发努力；或是在一处水边之地住下，或是到住着许多懒散英国人的南方城镇，也使自己喘口气——这就是那种壳，我必须爬进去设法让我的灵魂继续生存其中。

这就是利德盖特的沉沦，从对知识的快乐追求到灵魂无法安居，同时身体也很快难以生存。多洛西娅的命运恰恰相反，她忍受了和无能的卡索班地狱般的婚姻，并幸存下来嫁给了拉迪斯洛，许多批评家认为这一婚姻并不能满足她，不过多洛西娅和乔治·艾略特均不这样看。虽然利德盖特尤其是他的沉沦令人印象深刻而不悦，但小说却是多洛西娅的故事，因此可以合理地叫做《多洛西娅·布鲁克》而不是《米德尔马奇》。弗吉尼亚·伍尔夫坚信，多洛西娅是在为艾略特的所有女主人公说话：

这是她们的问题。她们生活中不能没有宗教，因为当她们还是小女孩时就已开始寻求宗教了。每一位女子都对善行有深厚的女性感情，这使她带着企盼和苦恼而立身的地方，成为小说的中心——安静隐秘，好比礼拜之所，可是她已不再知道向谁祈祷。在学习中，在日常家务中，以及在女性的各种事务中，她们都在寻觅目的何在。她们寻而不得，我们也无法感到好奇。在女性的古老意识里，充满了痛苦和敏感，多少年来一直默默无语，现在似乎已无法承受而四处漫溢，表达着一种需求——她们不知需求什么——也许是需求某种和人类生存的事实无法相容的东西。乔治·艾略特聪慧超凡，不会胡乱摆弄这些事实；而她的宽厚性情也不容她缓和真相，因为真相太严酷。她们的努力充满了至高的勇气，但对她的女主角来说，这场斗争的结局总是悲剧，或者是一种更为忧郁的妥协。

乔治·艾略特将会又一次不满意伍尔夫的判断，即认为多洛西娅的委曲求全是比悲剧更为压抑的妥协，这对多洛西娅的第二任丈夫似乎太苛刻了，因为威尔·拉迪斯洛是位虽有点无能却很善良的人。理查德·艾尔曼在对多洛西娅的丈夫们敏锐的传记式思考中，并没有发现倒霉的卡索班的单一原型，他那伪学者形象在所有神话里都能找到，但是艾尔曼暗示说，这一形象的最终模型表现了艾略特自己性格阴暗的一面，即源于她早年长期性压抑的结果以及由此而产生的不健康幻想。艾尔曼看法的引人注目之处在于，烦人却被理想化了的拉迪斯洛不仅是艾略特首任丈夫乔治•亨利•利维斯的翻版，而且也是小她二十多岁的约翰•克劳斯的再现，此君在她生命的最后七个月里成了她的第二任丈夫。和多洛西娅一样，艾略特并没找到与自己般配的丈夫，但是除了约翰•斯图亚特•穆勒（遥不可及）外，她哪里可以寻找到无论在智力上还是精神上都与她相配的人呢？《米德尔马奇》非凡的"序言"将阿维拉的圣特蕾莎与后来的特蕾莎们作了对比，"后来的特蕾莎们……不具备一贯的社会信念与准则，而这原本能够为激情洋溢的灵魂提供知识"。在序言的最后一段里，艾略特为自己和多洛西娅发出了强烈的反讽、忧郁和好斗的哀语：

> 有人觉得这些误入歧途的生命出自于恼人的不定性，这不定性正是至尊的伟力用来塑造女人本性的，如果女性的无能就像只能数到三一样可以严格确定，那么女性的社会作用也许能被科学地测定。但是不定性仍然存在，种种变化数不胜数，不是人们从女子的相同发型和共同喜好的爱情诗文就可以想象的。到处都有小天鹅不安地混在池塘里拥挤的鸭群中，从未感受到自己蹼脚同类的生命律动。到处可见毫无建树的圣特蕾莎，她慈爱的心悸和哭泣为善事不果而发，颤抖着消逝在各种障碍之中，而不是凝集于持久不渝的功德中。

但丁会在《天堂篇》里为"毫无建树者"选择什么样的位子呢？乔治•艾略特虽然激烈，但她和简•奥斯汀一样都不是当今女性主义批评家所垂青的人物。李•爱德华兹于1972年的一篇文章中就预示了后来的许多评判。爱德华兹清楚地认识到"《米德尔马奇》是一部关于想象能量的小说"，所以他强烈批评艾略特拒绝赋予多洛西娅更多的精力和意志：

> ……乔治•艾略特没有最终创造出一位这样的女性，她知道自己既不喜欢也不需要丈夫，因为这种喜爱会迫使她顺从或被毁灭。如果乔治•艾

略特能找到一个这样的女子可赖以生存的价值系统的话，她也许已成功地将生命活力再次注入了干枯的圣特蕾莎形象。

多洛西娅和她的创造者一样都没准备好放弃婚姻，如果艾略特是一位激进的女性主义者，《米德尔马奇》也许会成为一部更强有力的小说；但也许不会。艾略特是独一无二的，这并不是指她的解放程度或她的精力与意志，而是指她智力的深度和广度。她会赋予多洛西娅一个在概念原创性上足以媲美布莱克和艾米莉·狄金森的头脑吗？《米德尔马奇》不是《青年女艺术家的肖像》，而是多洛西娅·布鲁克的肖像，她具有新教的圣特蕾莎潜能，但所处的时空对于一位女圣人又太狭小。

利德盖特寻求科学知识和由此而来的名声，而多洛西娅的求知欲完全是精神上的。她在本质上是耽于思考的人，所以不能成为一名社会斗士或政治改革家。乔治·艾略特与简·奥斯汀一样，都是太出类拔萃的艺术家和太尖锐犀利的讽刺家，所以当时的社会机制无法禁锢她们。两位小说家都追求小说的善，两人的差异只是艾略特比奥斯汀更显著地融合了审美和道德的双重意图，她们的道德感比我们如今共同拥有的道德感要更有见识。艾略特作为叙述者的娴熟控制禁止她为多洛西娅选择艾略特自己未曾有过的各种可能性。受崇敬的犹太先知莫德才对丹尼尔·德隆达说："我们种族的神圣原则就是行动、抉择和坚定记忆。"艾略特天资崇高，她不仅写出而且一生实践着这一原则，尽管只是部分地。女性主义批评也许有理由要求乔治·艾略特更女性主义，但这种要求并不适于文学本身。亨利·詹姆斯预告了女性主义批评家的矛盾心态，他抗议小说虚掷了那位杰出的女主人公，并坚持认为读者的想象为多洛西娅所要求的超出了艾略特选择提供的。无限机敏的艾略特在小说的结尾部分已预见到所有此类抱怨：

当然，她生活中的几次决定性行动不太理想。这些行动是年轻高贵的动机在恶劣社会环境中搏斗而产生的复杂结果，而在此种情势下，伟大情感总是动辄得咎，伟大信念总是最后落空。没有一个人的内心可以强大到不受外界因素的巨大影响。新的特蕾莎难有机会改革修道生活，正好比安提戈涅无法再为兄弟的葬礼而英勇献身：使她们产生激情壮举的环境已不存在。但是我们这些无足轻重者中却孕育了许多多洛西娅式人物，其中一些人的命运远比这故事中的多洛西娅更为悲惨。

她雅致的心灵仍有其杰出的子嗣，虽然不是到处都能够看到。她的全部本性好比居鲁士所破坏的河流，被迫在大地上无名的河道中消耗殆尽。但是她的存在本身对周围的影响难以估量地到处扩散，因为世界上日益增加的善要部分依赖于那些历史上的平凡举动；而且事情对于你我不像原本可能的那样糟糕，一半也要归功于那些信仰坚定却默默无闻地生活的人，这些人终将在无人探访的坟墓中得到安息。

我不知还有什么话语比如下的句子更富于智慧和令人警醒："没有一个人的内心可以强大到不受外界因素的巨大影响。"憎恨派人士不需要这一告诫；而我要。"巨大"一词十分恰当，艾略特也暗示，内在的力量也决定了"巨大"的程度有多大。多元决定是一个阴暗的真理，在生活和文学中都是如此，而个人意志和活力与社会和历史力量的竞争在这两个领域中都永不止息。多洛西娅选择了与世无争，相信（和她的作者一样）"世上日益增加的善要部分地依赖于那些历史上的平凡举动"。

詹姆斯也许是对的：作为读者，我的想象有时企盼多洛西娅的举动名留青史。但詹姆斯也可能是错的：他最迷人的女主人公伊莎贝尔·阿彻尔和米莉·希勒有什么历史性举动呢？如日中天的经典小说也许在《米德尔马奇》已达到了崇高的顶点，它对读者的影响仍然在"难以估量地到处扩散"。

# 14 托尔斯泰和英雄主义

我发现至今为止对托尔斯泰最精当的介绍是马克西姆·高尔基的《回忆录》(1921),这本书以作者对七十二岁高龄的小说家托尔斯泰的数次探访为基础写成。当时是 1901 年初,托尔斯泰住在克里米亚,健康不佳,又刚刚被俄国东正教会开除了教籍。高尔基毫不掩饰自己与托尔斯泰之间存在的矛盾纠葛,正是这些矛盾强化了托尔斯泰不断散发的诡异感:

> 在他递给我看的日记中,我被一则奇怪格言惊住了:"上帝是我的欲望。"今日在归还日记时,我问他那是什么意思。
>
> "这是一个不完全的看法,"他说,同时瞄着书页转动一下眼睛,"我一定是想说:上帝就是我要认识他的欲望。……不,不是的。"他笑着把日记卷成管状放进上衣口袋里。他与上帝的关系是非常可疑的;这让我想起了"一洞双熊"的关系。

高尔基引用那句谚语的精明之处在于抓住了托尔斯泰虚无主义的隐秘真相,以及他对坚守虚无主义的无能为力。这位先知式小说家最终的想法是将上帝等同为永生的愿望。托尔斯泰勇气十足,他与其说是为对垂死或死亡的一般恐惧所动,不如说是为自己异常的活力和活力主义所动,因而不愿苟同任何消亡无存的感受。高尔基对此十分中肯地说道：

> 他的一生中既怕又恨的就是死亡，他的灵魂里终生都悸动着“阿扎马斯的恐惧”——他必定死去吗？整个世界或地球都在看着他；从中国、印度、美洲，从生活的各处，跳动着的思绪都伸向他；他的灵魂无处不在直到永远。为什么大自然的规律不为他破例，让一个人生命永存呢？

我们或许可以说托尔斯泰的渴望是天启式的向往，而不是宗教式的欲求。世界各地散布着不少托尔斯泰主义者，但是他们现在已难以同其他各种精神化的理性主义区别开来。托尔斯泰以冷静的感情去爱他的上帝，向往但不狂热。他的基督是山上宝训的布道者，但仅此而已，作为神甚至还不及托尔斯泰自己。阅读托尔斯泰关于宗教的论述，人们会碰到一个严厉甚至粗野的道德家，他并不训谕，除了像甘地那样把非暴力置于一切价值之上。托尔斯泰与妻子总共生养了十三个孩子，但他的婚姻和家庭观念却充满苦痛，他对人类性欲的态度达到了厌女症的极端程度。当然，这些都证实了他是一位说教的托尔斯泰，而不是一位小说家，即使在他晚期作品《复活》、《魔鬼》和有名的《克莱采奏鸣曲》中也是这样。托尔斯泰的叙述才能如此有力而持久，所以他的布道式说教并没有太多地损害他的小说，也没有使其带有偏向。

俄国的批评家们已经强调过，他的小说和故事把熟悉的事物加以陌生化，使一切看上去焕然一新。尼采所说的“人类原始之诗”，即我们乐于看到的宇宙，被托尔斯泰重新加以视角化。一直读他的作品未必能让你与他一样目光敏锐，但你会明白自己的眼光是多么狭隘。你的世界比他的世界贫乏许多，因为他总是力图表明他所见到的不仅更加自然，而且更加奇特。要了解他的自然概念多么富于隐喻性是需要时间的，因为他明快简朴的文体是修辞的胜利。英语文学中最相似的作品是华兹华斯早期写作《丁登寺》之前的诗歌，如《负疚与悲哀》、《荒屋》和《康柏兰的老乞丐》等。在这些作品中，华兹华斯还不需要记忆的神话，或柯勒律治式的人类心灵与大自然相互交流的感觉。华兹华斯早期主要诗作所表现的自然男女的哀痛情景让人不安，这些作品早在托尔斯泰之前已经是托尔斯泰式的，质朴文风表达出如此艺术的深情，几乎向我们遮掩了其内在的艺术性。乔治•艾略特最富于华兹华斯风格的作品《亚当•比德》似乎奇怪地带有托尔斯泰的味道，而后者对这部小说的赞赏似乎也证实了这一点。

华兹华斯所说的永生的喻示来自他童年的最早期记忆，尽管这记忆会随着平淡时光的流逝而消退，但还保持着他对自然的崇敬。托尔斯泰没有类似的喻示，所以他从俄国农民那里寻找自然虔诚的相同情感。但是无论他找到了什么，都不是他所寻求的安慰。作为一位坚定的理性主义者，他无法分享民众的信念，但他仍然努力实现他们对上帝的爱。他拒绝任何奇迹，因此人们十分困惑于他所指的慈爱上帝是什么。高尔基写道，托尔斯泰"坚持认为，对所有人来说真理只有一个，那就是对上帝的爱。不过谈论这一主题他的语气冷漠而疲倦"。还有一次，托尔斯泰告诉高尔基，信仰和爱情需要勇气和胆量，这十分接近托尔斯泰的心态。如果对上帝的爱就是鲁莽，那么谁还能拯救恐惧中的人呢？无论在托尔斯泰作品中还是在此处，让人对他敬慕的就是他的原创性或气质的陌生性。他的动机与我们的不同。勇气和胆量属于史诗的美德，而托尔斯泰的宗教（姑且这么称呼它）具有艺术的特质，处处显示出史诗的倾向。当托尔斯泰自比荷马时，我们是信服的，而在荷马之后的作家中还没有别人能让我们信服过。不论是先知还是道德家，托尔斯泰仍然既是一位史诗性人物又是一位史诗的创造者。

托尔斯泰的道德、宗教和美学信念重要吗？如果这个问题涉及信念本身，那么在过去因为有许多托尔斯泰主义者，答案是肯定的，然而时过境迁，他现在必须和荷马、耶和华文献作者、但丁以及莎士比亚一起受到读者检验，他也许是文艺复兴以来唯一可与这些大师媲美的作家。他若知今日此种命运一定会不悦的；他自诩为先知而不是说书人。即使作为作家，他也宁可与《伊利亚特》和《创世记》为伴，而且无疑会继续嘲笑但丁和莎士比亚。他对《李尔王》有特别的怨气，虽然他在晚年不自觉地扮演了李尔的角色，决绝地逃离家园投入飘泊者的自由之路。他一心想当殉道者，但是精明的沙皇政府总不让他如愿，因为政府只迫害他的支持者，却从不触动这位享有世界声誉的圣人和史诗式小说家，而且从一开始就认可他为普希金的真正传人和集大成者，于是，他就成了俄国历史上最伟大的作家,这是他永远不会失去的尊荣。也许他身上有股执著的愿望要赶上并超过荷马和《圣经》,尽管他强烈的痛苦意识常常表现为对文学的不信任,甚至是对审美价值领域的某种拒斥。

在《何为艺术?》(1896)中,他激烈地抨击古希腊悲剧、但丁、米开朗琪罗、莎士比亚和贝多芬,但他在令人惊诧的小说《哈吉•穆拉特》中又反驳了上述批评,这本不长的小说写于1896年到1904年之间,但直到他去世时都没有发表。他有时贬斥《哈吉•穆拉特》是自我放纵的产物,却仍然修改不止,并深知这是一部不朽的杰作,一部背离他关于基督教和道德艺术的几乎所有准则的小说。人们不会立即把《哈吉•穆拉特》当作托尔斯泰短篇小说创作的最高峰,因为他在自己十分擅长的这种体裁中,还写了《伊凡•伊里奇之死》、《主子和人》、《魔鬼》、《哥萨克》、《克莱采奏鸣曲》和《谢尔盖神父》等众多佳篇。我在四十多年前初次阅读《哈吉•穆拉特》时就一直被它吸引,即使上面所列的头两篇也无此魅力。它成了我衡量小说崇高性的一块试金石,是世界最佳短篇小说,或至少是我读过的短篇小说中最好的。

在本书中我一直主张,在陌生性意义上而言的原创性超越其他一切品质,是能够使一部作品成为经典的品质。托尔斯泰的陌生性本身就很奇特,因为它很诡黠地让人乍看之下并不觉得陌生。你总是听到托尔斯泰的声音在充当叙述者,坦白、理智、自信而和善。现代俄国的一位重要批评家维克多•什克洛夫斯基指出,"托尔斯泰最常用的策略是拒绝认知一个对象,是把它描述为仿佛一个初次见到之物。"这种陌生性的技巧与托尔斯泰的语言风格一道,让读者心悦诚服地相信,托尔斯泰让他看到一切都是他头一次看到的,但同时又让他感到所见的一切都似曾相识。疏异和亲近两者结合似乎很难,而这正是托尔斯泰独一无二的氛围。

如何让小说既诡异又自然呢?我想可以这么说,那些成就最高的叙事作品如《神曲》、《哈姆莱特》、《李尔王》、《堂吉诃德》、《失乐园》、《浮士德•第二部》、《彼尔•京特》、《战争与和平》以及《追忆似水年华》等都融合了这些矛盾对立的特征。它们容纳各种杂乱不同的见解,甚至创造了那些见解。可是,能够达到这种融合的短篇小说并不多。《哈吉•穆拉特》的陌生性好比《奥德赛》,而熟悉性好比海明威的作品。托尔斯泰这篇小说的结局是哈吉•穆拉特的英勇战斗,他和几位忠实的支持者们迎战大群敌人,这使我们想起了《丧钟为谁而鸣》中最令人难忘的片断,艾尔•索多与一小批战友奋力反抗为数众多、武装精良的法西斯分子。海明威一直是托尔斯泰热诚的学生,对其伟大的原作模仿得也十分出色。但是,哈吉•穆拉特生与死都像个古代的史诗英雄,他融合奥德修斯、阿喀琉斯和埃涅阿斯的长处于一身,却不带他们的任何缺点。

维特根斯坦和伊萨克•巴贝尔两人的所有共同点也许只是那非常不同的犹太血统,但使我着迷的是他们都敬佩《哈吉•穆拉特》。维特根斯坦把此书给了其弟子诺曼•马尔科姆一本,让它伴随他的从军之旅,并对他说书中的意蕴丰富。巴贝尔在 1937 年迭遭不幸之际重读此书,也为之激动:"在这里,电流由大地发出,经由双手直达纸页,其间没有绝缘,以一种真实感毫不留情地剥光所有的外层。"

激励维特根斯坦和巴贝尔产生独特敬意的书显然是带有普遍性的,而这一直是托尔斯泰的愿望。亨利•詹姆斯极为喜爱屠格涅夫而轻慢托尔斯泰,但他也无法把《哈吉•穆拉特》说成是一个"松垮臃肿的怪物",这恰好是他对《战争与和平》的评价。细读他的小说可以表明使托尔斯泰成为十九世纪最经典作家的因素是什么,甚至在民主时代艺术百花齐放的年代里他也差不多是一位卓尔不群的人物。

《哈吉•穆拉特》首先是历史,虽然视其为历史小说有点奇怪,即使在《战争与和平》可以称作历史小说的意义上来看也是如此。《哈吉•穆拉特》中没有对历史进行反思,而纯粹只是讲故事;但小说中发生之事,至少其核心情节,严格说来不算是托尔斯泰的创造。当把这本小说与 J. F. 巴德利的《俄国征服高加索》(1908)放在一起阅读时,我觉得又遇到了那个悖论:托尔斯泰似乎既追随事实也追随自然,但他的《哈吉•穆拉特》十分诡异,它属于神话史诗而不是编年史。在十九世纪的整个上半期,沙俄帝国频频发动战争想要征服高加索山区和丛林中的穆斯林。高加索人最终在伊玛目沙米尔的领导下,团结一致进行圣战抗击沙俄,他最得力的下属就是早在战死前已是传奇人物的哈吉•穆拉特。

1851 年 12 月,他与沙米尔一起落入俄国人之手。四个月之后即 1852 年 4 月,他在试图逃跑时遭追捕并死战至最后一刻。

托尔斯泰的传记作者和译者埃尔米尔•莫德在托尔斯泰写于 1851 年 12 月 23 日的一封信中找到了故事的源头,那时正值托尔斯泰即将参加对沙米尔的战役并担任炮兵军官之际:

> 如果你要炫耀从高加索得到的消息,你可以述说有位名叫哈吉•穆拉特的人(沙米尔手下的第二号人物)几天前已向俄国政府投诚。他是切尔卡西亚首要的凶猛敌将,却终于做此劣迹。

半个世纪后,托尔斯泰笔下的哈吉•穆拉特没有丝毫行为不佳的痕迹,甚至都不可能有劣迹。与小说中其他人物相比,特别是与敌对的领袖们,如沙米尔和沙皇尼古拉一世相比,他成了一个完完全全的英雄。虽然托尔斯泰从没抱怨过荷马的任何不对,但他所塑造的哈吉•穆拉特对荷马式英雄却是一种有力的批判。荷马分别赋予阿喀琉斯和赫克托耳的高贵品质现在同时体现在托尔斯泰的这位主人公身上,后者既不像阿喀琉斯那样对死亡无比狂怒,也不像赫克托耳那样消极地承受命运安排的毁灭。

哈吉•穆拉特和阿喀琉斯一样充分意识到了自己的力量,他成熟、果断、强劲而不莽撞。他比阿喀琉斯更为活力充溢,在处事和外交手腕上与奥德修斯不相上下。他与后者一样渴望回家陪伴妻儿。但是,他没有完成自己的探寻,这和奥德修斯不一样,但托尔斯泰给我们描绘的是一个神明化的英雄,而不是对他的失败的哀悼。在托尔斯泰作品中其他核心人物身上都找不到对哈吉•穆拉特那样的喜爱和充分描写,我不信在西方文学史上还有什么人物比得上这位鞑靼首领。难道还有谁为我们塑造过这样智勇双全的自然之子作为成功的主人公吗?康拉德的民众之子诺斯特洛莫形象伟岸,但他远没有达到哈吉•穆拉特那样的想象高度。托尔斯泰笔下的凶蛮形象如作者一样狡黠,却死得其所,十分壮烈,康拉德的诺斯特洛莫的死则带有反讽意味。

这与 1902 年初托尔斯泰的行将去世有关。他的病在四月初渐渐痊愈了,所以他能重新修改《哈吉•穆拉特》,他暂时回避了死亡而让他的主人公替他死掉。这位小说家也许明白,他在某种程度上就是哈吉•穆拉特,或者说,这位英雄就是莎士比亚版的托尔斯泰,这位剧作家讽刺性地战胜了最爱诋毁他的小说家。

《哈吉•穆拉特》显然是托尔斯泰作品中最具莎士比亚特色的叙事之作,它既有丰富的人物塑造,也有广泛的戏剧性共鸣,更重要的是它表现了核心人物的变化多端。托尔斯泰和莎士比亚一样,他所叙述的哈吉•穆拉特的故事既属于所有人又不属于任何人,既有趣又平淡,深刻感人又不露声色。托尔斯泰从莎士比亚那里学会了(虽然他会否认这点)并置殊异场景的艺术,以此取得比单线发展更为复杂的连续性。我们在哈吉•穆拉特自己茫然无知的语境中遇到了他,我们也乐于见到作者对环境和人物的完全掌握。

托尔斯泰荒谬地指责莎士比亚不能让自己的人物有个性化的语言,这好比说巴赫写不出赋格曲。再多学些英语也不会使托尔斯泰豁然开朗;但他对莎士比亚的愤恨是防卫性的,尽管他自己也许没有意识到这点。使他开心的只有福斯塔夫,李尔则特别使他不屑一顾。谈到托尔斯泰的局限性是令人痛苦的,但这些局限只有在与莎士比亚比较时才会出现。他最有魅力的人物是安娜•卡列尼娜,她身上带有强烈的莎士比亚特性,如果喜爱她的托尔斯泰知道这点的话就完全不会原谅她了。可以毫不夸张地说,托尔斯泰确实仇恨莎士比亚,只是我们要补充说他也惧怕莎士比亚。托马斯•曼认为托尔斯泰私下里把莎士比亚等同于自然,而他自己有更多的精神性。现在我们的学界正在重新风行道德主义,我们也会赞同托尔斯泰把斯陀夫人置于莎士比亚之上的评判。新历史主义者、女性主义者和马克思主义者应该喜爱《汤姆叔叔的小屋》而不是《李尔王》,而托尔斯泰在这方面实乃他们的先驱。

《哈吉•穆拉特》是托尔斯泰晚年最大的意外之作,这位老巫师在此终于挑战了莎士比亚。莎士比亚非凡的能力可以让剧中最平凡的角色都显示出丰富的存在,让他们充满活力,这种能力被托尔斯泰巧妙地吸收了。《哈吉•穆拉特》中的每一个人物都生动地具有个性,如沙米尔、沙皇尼古拉、阿夫杰耶夫以及在一场冲突中死去的可怜的俄国士兵;沃龙佐夫公爵,哈吉•穆拉特就是向他投降的；波尔托拉茨基，一位连长；哈吉•穆拉特一小队忠实的追随者：艾尔达、甘扎洛、马哈玛可汗和卡内菲等人。这一名单似乎永远没完，好比莎士比亚一部重要戏剧中的情形。还有老沃龙佐夫这位俄军首领，他的副官罗里斯-梅里科夫是负责看守哈吉•穆拉特的；还有巴特勒，一位欣赏鞑靼首领品格的英勇军官。作品中还有两位女性充满了感染力，这两位故事中常出现的人物是小沃龙佐夫公爵的妻子，玛丽亚•瓦斯列夫娜公主和某位下级军官的情妇玛丽亚•德米特里耶芙娜。

对这十五个角色和十几位配角的刻画具有莎士比亚式的精确与活泼，这就提供了一个框架进一步衬托哈吉•穆拉特，我们对他的认识好比对莎士比亚的伟大勇士一样：奥赛罗、安东尼、科里奥兰或《约翰王》中的私生子福尔孔布里奇。确实，我们对哈吉•穆拉特的认识要比对安娜•卡列尼娜的了解更充分，因为后者太接近托尔斯泰了。托尔斯泰只有一次如莎士比亚一样不用自己的声音说话，并塑造了哈吉•穆拉特这一伟大角色，一位史诗英雄般的自然之子。

历史上的哈吉•穆拉特既是又不是托尔斯泰笔下的人物。据 J. F. 巴德利的解释，这位鞑靼英雄也许更为勇猛大胆，但也更为阴险残忍。他是达吉斯坦地区的阿瓦尔人，属于高山民族，先是与穆瑞兹斗争，这是一场大规模的伊斯兰神秘复兴主义运动，这场运动引发了俄国人和阿瓦尔人之间长达六十年的一场战争。巴德利对哈吉•穆拉特一生的记叙显然只是事实，但读来如奇妙的小说。伊玛目哈米亚德是穆瑞兹运动的领袖，哈吉这位英雄在杀掉哈米亚德之后就投入俄军阵营，但他随后又被阿瓦尔人首领出卖并被错误指控为新伊玛目沙米尔的追随者。哈吉经一处悬崖跳下而逃出俄军控制，然后一路投奔了穆瑞兹，在那里他的才干很快得到赏识并被提拔为沙米尔的主要副手。他在两军对垒或偷袭中都骁勇善战，他的英勇名声马上引起了沙米尔的嫉妒，后者宣判他这位最好的战士死刑以保证自己王朝延续的利益。哈吉•穆拉特走投无路只好再次向俄国人投降，正如托尔斯泰在小说开头所描写的。托尔斯泰十分仔细地让事实准确无误，他以文字来妆扮哈吉•穆拉特，不允许笔下英雄的光辉形象蒙上残暴或野心的阴影。

托尔斯泰的小说以一简短序言开始，叙述者散步归来，费劲地折下“一株美丽的红蓟，周围的人都称它为‘鞑靼’”。这株红蓟已成了哈吉•穆拉特的象征：“它的精力多么充沛又倔强啊！它保卫自己的决心无比坚定，它让敌人损失惨重来换取自己的生命。”每次读到这一序言时，我都再次惊叹，这红蓟太过明显的象征意义在我看来似乎并非美学瑕疵。不过我随即反思，《哈吉•穆拉特》中的一切都是如此恰到好处地明显。故事中既无惊奇也无意外的转折；托尔斯泰确实常常让我们预先知道将要发生什么。当我们在尾声看到英雄头颅被割下后，这一技巧达到了叙事颠覆的高峰，它详细叙述了哈吉•穆拉特的最后一搏。托尔斯泰似乎假设我们已经知道了这段历史，但是小说并不注意反思故事的深意；既不挖掘道德的意蕴，也不争论任何问题。显然，最重要的既不是情节也不是悲伤，而只有英雄本人的性格，是对哈吉•穆拉特这个人物的深层揭示。

尽管他精明而大胆，但这位英雄从一开始就注定了要与两个邪恶的暴君冲突，即沙米尔和沙皇尼古拉。他的最终命运因此也就无可避免了：俄国人不太信任他，不会让他率领起义军与沙米尔作战，但是他必须试图救出被伊玛目沙米尔俘为人质的家人。所以他和作者以及读者都知道自己的结局，也知道一切故事中的英雄都会有个终结。但哈吉既不是但丁的尤利西斯也不是陷入过时道德世界里的史诗英雄。他是一位莎士比亚式的人物，他的最深层性格是经受内心变化的能力，这一能力在反抗毁灭自己的势力时被增强，正如安东尼在赫拉克勒斯神弃他而去后变得人性化那样。托尔斯泰既讲述哈吉•穆拉特的故事，也为这说故事者的艺术所着迷，他摆脱了托尔斯泰式教条的束缚，从而表现了艺术及其实践的纯粹性。

这是十一月的某个寒夜，哈吉•穆拉特戴上头盔披上斗篷，由艾尔达一人陪同骑马来到俄军防线之外十五里的一个鞑靼村庄。他此行目的是等待俄军是否接纳他的消息，因为他正在逃避沙米尔的追杀。据巴德利说，沙米尔是位走到哪里都带着刽子手的伊玛目。托尔斯泰叙述的最初这几段烘托出的气氛，让我们信服我认为是维特根斯坦最赞赏哈吉•穆拉特的地方：这位悲剧英雄既引发又平息了我们对悲剧的自然真实性的怀疑。

在其精研之作《真理的阴郁》中，劳拉•昆尼应用了维特根斯坦对待生命悲剧意识的辩证态度，以此来分析约翰逊博士和雪莱。维特根斯坦着迷于托尔斯泰和陀思妥耶夫斯基的作品，两人的作品虽然大异其趣，但他在两人作品中似乎发现了自己对悲剧的矛盾心态。维特根斯坦也为莎士比亚所困扰，他显然和托尔斯泰一样对《哈姆莱特》和《李尔王》的作者心存畏惧。如果你和托尔斯泰及维特根斯坦一样不由自主地既怀疑悲剧又渴望悲剧，那你会觉得莎士比亚是个最大的问题，因为你会恼怒于这样的事实，即对莎氏而言，悲剧似乎和喜剧以及传奇剧一样是信手拈来的。尤其是托尔斯泰，他不能容忍《李尔王》的剧情，而《哈吉•穆拉特》中虽有隐含的莎士比亚主义，却是对莎氏悲剧的一种批判，因为莎士比亚的悲剧英雄们常常迸发出超人的力量。哈吉是鞑靼人的头号勇士，他必须勇往直前，但又救不了自己，不过他所抗争或唤起的并不是神魔般的力量。他的悲剧在于，他是英雄的而又是自然的人，所以他必须直面一切难以想象的困难。这使我想起了高尔基，因为高尔基和托尔斯泰的对话让我惊讶，托尔斯泰在那样的时刻竟然勉力完成了这部杰作：

> 我说过，所有作家在一定程度上都是创造者，他们按自己乐意见到的生活来描写人物。我也说过，我喜欢活跃的人物，他们急切地以一切手段，包括暴力，去反抗生活中的邪恶。
>
> “暴力是万恶之首，”他抓住我的手臂叫起来，“你怎样摆脱那种矛盾呢，创造者？你的旅伴先生不是被创造的——这样做的好处仅仅是它不是被创造的。但一旦你思考，你就会产生出所有阿玛迪斯式骑士。”

托尔斯泰的侠客骑士，或高卢的阿玛迪斯，当然就是那卓越而狂暴的（当他必须如此时）哈吉•穆拉特，这是小说家创造又没有完全虚构的人物。作为非暴力主义的先知，托尔斯泰从叙述那鞑靼领袖的激烈文字中根本消失了。然而哪一位才是较真实的托尔斯泰？是《哈吉•穆拉特》的作者还是《忏悔》和《何为艺术?》中的道德家？人们会不无迟疑地声称有两个托尔斯泰，而且是互相对立的。下面这段描述怎么会不是那位最重要、最具经典性的托尔斯泰所为？

两个男子的眼光相遇，互相表达着许多不可付诸言词或不可解释的信息。他们无言地倾吐全部真实。沃龙佐夫的眼神在说，他不相信哈吉·穆拉特的每一句话，他永远与俄国人为敌，只有在走投无路时才会投降。哈吉明白这一点，但继续保证着自己的忠诚。他的眼睛说道：“那老家伙应该想想自己的死而不是战争，他虽然老但很狡猾，我必须小心才是。”沃龙佐夫也知道这一点，但他总是以他认为对战争有利的方式同哈吉说话。

托尔斯泰也是一位要驱除死亡念头而去思考战争的老人。他像荷马一样既不赞扬也不责难战争；他们都认为战争是生活的基本法则。人们也许会再次想起托尔斯泰和他的非暴力主义，但这非暴力主义与沃龙佐夫和哈吉·穆拉特的高加索有什么关系呢？战争在《哈吉·穆拉特》中是一种能量释放，是平衡沙米尔和尼古拉邪恶力量的唯一办法。显然，写作这部小说也是一种释放，是年迈的托尔斯泰最佳的放纵方式，这就是他对高尔基所说的，“英雄——这只是一个谎言和杜撰；简单说来只有人，除了人什么都没有”。

那么，如果哈吉·穆拉特不是英雄，他又是什么呢？也许他部分地代表了托尔斯泰早已逝去的青春年华，但仅这一点不能说明那鞑靼勇士种种卓越的品质。与他相比，托尔斯泰主要小说中的主人公们立即显得不够活泼，不那么富有同情心。所有读者的一个共同点就是去寻找一位如哈吉·穆拉特那样适合其自身世界的小说人物。在莎士比亚之后，唯有托尔斯泰比其他人更充分地表现出纷争世界中的权力角逐，而哈吉·穆拉特完全比得上《安东尼和克莉奥佩特拉》中的安东尼或康拉德笔下的诺斯特洛莫。托尔斯泰与莎士比亚一样漠然对待主人公的争斗，却深切地同情那些英雄们不得不面对的宿命。

托尔斯泰和哈吉之间的关系还有另一个因素，某种纯粹个人的东西，而且近于真正的认同。环境驱使哈吉·穆拉特成了一位逃亡者，一位尊严高贵的逃亡者。虽然他极为适应他的环境，但他清楚这一环境正在消解，最后只会留下他一个人和几位随从。命定结局的意味萦绕着整个故事，正如这宿命气氛弥漫在《安东尼和克莉奥佩特拉》的主人公身上一样。哈吉夹在沙米尔和沙皇之间，只有英勇赴死的自由，他的身份不仅没受损伤反而得到了增强。

绝非偶然的是，托尔斯泰自己最像两位文学人物:J作者的耶和华和莎剧中的李尔,但他更应该像自己的哈吉•穆拉特,一位有勇有谋的战士而不是狂怒不安的神王。托马斯•曼在一篇论歌德与托尔斯泰的奇特短文里,无意中证实了这一看法:

> 我们在托尔斯泰身上注意到了同样旺盛的野性精神；这些精神在他身上一直持续到老年,此时他缺少歌德晚年所具有的尊贵、威严和风度。这不会让人吃惊,因为我们毫不怀疑,歌德的生活比这位斯拉夫贵族更热忱、勤奋和典范;他的文化活动也远比托尔斯泰极无意义的精神说教更有真诚的自律、严谨和克制,因为后者的精神说教常常成了固执于荒唐情节的编造。正如高尔基所描述的,托尔斯泰的贵族式魅力属于高贵的野性。他从未努力去达到文明人(无可争议的胜者)所具有的尊严。

约翰•拜利对这一问题的回答较为恰当,他认为,歌德和托尔斯泰两人都是自我中心主义的巨人，但彼此又截然不同:“如果说歌德只关心自己而不顾其他的话,托尔斯泰则只是自己;所以后者对前途和生命意义的感受相应地更为亲切感人。”

托尔斯泰和哈吉•穆拉特一样,只是他自己而已。托马斯•曼大概认为哈吉是又一个高贵的野兽,缺少文明的尊严。曼是一位伟大的讽刺家,他面对的是自己艺术能力所不及的论题。关于哈吉•穆拉特,最重要的是他具有的美学尊严,这是托马斯•曼笔下的任何人物所不及的特质。对于美学尊严这个问题,我们要看哈吉•穆拉特的最后一搏和战死,这也许是托尔斯泰最杰出的虚构。

托尔斯泰和哈吉的一个不同之处在于,这位车臣英雄爱他的妻儿,至死都要拼力去解救遭沙米尔报复的家小。对托尔斯泰来说,成问题的却是他是否爱过任何人,包括自己的孩子。即使华兹华斯或弥尔顿,甚至但丁,都比不上托尔斯泰这位伟大的唯我主义者。托尔斯泰的宗教和道德作品不是别的,而只是唯我主义的表白;不过《战争与和平》或《哈吉•穆拉特》的读者难道希望托尔斯泰少一点自我着迷吗?天下没有不劳而获的东西,某些强力作家(男性和女性)如没有唯我主义就不会获得美学成就。就我们所知,莎士比亚也许是最少唯我意识的诗人;乔叟在这方面似乎和莎氏不相上下;我有时真想做个游戏,根据每位大作家唯我主义的程度给他们分分类。这种分类有什么意义呢?就他们的卓越成就来说这分类没什么意义,但和作家创作类型的差异确有关联。乔伊斯是纪念碑式的唯我主义者,而贝克特似乎是一位最无私的人。《芬尼根守灵》同贝克特的三部曲《莫洛伊》、《马龙之死》和《无名者》之间的差异与贝克特对前辈的回避有关,但更多在于两位作者对他人自我的截然不同感受。

与托尔斯泰笔下其他男性主人公不同的是,哈吉•穆拉特对他人自我的现实有超凡的感受。没有这一感受,他也许早就去世了;但他的这种意识绝不只是谨慎小心,这表现在他和巴特勒的深厚情感上,后者的浪漫幻想和赌博妄为让人联系到托尔斯泰年轻时在高加索从军的往事。如果在某一方面哈吉•穆拉特的悲剧性孤独投射了托尔斯泰自己的窘境,那么这位鞑靼族勇士的宽宏大量就反映了小说家自知自己所缺少的品质。主人公的英勇善战无疑也是托尔斯泰想要认同的。约翰•拜利总结托尔斯泰军营生涯时指出:"几乎整天在闲聊和试着编故事,猎杀野鸡野兔,与高加索少女调情厮混,在当地浴场治疗淋病。"拜利还有趣地加了一句:托尔斯泰的这段经历很像海明威活跃的军事历险,后者的全部生活都在有意识地与托尔斯泰竞争。两位小说家都把自我崇拜注入艺术的深处,把他们的自我融入事物的本性之中,于是他们就进入了弗洛伊德所谓的"现实检验"的领域,尽管其中没有与必死命运交友的那种最终的弗洛伊德式智慧。

哈吉•穆拉特的一生和最后的一搏都是壮丽的,他显示了只有莎士比亚悲剧中男女主角能够显示的智慧,战斗不息,桀骜而不失尊严地赴死。在他一生的最后一个早晨,天已放亮而太阳尚未升起,他召来坐骑,和五名亲信以及一队监视自己的哥萨克兵一起外出。在杀掉和赶走这些哥萨克兵以后,他和亲信们仍无法逃脱大队哥萨克人及为俄军服务的鞑靼民兵们的重围。经过一番激烈枪战后,哈吉•穆拉特走投无路了:

又一粒子弹击中哈吉·穆拉特的左胸。他倒在沟壕里，又从外套里扯出一团棉花塞住伤口。这个伤口是致命的，他觉得自己快死了。记忆与画面迅速掠过脑海。他见到了威猛的阿布·努查尔汗手执匕首，昂起撕裂的脸颊冲向前；然后他又见到了虚弱失血的老沃龙佐夫狡诈的白脸，还听到他轻慢的声音；接下来他又见到自己的儿子优素福和妻子索菲娅，还有那红胡子死敌沙米尔半闭的眼睛和灰白的面孔。这些形象流过脑海却没有唤起一丝情感——没有怜悯，没有愤怒，也没有任何欲望：与正在他身上发生着的或已经发生的事相比，一切似乎都毫无意义。

但是他强壮的身躯仍继续行动着。他聚起最后的力气从壕岸后边向朝他跑来的一个敌人开了枪，他击中了这人。敌人倒下了，然后哈吉·穆拉特沉重地爬出壕沟，手执匕首步履蹒跚地径直朝敌人走去。

几声枪响过后，他摇晃着倒下。几个民兵高呼胜利奔向那倒下的躯体。但那似乎死去的身体忽然动了起来。先是无遮盖的、流血的光光的头抬了起来；然后是身子用手抓住一棵树干站了起来。他是那样可怕，所有跑过去的人都突然停住了。但是，一阵突发的颤抖传遍全身，哈吉摇摇摆摆地放开树干，脸朝下倒下去，四肢伸开如同一株被割下的蓟草，然后就再也不动了。

他无法动弹，却仍有感觉。

当哈吉·艾加第一个上来用一把大匕首敲打他的头时，哈吉·穆拉特觉得有人在用锤子敲他，但他不知是谁，又为什么要这样做。这是意识最后一次和身体的连结。接着他不再有任何感觉，任凭他的敌人踢打砍削那与他毫无关系的身体。

除了这段文字中那客观而几乎冷酷的描写外，我们在震惊之余不禁要奇怪，托尔斯泰既然认同这位主角，却为何避免在哈吉失去意识时表示任何震动、哀伤或难以名状的恐惧？尸体“与他毫无关系”，这使我们记起《战争与和平》中，娜塔莎听说安德鲁公爵死讯时大叫道，“他在哪里？现在他是谁？”我要引用约翰·拜利含蓄的文字，这是他在评论托尔斯泰的认同力量时所作的妙论：

“唯我主义是不朽的标志。”

哈吉•穆拉特之死是年迈的托尔斯泰逃避唯我主义的方式，这没有引发娜塔莎所提的那两个痛苦问题。相反，托尔斯泰显示给我们的是“战火纷飞时鸦雀无声的夜莺，现在又开始鸣唱：先是近旁的一只，随着是远处的齐鸣”。

我们仅见到被踩碎的鞑靼红蓟散落在起伏的田野上，还有那夜莺的哀鸣。托尔斯泰叙事的精妙力量既有荷马式的氛围，也有莎士比亚式的性格描绘，让我们在英雄主义的形象中得到完全的满足。哈吉•穆拉特不论在高加索还是俄国都是他的世界中最杰出的人物，他具有一切重要的特质：大胆勇猛、骑术高超、随机应变、领导才能和现实意识。自古至今英雄传奇或史诗中无人能与他比肩，或类似于他。哈吉之死也净化了他的怜悯、愤恨和欲望等情绪。托尔斯泰也是如此。我们也不例外。在所有作家中，只有托尔斯泰能想象出这一死亡场景，如此地适合又如此地不同于他自己对死亡的恐惧感，这是一种出人意料和令人欣慰的审美尊严的胜利。无论我们认为经典是什么，《哈吉•穆拉特》都处于民主时代经典的中心。

# 15 易卜生：山妖和《彼尔·京特》

我最近不知怎的竟然跑到哈佛的美国保留剧目剧院的舞台上，据说是在讨论着易卜生的戏剧《海达·嘉伯乐》。同台讲演的还有一位研究易卜生的知名学者（男性），他是哈佛广受拥戴的女性主义人士，另外还有扮演海达的一位著名的漂亮女演员。我温和而谦逊地指出，海达真正的先驱是莎士比亚笔下的伊阿古与爱德蒙，因此即使海达那个时代的挪威社会允许她升任军火工业的执行总裁，她仍然会存在着施虐受虐、操纵他人、谋杀和自杀的倾向，也就是说她有着可怕地走火入魔的自我，这时大多数听众对我的话报以一片嘘声。

我也许是带点戏谑地补充道，海达是男是女因此无关紧要，正如有许多女演员曾扮演过哈姆莱特，也许会有某个男演员来扮演海达。那位女性主义学者反击说，海达是社会与天性的牺牲品，遭受了不幸的婚姻，又加上意外怀孕，这时，听众们更有兴致了。“她束缚于女性躯体”成了一句口头禅；社会没有给海达相应的位置，因而害了她，这成了一个广为接受的观点。

我的这位女性主义对手提出的见解并不特别新颖；我的看法也没有新意。布里吉·布罗菲早在十九世纪七十年代就曾提醒过我们，如果海达当上了“挪威武装部队总司令”，那么她的悲剧就可能不会发生，但是我认为《驶往地狱的黑船》（我最喜爱的书之一）的这位令人钦佩的作者错了。无论是指挥军队还是掌管军工厂，海达都会表现出像她前辈伊阿古和爱德蒙那样的举动。她的天赋与他们一样，都是为了否定和破坏。海达和他们一样还是个剧作家，用别人的生命来创作。海达的才智是邪恶可怕的，这不是因为社会环境，而是因为她追逐享乐，因为她意志的施为。如果她确实与某个易卜生熟悉的人相仿，那就是易卜生本人，正如他自己也意识到的。

《海达·嘉伯乐》这部1890年创作于慕尼黑的戏剧，成为审美时代（民主时代与混乱时代之间危险的过渡期）的杰作绝非偶然。伊阿古洋洋自得地回味着奥赛罗因听信其谗言而丧失理智，还有爱德蒙冷漠地得意于其父葛罗斯特与其兄埃德加的轻信受骗，他们与海达如出一辙，后者焦心地企盼着洛夫贝格在她怂恿下，用她的手枪，以适当的方式自尽身亡。提拔伊阿古为奥赛罗的副手或指定爱德蒙为葛罗斯特的继承人，这些行动只不过会延缓他们所图谋的悲剧发生；因为他们还会制造出别的事端作为借口。即使海达做了军备大臣或是战区统帅，她还是会找到另一种推动力，去摧毁洛夫贝格，同时也毁灭掉自己。

这一切预示了易卜生经典性中最至关重要的要素：拨开他作品中种种社会色彩的面纱，我们看到的是，他将莎士比亚悲剧与歌德的狂想转换为一种新的北欧悲喜剧，这种诗剧在《布兰德》与《彼尔·京特》中明确地体现出极致浪漫主义特色，而在《海达·嘉伯乐》与《建筑师》中既具极致浪漫主义色彩又非常细腻。《哈姆莱特》与《浮士德》影响着作为剧作家的易卜生长达半个世纪的创作生涯。他的经典性以及他的剧作家立场无不来自于使自己的诗人意志具有独特个性的努力，而与他所处时代的社会能量基本无关。易卜生暴躁易怒，一心忠于自己的天赋，但没有多少个人的魅力，他与歌德唯一相似的是两人都为了潜心锤炼写作技艺而舍弃了一些最基本的冲动。易卜生几乎吸引不了任何人；歌德却受到众人的仰慕，包括他自己。易卜生与莎士比亚一样，具有真正剧作家的神秘秉赋，因而他慷慨给予其角色的生命要多过他本人所拥有的生命。歌德唯一令人信服的戏剧创造是他自己的个性品格，或者说，他一方面是歌德，同时又像是《浮士德》中的魔鬼靡菲斯特。歌德的剧本或诗剧中从未出现过类似于布兰德、彼尔·京特、朱利安皇帝、海达·嘉伯乐以及索尔尼斯这样的人物。这些恶魔般的，或者说带有妖性的角色，被赋予了鲜活的生命，带着莎士比亚式的气势，在现代文学中无人匹敌。然而，他们也承载着非莎士比亚式的重负，就是剧作者的不赞同。埃里克·本特利近半个世纪前就曾明辨出易卜生的这一核心特性:“他的作品越来越主观，难以解读，而且其中隐藏着对于现代人的谴责,包括诗人自己。”

本特利还暗示,这种谴责甚至指向更广泛的公众,他们以舞台上的演员为替身感受着易卜生希望他们感受到的苦难。克尔凯郭尔曾间接对易卜生产生过强大影响,他区分出两种绝望之情：一种是因为无法成为自我,另一种更强烈，起因于确实成为了自我。易卜生的主角们就是千真万确地成为了他们自身。除了彼尔·京特,他们都在绝望中了结自己的一生。易卜生不惜笔力地试图让彼尔·京特也萌生绝望之情，但是这个角色还是从他身边彻底地游离开,进入了哈姆莱特、福斯塔夫、李尔的弄臣、巴拿丁(《一报还一报》中的角色)、堂吉诃德、桑丘·潘札以及其他很少几个人物栖身的文学空间。

诗剧《彼尔·京特》是一部风格有点怪诞的喜剧,它见证了易卜生的辛勤笔耕,却未能如其所愿地使他本人和我们一起来反对或厌恶彼尔这个人物。福斯塔夫的小聪明开脱了他的每一次过失,使他逃避了生活的责罚,直到我们反思之后才恍然醒悟;而当他站在舞台上的时候,谁会有时间思量这些呢？彼尔永不枯竭的精力和不以为然的态度驱使着他不断与妖王、“大妖”、铸纽扣匠以及陌生过客这些超越自然的、难以征服的对手交战,同时又与人间的普通对手斗争。无论在剧场还是在书房,我们都会赞同彼尔,被他伟大的京特式自我深深吸引。

易卜生代表着审美时代剧作家的典范,他甚至比契诃夫更加精细敏锐,更不用说斯特林堡、王尔德和萧伯纳了,他凭直觉感知到如何刻画出适合我们理解力与感受力的剧中人物。他是贵族的歌德的民主的继承人,虽然其诗剧无法与《浮士德· 第二部》相提并论,但他掌握着歌德从未拥有过的秘诀,即如何在后启蒙时代复兴诗剧。《浮士德· 第二部》中的神话相对于戏剧的直接效果毕竟过于遥远;易卜生转而取材于一个神异的挪威民间神话,这个神话对于他的功用与弗洛伊德式神话对于我们这个混乱时代许多作家的功用是相同的。

山妖是易卜生戏剧心理学中的核心角色,它一夜之间再次成了儿童玩偶中的新宠。当我经过商店橱窗时,看到这个披头散发的小东西比易卜生的山妖慈眉善目了许多，易卜生的山妖可是地地道道的恶魔。易卜生早年在关于民间歌谣的一篇论文(1857)中特别指出，他的国家里一些民间创作尤其偏爱“通往山妖之乡的奇异旅途……人妖激战”这样的素材，它也将我们引入了《彼尔·京特》的世界。阅读易卜生的剧本，或观看舞台上的演出，我会沉浸于这样一种印象，即对易卜生而言，他的山妖既不是远古的狂想，也不是现代的隐喻。易卜生也同歌德一样相信魔幻世界，沉醉于自己天资的玄妙源泉。一些批评家们指出，山妖并不是弗洛伊德的无意识在易卜生笔下的对等物。它们更类似于弗洛伊德后来提出的本能冲动、爱欲和求死欲的神话，我们既然拥有本能冲动，那么我们本质上都会有些妖性。但是易卜生是一元论者，而弗洛伊德对相同的问题却试图做出二元论的解释；在易卜生看来，交替出现的生死欲望并不是我们作为人的内在要素。既然本能冲动普遍存在着(或者至少是一个普遍存在的神话)，山妖就不可能仅仅是魔怪，比如说，像《彼尔·京特》中的那些。彼尔本人也差不多是个山妖，而且我们看到海达·嘉伯乐与索尔尼斯，除了对社会有一丝怯懦外，内心里也充盈着妖性。《布兰德》中那个叫格尔德的女子令我们又爱又憎，因为她内心的人性不曾掺杂过丝毫的恶念，代表了真正的精神先知。易卜生有一种基本的特质，即一种狡黠的诡异感令人不安地与他的创造力结合在一起，这就是纯粹的妖性。

我相信易卜生不会认可一些研究他的现代学者们给山妖所下的定义。穆里尔·布拉德布鲁克将山妖称为“人类在动物界中的翻版”，然而，活力无穷的彼尔·京特身上动物般的旺盛精力却抵制着妖性。我将要用的是罗尔夫·福杰尔德的《彼尔·京特》译本，他比布拉德布鲁克更胜一筹地认为山妖“在近代历史中控制着死亡营”。易卜生笔下的山妖本身的确卑鄙污秽，尤其在《彼尔·京特》中，但是比起犯下种族灭绝罪行的技术统治论者们，他们更像是些跋扈专横、心理失常的儿童。简而言之，山妖是处在善恶之前的，或者不如说是超越善恶的。

易卜生作品中最可畏的人类山妖就是海达·嘉伯乐，她也不能被称作邪恶，否则就如同称其先驱伊阿古与爱德蒙为邪恶的家伙一样无趣。无疑地，易卜生认为莎士比亚笔下那些反派主角，包括麦克白，都是山妖；但这种神话并非出自莎士比亚。伊阿古和爱德蒙与海达一样，内心的玩世不恭散发出酸腐的气息，如果崇高的福斯塔夫屈从于某种酸腐气，妖性也会显现于他的内心。与妖性相对的是智慧和真正的智慧激发的高尚精神。约翰爵士自始至终诙谐机智，却没有变为山妖，而《皆大欢喜》中施虐成性的小丑塔奇斯通却与山妖差不多。

无论存在于易卜生内心的妖性，还是由他部分地教导我们去发现的莎士比亚内心的妖性，都是一个辩证之物。这种妖性如同歌德式魔鬼一样，会摧毁人类大部分的道德标准，但似乎又是必然伴随着人类无可度量的旺盛精力和卓绝才智的阴影。海达•嘉伯乐含糊的性别特征包含了她对爱尔福斯泰德的施虐欲望，这归根结底源自犹太教神秘传说中亚当的第一个妻子莉莉丝。有一种说法认为，莉莉丝将亚当抛弃于伊甸园，是因为她不想以一种我们所谓传教士的姿态来继续进行性生活。当易卜生指出，海达渴望像一个男子那样生活时，言下之意是他的这位悲剧主人公步了莉莉丝的后尘，因为挪威的民间传说总是将隐身女妖们追溯成亚当第一个妻子的女儿。这再次表明了，问题不是海达所谓的邪恶天性，而是其神秘莫测的诱惑力。如果导演和演员做得恰到好处，海达应当表现出如同爱德蒙那样的冷峻魅力和虚无主义引诱力，而且应该拥有让戈纳瑞或是里甘出现在我们每个人内心的力量。海达的妖性就在于她的傲气，不管这傲气有多么险恶。

有些文学批评或戏剧表演将易卜生解说成一位社会改革家或道德家，这就完全抹杀了他在审美方面的成就，并且危及到他在西方戏剧经典中仅次于莎士比亚也许还有莫里哀的真正地位。易卜生甚至比晚期的莎士比亚更富有奇思和异想。他创作的始终是传奇剧，虽然《布兰德》、《彼尔•京特》以及《皇帝与加利利人》中的激情似乎已在易卜生最具代表性的资产阶级民主悲剧中熄灭。舍诗歌而取散文，易卜生说这是他向现代性低了头；但他的天性决不会折服。萧伯纳声称易卜生是社会主义者，这是对自己和他人的欺骗；我想不出西方真正博大的剧作家中还有谁如同易卜生那样一贯离奇诡异。拒绝熟悉化的陌生性，怪诞的想象，真正的巴洛克艺术——易卜生显示出的这些品质与西方经典中其他文豪泰斗没有二致。就像弥尔顿、但丁、狄金森或托尔斯泰一样，我们看不到易卜生的原创性，因为我们已被他的创作个性所控制；他部分地塑造了我们。莎士比亚自然是这种现象最典型的例子。易卜生自始至终都比他愿意承认的更具莎士比亚色彩。

批评家们普遍认同易卜生的第一部经典戏剧是奔放勇猛的《布兰德》，该剧1865年创作于意大利，当时作者三十七岁。与紧随其后的《彼尔·京特》相比，《布兰德》似乎更适合在心灵的剧场中上演，而不适合实际的舞台。这部剧作今天在英语世界尤受推崇，因为诗人杰弗里·希尔的译本（1978）是我们目前可以看到的易卜生戏剧最好译作。希尔是位狂暴雄辩的大师，从事殉教史研究，他自己的诗作显示出他的性情与布兰德甚为相似。希尔不愿将他的《布兰德》称为译作，但它胜过我们能见到的所有译本。

希尔精彩地显示出布兰德的极端令人不堪忍受；当他在剧终死于雪崩时，观众或读者们只会觉得如释重负，因为这个醉心于末日审判的牧师再也不能以最高准则来毁掉其他人了。在布兰德悲剧的这个核心问题上，易卜生态度隐晦暧昧：布兰德心中的上帝只不过是放大了的布兰德本人吗？如果有人相信（比如我）每一个上帝，包括耶和华，都曾经是一个人（摩门教先知约瑟夫·史密斯的核心见解），那么他就会反思疯女孩格尔德最终信念的真实性，即耶稣没有殉难，而是变成了布兰德。布兰德是挪威或北欧的耶稣，正如美国宗教狂热者崇拜的不是拿撒勒的耶稣，而是美国本土的耶稣。W. H. 奥登一直致力于寻求明确的基督教正统，他谴责布兰德是一个偶像崇拜者，这与易卜生派的看法大相径庭：

> ……布兰德最终留给我们一个偶像崇拜者的印象，他崇拜的不是众人的上帝，而是他自己的上帝。他所说的他的上帝碰巧就是真正的上帝，这也无关紧要；只要他认为那个上帝是他的，他就是一个货真价实的偶像崇拜者，就像一个未开化的人朝着神物膜拜一样。

格尔德对布兰德的认识并不代表易卜生的观点，然而却比奥登的阐释更切中这部戏剧。布兰德尊奉自己的上帝，任何一位先知或宗教神秘主义者也都如此。无论布兰德与其上帝之间的关系怎样，这都不至于使他为众人所不容。他与人类的关系，从他与母亲开始，就无可救药，包括他的婚姻，因为剧中显示出阿格尼斯爱上的不是布兰德这个人，而是一个笃信的英雄。

无论挪威的布兰德如何或曾经如何笃信宗教，在我看来，他的宗教似乎格外具有美国式或后基督教的特征。我们对布兰德的上帝知之甚少，但仍然可以看出布兰德与其上帝共存于一种相互的孤立之中，不管是一个自我还是两个自我的孤立。奥登认为布兰德没有完全成功地再现一个传教者，但是易卜生笔下的布兰德并不为任何人传道。与易卜生本人及彼尔·京特一样，布兰德也是一个妖性自我。易卜生是戏剧奇才，而布兰德这位宗教天才则令人信服地表现出那可怕的现象。彼尔·京特却不同，他像堂吉诃德与约翰·福斯塔夫爵士一样，是游戏的天才，赫伊津哈称为“游戏的人”的角色。易卜生作品中与布兰德最类似的人物是叛教者朱利安，他也是一个充满魅力但冷酷无情、令人难以忍受的精神天才。

这两个人物与易卜生作品中几乎所有主人公一样，显示出的特性让我们联想到易卜生本人精灵天性中的怪癖。我有很多朋友都是真正的诗人、小说家或剧作家，他们中很多人也有着各种各样的古怪性情；但是没有一个人会在自己书桌上用玻璃罩住一只毒蝎，并不断地给他喂水果。易卜生既不是布兰德，也不是朱利安皇帝，但他是位有意与山妖结盟的建筑大师。他的意图显然是要让彼尔·京特最多只是成为自我戏仿，但彼尔的普遍意义几乎与哈姆莱特、福斯塔夫、堂吉诃德以及桑丘·潘札不分伯仲。

彼尔作为十九世纪文学作品中的人物，其广博可与文艺复兴时期想象力创造出来的最显赫人物媲美，远非歌德笔下的浮士德（易卜生极力赞慕的角色）可以匹敌。狄更斯、托尔斯泰、司汤达、雨果，甚至巴尔扎克，都从未能刻画出如彼尔·京特那般蛮横无理、活力充沛而又情感丰富的形象。只不过他起初看起来不太可能如此出色：挪威的粗鲁小子、对女人有着不可思议的吸引力（年轻时）、伪诗人、自恋狂、荒谬地崇拜自我、骗子、玩弄女性、夸夸其谈的自欺者，除此之外，他还有什么？但这仅仅是微不足道的道德评判，非常类似于讨伐福斯塔夫的学术大合唱。确实，彼尔与福斯塔夫不同，他没有多少机智(尽管有时也很有趣)。但是在耶和华文献作者之《圣经》的意义上，彼尔这个小混混又蒙受着上帝的圣恩，被赋予了更多的活力。布兰德渴望末日降临，他本身好似一艘北欧海盗的死亡之船。彼尔给人带来温暖，尽管他并非光的使者。易卜生使这一点在彼尔急躁而慈爱的母亲临终前的动人哀婉中清晰地显现出来，彼尔在母亲快要咽气时仍戏谑温柔地安抚着她，与这一情景形成鲜明对比的是布兰德可恶地从原则上拒绝了减轻自己吝啬而不幸的母亲死亡的痛苦。

有关《彼尔·京特》的许多评论都仅仅简单地认为彼尔与布兰德是截然相反的人物。因为布兰德的本质是“决不妥协！”，而京特式的自我则是毫无原则、投机取巧，用剧中那个“大妖”的话来说就是“绕道而行”。彼尔确实在诸多方面放纵任性，但绝非一个无原则者。按民主时代的标准，彼尔只是一个自然人——太过自然了。同布兰德与叛教者朱利安一样，彼尔也有超自然的一面，他的内心被妖性以及超越这种妖性的愿望驱使着。我们不太喜欢临近剧终时彼尔在船上对船员毕露的凶恶嘴脸，也不喜欢他遭遇沉船时为保自己性命而无情地将厨师推下水去。但是在大部分时候，彼尔却能激起我们的好感。他的暴烈不仅反映出他的妖性，更反映出他作为杀妖者的神话来源和身份。

易卜生公开表示彼尔·京特的原型是历史传说中的猎人佩尔·京特，他是挪威一个民间故事的主人公。这个猎人遇到“大妖”，一个神秘隐身、弯曲如蛇形的妖怪；易卜生笔下的京特听从了“大妖”的指令绕道而行，而与此不同的是，那个民间传说中的主人公挥刀斩杀了“大妖”。这个勇猛的猎人紧接着又杀死了与牧牛女调情的妖人们，这些滥情的牧牛女引诱了易卜生的彼尔·京特。剧作者弱化了原型佩尔的暴力举动，而保留了他胡吹神侃冒险故事的名声。易卜生笔下的彼尔是十九世纪挪威的一个农民，出生于没落家族，并不是一位怪异的猎人，只是喜欢异想天开。这些胡思乱想难以表明彼尔是 W. H. 奥登所认为的艺术家—天才，一种新型的戏剧英雄。易卜生笔下的彼尔既不是艺术家，也不是什么天才，而才华横溢的奥登却固守这一误见：

我们看到舞台上的彼尔没有普通人的嗜好或欲念；即使有，也不过逢场作戏而已。易卜生解决了将彼尔戏剧性地呈现为一个诗人的难题，推到我们面前的是这样一个人，他做任何事情都像在履行一项职责，无论是贩运奴隶，走私神像，还是冒充东方先知。真实生活中的诗人可能会创作出一部有关奴隶贸易的戏剧，而后再创作另一部关于先知的戏剧，但在舞台上，戏剧表演代表了创作。

我们在易卜生的字里行间看到的彼尔却是被常人的美妙欲望与渴念啮咬着，肯定更像个自然人而非诗人。然而奥登的洞见却适用于其他人物：《建筑师》中的索尔尼斯是建筑师，《当我们死而复醒时》中的鲁贝克则是雕刻家。至于《海达·嘉伯乐》中被焚毁的洛夫贝格手稿，无论是我们还是易卜生，都不会高估它的文化价值。奥登想在彼尔·京特身上找寻出那个并不存在的诗人，因为同布兰德和朱利安皇帝相比，易卜生与这个主人公之间似乎有着更密切的关系。易卜生的人性与审美之谜部分就在于，在他创作的所有角色中，他似乎尤其倾注心力于彼尔·京特和海达·嘉伯乐这两个人物。海达就是他的化身，如同爱玛·包法利就是福楼拜的化身一样。易卜生与彼尔·京特的关系不同于此，用斜线来表示就是认同/非认同的关系。如果又绕回到萧伯纳所提出的彼尔·京特与堂吉诃德和哈姆莱特的联系，那么这种就是审美普遍性，超越了一国的经典。哈姆莱特未必能代表莎士比亚自己的想象力；麦克白更接近于那种先知式的力量。堂吉诃德与塞万提斯则无需猜测，因为塞万提斯在他那部史诗式浪漫传奇的结尾开诚布公地宣告："堂吉诃德仅为我而生，我亦为他。他知道如何行动，而我知道如何记述下来。我们两个人合而为一。"

以"彼尔·京特"来代替上面这句话中的"堂吉诃德"会令我们万分惊讶，易卜生也绝不会这样做。然而，彼尔·京特的确是为易卜生而生，易卜生亦为彼尔·京特而存，即使他们中可能没有一个（在塞万提斯的意义上）知道该如何行动。易卜生其他的作品都享有悲剧的盛名，但没有一部的意蕴如此深厚。近半个世纪前，埃里克·本特利曾明确地称《彼尔·京特》为"一部不朽的巨著，一本予人快乐的好书"，并鼓励我们多投注一点理解之情来阐释这部杰出的诗剧。我尤其喜爱本特利使用的"予人快乐"这个词。

易卜生同时代的人不太欣赏第四、第五幕，而这两幕正是这部作品的骄傲，其中浓缩着诗剧的精华，易卜生此后的创作再没有超出于此。最后这两幕合在一起比前三幕的总长度还要长得多，它超越了青年彼尔的传奇。第一到第三幕展现在我们眼前的是彼尔二十多岁时的生活画卷，那时他精力充沛，做事不听劝阻，与邻居小子以及山妖们争辩打斗。因为与绿衣妖女有过一段私情，觉得自己配不上索尔薇格，再加上母亲离世带来的孤独感伤，彼尔从此浪迹天涯，剧情走向超现实主义，也许是非现实主义，但更接近于贝克特而不是斯特林堡的风格。华丽喧闹的第四幕开场于摩洛哥海滩，继而行进到撒哈拉沙漠，在开罗一所疯人院中降下帷幕。这一幕中，美国化了的彼尔已到中年，堕落成一个奴隶贩子，正在户外大宴宾朋，款待与他同样道德沦丧的狐朋狗友——英国的、法国的、普鲁士的和瑞典的——对他们大谈京特式道德哲学：

> 京特式的自我——代表一连串的
> 愿望、憧憬和欲望，
> 京特式的自我
> 是幻想、向往和灵感的汪洋——
> 凡此种种在我心中汹涌激荡
> 使我的生命忠实于自己的意志，
> 可是正如上帝必需泥土
> 才能成为万物之创造者，
> 我也要凭借黄金
> 才有力量成为帝王。

彼尔心中的妖性占了上风，因为他实际上已遵循了妖王的训谕：“山妖，做足你自己！”而将人类的箴言“人，要保持自己的本来面目！”抛在脑后。此后妖性一直占据彼尔的灵魂，当时希腊正进行着反抗土耳其的斗争，他反对拜伦式的英雄主义，打算提供资金援助土耳其。当他那帮同伙偷了他满载黄金的游艇，而后没多久又随一声爆炸同葬海底时，他赞美上帝对自己的庇护，同时又哀叹造物主从不节俭。

前三幕中的主人公此时无疑已成为反派主角式人物，但是他也一样比先前更滑稽讨喜，因为他令人沮丧的不幸际遇已深深触动了人类幻想曲中的共同旋律。确信自己不管怎样仍受着上帝的荫佑，彼尔这个恶棍爬上了一棵树，我们看到他在那儿左抽右打，不让猿猴接近他，好像它们就是一群山妖。接下去，他又像惯常一样漫不经心地游荡到了沙漠，并思量着要改造它。我们猛然意识到，彼尔成了联结歌德笔下的浮士德与乔伊斯笔下的波尔迪•布鲁姆的纽带。他们都憧憬着从荒废的自然中拓展出新的疆域；浮士德的海滨王国，彼尔的京特国，以及未来波尔迪将会在新爱尔兰建立的新布鲁姆圣地，彼尔为这些做了最好的总结：

在我的汪洋中，在一片肥沃的绿洲上，
我要重建挪威这个民族。
山谷里居民几乎全是皇家血统；
再与阿拉伯人通婚更是美好。
在海湾的斜坡上，
我要建立彼尔城——我的京都。
世界已是万般凋零！今日时代呼唤着
京特国，我的净土！

当彼尔继续大声宣称需要对死亡进行圣战时，易卜生在其中融合了滑稽闹剧、荒诞狂想以及渴求的感伤情绪，这预示着第五幕中艰难的求索过程。命运（和易卜生）将一匹失窃的马和摩洛哥皇帝的王袍赐予彼尔。他崇高威严地跨上马，装扮停当，转眼变成了一个先知，被一群载歌载舞的姑娘环绕着，领头庆颂的姑娘叫安妮特拉，是京特式自我特别迷人的颂赞者。彼尔作为先知几近完满，但是当他企图与狡黠的安妮特拉之间再多一点俗世欢娱时，他就复归平凡，而安妮特拉骗取先知财宝后骑上马扬长而去，可怜的彼尔则什么也没捞着。这下我们反而更喜爱彼尔，因为他很快就从这次情场受挫中复原了：

以蹦蹦跳跳让时间留步；
以华服矫情对抗现在！
乱弹七弦琴，以爱为当然
然后像只母鸡——被拔掉了毛，
这难免让圣人也狂暴——
拔掉了毛！天哪，我已经被拔掉了毛！

彼尔的先知生涯就此告终，他又将自己扮成一个老历史学家，要撇去历史的浮沫。作为一位新的维柯，彼尔寻求着“人类历程的总结”，去埃及倾听门农雕像为迎接日出而唱的晨歌。彼尔的冲动戏拟了歌德诗剧第二部中的浮士德，这种冲动一直萦绕在该剧的第四、第五两幕之中。易卜生没有像歌德那样非凡地复活古典场景，让浮士德对海伦一见倾心，我们看到的彼尔只是来自挪威的一个游客，他在笔记本上记下了这首歌，

清晰地听到雕像在唱歌，
却思量不出唱的是什么。
定是一阵幻觉困扰我。
今天诸事不值一书。

门农的雕像没有将彼尔领回古典历史的黑暗深渊，而是让他仅仅想起了妖王。在吉萨附近与狮身人面像斯芬克斯的对峙本应更加紧迫，却再次未能成为世界历史，似乎对彼尔来说只是另一次路遇“大妖”。对于“人是什么？”这个谜语的俄狄浦斯式回答不是由彼尔，而是由开罗疯人院的贝葛利芬费尔特院长给出的，他造访斯芬克斯也是为了寻求领悟（这正是他名字的字面意思）。这一寻求终结于贝葛利芬费尔特宣布彼尔为“阐释者之皇”的那一刻，彼尔已经破解了这则生命之谜，他断言这个怪兽斯芬克斯“就是他自己！”尽管彼尔迷惑不解，但他还是满心欢喜地发现自己来到一个学者俱乐部或疯人院，在那儿贝葛

利芬费尔特将看守锁进笼子，却放了所有的病人，还发表了一个宏伟的反黑格尔宣言："绝对理性/于昨晚十一点寿终正寝了。"

理性死去，惊愕万分的彼尔统治着它的地盘，受到众人的无上尊崇，包括语言改革家胡胡，一位背着阿皮斯王木乃伊的阿拉伯农民，最重要的是还有一位内阁大臣侯赛因，他总是生活在幻觉中，认为自己是一枝笔。这些是易卜生对同时代政治的无情讥讽，但今天这些人还是生活在自己充满灵感的疯狂世界中。彼尔打发胡胡去翻译他以前与之搏斗的摩洛哥猿猴的语言，又建议那个阿拉伯农民上吊，以便成为阿皮斯王的样子。胡胡的事情解决得还算平和，那个农民真的上了吊，这着实吓坏了彼尔，紧接着将自己幻想成笔的侯赛因又自杀了，彼尔再也经受不住，昏倒在地。在极其污秽的礼赞中，贝葛利芬费尔特为不省人事的彼尔加上一个草花环，在"皇帝万岁"的欢呼声中第四幕结束。

在复兴阿里斯托芬和《浮士德·第二部》的传统上，我想不出任何一部二十世纪的剧作可与《彼尔·京特》第四幕媲美。易卜生的创造激情一波接一波，经久不衰。无论彼尔代表什么，引用奥古斯丁道德教化的标准都会曲解这个人物，而一些声名远扬的易卜生批评家就是这样做的。易卜生不是道德家，他更像一只凶狠的毒蝎；而在这部剧中，他比我们以往了解的更具酒神精神。埃里克·本特利对彼尔的评价或许有些严厉，甚至超过易卜生自己：

> 《彼尔·京特》是反浮士德的。它反映出浮士德式进取的另一面，那是一种具有现代职业精神及其各种涵义的进取。彼尔·京特狂妄放荡，个人主义膨胀，渴望冒险，道德败坏却掩盖以温情的面纱，他是具有自由进取精神的堂吉诃德，应该成为全国制造商联合会的守护神。

彼尔有一段时期确实是一位高贵的大盗，但是他终究太有活力，又不断地变换身份，很难始终固守于某种角色，而且他专注于自我，这也产生了一种实用主义的冷漠态度。彼尔是一个游戏的天才，带着一些妖性与狂躁。与塞万提斯和莎士比亚一样，易卜生对人类堕落的主题也没有兴趣。妖性并不是对上帝的反叛，即使人自身比山妖更多妖性也罢。《彼尔·京特》第四幕既反基督教，又反黑格尔学说；绝对理性与绝对精神同时在深夜死去，而遭受挫折的彼尔却幸存了下来。

无论批评家们怎么看，易卜生不会将彼尔视为失败者或空泛无用之徒。与《彼尔·京特》相比，《浮士德·第二部》是更为伟大的诗剧，但彼尔不同于浮士德，他成功地表现了一种人格。易卜生所珍视于彼尔的也是我们应当珍视的：拒绝融入芸芸众生，保持特立独行的风格，这构成了该剧第五幕的主要冲突。我对目前许多批评家尤其是迈克尔·梅耶在其《易卜生档案》(1985)一书中提出的观点持有强烈异议：

> 无论人们是否认为彼尔死在疯人院或罹难海上，第五幕毫无疑问反映了他将死时脑海中对过去一生的回顾，或是其灵魂在炼狱中的漫游(两者可能是一回事)。

易卜生笔下的彼尔·京特既没有死在疯人院，也未曾遭遇海难；这部戏剧最终落幕时他仍然充溢着生命的活力。彼尔没有追随堂吉诃德、福斯塔夫或浮士德离世而去，却如同奥德赛与桑丘·潘札一样存活下来，这正是利奥波德·布鲁姆的先行者的结局。易卜生愉快地将布兰德埋葬于雪崩之下，却不忍让彼尔·京特死去。伟大的山妖们，如海达·嘉伯乐、索尔尼斯以及鲁贝克，他们都逃脱不了死亡的终局；妖性的彼尔体现着易卜生的生命感，他必须存活。整个第五幕都是在坚决抵抗被淹死、被熔化和被送入炼狱受罪的命运。彼尔·京特没有循着浮士德式的神化过程而进入一个纯洁缥缈的女性圣境；相反，易卜生让他重返那位女子索尔薇格的怀抱，此时，她既是他的母亲也是一个迟到太久的新娘。

批评家和导演们无需担心这是煽情的闹剧；相反，这是易卜生在一部始终充满义愤的戏剧中表示出的最后义愤。山妖们没能摧垮彼尔，因为他有女性支持着，以同样的拜伦式和歌德式奥秘挫败了陌生过客和铸纽扣匠。易卜生故意隐晦了彼尔与母亲奥丝以及与圣洁的索尔薇格之间的关系，因为我们更愿意记住的是主人公那些好色的冒险，其中交织着人性与妖性。热情是两者的联结点，也是易卜生宽恕彼尔所有恶行的原因。

第五幕使彼尔黯然失色，剧中第一次暴露出他丑陋的时刻。《彼尔·京特》持久的陌生性部分在于，它更像是一个三部曲而不是一个单部作品。前三幕中的彼尔只有二十岁，多的是青春活力与少年之勇，旺盛的精力与热切的欲望之中非常怪诞地带有一些妖性。第四幕中，彼尔人到中年，一方面成熟诙谐，另一方面又行径卑劣，而且他神奇的历险已超越了自然的束缚。超自然的气氛还弥漫于最后一幕，其中的彼尔年事已高，渐渐失去了中年时的风趣幽默，变得比以往更加尖酸刻薄。虽然《彼尔·京特》是易卜生作品中受莎士比亚影响最小、最能体现其原创性的一部，但是彼尔身上这种双重性格的发展还是类似《亨利四世》第二部结尾时福斯塔夫的运道。

剧情重回到海洋和挪威的山谷，这与最后一幕中变化了的氛围大有关系。暮年——彼尔的，还有提前到来的易卜生的暮年——引发了宇宙荒凉之感，死亡成了时常光顾的恐惧。如同《浮士德·第二部》中的歌德（易卜生从他这里又一次获益匪浅），易卜生对于不朽也有一种坦率的精英式见解。大量的灵魂融合成一种公有财富，新的生命从中可以获取它的精神；但是，具有创造性的伟大灵魂在死后仍然保持着他们的个体性。这种观念可以追溯到彼特拉克，但歌德和易卜生努力通过彻底的写实主义而使之变得生动活泼。于是问题就变成了：以其最野蛮的妖性，彼尔·京特究竟有何伟大之处足以使他远离那个陌生过客和铸纽扣匠？格丽欣（与歌德）挽救浮士德是一回事，但是为什么索尔薇格（与易卜生）挽救彼尔·京特更有说服力？

易卜生没有让这个问题对我们变得更容易些，这更增添了他的戏剧成就。初遇彼尔不是件令人愉快的事，除非碰巧是那个面目狰狞的陌生过客，他想得到彼尔的尸体做那种声名狼藉的研究之用，他还对主人公说了一句让人难忘的安慰之言："最后一幕还没有终场，没有人会中途死掉的。"但是在最后一幕进行到三分之二时，彼尔遇到了铸纽扣匠，这个人成了贯穿该剧余下部分的核心人物。A. E. 祖克在 1942 年就敏锐地指出，易卜生是从歌德那里得到的灵感，他恰当地对比了铸纽扣匠说话的腔调与靡菲斯特的语气。易卜生在讽刺与恐怖的幽默方面的独创性可与歌德媲美，此外，源自其童年的终身困扰也为他增添了力量。易卜生童年时曾用勺子玩铸纽扣的游戏，正像这部剧刚开始时奥丝说的，彼尔小时候也做过同样的事情。当铸纽扣匠对彼尔说“你知道这门手艺”时，他触及到了源头，即早年的迷恋混合着恐惧。这里涉及到一个《圣经》与先知的隐喻，暗示着净化而不是惩罚，虽然这种“净化”颇具讽刺地意味着失去自我身份，而这正是彼尔（和易卜生）尤为惧怕的。

铸纽扣匠只能无奈地对彼尔说：“朋友，是熔化的时候了”，这个铸纽扣匠的奇特魅力部分在于他很有耐心，总是愿意推迟到下一个十字路口再作定夺。他知道，在到达下一个约定地点之前，彼尔会遇到那个已形容枯槁的妖王，还会再一次听到山妖们的那个词：“足。”实际上紧接着“朋友，是熔化的时候了”这句话，他又听到了“山妖，做足你自己”。他们第二次见面时，彼尔与铸纽扣匠之间的对话发生了转变，批评家们有时将这种转变加以基督教化。彼尔确实疑惑不解，他询问什么是“做自己”，铸纽扣匠轻松却又似是而非地回答：“做自己就是杀死你自己。”

但是我们为何要认为铸纽扣匠的话表达了易卜生的思想，或是该剧的主题呢？易卜生剧作中没有任何一位主人公通过自杀实现了自我，包括《当我们死而复醒时》结尾处的鲁贝克，以及海达·嘉伯乐。没有哪位从事写作的艺术家不像易卜生一样感兴趣于杀死其自我，我认为这个铸纽扣匠的可取之处就在于他非常明智，接受了一再重复的延迟。因为怎样才能将彼尔·京特融入众人之中呢？ 彼尔也极度害怕产生这样一个不太可能出现的结果，因此他将自己出卖给一个称作“一号瘦子”的古怪人物，这个人正是易卜生版本的靡菲斯特；然而，这个瘦子认为彼尔不值得诅咒，不过是等闲之辈。大名鼎鼎的彼尔·京特——堂吉诃德式的自我之王——则另当别论，这个瘦子被没有透露真实身份的彼尔误导着一路向南寻觅去了。

现实中与传说中的彼尔的日益分离似乎成为该剧最后的中心。铸纽扣匠第三次向彼尔让步，以及索尔薇格的出现——既是格丽欣也是贝亚特丽丝——使形势发生转变。这部诗剧也一样结束于索尔薇格与铸纽扣匠的轮唱声中，他们都试图抵消对方的作用。铸纽扣匠答应彼尔在最后一个十字路口相见，而索尔薇格则怀拥着彼尔，许诺将永远地退隐。我们没有理由认为易卜生认可任何一种允诺。对他和我们而言，这部剧落幕时带有反讽，也就是说，是一种无意义的结局。彼尔既没有得到拯救，也没有注定最终熔化。他只是沉沉入睡，进入了梦乡。毫无疑问，他不会只成为自己，或完全忠实于自己，他也会被净化；但是当他熟睡在索尔薇格膝头时，他会是他自己吗？

《彼尔·京特》大约比未经删节的《哈姆莱特》长五百行，虽然与《浮士德》相比只是一部短小的作品。显而易见，《彼尔·京特》是易卜生的《哈姆莱特》和《浮士德》，在这部戏剧里，或者说在这部诗剧中，想象力得到了充分的展示。《彼尔·京特》是易卜生的核心作品，《布兰德》是其序曲，《皇帝与加利利人》是它的长篇尾声，这部作品中包含了易卜生的一切，包含了他为所谓主要创作阶段的散文体戏剧搜寻到的全部素材。对我而言，《彼尔·京特》的经典性在于其中的妖性，而最好的散文体戏剧也是表现妖性最充分的几部，尤其是《海达·嘉伯乐》。

回到易卜生的妖性这个话题也就是回到剧作家易卜生本人，因为易卜生主义的精髓就是山妖。无论它在挪威民间传说中意味着什么，易卜生笔下的山妖代表了他自己的原创性，代表了其精神的印记。山妖对易卜生而言意义至为重大，因为想要把它们同人们区分开来十分困难，易卜生后期的剧作进一步增大了这种困难。这种困难至少在易卜生眼中既不是道德的也不是宗教的问题。布兰德是山妖吗？这个问题虽令人厌倦却绝非没有意义，如果我们就海尔德·旺格尔、吕蓓卡·威斯特、海达·嘉伯乐、建筑师索尔尼斯和鲁贝克等人提出同样的问题，它就不是一个令人厌倦的问题了。

易卜生眼中及内心的妖性，是一个心灵图绘的问题。歌德作品中的魔鬼自成一类，并不普遍存在于所有事物当中。易卜生的妖性却没有边界，我们没法确定谁是彻底的人，谁已被北欧妖魔腐蚀了人性。但无论如何，我们最感兴趣的是那些人物何时显露妖性，易卜生戏剧中的套路因而接近于隐藏的准则，即戏剧性就是超自然性的代名词。这与我们所设想的易卜生大相径庭；但是，现实中的易卜生作为一个剧作家，更类似于他自己笔下的蛇形山妖，即那个隐身的“大妖”。这至少应该教会我们不要再将彼尔·京特称为道义上的懦夫、躲躲闪闪的妥协者和一个没有得到实现的自我。他介于人妖之间，富有魅力而且精力过人，易卜生也是如此。埃里克·本特利很久之前就强调指出，易卜生在后期表面上是现实主义者，内心里却是千变万化的魔幻。本特利无疑是正确的：在《布兰德》、《彼尔·京特》以及《海达·嘉伯乐》中，人物的内心与外表无法截然地区分，但他留给我们的是比其后任何戏剧都更诡异的区分和更锐利的声音。

# 混乱时代

The Chaotic Age

# 16 | 弗洛伊德：莎士比亚式解读

每一位批评家都有(或应该有)自己钟爱的批评调侃。我的调侃是把“弗洛伊德式文学批评”比为神圣罗马帝国：它既不神圣，也无关罗马，更非帝国；它既不是弗洛伊德的，也无关文学，更遑论批评。弗洛伊德只需为他的英美追随者们简单化的倾向承担部分责难，他也无需为雅克•拉康及其同伴的法国—海德格尔式心理语言学负责。不管你是否相信无意识是一台内燃机(美国式弗洛伊德主义)，或是一种音位结构(法国式弗洛伊德主义)，或是一种远古的隐喻(我赞同的弗洛伊德主义)，你将弗洛伊德的心灵地图或分析体系应用于莎剧并不会更有益于对莎士比亚的解读。与时下福柯派(新历史主义)、马克思主义和女性主义对莎士比亚的阐释一样，或者与昔日基督教和道德批评家从意识形态视角来进行阐释一样，弗洛伊德对莎士比亚的阐释也是无法令人满意的。

多年来我一直坚持认为，弗洛伊德实质上就是散文化了的莎士比亚，因为弗洛伊德对于人类心理的洞察是源于他对莎剧并非完全无意识的研读。这位精神分析学的奠基人毕生在研读英文的莎士比亚著作，并承认莎士比亚是最伟大的文豪。莎士比亚一直萦绕着弗洛伊德，如同他仍萦绕着我们一样；弗洛伊德发现自己在交谈、写信和创作心理分析文学时，总是会有意无意地引用(或误引)莎士比亚。我认为弗洛伊德热爱莎士比亚不亚于热爱歌德和弥尔顿的说法并不准确。能否说他对莎士比亚满怀着矛盾情感也大可怀疑。弗洛伊德对《圣经》没有兴趣，也不曾显示出对它的矛盾心理，莎士比亚对他的影响比《圣经》要大得多，是他的隐密权威，是他不愿承认的父亲。

无论有意与否，弗洛伊德都在某种程度上令人不可思议地把莎士比亚与摩西联系在了一起，比如他那篇论述米开朗琪罗的雕塑作品《摩西》的文章。这篇著名的文章于1914年匿名发表在精神分析学杂志《意象》上，似乎弗洛伊德在让信徒们看到它的同时又想否认这是他的大作。在文章开头，弗洛伊德评述了某些文学及雕塑上的杰作带来的困惑影响与难解之谜，在提及米开朗琪罗的雕塑作品《摩西》之前，弗洛伊德宣称《哈姆莱特》是心理分析学上已然解决的问题。这一宣称尽管有匿名作为掩护，但还是弥漫着索然乏味的教条气息：

> 让我们来考察一下已有三百多年历史的莎士比亚名剧《哈姆莱特》。我一直密切关注着精神分析学的文献并接受精神分析学的观点，即这部悲剧的素材唯有通过分析追溯到俄狄浦斯主题，才能最终解开其感染力之谜。但在进行如此的分析之前，千差万别、矛盾重重的阐释尝试何其之多，而有关主人公性格及剧作家构思的意见又是多么纷纭！莎士比亚是代表病态之人、无能弱者，还是代表对于现实世界太过善良的理想主义者来博得我们的同情？诸多此类阐释令人兴味索然，对揭示这部剧作的奥妙之处毫无助益，反而把我们导向探寻剧中蕴含的思想及其语言的瑰丽。然而，这种种努力不也正昭示着我们有必要发掘作品中某种超越于这些阐释之外的力量源泉吗？

我无意与这种观点论争，但我要追问的是，弗洛伊德为何选择把《哈姆莱特》与米开朗琪罗的《摩西》联系在一起。奇怪的是，弗洛伊德仅把莎剧中最具复杂性的人物简化为俄狄浦斯情结的牺牲品，而对那座大理石雕像的解释却更具启发性和想象力，这或许是对于摩西的认同激发了弗洛伊德的想象，但是我宁可相信是莎士比亚，而绝不是米开朗琪罗，诱发了弗洛伊德内心极度的焦虑。弗洛伊德最终想以一种令人迷惑不解的方式将摩西与莎士比亚间接地联系起来；这两个人物都并非他们呈现出的样子，弗洛伊德拒绝接受对其中任何一个的传统阐释。在弗洛伊德最后阶段的著述《摩西与一神教》中，《圣经》中上帝的希伯来先知被一个埃及人取代，而威廉•莎士比亚不是作为作家，而是作为历史上的一个演员流传于世。

弗洛伊德至死都坚持认为摩西是埃及人，也坚持是牛津伯爵撰著了那些戏剧与诗作，却假以莎士比亚之名。后一观点由托马斯•卢尼在其《莎士比亚考证》(1921)一书中率先提出，而且比前一观点更加激烈。然而，卢尼的假设几年后却被弗洛伊德奉为真理，并在其《精神分析学引论》中进一步确证，这部书是弗洛伊德最后一本论著，在他死后才出版面世。但是这显然是愚蠢至极的：爱德华•德•维热这位十七世牛津伯爵生于1550年，逝于1604年。因此，到他死时为止，《李尔王》、《麦克白》、《安东尼和克莉奥佩特拉》以及莎士比亚晚年的剧作都还没有问世。若是采信卢尼的说法，你必须首先证明牛津伯爵死时遗留下了这些剧作的手稿，然后才可以据此做出其他的推断。弗洛伊德也许是我们这个世纪最睿敏的头脑，何以会陷入如此荒谬的境地呢？

在弗洛伊德还未曾欣喜地发现卢尼假设之前，他就以各种方式表达了莎士比亚并非莎剧作者的愿望。有人认为，弗洛伊德乐于接受任何蛛丝马迹，只要是表明斯特拉福手套商的儿子、演员威廉•莎士比亚是个冒名顶替的骗子。弗洛伊德的传记作者欧内斯特•琼斯指出，弗洛伊德年轻时师从梅纳特学习大脑解剖学，这位教授认为理论上是弗朗西斯•培根爵士创作了莎剧。尽管弗洛伊德十分敬重梅纳特，但他最终没有赞同“培根说”，理由不言而喻：莎士比亚的显赫名声若再加上培根的认知成就，这将给我们留下一位拥有“有史以来最大头脑”的作者。

否认了“培根说”，弗洛伊德仍四处搜寻，试图找出其他任何反对莎士比亚的奇谈怪论，其中包括意大利学界的推测，即“莎士比亚”是雅克•皮埃尔这个名字的变体！只要有人对那个斯特拉福演员的所谓真实身份做出稍许暗示，弗洛伊德似乎总是会欣然接受。弗洛伊德在1923年偶然读到了卢尼的那本书，旋即不假思索地全盘接受。牛津伯爵在《李尔王》创作之前早已辞世，这一点似乎无关紧要；重要的是牛津伯爵也有三个女儿，这与李尔何其相似。他的朋友们在他死后为他续写完剧本；无论如何，那个来自斯特拉福镇的小演员却只有两个女儿。弗洛伊德精细缜密的头脑竟会如此拘泥实证，不知是出自于何种考虑？弗洛伊德几十年前强加于哈姆莱特的俄狄浦斯情结，如今成了牛津伯爵情结。作为弗洛伊德眼中《哈姆莱特》的作者，伯爵幼年丧父，并最终与再嫁的母亲疏远。这种情形在伊丽莎白时代的上层贵族中十分普遍，不过就算让弗洛伊德知道这一点也未必有用，因为他希望也需要《哈姆莱特》、《李尔王》、《麦克白》的作者是个有钱有势的高官显贵。

依我之见，如果莎士比亚确实让弗洛伊德受益匪浅，就算作为其前辈的是牛津伯爵而不是这个乡村演员，弗洛伊德的心理负担又如何能减轻呢？这仅仅是弗洛伊德维也纳式的势利眼吗？我思忖，弗洛伊德是竭其所能地要将那些伟大的悲剧作品解读为自传体的启示。斯特拉福镇的那个演员写出《温莎的风流娘儿们》也许绰绰有余，但绝不至于在创作诸如哈姆莱特、李尔、奥赛罗和麦克白这些上层贵族的家庭悲剧时也同样得心应手。在一封致老朋友阿诺德·茨威格的信（1937 年 4 月 2 日）中，弗洛伊德因无法劝服困惑的茨威格相信“卢尼说”而几乎失去了冷静：

> 他似乎根本无法证明是他本人创作了那些戏剧，而牛津伯爵却完全可以做到。绝对无法想象莎士比亚通过第二手得来一切，比如哈姆莱特的神经质、李尔的痴癫疯狂、麦克白的不可一世、麦克白夫人的阴险毒辣以及奥赛罗的无端猜忌等等。你居然还相信这种说法，简直令我生气。

我在读到这段文字时也惊讶不已：这是个强大而精密的头脑，而且正处于创作力的高峰；事实上它是我们这个时代的头脑，正如蒙田是莎士比亚时代的头脑一样。莎士比亚的头脑是所有时代的头脑，即使在未来的几百年里也无人能望其项背，弗洛伊德对此心知肚明，却拒不承认。他绝不缺乏想象力，却将莎士比亚的想象力贬斥为“通过第二手得来一切”。

弗洛伊德的辩解真是高论。他似乎急迫地需要让哈姆莱特写出《哈姆莱特》，同样，《李尔王》、《麦克白》及《奥赛罗》也必须让他们本人亲自执笔完成。据此推论似乎就是：弗洛伊德在其《梦的解析》一书中创作出了自己的《哈姆莱特》;《性学三论》是他的《李尔王》;《抑制、症状与焦虑》是他的《奥赛罗》;《超越快乐原则》是他的《麦克白》。那个“斯特拉福镇的小子”不可能创立弗洛伊德心理学;牛津伯爵也不可能。但这位刚愎自用的显贵可能有过此类经历,不像那个地位卑微的乡村演员。

除非你是弗洛伊德学说的信徒,否则你就会知道,上述论点其实体现着文学影响及其焦虑的古老传统。莎士比亚首开心理分析的先河,而弗洛伊德仅仅是编撰整理者。然而,对弗洛伊德而言,误读莎士比亚的作品尚且不够,他还必须对这位危及其地位的先驱无情地加以揭露、贬抑甚至诋毁。那个来自斯特拉福镇的小演员不过是个伪造和剽窃的高手。默默无闻的大人物牛津伯爵才是悲剧的主角,他多少能够记录下他本人的一些痛苦感受。伯爵相对于弗洛伊德,只不过是以利亚相对于弗洛伊德的弥赛亚,是心灵这片荒野上的呼告者,高声预言着一个真正阐释者的来临。弗洛伊德幻想的埃及人摩西将会遭到犹太人杀害,然后成为一个图腾般的父亲,比他作为一个先知在世时更强大有力。而在弗洛伊德的卢尼幻想中,莎士比亚已经湮没于历史的长河之中,而被一个远不如这位剧作家兼诗人强大有力的显耀贵族取代。

显而易见,我这里的讨论是将弗洛伊德视为一位作家,并将精神分析学视同文学。这本书探讨的是西方经典,在更适当的场合,我们称其为想象性文学,而弗洛伊德作为作家的伟大之处就在于他实际取得的成就。作为一种疗法,精神分析学已经是穷途末路,或许已经消亡:其经典性只能幸存于弗洛伊德写下的那些东西中。有人可能会反对,认为弗洛伊德既堪称原创性的思想家,也是强有力的作者。对此我只能回答说,莎士比亚是一个更具原创性的思想家。人们完全没有必要将弗朗西斯•培根的成就加诸莎士比亚,以便抗衡这位世界历史上重要的心理学家。

我不是说莎士比亚仅仅是位道德心理学家,而弗洛伊德才真正创立了深层心理学。哈姆莱特未曾有过俄狄浦斯情结,而弗洛伊德显然具有哈姆莱特情结,或许他的精神分析学就是某种莎士比亚情结!作为研究文学影响的学者,我自认为并没有高估莎士比亚对弗洛伊德的影响。这种影响与莎士比亚对歌德、易卜生、乔伊斯以及本书论及的其他许多作家所产生的强大影响相比，仅有程度而没有类型的差异。此外，我想进一步说明的是，莎士比亚影响弗洛伊德的方式就如爱默生影响惠特曼一样；我们在谈论这位伟大先驱时，就如同我们谈论华兹华斯之于雪莱，或雪莱之于济慈，或济慈之于他身后所有的盎格鲁—爱尔兰诗人，包括才思卓绝的谢默斯•希尼。我们已经看到了弗洛伊德在莎士比亚问题上的焦虑；即使没有卢尼，他也会自己杜撰出一个牛津伯爵来。

弗洛伊德关于莎士比亚的文学批评是一个弥天笑话；对弗洛伊德的莎士比亚式批评虽然会难产，但终将问世，因为弗洛伊德在精神分析学消亡之后仍会作为一个作家而长存于世。移情于一个巫师是一种古老的世界性疗伤手段，人类学家和宗教史学者都曾广泛地研究过。巫教早在精神分析学之前就已经出现，并且还会持续下去；这是动力精神病学一种最纯粹的形式。弗洛伊德的著作描述了人类本性的总体，它远比日薄西山的弗氏疗法更具生命力。如果弗洛伊德有什么精髓可言，那就是他的心灵内部存在战争的见解。这种分裂预设人的人格如何构建，并假定存在着大量的神话或隐喻使这种构建充满活力（或以文学术语称之为戏剧性）。这里，弗洛伊德采用的修辞语汇包括心理能量、本能冲动和防御机制等等。虽然弗洛伊德作为奠基人进行自我分析以便发现或创造他的自我戏剧，但是他明言禁止任何效仿者步其后尘。

这一最初的自我分析需要依赖某种戏剧范式以获得其连贯性，而弗洛伊德发现，这种范式就是欧洲浪漫主义通常在哈姆莱特身上找到的那种。我认为，弗洛伊德将俄狄浦斯嫁接到哈姆莱特身上，主要是为了掩盖自己受益于莎士比亚的事实。弗洛伊德对这两部悲剧的类比实际上体现出他的严重误读，如果避开对弗洛伊德所谓俄狄浦斯情结的过分重视，这种类比是无法成立的。哈姆莱特情结意蕴丰富，因为在西方所有文学作品中再也找不出比这个角色更加复杂的人物了。索福克勒斯笔下的俄狄浦斯可能带着稍许哈姆莱特情结（我将这种情结界定为思考不太多，但异常深刻），但那个斯特拉福小子创作的哈姆莱特绝对没有俄狄浦斯情结。

莎士比亚笔下的哈姆莱特当然爱戴并尊崇对父亲的记忆，而对于母亲却有相当程度的保留。弗洛伊德认为，哈姆莱特无意识地对母亲心存某种欲望，同时又怀有弑父的念头，而这一念头却由克劳狄斯操刀实现了。莎士比亚生性精细敏锐，他的俄狄浦斯式悲剧是《李尔王》与《麦克白》，而不是《哈姆莱特》。格特鲁德王后无需开脱，尽管最近有些女性主义者为之辩护。她显然性欲旺盛，能够激起最初是哈姆莱特国王、而后是克劳狄斯国王的狂热激情。弗洛伊德不会去费神注意这个，而莎士比亚却细致地展现出王子哈姆莱特是相当被忽视的孩子，至少在他父亲那里。整部剧中没有任何人，即便是哈姆莱特和他父亲的魂灵，透露出一丝父子之爱的迹象。这位暴戾的国王，像福丁布拉斯一样，驰骋疆场，在为国拼杀和尽享欢欲以外，似乎无暇顾及自己的儿子。当他的魂灵驱策哈姆莱特为其复仇时，他高声喊道："如果你曾经爱过你亲爱的父亲——"，却只字未提自己对王子是否有过怜爱之意。哈姆莱特在第一次独白中也同样只是强调父母间的欢爱，丝毫未提及父母对自己的关心——如果还有的话。他记忆中的爱，不管是失去的还是得到的，都紧紧围绕着可怜的郁利克，他父亲的弄臣，正是他曾取代了彼此如胶似漆的父母在他心中的位置。

> 唉，可怜的郁利克！霍拉旭，我认识他。他是个最会开玩笑、富于想象力的家伙。他曾经把我负在背上一千次；现在我一想起来，却忍不住心头作呕。这儿本来有两片嘴唇，我不知吻过它们多少次。

在第五幕的墓园中，哈姆莱特实际上已经超越了情感，甚至在与雷欧提斯争论谁更爱死去的奥菲丽娅时也是如此。哈姆莱特为郁利克唱了一曲令人心碎的挽歌，其间散溢出的忧伤之情使弗洛伊德领会到那不知被吻过多少次的嘴唇，不是奥菲丽娅、格特鲁德王后或哈姆莱特国王的，不是其他任何人的，却是郁利克的嘴唇。弗洛伊德自认为"俄狄浦斯情结"这一概念是他的首创，是他所谓"矛盾情感"的杰作。我已经排除了俄狄浦斯情结与哈姆莱特有什么大的关联，但是究竟为何弗洛伊德会发现文学作品中情感与认知上的独特矛盾呢？除了哈姆莱特，莎士比亚是否还曾在他笔下别的人物身上倾尽才情去展现这种矛盾呢？近四百年来，哈姆莱特已将爱恨交织的矛盾情感呈现于欧洲及世界观众的面前，而弗洛伊德是几个世纪后才出现。弗洛伊德在解读哈姆莱特方面并未提交出一份合格的答卷；而哈姆莱特却对弗洛伊德的主题做出了最好的阐释，至今无人能及。下面是弗洛伊德致威廉·弗里斯一封著名信件（1897 年 10 月 15 日）的开头部分：

> 从那以后，我大有进展，但仍未得出任何定论。这样的问题交流起来有些麻烦，我可能会离题万里，因此希望你不要介意，就算听听其中我已经确证的那些部分吧。若分析如我所愿，我会整理成系统的文字，把结论摆在你面前。迄今为止，我还没有全新的发现，但已对其中的复杂性有所体会。非常复杂。完全忠实于自己是个好习惯。我只找到了唯一一个具有普遍价值的观念。我发现在我自身也存在着恋母妒父的情感，而且我深信这种现象普遍存在于孩童时代，那些患有歇斯底里症的儿童可能会更早地表现出来。（同样，患有妄想狂的人，比如英雄人物、宗教创立者，也会出现将事物起源传奇化的倾向。）如果情况确实如此，尽管《俄狄浦斯王》宣扬的是对无情命运做出种种理智的反抗，这个故事引人入胜处也不言自明，人们也可以理解为何后来的命运剧是如此失败了。我们的情感起而对抗任何无常、孤立的命运，《女祖先》等剧中已显示了这一点，但是希腊神话着力表现的是人内心难以抗拒的冲动，因为他能感觉到这种冲动在体内暗涌。每一位观众都曾经在幻想中出现过俄狄浦斯的苗头，但在现实中实践这一梦幻的想法会让人们恐惧，并因而退缩。正是这种极度的压抑把人们从婴儿期与他们时下的状态分开。
>
> 我的脑海中闪过这样一个念头，即哈姆莱特归根到底也存在同样的心理。我并非意指莎士比亚有意识地这样写作，但他很可能受了一种真实境况的驱使，因他自己的无意识，恰好暗合了剧中主人公的内心。哈姆莱特可以随意让侍臣们去送死，也可以轻松地处决雷欧提斯，却歇斯底里地质喊："良知使我们所有人如此怯懦"，并在杀死叔叔为父报仇的问题上举棋不定，这又该如何解释呢？依稀的记忆使他内心饱受煎熬，孩提时只因对母亲的激情，他自己也曾冥想过弑父之举——"要是照每个人应得的名分对待他，那么谁逃得了一顿鞭子？"他的良知就是他潜意识中的犯罪感。他

与奥菲丽娅交谈时表现出性冷淡，本能地排斥生儿育女，他对父亲的复杂感情最终转移到奥菲丽娅身上，这一切不正是歇斯底里的典型症状吗？他最终不是采取了和我的歇斯底里病人完全相同的手段，结果引火上身，经受着和他父亲相同的命运，被同一个对手毒害吗？

如果这是对《哈姆莱特》的解读，那么第二段落的低劣简直令我瞠目结舌，所幸其文字力量挽救了他对一位对手的愚钝误读。这位对手已然毒害了弗洛伊德，并且还在继续毒害他。上述两个段落是何等地不同：《俄狄浦斯王》被抽象地阅读，并与文本保持着相当大的距离，哈姆莱特却被凑近了看，纠缠于细节和字面的联想与暗示。《俄狄浦斯王》的评论适用于任何一部反映悲剧命运的文学作品，并不专门是针对索福克勒斯的戏剧的。《哈姆莱特》却是弗洛伊德的专爱：这部戏剧解读了他本人，允许他把自己当作哈姆莱特来研究分析。哈姆莱特并非歇斯底里患者，只是偶尔稍有失控。弗洛伊德却有患歇斯底里症的病人，他将哈姆莱特比作他们。更有趣的是，弗洛伊德把自己视同哈姆莱特，有着与他如出一辙的矛盾情感。这种认同在弗洛伊德释梦的书——他称之为《梦的解析》(1900)——中仍然继续着，该书首次公开表述了俄狄浦斯情结，虽然这一名称直到1910年才正式出现。

到1900年，弗洛伊德已经学会了掩饰他受惠于莎士比亚这一事实，在那本释梦的著作中，他详细阐述了(尽管枯燥乏味)《俄狄浦斯王》，之后才论及哈姆莱特。我所疑惑的是，弗洛伊德真正关注和感兴趣的是《哈姆莱特》而非《俄狄浦斯王》，而他选用的术语却不是“哈姆莱特情结”。在文化史上，如弗洛伊德那般成功地将各种概念植入人心者寥寥无几。“哦，当然，是俄狄浦斯情结，我们都知道”，我们学会轻声低语，但事实上这是哈姆莱特情结，只有作家和其他创作者才必然拥有它。

弗洛伊德为何不称它为“哈姆莱特情结”？俄狄浦斯在不知情的情况下杀死了父亲，而哈姆莱特却完全无此冲动去针对那位合法的国王，虽然作为内心激烈冲突的王子，他无疑在其多重意识领域的各个层面上有着针对每个人的反冲动。然而，哈姆莱特情结会把令人畏惧的莎士比亚过近地拉进精神分析学这个母体；索福克勒斯则安全得多，因为他也被授予了古典源头的荣耀。在《梦的解析》一书中，哈姆莱特仅仅被用作论述俄狄浦斯的一个长注脚。直到1934年的版本中，焦虑不安的弗洛伊德才将有关《哈姆莱特》的讨论提入正文，成为一个冗长但紧凑的段落：

> 悲剧诗作的另一巨著，莎士比亚的《哈姆莱特》，也植根于《俄狄浦斯王》同样的土壤。然而，对于同一素材的不同处理揭示出在这两个相隔遥远的文明时代，心理状态也迥然相异：人类情感生活中的压抑经过了长期发展。《俄狄浦斯王》中，潜藏的儿童的幻想愿望被公之于众，并如同在梦中一般成为现实。而《哈姆莱特》中，这种幻想始终被压抑着，如同神经症中的情况，我们只能从它的抑制性后果获知它确实存在。尤其令人匪夷所思的是，这部年代上更接近我们的悲剧产生了强烈震撼的效果，但人们对主人公的性格却仍捉摸不透。哈姆莱特的踌躇犹疑是整部戏剧的基点，有各种各样的尝试力图解释这种犹疑，均未见成果。歌德最早提出，哈姆莱特代表了这样一种人，他们心智过高反而削弱了行动的果断（“思考过多而呈现病容”）。这种看法至今仍很流行。另一种观点认为，作者试图勾勒出一个优柔寡断甚至病态的形象，这种形象应归于神经官能症一类。然而，从这部戏的情节发展来看，哈姆莱特绝不是一个不能采取果断行动的人物。两个例子说明了这一点：第一个是他盛怒之下拔剑刺穿躲在帏幕后的窃听者；第二个是他完全独自预谋，以他文艺复兴时期王子的冷酷，狡猾地将两个侍臣送入阴曹地府。而在实施父王魂灵托付的复仇使命时，他为何踌躇不前？答案又是这项使命的特殊性。哈姆莱特什么事都做得出，惟独对这个杀了他父王又娶了他母后的人下不了手；这个人昭示着他童年时压抑的愿望终得实现。因此，本应驱策他复仇的憎恨被内心的自责与良知的疑虑取代，提醒着他自己本质上也不比他行将处罚的人高尚。这里，我将深藏于哈姆莱特思想中的无意识以有意识的话语转述出来。如果有人打算称他患有歇斯底里症，我只能认为那是从我的阐释中做出的推论。哈姆莱特在与奥菲丽娅的谈话中透露出的性冷淡正契合了一点：同样

的性冷淡注定会在此后的几年中逐渐控制作者的头脑，直至在《雅典的泰门》中发展到极致。这当然是作者自己的心理状态，只不过通过哈姆莱特表现了出来。我注意到乔治·布兰代斯在他一本有关莎士比亚的书中称，莎士比亚在其父死后不久即创作了《哈姆莱特》，也就是说，我们可以推断，他创作此剧时仍处于丧父之痛中，这时，童年对父亲的情感又从记忆深处浮现出来。此外，众所周知，莎士比亚有个儿子，幼年夭折，名叫哈姆内特，与哈姆莱特几乎同名。《哈姆莱特》着力探讨了儿子与父母的关系，《麦克白》（大约创作于同一时期）也同样涉及无嗣这一主题。然而，所有神经症症状，以及由此症产生的胡思乱想，都可以做出"多重解释"，而且必须经过"多重解释"，才能被充分了解。同样，一切真正具有创造性的作品都不会是作者脑海中单一动机、单一冲动的产物，也不可能只有一种解释。在以上的论述中，我只是想尽力发掘出作者充满创造力的思想中最深层的冲动。

"人类情感生活中的压抑"这一表述很奇怪，因为弗洛伊德不可能是在谈论俄狄浦斯与哈姆莱特，而只是在谈论索福克勒斯与莎士比亚。俄狄浦斯茫然不知他在十字路口杀的究竟是谁，哈姆莱特也无法与弗洛伊德达成一致，承认自己在杀克劳狄斯一事上的矛盾心态代表了弑父欲念所招致的罪恶感。在此也许要再次重复，哈姆莱特自我分析的能力不仅可与弗洛伊德媲美，而且为后者提供了可供仿效的范例。不是哈姆莱特躺在弗洛伊德博士办公室里那张著名的沙发上，而是弗洛伊德同我们其他人一起徘徊在艾尔西诺各处厅堂里一片腐败雾瘴之中，我们——歌德、柯勒律治、黑兹利特、A. C. 布雷德利、哈罗德·戈达德以及我们所有其他人——在楼道里推搡拥塞时，弗洛伊德也没享有什么特权，因为每个人阅读或观看演出时都必然会成为一位解释者。

弗洛伊德告诉我们，如果哈姆莱特身心健全，就会杀了克劳狄斯，既然他没有采取行动，那么他肯定是歇斯底里症患者。我再次回到尼采所提炼的歌德的观点，就是哈姆莱特思考得不是太多而是太深，站在人类意识前沿的哈姆莱特知道在那种情形下，父王肯定会一剑刺穿他的叔叔，而他不愿成为父王的化身。小福丁布拉斯是老福丁布拉斯的重现，又一个恃强凌弱之徒，而哈姆莱特王子却绝非其父之子。这里我温和地指出弗洛伊德粗暴地误读和低估了哈姆莱特，并不意味着要抹杀弗洛伊德的误读所具有的持久力量。

弗洛伊德不愿看到哈姆莱特和莎士比亚是何等才智骄人，我却不想低估弗洛伊德。所有人都相信我们自身具有利比多（或者说被利比多控制），但这样一个东西并不存在；因为事实上根本就没有可以分离出来的性能量。如果弗洛伊德打算以“破坏欲”——他曾对这个概念感兴趣——来燃起死亡冲动的话，那么我们世上所有人就不仅带有俄狄浦斯情结和利比多，而且带有破坏欲。所幸的是，弗洛伊德最终放弃了破坏欲这一概念，但我们的幸免于这个概念应该具有启发教益。维特根斯坦曾告诫说，弗洛伊德是个影响强大的神话学家，是我们这个时代伟大的神话编造者，这足以使他与普鲁斯特、乔伊斯、卡夫卡这些西方现代文学的经典核心人物一争高下。他振臂高呼，口号就是上面所引讨论《哈姆莱特》的那一长段文字的最后一句；先是对自己的阐释做出一番令人难以信服的谦逊姿态，想当然地断定真正有创造性的作品不可能源自“单一动机、单一冲动”，然后他颇具魅力地表明他的“单一解释”就是要直指根基，触及作者“充满创造力的思想中最深层的冲动”。思想中并不存在最深层；弥尔顿笔下的伟大诗人撒旦曾悲叹道，在每一个深层下又有一个更深层开启着，威胁着要将他吞噬。弗洛伊德本人是弥尔顿式而非撒旦式的人物，他就像所有理解“最深层”这一隐喻的人一样理解它。

我坚信问题不是俄狄浦斯情结，而是哈姆莱特情结，弗洛伊德1905年或1906年曾写过一篇死后才发表的短文：《舞台上的病态人物》，其中再一次表明了他对这一问题的焦虑：

> 《哈姆莱特》是现代戏剧的开山之作。该剧的主题是关于一个心智健全的男子如何因面对一项特殊使命而逐渐患了神经症，也就是说，这个人内心一直被成功压抑的冲动要奋起行动。《哈姆莱特》这部剧有三个特征似乎紧密关联到我们当前的讨论。(1)剧中主人公并非天生心理病态，而是随剧情推进，心理逐渐发生病变。(2)剧中受到压抑的冲动也是同样压抑

在我们每个人内心的冲动之一，并且这种冲动构成我们个性演变之基础的一部分。这种压抑在剧中的具体情势下被冲破。由以上两个特征，我们不难从剧中主人公身上确认出自己的影子：我们和他一样受制于这一内心的冲撞，因为“一个人如果在某些特定情境下没有失去理智，那么他就不会有理智可以失去”。(3)冲动挣扎着要进入意识领域，无论它如何清晰可辨，也不会得到一个确切的名称，这似乎是戏剧这种艺术形式必要的先决条件。因此观众也不太在意这一过程，而是紧紧地被情感把持着，并没有留心到当前剧中已发生了些什么。这样无疑减少了一些抵抗。我们发现，在精神分析治疗中情况也是如此。由于抵抗度降低，受压抑物质的衍生物进入意识领域，而受压抑物质本身却无法做到这点。《哈姆莱特》剧中的内心冲突终究深藏不露，只好由我来揭去它的面纱，将它公之于众。

弗洛伊德的体系和他急于“公之于众”的专断冲动使我们与《哈姆莱特》相隔甚远。显然，在弗洛伊德的分析中，哈姆莱特与他的病人已不存在任何区别，甚至连受关注的程度也一样！西方意识中的英雄不过是个心理病态者，莎士比亚伟大的悲剧沦为精神分析治疗法的个案。这一段相当令人沮丧的文字或许可称作“哈姆莱特情结的退场”，只是我却无法信服。实际上哈姆莱特后来又被李尔与麦克白取代，弗洛伊德与莎士比亚的斗争转移至不同的战场，因为他以后五篇论述《哈姆莱特》的文章都不过是在无谓地重复俄狄浦斯情结一说，与作为竞争者的弗洛伊德颇不相称。

弗洛伊德在玛莎•伯奈斯那里发现了他的第一个考狄莉娅，那时她尚未成为他的妻子，而在女儿安娜身上，他找到了第二个，也是更为真实可靠的考狄莉娅。安娜是所有孩子中最得宠的一个，其论述自我及自我防御机制的书堪称继承了其父的衣钵。弗洛伊德对《李尔王》的解读有一部分出现在一篇饶有趣味的论文《三个匣子的主题》(1913)中，还有一些出现在他晚年致一位名叫布兰松的人的一封信(1934年3月25日)中，这封信被收在欧内斯特•琼斯所著《弗洛伊德生平与著作》的附录中。布兰松曾写过一本蹩脚的书来论说《李尔王》，宣称这部戏剧隐含的意义在于李尔内心压抑着对考狄莉娅的乱伦欲望。这一疯狂的观点居然被弗洛伊德欣然赞同，成为《三个匣子的主题》中荒唐无稽、令人咋舌的结论：

> 李尔年届老迈。我们前面说过，这就是三姐妹何以作为他的女儿们出现的原因。父女（子）关系可以催生出众多戏剧性的场景，但这部剧中并未多涉及。然而，李尔不仅是老迈之人，而且行将就木，因此，不同寻常的遗产分配也就不足为奇。这个风烛残年的老人还是不愿舍弃女人的爱，坚持要听听女儿们爱他有多深。我们来回忆一下：最后一幕感人至深，是现代悲剧的高潮之一——“李尔怀抱死去的考狄莉娅上。”考狄莉娅就是死神。如果倒过来看，情形就变得可理解而且很熟悉了——死亡女神从战场上带走归西的英雄，就像德国神话中的英灵女侍一样。永恒的智慧罩上了原始神话的外衣，吩咐老人弃爱赴死，与死亡的必然性交友。
>
> 作者在李尔完成在三姐妹间的选择后即让他衰老死去，很容易让我们联想到那个古老的观念。他对神话进行了回溯性的处理，即以希望的逆转来加以掩盖，于是其中的原始意义得以显现，对三位女性的寓意式解说也就成为可能。也许可以说，这里代表了男女之间三种无可回避的关系：男人与生养他的母亲，与同床共枕的伴侣，以及与最终的毁灭者。或者可以认为，这些是母亲这一形象在一生中变换的三种形式：母亲本人，以母亲为原型选择的爱人，以及在其生命尽头又重新包孕他的大地母亲。但是这个年迈老者只能徒劳地渴望着妇人之爱，他再也不可能得到如同他曾经得到的母爱；惟独命运三女神中的最后一个，沉默不语的死亡女神，终会拥他入怀。

我对弗洛伊德的断言“父女（子）关系……这部剧中并未多涉及”深感迷惑。《李尔王》中涉及到两对父女（子）关系：李尔与考狄莉娅、戈纳瑞及里甘的关系；葛罗斯特与埃德加及爱德蒙的关系。弗洛伊德压抑的是什么？李尔虽是迟暮之年，但直到最后一幕才行将就木，忠心耿耿的考狄莉娅也很难与死神扯上关系，可谁愿意与第一段最后那句华丽之词争论呢？弗洛伊德以其智慧吩咐我们“弃爱赴死，与死亡的必然性交友”，即使普鲁斯特、乔伊斯和卡夫卡也鲜有这般让人过目难忘的言论。这句话在最后一段雄辩的散文诗中再次回响，李尔与弗洛伊德于是融为一体，幻化成为高大伟岸的神秘形象，近乎一位命数将尽的神。

可惜二十一年后，留给我们的竟只有一堆精神分析学的简化论点和卢尼的“牛津伯爵说”。弗洛伊德确信布兰松对李尔的分析准确无误，随之又将考狄莉娅—安娜搅和进乱伦的混水中：

> 你的高见使考狄莉娅及李尔之谜豁然开朗。两个姐姐已克服了对父亲与生俱来的爱恋，并萌发出敌意。具体地说，她们憎恶因早年的这种爱恋而招致的沮丧。考狄莉娅对父亲仍然一往情深；这是她心中圣洁的秘密。一旦被要求示之众人，她只能缄口不语，公然抵抗。在很多病例中我都见到过类似的行为。

这说法简直荒唐得不值一驳；弗洛伊德最后一次阅读或观看这部戏剧是在何时？我不想指责他，只是让我们来考量一下他更多的滑稽谬见和杜撰。他称剧中没有提及李尔女儿们的母亲；这虽然无关紧要，但事实上的确提到过。弗洛伊德认为戈纳瑞怀有身孕，这个念头从何而来？他又如何认定李尔发疯不是起因于老国王的暴戾，而是缘自对考狄莉娅无法抑制的乱伦欲望？这些反对与传达给布兰松及我们的信息相比都显得苍白无力，即所谓《李尔王》中的奥本尼公爵和《哈姆莱特》中的霍拉旭的原型就是德尔比勋爵，牛津伯爵的大女婿。“哦，事实混同于谬解，/理性陷落于疯狂！”弗洛伊德将哈姆莱特解读作俄狄浦斯，这足以表明他对莎士比亚的抵制，这种抵制在李尔、牛津伯爵与弗洛伊德三者的融合中极其复杂。莎士比亚创作的这部启示录式的悲剧究竟怎么了？那个曾经深谙解读之道的西格蒙特·弗洛伊德又在哪里？这部戏剧，和弗洛伊德的解释力量，都消失于抵制“斯特拉福那个江湖演员”的迫切需要中了。

对弗洛伊德而言，《李尔王》过于贴近；《麦克白》则可以使他回返自身，尤其从《精神分析活动中几种性格类型》(1916)一文,我们得以省悟弗洛伊德何以不枉被称为经典作家。他早就指出,麦克白夫妇没有后嗣是解读这一悲剧的关键。在这篇1916年的论文中,他将麦克白夫人视为“毁于成功”和事后追悔的角色,并且集中评论她:

如果麦克白无嗣与麦克白夫人不孕是对他们违背人类繁衍的神圣法则所犯下罪行的惩罚——如果麦克白当不成父亲,是因为他夺走了别的孩子的父亲或者别的父亲的孩子,如果麦克白夫人不能生育,是因为她起了谋杀的恶心——那么这真是一个诗学正义的理想例证。我相信有人可以轻而易举地解释麦克白夫人的病症,由冷酷无情直至追悔莫及,这是她对不育的反应。她由此确知自己无力对抗天命,同时被告诫,如果她的罪行没有为她带来任何好处,这完全是咎由自取。

麦克白夫人有几个孩子?一位形式主义评论家曾诙谐地提出过这个问题,尽管我们无法确知答案,但这绝非无聊可笑的问题。弗洛伊德指出麦克白夫人“不育”,但为何她说曾有过哺乳的经历?作为有权有势、贵为国王表弟的男爵的夫人,若哺育他人子女岂不有失身份?我们因此可以得出结论,她至少有过一个孩子,只是不幸夭折。她也未曾留下不育症;麦克白为赞扬其果断坚定,极力主张她只生男孩。然而麦克白又有凶残的一面。他企图让人杀害班柯的儿子弗里恩斯,又下令处死麦克德夫的孩子。麦克白对于时间近乎诺斯替式的痛恨中隐匿着对于世代的莫名恐惧,班柯的子孙终将成为苏格兰的国君(斯图亚特家族在英格兰的统治始于苏格兰玛丽王后的儿子詹姆斯一世),这一预言一直困扰着麦克白和他的夫人。弗洛伊德因此有实际理由断言,《麦克白》是一部反映“无嗣”的戏剧,他还令人印象深刻地承认,对于该剧他无法给出一个完整的解释,这一承认同样适用于他对《哈姆莱特》和《李尔王》的阐释,但是他内心深处对哈姆莱特和李尔的反应可能远非如此:

然而,是何种动机,竟能在如此短暂的时间内使一个优柔寡断而野心勃勃的人变成肆无忌惮的暴君，使一个冷酷无情的教唆者成为追悔莫及的弱妇。以我之见，这一切根本无从揣度。该剧文本保存不善，作者对其创作意图秘而不宣，作品主旨亦深藏不露。我认为，我们必须放弃深入探究这三重模糊性的希望。但是，鉴于这部悲剧对观众产生的巨大影响，我也承认这种探究并非会徒劳无功。整部作品中，作者确实以其高超的艺术手法征服了我们，同时也使我们丧失了反思能力；但他无法阻止我们随后为理解产生这种影响的心理机制而做出的努力。有人认为，如果牺牲常规可以增强戏剧效果，那么剧作家完全可以随心所欲地缩短自然时间和事件进程。这种论调似乎与我这里讨论的问题无关。因为这种牺牲只有当它仅仅是违背了常规，而不是破坏了因果联系时才合乎情理。此外，如果时间和事件进程不确定，不是明确地限制在几天之内，对戏剧效果也不会有大的损害。

在这一段开始，作者表明了阐释文本的谨慎态度，但旋即又流露出在戏剧表现，尤其是时间表现问题上极大的不耐烦。我再次猜想，弗洛伊德自身的压抑可以解释他的不满，我假定他的哈姆莱特情结又发挥了作用。如果矛盾情感（或者说它的表现）是莎士比亚的而不是弗洛伊德的概念，那么这个矛盾之所以事实上变成了弗洛伊德的概念，原因仅在于他对莎士比亚的体验，那么他就不得不误读或厌恨莎士比亚对这种矛盾情感的最杰出表现，即四部伟大的家庭悲剧：《哈姆莱特》、《奥赛罗》、《李尔王》和《麦克白》。我知道，在文学中没有其他的先例，包括但丁在内，可以如此令人信服地置我们于一个模棱两可的世界里，在这个世界中，情感矛盾主宰了几乎所有人与人之间的关系，认知矛盾——存在于哈姆莱特、伊阿古及爱德蒙的内心——有助于从多方面强调那些谋杀欲望的强烈程度，而这正是弗洛伊德真正打算探究的主题。哈姆莱特或是奥赛罗都没有显示出哈姆莱特情结，考狄莉娅、苔丝德蒙娜、奥菲丽娅和埃德加也没有，但是，伊阿古、爱德蒙、戈纳瑞、里甘、麦克白及麦克白夫人却是雄伟壮阔的矛盾情感的不朽杰作。弗洛伊德作为莎士比亚之后的散文诗人而步其后尘；我们时代再没有人比这位精神分析学创始人更为影响的焦虑所苦，弗洛伊德始终觉得莎士比亚先他而立，他常常感到无法正视这一令他蒙羞的事实。

在《麦克白》中，弗洛伊德隐约感觉到情感矛盾无处不在，以致时间本身也成了它的表现。弗洛伊德称凡事总是慢半拍为“心中的痼结”，就像一个拙劣的演员，不停地错过提示，这正是麦克白本人的特殊境况。弗洛伊德相当精明地质疑麦克白与麦克白夫人唯一明显的动机，因为他们的野心带来的只是灾难性的后果，而莎士比亚也高深莫测地避免界定他们欲望的准确性质。他们内心并没有体味到马洛的《帖木儿》或莎士比亚自己的《理查三世》中那种伴随世俗王权而来的荣耀感。毕竟，他们为什么要期望成为苏格兰的国王与王后呢？那顿无聊晚宴上有班柯的鬼魂显现，这无疑是麦克白统治下宫廷生活的典型写照：既了无生趣，又危机四伏。弗洛伊德暗示了该剧的真髓：没有子嗣，空洞的野心，屠杀温善如父的邓肯——麦克白夫妇对于他可以说没有丝毫的个人矛盾情感。但是，不管因为什么原因没有后嗣，麦克白夫妇对时间的报复就是篡权、谋杀和企图消除未来：明日复明日，那没完没了的未来如此沉重地压迫着麦克白。至少，在对这部悲剧作品的阐释上，弗洛伊德没有任由其教条主义信马由缰，而是提出了颇有见地的观点。

除了意识到矛盾情感的首要地位，及它在哈姆莱特/俄狄浦斯情结中登峰造极的表现外，弗洛伊德还在其他什么方面得益于(有意或无意地)莎士比亚呢？弗洛伊德处处显露出莎士比亚的影子，尽管有时并未提及他，却比引证他时更甚。弗洛伊德将他对莎士比亚最基本的态度称为“否定”(Verneinung)，这是指先前受到压抑的思想、感情或欲望只有通过被否认才能进入意识领域，只有这样，防御或压抑才能继续下去。受到压抑的东西可以从理智而非情感上被接受。弗洛伊德接受了莎士比亚的种种观念，虽然他矢口否认这一源泉。弗洛伊德自我保存的本能冲动驱使他不得不否定莎士比亚，然而，他又从未停止过将自己认同于哈姆莱特，虽然并非总是有意识地这样做，并在略低的程度上将自己认同于《裘力斯·恺撒》中的布鲁图斯，这个人物在莎剧发展中被视为哈姆莱特的前身。当然，与哈姆莱特认同的不只有弗洛伊德；这是一种普遍现象，它超越了已死的欧洲白人男性的范围，出现于各个时代、各个地区的各种人身上。欧内斯特•琼斯特别提到，弗洛伊德在交谈或写作中最喜欢引用的是哈姆莱特对霍拉旭的那句告诫："霍拉旭，天地之间有许多事情，是你的哲学所没有梦想到的。"我们明白为什么弗洛伊德会暗中以之作为精神分析学的座右铭，如果联系上下文，这个座右铭会显得更恰当。就在这句话之前，有这样一个对白：

**霍拉旭：**天哪，真是不可思议的怪事！

**哈姆莱特：**因此你还是用见怪不怪的态度欢迎它吧。

对弗洛伊德而言，这是精神分析学最初境况的微缩表现：霍拉旭代表公众，而哈姆莱特则代表弗洛伊德，强调对稀奇古怪的事也应泰然处之。我不记得在弗洛伊德的书信或其他作品或发表过的谈话中，曾提及过那令他厌烦的对比：莎士比亚受到几乎是全世界的接受，而弗洛伊德的精神分析学在他的国家、从他的时代起就受到抵制，一直到我们这个时代，他才得到世界范围的推崇。但我清楚地记得，弗洛伊德在分析自己的一个梦时发现，他与莎士比亚的关系可同哈尔王子对王位的无意识觊觎相比："只要存在加官晋爵的地方，就必定存在需要压抑的愿望。莎士比亚笔下的哈尔王子，即使在父亲的病榻前，也抵挡不住一试王位的诱惑。"

有一个古老的传说提到，在《哈姆莱特》第一次公演时，莎士比亚曾亲自饰演哈姆莱特父亲的魂灵。精神分析学在许多方面都是对莎士比亚简约化的戏拟，莎士比亚的魂灵至今萦绕不去，可以认定，莎士比亚就是某种超验的精神分析学。当他笔下的人物因倾听到自己内心的声音而发生变化，或希望自己发生变化时，他们总是预示着心理分析的情形，在这样的情形中，患者不得不在向心理分析医师倾诉的同时倾听自己的声音。弗洛伊德之前，莎士比亚是关于爱欲及其变迁的主要权威，或者说深谙本能冲动变化之道；不言而喻，他至今仍是引导我们的权威，也从未停止过指导弗洛伊德。比较弗洛伊德关于焦虑的两个理论，我认为修订后的阐述似乎比先前遭拒的假说更具有莎士比亚色彩。写作《抑制、症状与焦虑》(1926)一书之前，弗洛伊德相信神经性焦虑与现实性焦虑可以截然区分：现实性焦虑来自于真实的危险，而神经性焦虑则由受阻的利比多或不成功的压抑而生，因而不涉及心灵的内战。

1926年以后，弗洛伊德摒弃了利比多可以转化为焦虑的观点。相反焦虑被视为先于压抑而生，因此成为压抑的动机。早年的理论提出压抑先于焦虑，似乎只有压抑失败才会引发焦虑。在修正后的理论中，弗洛伊德彻底地抛弃了真实恐惧与神经性焦虑之间的因果区分。弗洛伊德早年的理论应用到莎士比亚的戏剧世界中如鱼得水，尤其在弗洛伊德偏爱的几部主要悲剧中，焦虑与矛盾情感一起居于首要地位。

哈姆莱特所处的艾尔西诺堡，伊阿古所处的威尼斯，李尔与爱德蒙所处的不列颠，以及麦克白所处的苏格兰：所有这些地方都笼罩着焦虑的气氛，这种气氛在剧中人物出场前或事件发生之前，观众或读者就可以感觉到。如果哈姆莱特/俄狄浦斯情结是反映情感矛盾的杰作，那么我想把反映焦虑的杰作称为麦克白情结，因为麦克白究竟是神武盖世还是恶贯满盈，一直是莎士比亚最烦心的问题。在麦克白情结中，恐惧无法与欲望区分，想象既无懈可击又邪恶有害。对麦克白而言，幻想即意味着跨越意志的沟壑，落在夙愿得偿的彼岸。事件接二连三地发生，直到麦克白被杀，因为甚至在他篡夺权位之前，现世的不祥之兆就已在他的王国里一再变为现实。如果哈姆莱特/俄狄浦斯情结中隐藏着自立为父的焦虑，麦克白情结中则暴露出自我毁灭的欲望。弗洛伊德在《超越快乐原则》一书中称之为求死欲，但我宁取麦克白情结中传递出的对末日审判的渴望及强烈的氛围。

虽然弗洛伊德从未像认同于哈姆莱特那样完全认同于麦克白，但是他在1910年的一封信中，当预言自己还有近三十年的辛勤工作时，与麦克白有着惊人的类似："如果有一天，思想停止流动，恰当的语词不再出现，该如何应对呢？一想到这种可能性，人们就禁不住浑身颤栗。这就是为何尽管默从天命方可屹立于世，我还是会暗暗祈祷：不要有任何疾患，不要用身体的伤痛来削弱人的力量。正如麦克白所说，我们终会劳累而死。"这里的情感糅合着高贵的幽默，不同于篡位者麦克白那带有天启意味的绝望之情：

我已厌恶太阳，

情愿整个世界马上倾覆。

敲起警钟，鼓起大风，让毁灭来吧！

我们至少在死时要犁轭在身。

弗洛伊德最终劳碌而逝，他思考、著述直至最后一刻。他与麦克白的认同也许不深，但毕竟存在着积极的一面，“正如麦克白所说”这句话也暗示了这点。弗洛伊德不止一次地宣称，他看到自己已经出版的著作时常感震惊，就如同麦克白对着斯图亚特王朝班柯的后世子孙图谱大呼：“难道他的子孙要一直延续到世界末日？”这种认同程度虽轻却不失骄傲，它再次证实了麦克白之想象的强大浸染力。弗洛伊德可能会说，《麦克白》反映的是无嗣的主题，但是在更深层次上，他已将自己的想象力与麦克白的想象力联为一体，在这个冷酷的暴君和自己身上看到了持久的英雄气概和丰富的想象力。

莎士比亚是审美自由与原创性的完美典范。弗洛伊德因莎士比亚而感到不安，因为他从莎士比亚那里了解到了焦虑，正如他在自我中了解到了矛盾情感、自恋与自我分裂一样。爱默生对待莎士比亚更自由、更具创造性，因为他从后者那里看到的是野性与陌生性。与同样经典的弗洛伊德相比，爱默生的话更适宜在这里作为结语：“现在，文学、哲学及思想都已经莎士比亚化了。莎士比亚的心灵就是地平线，在地平线之外还有什么我们尚无法看到。”

# 17 | 普鲁斯特：性嫉妒的真正劝导

普鲁斯特诸多才能中最杰出的一项就是刻画人物：二十世纪没有一个小说家能像他那样塑造出一长串栩栩如生的人物来。乔伊斯笔下仅仅产生过一个震撼人心的角色波尔迪，普鲁斯特则创作了一个肖像画廊：夏吕斯、斯万、阿尔贝蒂娜、布洛克、贝戈特、戈达尔、弗朗索瓦斯、埃尔斯蒂尔、希尔贝特、外祖母巴蒂尔德、奥丽阿娜•盖尔芒特、巴赞•盖尔芒特、叙述者/马赛尔的母亲、奥黛特、诺布瓦、穆瑞尔、圣卢、维尔迪兰夫人以及德•维尔巴里西斯侯爵等人，而其中最引人注目的要算那个故事叙述者及其早年自我的双元形象，即叙述者和马赛尔。或许我会遗漏一些与上述形象同等重要的人物，但无论如何，这里让我难忘的人物已经有了一二十个。

《追忆似水年华》(以下简称《追忆》)的英文译名总是被人们与另一优美但具误导性的篇名《往事追忆》混淆，后者是莎士比亚的作品，而《追忆》塑造人物的功力对莎士比亚形成了实际上的挑战。杰麦尼•布雷曾评论说，普鲁斯特笔下的人物很有莎士比亚的风格，没有心理简约化的倾向。普鲁斯特还有一点也与莎士比亚相同，即他也是擅长悲喜剧的大师。对这一说法我虽然不置可否，但我不得不赞同罗杰•沙特克的说法，他认为喜剧方式对普鲁斯特至关重要，因为这种方式允许他在探讨当时还是半禁忌的同性恋问题时能保持一种表现的距离。由于具有非凡的喜剧天才，普鲁斯特在描述性嫉妒方面可与莎士比亚比肩，性嫉妒是文学作品中有关人类情感的经典主题之一，莎士比亚在《奥赛罗》中将其处理为毁灭性的悲剧，而在《冬天的故事》中又将其表现为近乎灾难性的浪漫传奇。普鲁斯特讲述了三个有关嫉妒的精彩故事，依次为三个人饱受煎熬的经历：斯万、圣卢、马赛尔（我将称他为马赛尔，即使小说中的叙述者在那部宏篇巨著中仅有一两次提到这个名字）。这三人喜忧参半、不能自拔的苦闷在一部百科全书式的著作中只能算是冰山一角，然而普鲁斯特像弗洛伊德一样，可以说是糅合了莎士比亚和霍桑《红字》的风格，由此进一步奠定了性嫉妒的经典性。这是人类生活的地狱，却是荡涤心灵的精彩诗歌题材。雪莱曾认定乱伦是最有诗意的情景；普鲁斯特告诉我们，性嫉妒也许是最好的小说题材。

1922年，即普鲁斯特辞世之年（时年五十一岁），弗洛伊德发表了一篇探讨性嫉妒的简短有力的论文：《嫉妒、偏执及同性恋中的某些神经机制》。文章开头即把嫉妒与悲伤联系起来，而且弗洛伊德使我们相信，有些人表面上没有显示出这两种普遍的情感，内心却经历着严重的压抑，因此在潜意识中，嫉妒和悲伤的心理更加活跃。弗洛伊德带着冷峻的反讽将嫉妒划分为三部分：竞争性的、投射性的和妄想性的。第一部分是自恋的和俄狄浦斯式的；第二部分将真实或假想的属于自我的罪恶归咎于所爱者；第三部分则已越界进入了偏执的领域，它将同性中的某个人当作通常被压抑的对象。按照弗洛伊德的惯例，这种分析是高度莎士比亚式的，尽管更多地是以弗洛伊德从未提及的《冬天的故事》中的方式，而不是《奥赛罗》中悲剧性的黑暗——弗洛伊德曾经从中找到了具体的投射性嫉妒。《冬天的故事》中的里昂提斯几乎是系统地经历了弗洛伊德提出的三种嫉妒方式。普鲁斯特关于嫉妒的三个主要例子跨过了通常的或竞争性的类型，稍稍涉及投射性嫉妒，但集中于妄想性嫉妒的模式。弗洛伊德是普鲁斯特的对手，而不是他的导师，普鲁斯特有关嫉妒的描述完全是自成一家的。弗洛伊德的理论如果用于阐释普鲁斯特笔下的嫉妒，就会像以弗洛伊德的方式分析《追忆》中的同性恋一样，产生出简化与误导的后果。

普鲁斯特微妙的讽喻在我们这个世纪无人可及，他的小说神话式地把犹太人比作同性恋者并不意味着对他们任何一方的真正贬损。普鲁斯特既不是反犹者，也不是反同性恋者。他真切地爱着自己非犹太裔的父亲，而对犹太裔的母亲存有的却是狂热的激情，他与作曲家雷纳尔多•阿恩以及与阿尔弗雷德•阿戈斯蒂奈里都发生过一段真正的恋情，后者成为阿尔贝蒂娜的原型。索多玛与俄摩拉的逃亡者在普鲁斯特笔下被比作大流散的犹太人，更明确地说，是比作被逐出伊甸园的亚当和夏娃。J. E. 瑞弗斯强调指出：索多玛、耶路撒冷及伊甸园之间的类比是普鲁斯特这部小说的核心，它将犹太人的生存力与同性恋弥久的坚忍力融为一体，从而使犹太人与同性恋群体赢得了代表人类生存状况的地位，因为正如普鲁斯特所言，"真正的天堂是我们已经失去的天堂"。就夏吕斯同性恋中的受虐倾向，或郁郁寡欢的布洛克那种犹太人的不安全感而言，普鲁斯特的幽默似乎有些尖锐，但是假如由此判定普鲁斯特对他的犹太先祖或是他的同性恋倾向心存懊恼，那我们无疑是曲解了他。

无论在何种情况下对普鲁斯特做出评判都是对他的曲解；《追忆》是一部充满深思玄想之作，它已经超越了可以评判的西方经典。我想起罗杰•沙特克的评论，他认为这部小说的气质是奇特的东方式的：普鲁斯特、叙述者以及马赛尔三者合为一身，隐含着一种信念，即我们自己从没定形过，而是一直在意识中缓慢地演进。我知道普鲁斯特被奉为法国文化的崇高典范，与印度教思想没有关系。或许疯狂的罗斯金以其世俗神秘主义深深影响了普鲁斯特，或者更可能是普鲁斯特对幻想驾轻就熟的掌握将他带到了一种内心转变的边缘。我时常百思不解的是，普鲁斯特何以慧眼独具，看到了性嫉妒中的高度喜剧性而不是无趣打闹，并将之表现出来。《追忆》中沉思的进程赋予普鲁斯特一个独特的视角，马赛尔所受的嫉妒之苦借之可以被看作一幕精致的喜剧，尽管仍然很痛苦。

不过，这并不意味着在他那镶着软木壁板的房间里，普鲁斯特只是在幽居与静默中埋头写着《福者之歌》那样的作品，《追忆》是智慧文学，就像蒙田、约翰逊博士、爱默生以及弗洛伊德等人最终是触及冥想与沉思之间边界的作者。罗杰•沙特克在评价《追忆》时说，"随着年龄与见识的增长，我们对这部作品的理解也会深入"。小说将近尾声时，我们没必要确信叙述者已经认识到一个真理或一种现实，但我们感觉出他已经接近于成为一种意识，这种意识至少是我在西方小说中从未见到过的。这种若隐若现的意识使性嫉妒与狂热爱慕荒唐而崇高地结合在一起，难以区分。

萨缪尔·贝克特在其《普鲁斯特》(1931)一书结尾时指出，普鲁斯特笔下的男女人物“似乎在吁求一个纯粹的主体，以便他们从一种盲目的意志状态进入一种表现的状态”。在贝克特眼中，普鲁斯特已成为这一纯粹的主体：“他几乎脱离了任何不纯洁的意志。”我猜测贝克特这里指的既不是叙述者，也不是马赛尔，而是马赛尔·普鲁斯特，他深受哮喘之苦，阅读叔本华的作品，挣扎着要到达音乐的境界。沃尔特·佩特与罗斯金之间有着普鲁斯特与罗斯金之间同样的关系，他是最能理解普鲁斯特的文学批评家。佩特所说的“受恩时刻”是一种世俗化、唯物性的顿悟，而这正是普鲁斯特笔下满心嫉妒的情人们——斯万与马赛尔——在急切地对过去的情欲作历史的和学术的探索时所寻求的东西。普鲁斯特精彩而骇人的喜剧使他的主人公们都成了名副其实的研究嫉妒的艺术史家，他们即使在心中的爱意久已消退之后仍会不断努力地试图解析嫉妒，而当马赛尔这样做时，他心爱的人早已离世。普鲁斯特指出，性嫉妒的面纱实际上掩盖着对不能永生的恐惧：心怀妒忌的情人反复纠缠于对方背叛行为发生的空间与时间中的每一细节，因为他深恐没有给自己留下足够的时空。就像那艺术史家一样，失去所爱的人正在从过去的启示中寻找真理，但嫉妒的研究者发现启示也是一片黑暗。

普鲁斯特本人认为，《追忆》的第一卷“斯万家那边”中最重要的部分就是对斯万嫉妒之苦的非凡描述。这的确如此，因为每当我想到斯万时，我首先回忆起的就是他如何一步一步地陷入了妒火中烧的苦狱。J. E. 瑞弗斯认为，“普鲁斯特的视野并不是女性的；它带有雌雄双性的特征”。莎士比亚也时常如此。我自己在阅读《追忆》时，尤其是阅读其中主要的或者说有关阿尔贝蒂娜的章节(“女囚”与“女逃亡者”)时，我的体会是，叙述者所取的只能说是一种男性女同性恋者的立场，这本身即体现了普鲁斯特所表现和颂扬的雌雄同体的想象力。普鲁斯特笔下的叙述者在“平原众城”中唤起了一个莎士比亚喜剧中那种超越性别的世界：“我们一直试图描画的年轻男子显而易见是个女性，因此那些对他心存欲望的女人们注定要遭受失望的打击(如若她们没有特殊嗜好),在莎士比亚喜剧中,那些被一个女扮男装的姑娘所骗的人也同样经历过这种打击。”

在其喜剧中,莎士比亚往往把性伪装和性嫉妒联系起来,但避免了强迫性困扰。普鲁斯特的喜剧则偏离开莎士比亚的轨道,更加大胆直露,强迫性冲动得到了充分展示。普鲁斯特所表现的嫉妒在文学史上绝对是空前的;奥赛罗与里昂提斯同斯万与马赛尔相距何止千里。普鲁斯特《追忆》中嫉妒的情人是不会萌生出谋杀意念的:这部作品的喜剧精神杜绝了这种可能性。这也解释了为何用在斯万与马赛尔身上的主导隐喻是学术研究人员,尤其是那位罗斯金式的艺术史家。因探求真相而受折磨,这是普鲁斯特喜剧的程式,因为这不过是自我折磨,而且真相本身本质上也只是假想的臆测。斯万设定了这样一个模式(译者按:本章引文的中译文参考了李恒基、徐继曾《追忆似水年华》第一卷中译本,译林出版社 1998 年版):

> 可在这奇怪的恋爱阶段,另一个人的人格竟如此被放大和加深,他感到在他心头出现的对一个女人日常生活中最微不足道之事的好奇心,竟跟他以往研读历史时的求知渴望一样强烈。凡是他往日认为是可耻的勾当,比如在窗口窥看、巧妙地挑动别人帮你说话、收买仆人、在门口偷听,现在就都跟破译文本、权衡证据、解释古迹一样,全是具有真正学术价值的科学研究与探求真理的方法了。

随后,斯万重构奥黛特社交生活中细枝末节的狂热又被比作“唯美主义者遍查有关十五世纪佛罗伦萨的资料,以期深入原始女神、清纯的凡娜或画家波提切里的维纳斯的灵魂深处”的激情。斯万发现,奥黛特的灵魂根本无从探知,这永远会激起嫉妒的不断折磨和攻击,其中还夹杂着认识真相的“高尚”愿望。在普鲁斯特最生动的反讽之一中,斯万发现“他的醋意激起的是他在好学的青年时代的另一种才能,那就是对真相的热情,但那也限于跟他与他的情妇之间的关系有关的真相,仅仅从她那儿接受启示”。这样一种真相,激发起所有的嫉妒之心，在情人流露的忧郁愁容下只能见到一片黑暗。弗洛伊德讥讽地称陷入恋爱中的状态是“过高评价对象”，这还不足以描述嫉妒先增强再取代的那种热情。这里，普鲁斯特的天才超越了莎士比亚与弗洛伊德，洞悉情欲困扰的深处：

> 确实，斯万并没有直接意识到他这份爱情的深广。当他想猜度的时候，他时常觉得这份爱情仿佛已经衰退了，几乎已经化为乌有；譬如说，在他爱上奥黛特以前，他对她那富有表情的面部线条和那并不鲜艳的脸色并不怎么喜欢，几乎可说是有点厌恶，现在不时也会发生这种情况。“确实是有了进步，”他在第二天心里就会这么想，“坦率地讲，我得说昨晚在她床上几乎没得到多少乐趣。这事儿很怪，但我总觉得她长得丑。”的确，这也是实话，这是因为他的爱已经大大超出了肉欲的领域。奥黛特其人已经不占很多的地位。当他抬头看到桌子上奥黛特的相片时，或者当她来他家看他时，他很难把这相纸上的或者那有血有肉的面容跟他心头那份难以平静的痛苦不安之情画上等号。他几乎是不胜诧异地心想：“是她！”就像是有人突然把我们身上的某种疾病拿到体外来展示给我们看，而我们觉得它跟我们所闹的那种病并不相像一样。他试图弄清楚这到底是什么东西；那是有点像爱情，有点像死亡的东西，而不是跟疾病的概念依稀相似的东西；那是我们经常对之表示怀疑、予以深究，惟恐掌握不了它的实质的东西——那是人格之谜。而斯万的爱情这个病已经大大扩散，跟他的一切习惯、一切行动，跟他的思想、健康、睡眠、生活，甚至是身后的遗愿是如此紧密相连。可以说，它已经跟他合而为一，不可能从他身上剥离而不把他整个人毁坏；用句外科大夫的话，他的爱情已经无法再动手术了。

弗洛伊德以“激励动因”来解说激情高涨，但他指的是社会的以及相关的障碍，还有内心压抑的过程。普鲁斯特更实际地告诉我们，性嫉妒是最重要的激励动因，而其喜剧性的后果就是性本身不再有吸引力：“奥黛特其人已经不占很多的地位。”她的相片，甚至她生活中的面容都不能“跟他心头那份难以平静的痛苦不安之情画上等号”。爱情与死亡如此危险地接近，活泼开朗的斯万正迈向深渊，但对我们而言，这种感觉微妙而有趣：

> 有时他盼望她在意外事故中毫无痛苦地死去，因为她从早到晚总在外面，在街上，在大路上。当她安然无恙回来时，他不禁赞叹人的身体是如此灵活和结实，总能避开和摆脱一切灾难（自从斯万有了这个隐秘的念头以后，他觉得这样的灾难数不胜数），使得人们几乎天天都能不受惩罚地从事撒谎和追求欢乐的勾当。斯万对苏丹穆罕默德二世深表同情(他赞赏贝里尼为后者作的肖像），苏丹对他的一个后妃爱得发狂，就用匕首把她刺死，为他作传的威尼斯人不加掩饰地说，这是为了求得他心灵的平静。然后斯万又为他只想到自己而深自愧恨，觉得他居然把奥黛特的生命视若草芥，自己感到痛苦也是活该，一点也不值得怜悯。

“斯万之恋”的高潮部分是普鲁斯特所有作品中最著名的段落之一，它发生在一个精彩的睡梦之后，在梦中，斯万的情敌、同样追求奥黛特的福什维尔与拿破仑三世合为一体，这再次在我们这里产生了喜剧效果，但对可怜的斯万却非如此，他最终相信他已经受够了：

> 醒来一小时后，当他告诉理发师怎样使他的头发在旅程中不致蓬乱时，他又想到他那个梦，又看到奥黛特苍白的面色、瘦削的面颊、疲惫的面容、低垂的眼皮，仿佛全都就在他的眼前——绵绵情意早已把斯万对她的执著的爱化为对她的首次印象的长期遗忘——在他们最初相爱以来的这些日子里，所有这些他已不再注意的东西，在他刚才睡着时，他又在记忆中重新去搜寻它们的确切感觉。自从他不再感到不幸，道德修养也随之有所降低以来，粗野的话不时涌上他的心头，他内心里不禁咆哮起来：“我虚掷了好几年光阴，甚至恨不得去死，这都是为了我把最伟大的爱情给了一个我并不喜欢的女人，她甚至不是我的类型！”

不幸的感觉停歇后，我们的修养也有所降低，道德因而又回落到凡夫俗子的水平。这一精妙的看法预示了斯万的永久哀怨，也是为我们众人对症下药，不管我们有什么样的性别或性信念。奥黛特确实不适合斯万的方式、风格与类型，对斯万这样一个周旋于社交场的老手和审美家来说，她既谈不上风姿卓绝，也够不着放荡诱惑。可惜斯万还是拜倒在她的裙下，在普鲁斯特的世界中，你不可能说"再见了，奥黛特，我不会责怪你，因为我曾深深地爱过你"(美国方式)，或者"从爱情纠葛中解脱出来会获得一种深刻的人性感悟；你又可以用一双大梦初醒的眼睛观察这个世界了"(盎格鲁—爱尔兰风格)。对斯万来说爱火熄灭了，但是嫉妒仍然长存；因此他娶了奥黛特，恰恰是因为她背叛了他，有同女人也有同男人在一起的背叛。普鲁斯特对婚姻的见解有他的独到之处：

> 这桩婚事几乎令所有人都大吃一惊，它本身也的确出人意料。毫无疑问，对于我们称为爱的这种现象，只有寥寥数人能够理解它纯粹的主观性，或者知晓它，这么说吧，如何创造出在世人眼中与他脾性大相径庭的另一个人来，这个人实际上是由我们内心的看法投射到他身上而成的。

斯万的妒火已随着对妻子的爱一起消逝，然而多年之后，他对嫉妒的回忆仍然折磨着他，他的寻根究底也不会停止：

> 他继续设法弄清这件不再使他感兴趣的事，因为他的老自我虽然极度衰弱，仍然在机械地运转，而过去的焦虑已烟消云散。他甚至无法想象自己曾经感受到如此强烈的焦虑，当时他以为永远也摆脱不了焦虑，以为只有他所爱的女人的死亡(不过本书下文中将有一个残酷的反证，说明死亡丝毫不能减弱嫉妒的痛苦)才能打通他那完全堵塞的生活道路。

这儿预示出阿尔贝蒂娜与马赛尔之间的困境，因为斯万正是马赛尔的先驱，是施洗者约翰，他预见到叙述者年轻时的自我也将背负着嫉妒这沉重的十字架。普鲁斯特描述了两种苦难之间的双重转换，一种是圣卢在与拉谢尔的恋情中饱受妒火煎熬，另一种是斯万对年少无知的马赛尔直截了当的预言警告。

考察这种交叉之前，我们最好来看看目前针对普鲁斯特的两种不公平的批评。为何叙述者没有像普鲁斯特那样带着一半犹太人的血统？更重要的是，为何普鲁斯特是双性恋，只是同性恋冲动更强烈些，而叙述者却是异性恋？一种流行的辩解强调，普鲁斯特希望突出普遍性，但那似乎不相干。另有观点指出，即使在 1922 年，德雷福斯事件引起的震荡波涛未平时，同性恋仍被视为耻辱。这也同样难以服众；普鲁斯特是伟大的艺术家，他所拥有的审美尊严值得我们为那些本质上的审美决定寻找审美动机。如果故事的叙述者是一个基督徒异性恋者，这不是一部更好的小说吗？

传记学者们已经澄清了马赛尔与阿尔贝蒂娜之间的恋情来源于普鲁斯特与阿尔弗雷德•阿戈斯蒂耐里之间的关系这一无稽之谈。“花蕾丛中”是对“À l'Ombre des jeunes filles en fleur”的精巧翻译，尽管这并没有抓住“花间少女的身影”的全部意味。假如反讽式地把这句话翻译为花蕾初放的少男，那你就完全破坏了普鲁斯特所达到的审美愁思。阿尔贝蒂娜的女同性恋情在普鲁斯特笔下显示出持久的光彩，在阿戈斯蒂耐里向异性恋转变时有着不加掩饰的寓意。普鲁斯特非常清楚自己在写什么：斯万与马赛尔和同性恋的夏吕斯与双性恋的圣卢形成对照。爱情与嫉妒的折磨超越了男女性别和性倾向，如果叙述者不能够与同性恋和犹太人保持距离的话，那就会破坏小说中“平原众城”的神话。

普鲁斯特关注的不是社会历史、性解放或德雷福斯案件（虽然他一直积极支持德雷福斯）。寻求审美拯救才是这部巨著的事业；普鲁斯特也在挑战弗洛伊德作为混乱时代主要神话创造者的地位。他创造出充满想象的浪漫传奇，描述了叙述者如何从马赛尔成长为小说家普鲁斯特，并在这部书的最后一卷中改变了意识，得以把自己的人生塑造成一种新的智慧。普鲁斯特正确地断言，如果叙述者能够采取客观冷静的态度看待那个神话，将会取得最好的效果；神话使叙事上升为但丁和莎士比亚式的宇宙之诗。普鲁斯特将巴尔扎克、司汤达与福楼拜远远地抛在后面，进入更广阔的图景中，索多玛与俄摩拉、耶路撒冷及伊甸园这三个被遗弃的乐园在此图景中结合在一起。小说中的叙述者作为一个非犹太人，一个异性恋者，更有说服力地见证了这一新神话。

斯万与马赛尔都受到令人窒息的嫉妒心的折磨，而在他俩之间，叙述者又叙述起圣卢的故事，他即将与斯万的女儿、马赛尔的初恋情人希尔贝特结婚，而且很快就将死于第一次世界大战。圣卢与拉谢尔日渐冷淡的恋情中可能体现着普鲁斯特关于嫉妒的最尖锐警言："嫉妒可以拖延爱情存在的时日，但它挽留住的只能是一些幻想，除此之外别无其他。"

每当读到这句话时我总会想，普鲁斯特确实是医治那些身陷不幸爱情或者迟早如此的恋人们的良医。可惜的是，他的药方也与其他所有疗治爱情的药物一样，只有在病痛——甚至是其纯粹的形式即嫉妒——结束之后才会发挥效用。他提供的是追寻往昔的抚慰，这也是我们唯一能够接受的。当我们终于得知嫉妒不过是一首淡淡的诗，甚至显露不出它其中深藏着的三四张面孔时，这是一种姗姗来迟的喜悦。在我们用一生写就的小说中，某一特定时期肆虐于我们内心的嫉妒之情淡化成对所有已逝之爱庄谐并蓄的哀婉之情。圣卢既不像他的岳父是一位研究嫉妒的艺术史家，也不似他的朋友马赛尔是个小说家。爱情因嫉妒心的支撑余丝尚存，但终究会随它一同逝去，而圣卢可以让拉谢尔感到熟悉与安稳，这使他微微痛苦地体会到一种奇妙的惬意：

> 有时候，拉谢尔会在深夜回到旧情人身边，要求和他睡在一起直到天明。这使罗贝心里感到极大的安慰，因为即使他一个人占据大半张床也丝毫不影响她睡觉，他意识到他们毕竟如胶似漆地在一起生活过一段时间。他明白，睡在他熟悉的身体旁边，她比在其他地方更感到舒适。

很难确定这儿究竟是诙谐还是伤感；最重要的是当圣卢与拉谢尔同眠，虚空代替了往日激情时，他们都不感到悲伤或是遗憾。以往的嫉妒心已远离圣卢，代之以这种似曾相识的交流。斯万向马赛尔承认，他回忆起往昔爱恋的幽灵时绝不能那样坦然：

“这些人真是好问长问短。可我从来都不好奇,除非动了真情或起了醋意。我可是学到了不少!您好嫉妒吗?”我告诉斯万我从不感到嫉妒,甚至不知何为嫉妒。“那好!我恭喜您。稍有点嫉妒还不算讨厌,原因有二:一是可让那些不爱打听闲事的人关心一下他人的生活,或至少关心一下另一个人的生活。……过去爱过的东西,即使人们现在不再爱了,终究也还是他们曾经爱过的;因为总是有这样或那样的理由,只不过不为他人理解罢了。往昔那些情感的记忆,只能在我们心中找到;我们必须回到自己的内心去寻找它。

在他的审美唯我主义中,斯万似乎较以往更像是对罗斯金的戏拟,他对于艺术的崇拜转变为收藏家的自我崇拜。在普鲁斯特善意嘲弄的笔下,斯万的词汇“爱打听”仅仅意味着“关心”,这真让我们心寒并弃斯万而去。弗洛伊德称为“爱”的隐喻或移情被普鲁斯特称为“嫉妒”,因此当马赛尔告诉病弱的斯万他从不感到嫉妒时,是婉转地承认了自己并不爱希尔贝特。在这部小说最重要的一个嫉妒故事中,时间的报复将要降临在他身上,亦即恶魔般地戏拟它追寻失去的时光。相互着迷、萌生醋意、意外死亡以及随后的嫉妒心膨胀,阿尔贝蒂娜与马赛尔之间这一系列故事都自然地始于嫉妒,而据叙述者的说法,嫉妒也先于马赛尔对阿尔贝蒂娜的爱恋。“女囚”开篇之后即清楚地表明了这一模式:嫉妒心刺激着马赛尔陷入与阿尔贝蒂娜同性恋人之间的一场必败的竞争:

离开巴尔贝克那会儿,我还想象着是带阿尔贝蒂娜离开了俄摩拉呢;唉!俄摩拉在这世上真是无所不在。我一半出于嫉妒,一半出于对这种乐趣的懵懂无知(非常难得遇到的情形),无意间安排下了一场捉迷藏的游戏,而阿尔贝蒂娜始终没让我逮住过。

如果说弗洛伊德所说的爱是对对象的过高评价,那么普鲁斯特所称的嫉妒则更辩证和更矛盾,它既过低地估计对象,同时又极度夸大了她对别人的吸引力。普鲁斯特强调指出,嫉妒可以包含截然的对立:

> 如果她是在我的近旁寻欢作乐，而且是由我怂恿她这么做的，我就能监视她的一举一动，不用担心会受她的骗，所以也就不会嫉妒；如果她去了一个我完全陌生而遥远的地方，叫我无从想象，不能也不想再去了解她是怎样行事的，那我也不会嫉妒。在这两种情形下，或是由于了如指掌，或是由于一无所知，我都不会心存疑窦。

确定和知情同样会破坏嫉妒的罗曼司，而这种罗曼司在普鲁斯特的阐释中代表了一切文学的和经验的罗曼司。但是除了死亡，又有什么会让我们感到确信无疑呢？除了死亡那无法交流的体验，我们最终能够知晓些什么呢？为什么普鲁斯特，这位深谙嫉妒的艺术家，创造出如此冷酷无情的悲喜剧去表现情人内心的强迫性冲动？正是普鲁斯特——而非罗斯金、佩特、王尔德以及继他们之后的济慈、乔伊斯与贝克特——被世人一致奉为艺术宗教的高级牧师。艺术，而不是性的占有，是普鲁斯特逃离嫉妒的经验罗曼司的唯一途径，《追忆》的最后一卷，“重现的时光”，将这部小说从嫉妒的文学罗曼司中拯救出来。然而普鲁斯特获得了其准印度教式的自我立场，在“女囚”与“女逃亡者”两卷中，他尽情徜徉于自己有关嫉妒的启示录中，我们也是如此。但是，我们也驻足思量，普鲁斯特将我们带入的是一幅完全不同的现实图景，这图景有过去，或许甚至还有将来，然而嫉妒只存于现在，尽管嫉妒常常在回溯既往。

阿尔贝蒂娜根本没有觉察出马赛尔的嫉妒，她向他保证，她之所以说谎完全是因为爱他。叙述者到结束时也未向读者解释清为何阿尔贝蒂娜会和马赛尔在一起那么久；她是缪斯女神，不会放弃自己的秘密。当她不辞而别时，她留下的告别信是这样结尾的，“我给您留下我自己最美好的东西”，这句话和她与马赛尔的交往一样亦真亦假。在她意外地坠马死亡后，马赛尔收到她在这之前写的两封短信，是对他写信骗她说要娶她的朋友安德烈所做的回应；第一封信恭喜他的选择，而第二封信又提出要与他重修旧好。这截然的矛盾只是随着阿尔贝蒂娜的亡故而消散，但它使得马赛尔和读者准备好去从事一场几乎像拿破仑一世的战役般的研究，即那位幸存者要深入到失去的爱人的情欲生活中，主要通过他对安德烈的探询，她曾经是阿尔贝蒂娜的情人，而目前是他的女朋友。

唯有缺乏理解力的读者才会摆出一副道德家的面孔去指责普鲁斯特的《追忆》；这部作品的伟大和其中的讽喻不会为愚蠢者知悉。但是普鲁斯特的智慧确实艰深，在祖母、母亲和马赛尔中间有着真正的爱，但在小说其他人物之间却不存在这样的感情。甚至友谊也似乎如同爱一样不可得；真正的劝导是嫉妒，在那些最真正的劝导，亦即索多玛和俄摩拉艰难的流亡生活中，这是极为令人困惑地复杂的：

> 有些人，尤其是那些在儿时极为羞怯的人，他们并不很关心他们所获得的是哪一种肉体的享受，只要能把这种享受与男性的容貌联系起来即可。然而，另一种人则要给他们的肉体享受严格定位，他们的感觉无疑更为强烈，这类人也许会因其直言不讳而引起普通人的反感。他们也许不同于前一类人，仅仅生活在土星的卫星影响之下，因为对他们来说，女人不像在前一类人眼里那样被完全排斥在外。对前一类人来说，女人除了闲聊、卖弄风情和肉欲之爱外，就再没有别的。可是，后一类人却追逐喜爱女色的女人，她们可为他们提供年轻的小伙子，激发他们与小伙子在一起所感受的乐趣；更有甚者，他们可以用同样的方式在她们身上获取从男人身上享受到的同样乐趣。由此而产生的结果便是，对那些钟爱前一类人的人来说，唯有与男人相爱所享受的乐趣方能激起其嫉妒心，仅此乐趣才能构成不忠行为，因为他们从不主动去爱女人，只是由于习俗的原因勉强为之，为的是给自己保留结婚的可能性，可他们很少想象男欢女爱所能带来的乐趣，因而容不得他们心爱的男人去品尝此种乐趣；后一类人却往往因与女人相爱而引起嫉妒。原因是在他们与女人的关系中，他们为爱女色的女人扮演了另一个女人的角色，而与此同时，女人也差不多给他们提供了他们从男人身上获得的乐趣，以致妒火中烧的男友，一想到他情之所钟的男子竟与在他看来活脱脱是个男人的女人结合，心中好不痛苦，他同时感到心爱的男友就要摆脱他，因为对那些女人来说，这男子有点女人的味儿，

不过他自己意识不到。

这段话的语调很难形容：当然有一点反讽，又有一点置身事外，但最主要的似乎是一种颇觉迷惑的气氛。普鲁斯特造就了一大批文学批评家，其中包括贝克特、布雷、本雅明、吉拉尔、热奈特、伯萨尼和沙特克（他是我最赞赏的），但与乔伊斯不同的是，普鲁斯特常常驳得这些批评家们哑口无言。一部小说长达三千三百页，无与伦比地错综复杂，它本身几乎就是一部《天方夜谭》。依我之见，塞缪尔·理查森所著的《克拉丽莎》可能是唯一一部同样强力（同样持久！）的西方小说，然而《克拉丽莎》仅仅围绕着两个人物，坚贞不屈的克拉丽莎以及对她穷追不舍的罗弗雷斯。马赛尔与阿尔贝蒂娜是《追忆》中的两个谜，但整部小说并不只讲述他们两个人的故事。它也不只是叙述者的小说，他是马赛尔长大成人后的形象；它颇为诡异地是普鲁斯特的小说，他既不完全是叙述者，也不完全是马赛尔。我了解叙述者对嫉妒的见解；但我却不肯定我知晓普鲁斯特的看法，因为叙述者既不是同性恋，也非犹太后裔。在小说最后一卷中，当智慧的声音逐渐强大时，我们几乎已经感受不到叙述者，他已经融入了小说家普鲁斯特之内，嫉妒所具有的尖刻幽默已不复再见了。这会在稍后到来，但我们没有结束那真正的劝导。

“女囚”中有一段热切的话表面上似乎是在指责嫉妒，实际上却是对它的反讽式褒扬：

> 于是，当我们的嫉妒搜寻过去以便从中找出线索时，却什么也找不到了；这种始终回顾往事的嫉妒就像一位准备撰写史书而又缺乏所写时期任何资料的历史学家；这种始终慢一步的嫉妒就像一头发怒乱奔的公牛，高傲而勇敢的斗牛士戳它以便激怒它，残忍的观众欣赏他的精彩动作和计谋，而它却冲向斗牛士不在的地方。嫉妒在与虚无搏斗。

一个无能的历史学家，一头受骗的公牛：用这两者隐喻嫉妒不能算是恭维，然而叙述者回忆起马赛尔对阿尔贝蒂娜极度活跃的同性恋情的调查，他将嫉妒与热衷于死后的声名相提并论：

当我们试图思考我们死后会发生什么事情时，我们错误地投射到那一时刻的难道不仍然是我们活着的自我吗？说到底，因为一个去世的女人不知道我们已了解她六年前的行为而遗憾，会比希望我们在死了一个世纪以后还受到公众好评更加荒唐吗？即使第二种假设比第一种有更多的实际依据，我这回溯既往的嫉妒引起的遗憾却仍然和那些热衷于身后荣耀的人的错误见识如出一辙。

具体而言，热衷身后荣耀的先辈是：福楼拜、司汤达、巴尔扎克、波德莱尔和罗斯金，当然也要包括小说家普鲁斯特。济慈会说，“错误见识”是一种不可忽视的疾病，嫉妒之情与文学艺术间的联系世人共知。甚至早些时候，叙述者已经附加评论说：“令人吃惊的是，嫉妒要费时去做出一些不重要的错误猜测，而当它终于发现真相时，就显出它是多么缺少想象力。”嫉妒的局限性也预示了普鲁斯特这样作家的崛起。与虚无心态搏斗着的马赛尔发现，“没有一种思想的内部不隐含着对它本身可能的反驳，没有一个词语不带有与它对立的含义。”

瘫痪随之而来；马赛尔断言“撒谎是人类的本质。它和追求快乐起的作用也许一样大，甚至会被这追求所控制”，但这没有丝毫的帮助。这样的言辞或许能造就一个道德家，但不会造就一个作家。在“重现的时光”一卷中，叙述者认识到阿尔贝蒂娜对他来说曾经何其重要，从文学角度看，这时产生了一个很好的对比：“幸福的岁月即是失去岁月，是虚度的年华，我们必须等待痛苦，然后才能开始工作。”我们觉察到，当亡故已久的阿尔贝蒂娜得到她公正的悼词时，叙述者已经与小说家普鲁斯特融为一体：

从某种意义上说，我把那些东西追溯到她身上是有道理的，因为，倘若那天没有上堤，或我不曾认识她，那么，所有那些想法便不会出现（除非它们已凭借另一个女人得到了发展）。我也有错，因为这种在我们内心催生某种东西的乐趣，这种，回过头来想想，我们希望加诸女性漂亮面孔的乐趣，乃是出自我们自己的感官：实际上可以肯定，我后来写下的那些篇章对阿尔贝蒂娜尤其是当时的阿尔贝蒂娜来说是难以理解的。然而恰恰因为这个（而这也向我们指出了不能生活在太理智的氛围中），因为她与我是那么地不同，才使她能用忧伤使我充实起来，甚至一开始只是通过我为了想象某种与自己不同的东西而做的初步努力。

叙述者过去曾是马赛尔，现在之所以成长为作家普鲁斯特，而没有变成另外一个斯万，并沉浸在审视其嫉妒回忆之中，这是有着根本原因的。使普鲁斯特免于陷入势利和嫉妒狂的是一项艰巨的劳作，它既是治疗的又是审美的，同时（我还能称为什么呢？）又是神秘的。普鲁斯特所有的读者最终都在《追忆》中聆听到了回响，罗杰·沙特克恰当地把它们比作印度教的自我观念。《追忆》是修心律己的结果，它抛弃了克里须那在《福者之歌》中所说的"阴暗的惰性"。这可能是另外一个讽喻，但未必是普鲁斯特式的；《追忆似水年华》的作者是我们最当之无愧的现代多元文化主义者，他跨越了东西方经典的某些分界线。

# 18 | 乔伊斯与莎士比亚的竞争

詹姆斯·乔伊斯的风格向来大胆直露，他将莎士比亚设想为自己的引路人，如同维吉尔引导过但丁那样。由于这个野心过于宏大，所以乔伊斯甚至也无望实现它。人们通常认为，在漫长的文学衰退期中——如果维柯与乔伊斯预言正确，这个衰退期会把我们带到一个新的神权时代的边缘——唯有普鲁斯特的《追忆似水年华》能与《尤利西斯》和《芬尼根守灵》并驾齐驱。也许乔伊斯与普鲁斯特的成就与但丁在《神曲》中的造诣几乎是相匹敌的，卡夫卡虽然与之尚有距离，但他似乎更像是我们这个时代的但丁。然而，如果人们深入细致地阅读过莎士比亚的作品，或者欣赏过编导恰当而又表演出色的莎士比亚戏剧，那他们就不会认为乔伊斯实现了他追随莎士比亚这位先辈的雄心。乔伊斯知道这一点，在《尤利西斯》和《芬尼根守灵》两部小说中他始终都在涉及这位前辈诗人，焦虑之情不言而喻。如果没有莎士比亚，乔伊斯和弗洛伊德或许永远不会感觉到浸染的苦痛，只有莎士比亚似乎能在他们两人的内心里激起这种感受。

乔伊斯对莎士比亚的影响采取了比弗洛伊德更为友好的态度，他从未鼓吹过卢尼假说，虽然在《芬尼根守灵》中他玩了一下培根理论。乔伊斯起初向我们宣明的假设是由斯蒂芬·迪达勒斯在《尤利西斯》的图书馆那一幕中提出的，这一理论与其说是指责家长主义，不如说是抨击父权本身，当然它并没有攻击莎士比亚。如果只能带一本书去一个荒岛，你会选择哪一本？乔伊斯在回答这样一个流传久远的问题时告诉弗兰克·巴金："我会在但丁与莎士比亚之间稍为犹疑，但不会太久。那个英国人更加丰富广博，他会是我的选择。"这儿"更加丰富广博"是个褒义词；孤独地流落荒岛，一个人会渴望更多的同伴，莎士比亚创作出的人物无疑比但丁以及希伯来圣经更加多姿多彩。尽管《尤利西斯》中的次要角色充溢着狄更斯式的旺盛活力，但乔伊斯只有斯蒂芬一个人物算是不充分地模仿了哈姆莱特，也只有莫莉能与巴思妇人相提并论。波尔迪可以挑战莎士比亚，或是尝试这样做，但这一幕不可能上演，因为在所有的文学竞争中，大人物总是会吞没那些小人物的。斯蒂芬说他并不相信自己提出的有关莎士比亚和哈姆莱特的理论，但理查德·艾尔曼告诉我们，据一些朋友说，乔伊斯始终严肃地对待它，从未改变过。这是一个必要的出发点，我们必须以此来审视乔伊斯在《尤利西斯》和《芬尼根守灵》中与莎士比亚的经典之争。

乔伊斯将《奥德赛》和《哈姆莱特》同时融入进《尤利西斯》的确是勇气不凡，因为正如艾尔曼指出的，奥德赛/尤利西斯和丹麦王子这两个模式之间毫无相似之处。理解乔伊斯这种构思的一个线索可能是，在似乎绝顶聪明的哈姆莱特（以及福斯塔夫）之下的文学人物是《奥德赛》的主人公，虽然乔伊斯赞赏的是他的完整性而不是智慧才略。但是，第一个尤利西斯想的是重返故里，而哈姆莱特却无家可归，无论是在艾尔西诺堡还是在他乡异地。乔伊斯将尤利西斯与哈姆莱特糅合在一起：波尔迪既是尤利西斯又是哈姆莱特国王的魂灵，而斯蒂芬兼任了特勒马库斯与年轻的哈姆莱特，波尔迪与斯蒂芬两人共同形成了莎士比亚与乔伊斯。这听起来有点混乱不清，然而这正契合了乔伊斯要融莎士比亚于自身的目的。莎士比亚与乔伊斯一样同属俗世中人，他以普通的人性描写替代了基督教经文，乔伊斯也反对弗洛伊德而捍卫莎士比亚，正确地拒绝了在哈姆莱特与俄狄浦斯之间的等同。乔伊斯比弗洛伊德更好地解读了《哈姆莱特》，他评论说，没有发现任何迹象表明哈姆莱特对母亲心存欲念，或是图谋弑父。斯蒂芬和布鲁姆（即波尔迪）似乎也没有俄狄浦斯式的矛盾心理，如果乔伊斯对莎士比亚曾怀有这种心理（他过去曾有过），那么很显然他在《尤利西斯》中避免了宣明这一点。

斯蒂芬在《尤利西斯》中的国家图书馆那一幕（第二、第九部分）详细叙述了乔伊斯有关《哈姆莱特》的理论。弗兰克·巴金所著的《詹姆斯·乔伊斯与〈尤利西斯〉的创作》(1934)仍然是这部小说最出色的导读,因为它有许多部分涉及到乔伊斯个人,它告诉我们:“莎士比亚其人是语言的主宰和人物的创造者,这(对乔伊斯的)影响要超出作为戏剧家的莎士比亚。”斯蒂芬的莎士比亚无疑遵循了久经考验的戏剧传统,他以哈姆莱特父亲的魂灵的角色登上了环球剧院的舞台:

> 戏开台了。一个演员从暗处踱了过来。他身披宫廷里哪位花花公子穿剩的铠甲,体格魁梧,有着一副男低音的嗓子。这就是鬼魂,是国王,又不是国王,演员乃是莎士比亚。他毕生的岁月都不曾虚度,都倾注在了研究《哈姆莱特》上,以便扮演幽灵这个角色。他隔着绷了一层蜡布的架子,呼唤着站在自己对面的年轻演员伯比奇:
>
> 哈姆莱特,啊,我是你父亲的阴魂……
>
> 并吩咐他听着。他是对儿子,自己的灵魂之子——王子,年轻的哈姆莱特——说话;也对亲身之子哈姆耐特·莎士比亚说话——他死在斯特拉福,以便让他的同名者获得永生。
>
> 身为演员的莎士比亚,由于不在场而做了鬼魂,身穿死后做了鬼魂的墓中丹麦先王的服装,他可不可能就是在对亲生儿子的名字(倘若哈姆耐特·莎士比亚不曾夭折,他就成为哈姆莱特王子的双生兄弟了),说着自己的台词呢?我倒是想知道,可不可能,有没有理由相信,他并不曾从这些前提中得出或预见到符合逻辑的结论:你是被废黜的儿子,我是被杀害的父亲,你母亲就是那有罪的王后,娘家姓哈撒韦的安·莎士比亚?

安·哈撒韦是格特鲁德王后,夭折的哈姆耐特就是哈姆莱特,莎士比亚成为哈姆莱特国王的魂灵,他的两个兄弟复合成一个克劳狄斯——这真是异想天开,足以引起永久的关注,这也促成了安东尼·伯吉斯最优秀的一部小说《惟一的太阳》(1964)，这也是唯一一部叙述莎士比亚的故事而获得成功的小说。伯吉斯一向仰慕乔伊斯并是其忠实的信徒，他扩展了斯蒂芬的理论，使其具有浓郁的乔伊斯风格，以致我多年以前把图书馆那一幕与伯吉斯想象出来的情景在脑海中混为一团，我重读乔伊斯时总是奇怪找不到我误认为理所当然在那里的内容，而那些东西却精彩地出现在伯吉斯的书中。这部分是因为乔伊斯笔下的斯蒂芬精细敏锐、能言善辩，他将整个莎士比亚生活与工作的画卷浓缩入一叠言简意赅的单页广告，掩盖了其中一些精巧的暗示和困惑。早些时候，玛拉基•“雄鹿”•穆利根——乔伊斯以平庸的诗人兼医生奥利弗•圣约翰•格加提为原型，以戏拟的手法创造出这个人物——曾解释过这一理论：“他用代数算出哈姆莱特的孙子是莎士比亚的祖父，而他本人就是他亲生父亲的亡灵。”一个机敏的戏拟，显然也大获成功，因为斯蒂芬的目的就是要消解父权本身的权威。

> 从有意识地生育这个意义上来说，男人是缺乏父权这一概念的。那是从唯一的父到唯一的子之间的神秘等级，是使徒的继替。教会不是建立在狡猾的意大利智慧抛给欧洲芸芸众生的那座圣母像上，而是建立在这种神秘上——牢固地建立在这上面。因为正如这世界，大宇宙和小宇宙，它是建立在虚空之上，建立在不可能和不确定之上的。主格和宾格的母爱也许是人生中唯一真实的东西。父权可能是法律上的假定。谁是那位受儿子爱戴或是疼爱儿子的父亲呢？

斯蒂芬很快又嘲笑起这个观点来，但这样做并不容易，要理解它也很困难，因为它有太多的暗示。如果相信了这一观点，教会与所有的基督教精神就不复存在了，而乔伊斯既没有反对也没有赞成这一点。已故的威廉•燕卜荪爵士曾抗议他有趣地命名的“休•凯纳诽谤”，虽然他可能应该称之为“艾略特诽谤”，因为T. S. 艾略特在凯纳之前就已经给乔伊斯的想象力施洗命名为“十足的正统性”。燕卜荪无疑是正确的：把乔伊斯基督教化是令人痛惜的批评举动。如果《尤利西斯》中存在着圣灵，那就是莎士比亚，如果存在着有效地虚构的父权，那么乔伊斯会把自己看作莎士比亚之子。然而《尤利西斯》中乔伊斯出现在哪里呢?他在这部书中理所当然地占有一席之地,但是不可思议地分裂成斯蒂芬与波尔迪两个人物,乔伊斯一方面是个青年艺术家,另一方面又是个温良好奇的男子,厌恶暴力与仇恨。批评家无法解释这种分裂的陌生性;以英语中人物个性这种最终的小说化姿态,在那些极有说服力的人物融入《芬尼根守灵》的神话之中并遭到萨缪尔•贝克特的否定之前,乔伊斯已经极其温和地向我们表明,父权是纯粹的虚构,是审美的概念,但人们无法确知和把握。

读者确切地感觉到《尤利西斯》这部小说与《哈姆莱特》之间的相通之处多于与《奥德赛》的联系,但是莎士比亚、乔伊斯、迪达勒斯与布鲁姆这四个人物之间是什么关系呢?《尤利西斯》中的精彩言辞俯拾皆是,可以为众多的文学创作提供借鉴,然而我们意识到,这部小说在经典中占据着核心地位并超越了乔伊斯的风格,尽管他的风格十分出色。乔伊斯不同于普鲁斯特的审美神秘主义,而继承了乔伊斯与普鲁斯特两人优点的贝克特也似乎表明要苦行式地拒绝普鲁斯特的成就。乔伊斯一直是玄妙莫测的;对我而言,他与莎士比亚之间的关系可能是他敞开的通向这个难解之谜的少数几条道路之一。

斯蒂芬的莎士比亚式探索一直延伸到了异端邪说和教会神学之间的激战:“非洲人撒伯里乌,野生动物中最狡猾的异教鼻祖,坚持说圣父乃是他自己的圣子。语言无所不通的斗牛犬阿奎那驳斥了他。因此,倘若没有儿子的父亲就不成其为父亲,那么没有父亲的儿子能成其为儿子吗?”

斯蒂芬紧接着又补充说,创作了《哈姆莱特》的诗人“不仅是自己的儿子之父,而且还由于他不再是儿子了,他就成为而且自己也感到成为了整个家族之父——他自己的祖父之父,他那未出世的孙儿之父,同样地,那个孙儿从未诞生过”。由此而来的莎士比亚几乎成了上帝,但这大概只是斯蒂芬为艺术家描画的肖像,斯蒂芬沉迷于莎士比亚不能自拔,但他是陷在波尔迪的而不是自己的书中。

《尤利西斯》中如果存在着难解之谜,那就是利奥波德•布鲁姆这个人物,他与莎士比亚这个俗世上帝有着纠缠不清的关系。斯蒂芬眼中的莎士比亚是波尔迪的先知。莎士比亚是他自己的父亲。他前无古人,后无来者,这显然是乔伊斯对他本人作为作者最理想化的设想。波尔迪的父亲自杀了，他代表着波尔迪先祖的犹太血统，波尔迪的儿子也年幼早夭，除非有人将斯蒂芬认作他的精神之子。《尤利西斯》中唯一的魂灵是莎士比亚，既是幽灵般的父亲又是幽灵般的儿子，我们开始认识到莎士比亚的魂灵并没有降临在多少有些类似但丁的斯蒂芬身上，而是附着于与乔伊斯相像的布鲁姆身上，他最喜爱的一个莎剧场景就是第五幕中哈姆莱特与掘墓人之间的对话。

波尔迪身上有着什么样的莎士比亚影响？我揣测答案一定关系到乔伊斯对人物个性的完整刻画，这可以认为是莎士比亚最终的状况，或是英语文学里莎士比亚式模仿的漫长历史的最后一个插曲。无论你是否相信莎士比亚持有一面反映自然的镜子，你都很难找出一幅比乔伊斯塑造的波尔迪更丰满的自然人物的画像。这种评价对乔伊斯而言或许有些古怪，但他的那个自然人物的原型似乎就是莎士比亚，当然是乔伊斯眼中的莎士比亚。

乔伊斯眼中的莎士比亚不是戏剧家；乔伊斯奇特地认为易卜生的《当我们死而复醒时》远比《奥赛罗》更为激动人心。乔伊斯的戏剧观很难使人理解，莎士比亚在他心目中显然不是以情节取胜的作家，而是无数男女角色的创造者。如果我们打算揭示波尔迪的莎士比亚主义，我们就要抛开戏剧而集中于对变化的表现。当我想到《尤利西斯》时，脑海中总是首先浮现出波尔迪的形象，但很少将他作为处在一种交流或关系中的人物。由于布鲁姆的无所不包，他的魅力既在于他的气质或性格，也在于他的伤感与人格，甚至还有他的理念或思想，尽管平常却散发着神圣的光芒。波尔迪身上的过人之处在于他丰富的意识，以及将情感和知觉转化为形象的非凡能力。我认为实质的问题是：波尔迪有着莎士比亚式的内在性，比斯蒂芬、莫莉或小说中其他人的内心生活得到了远为深刻的表现。简·奥斯汀、乔治·艾略特以及亨利·詹姆斯笔下的女主人公们的社会感知力比波尔迪精细，但即使是她们也无法比拟他的内在性。波尔迪对一切都怀有浓厚的兴趣，尽管他对感受到的事物总是做出一成不变的反应。理查德·艾尔曼最先指出，乔伊斯在他的作品中最钟爱的就是波尔迪。

乔伊斯很仰慕福楼拜，但波尔迪的意识却不像爱玛·包法利的意识。对刚到中年的男子而言，这是一种古老的奇怪心智，书中所有其他人似乎都比布鲁姆先生年轻许多。这可能是他作为犹太人特有的难解之谜。从犹太人的角度看,波尔迪既不是又是一个犹太人。他母亲和他母亲的母亲都是爱尔兰天主教徒;他的父亲韦拉格是犹太人,后来皈依了新教。波尔迪本人既是新教徒又是天主教徒,但他认同已故的父亲,显然认为自己是犹太人,尽管他的妻子与女儿都不是。虽然他的离群寡合似乎是自愿的,但是,都柏林难以认同他的犹太人身份。波尔迪结识甚广,显然认识所有人,然而如果被问到谁是他的朋友,我们还是会张口结舌,无以应答,因为他永远只是沉浸于自己的内心世界,一个亲切和蔼的人会如此确实不可思议。

在观看《不夜城里的尤利西斯》中泽罗·莫斯特尔的表演时我曾被深深吸引住,这半是舞剧的演出包含了对尤利西斯强烈的误读,因此我重读《尤利西斯》这部书时不得不努力抗拒莫斯特尔的形象。乔伊斯不是梅尔·布鲁克斯,然而有时他确实赋予波尔迪一点犹太式的幽默。莫斯特尔令人着迷,波尔迪却不;然而波尔迪却打动了乔伊斯及我们,因为在爱尔兰的芸芸众生中,唯有他没有表现出济慈所说的"一颗狂热的心"。休·凯纳在他第一本论乔伊斯的书中视波尔迪为艾略特式的犹太人(反犹太人的 T. S. 艾略特,而非富有人性的乔治·艾略特),他经过二十年的深入研究之后,不再认为布鲁姆先生代表了现代堕落的典型,并言辞雄辩地做出了更乔伊斯式的评价,认为乔伊斯笔下的主人公"毫无恶意、毫无暴力、毫无仇恨地适应着爱尔兰的生活"。我们中如今有多少人能够毫无恶意、毫无暴力、毫无仇恨地生活在爱尔兰或是美国呢?我们中有谁愿意屈尊成为波尔迪,似乎书中表现的这位心地纯然善良的人是令人信服的,他一直在吸引着我们,并且是随处可见的?

波尔迪性情古怪,很少沮丧失落,总是沉着冷静,永远温和可亲,在他的好奇心中甚至带有点受虐的倾向,但他似乎不是任何莎士比亚式人物的乔伊斯版本,而是幽灵般的莎士比亚本人的乔伊斯版本,一会儿是所有人,一会儿又谁都不是——这或许有点像博尔赫斯式的莎士比亚。这自然不是作为诗人而是作为普通公民的莎士比亚,茫然地游荡于伦敦,如同波尔迪在都柏林无目的地漫游。斯蒂芬在图书馆发表议论时,有一刻表现得极其出格,竟然提出莎士比亚是犹太人,可能是以波尔迪为模型,尽管斯蒂芬除了神秘的预期是不可能知道此事的。斯蒂芬异常肯定地坚持认为，莎士比亚的人生包容了世间所有人的模式，这是他理论的高潮：

"男人不能使他感到喜悦，女人也不能，"斯蒂芬说。离开一辈子后，他又回到自己出生的那片土地上。从小到大，他始终是那个地方的一名沉默的目击者。在那里，他走完了人生的旅途。他在地里栽下自己的那棵桑树，然后溘然长逝。呼吸停止了。掘墓者埋葬了大哈姆莱特和小哈姆莱特。国王和王子在音乐伴奏下终于死去了。遭到谋杀也罢，被陷害也罢，又有何干？因为不论他是丹麦人还是都柏林人，所有那些柔软心肠的人们都会为之哀泣，悼念死者的这份悲伤乃是她们不肯与之离婚的唯一的丈夫。倘若你喜欢尾声，那么就仔细端详一下吧：幸福的普洛斯佩罗是得到好报的善人，丽齐是外公的宝贝疙瘩，里奇叔叔这个歹徒按照因果报应的原则被送进坏黑人注定去的地方了。结局圆满，幕终。他发现，在内在世界里有可能实现的，在外在世界里已经成为现实了。梅特林克说："倘若苏格拉底今天离家，他会发现贤人就坐在他门口的台阶上。倘若犹大今晚外出，他的脚会把他引到犹大那儿去。"每个人的一生都是许多时日，一天接一天。我们从自己内部穿行，遇见强盗、鬼魂、巨人、老者、小伙子、妻子、遗孀、恋爱中的弟兄们，但我们总是遇见我们自己。编写世界这部大书而且写得很蹩脚的那位剧作家（他先给了我们光，隔了两天才给我们太阳），也就是被天主教徒当中罗马味最足的家伙称为煞神（绞刑吏之神）的万物之主宰，毫无疑问总是存在于我们一切人当中：既是马夫，又是屠夫，也是老鸨，并被戴上了绿头巾。然而倘若在天堂实行节约，像哈姆莱特所预言的那样，那么就再也不要什么婚娶；得享荣耀的人，半男半女的天使，将成为自己的妻子。

斯蒂芬的重点是反对基督教的绞刑吏之神，并最终颂扬《哈姆莱特》的作者，这当然是乔伊斯借他之口来表达自己的意思。有两个剧作家同时存在着，一个是天主教的神，另一个是莎士比亚，他们都是万物的主宰；但是莎士比亚笔下的先知哈姆莱特却预言了乔伊斯想象的“得享荣耀的人，半男半女的天使，将成为自己的妻子”，莎士比亚与可怜的波尔迪心中都体现这种想象。在相对的两个世界中，现存世界与莎士比亚的世界，乔伊斯偏爱的是他幽灵般的父亲，离开一辈子后又重返故里，而他本人却不行。剩下的唯有无言的寂静，漂泊在外的日子结束了，所有人生的狡诈也与他没有关系。甚至在《尤利西斯》中也没有几句话如此不可回避：“我们从自己内部穿行，遇见强盗、鬼魂、巨人、老者、小伙子、妻子、遗孀、恋爱中的弟兄们，但我们总是遇见我们自己。”这可以浓缩为（会损失部分意思）乔伊斯的反复呼吁：“我从自己内部穿行，遇见莎士比亚的魂灵，但我总是遇见我自己。”乔伊斯坦言莎士比亚对自己的影响，同时又直言不讳他有信心将莎士比亚内化为自己的一部分，这可能是对《尤利西斯》本身杰出的经典性最好的赞美。

研究按维柯的三阶段循环理论组织起来的西方经典不可能忽略《芬尼根守灵》，这部小说的一些结构原则借鉴了维柯的理论。既然《守灵》比《尤利西斯》更堪称我们这个世纪真正能与普鲁斯特的《追忆似水年华》相抗衡的作品，它也理应在这里占有一席之地。被误称为“多元文化主义”的运动完全是反理智、反文学的潮流，它正从现行的课程中排挤出大部分体现了想象与认知高度的作品，也就是大多数的经典读本。《芬尼根守灵》是乔伊斯的名作，它显示出如此多新的基本困难，因而使人们担心这部著作能否幸存下来。我想它会与斯宾塞伟大的诗歌罗曼司《仙后》为伴，从今以后，仅有极小部分满腔热忱的专家们会去阅读它们。这真是莫大的悲哀，然而，我们若长此以往，终有一天福克纳与康拉德也会遭到同样的冷遇。我的一位密友是阿多诺及法兰克福学派的拥护者，她所在的大学决定从必修课中删去海明威，并代以一位文笔平平的奇卡诺族短篇小说家，她为学校辩护，说这样更有利于她的学生适应美国的生活。她暗示，审美标准不妨应用于我们为个人乐趣而进行的阅读，但公众领域里不适宜再加以采纳。

从堪称上乘佳作的海明威短篇小说到《芬尼根守灵》，中间跨越了一大步，我们新的反精英主义的道德态度会将这本书交付给越来越少的读者，这是不可估量的审美损失。在这里短短几页的篇幅中我无法公正地评述《守灵》，而只能说，如果审美价值再次成为确定经典的核心，那么《守灵》如同普鲁斯特的《追忆似水年华》一样，会将我们这个混乱时代的创作提升到与莎士比亚和但丁同等的高度。我下面关注的只是继续讨论乔伊斯与莎士比亚之间的竞争，他不管怎样也承认莎士比亚是最伟大的作家（至少在乔伊斯之前是这样），但他又认为莎剧不如易卜生戏剧那样激动人心（这是乔伊斯从未动摇过的惊人之论；但是人们出于感激之情而原谅了他，因为他曾经说过："有人认为《海达·嘉伯乐》中的易卜生是个女性主义者，但如果他可以称作女性主义者的话，我就应该是一个大主教了"）。

批评家们一致认为，《芬尼根守灵》开始于《尤利西斯》的终局：波尔迪上床睡觉，莫莉想入非非，随后一个更高大的"普通人"梦想起夜晚这本书。这个新的"普通人"汉弗莱·奇普登·依尔威克过于宽泛，说不上有什么个性，比布莱克史诗中的"原始人"阿比翁更是一个普通角色。这是我从《尤利西斯》转向《守灵》时唯一觉得伤感的地方；《守灵》内容更丰富，但我失去了波尔迪，尽管我获得了乔伊斯所说的"世界历史"。这部历史非比寻常，雄浑有力，包括了文学史，所有文学都成为它的范本，它不同于《尤利西斯》，后者只是奇妙地糅合了《哈姆莱特》与《奥德赛》。既然莎士比亚即等同于西方经典，那么乔伊斯必然要回溯到莎士比亚，他（以及《圣经》）成为该书中俯拾即是的隐含典故与引语的主要来源。关于这些，詹姆斯·S. 阿瑟顿的著述《守灵书》（1960）使我受益匪浅，它仍是《守灵》所启发的少数学术佳作中最有用的一本，此外，我还要感谢马修·霍加特发表在《剑桥杂志》上的开拓性文章：《莎士比亚与〈芬尼根守灵〉》（1953）。

阿达林·格拉辛在她的《〈芬尼根守灵〉的第三次普查》（1977）中评述说，莎士比亚本人以及他的作品是孕育出《守灵》的母体，即"一块内部包裹或镶嵌着金属、化石以及玉石宝物的岩体"。这当然只是阅读这部小说的一个视角，读者毫无疑问地需要从多个角度去理解《守灵》，但是这个视角一直在引导着我的阅读。《尤利西斯》中的莎士比亚是一个圣灵，它与《芬尼根守灵》中的莎士比亚最大的差异在于，乔伊斯第一次乐于表达出对自己这位前辈及竞争对手的嫉妒。

乔伊斯并不很羡慕莎士比亚的天赋及视野，他自信在这些方面并不亚于莎士比亚，他嫉妒的是莎士比亚遍布四海的观众。乔伊斯原打算将《守灵》写成一部喜剧，但是这种嫉妒使它最终成为了一部悲喜剧。外界对于这部书的反响使临终的乔伊斯备受打击，然而他又能如何呢？自布莱克的《预言》以后，在英语中从未有过一部文学作品存在如此多的基本障碍，甚至那些热衷阅读、宽容和博学的读者也无法逾越。在《守灵》中"安娜•利维亚•普鲁拉伯利"那一节开篇后没几页，乔伊斯就疾呼道："在这云天后土之间，我极盼一处全新的河岸，瞧我现在所做的，一副沉重的模样。"

"河岸"(bankside)戏拟"后台"(backside)，而"沉重"(bedamp)则戏拟"倒霉的"(bedammed)；因为利非河和依尔威克的妻子一样正在说话，阿瑟顿的评论准确恰当："乔伊斯言下之意是，他希望利非河有一个南岸，那里的人们像莎士比亚所处的泰晤士河两岸的民众一样懂得欣赏文学。"莎士比亚拥有环球剧场及众多观众；乔伊斯只得到圈内人的认同。

开始阅读《守灵》后，即使最宽宏的读者也一定会疑惑，不知乔伊斯是否警觉到，要让人们跃居到他的大作之中，他已将弗洛伊德的"激励动因"提升到何等高度。经过数年对这个问题的反复思虑，我想可以暂且认为，莎士比亚对乔伊斯的挑战正是激发他在《守灵》中毫无顾忌、大胆创新的部分原因。《尤利西斯》试图以莎士比亚自己，亦即《哈姆莱特》为基础来吸纳莎士比亚。都柏林提供了一个广阔的语境，但还不足以大到完全吞没掉莎士比亚，以地狱不夜城为背景的"女妖喀耳刻"一节的高潮时刻已清晰地表明了这一点。可怜的波尔迪做了一回钥匙孔外的窥视狂，看到布莱泽斯•博伊兰正与莫莉偷欢，就在他痛苦不堪时，斯蒂芬的老朋友、酩酊大醉的林奇指着一面镜子喊道："一面反映自然的镜子。"我们随即看到了莎士比亚与乔伊斯的两个化身斯蒂芬及布鲁姆之间的对峙：

> （斯蒂芬和布鲁姆朝镜中凝望。威廉•莎士比亚那张没有胡子的脸在那里出现。面部麻痹僵硬，头上顶着大厅里那个多岔驯鹿角形帽架的影像。）

**莎士比亚**

(作庄严的腹语)高声大笑是心灵空虚的反映。(对布鲁姆)你以为人们瞧不见你的形影。瞧瞧吧。(他发出黑色阉鸡的笑声,啼鸣。)伊阿古古!我的老伙伴怎样勒死了他的星期四莫娜。伊阿古古古!

**布鲁姆**

(懦怯地朝三个妓女微笑)什么时候我才能听听那个笑话呢?

镜子里顶着绿帽子的莎士比亚(根据斯蒂芬的理论)凝视着妻子与人偷欢的波尔迪,而醉意朦胧的斯蒂芬紧接林奇之后又引用了哈姆莱特对演员的警告,提醒他们,他们的目的"过去与现在都一如既往地是向自然举起一面镜子",莎士比亚面无胡须,表情麻痹,头上顶着绿帽子,但是当他误引了奥利弗·哥尔德斯密斯《荒村》(1770)中的诗句"高声大笑是心灵虚空的反映"时仍然高贵威严,这句诗中的"心灵虚空"实际上具有褒义,指的是"悠闲自在"或"宁静从容"。这里莎士比亚谴责的不仅是林奇轻浮愚蠢的思想,还有博伊兰以及三个妓女嘲笑可怜的波尔迪时的无聊空虚。然而对波尔迪,莎士比亚警示他不要成为第二个奥赛罗,以免受了伊阿古—博伊兰的刺激一怒之下杀了莫莉,好比"我的老伙伴"或"父亲"勒死了我的"星期四母亲"那样。

斯蒂芬出生在星期四,因此我们得出两种混合体(至少):斯蒂芬与布鲁姆融合,而莎士比亚再一次作为哈姆莱特父亲的魂灵,警告这种乔伊斯式的融合不要再牵扯进哈姆莱特与奥赛罗的融合,从而使得莫莉·布鲁姆又与斯蒂芬已故的母亲、格特鲁德王后以及苔丝德蒙娜三者融为一身。这是与不幸的波尔迪开了个玩笑,但仍没有阐明要义:为何莎士比亚改头换面,不仅成了一个阉鸡,而且还胡须全无、面部僵硬?艾尔曼指出:"乔伊斯提醒我们,他描写的是近似而非完全等同。"但我仍然坚持我早先的看法,即乔伊斯最终承认了存在于自己身上的影响的焦虑。莎士比亚这位先辈嘲弄着他的后来者斯蒂芬—布鲁姆—乔伊斯,他一语中的:"你们凝望镜子,试图将自己看作我的化身,但是看清楚你们究竟是什么:你们没有胡子,缺乏我从前的睿智,面部麻痹僵硬,全无我惬意的面容。”在《芬尼根守灵》中，乔伊斯回忆起这一幕，将它当作莎士比亚在《尤利西斯》中给自己的临别赠言，决意要在与莎士比亚最后一轮的争斗中夺取上风。

在《芬尼根守灵》的结尾处，不久于人世的安娜•利维亚(母亲、妻子以及河流)的独白常常被批评家们奉为乔伊斯所有作品中最优美的篇章。乔伊斯 1938 年 11 月完成他的最后一部小说时，已经走到了人生的第五十八个年头。两年多以后，就在即将年满六十岁之际，他与世长辞。帕特里克•帕林德不无感触地说："在乔伊斯早年的作品中，死亡面对的是好奇、苦闷、嘲笑与嬉闹，在这儿却成了一种充满痛苦的亢奋的主题，一种可怖的狂喜。"如果有人用"莎士比亚"替代上面句子中的"乔伊斯"，那么"这儿"应该是《李尔王》剧终时李尔的离世。在乔伊斯作品的结尾，河流入海应该是模仿死去的考狄莉娅躺在疯癫的父亲臂弯中的场景，而那父亲不久也将死去。

一个人是否可以在一夜长眠中经历整个文学的发展过程？《芬尼根守灵》给出了肯定的答案，它断言一个人可以在一夜时断时续的悠悠长梦中历经所有人类的历史。乔伊斯的虔诚信徒安东尼•伯吉斯——与分道扬镳的萨缪尔•贝克特形成鲜明对比——说："看到约翰逊博士与福斯塔夫，以及邻家妇人在查林十字街火车站等车，是世界上最寻常不过的事了。"我记得有一次自己也做了一个布鲁姆式的梦，梦见我赶到纽黑文火车站时已经误了与泽罗•莫斯特尔先生的约会，在梦中他是我的替身，醒来后我确信，这是因为我有一次上《尤利西斯》课时迟到而引起的一般性的焦虑之梦。生活中和文学中的任何人都有可能在火车站等车，而我不指望会再次遇到他们。

这个梦并不可笑；《守灵》却很有趣，有时甚至非常好笑，像拉伯雷或是布莱克在他的《笔记》中一样滑稽。然而，这部小说所借鉴的主要不是作为喜剧家的莎士比亚，而是写出《麦克白》、《哈姆莱特》、《裘力斯•恺撒》、《李尔王》以及《奥赛罗》的悲剧作者，或是后期传奇剧的作者，唯一的例外就是约翰•福斯塔夫爵士，他是喜剧创造中最伟大的人物。乔伊斯应该将莎士比亚与历史结合起来是理所当然的，但若不是《守灵》比当初预想的更加晦涩暗淡，那就是莎士比亚潜入了他希望占据的领地。依尔威克或"普通人"也就是上帝、莎士比亚、利奥波德·布鲁姆、成年的詹姆斯·乔伊斯、李尔王，还有尤利西斯、恺撒、刘易斯·卡洛尔、哈姆莱特父亲的亡灵、福斯塔夫，以及太阳、大海和山川等等，不胜枚举。

格拉辛的《第三次普查》中，有一个宏大的乔伊斯式标题："如果每个人都是他人，那么谁又是谁呢。"在此标题之下有一份非凡的名单。乔伊斯企求和解与包容，我们这个世纪的作家中也许只有普鲁斯特有同样的企求，虽然不是在全宇宙的层面上。但是悲剧的莎士比亚并不主张和解，《麦克白》色彩尤其灰暗，它的影响渗入到《守灵》之中。如果乔伊斯是以海上老翁面目出现的凯尔特人装扮的李尔，那么他的考狄莉娅就是他凄惨的疯女儿露西亚，而创作一部喜剧的意志无疑有时会在他内心却步不前。他把自己当作青年艺术家谢姆，同时又是哈姆莱特和斯蒂芬·迪达勒斯（麦克白也悄悄地潜入），于是我们听到了（哈里·列文机智的说法）"一个迟到的伟大作家的呼声"：

> 你就在复活岛上度过神圣的孩提时代，被抚养、喂胖和拉扯大，听到天堂的快乐喧哗声震四方（你通宵抢掠，大错铸成，能晃荡就晃荡吧），如今确实就窝在这乱世的一群蠢人中间，你变成了那些双重心灵的神祇，藏起又显现，不，你这该死的傻瓜、无政府之徒、自大狂和异教邪头，你在自己最疑惑的心灵真空中维持那散落的王国，你还以为你是马槽里的什么谢和姆吗，你既不伺奉也不受伺奉，既不祈祷也不受祈祷吗？就在这儿，付出虔诚，我必须战战兢兢为失去自尊而祈祷当我们同游在索多玛的池水中时蜕脱我的希望和恐惧去为那可怕的必然丑闻做好准备吗？（亲爱的姐妹，你们准备好了吗？）

> 逐臭的小人，幼稚的掘墓人，好话中挑刺的人，我们警戒时你睡觉，我们进餐时你斋戒，你用无来由的理性巧妙地预言，你这缺场的意言家，盲目地看着那众多的烫疤、烧伤、水泡、疮口和脓包，借着那乌云和你身影的吉祥暗示，借着议会骗子们的预言，每次灾祸带来的死亡，同事们的激动不安，事业的化为乌有，烈火中一切世事的坍塌，温情的炸药化为泥土，但

这却无力砍开你灌满泥水的脑袋(啊,地狱,这就是我们的葬礼!啊,瘟疫,我要怀念那邮差!),你斩的萝卜越多,剥的芜菁越多,切的土豆越多,流泪的洋葱越多,砍的牛肉越多,削的羊肉越多,磨的调味菜越多,你的火就越大勺子越长你出的力气越多你新炖的爱尔兰菜肴就越香味四溢。

这里以幽默的笔触谈及乔伊斯年轻时的处境,但这似乎不是最主要的情感。深藏其中的是乔伊斯对爱尔兰、对教会、对整个境况的怨愤,以及为自己自主写作所做的极大投入。正如贝克特曾经转而用法语写作,以期克服乔伊斯在他早期作品中的影响那样,我猜测乔伊斯在《芬尼根守灵》中也出于同样的动机而偏离了莎士比亚的英语。我们应当辩证地看待这种偏离,它部分源自莎士比亚的文字游戏与双关语激发的灵感;《爱的徒劳》中丰富的语言已经完全是乔伊斯的风格。在上面节选的段落中,除了戏拟丁尼生的"轻骑兵"这首反对教会的诗和响应《肖像》中斯蒂芬的回答"我不伺奉"以外,最激烈的戏拟要算对《哥林多书》中圣保罗的戏拟("啊,死亡,哪里是你的毒刺?啊,坟墓,哪里是你的胜利?"),在列文所指出的表示延迟的括号里("啊,地狱,这就是我们的葬礼!啊,瘟疫,我要怀念那邮差!")。目前我们尚无从知晓《芬尼根守灵》是否已经错过了邮差,然而,严肃的、以文学为文学的研究的死亡或许注定了乔伊斯最伟大成就的厄运。莎士比亚是《守灵》中作家成为邮差的主要事例,实际上他就是那邮政服务本身。我们从书中得知谢姆是

不知有无沙克皮亚或莎可别亚,或不像他死对头或就是那东西(哇!)就像他想象或猜想的一样,那伟大的司古特、达更斯、煞克雷,虽然他如猎人帮手一样被追逐被烂顿茶馆里的虎豹所吓住,他是一个怪脾气的卖文者,坏的胖的疯的悲的父亲难以忍受,不断出错的填字游戏者,不修边幅肮脏邋遢是一切又不是一切,如果继续明智地自立乞讨,那打个比方说,他会除去一切邋遢的英语。

这段话中有对莎士比亚抑制着的挑衅,它包含一个深刻的愿望,即试图以

《守灵》特有的方言——乔伊斯称之为社会放逐者的语言——来替代英语，这个放逐者全然否认十九世纪的英语小说家们（司古特、达更斯和煞克雷分别指的是司各特、狄更斯与萨克雷），因而也成了莎士比亚的对立面，成为维柯式轮回中的莎士比亚。对斯温伯恩论维永之言（"维永是我们悲的坏的高兴的发疯的兄弟的名字"）的呼应适合乔伊斯对其温和的波尔迪式自我的没有说服力的表现，他把它表现为一个文学的反叛者，如兰波或维永一样。这里的口误和《守灵》中到处可见的口误一样，是一种莎士比亚式的执迷，似乎乔伊斯和写作《爱的徒劳》的莎士比亚一样语言放纵。《守灵》中处处表现的新鲜效果极好地对晦涩的文字做了补偿，即使乔伊斯并不总是经由惊奇的梯子爬到天堂去也罢。

如果你摆脱不了莎士比亚的魔力（谁又能够呢？），又无法同化他（不夜城里他镜中显灵留下的教训），那么你必须将他改造为你自己，或者必须面对那种将你自己转化为他的灾难性探索，霍加特、格拉辛以及阿瑟顿等人已经向我们展示了乔伊斯为将莎士比亚转变为《守灵》的创造者而甘心情愿付出的艰辛努力。作为一名沉迷于文学影响研究的学者，我将这种努力奉为文学史上最成功的莎士比亚变形。唯一可与之相提并论的是贝克特，他在《终局》中大胆而娴熟地借用了《哈姆莱特》。但是贝克特很早就紧紧追随《守灵》，机敏地从他先前的朋友及导师身上汲取养分，至少是将他作为一个榜样。

《守灵》对"伟大的莎士比亚"的大规模利用证实仍然存在着一种温和的绝望之情，而我不知道如果将莎士比亚彻底排除掉，这部小说会是一个什么样的局面。霍加特几乎每隔一页就可以辨析出一个重要的典故。这样的典故或引喻总共约有三百个，其中有些运用得意味深长，已经超出了通常所说"典故"的范围。依尔威克——上帝、父亲及罪人——是《哈姆莱特》中的魂灵，但又是邪恶的克劳狄斯与波洛涅斯。此外，依尔威克身上还包含了《麦克白》中殉难的国王邓肯、裘力斯•恺撒、李尔、骇人听闻的理查三世以及两个卓越的人物：波顿和福斯塔夫。谢姆或者斯蒂芬•迪达勒斯不仅仅是哈姆莱特王子，也是麦克白、卡西乌斯与爱德蒙，因此乔伊斯以其巧妙的阐释将哈姆莱特改装为另一个实际上凶残的反派主角形象。谢姆的弟弟肖恩同时又是乔伊斯自己的胞弟、长期忍受磨难而忠实支持乔伊斯的斯坦尼斯劳斯，他身上重合了莎士比亚的四个抗争型人物：雷欧提斯、麦克德夫、布鲁图斯以及埃德加。

这些莎士比亚式的人物极大地充实了乔伊斯作品的情节（如果可以这样说），他们还为依尔威克以及他的家人提供了可供扮演的角色，安娜•利维亚是格特鲁德王后，伊莎贝拉（依尔威克的女儿，依尔威克感到对她充满乱伦及犯罪的欲望）则是奥菲丽娅。霍加特对这种角色扮演有一个得当的描述：

> 一个角色通过重新化身为这些“类型”之一，以特定的面目出现，用他的口吻说话，如同一个“控制器”操纵着正在降神的女巫。当某种“类型”成为叙述的主要途径，有关他的典故就得到了加强……因此可以料想，来自莎士比亚的引语不会形单影只地出现，而是蜂拥群至，散布于长长短短的篇章中，而每一组引语都宣告着莎剧中一个相应角色的存在。

最大量的典故来自《哈姆莱特》、《麦克白》到《裘力斯•恺撒》（依次而降）。目前看来，《哈姆莱特》当然属于意料之中，但难以理解的是为何《麦克白》也会被经常地引用，更不用说《裘力斯•恺撒》了。这些戏剧的共同之处都是国王惨遭杀害，李尔则是饱尝苦痛之后才死去，在这之前他经历了五幕越来越具有天启意味的折磨，这或许可以解释为何乔伊斯保留他到最后，以便于《守灵》的结束。被杀害的国王显然是依尔威克，也就是乔伊斯/莎士比亚，而尽管谢姆内心存在着哈姆莱特情结，但究竟是谁操刀屠戮也难以断言。

我认为这就是《麦克白》对《芬尼根守灵》至关重要的原因。乔伊斯是出类拔萃的莎士比亚读者，也极大地误读了莎士比亚，他借助《麦克白》的典故指出，乔伊斯、莎士比亚和依尔威克式的想象力就是杀手，正如麦克白非凡的先知式想象力本身就可致人死地，这种想象力在邓肯死后一直萦绕于剧中。《守灵》中第一个关涉莎士比亚作品的典故就是指向《麦克白》，而最后一个则指向《李尔王》。霍加特评论说，在《守灵》中，每当依尔威克顶受着巨大的精神压力，当他自我毁灭的冲动清晰地涌上心头时，就会出现来自《麦克白》中的引语，譬如小说第一卷结尾处主人公的焦虑不安：

汉弗在他的地方。词语对他此时就如雨滴对瑞芬金一样无足轻重。我们都是如此。雨。当我们睡时。滴吧。但等我们睡时。滴落落滴。

“邓肯躺在他的坟墓里;/生命间歇的阵阵狂躁之后他安详地睡去。”瑞芬金是都柏林的一个区,“地方”(doge)双关“安睡”(doze),而“落滴”(sdoppiare)在意大利语中近似于“分离”或“向外开放”之意。随后的复仇者麦克德夫与杀人元凶麦克白之间的战斗如期地发生在大约二十五页之后,三个女巫,或是命运三女神,以及谋杀班柯的三个凶手分别几次现身。霍加特向我们表明,麦克白在第五幕第五场中著名的独白“明天,明天,又一个明天”一直回响全剧,如同哈姆莱特的独白“生存还是毁灭”,但是这两句话也分别散落并贯穿于《守灵》全文,这种布散既有助于乔伊斯达到其目的,又是对抗莎士比亚的绝对优势的一种报复!然而,莎士比亚的报复反施于乔伊斯之身:

不过现在,现在,现在是存在,
因为燃烧的世界在空虚地跳舞。
光焰已经消融了爱,
所以寒冷不再跳跃,喘气不再吐纳。

《守灵》中也借鉴了刘易斯•卡罗尔、乔纳森•斯威夫特和理查德•瓦格纳等人(尽管不如借鉴莎士比亚那么广泛),但是他们从未像莎士比亚那样回击或是远离乔伊斯。有人可能会说,《守灵》中的莎士比亚与乔伊斯的关系正如同哈姆莱特、伊阿古以及福斯塔夫与莎士比亚的关系,被创造者摆脱了创造者的羁绊。莎士比亚不是任何人的创造,或者又可以说,他是经由所有人创造的结果;乔伊斯虽然奋勇而战,才华横溢,然而依我之见,他还是在这场竞争中落败。但尽管如此,《守灵》结尾处安娜•利维亚在临死前又回到了她的童年,乔伊斯也由此获得了崇高性:

但我讨厌他们在这儿我讨厌这儿一切。我的内心孤单。一切都是他们的错。我正在咽气。啊这苦涩的结局！他们起来前我就溜之大吉。他们决不会看到。也不会知道。更不会想念我。又老又悲伤又疲倦的我回到你这里，我的老父，我的冷漠疯狂的父亲，我的冷漠疯狂恐惧的父亲，直到走近前看到那身影，惊慌失措，低吟哀鸣，心中如同海浸盐渍我冲向，我的唯一，你的怀抱。我看见他们升起！让我不再怕那尖利的东西。还有两个。一个两个更多。好了。浴岩。我的叶子飘走了。所有一切。只有一片还在。我会带着它。要提醒我。呜！今晨真柔和，我们的。是。带我去，爸爸，就像和你去逛玩具集市。如果我看见他现在俯身向我白翼展开好似从大天使那里刚到，我想我会死在他的脚下，渺小默然，只要洗刷一番。是的，小迪。这就是那里。首先。我们经过草丛和灌木。沙沙。一只海鸥。许多海鸥。远处的呼唤。来吧，远方。在此了结。然后是我们。芬尼，再一次。接住。轻柔的你，勿忘我！千百次的你。唇。钥匙，给！一路一孤单一最终一被爱一长久

凯尔特的海神马南南·马克·利尔在《尤利西斯》“不夜城”的千变景象中只出现了一次，他也是利尔王或李尔王，“我的冷漠的父亲，我的冷漠疯狂的父亲，我的冷漠疯狂恐惧的父亲”，安娜·利维亚—考狄莉娅死时又重投他的怀抱，如同利非河注入大海。既然李尔在《守灵》中代表着其他三个父亲——依尔威克、乔伊斯与莎士比亚——并代表着大海，这一优美的死亡段落极可能是乔伊斯在有意暗示，在他之前存在着另一部伟大的作品，一部他投射在大海上的史诗。济慈重读《李尔王》至“听！大海的声音”这一句(4.6.4)时，曾写下一首精彩的十四行诗《大海》。遗憾的是，乔伊斯没能活到六十多岁写下他的《大海》，果真如此，他与莎士比亚无休止的竞争毫无疑问将会呈现另一种形式，会像先前呈现的所有形式一样具有经典意义。

# 19 伍尔夫的《奥兰多》：女性主义作为对阅读的爱

圣伯夫在我眼中是最有趣的一位法国批评家，他教导我们在深入阅读任何一位作家的作品时应该提出一个关键性的问题：作者如何考虑我们？弗吉尼亚·伍尔夫共创作了五部世人瞩目的小说——《达洛威夫人》(1925)、《到灯塔去》(1927)、《奥兰多》(1928)、《海浪》(1931)和《幕间》(1941)——它们极可能会成为经典之作。近来，她被广泛地认可和解读为“女性主义文学批评”的所谓奠基人，尤其是她论辩性的《一间自己的房间》(1929)与《三个基尼》(1938)两部作品更是如此。我自己尚无资格去评判女性主义批评，所以这里我仅仅集中关注伍尔夫女性写作中的一个因素，即她对阅读超乎寻常的热爱与捍卫。

我觉得伍尔夫本人的文学批评观点似乎有点混杂，尤其是在她评判同时代的作家时。认为乔伊斯的《尤利西斯》是“一场大灾难”，或称劳伦斯的小说“缺乏让事物完全保持其自身的最终力量”，这不是我们期望伍尔夫这样一位才学广博、洞察深刻的批评家做出的评价。然而有人可能会辩称，她是我们这个世纪最有造诣的英国作家。她的评论与小说拓展了英国文学的核心传统，所带入的新鲜气息远远超出了她的论辩。在《奥兰多》的序言中，她开门见山地说自己受益于笛福、托马斯·布朗爵士、斯特恩、瓦尔特·司各特爵士、麦考利勋爵、艾米莉·勃朗蒂、德·昆西以及沃尔特·佩特，“这些人仅仅是我立即就想到的”。佩特是位真正的先驱，或如佩里·梅塞尔所说的是“隐形鼻祖”，他理应名列榜首，因为《奥兰多》显然是我们这个时代中最具有佩特风格的叙事。伍尔夫也像奥斯卡·王尔德和年轻时的詹姆斯·乔伊斯一样，面对和表现生活的方式完全是佩特式的。但是影响伍尔夫的并不只有佩特，斯特恩可能是仅次于他的第二人。但佩特似乎引发了她的某种焦虑；她极少提及佩特，也没有将自己的"存在时刻"(moment of being)归功于佩特提出的"受恩时刻"(privileged moment)或世俗化顿悟，而是奇怪地将其归功于托马斯·哈代，或是受佩特影响最深时的约瑟夫·康拉德。佩里·梅塞尔追溯了佩特一些重要隐喻对伍尔夫的小说与评论产生启示的错综复杂途径。令人啼笑皆非的是，伍尔夫的许多公开追随者都试图抵制以审美标准来评判作品，而伍尔夫本人却将她的女性主义政治学建立在佩特式的唯美主义之上。

我们这个世纪或许还有其他一些重要作家像伍尔夫一样喜爱阅读，但自黑兹利特与爱默生之后，再也无人像她那样令人难忘又十分有效地表达出这种热望。需要得到一间自己的房间只是为了用于阅读与创作。我现在仍将在1947年花九便士买下的《一间自己的房间》视为珍宝，这是企鹅图书公司的老版本，我不断琢磨其中我曾标记过的一段文字，它将简·奥斯汀和莎士比亚糅为一体，复合成一位理想中的先驱：

> 如果简·奥斯汀不曾认为有必要藏起手稿不让访客看到，我猜想《傲慢与偏见》是否有可能写成一部更优秀的小说？我试着读了一两页，但找不出一丝迹象表明她的环境对她的创作产生了最轻微的损害，或许这本书最主要的奇迹就在这儿。一位妇女在1800年写作，没有仇恨，没有抱怨，没有恐惧，没有抗议，没有说教。看到《安东尼和克莉奥佩特拉》，我忖度，这正是莎士比亚创作时的心境。人们将莎士比亚与简·奥斯汀放在一起比较，可能是指这两位作家的心灵都无牵无挂，已经消除了所有的杂念；正因如此，我们无法了解简·奥斯汀，也弄不懂莎士比亚，也正因为如此，简·奥斯汀渗透于她写下的每一个字符，莎士比亚亦复如是。如果简·奥斯汀确实遭受到环境对她的不利影响，那就是命运加诸其身的狭窄生活空间。一个女性不可能单身云游四处。她从未出过远门，甚至从未独自一人

乘坐马车穿过伦敦市区，或是午间在店铺里吃顿便餐。但这或许正是简·奥斯汀的天性，对命运别无奢求。她的天赋与她的写作环境结合得天衣无缝。但我怀疑夏洛特·勃朗蒂是否也是如此……

在这方面，伍尔夫更像简·奥斯汀还是更接近于夏洛特·勃朗蒂？如果我们阅读了《三个基尼》，并体会到其中对男权社会的先知式愤怒，我们可能就不会断定伍尔夫的思想中也已经全无杂念了；然而，我们在阅读《海浪》或《幕间》时又会得出结论：她的天赋和环境之间结合得完美无缺。但是否会存在两个伍尔夫，一个是我们当前文学批评狂人们的先行者，另一个则是自她之后女作家中无人可比其盛名的小说家？尽管《一间自己的房间》中透露出这种深刻的分裂，但我还是否定了这一想法。伍尔夫与佩特和尼采一样，最适宜被描述为天启式的审美家，对他们而言，人类的存在与世界最终只有作为审美现象才是合理的。和许多作家如爱默生、尼采或佩特一样，弗吉尼亚·伍尔夫也拒绝将她的自我意识归因于历史的制约，即使这个历史意味着男性对女性无休止的奴役剥削。她心目中的自我是她自己创造出来的成果，一如她创造出《奥兰多》与《达洛威夫人》那样，任何深入研究其文学批评的人都知道，她并不将小说、诗歌或莎士比亚戏剧当作资产阶级的神秘化，或是当作“文化资本”来看待。伍尔夫虽然与佩特或尼采一样并非宗教信徒，但也追循着她的唯美理想直至其外部极限，直至消极的实用虚无主义和自杀。但是她格外关注旅途中的传奇，而并不在意它的终点，她在阅读、写作以及与朋友们交流中找到了生命中最美好的东西，这些都不是狂热者所关注的事情。

我们还会再有奥斯汀、乔治·艾略特以及伍尔夫那般原创而卓越的小说家吗？或者还会再有狄金森那般非凡而智慧的诗人吗？伍尔夫去世后的半个世纪里，女作家或文学批评家中没有一人可以与之比肩，尽管她们已经享有了她当年预言过的自由。伍尔夫说过，假如有谁堪称莎士比亚的妹妹，那就是在两个世纪前执笔创作的奥斯汀。没有某种社会条件或语境会必然有利于诞生伟大的文学作品，虽然我们要历经很长时间才能认清这个不快的事实。如今我们不再有大量昙花一现的杰作出现了，只消过几年就能证明这点。美国在世的女作家，无论出自何种种族或意识形态，没有谁在审美成就上可比伊迪丝·沃顿或威拉·凯瑟，也没有哪一个当代的诗人可与玛丽安娜·莫尔或伊丽莎白·毕晓普平起平坐。艺术根本没有向前发展，黑兹利特在1814年曾写下一段精彩的文字谈及过这一点，他指出“普选原则……绝不适用于趣味的问题”；伍尔夫和黑兹利特在感知的锐敏上不分伯仲，她深厚宏博的文学文化与当代以她的名义进行的讨伐没有什么关系。

当今，描述伍尔夫时能保持一种平衡心态或分寸感实为不易。乔伊斯的《尤利西斯》与劳伦斯《恋爱中的女人》取得的成就似乎比《到灯塔去》和《幕间》都更胜一筹，然而许多当代伍尔夫信徒对这一评判大有争议。伍尔夫是一位抒情小说家：《海浪》更像一部散文诗而不是小说，《奥兰多》最精彩的部分也是在它极大程度上舍弃了叙述文体时。据伍尔夫的侄子兼传记作家昆丁·贝尔掌握的大量资料，她既不是马克思主义者也不是女性主义者，而是一位伊壁鸠鲁式唯物主义者，这与她的先驱沃尔特·佩特一样。每一次新鲜的领悟与感知都会引起现实在她面前摇曳不定，而思想只是出现在她那受恩时刻边缘的暗影。

她的女性主义（暂且这样称呼）之所以持久有力，是因为它并非一种思想或几种思想的混合，而更是对现实一系列强有力的领悟与感知。与它们争辩只能自取失败：因为由她敏锐的洞察力所感知和经历的一切都被她组织得有条不紊，远非我能唤取的任何应答可比。我被她雄辩的文辞与精当的比喻所折服，尤其在阅读《三个基尼》时，即使对那些我不以为然之处，我也不知道如何批驳。在我们这个世纪，也许只有弗洛伊德能够以他自成一体、主题鲜明的散文与伍尔夫一争高低。《一间自己的房间》有着对读者的设计，《文明及其缺憾》也是如此，但是读者如果没有意识到这种设计，他或她面对弗洛伊德与伍尔夫的滔滔雄辩时也不会感到信服的。他们代表了杰出说服力的两种截然不同的典范：弗洛伊德预见到你的反对，并似乎至少要做出解释，伍尔夫却极力暗示，你不同意她的迫切之词是因为缺少感知。

每当我重读《一间自己的房间》或甚至是《三个基尼》时，我都迷惑于人们如何能将这些短文读作“政治理论”的范例，这是女性主义作家们所祈求的体裁，她们确实将伍尔夫的论辩摆在了圣典的地位。或许伍尔夫会乐于接受这种尊奉，但可能性微乎其微。唯有令人信服地重新定义政治，比如将其缩小为“学院政治”，这些作品才可以如此归类；而伍尔夫不是一名学者，即使在今天也不会是。伍尔夫如果是激进的政治理论家，那卡夫卡就是异端神学家。但他们是作家，并没有缔结其他的契约。他们给予的乐趣是艰深的乐趣，不能降格为一目了然的判断。我被卡夫卡的“不可摧毁性”的警句式回环所感动，甚至产生了敬畏，但这种对抗阐释的“不可摧毁性”正是需要阐释的。《一间自己的房间》中最需要解释的是它的“不可调和的思维习惯”，这是约翰·伯特在1982年说过的。

伯特表明这本书既提出了“女性主义”的中心论题，即男权制从经济与社会两方面来奴役女性以提升其自身并不充分的自尊，也提出了一个浪漫派的附属论题。这个附属论题告诉我们妇女并不是反映男性自恋的镜子，而是（伍尔夫所言）“只有女性才能赋有的天资中某种创造力的复兴”。伍尔夫补充说，这种天资已经失落，但并不是被父权制所剥夺。第一次世界大战是罪魁祸首，但随之书中直言不讳的观点是什么呢？维多利亚时代是逝去的暗淡岁月还是美好的旧日时光？

我认为伯特的总结非常出色：

> 《一间自己的房间》中这两个论题相互冲突，任何试图调和这一矛盾的努力不过是某种辩解推托的演练。然而《一间自己的房间》并无论辩之意，伍尔夫开篇即明言这篇文章是描述一种思想如何尝试与它所处的世界达成一致。

伍尔夫仅仅采取了与佩特和尼采相同的方式来达成一致，即从审美的角度重新理解世界。《一间自己的房间》典型地体现了伍尔夫的特征，它几乎就像《海浪》一样是首散文诗，像《奥兰多》一样是乌托邦幻想曲。要将它解读“文化批评”或“政治理论”，读者必须全然摒除审美考虑，或者把为了乐趣（艰深的乐趣）而阅读保留给了另外的时空，在那个时空里男女两性之间，以及对抗的社会阶级、种族和宗教之间的战争已经停止。伍尔夫本人从没有如此放弃过;作为小说家和文学批评家,她培养自己敏锐的感知力,包括对喜剧的强烈爱好。甚至她的短文也有意以调侃的笔触行文,因此仍然能产生与论辩同样的效果。严肃地说,将伍尔夫作为政治理论家和文化批评家来分析将完全抹杀她的特性。

这显然是文学研究上一种奇特的现象:D. H. 劳伦斯在他的散文集《皇冠》中,在描写墨西哥人的小说《羽毛蛇》中,在有关澳大利亚的《袋鼠》(另一部法西斯小说)中,实际上都表现为一个相当古怪的政治理论家。没有人希望以这个政治性的劳伦斯,或是更有趣些的文化道德家劳伦斯,来替代那个写出了《虹》和《恋爱中的女人》的小说家。然而,伍尔夫如今被更频繁地作为《一间自己的房间》的作者来讨论,而不是作为写作了《达洛威夫人》与《到灯塔去》的小说家。《奥兰多》享有目前的声名几乎完全是因为主人公的性变形,而很少是因为小说中最重要的因素:喜剧性、人物塑造和对英国文学主要时期的强烈感情。我想不出其他优秀的女小说家中还有别人能像伍尔夫那样将对阅读的特别之爱作为一切的中心。

伍尔夫的宗教(没有其他适宜词汇)是佩特式的唯美主义:对艺术的崇拜。作为这种正在衰退的信念迟来的追随者,我仍然忠实于伍尔夫的小说和评论,因此我要拿起武器,反击她那些女性主义的追随者们,因为我认为她们已经曲解了她们的这位先知。她当然会允许她们为自己的权利而战,但不会赞同她们在与学院伪马克思主义者、法国冒牌哲学家以及各种知识水准的多元文化对手们的世俗结盟中贬低审美价值。伍尔夫提出"一间自己的房间",并非意指一个人独自潜心研读之所,而更多是指一种环境,在此环境中她们可以写出与斯特恩和奥斯汀齐名的小说,以及媲美黑兹利特和佩特的文学批评。伍尔夫,这位托马斯·布朗爵士散文的酷爱者,却要忍受痛苦去面对那些人的宣言,她们声称自己是以她的名义在写作与讲学。她是最后一个高雅审美家,却被无情的清教徒吞噬,对他们而言,文学中的美感不过是美容业的又一变体。

伍尔夫的作品渗透着雪莱的精神,尤其在《海浪》中,她曾说,"他骁勇战斗,但似乎对抗的是有点过时的怪兽,因而显得略微有些可笑"。伍尔夫的斗争似乎也正是如此：她反抗的那些爱德华及乔治时代的父权家长们去了何处？在这个千年行将结束的时候，我们已经被父权制的怪兽们遗弃，尽管女性主义批评家们不畏劳苦地要用魔法将它们召回。然而，伍尔夫正确地看到雪莱的伟大是作为"一种存在的状态"而盛行。这位抒情小说家，如同这位抒情诗人一样，现在仍然留驻正是因为她再度设想出了某些非凡的存在时刻："一个纯然平静的空间，充满热切而又平稳的安详。"

伍尔夫寻求到达这一空间的方式不似雪莱，却更像佩特，因为其中的情爱因素已大为减少。异性结合的形象从未离弃过雪莱，虽然在他那首嘲讽地命名为《生命凯歌》的死亡之诗中已经变得面目狰狞。伍尔夫更具有佩特的风格，或是浪漫派的遗韵，情爱的驱动力多半已经升华为唯美主义。她的女性主义再一次无法与唯美主义相区分；或许我们应该学会谈论她的"沉思冥想的女性主义"，这确实是一种隐喻的姿态。她追求的自由既虚幻又实际，它依赖于一个理想化的布卢姆斯伯里，它很难翻译成美国当代语汇。

我在 1946 年的秋天第一次读到企鹅图书公司美国版伍尔夫丛书中的《奥兰多》，这套丛书的封底文字以这样一句话开头："没有任何作家能够出生在比她更优越的环境中。"伍尔夫以及追随她的女性主义者们都不会认可这种评价，然而它还是包含了不容忽视的事实。约翰·罗斯金、托马斯·哈代、乔治·梅瑞狄斯以及罗伯特·路易斯·斯蒂文森等人常常聚集在她父亲的住所，她的亲戚中还不乏达尔文及斯特雷奇这样博学的世家，所以这些都促进了她的发展。尽管她一直否认家学对她的影响，但生性敏感细腻的弗吉尼亚·斯蒂芬如果是在剑桥或牛津学习，她的精神可能会更频繁、更彻底地崩溃，而且她在那里也不会得到她父亲的图书馆以及沃尔特·佩特的妹妹那样博学多识的老师提供给她的文学教育。

伍尔夫的父亲莱斯利·斯蒂芬并非她憎恨情绪下描绘出的父权妖魔，尽管人们从当代许多女性主义学者的著述中不可能了解到这一点。我知道她们是遵照了伍尔夫本人的叙述，在她眼中，她的父亲自私自利、孤僻自负，总认为自己是个失败的哲学家。她心目中的莱斯利·斯蒂芬演化为《到灯塔去》中的莱姆塞先生，是最后一个维多利亚时代的人物，他对于自己的子女更像是个祖父，而不是父亲。但是莱斯利·斯蒂芬与女儿的具体差异主要在于：女儿抱持唯美主义，而他则信奉经验主义与道德主义，他激烈地拒绝采纳唯美主义的立场，对这一学派的领头人佩特充满刻骨的憎恨。

为了反对这样的父亲，伍尔夫把唯美主义与女性主义（暂且再一次这样称呼）紧紧融会在一起，两者再也无法拆分。或许如今我们最好用反讽的视角来思考伍尔夫的信徒们如何将她单纯的文学文化转变成政治性的“文化战争”（kulturkampf）。这种转变不可能奏效，因为伍尔夫最真实的预言并非她之所愿。二十世纪没有一位文人如她这般清晰地向我们表明过，我们的文化注定仍将是一种文学文化，而那些仍未名誉扫地的意识形态最终会被排除出去。宗教、科学、哲学、政治和社会运动：这些是握于我们手掌中的飞鸟，还是放在书架上作为标本的死禽？当我们的概念方式弃我们而去时，我们又回到了文学，在这里，认知、知觉与感觉无法截然分清。逃离审美是我们这个社会无意识却有目的地忘却其两难境况、忘却它正在滑向另一个神权时代的又一征兆。不论伍尔夫可能在某一时刻会压抑什么，她都绝不会压抑自己的审美感受力。

书籍必然与其他书籍有关联，而且唯有首先将经验作为另外一本书来阅读才能表现它，这是有限却可信的真理。某些著作会完全消除限制：《堂吉诃德》是一个例子，伍尔夫的《奥兰多》是另外一个。堂吉诃德与奥兰多都是非比寻常的读者，他们代表了同样沉迷于阅读的塞万提斯和伍尔夫。奥兰多在现实生活中的原型是维塔·萨克维尔—韦斯特，伍尔夫曾与她相爱。然而，韦斯特是个了不起的园艺师，写作才能却平平，也决不是一个像伍尔夫那样天资出众的读者。作为贵族、情人甚至作家，奥兰多更像韦斯特而不是弗吉尼亚。面对自莎士比亚直至托马斯·哈代的英国文学，作为一种批评意识，奥兰多是个不寻常的普通读者，著作了他/她的这本书。

《堂吉诃德》以后的小说都在重写塞万提斯这部名扬四海的杰作，即使它们对此浑然不觉。我不记得伍尔夫曾在何处提及过塞万提斯，但这无关紧要：奥兰多就是堂吉诃德，伍尔夫也是。把《奥兰多》比作《堂吉诃德》有失公平；一部远比伍尔夫写给萨克维尔—韦斯特的游戏情书有着更宏伟抱负（而且写得同样出色）的小说也会因这种比较而毁掉。堂吉诃德任由自己纵情于无边的冥想之中，如同福斯塔夫；奥兰多显然并非如此。但是这有助于我们将伍尔夫与塞万提斯加以比较，以便看出这两部小说都属于赫伊津哈所说的游戏之道，这一点我在讨论《堂吉诃德》时已经详细地阐明过。《奥兰多》中的反讽是堂吉诃德式的：它们都源于这种批评，即有条理的游戏由社会与自然两方面现实构成。“有条理的游戏”在伍尔夫与塞万提斯，或奥兰多与堂吉诃德身上，是良好的阅读艺术的别称，或者你一定要为之冠名的话，在伍尔夫的情况中可称之为“女性主义”。奥兰多原本是个男人，更确切地说是个年轻的小伙子，但突然之间变作女儿身。他也是伊丽莎白时代的贵族，对自己的高贵身份和性别转变一样处之泰然；他实际上已经超凡入圣了。我们在书中见到奥兰多时他是个十六岁的少年，小说结束时她已经三十六岁，但是在文学传记中的这二十年却跨越了文学史上三个多世纪。当游戏之道得势时，它战胜了时间，并在伍尔夫的《奥兰多》中轻而易举地持续着，这或许解释了为何过于圆满的结局反而使这部书白璧微瑕。

爱在《奥兰多》中总是体现为对阅读的爱，即使它掩盖在男女情爱之下时。当那个少年奥兰多以他最主要的身份即读者面目出现时，他正是小姑娘弗吉尼亚：

> 奥兰多很早就对书籍情有独钟。童年时，人们经常发现他半夜三更还在秉烛夜读。他们移走他的蜡烛，他就养些萤火虫来照明。他们又拿走萤火虫，结果他燃起火种，差点烧毁了整幢房屋。总而言之，他是个饱尝酷爱文学之苦的贵族，生活中的一团乱麻都交给著书的小说家打理清楚。

奥兰多与伍尔夫同样（而与维塔•萨克维尔—韦斯特迥异），都是以幻象替代现实情欲的人。他/她经历过两次狂热的爱情，一次倾心于可望而不可及的俄国公主萨莎，还有一次甚至更荒唐地爱上了一个远洋海轮的船长马马杜克•邦斯洛普•舍穆丁，这两次经历可以视作唯我主义的投射：《奥兰多》中事实上只有一个人物。弗吉尼亚• 伍尔夫对阅读的酷爱既是她确证无疑的情欲冲动，又是她世俗的神学。《奥兰多》文字优美隽永，但其中没有哪部分可比《普通读者续集》最后一篇文章《应该如何阅读？》的结尾段落：

> 然而，谁读书又是为了达到什么目的呢，不管这目的多么可取？我们的某些追求难道不是因为它们本身的美妙和乐趣吗？阅读不就是这样一种追求吗？我至少时常梦见，当审判日来临的那一天，当那些伟大的征服者、律师及政客们最终接过他们的奖赏时——他们的权杖、他们的桂冠、他们的名字被永世不灭地镌刻于大理石上——万能的造物主（当他看见我们胳膊下夹着书本走向他时，他的心中不无羡慕）会转身向圣徒彼得说，“看，这些人不需要奖赏。我们这儿没有可以给予他们的东西。他们已经爱上了阅读。”

我童年时就读到过这段话，从那以后开头的三句一直被我奉为信条，我现在也极力敦促自己及那些有识之士身体力行。这三句话里不排除阅读是为了获得控制自己及他人的力量，但只有借助于一种最终的乐趣，一种艰深的、真正的乐趣。伍尔夫的天真条理明晰，这一点与布莱克相同，她的阅读感受不是天真无邪的阅读神话，而是莎士比亚传授给包括伍尔夫在内的思想深刻的读者们的不带功利心的阅读。在伍尔夫的寓言中，上天的任何奖赏都不及普通读者的幸福，或约翰逊博士所说的普通读者的常识。最终唯有莎士比亚提出的无功利阅读的无上快乐可以作为检验经典性的准则，第五幕中的哈姆莱特以及莎士比亚本人在他最得意的十四行诗中都体现了这一姿态。

伍尔夫有胜过《奥兰多》的作品，然而这部无功利阅读的情爱赞美诗乃是她的最核心之作。无论在伍尔夫、莎士比亚，或是伍尔夫的主要领路人佩特的内心，双重性别的寓言都是那种乐趣中一个内在的羁绊。性的焦虑阻碍了阅读的深层乐趣，甚至在伍尔夫对萨克维尔—韦斯特的爱恋中，这种焦虑也一直如影随行。人们觉察到伍尔夫存在着与惠特曼相同的情形，同性情欲尽管也是一种自然的方式，却严重受阻于强烈的唯我主义。伍尔夫可能会与惠特曼异口同声地说：“我实在难以忍受我的身体与别人的身体接触。”我们不相信奥兰多与萨莎或海轮船长在一起时会欣喜若狂，但我们相信他/她对莎士比亚、亚历山大·蒲柏以及写出一部新文学作品的可能性所怀有的狂热激情。《奥兰多》或许确实堪称文学史上最长的情书，但是这封情书是伍尔夫写给她自己的。这部作品隐含了对伍尔夫作为读者和作家所拥有的超人伟力的赞颂。伍尔夫恰当地获得的健康的自尊，在她这部最具有生命活力的小说中得到了适宜的宣泄。

奥兰多是个势利之人吗？用时下的术语来说他是个"文化精英"，但是伍尔夫本人写过一篇直言不讳的文章《我是个势利之人吗？》，并曾于1920年在"自传俱乐部"——一次布卢姆斯伯里聚会——当众宣读。伍尔夫的自嘲消除了这一指控，但文中一个精当的措词刻画出斯蒂芬家族的特征："书香门第，非常高贵地带着书卷气降生。"奥兰多当然不是出自书香门第，但没有比"非常高贵地带着书卷气降生"更清楚明白的描述了。书卷气就是书；人们无需在《奥兰多》中搜寻次要的情节，因为这个故事的嘲讽讥诮中并没有隐含母女关系。奥兰多变成女人后仍然酷爱阅读，丝毫没有改变；而恰恰是女性奥兰多的唯美主义变得非常积极进取，具有后基督教特征：

> 因而诗人的地位至高无上，她补充道，因为他的话语可以传诵到别人无法企及之地。莎士比亚一首纯朴的诗文对穷苦之人或邪恶灵魂的拯救胜过世上所有传教士的布道与慈善家的义举。

上文的最后一句话必然引起争议，伍尔夫支持这一观点，情感真挚而又幽默诙谐。我们不妨将它略作修改，以便它更适应我们目前的状况：莎士比亚一首可笑的诗歌对穷苦之人与邪恶灵魂的拯救也会胜过世上所有马克思主义者与女性主义者的呼告。

《奥兰多》不是论辩而是颂赞，而文化的衰落却使它成了一首哀歌。它是对诗歌的捍卫，"亦庄亦笑"，伍尔夫在她的日记中如此说道。这部长篇玩笑之作创立了自己的体裁，其中没有一位大师在与塞万提斯竞争——甚至与斯特恩竞争，尽管在伍尔夫的作品中常常可以看到他的影响。堂吉诃德远比奥兰多深广丰富，然而，即使堂吉诃德也无法脱离塞万提斯，不像福斯塔夫或许已经摆脱了莎士比亚，也不似奥兰多，因为除了美中不足的小说结尾外，奥兰多也已从伍尔夫那里脱身。奥兰多既不是维塔也不是弗吉尼亚，他/她成了唯美立场的化身，这意味着读者将要陷入文学的情网。这种激情可能不久就会显得古怪奇特或是不合时宜，《奥兰多》将会留存下来成为它的纪念碑，这正是伍尔夫意图所在："与时代合拍确实是一项艰难的任务；最容易打乱这种步调的就是与任何一种艺术的接触；或许应该责备的是，对诗歌的迷恋使奥兰多偏离了购物的时尚。"

根据斯特恩的观点，与时代合拍和丰富的想象是截然对立的，我们在该书的结尾无需追问：奥兰多是否会香消玉殒？在这部书的诙谐嘲讽中，在这远离现实的节日中，一切都带有巫术的气氛，而其核心意识却体现出不会消亡的诗。但那又是什么呢？这部小说机敏地将诗歌定义为一种呼声对另一种呼声的回应，但伍尔夫没有强调后一种呼声是死者所发出的声音。一旦决定听从自己的内心意识而成为作家，伍尔夫就从她的小说中排除了任何焦虑的可能性。然而她不知道诗歌怎能不包含焦虑，我们也无从得知。《奥兰多》中始终显露出莎士比亚的影响，但我们疑惑的是他怎么会出现在这部小说中却没有招来疑问，即必然遭遇到的对权威的抵制，因为这本书质疑或讥讽了除文学权威以外的所有权威。伍尔夫对于莎士比亚诗歌权威性的焦虑微妙地体现在《幕间》，但在《奥兰多》中它却被回避了。然而这种回避属于我所说的小说巫术；就像这部作为诗歌宗教之见证的小说中的几乎一切，它也赞颂了对其他一切事物的感受和知觉。

伍尔夫特有的风格，亦即她最优秀小说中持久的陌生性，是所有文学中此一至为经典特性的又一实例。奥兰多在假想地超越对文学荣耀的追求上与伍尔夫不同，但节庆就是节庆，伍尔夫义无反顾地寻求加入斯特恩、黑兹利特、奥斯汀以及她的隐身典范佩特的行列。唯美主义即是她创作的核心，在《一间自己的房间》中，她充分地表达了艺术本身就是自然这一莎士比亚式的观点："大自然在其最为非理性的情绪中，用隐形墨水在人们心灵的四壁预先勾勒出一幅隐而不见的图画，那些伟大艺术家的任务，就是要证明它确实存在着，也就是把这幅隐形草图放在天才的火光面前烘烤，使它显现出原形。"

对伍尔夫和佩特来说，个性总是艺术与自然最崇高的结合，它远远超越社会环境而成为作家生活与写作的决定性因素。在《到灯塔去》的结尾处，画家莉莉·布里斯科，即伍尔夫在书中的形象，注视着画布，发现它逐渐模糊起来，“带着一种突如其来的强烈冲动，她好像在一刹那间看清了眼前的景象，她在画布的中央添上了一笔。画好啦，大功告成啦。是的，她极度疲劳地放下手中的画笔想道：我终于画出了在我心头萦绕多年的景象。”

一个新的时代或许会来临，那时我们将会发现目前的种种政治立场都已经陈腐过时而遭到淘汰，那时伍尔夫的景象也会按照它的核心要素来理解：受恩时刻的狂喜。如果现在我们谈论“沃尔特·佩特的政治观念”，将会显得多么古怪。而到那时，若人们再要提及弗吉尼亚·伍尔夫的政治观念而不是她的文学竞争，也会同样显得古怪。

# 20 卡夫卡：经典性忍耐和“不可摧毁性”

如果你想选出仅仅一位本世纪最具有代表性的作家，你也许会发现自己绝望地徘徊在失去希望的人群中。也许到了二十二世纪，读者们（如果还有我们所言意义上的读者）会挑出我们的但丁（卡夫卡？）和我们的蒙田（弗洛伊德？）。在本书中，我选择了九位现代作家来论述，他们是弗洛伊德、普鲁斯特、乔伊斯、卡夫卡、伍尔夫、聂鲁达、贝克特、博尔赫斯和佩索阿。我并非断言他们是本世纪最好的作家，他们之所以被选中是因为他们代表了所有其他堪称经典作家的人物。

除了聂鲁达和佩索阿，本书没有涉及叶芝、里尔克、瓦莱里、特拉克尔、斯蒂文斯、艾略特、蒙塔莱、曼德尔斯塔姆、洛尔卡、巴列霍、哈特·克莱恩等本世纪其他著名诗人。相对于小说和戏剧，我本人更喜欢读诗，然而看起来一目了然的是：即使是叶芝、里尔克和斯蒂文斯这些诗人也不能够像普鲁斯特、乔伊斯和卡夫卡那样充分地表达这个时代。W. H. 奥登认为，卡夫卡是我们时代特有的精神。的确，“卡夫卡式”对我们中的很多人而言已经具有了一种奇异的含义；或许它已经成为弗洛伊德所说的“怪异”（the uncanny）这样一个普遍名词，这是一种既为我们全然熟悉却又与我们疏远的东西。从纯文学的角度看，这是卡夫卡的时代，而不是弗洛伊德的时代。弗洛伊德悄悄地追随了莎士比亚，向我们展示了心灵的地图；卡夫卡则暗示我们，我们不能指望用心灵来拯救我们自己，甚至不能使我免受自己的伤害。

为了表明卡夫卡在本世纪经典中的中心地位，必须广泛地考虑他的著作，因为他并没有刻意以某种特定文体来表达自己的思想精髓。他是一位伟大的格言家，但除了我们叫做寓言的片断以及小故事外，他不是一位纯粹的短篇小说家。在他的长篇小说《美国》、《审判》甚至是《城堡》中，某些部分比整篇故事写得更加精彩；他那些较长的短篇小说，甚至是《变形记》，开头的文笔一般都比结尾更为细腻。除了格言和寓言外，卡夫卡最有魅力的想象体现在短篇故事或片断之中，有名的完整片断有《煤桶骑士》、《乡村医生》、《猎人格拉古》和《中国长城》。他的日记比他的信件可读性更强，包括他写给米莱娜·杰申卡的信；因为几乎没有比弗朗茨·卡夫卡更具灾难性的情人了，即使在他的信徒菲利普·罗思的小说中也是如此。弗洛伊德曾被卡夫卡贬斥为"当代犹太人焦虑的拉希"，不过如果弗洛伊德读过并分析了卡夫卡的情书，他就不会对卡夫卡有什么报复欲望了，因为那些情书表达了世上最为忐忑焦虑的心情。你如果想了解我们这个时代这位经典文学天才内心深处的自我，你就需要在他希望表现得最客观和最公正时去关注他，尽管他的希望常常会落空。

了解最深层的自我而不是心理碎片，这是卡夫卡极具个人色彩的否定性方式，这正好适合于那位座右铭为"别提心理学！"和"心理学即焦躁！"的作家。卡夫卡坚持认为，焦躁乃万恶之首，是人生唯一的原罪。但我读卡夫卡时总不能不想到自己最珍视的格言："快点睡着吧，我们要用枕头"，这句话浓缩了犹太人的急躁性格。耶和华至少在J作者笔下不是一位有耐心的上帝。而自认是新犹太教神秘主义者的卡夫卡，也许把使犹太人的上帝变成更有耐心的神作为了自己的神圣追求。古斯塔夫·亚瑙赫所写的《与卡夫卡对话》中信史不多，但在捕捉我们也常在卡夫卡作品中听的那些语调变化上却具有说服力，因此这本书也证实了一些人所称的卡夫卡的犹太诺斯替教，这种信念在深受卡夫卡影响的格肖姆·肖勒姆和沃尔特·本雅明的著作中也显而易见。那种诺斯替教如同其他思想一样，也是对时间感到的焦躁不安，但在自己的作品和谈话中，卡夫卡却总是劝告人们，耐心高于一切。

卡夫卡的读者们总是期待着他的那些悖论，但耐心持久的诺斯替教却不仅仅是一个悖论。“诺斯”按定义来说是永恒的知识，是关于自我中的自我和陌生上帝的知识，这位上帝的火花留驻在自我的最深之处。也许，通往真知的可行途径就是忍耐，显然卡夫卡是这样想的，但这与迄今任何一种诺斯替教突兀的否定性没有关系。有一条线索通向这个窘境；耐心，或曰卡夫卡的认知之道，并没有导向他的二元否定论或新犹太教神秘主义。尽管我们倾向于把诺斯（真知）和诺斯替教联系或结合起来，卡夫卡却是把两者分开的。他视“诺斯”称为“忍”，而把“诺斯替教”称为“否定”；前者无限缓慢而后者迅捷惊人，因为后者认可一种二元主义，即卡夫卡发现的那种存在于一切人与事物中心的二元性。卡夫卡式的“忍耐”发现了某种迥然不同的东西：

> 你不必离开住所。坐在桌旁倾听。甚至不必去听，只要等待。或者连等待也不必，只要完全静默，一人独守。世界会在你面前揭开面纱；非此不行。这世界在狂喜中自会在你眼前扭动。

“这世界决不能让自己的胜利被骗走”，但卡夫卡并不追求自己的胜利。然而他不知道什么是失败，“因为任何事都还未发生”。如果你相信任何事都尚未发生，你就离犹太传统不能再远了。犹太人的记忆就像是弗洛伊德的压抑：万事皆已发生，天下再无新事！卡夫卡尽管对自己的家庭罗曼司感到忧虑，他仍决心写作下去，就好像“什么事都未发生过”。对犹太人而言，首要的大事就是亚伯拉罕的立约，而卡夫卡认为亚伯拉罕是一个不足为信的人物。或许克尔凯郭尔的《恐惧与颤栗》一书中亚伯拉罕的英雄形象激发了卡夫卡否定性的思考。这些思考的确与犹太教和基督教的传统都是对立的：

> 不过可以考虑另一个亚伯拉罕。他想以恰当的方式奉行牺牲，也对整个事态有正确的感觉。但是他对自己这个丑陋老人以及自己那肮脏的年轻孩子却无信心。他所缺的不是真诚信念，他已信念在身；只要他相信自己就是那注定之人，他就会以恰当的方式去奉行牺牲。他忧虑的是在作为亚伯拉罕及其子开始行动后，他也许在中途就变成了堂吉诃德。

从某种隐晦的意义上说，这位亚伯拉罕是卡夫卡的吉诃德式先驱。而从文学影响上来说，歌德是卡夫卡所回避的亚伯拉罕；再从精神方面看，律法或者积极的犹太教信仰都体现在亚伯拉罕身上。卡夫卡摒弃了律法，以自己的否定取而代之，他同时也抛弃了那位曲解世界的亚伯拉罕：

> 亚伯拉罕成了下述幻觉的受害者：他无法忍受世界的一体性。现今这世界异乎寻常地千变万化，这一点只要任何时候仔细端详一小块世界就可证实。所以，对世界一体性的抱怨实际上是抱怨没有和这多样的世界深刻地融合。

卡夫卡是一位过于聪敏的讽刺家，所以他不相信自己的艺术或生活会和多样性的世界深刻而充分地结合在一起。他对亚伯拉罕不怀好意的反叛实际上是反对他自己的自我及其逃避行为，他逃避犹太教，逃避自歌德以来的德语主流文学传统。卡夫卡用"忍耐"一词来意指逃避，这对他所从事的写作艺术是一个预备性的借喻或隐喻。比起其他实力相当的作家，这种艺术更多地与可能的评论之间有着辩证的紧张关系。乔伊斯处于另一个极端：他欢迎别人的阐释而且也进行有益的引导。贝克特具有非凡的勇气和天赋，他结合了乔伊斯、普鲁斯特和卡夫卡，但在对待评论这一点上，他更像卡夫卡而不是乔伊斯或普鲁斯特；但卡夫卡对于《墨菲》、《莫洛伊》和《瓦特》的作者而言，并不具有乔伊斯和普鲁斯特那样的影响力。

然而，批评一旦落入卡夫卡一贯为莽撞的解说所设下的陷阱中，就会被他击败，因为这陷阱出自他对可阐释性的刻意回避。在他特有的反讽中，他的每一个人物都既是又不是外表所表现的性格。所以在其晚期作品《一条狗的身世》中，当一条美丽的猎犬显现在叙述者，即一只躺在自己血污之中的可怜的狗面前时，故事达到了精彩的高潮，我们却难以解释这条猎犬的来历，也不知道它所代表的是什么。至少有一位著名的卡夫卡评论家曾经大胆地说过，那条美丽的猎犬就是上帝，但是，像所有对卡夫卡作品中神的介入的批评性辨认一样，这种说法是卡夫卡式反讽的牺牲品。认为在卡夫卡的故事和小说中对神性既无暗示更无表现，这种看法较为稳妥。在卡夫卡的作品中，有许多魔鬼装扮成了天使和神祇，有谜一般的动物(和动物状的构造)，但上帝却总是在别处，在遥远的深渊之中，或者在睡觉，或者已经死去。卡夫卡这位具有独特天资的幻想家，是一位罗曼司作者，而并非一位宗教作家。他甚至不是肖勒姆和本雅明想象中的犹太诺斯替教徒或犹太教神秘主义者，因为他对任何人都不抱希望，不管是他自己还是我们所有人。

卡夫卡作品中看似超验的一切实际上都是在嘲弄，但十分诡异；这种嘲弄源自一种精神上的无比甘甜。虽然他崇拜福楼拜，但他比这位爱玛•包法利的创造者拥有更细腻的感受力。不过，卡夫卡的叙事作品不管长与短，在情节、语调和困境等方面都显得很严厉冷酷。可怕的事情总是即将发生。卡夫卡的精髓流露在很多段落当中，其中之一就是他写给那位与众不同的米莱娜的著名信件。它像卡夫卡很多信件一样，流露出苦闷的情绪，当属本世纪最流畅的文字之列。

> 米莱娜太太，许久没与你通信，今日动笔也纯属偶然。实际上我不必为此而愧疚，因为毕竟你知道我是多么讨厌写信。我生活中的一切不幸——虽然我无意抱怨而只想说点有教益的话——可以说都源自书信或是写信的可能。人们很难欺骗我，但书信总是让我上当，这其实包括了他人和我自己的书信。就我说来，我实在不想对这特别的不幸多说一句，但这同时也是普遍现象。随便写信的可能必然给世界带来可怕的灵魂解体，仅从理论上讲也是这样。事实上写信是和鬼魂交往，不仅是收信人而且是写信人自己的鬼魂。这鬼魂在信件的字里行间中生成，更在一连串的信件往来中生成，这些信件中的每一封都与另一封合作，并把它作为见证人。这世上究竟是谁想出的主意让人们通过信件互相沟通！人们可以想到远方之人，也可抓住近旁之人，其他一切皆非人力可及。然而写信却让人在鬼魂面前袒露自我，而鬼魂也在翘首以待。写下的亲吻不会到达目的地，相反鬼魂在半途中即已将它们啜饮。正是这丰富的养分使鬼魂数量大增。人类感受

到它并加以反抗。为了消除人们之间的鬼魂因素和创造心灵平静的自然沟通，人类发明了铁路、汽车和飞机。但这已不再有效，因为这些发明显然都出现在衰落之际。与之对立的一方更为沉静而强大，它在发明了邮政以后又发明了电报、电话和无线电。鬼魂们不会挨饿，而我们却会毁灭。

人们很难想象有比"写下的亲吻不会到达目的地，相反鬼魂在半途中即已将它们啜饮"或者"鬼魂们不会挨饿，而我们却会毁灭"更为意味深长的佳句了。

卡夫卡对自己的犹太特性所抱的态度或许是他最大的悖论。在他给米莱娜的信中可以感到他那犹太人的自我憎恨，不过，这种憎恨似乎完全是可以理解的，那最多不过是一些很肤浅的怨气罢了。在卡夫卡的笔下，几乎一切都会以无比复杂的方式显示出他和犹太人以及犹太传统的复杂关系。人们应该一开始就清楚地意识到这一点，因为这种关系常常是没有记录下来的。卡夫卡这位稀世天才对宗教有着独到的看法，但他并不相信上帝，甚至不相信那位无限遥远的诺斯替上帝。他和弗洛伊德、伍尔夫、乔伊斯、贝克特、普鲁斯特、博尔赫斯、佩索阿和聂鲁达这些我从我们这个时代选出的经典人物一样，都不相信上帝；然而不同的是，在这八个人身上你找不到卡夫卡的那种精神关注，即使是受卡夫卡影响颇深的贝克特也是如此。卡夫卡之前的主要德语犹太作家海涅曾说过，上帝名叫阿里斯托芬，这句话后来被菲利普·罗斯在《夏洛克行动》中巧妙地借用了。海涅是一位备受折磨的信仰者；而卡夫卡这个不信上帝的人却没有说上帝叫什么名字；但如果卡夫卡的法庭和城堡里的仆役们有位上帝的话，这上帝很可能正是阿里斯托芬。

卡夫卡为很多读者讲话，并向他们表明自己的思想。这些读者既有犹太人也有非犹太人，他们不相信弗洛伊德的观点，拒绝把宗教看作是幻觉，但他们赞同卡夫卡，认为自己出生太晚，无法肯定基督教或犹太教传统的正当性。卡夫卡不知道自己是终点抑或是起点，我们也无从得知。对卡夫卡最有研究的资深学者之一里奇·罗伯逊敏锐地指出：对于《城堡》的作者，"宗教的意象在表达宗教冲动时是有效的，但用于阐释这种冲动则会使人误解"。既然卡夫卡不愿说明这种冲动也不认可别人给予的解释，读者们就不得不自己去体会对这种宗教冲动的卡夫卡式表现了。这种表现有时用的是熟悉的宗教形象，有时又抛开它们。这使得我们非常有必要认清楚卡夫卡自己的立场是什么，当然我们必须在卡夫卡允许的范围内去把握它。

我在一开始就同意罗伯逊的看法：极为重要的卡夫卡文本是他在1917—1918年所写的格言，现在最容易找到的英文译本是《蓝色八开笔记本》(1991年，E. 凯瑟和E. 维尔金斯合译)。尼采像爱默生、克尔凯郭尔和卡夫卡一样是强有力的格言家，但他曾经批评说：总是依赖格言的写作是一种堕落。尼采最有力的作品可能是《论道德的谱系》，包括三篇论证严密的文章，但即使它们也主要借助了格言的力量，而叙事诗体小说《查拉图斯特拉如是说》现在叫人难以阅读。尼采剩下的作品就是格言了，其中的意味无比深远。卡夫卡是一位极富创造力的格言家兼寓言家，这一点与维特根斯坦、叔本华和尼采等人奇特地相似。这些人的前辈是智慧作家歌德，而信奉阿里斯托芬的海涅给卡夫卡的作品带来了一点犹太怀疑主义。但是，卡夫卡算不上是犹太人，他既非怀疑主义者，也不是诺斯替教徒或是异教徒。正如他所言，他是犹太人的终点或起点，或许两者兼有。

尽管卡夫卡喜欢回避和巧妙地否认，他的作品应该被称为犹太作品，并且比弗洛伊德的作品更当之无愧。我曾经认为这是篡夺的结果：卡夫卡和弗洛伊德通过他们的有力竞争重新定义了犹太作品，因为回过头去看，对我们来说他们已经成了犹太作品的化身。但是，这种看法虽然证明了经典的变幻不定，却也低估了弗洛伊德和卡夫卡对犹太人的持续关注，他们二人事实上已成为了当代犹太人的焦虑大师。弗洛伊德和卡夫卡的否定就像我以前所写的那样，和黑格尔的否定极为不同，因为他们接受了事实的首要性。唯心主义的哲学不管如何具有辩证性，总是不适合犹太人对事实的尊重。尽管具有强大的幻想力，卡夫卡还是如弗洛伊德和贝克特等人一样重视经验。犹太人暴露出的边缘化状况在卡夫卡的每部作品中都有着体现，例如在《中国长城》(也许可以改名为《巴别塔》)中，在我们最料想不到的动物寓言中。

卡夫卡不容置疑的精神权威中是否有些本质上属于犹太人的东西？我和里奇·罗伯逊的意见相同，认为卡夫卡的精神核心是他的“不可摧毁性”(indestructibility)这一概念，虽然我比罗伯逊更认为这是卡夫卡个人的奇特思想而非时代的精神。以下是卡夫卡详述“不可摧毁性”的重要格言摘录：

信念即意味着解放自身中不可摧毁的因素，或更确切地说，变得不可摧毁，再确切地说，就是存在。

一个人若不相信自身有某种不可摧毁的因素，他就不能存在，尽管不可摧毁的因素和这种相信都是他始终无法察觉的。表达这种无法察觉性的方法之一就是相信某个个人的上帝。

不可摧毁者就是：它是每一个个体存在，同时又属于众人，因此它就是人与人之间存在的不可分割的连结。

如果应在天堂里被摧毁的东西是能够毁灭的，那它就不具有决定性；而如果它是不可摧毁的，那我们就是活在一个虚假的信仰之中。

信念就是生存，因为人的心灵最深处的东西是不可毁灭的。然而信念又是一种多余物，因为个人的上帝只不过是我们的不可摧毁感的隐喻，这种感觉把我们团结起来，而不管我们的意愿如何。我们没有堕落，也没有失去实际上的不朽，因为我们的基本存在仍是不可摧毁的。这是对叔本华视生存意志为本体(类似于弗洛伊德的爱欲)的又一次夸赞呢，还是卡夫卡意指另外一种更为微妙、更不可捉摸的东西呢？罗伯逊研究过卡夫卡与犹太教神秘哲学相当芜蔓的关系，他在卡夫卡的格言中发现了伊萨克·卢瑞亚的“归复”(tikkun)，即我们存在之破瓮的复原：

精神世界之外一无所有，我们所称的感官世界是精神世界里的邪恶，而我们称为邪恶的只是我们永恒进化过程中一个阶段的必然性。

这段话实际上游移于卢瑞亚的犹太教神秘哲学和德国伟大的神秘主义活力论者艾克哈特大师之间。我在阅读《蓝色八开笔记本》中更伟大的格言时感到惊奇的是：在所有的精神沉思者中，为何只有卡夫卡听起来充满希望？答案显然是：他并非如此；就像他曾经对马克斯·布罗德说过的，有无数的希望给上帝，却没有给我们的。希望属于能被摧毁的意识，而不属于不可摧毁的存在。你无论讲多短的故事也无法解释存在，即使你是托尔斯泰伯爵也是如此；托尔斯泰在《哈吉·穆拉特》中差一点就做到了，他创造了一位几乎把存在和意识融为一体的主人翁。我们选定卡夫卡作为本世纪最经典的作家，是因为我们都把存在和意识的分裂视为他的真正主题，他把这一主题等同于犹太人身份，或者至少是特别等同于流亡犹太人的身份。

当同样的分裂出现于贝克特的作品中时，我们察觉到它植根于笛卡尔哲学而非弗洛伊德思想，在卡夫卡作品中似乎也是这样。犹太二元论是一种矛盾语，如果我们用犹太一词意指犹太教或犹太教所倡导的规范传统的话，那么这些东西不管怎样断断续续，却始终跳动在弗洛伊德与卡夫卡的作品之中。弗洛伊德一定不知道我们内心还有"不可摧毁"之物；生存的意志最终在他的心中动摇了。然而，就像尼采和卡夫卡一样，弗洛伊德相信内心最深处的自我能够变得强大，爱欲可以增强并战胜死亡冲动。意识对于弗洛伊德，也像尼采和卡夫卡所认为的那样，是虚假的并充满了错误的希望。虽然弗洛伊德拒绝接受存在这个神秘的概念(他把它作为一种"大海般的感受"而不予理睬)，但他高尚而竭力用自己善良的权威取而代之，所以他为我们提供了治疗虚假意识的良方。卡夫卡拒绝任何权威(包括弗洛伊德的)，也没有给自己和我们开出任何药方。然而他为存在和那不可摧毁性辩护时，或许是以一种纯粹的犹太人方式、一种犹太人的否定来说话：

就我所知，我自身并不带有任何生命所需之物，却只有普遍的人性弱点。在这方面它的力量巨大，借此我已强健地吸收了自己时代的否定因素，这时代当然离我很近，我也无权反抗它，而只是有权表现它。对那些不多的积极因素，或由极端否定而转向肯定的因素，我丝毫没有继承。和克尔凯郭尔不一样，我没有受那如今已公认松垮弛废的基督教引导而进入生命；也没有像犹太复国主义者那样抓住犹太祈祷披肩下摆，而这下摆如今正在飘离我们。我是终点，或是开端。

“由极端否定而转向肯定”，这一说法必然是某种成熟的否定神学，不论它是诺斯替教、基督教还是异端的犹太教神秘主义（如同加沙的拿单，这位假弥赛亚萨巴泰•泽韦的先知那样）。卡夫卡的否定性显得更微妙也更有层次，而且还与时代精神合拍。为了表明这种否定性的要点和令人震惊的气氛，我们可以在卡夫卡代表作之一的短篇故事《乡村医生》（1917）中去探寻。这篇故事的第一人称叙事显得突兀而令人吃惊；故事的大部分篇幅使用现在时，虽然它的开头暗示出这件事发生在过去。在一个寒冷的冬日，乡村医生接到了一个紧急电话，要他去给十英里外一个危重病人看病，但是这位乡村医生没有马，或者他是这么认为的。不可思议的是，医生的院落中一个废弃的猪圈突然打开了，一个粗横而充满野性的马夫和两匹奇特雄壮的马突然出现在他面前。马夫甚至在把马套上马车之前，就开始攻击医生的女仆罗茜，他残忍地去咬罗茜的脸颊。当医生不太情愿地被这两匹大马拖走时，马夫撞开了房门，继续强暴吓坏了的罗茜，她的名字还要出现在后面描写伤者的情节里，医生很快就会遇到伤者，但没有希望救治他。病人是一个乡下男孩，他就像他的伤口一样令人迷惑而反感。故事中充满了非现实的色彩；农民们把医生的衣服剥光并威胁他，还强迫他光着身子躺到男孩的床上。当房间里只剩下他和那个病孩子时，孩子竟然也威吓他，于是医生骑着一匹马逃跑了。但是另一匹马却拖着马车，还有他的衣服在后面慢慢地跟着，而现在的速度比起来时的神速慢得可怕：

> 像这样我永远回不到家；我正在发达的事业要中断；一个后继者在抢劫我，却毫无意义，因为他无法取代我；那可恶的马夫正在屋里胡作非为，罗茜成了他的受害者。我真不愿去想象这事。我这个老人，赤裸的身子暴露在最糟糕天气的霜冻中，与那吓人的马车和马一起在外游荡。我的皮衣挂在车后，而我却够不到它；那些行动敏捷的病人也不愿伸出手来帮一帮。

我是上当受骗了！我竟去回应那夜间的不祥铃声——这就铸成大错。

乡村医生的结局和卡夫卡的其他主人公——煤桶骑士、猎人格拉古，尤其是土地测量员K.等的结局一样——非生非死；既非进行有目的的真正行动，也非处于停滞状态。期望——他们的和我们的——被事实的世界所阻碍。我们不知道卡夫卡是否在寓指他所处时代和地域的犹太人的处境，或者是他作为一个作家的处境。我们似乎觉察到卡夫卡背离了自己的否定方式：我们认识到其中有对压抑的发泄，乡村医生的命运以一种犹太人的方式体现了出来，这也许和卡夫卡为证实自己作为一个作家而付出的实验代价有某种关系。

从理智上说，这些等同是可能的，甚至是具有启发性的，而从感情上讲它们没有任何可信度。乡村医生的命运中奇怪地缺乏关爱，整个故事当中确实没有关爱。只要读者设身想象一下医生的遭遇，就会从头至尾地感到某种压抑；在卡夫卡的作品中没有可爱可怜的人物，所有人物至少是无一例外地令人不悦。作为一种思想形式，乡村医生的困境可能和我们的某些处境相差无几，但我们不可能对他抱有太多的关爱情谊。他的遭遇既离奇又无法逃避。这可能也确实有时会以不同的方式发生在我们身上，但没有人会分担我们的悲情，正如我们也不能和别人感同身受一样。故事的随意性开端——对夜间不祥铃声的回应——以一种永久现在时的叙事引出了一系列注定要发生的事，这一切都无法补救。卡夫卡式叙事构成了我们所说的文学"怪异"的一种新形式，在我们的生活中和文学中一样多。《乡村医生》的故事和妖魔法力有关，这也提示我们，真正带有妖魔或诡异色彩的作品总是能获得经典的地位。尼采坚信只有痛苦才会使人难忘。以文学来说，这表现在《乡村医生》的持久震撼效果上，其中的痛苦主要是缺乏情感。卡夫卡最独特、最富有创造性的天赋在于，他的故事似乎出自我们遗忘记忆的回归，并始终让我们觉得我们在继续忘掉所经历和感受到的陌生性。

卡夫卡逝世已经七十余年了，今日的卡夫卡似乎比以往任何时候都更是维柯的混乱时代的核心作家，现在我们正迅速地朝着千禧年迈进，一个新的神权时代很可能会吞没我们。《审判》和《城堡》在任何方面都不能和《追忆似水年华》或《尤利西斯》与《芬尼根守灵》所具有的美学价值相提并论。然而，卡夫卡最好的作品片断——小故事、寓言、格言——超出了普鲁斯特和乔伊斯，使我们具备一种不依赖于信仰或意识形态的精神。对普鲁斯特和乔伊斯来说，没有什么不可摧毁之物，对福楼拜和亨利·詹姆斯等早期作家来说也是如此，他们都是小说本身的传道者，也像沃尔特·佩特一样是感受和知觉的颂赞者。如果卡夫卡令人感到神秘的话，那也是他和他的作品如今对我们许多人产生了精神权威的原因，正如华兹华斯和托尔斯泰曾经拥有而如今不再拥有的权威。也许，卡夫卡奇怪的宗教式光晕某一天也会消褪，但目前仍然存在。我们在卡夫卡的作品中看不到圣灵的显现，因为他唯一相信的盟约是他和写作所立来下的。

我曾经认为，卡夫卡显而易见的精神地位主要是我们批判性回顾的产物，类似于我们确立但丁为天主教作家或弥尔顿为新教诗人的过程，尽管但丁认为自己具有对贝亚特丽丝的私人真知，而弥尔顿信仰死亡主义的异端并始终如一地渴望自成一宗。同样地，尽管卡夫卡不满于犹太教，他却似乎比自希伯来圣经以来的任何其他犹太作家更堪称“犹太”作家。但是这种描述也低估了卡夫卡在本世纪和对本世纪所具有的普遍意义。对于以精神探求为使命的作家来说，卡夫卡是我们的偶像，他的许多格言所产生的权威性影响在我们的心中持久不散。这是否更多地是对我们大家而不是对卡夫卡的一种评价呢？

接着要谈论卡夫卡的“不可摧毁性”隐喻。托尔斯泰的个人活力主义导致了对生存的极度狂热，令人印象深刻，但其荷马风格已经过时，所以它注定是要消失的。卡夫卡身上有一种默默的坚忍力量，但他好似自己笔下的猎人格拉古，并不反抗必死的命运。无论构成“不可摧之物”的是什么，我们都无需从中找寻不朽的意象。卡夫卡缺少对来生的兴趣，这带有《圣经》的意味，耶和华文献作者或大多数先知们也不偏执来生。假若卡夫卡存有什么上帝赐福观念的话，由于他感到这一礼物没有赐给他，他不会允许我们知道这是什么。的确，法庭和城堡不能赐福，即使它们想要这样也不行。在卡夫卡的作品中，没有任何父亲能够赐福给儿子。在无边无际的时间中，他的世界里不存在更多的生命。

如果不朽和赐福都不属于不可摧毁性，那什么才是呢？叔本华的生存意志或弗洛伊德的本能冲动领域中都没有精神权威，而我已对卡夫卡的“不可摧毁性”是否根植于卢瑞亚式的犹太教神秘主义表示了怀疑。虽然他一贯否定，卡夫卡对我们的宗教信仰仍有一些兴趣。他不接受弗洛伊德的宗教冲动只是误入歧途的对父亲的怀念这种简单化的看法。但是他的格言从未清晰地揭示他的“不可摧毁之物”的概念，即使是对他感知最深的评论家也难以解释清楚。在一封给米莱娜的信中，卡夫卡为自己的“不可摧毁性”感觉进行了辩护，说它“具有真实依据”而绝非个人的偏执。对他而言，它是人与人之间的真正纽带，表达了人们内心深处隐密的存在。除了真知之外我不知如何称呼这种知觉，但它绝非是一种诺斯替信仰，因为它抛弃了任何有关单一上帝的观念，不管这上帝会有多么遥远，或是如何深藏在原始深渊中。卡夫卡所肯定的是一种人的基本特性，神圣而又世俗，是对不可摧毁性的一种认知。

但卡夫卡并非圣徒或神秘论者；卡夫卡确实并不应包括在阿尔都斯·赫胥黎优美而理想化的文选《常青哲学》之中。就像弗洛伊德那样，卡夫卡对于否定性仅仅作了字面上的解释，然而他的否定方式比弗洛伊德的方式更具辩证性。被黑格尔舍弃的事实的权威性，受到这两位犹太作家的极大尊重，但是卡夫卡的事实感要高过弗洛伊德。卡夫卡对居于核心地位的不可摧毁性的感觉对他而言是个事实，与他作为作家的使命同一。或许这就是卡夫卡成为我们经典的精神偶像的原因：他不是一位宗教作家，但他把写作变成了一种宗教。

这样一种转变中不需要有什么特别的浪漫派或现代的因素，就像我在讨论但丁时指出的那样。那些经典作家之所以必然入选部分是因为他们以写作打赌，如同帕斯卡尔以信仰打赌那样。莎士比亚是否算作一个杰出的例外？我要说的恰恰相反：他通过隐含地把他的全部实际信任都给予自己的艺术而为弥尔顿、歌德、易卜生和乔伊斯等人铺平了道路。把剧作家莎士比亚基督教化是徒劳无益的。因为不管那个叫莎士比亚的人相信或怀疑什么，哈姆莱特都不是一个基督教英雄，《奥赛罗》、《李尔王》和《麦克白》中的宇宙更像是巫术的而非基督教的。伊阿古、爱德蒙和麦克白等剧中人物给我们留下了奇特而又令人信服的印象：他们每个人都是自己社会中的天才，完美地体现了世界上所有最黑暗的力量。哈姆莱特本性中的阴暗面为莎士比亚式悲剧设定了范式。世界是支离破碎的，哈姆莱特作为其命中注定的修正者也是如此。

卡夫卡或许是受歌德的影响，继承了对哈姆莱特的德国式看法，即他是一个过于复杂和敏感的主人公，所以无法在这个被毁坏的世界上获得成功。但卡夫卡偏离了歌德式的哈姆莱特，将主人公的脆弱转变为咄咄逼人的寻衅，在面对法庭和城堡时，约瑟夫•K.和土地测量员 K.就是持此态度的。这种转变已处在通向贝克特《终局》的半途中，贝克特正是按照卡夫卡的思路来改写哈姆莱特的。他的汉姆和约瑟夫•K.的相似处远多于和歌德笔下迷人的哈姆莱特的共同点，因为歌德的哈姆莱特与莎士比亚笔下的哈姆莱特不同，前者无罪恶感，对自己犯下的罪孽丝毫感觉不到：他杀了爱打听隐私的波洛涅斯，欣然下令处死了可怜的罗森克兰茨和基尔登斯特恩，而最令人发指的是虐待狂般把奥菲丽娅逼疯，并导致了她的自杀。

哈姆莱特仅仅是为他尚未犯下的谋杀罪行而感到自责。在这一点上卡夫卡比歌德更为机敏，他似乎理解了在莎士比亚剧作中负罪感不容怀疑，而且先于所有实际的罪行。卡夫卡世界中的法则不是基督教的原罪，而是莎士比亚—弗洛伊德式的无意识的负罪感。负罪感在卡夫卡那里具有优先性，因为这是我们为“不可摧毁性”所付出的代价；确实，对卡夫卡而言，我们感到愧疚正是因为我们最深层的自我是不可摧毁的。我猜测卡夫卡的回避和隐喻都是对其“不可摧毁性”感觉的捍卫，而且他已把这一感觉遗留给了贝克特，体现在贝克特的《终局》、《克拉普的最后磁带》、《马龙之死》和《如此情况》等作品中。

不可摧毁之物并非我们心中占主导地位的某种实体，在贝克特看来它是一种当你不能坚持时仍会坚持的状态。在卡夫卡的作品中，这种坚持总是采取反讽的形式：比如 K.对城堡的无情攻击；格拉古在死亡之船上的无尽航程；煤桶骑士的逃往冰山；乡村医生没有目的地的冬日骑行。不可摧毁之物如同希望或追求一样存在于我们的心中，但是在卡夫卡那种最阴暗无情的悖论中，这种努力的表现形式必然是毁灭性的，尤其是自我毁灭的。忍耐与其说是卡夫卡心目中的首要美德，不如说是生存下去的唯一手段，就像犹太人的经典性忍耐一样。

# 21 | 博尔赫斯、聂鲁达和佩索阿：西葡语系的惠特曼

二十世纪的西班牙语美洲文学也许比北美文学更富勃勃生机，其奠基者有三：阿根廷寓言作家霍尔赫·路易斯·博尔赫斯（1899—1986），智利诗人巴勃罗·聂鲁达（1904—1973），古巴小说家阿莱霍·卡彭铁尔（1904—1980）。他们作为母体还孕育出了许多重要作家：风格迥异的小说家胡里奥·科尔塔索斯、加布里埃尔·加西亚·马尔克斯、马里奥·V. 略萨和卡洛斯·富恩特斯；享有国际声誉的诗人塞萨尔·巴列霍、奥克塔维奥·帕斯和尼可拉斯·纪廉。我在本章将重点介绍博尔赫斯和聂鲁达，虽然时间可能会证明卡彭铁尔的卓越成就超过了其他一切同时代拉美作家。但是卡彭铁尔和其他许多作者一样受惠于博尔赫斯；而聂鲁达在诗歌上的奠基者地位也与博尔赫斯在小说和批评方面的地位不相上下，因此我在这里认定他们既是文学之父又是代表性作家。

博尔赫斯从小就在文学方面表现了惊人的天赋，他在七岁时发表了第一篇作品，是翻译的奥斯卡·王尔德作品《快乐王子》。如果他死于四十岁的话，我们也不可能记住他，而拉丁美洲文学也就可能会截然不同了。他在十八岁时开始模仿惠特曼的诗体，渴望成为阿根廷的行吟诗人。但是他逐渐意识到自己不会成为西班牙语的惠特曼，而这个角色最终被聂鲁达以强大的力量夺取。于是，他开始写犹太教神秘主义和诺斯替式的寓言故事，或许这是受到了卡夫卡的影响，但他独特的艺术从此开始绽放。在1938年底，他遭遇了一场可怕的事

故，这对他的生活而言是一个转折点。博尔赫斯本来就视力很差，那天他从光线昏暗的楼梯上滑了下来，脑部严重受伤。他病势沉重地在医院里待了两周，常常做噩梦，复原的过程是缓慢而痛苦的，这期间他开始怀疑自己的精神状态以及写作能力。就这样，在三十九岁那年，他开始尝试以写故事来确认自我。这一尝试的欢快成果就是小说《皮埃尔•梅纳尔："吉诃德"的作者》，这篇小说开启了他后来的《特隆，乌克巴尔，奥比斯•泰提乌斯》和所有其他杰出的短篇小说。《小径分岔的花园》(1941)使他作为小说家开始享誉阿根廷；1962年，他的两本文集《迷宫》和《小说集》在美国出版，立即受到了人们的关注。

在博尔赫斯的所有故事中，三十年前我最喜爱的作品今日仍是我的最爱，这就是《死亡与罗盘》。就像他的其他作品一样，这篇小说极富文学性：它知道并承认自己的姗姗来迟，承认偶然性左右了它与先前作品的关系。博尔赫斯的祖母是英国人；他的父亲有一个很大的图书馆，里面主要是英国文学作品。博尔赫斯是西班牙语作家中的一个特例，他首先读到的是《堂吉诃德》的英译本，虽然他受到多种文化的熏陶，但他最主要还是受到英国和北美文学的深刻影响。而且博尔赫斯虽然志在以文学为业，其父母家族的显赫军功却一直影响着他。他的父亲因为视力很差而不能成为军官，博尔赫斯似乎遗传了他父亲的视力，也继承了他时时躲入图书馆的习惯，希望在这里寻找到心灵的庇护所，在这里，梦想可以弥补无法实现行动生活的缺憾。艾尔曼曾说过，受莎士比亚困扰的乔伊斯急于尽可能多地吸收各方面的影响，这似乎更适用于博尔赫斯，因为他广泛涉猎，并仔细地反思整个经典的传统。这种对文学先驱的一概接纳最终是否阻碍了博尔赫斯的更高成就，对于这道难题，我希望在本章的后一部分予以解答。

作为迷宫和镜子的大师，博尔赫斯对文学影响是深有研究的；而作为一位关注想象性文学甚于宗教和哲学的怀疑主义者，他教我们如何主要从审美价值的角度来阅读此类沉思。作为一位作家和现代拉美文学的最重要开创者，他的奇特命运和他的审美普遍性或我所认为的他的美学进取性是不可分割的。我在重读他的作品时既陶醉又喜悦，这种感觉甚至超过了三十年前，因为他的政治无政府主义(是他父亲相当温和的那种)在文学研究已经完全政治化，而且文学本身恐怕也难免日益政治化的时候，却是令人耳目一新的。

《死亡与罗盘》体现了博尔赫斯内心深处最有价值、最难理解的一面。这篇十二页的故事追踪了侦探埃里克•隆洛特和强盗头目及花花公子雷德•沙拉赫之间血海深仇的决斗，故事发生在想象中的布宜诺斯艾利斯，这儿经常成为博尔赫斯展开自己奇思妙想的背景。隆洛特和沙拉赫显然是不共戴天的死敌，似乎天生就是一对冤家，如同他们名字中都有“红色”之意所暗示的那样。博尔赫斯这位犹太人的狂热支持者，有时会发挥想象力，说自己可能有犹太人的血统（这也是他的敌人、独裁者庇隆的法西斯追随者们经常对他提出的指控），博尔赫斯写了一个犹太匪徒的故事，这也许会令《奥德萨故事》的作者伊萨卡•巴贝尔欣喜万分，这部出色之作集中地讲述了传说中的盗匪班亚•柯立克的故事，此人像沙拉赫一样也是个花花公子。博尔赫斯曾写过一篇关于巴贝尔生平的文章，他一定曾为巴贝尔的作品（包括他的名字）着迷过，甚至在对《死亡与罗盘》的简单概述中也暗指了巴贝尔。

故事的开始，希伯来学者马赛尔•亚莫林斯基博士在北方旅馆被谋杀。他的胸部被刀劈开，尸体旁边有一张纸条，上面写着：“那个名字的第一个字母已经被说出。”隆洛特和爱伦•坡笔下的杜宾一样，都是严谨的推理者，他推断出这指的是希伯来人用以暗指上帝耶和华的四字母词JHVH。接着另一具尸体又被发现了，并构成了名字的第二个字母。隆洛特认为，这些谋杀都是某一精神错乱的犹太教派对上帝的神秘供奉。隆洛特推断出还有第三起谋杀已经发生，但是尸体尚未被找到，就这样我们逐步发现隆洛特正在落入沙拉赫所设的圈套。最后，在城郊一处叫做特里斯特—勒—罗伊的废弃别墅中真相大白。沙拉赫在这里向隆洛特解释了他设计缜密的圈套，揭开了他用以把隆洛特诱入圈套的三个形象：镜子、指南针和迷宫，侦探正是在迷宫中被捉住的。面对沙拉赫的手枪，隆洛特感受到了这个匪徒身不由己的莫名悲哀，他冷静地批评这个迷宫有不少多余无用的路线，同时他又激怒沙拉赫，故意说希望来生自己在一个设计更巧妙的迷宫中被敌人杀死。故事以隆洛特被杀结束，此时的沙拉赫哼唱着：“下次杀你时，我保证那迷宫只会有一条路线，一条看不见的永无止境的路线。”这其实象征了埃利亚人芝诺，对博尔赫斯来说则象征了隆洛特的准自杀行为。

博尔赫斯在谈及自己写作生涯的起步作品《皮埃尔·梅纳尔:"吉诃德"的作者》时说过,这篇作品表达了一种疲惫和怀疑的感受,"在一个长长的文学时期之后到来"的感受。这就是作品《死亡与罗盘》的反讽或寓意,此处隆洛特和沙拉赫结合爱伦·坡、卡夫卡以及许多其他作者所写的两个分享秘密者私下决斗的场景,编制了又一文学中的谋杀迷宫。就像博氏的其他许多故事一样,隆洛特和沙拉赫的故事是一则寓言,它表明了阅读始终是一种改写行为。沙拉赫精巧地控制着隆洛特对各种线索的解读,而这些线索正是这匪帮头子提供的,因此就可以预见那侦探的解释性修正。

在另一篇有名的故事《特隆,乌克巴尔,奥比斯·泰提乌斯》中,博尔赫斯开门见山地写道:"我把乌克巴尔的发现归功于一面镜子和一部百科全书的结合。"乌克巴尔这一幻想之境可以用博尔赫斯小说中其他任何人、事、物来代替;在这一切中都有一面镜子和一部百科全书同时出现,因为对博氏说来,所有现存或臆想的百科全书都既是一座迷宫也是一只罗盘。即使博尔赫斯不算是西班牙语美洲文学的开山鼻祖(事实上他是),即使他的故事没有真正的美学价值(事实上它们有),他仍然不愧是混乱时代的经典作家。因为除了他努力摹仿的卡夫卡之外,他比其他任何作家都称得上是这个时代的文学玄想家。他声称自己的宇宙观就是混乱的;他想象性地自认是诺斯替教徒;虽然从理智和道德上讲他是一位怀疑主义的人道主义者。古代诺斯替教的创始人,特别是亚历山大的巴士利德,是博尔赫斯真正的先驱。短篇散文《为巴士利德辩白》的结尾处是对诺斯替教的精彩辩护:

> 诺斯替教徒和基督徒们自第一世纪起就争执不休。他们虽已被清除,但我们可以想象出他们可能获得的胜利。如果是亚历山大而不是罗马取胜的话,我在此简述的繁杂混乱的故事会变得条理清晰、庄严而完全合乎常理。诺瓦利斯的告白"生命就是精神的一种疾病",或兰波的绝望之语"真实的生命已然缺席,我们并不存于此世",这些话会获得虔诚信众的有条件赞同。不管怎样,我们还能指望有什么比甘愿渺小更好的馈赠呢?还

有什么比弃此尘世更能显现上帝的荣耀呢？

对博尔赫斯及诺斯替教徒们而言，宇宙和人类的创造与堕落都是同样的事件。最根本的事实是“Pleroma”或者说“圆满”，这被正统的犹太人、虔诚的基督徒以及穆斯林们叫做“浑沌”，诺斯替教徒却尊称其为“先父”和“先母”。博尔赫斯在想象中回到了这种宗教崇拜，那他是否也分享了这种崇拜呢？博尔赫斯和贝克特一样，以极大的同情阅读叔本华的作品，但博氏认为叔本华在暗示：“我们都是上帝的碎片，而这上帝在太初之时就因渴望不存在而毁灭了自己。”一位已死或已消失的上帝，或是诺斯替教的陌生上帝，从这种虚假的创造中隐退，这是博尔赫斯有神论的唯一痕迹。当他不再玩弄理想主义时，他的形而上学就追随着叔本华和诺斯替教徒。我们都生存于幻觉之中，那是永恒的扭曲镜像——这就是博尔赫斯热切地传达的观点。他在《犹大的三种面目》中写道：“低级秩序是高级秩序的镜子；人世与天堂一一对应；皮肤上的斑点就是永恒星座的图案；犹大也会映照出耶稣的身影。”在这篇作品中，那注定厄运的丹麦神学家鲁内伯格形成了自己的理论：犹大而不是耶稣才是上帝的化身，所以他又说：“圣子的观念似乎已经枯竭，……邪恶和不幸混杂在一起。”

由于瓦伦廷派传授神圣堕落的教义，因而博尔赫斯极具诺斯替倾向，也许比奥菲特派之后的任何诺斯替教徒更为激进，奥菲特派赞美人类堕落故事中的蛇。博氏的这种方式完美地体现在他的故事《神学家》中，该故事讲述早期教会的两个博学之士，阿奎莱里亚的奥雷里安和帕诺尼亚的约翰（均为博氏杜撰），为神秘异教争论不休而成对头。博尔赫斯有趣地总结了两人之间的竞争，指出奥雷里安因为天资较差而更加心怀不满，所以他一直对约翰耿耿于怀；“他们两人服役于同一支军队，垂涎同样的奖赏，与相同的敌人作战，但是奥雷里安写下的每一个字都在试图暗中超过约翰”。故事结局时，约翰由于奥雷里安的唆使而被以异端的罪名烧死在火刑柱上，但随后奥雷里安在因雷击而起火的一片爱尔兰森林里也同样被烧死。他在复活时突然发现，自己和约翰在上帝面前“形成了同一个人”，就好比隆洛特和沙拉赫组成同一个人那样。博尔赫斯是一贯悲观的：在他的宇宙迷宫里，我们在镜中见到自己的影像，不仅是自然的而且是自我的影像。

就像所有评论家所指出的那样，迷宫是博尔赫斯的中心意象，是他一切烦恼和噩梦的交会点。他的文学前辈从爱伦•坡到卡夫卡都被用来装点这一混乱的标志，因为几乎每样事物都可以被博氏变形为一个迷宫：房舍、城市、风景、沙漠、河流，尤其是思想和图书馆。最终的迷宫是由神奇的工匠代达罗斯设计的，为了保护并囚禁一个半牛半人的怪兽米诺陶。我一直不明白乔伊斯为何要选择那个名字称呼他年轻时的自我；确实，都柏林就像一座迷宫，《尤利西斯》则是另一个，循环往复的《芬尼根守灵》更是此类迷宫之一。但是乔伊斯与卡夫卡、博尔赫斯和贝克特等人不同的是，他太富于喜剧性和自然主义，所以不能赞扬这样一个混乱的形象。乔伊斯虽然有摩尼教的倾向，但他并不沉迷于叔本华或诺斯替教，也无自己的诺斯替图景。

虽然博尔赫斯作品中的迷宫基本上是一种游戏形象，但其中的隐义却和卡夫卡的作品一样晦暗。如果整个宇宙都堪称迷宫，那么博氏最喜欢的意象总是和死相联系，或者与一种本质上是弗洛伊德式的生活观，即死亡冲动的神话相联系。这样我们就遇到了反讽；最反感弗洛伊德的两位现代作家就是纳博科夫和博尔赫斯。两人都对弗洛伊德粗暴无礼。以下是博尔赫斯最温和的攻击：

> 我认为他是个疯子，不是吗？一个忙于性困扰的人。也许他并不是真心为之，也许他只是在做个游戏。我曾费心地读他的作品，却觉得他若非江湖骗子就是疯子。毕竟这复杂的大千世界无法摆弄成如此简单的图式。我读过的荣格作品远远多于弗洛伊德之作，你会觉得荣格心灵宽容和善。而在弗洛伊德那里，一切都简化成为数不多的不愉快事实。

在博尔赫斯的生活中，少数几件令人不快的事情是：他第一次也是唯一一次婚姻在他六十八岁时才开始，而三年后就以离婚告终；一次令他痛心的永别（之后也时时让他心痛）是他母亲于1975年逝世，享年九十九岁。这些事实以及他对弗洛伊德的厌恶对他的读者都没有什么意义，不过它们也许有助于说明他对文学传统的态度以及他的艺术的简洁特性。博氏在文学上的一个喜好是推翻有关文学影响的一些陈旧说法，比如他在《卡夫卡及其先驱们》一文中分析了卡夫卡对我们解读布朗宁诗作的影响：

> 卡夫卡的独特性程度不同地表现在每部作品之中，但是如果卡夫卡不曾写作，那我们就无法察觉到。这就是说，它就不存在。罗伯特·布朗宁的诗《惧怕和疑虑》似乎预演了卡夫卡的故事，但我们对卡夫卡的解读会让我们对布朗宁诗作的感受有所变化也更精细。布朗宁的解读不同于我们今天的解读。"先驱"这个词是一个不可或缺的批评词汇，但人们应该尽力去掉附着在这一词汇上的争辩或冲突的含意。事实是：每位作家都创造了自己的先驱。

博尔赫斯不愿见到先驱的创造被那种论争和冲突所引导。在《梦虎》(西班牙文书名为《创造者》)中，他指出在阿根廷作家中，他首要的领路人就是诗人莱奥波尔多·卢贡内斯，他于1938年自杀身亡。这本书呈献给卢贡内斯，却容易让人忘记博尔赫斯和他这一代作家曾对老诗人表现出的矛盾心理，虽然博氏一直对自己的矛盾心理感到矛盾。但随着年事渐高，博尔赫斯开始欣赏这样的观点，即认为经典文学不仅是一种连续性，事实上更是一部由不同时代的很多人共同撰写的长诗和故事。到了六十年代，当博尔赫斯已成为自己的传记作家E. R. 蒙内哥尔所称的"老师长"时，这种文学理想主义就开始绝对化，超越了更具怀疑色彩的共同作者的说法，共同作者现象是博氏在雪莱和瓦莱里的作品中发现的。

博尔赫斯真诚地相信一种主要针对作家的奇特泛神论说法：所有作家，包括莎士比亚，都既是众人又什么人都不是，都是一个独一无二的活着的文学迷宫。就像隆洛特和沙拉赫，或神学家奥雷里安和约翰合而为一，荷马、莎士比亚和博尔赫斯也融合成了一位作家。沉思这种虚无主义的理想主义使我想起自己曾经读过的安娜·M. 巴伦内查对博尔赫斯的一句精彩评论："博尔赫斯是一位立志毁灭现实，把人变成阴影的出色作家。"这是一项激动人心的计划，就算莎士比亚曾立志如此，想必也会才力不逮。博尔赫斯可以让你感到伤痛，但总是以同一种方式，这就暴露了他的一大缺点：他最好的作品也缺乏变化，虽然它们借鉴了整个西方经典和更多的知识。也许是觉察到了这一点，博尔赫斯在六十年代后期曾试图转回到自然主义的现实主义，但是这种努力的成果《布洛迪医生的报告》（1970）实质上仍具有幻境风格。

博尔赫斯迷宫的中心是什么？他的故事都像是片断的罗曼司，而他并不像他极为欣赏的霍桑那样去写罗曼司，因为那需要魔法和不完善的知识。博氏善于质疑又极为博学，所以当然缺乏罗曼司所需要的放纵和漫无边际的奇思异想。他非常严谨地控制着自己的写作，有时相当捉摸不定。博尔赫斯及其读者都不会在故事中迷失，因为每一处都是精心安排的。害怕弗洛伊德所说的家庭罗曼司，以及文学的家族罗曼司（也许可以这么说），这局限了博尔赫斯并使他重复自己，而且过度理想化了作者和读者的关系。也许，使他成为现代西班牙语美洲文学的理想创始人的正是这一点——他那无限的暗示性和他的超越于文化纷争之外。然而我们也许可以说他并非如此卓越，在现代文学中他仍然是经典但不再是中心。把他的故事和寓言与卡夫卡的作品进行比较，放在一起阅读，这对他绝不是恭维，而似乎是不可避免的，因为博氏作品常常或隐或现地让人想到卡夫卡。贝克特和博尔赫斯一同获得过1961年一项国际大奖，他的最好作品经得起一读再读，博氏作品则不然。博尔赫斯机智，却不像贝克特那样能始终强有力地维护一种叔本华式的图景。

不过，只要博尔赫斯取得了在西方经典中的地位，他就会和卡夫卡及贝克特一样历久不衰。在本世纪所有拉美作家中，博尔赫斯最具普遍性。因为除了最杰出的几位现代作家——弗洛伊德、普鲁斯特和乔伊斯——之外，博尔赫斯几乎比其他任何作家都具有感染力，即使他们在天赋和作品的广度上会超过他。如果你经常仔细地阅读博尔赫斯，你会变得有些像他，因为读他的作品会激活你的文学意识，在这种文学意识中，他比任何人都走得更深。

这种意识既是幻象又充满讽喻，所以很难加以形容，因为它会瓦解个人和群体之间的话语对立。它与那种认为所有文学作品在某种程度上皆是抄袭的观点有关，这是博尔赫斯受英国浪漫主义散文家德•昆西启发而产生的见解。

德·昆西是位自我意识强烈的抄袭者，或许是博尔赫斯的先驱者中最关键的人物。德·昆西写作一种极致浪漫主义的散文，其浓烈婉转的情感和往往是魔咒式的狂热冲动几近巴洛克风格。博氏的散文风格几乎是对德·昆西反其道而行之，但是他的行文步调和全心贯注已经非常类似于《瘾君子自白》和没写完的《深深一叹》。德·昆西在阐释自己梦境时表现得最富原创性和最为细腻，其中的一些梦已经被转化入博尔赫斯的故事之中，《不朽者》是其中最为诡黠的故事，十四页的叙述几乎凝聚了他全部的创作关切。它是本世纪幻想文学少数崇高作品之一。

《不朽者》的大部分是由弗拉米努斯·鲁弗斯以第一人称来叙述的，他是罗马军团驻埃及的一位指挥官，当时正值戴克里先皇帝统治时期。鲁弗斯的身份从一开始就令人吃惊；因为1929年在伦敦发现的手稿是被折起放在蒲柏的六卷本《伊利亚特》(1720)最后一卷里的。故事应该是在二十世纪二十年代以英文写成，作者大约是位古董商，西姆拿的约瑟夫·卡塔菲洛斯，他是"一位颓丧的粗人，灰眼睛灰胡须，特征极为模糊"，他能说法语和英语，并能说由"萨洛尼卡西班牙语和澳门葡萄牙语奇妙混合而成的语言"。我们在故事结尾处可以猜到，那十分模糊的特征属于不朽者自己，即诗人荷马，他已与罗马指挥官并最终(通过暗示)与博尔赫斯甚至他的故事融为一体。《不朽者》这篇故事把博尔赫斯和他的文坛前辈们融为一体，这些前辈包括了德·昆西、爱伦·坡、卡夫卡、萧伯纳、切斯特顿、康拉德以及其他几位作家。

《不朽者》或可改名为"荷马与迷宫"，因为正是作者和荒芜的不朽者迷宫城共同构成了这个故事。指挥官鲁弗斯在寻找不朽者之城时，也在令人畏惧的荷马(第一位不朽诗人)身上看到了自己的形象。罗纳德·J. 克里斯特(一个博尔赫斯式的名字！)在《窄幕：博尔赫斯的幻觉艺术》中把上述故事视为康拉德/艾略特式的走向象征性的黑暗心脏的旅途。如果不考虑康拉德作品中的道德因素，这一类比就是有用的，道德因素在《不朽者》中没有位置，在博氏其他作品中也很少成为主题，博尔赫斯的伟大结合着其英雄式的唯美主义，它否定惯常的道德和社会关怀，甚至还戏谑地贬抑荷马，似乎他的史诗艺术也不过是平庸之作。

荷马如莎士比亚一样不仅是博尔赫斯眼中的造物主或原型诗人，而且是原型人，就像布莱克的阿比翁或乔伊斯的依尔威克（“这世上普通人”），这就说明了为什么博尔赫斯要以某种反讽来把《不朽者》说成“不朽者之伦理纲要”。这种伦理不过是博氏对文学家族罗曼司的习惯性躲闪，是他对影响关系的理想化。所有作者都是平等的；但原创性却不是。荷马和莎士比亚是所有人和任何人，他们使得个性成为不可能，使得人格成为过时的神话。我们都会永生，所以有时间去解读万事万物，正如萧伯纳的《回到玛土撒拉》所显示的，它是《不朽者》的主要源头之一。

这种文学理想主义如果不带有粗野的反讽，会使博尔赫斯变得平淡无奇，并让《不朽者》成为多元文化主义宣言的戏拟先声，然而无需担心的是：那故事是博氏最荒凉和最令人恐惧的噩梦，文学的理想化被斯威夫特式的反讽化为虚无的悲观主义，其中的不朽是所有人的噩梦，一种只会是迷宫的梦幻结构。在博尔赫斯的所有幻觉世界里，不朽城最让人沮丧。指挥官鲁弗斯在探寻时发现它是“极为恐怖的，以至其存在本身就足以浸染过去和未来，甚至以某种方式危及群星”。

关键词是“浸染”，而《不朽者》的主要情感就是受浸染的恼怒。荷马起初以一个沉默者的身份出现，是悲苦地以吃蛇为生的穴居人，他极力寻找的不死河只不过是一条小沙河。与其他不朽者一样，荷马差点被毁于“纯粹的”冥思苦想生活。如果说哈姆莱特不是想得太多而是想得太透彻的话，那么博尔赫斯的荷马（他也是莎士比亚）就不是想得太深而是想得太泛。一方面，博氏是在讽刺《回到玛土撒拉》，但他也抨击自己的文学理想主义。没有不朽者之间的对抗和争议，那么富于悖论的就是，将没有生活，文学也将死亡。对博氏而言，所有的神学都是幻想性文学的一部分。在《不朽者》中，他有一个充满讽喻的观点，即尽管犹太人、基督徒和穆斯林都宣称相信不朽，但实际上都只尊重现世，因为他们真正相信的只是现世，将来的状态仅仅是作为对现世的奖惩而已。在1966年的一篇笔记中，博尔赫斯就本体神学和思辨形而上学的地位作了一番精彩评论：

我曾编过一本幻想文学集。我得承认这本集子将是第二次大洪水时第二位诺亚必救的珍本之一，因为我要谴责那敌意地遗漏该体裁几位重要而意想不到的大师的行为：巴门尼德、柏拉图、约翰·S. 艾里金纳、阿尔贝图斯、斯宾诺沙、莱布尼茨、康德以及布雷德利。实际上，面对上帝的创造，面对这样一种艰涩的理论，即一个在某种意义上既三位一体又孤独的存在者可以无时间地永久持存，威尔斯和爱伦·坡的才气算得上什么呢——未来之花和被催眠之尸？与先定和谐的观念比起来，疗救的药物又算什么？在三位一体神圣面前独角兽又算什么？和佛教的大乘宏法相比，卢奇乌斯·阿普列乌斯是谁？阿拉伯的一千零一夜怎能和贝克莱大主教的论说相提并论？我敬重逐步创造上帝；还有天堂和地狱（一种不朽的褒奖和惩罚）。这些都是人类想象的奇妙设计，令人赞叹。

不乏讽喻而又精辟的关键词是“敬重”以及“不朽”。逐步创造出来的上帝也许是幻想性文学的最杰出作品。耶和华文献作者没有创造耶和华，但犹太教徒、基督徒及穆斯林所尊奉的上帝是那位文学人物耶和华，这是由耶和华文献作者所创造的，而写出《马可福音》的人则创造了所有基督徒崇拜的文学人物耶稣。天堂的“不朽的褒奖”包括这些文学人物作为部分偿付，这就使我们能够再回到《不朽者》的故事中，博尔赫斯只留下了一些词语。形象，甚至上帝的形象，在记忆中消退；文字却留存了下来，它们始终是“他人的词语”，因为我们无人能有自己的词语。

如果《不朽者》如我猜想是对过度的文学理想主义所做的自我惩罚，那么博尔赫斯这一作品以及其他作品给了我们什么呢？会是那生动完美得足以克服自身明显的虚无主义的审美满足吗？博氏视自己为失去的事物的颂赞者；他后期的小说和诗作常常描写最后一次做某事的经验，视某人或某地为告别之境。博氏的创作重点一直是失落：人们只会失去未曾拥有的东西，这是贯穿他作品的一个主题。

西方传统中无人如博尔赫斯那样无情地颠覆了文学不朽的思想。他使读者回到他的初始动机：隐喻、渴望与众不同、让自己置身他处和选择成为作家。

失落的军事生涯被文学志业所取代，但阿根廷绅士博尔赫斯却不能接受有关诗的自主性和原创本质的各种竞争性真理。人格和个性能由军事领袖和英雄主义表现出来，在他的祖辈那里尤其是这样，因为一些先辈已经战死沙场。勇气是他外祖父伊西多洛•德•埃切维多•拉普瑞达的本色，他年轻时就参加了阿根廷内战，长期过着退休生活，死时他处于一种保卫国家的幻想状态中："他召集一队布宜诺斯艾利斯的鬼魂军/以便让自己在战斗中死去。"

博尔赫斯的一些诗是歌颂其他两位英雄先辈的，一位在早期内战中被叛军所杀，另一位是阿根廷独立战争中胡宁之战的胜利者。与这些家族勇士相比，博尔赫斯所描写的荷马和莎士比亚的形象却要模糊得多。他认为他们主要的精神特性就是某种模糊；他们身份特征的模糊部分地说明了我们对他们的生平缺少了解，但基本的原因却是博氏需要把他们与文学混为一体。博尔赫斯作品中表现出对他们的厚爱，正如他热爱但丁、塞万提斯、惠特曼、卡夫卡及其他人那样，当然他有某种强烈的矛盾心理。那种迟来的感觉使博氏认识到，他更像自己笔下的皮埃尔•梅纳尔，而不是塞万提斯，这种感受也转移到了所有其他作家身上，包括莎士比亚和荷马。他的一首诗哀怨道："我希望时间会变成一个广场。"博尔赫斯式狡黠所取得的一个成功是，在《一切与虚无》中，他把莎士比亚退休回斯特拉福镇解释为莎士比亚对"受控制的幻觉"以及他那创造无数人物之"沉迷与恐惧"的能力有所厌倦。这样的莎士比亚与博尔赫斯的荷马一样都是精疲力竭的不朽者。说博尔赫斯感受到自己从始至终都是另一个疲惫的不朽者，并且在自己进入文学经典迷宫的矛盾心态上找到了真正的审美尊严，这乃是对他的颂赞。

惠特曼不太像是一位北美的荷马(他自己的抱负)，而是一位伟大的创新者，在我看来他似乎是对博尔赫斯文学迷宫观点的一种反驳，认为这会模糊了作者的身份，虽然惠特曼自己常常宣称有意将所有其他身份融入他的弥赛亚式宏大之中，融入他广纳博收的能力之中。正如前面论惠特曼的章节所揭示的，这等于是宣告"惠特曼乃美国的一位粗莽之人"，而不是最真实的惠特曼，亦即"真我"或"我自己"。惠氏在其诗作中变化多端，而他对其他诗人的影响更是千差万别，不管是北美的还是西班牙语的诗人都是这样。他对后辈最重要的影响几乎总是隐蔽的，就像艾略特和斯蒂文斯的诗所显示的那样。惠特曼对他们及庞德和哈特•克莱恩（更自愿）虽然影响重大，但可以认为，惠氏最深刻的影响体现在西班牙语美洲作家身上，他们是博尔赫斯、聂鲁达、巴列霍和帕斯。

博尔赫斯起初要做个惠特曼式的人物，后来又改变初衷去深入细致地了解惠特曼，这也许最好地体现在1969年他所翻译的《草叶集》选集中。在二十世纪二十年代，博氏曾攻击拉美的惠特曼追随者让惠氏成为了个人崇拜的中心；他也指责《自我之歌》作者的信念，此信念把给事物命名看作足以使它们获得原创性并攀上爱默生的惊奇楼梯的行为。但在1929年，博尔赫斯后悔了，虽然他仅仅是把惠氏变成了非个人化的博尔赫斯，另一个行文简洁的现代主义者。博尔赫斯很聪明，他不会依赖这一个惠特曼，他在如今收入《其他探询》的《略论惠特曼》一文里作了第二种也是更好的解说。博氏在这里对作为角色或脸谱的惠特曼和作为个人或作者的小沃尔特•惠特曼作了很好的区分：“后者简朴、含蓄、略为沉默；前者则热情洋溢和放纵……更重要的是要懂得，单凭《草叶集》诗作表现出的快乐流浪汉性格是无法写出这些诗的。”

博尔赫斯在1968年的一次访谈中对惠特曼作了最好的也是最明确的称赞：

> 惠特曼是我一生中印象最深刻的诗人。我认为人们常会混淆《草叶集》作者惠特曼先生和《草叶集》主人公惠特曼。主人公惠特曼留给我们的形象并非诗人惠特曼的放大。在《草叶集》中，惠氏所写的是一种史诗，其主人公不是正在写作的惠特曼，而是他希望成为的那种人。当然我这样说不是在批评惠特曼，他的作品不是十九世纪某个人的自白，而是关于一位想象性人物，一位乌托邦式人物的史诗。在某种程度上这是作者和读者的放大与投射。你会记得，在《草叶集》中，作者常与读者融为一体，这当然表明了他的民主理论，即某位独一无二的主人公可以代表整个一个时代。惠特曼的重要性无论怎样强调都不为过。即令考虑到《圣经》和布莱克的诗作，惠氏也应被看作自由体诗的开创者。我们可以从两方面去认识他：在

公众方面，他对于群众、大都市和美国的意识；以及一种私密的因素，虽然我们难以确认那因素是真还是假。惠氏所创造的人物是文学史上最可爱、最令人难忘的。这人物好比堂吉诃德和哈姆莱特，其复杂性并不亚于两者，有可能还更为可爱。

把《草叶集》中的主人公惠特曼比做堂吉诃德或哈姆莱特是准确而令人兴奋的；这个惠特曼确实是他最杰出（仅有）的文学形象，他强有力的创造物。哈姆莱特其实并不太可爱，尽管他富有个人魅力；但是堂吉诃德和惠特曼这两个人物都是可爱的。问题要比博尔赫斯所设想的更复杂：谁是那位志愿的男护士，此人内战斯间在华盛顿特区无私地为伤亡者服务？此人是不是诗歌主人公惠特曼和作者惠特曼在那种情境下的混合呢？包扎护士惠特曼的形象和林肯的烈士形象同样地高大，也许前者更为可爱。挽诗《当紫丁香最近在庭园中绽放时》的作者由于在生活和文学上的奉献而获得悼念林肯的权威地位。在惠氏最好的诗中有他自己奇异和感人的形象，而且他也显然塑造了南北美洲的形象，正如西班牙语美洲诗人所表明的。

一般认为，聂鲁达是这些诗人中最具有普遍性的，同时也被视为惠特曼的最正宗传人。《漫歌》的作者足以抗衡《草叶集》的其他传人，对于我这个喜爱克莱恩和斯蒂文斯的人来说，这是一个难以说出的事实。我有些怀疑那位多才多艺、激情十足的聂鲁达是否真的具有惠特曼或狄金森的卓越，但是，我们时代所有的西半球诗人都无法完全与他相比。他那不合宜的斯大林主义常常像个赘瘤长在他的诗歌之上，但是除了少数地方外，这对《漫歌》并没有太大的伤害。聂鲁达在与惠特曼的关系上遵从了博尔赫斯的模式：起初是信徒，然后是指责，而在后期作品中则对惠特曼作了复杂的修正。在1966年与罗伯特·布莱的一次访谈中，聂鲁达区分了西班牙语美洲诗歌（他自己以及巴列霍的诗）和现代西班牙诗人，尽管后者中有很多他的朋友：洛尔卡、埃尔南德斯、阿尔贝蒂、赛努达、阿莱克桑德雷以及马查多。他们身后是西班牙黄金时代的巴洛克大诗人：卡尔德隆、克维多和贡戈拉——他们为一切重要的事物都命了名。惠特曼的魅力在于他教导人们如何去观看并命名那些从未被看见或命名过的事物：

> 南美诗歌完全不一样。你瞧我们各国有许多无名的河流，无人知晓的树木，无人描述过的飞鸟。这很容易使我们成为超现实主义者。因为我们所见的都是新鲜事物。因此我们的责任就是表达未曾听闻之事。在欧洲，一切都被描绘和歌唱过，而美洲则不一样。这方面惠特曼是杰出的导师。惠特曼代表什么？他不仅是高度自觉的，而且是清醒地睁开双眼的！他的慧眼可观察一切，他教导我们如何看，他是我们的诗人。

这似乎比实际的聂鲁达更具有理想性，而不是细腻空灵的惠特曼的恰当形象。不过聂鲁达接着说："他并不简单——惠特曼——他是一个复杂的人，而正是这复杂性成了他最好的一面。"惠氏的复杂性是难以估量的，而聂鲁达则不然。博尔赫斯和聂鲁达之间互相厌憎；人道主义的博尔赫斯不会赞同斯大林主义，而共产主义者聂鲁达则嘲讽博氏的生活脱离了现实世界，现实世界里有工人、农民、毛和斯大林。博氏对聂鲁达有过机敏的指责，而在唇枪舌剑中确实无人能轻易挑战博尔赫斯：

> 我认为他十分卑鄙……他写了一本关于南美暴君的书，然后又写了一些反美的诗句。现在他明白了那全是垃圾。他对庇隆也毫无恶言。因为他在布宜诺斯艾利斯有一场官司，所以他不想冒险，这我是事后知道的。于是当他应该充满义愤、秉笔高呼时，他却对庇隆不发一言。他娶了一位阿根廷太太，他也知道许多朋友被送进了监狱。他知道我们国家的一切，却一声不吭。

那本书就是《漫歌》（1950）；博尔赫斯是在1967年说上述这番话的，他私下里可能想到了恩里科·马里奥·桑蒂所说的他那种针对聂鲁达的预言式讽刺，那是在著名的《阿莱夫》中，这篇故事写于1945年，首次发表于1949年，比聂鲁达百科全书式的史诗要早一年。《漫歌》实际上有十五部分，约三百首独立的诗作，写作时间跨度为1938年至1950年。此书出版前由聂鲁达和智利共产党作了公开的宣传，而博尔赫斯当然知道后果会是什么。在《阿莱夫》中，聂鲁达作为博尔赫斯的对手，即愚昧的卡洛斯·达内里遭到嘲讽，这是一位趣味低劣、只会仿效惠特曼的诗人。对聂鲁达尚在进行中的作品的全面指责巧妙地在文中展开；《漫歌》要为整个拉丁美洲唱赞歌：风土人情、花草树木、鸟兽虫鱼、本地及外乡的恶棍，包括聂鲁达、共产党、惩罚者斯大林等在内的各种英雄，聂鲁达似乎赞同斯大林的屠杀："惩处是必需的。"博尔赫斯对此则预先给予了温和的文学惩处：

> 我生平仅有一次机会阅读《众多祝福》中的一万五千首抑扬格六音步诗。迈克尔·德雷顿在这部山水人情史诗中记载了英国历史上的动植物、山水风光、军事和修道院的兴衰等等。但我认为这部庞大却视野有限的作品比卡洛斯·阿根廷尼奥类似的大作要有趣得多。达内里有意写下整个星球的方方面面，而到了1941年，他已经打发了昆士兰州的不少地方，将近一英里的奥伯河沿岸地区，韦拉克鲁斯北部的煤气场，库塞普西翁的布宜诺斯艾利斯教区的主要商店，阿根廷首都贝尔格拉诺区的玛丽亚娜·坎巴塞雷斯·德·阿尔维阿尔村，离著名的布莱顿水族馆不远的土耳其浴场等等。他曾经念给我听一些有关澳大利亚部分的长诗片断，句子冗长而他却颇为自得，如"天白色"这个词，他认为"实际上暗示天空是南美风光的最重要因素"。但是这些散漫无生气的六音步诗缺少激情，甚至比不上所谓的"占卜诗"。于是，我在午夜将近的时刻就离开了。

《漫歌》中最糟糕的是草率打发了南美的草木鸟兽和山川物产。在1970年对《阿莱夫》的评论中，博尔赫斯否认了达内里试图成为但丁模仿者的观点（所引诗句显然是在戏仿聂鲁达并稍稍模仿了惠特曼），在这之前他对《草叶集》几乎是荷马式的编目者给予了精敏的称赞：

> 写此故事时的主要问题是，惠特曼已很成功地为无尽的事物建立了

有限的目录。这工作显然难以完成，因为这混乱的罗列只能是模仿，每种显属偶然的因素都必须与邻近因素通过秘密的联想或对比而连接起来。

博尔赫斯总结道：首字母本身，亦即故事中的犹太教神秘主义物神或护身符，是永恒的空间对应物，在此“所有的时间——过去、现在和将来——都同时共存。在首字母中，整个宇宙空间只存在于不到一英寸见方的闪光区域内”。相比《草叶集》和《漫歌》，这是对那篇十五页故事的很好描述，《阿莱夫》也是对散漫诗风的一种批判。我敢说，博尔赫斯在学识上和形式上都更接近于爱默生而不是惠特曼。

对聂鲁达来说，惠特曼是一位理想的父亲，甚至取代了真正的父亲，那个铁路工人何塞•德尔•卡门。巴勃罗•聂鲁达只是笔名，比起惠特曼对自己名字的缩写变化更大。正如惠特曼只有在知道自己生父——一位酗酒者、贵格会教徒和木匠——将死之后才能动手写作《草叶集》那样，聂鲁达在写《漫歌》之前也失去了“我那可怜的父亲，他总是广交朋友，开怀畅饮”。若你是位诗人，理想化的父亲最好是被误解的，而聂鲁达可能对惠特曼理解得太好了。聂鲁达对惠特曼的创造性误读出于高度的自觉，多丽丝•萨默较好地把握到了这一点，她说，聂鲁达想要“摧毁他的导师，其方法是恢复老的模式，它们不再给读者以平等的希望，而惠特曼在其诗歌序言中已摒弃了此类模式”。这话也许有道理，但是聂鲁达的一些佳作确实足以比肩惠特曼。

众所周知，《漫歌》中最好的是第二部分由十二首咏唱组成的崇高系列，即《马丘比丘之巅》。古老印加帝国首都库斯科城外八十余英里安第斯山中有一座山顶废城，坐落在马丘比丘高地上。1943年秋他卸去担任了三年的智利驻墨西哥城总领事职位返国时，路过秘鲁并登上了那高地。两年以后，诗作《马丘比丘之巅》问世。由于约翰•费尔斯蒂纳的精妙译文，这首诗成了不熟悉西班牙语诗歌的读者了解聂鲁达的最佳入门之作。

费尔斯蒂纳说，惠特曼预示了聂鲁达诗中的语调情愫：“诚挚的人类同情心，赞许物质力量和感官性，对大众生活与劳动的意识，对人类前景的豁达感，以及诗人自愿成为一名救赎者。”我认为这最后一个形象尤为重要，虽然这在聂鲁达的诗中是最有问题的一个，因为惠特曼的爱默生式真知与聂鲁达的摩尼教共产主义相去甚远。把《马丘比丘之巅》和《自我之歌》的结尾加以直接比照，可以表现出两位诗人最强大的力量，而且聂鲁达并不占上风：

（告诉我一切，一串串，
一环环，一步步，
磨快身边的刀，
把它们刺入我的胸膛和手心，
好比一条黄光闪闪的河流，
好比一条埋葬美洲虎的河流，
让我哭泣吧，时时，天天，年年，
盲目的年代，星光闪耀的世纪。
给我安静、水和希望。
给我斗争、铁和火山。
让你们的身体像磁铁一样吸在我身上。
快来我的血管和嘴里。
以我的词语和血液来说话。）

我像空气一样离开……向将逝的太阳摇动我的白发，
我把血肉抛进涡流中，裹在花边一样的破布中漂流。
我把自己赠给土地，为了从我喜爱的青草中生长出来，
如你要再见到我，请在你的靴底寻找。

你不知我是谁或我意为何，
但我对你却是健康有益，
过滤并充实你的血液。

起先没抓住我继续努力，

错过这里再寻我到那里，
我会在某个地方等着你。

两位诗人都是以多声部在说话，聂鲁达的隐喻混合了克维多的极致巴洛克风格和魔幻现实主义或超现实主义：黄光闪闪的河流，被埋葬的美洲虎，那让死去的工人复活的“斗争、铁和火山”，这些工人转而吸住了聂鲁达的语言和期望。这是可信的伤感，既浓烈又持久，但是比起惠特曼诗句的徐缓威严来，又不那么有说服力，因为惠氏语言奇特地有耐心并易于接受。聂鲁达带有某种迟来者的焦虑，即使他在堂皇地敦促死去的工人以语言和鲜血说话时也是如此。惠特曼询问我们是否想在他走之前说些什么，是否会因为太慢而赶不上，即令他在等着我们也罢。聂鲁达在其他地方学到了惠氏的教诲，如在《人民》一诗的结尾部分，这实际上也是对《自我之歌》结尾两组三联句的精彩补充：

(所以别让任何人受惊扰，
当我似乎孤独却又并非一人独处时；
我不是没有伴而是我为大家说话。

某个人不知不觉地在听我诉说，
但我所咏唱的人们，那些知情者
将不断出生并遍布天下。)

翻译过惠特曼作品的聂鲁达在此处意指的是惠特曼，对这点我毫不怀疑，而且至少此时的父子融合几乎是完美的。聂鲁达似乎赞同墨西哥诗人兼批评家奥克塔维奥·帕斯的看法，后者轻视博尔赫斯并在《弓与竖琴》(1956)的最后附录里企图把公开的和私下的惠特曼合而为一：

沃尔特·惠特曼可能是唯一没有体验到与其世界不一致的现代大诗人。或者他甚至没尝到孤独的滋味；他的独白是宏大的合唱。无疑，在他身上有两个人:公开的诗人和私下的个人,他隐藏起其真正的情欲倾向。但是,他的民主诗人面具不仅仅是面具,那是他真正的面貌。不管近来某些解释如何,诗的和历史的梦想都在他身上充分重合。在他的信念和社会现实之间没有裂痕。我以为这一事实要比任何心理环境都更重要,因为它更广泛也更有意义。如今,惠氏诗作的独特性在现代世界中只能借助另一种更显著的独特性来解释,后者包容了前者:美洲的独特性。

这一看法虽然精彩却错误。这既误解了博尔赫斯("近来某些解释")也低估了惠特曼诗歌的复杂性。"真正的情欲倾向"和"心理环境"等都不是问题;至关重要的是惠氏自己的心灵地图,在此地图中他设置了两个对立的自我和一个与两者都不同的灵魂。惠特曼的真正面目既非民主派也非精英派,而是如聂鲁达似乎不得不悟到的,那是一种神秘主义。也许西班牙语惠特曼在接受上成为一个如此恼人的问题是因为那些主要人物,如博尔赫斯、聂鲁达、帕斯和巴列霍等人,对《自我之歌》和"海上漂流"挽诗都没有仔细品读的缘故。

作为拉美诗人的一个补充,我要提出令人惊奇的葡萄牙语诗人费尔南多·佩索阿(1888—1935),此人在幻想创作上超过了博尔赫斯的所有作品。佩索阿出生于里斯本,父辈曾是改宗的犹太人,在南非受的教育,而且和博尔赫斯一样是在双语环境中长大。实际上,直到二十一岁时他还只用英语写作。在诗歌成就上,佩索阿堪比哈特·克莱恩,他与克莱恩非常相像,尤其是诗作《音讯》("信息"或"召唤"),这部系列诗篇以葡萄牙历史为主题,类似克莱恩的《桥》。但尽管该诗如佩索阿其他的抒情诗一样有力,也仅是他诗作的一部分;他还创造了一系列不同的诗人,如阿尔贝托·卡埃罗、阿尔瓦罗·德·坎波斯和里卡尔多·雷伊斯等人,并为他们写了许多卷诗作,或者说是作为他们写了许多卷诗作。其中两人即卡埃罗和坎波斯都是大诗人,他们相互之间风格迥异而又有别于佩索阿,更不要提雷伊斯了,因为雷伊斯只是一位有趣的小诗人。

佩索阿既不疯狂也不仅仅是位讽刺家;他是惠特曼再生,不过,他是给"自我"、"真我"或"我自己"以及"我的灵魂"重新命名的惠特曼,他为三者写了美妙的诗作,另外还以惠特曼之名单独写了一本书。这种紧密的对应绝非巧合,尤其是由于“异名”(佩索阿用词)一词的发明直接源于《草叶集》的影响。惠特曼是一位粗莽的美国人,《自我之歌》的“自我”现在成了阿尔瓦罗·德·坎波斯,一位葡萄牙的犹太裔造船工程师。“自我”或“我自己”成了“牧羊人”阿尔贝托·卡埃罗,而惠特曼的灵魂变成了里卡尔多·雷伊斯,一位写作贺拉斯颂诗的伊壁鸠鲁派物质主义者。

佩索阿为三位诗人提供了生平和相貌特征,让他们独立地存在着,甚至与坎波斯和雷伊斯一起宣称卡埃罗为“大师”或诗坛前辈。佩索阿、坎波斯和雷伊斯都受到卡埃罗而不是惠特曼的影响,而卡埃罗没有受到任何人的影响,他是一位“纯粹的”或几乎没受过教育的自然诗人,二十六岁时死于极致浪漫主义时代。帕斯是佩索阿的一位追随者,他简洁而有条不紊地总结了这位四重身份的诗人:“卡埃罗是太阳,他的轨道上运转着雷伊斯、坎波斯和佩索阿。每个人都有否定或非现实的成分。雷伊斯相信形式,坎波斯注重感受,佩索阿喜欢象征。卡埃罗什么都不信。他只是存在着。”

葡萄牙学者玛丽亚·苏萨·桑托斯是佩索阿的经典批评家,她把佩索阿的“异名”解释为“对惠特曼既赞同又厌恶的解读,其对象不仅是惠氏诗作,还有他的性欲和政治观”。佩索阿很少抑制的同性欲望表现在坎波斯疯狂的受虐倾向上,而这却不是惠特曼式的;《草叶集》的民主意识并不见容于空想的葡萄牙君主主义者。

虽然桑托斯试图回避令佩索阿烦恼的惠特曼的影响,但影响的焦虑却难以被嘲弄。就像D. H. 劳伦斯的文章《经典美国文学研究》一样,佩索阿—坎波斯对惠特曼的雄心极为矛盾,因为这雄心是要汇纳宇宙和所有人在内;不过,佩索阿似乎比理想化的批评家更懂得,不可能将自己诗歌的自我与惠特曼的自我分开,尽管有异名这一了不起的发明。苏萨·桑托斯在尝试以女性主义立场来回避影响的重负之后,也明智地回到了时间起源的严峻现实,即诗歌的家族罗曼司上:

> 从惠特曼作品里的我与我自己之间的隐形对话中,佩索阿分辨出两个清晰可见的声音形象。早先惠特曼曾借助有机联系的意识把两种声音

结合为一个动态的整体。半个世纪后出现的佩索阿沉浸在当代思想的潮流中,熟知尼采及马里内蒂,尤其是佩特。他曾译过佩特部分作品,并力图找到以惠特曼的方式来表达自我的新策略,既是技巧上的,也是理念上的。由于在《草叶集》中,尤其是在《自我之歌》中察觉到两个潜在对立的自我,佩索阿发现了诗歌描写单一意识不停流动的方法,这一意识在对存在的两种基本态度之间来回疾驶。卡埃罗和坎波斯同唱《自我之歌》的二重唱,而独唱者的主旋律总是被另一不可捉摸的声音遮挡。把一个角色解读为另一角色的必要部分,这为异名提供了新的解读。

根据这一我也赞同的观点,佩索阿认可了自己在诗歌影响这出戏中的角色,但又通过把前辈诗人的心灵地图外化为两位虚构诗人的互动,把对惠特曼的解读提到更高的意识层次。我先用这种解读去处理卡埃罗和坎波斯的诗作,然后再跳回到聂鲁达,聂鲁达诗作的多样性已经引发了许多批评。当里卡尔多•内夫塔里•雷耶斯采用假名巴勃罗•聂鲁达并以惠特曼为养父时,他已朝佩索阿的异名原则迈出了第一步。不论《漫歌》是否会被时间证实为美洲之歌,像一些仰慕者所预言的那样足以取代《草叶集》,聂鲁达在他的百科全书式史诗之外还写了一大批不同风格的诗作。他那多变生涯中诗作和年代的关系极具惠特曼的风格,聂鲁达各种不同的自我体现在诗歌中,正如卡埃罗和坎波斯虽然大相径庭,却都具有惠特曼式的那种自我。卡埃罗好比惠特曼的"真我",既置身赛事中,又能跳出来观看并进行思考:

或这样,或那样,
只要时机许可,
我有时还能说出心中所想,
否则说出的话杂乱无章,
我坚持写诗却非本意,
似乎写作不是出自各种姿态,
似乎写作就像我遇到的偶然

好比屋外阳光照在身上。

我试着说出自己的感受
却不去想这感受是什么。
我试着让言辞达意
却不沿着
思想的长廊搜寻词章。

我并非总能成功地感受到应有的感受，
我的思绪在河中游得太慢，
因为它披戴着人们加给它的沉重衣装。

我试着放弃一切所学，
我试着忘掉他们所教的记忆方法，
刮去他们在我感官上涂抹的墨迹，
打开我真实的情感，
敞开自己，成为自己，而不是阿尔贝托·卡埃罗，
做一个大自然造就的人性动物。

惠特曼的真我没有写出《草叶集》，而是在《自我之歌》中遭到自慰的强暴后，对《当我与生命之海一同退潮时》中粗莽的沃尔特加以嘲笑。佩索阿的直觉教会了他，惠特曼的我自己会写出什么样的诗歌来：不自主的人性动物或自然人的表达，抛却了一切学识、记忆和过去对感官的表现。这种诗存在过吗？当然没有，佩索阿对此也一定知道；但是卡埃罗的诗正是带有迷人的意图要去写那种无法写的东西。在这种表达的另一极端是粗莽而魔鬼般的沃尔特大肆自我庆颂，佩索阿把激烈的坎波斯置于他写的《向沃尔特·惠特曼致敬》中：

源远流长的葡萄牙，六月十一日，一九一五年，

啊——嗬——嗬——嗬——嗬!
站在这方葡萄牙土地上,脑海里充满着过去的岁月,
我向你致敬,沃尔特;我向你致敬,我四海之内的兄弟,
我戴着单片眼镜,穿着扣紧的大礼服,
我对你并非微不足道,这你清楚,沃尔特,
我对你并非微不足道,我的问候足以证明……
我天生如此懒散,如此容易厌倦,
我与你同在,这你知道,我理解你也爱戴你,
虽然我从未见过你,因为我出生之年你却逝去,
但我知道你也爱我,你了解我,我很快乐。
我知道你也了解我,你也看重并解释我,
我知道这就是我,不论是在我出生十年之前的布鲁克林渡口
还是漫步乌洛街头心思却在街头以外的万物,
正如你感受到一切,我也感受到一切,于是我们的手紧攥在一起,
手与手紧握,沃尔特,手与手紧握,整个宇宙都在你我心灵中起舞。

啊,那咏唱绝对存在的歌手,总是既现代又永久,
破碎世上的奸情女子,
经受五花八门人生遭际的鸡奸者,
性欲源起于乱石、树木、人群和买卖,
渴望白驹过隙,偶然巧遇,片刻青睐,
我热望知道万物的实质,
我的伟大英雄跳跃着直接穿过死亡,
咆哮、尖叫、怒吼着问候上帝!

狂放而温和的兄弟之情使歌手善待一切,
伟大而知名的民主人士,全身心地随侍
一举一动如狂欢,一意一念似盛宴,

每次冲动突发好比孪生兄弟，
让-雅克·卢梭身处竭力打造机械的世界，
荷马则陷于永不知足的飘忽肉欲，
莎士比亚在感受到蒸汽的驱动，
弥尔顿和雪莱将见到电气化的未来！
千姿百态的冥想欲念，
悸动着穿透一切客观物体，
整个宇宙的支撑者，
整个太阳系中的荡妇……

这首1915年的畅想诗接下去还有激情彭湃的二百多行，伴随它的还有两首更长的惠特曼式激情之作：《颂歌》和长达三十页的《海之歌》；后者是坎波斯的杰作，也是本世纪重要的诗作之一。除了聂鲁达的《地球上的居所》和《漫歌》中的名篇外，没有一部惠特曼之后的诗作比得上《海之歌》这部声情并茂之作。《向沃尔特·惠特曼致敬》以崇高的矛盾揭示出D. H.劳伦斯是一种惠特曼式的反动—构成（“整个太阳系中的荡妇”），这首诗的结尾祝福惠特曼成为“九位缪斯和神之恩典的热情却无能的爱人”。

菲德里柯·加西亚·洛尔卡在十五年后（即1930年，适逢哈特·克莱恩的《桥》出版）向惠特曼致敬时写了《沃尔特·惠特曼颂》（在他的超现实主义杰作《诗人在纽约》中），该诗与坎波斯的咏唱无法相比；但是，洛尔卡与佩索阿不同的是，他是间接地了解惠特曼的，所以他想象中的惠特曼是一位“可爱的老人”，“胡须上全是蝴蝶”。佩索阿—坎波斯浸淫于惠氏并受其激励，于是部分采用博尔赫斯式的“成为”惠特曼的策略来赢得自己的诗人地位（先于博尔赫斯）。这好比博尔赫斯的皮埃尔·梅纳尔为了篡夺《堂吉诃德》的作者地位而变成了塞万提斯。

聂鲁达至少在自己惠特曼风格的诗作中已认识到，《草叶集》的作者飘逸不定，内向敏感，心存防范且不停变幻。正如弗兰克·门查卡指出的，“聂鲁达也必然懂得，惠特曼作品中那号称无处不在的自我实际上无处可寻。”在聂鲁达和惠特曼两人的诗中，死亡也许是那“无处”的一部分，但聂鲁达诗歌的一个主题就是死亡，而且他的诗歌中弥漫着惠氏这位包扎创伤者的情绪。《地球上的居所》是聂鲁达早期诗作的顶峰，展现了面对一片荒芜的聂鲁达以哀伤的惠特曼方式把自己思忖为一位海上漂流者。聂鲁达说过，“这是没有出路的诗”，并坚信他之所以能跳出绝望，只是因为在西班牙内战中他站在注定失败的共和派一方所采取的行动。莱奥·斯皮泽是少数几位重要的学者式现代批评家之一，他形容《地球上的居所》是一种“混乱的罗列”，这大约是指更阴暗的惠特曼失去了控制，惠特曼式的创造过程被降为斯皮泽所谓的“解体活动”，或者说是惠特曼在随生命之海一起退潮。

借用佩索阿的异名说法，诗作《地球上的居所》是由藏在坎波斯作品中的卡埃罗因素写出来的，也就是一位陷于自身之中的惠特曼。也许说明这个比喻的最好例子是《漫步四处》一诗的结尾：

因为这原由，周一就如油脂般烧掉
只因见我绷着脸到达，
它就像一只破轮叫嚷着经过，
又如热血走向夜幕。

它推搡我到一些角落，一些潮湿的屋子，
推搡我到那白骨支出窗外的医院里，
又到那满是醋味的皮匠小船中，
还有那布满可怕裂缝的街道。

硫磺色小鸟的肚脏令人害怕，
从我厌恶的房门上吊挂下来，
一只咖啡壶里有几副遗忘的假牙，
还有镜子

想必已布满羞愧而恐怖的眼泪，
遍地都是雨伞、毒药和肚脐。

我平静地大步跨过，睁着双眼，穿着鞋子，
带着愤懑，带着茫然，
我经过办公室和商店，店中全是整形器材，
院子里的铁丝上挂满衣物：
内裤、毛巾和衬衫都缓缓流下
肮脏的泪水。

《漫歌》的最出色之处是那最后的解毒剂，专治聂鲁达诗中惠特曼式的自杀情绪。罗贝尔托·冈萨雷斯·埃切瓦里亚认为这是一部“叛逆诗学”，不祥地预示了聂鲁达死时的可怕氛围，那是在1973年9月23日，在他的朋友阿连德总统被智利军方杀害及紧接着的十二天屠戮之后。在惠特曼作品中，背叛只是个小主题，但在一切都被政治化以后，其中的政治含义被现今糟糕时代的批评过分地突出了。但不管是西班牙共和派还是智利军人的背叛，对聂鲁达而言都是一种文学上的解脱，这使他摆脱了与惠特曼共有的阴暗一面，因为他缺少惠特曼那超凡的、随时如初升太阳一样从自身勃发而出的能力。惠特曼对博尔赫斯、聂鲁达、帕斯以及其他许多人的影响给我们上了最后的一课，即只有狂烈如佩索阿那样的原创性才有希望去包容这种影响而又不损害诗歌自我。

# 22 贝克特、乔伊斯、普鲁斯特和莎士比亚

在其权威的传记《詹姆斯·乔伊斯》中，理查德·艾尔曼勾勒了乔伊斯和贝克特两人之间友谊的可爱画面，两人当时分别是五十岁和二十六岁：

> 贝克特习惯沉默，乔伊斯也是；他们的交谈中常有彼此相对的沉默，两人充满哀伤，贝克特主要是因世界而乔伊斯主要是为自己。乔伊斯以惯常的姿势坐着，两腿交叉，上面那只脚的脚尖却放在下面那只脚的足弓之下；同样高瘦的贝克特也是以如此姿势静坐。乔伊斯会突然问这类问题："理想主义者休谟会怎样写历史呢？"贝克特回答说："一部表现的历史。"

这段话出自艾尔曼1953年对贝克特的一次访谈，二十多年后贝克特仍然清楚地记得此事。乔伊斯死于1941年，当时还不到六十岁，而贝克特在1989年八十三岁时才去世。贝克特一直热爱着乔伊斯，仿佛他是自己的第二位父亲，并作为这位大师的忠实门徒开始了自己的文学生涯。在贝克特所有的作品中，我最喜欢《墨菲》，这是他在1935年写成的第一部小说，但直到1938年才出版，这部小说与安东尼·伯吉斯的小说一样也带着乔伊斯风格，不过这和成熟期的贝克特大相径庭，此时的贝克特已写出了三部曲（《莫洛伊》、《马龙之死》及《无名者》），《如此情况》，以及一些重要剧本（《等待戈多》、《终局》和《克拉普的最

后磁带》)。我选择《墨菲》作为讨论起点的部分原因是它总能让我愉快，还有部分原因在于它是最有乔伊斯风格的贝克特之作。乔伊斯自己也十分喜欢《墨菲》，甚至还能背诵描写最后处理墨菲骨灰的片断：

> 几小时之后，库柏从衣袋里拿出了一包骨灰，这是傍晚早些时候为了更安全而放进去的。然后他愤愤地把骨灰包扔向那曾大大得罪过自己的人。它从墙上弹起又落到地上破碎了，马上就成了大量啐、推、踩、踢、撞、顶动作的对象，甚至成了那位先生的代码认可的对象。到了关门之时，墨菲的身、心和灵魂都已四下散布在大厅的地板上，在另一天晨光灰暗之际，所有沙土、啤酒、烟头、玻璃、火柴、唾液及呕吐物都被从地上一扫场而净。

这一熟悉的惊人场面通过提及"身、心和灵魂"而想提示我们墨菲的意愿，这在之前六页有过记述：

> 关于处理我的身、心和灵魂的问题，我希望将其烧掉后放入一个纸包里，再带到都柏林下阿贝街的阿贝剧院里，不要停留，再将其送到大善人切斯特菲尔德勋爵所说的必需之屋内，他们在那里度过了最幸福的时光，从右边走下进入座位，可能的话我希望尽可能在演出期间拉紧链条，所有东西就被清除掉，不需任何仪式或哀悼。

《墨菲》中高扬的否定精神是愉悦而无穷尽的。该书的美在于它语言的丰富：它是萨缪尔·贝克特的《爱的徒劳》。这不是完全贝克特式的，部分原因在于它也有沉稳的乔伊斯风格，部分原因在于它是贝克特仅有的作为表现历史一部分的重要作品，这部小说好比狄更斯、福楼拜及早期乔伊斯的作品，而不是拉伯雷、塞万提斯和斯特恩的更多问题的"解剖"形式(这是诺斯罗普·弗莱爱用的词)。《墨菲》有一条极为连贯的叙述线索，当我最喜欢的两位人物，都柏林的毕达哥拉斯派尼瑞和威利出现时(他们有时还有"康妮罕小姐的热油臀"作陪），贝克特为他们写了一段生动而极为风趣的对话，这是不可再得的一段：

> "你们两个在我面前坐好，"尼瑞说，"别气馁。记住，一个三角形不管怎么钝，都会有某种弧形通过那弯曲顶端。还要记住，有一位小偷获救了。"
>
> "我们的中线，"威利说，"或不管什么倒霉的东西，会交会在墨菲身上。"
>
> "离开我们，"尼瑞说，"离开我们。"
>
> "就在外面的光中。"康妮罕小姐说。
>
> 现在轮到威利了，但他找不到一句话。他一旦理解了这一点，即无法及时找到什么为自己增光，他就开始显出无所求的样子，好像在等着轮到自己。最终尼瑞严厉地说：
>
> "该你玩了，针杆先生。"
>
> "等那女士说完最后一个词！"威利叫起来，"去麻烦那位女士找出另一个词！尼瑞，快点。"
>
> "没问题。"康妮罕小姐说。
>
> 现在每一个人都可以说了。
>
> "很好，"尼瑞说，"我的本意只是想建议，让我们的交谈免掉文学或现实中的例子，大家尽量讲出所知的真实情形。当我说你应从我口中了解语气（如果不是语词）时，我就是这个意思。现在我们三个该分手了。"

尼瑞只说了贝克特最喜欢的圣奥古斯丁语录中一句话里乐观的前半部分，这表达了《等待戈多》的核心精神："别灰心——有一个小偷获救了；别指望——还有一个小偷下了地狱。"贝克特曾说过，"我对各种观念的形状很感兴趣，即使我不相信它们……这句话的形状极佳，至关重要的是形状。"在新教中，神的宽恕的形式既是矛盾的又是专断的，这可上溯至奥古斯丁；贝克特作为坚定的信仰者从小就接受了爱尔兰的新教信仰。《墨菲》适当地表达了无信仰，因而是贝克特作品中最纯粹的喜剧。它的阴郁暗示无处不在，但绵延不绝的活力又让它们处于边缘。乔伊斯在全书中只被另一位小说家所调和，这就是与众不同的普鲁斯特，他也影响过贝克特，贝克特于1931年出版过一部关于普鲁斯特的简短生动的书。书的高潮是对普鲁斯特的描述，只有乔伊斯的信徒才会如此写：

> 语言的特质对普鲁斯特而言比任何伦理或美学体系更重要。实际上他从没试图把形式和内容分开。一方是另一方的体现，是一个世界的显现。普鲁斯特式世界由艺匠以隐喻方式表达了出来，因为艺术家也是以隐喻方式来理解的：间接地、比较性地表现出间接和比较的感知。

如果你以“乔伊斯”或“贝克特”替代“普鲁斯特”，这一段话至少也是成立的。在《普鲁斯特》一书的前面，贝克特提到“我们那自鸣得意的生存意志”，他还与普鲁斯特一道对这意志进行叔本华式抵抗。他的作家信条出自他专著里面两句简单明晰的话，这两句话也联结了乔伊斯和普鲁斯特：

> 唯一丰饶的研究是开掘式的，沉浸其中，精神收聚，投入其中。艺术家是积极的，但又是否定性的，从外部现象的虚幻中收缩，卷入到漩涡的中心。

这一沉入自我深渊的行为更像是贝克特三部曲的艺术，而不像《芬尼根守灵》和《追忆似水年华》的艺术。除了友爱之外，乔伊斯最吸引贝克特之处在于他永远会显示出超凡的控制能力。贝克特从不认为乔伊斯会被那些他已转化进《尤利西斯》和《芬尼根守灵》里的文学素材所压倒。相比之下，贝克特笔下的普鲁斯特被表现为一位对立的文学之父，他甘受素材的摆布和危害，并以浪漫派的焦虑来接受它。贝克特的专著中从未出现过乔伊斯的名字，但他作为古典艺术家的特征与浪漫主义的普鲁斯特（还有贝克特）是对立的，普鲁斯特（和贝克特）根据他们的生活经历写作，在时间中写作，乔伊斯则不同：

> 古典艺术家表现出无所不知和无所不能。他艺术地使自己超出时间之外，以便解脱时序和因果关系对发展的影响，普鲁斯特的时序极难把握，事件的发展是间歇式的，人物和主题虽然服从某种近乎疯狂的内在必然性，在表现和发展它们时显示出陀思妥耶夫斯基式的对事件平庸串联的轻蔑。

这段话更接近于《墨菲》的风格而不是《追忆》，它也是在为三部曲进行辩护。“乔伊斯知道得越多，他就能做得越多”；而另一种方式则是“以无能无知的姿态去做”。这些话应被看作是隐喻，表示意识的一些十分敏锐的状态，从中产生了《等待戈多》、三部曲、杰出的《终局》以及真正的惊人之作《如此情况》。我倾向于怀疑这些状态基本上是意识(实际上是意识的意识)在不同程度上的表现，这也是休·肯纳的后笛卡尔式隐喻，因为他的贝克特原本就是最后一位极致现代主义者，可谓庞德、艾略特、乔伊斯(以及温德姆·刘易斯!)等人的喜剧性收场，他也是启蒙运动对西方之毁坏的最后一位见证人。

贝克特对我们时代之病态的感受更多地带有后新教的认识，它植根于叔本华而不是笛卡尔。自我意识是贝克特对我们迷惘状态之体认中的一个因素，但这只是强烈生存意志的另一个成果。即令叔本华对超越快乐原则的冲动念念不忘并多有高论，他也和以后的弗洛伊德那样不过是又一位在表现它的后来者而已。生命意志大师也包括福斯塔夫和麦克白，或者说前者为大师而后者是受害者。尽管贝克特坦承喜爱拉辛，但只有哈姆莱特贯穿了贝克特的经典戏剧《终局》，因为哈姆莱特既是大师又是受害者。贝克特的哈姆莱特紧随法国模式，其中过分的意识表露否定了行动，并因此与莎士比亚的哈姆莱特产生了距离。T. S. 艾略特更喜欢法国式的哈姆莱特，他认为:“拉佛格的哈姆莱特只是一位青年人；莎士比亚的哈姆莱特却不是，他没有那种解释和借口。”贝克特的汉姆如同拉佛格的哈姆莱特一样也是一位年轻人，成长为一个堕落的神或造物主。不过，自我意识并不是汉姆的包袱，生存意志以可怕的衰颓形象一直留驻在他身上，而这对贝克特说来总是某种魔障。如果你是一位艺术家，你的生存意志因职业缘故就会尤为强烈而导致你受到折磨，你开始时渴望认可，最后又希望不朽。贝克特似乎和其他大作家一样是善良而文雅的，更值得称赞的是他深厚的同情心和无尽的慈爱，虽然更多时候是表现为无限的回撤。但是作为一位作家，他与其他作家一样承受苦难；作家越有名，承担的痛苦越大，贝克特就是这样一位有名的作家，他比博尔赫斯或品钦更称得上是（迄今为止）最后一位不可动摇的经典作家。

贝克特在把写作方式改成先以法语写作再自己译回英语后，他就摆脱了乔伊斯风格的影响，并也不再受普鲁斯特视野的干扰，尽管他们共同的先驱是叔本华。任何人读了《终局》或《如此情况》，都会发现贝克特显著的原创性和充分的陌生性。他的影响较大地体现在品特和斯托帕德的作品中；他的小说似乎已成了一个终点：因为没有人能延展或深化这一方式。《终局》或可视为西方经典最后一个主要阶段中的终局，而我们则发现自己正不安地等待着戈多，他将变成新神权时代的造物主，而这是我们和贝克特都不欢迎的。我们那些文化研究新秀们会如何对待《终局》或《如此情况》这样的作品呢？也许他们只能称其与《追忆》、《守灵》和卡夫卡的作品同为旧日时光的最高成就和审美家们的失乐园吧？贝克特和乔伊斯一样都假定读者知道但丁、莎士比亚、福楼拜和叶芝，以及其他一切逝去却永生的伟大男女（此处是借用柯勒律治赞美莎士比亚的话）。戏剧自有其独特的传统和延续性，戏剧家贝克特将和莎士比亚、莫里哀、拉辛及易卜生等人生存于舞台演出中而不是读者中。小说家贝克特和他的前辈如乔伊斯和普鲁斯特一样也面临同样的式微，因为新的神学家们会强行推出他们的伪文学和多元文化的非经典作品。《马龙之死》或《如此情况》如何能抵挡艾丽斯•沃克的《梅里迪安》或其他正确指定的读物呢？作为一位挽歌作者，我与世无争也很现实，所以只把贝克特的《等待戈多》、《终局》和《克拉普的最后磁带》等作为他幸存的经典之作的中心，并不得不忍痛割爱舍弃贝克特晚期的非戏剧作品。

虽然贝克特的主人公们展示了令人吃惊的多样性，但他们几乎都有一个特征：重复，他们注定地一再讲述和表现同一个故事。他们所追随的是流浪的犹太人、柯勒律治的老水手、瓦格纳会飞的魔鬼船长以及卡夫卡的猎人格拉古。贝克特的体裁是悲喜剧(最好地体现在《等待戈多》里);除了《终局》以外,他的写作体式不管怎么阴郁都算不上是悲剧性的。正确导演的《等待戈多》不会只是闹剧,我一直期望再看一场该剧的演出,而对于《终局》的演出,即使再好我也只能强迫自己去看,后者是更杰出但也更狂野的作品。《终局》里暴躁的汉姆也是一个哈姆莱特,但几乎是一位彻底的唯我主义者,贝克特的戏剧表现力叫人难以忍受。《等待戈多》的持久受欢迎与其中小丑角色果果和迪迪的含混期望有关。这部戏比《终局》要从容并更少说教气,但最终与晚期易卜生一样在意涵上具有乐观色彩。当你等待戈多时,你也许就在等待我们何时能够死而复苏。

《终局》出自一种莎氏范式,这种范式把《李尔王》、《暴风雨》、《理查三世》及《麦克白》的因素嫁接到《哈姆莱特》中;而《等待戈多》正像它的批评家们都认识到的,从杂耍、滑稽剧、马戏、音乐厅、无声喜剧电影中找到了范例,而最终则是这一切的源头:中世纪以及其后的笑剧。《等待戈多》的拟古性有如《终局》的预言性:老的神权时代遇到正在扑向我们的新神权时代。正如所有批评家都同意的,《等待戈多》再次浸透了新教《圣经》的精神:该隐和基督就徘徊在左右,而戈多与可怕的波佐都不是上帝。他的名字不管来历如何,都是随意取的并且毫无意义,不管是源于巴尔扎克(为贝克特所厌)还是贝克特自己的生活。至于基督教和《等待戈多》的关系,贝克特言辞决断:"基督教是一种神话,我对之异常熟悉,于是我常引用。但决不是在这部戏中!"值得记住的是:贝克特更为赞同乔伊斯对基督教和爱尔兰的厌恶。两人因此都选择了巴黎和不信教,而贝克特对爱尔兰产生许多重要现代作家所给予的解释是:一个为英国人和神父们所侵扰的国家被迫发出的歌咏。拯救既不是贝克特的选择,也不是弗拉基米尔(迪迪)和埃斯特拉贡(果果)所能获得的,因为这是一部极少奥古斯丁意味的剧本,是关于两个贼的寓言。

贝克特所担心的是,《等待戈多》也许哪天会成为文物。我仍记得第一次看它上演时的情景,那是1956年在纽约市,伯特•拉尔演埃斯特拉贡而E. G. 马歇尔演弗拉基米尔,两人都比克特•卡斯纳尔所饰的波佐和阿尔文•艾普斯坦所饰的拉吉逊色。拒绝出席的贝克特指责此次演出是"一场严重错误的庸俗演出”。我在1993年再读此剧时，发现其中确有昙花一现的东西，但这也许是因为四十年前的世界处在六十年代的另一端，现在看来似乎已过了一世纪或者退回到了时间的深渊里。那曾使我吃惊而现在又使我怀恋的东西肯定不存在于《终局》之中。汉姆既是时刻会被吃掉的棋中之王，又是一个拙劣的棋手，虽然我们不清楚除了观众之外还有谁能成为对手。埃斯特拉贡和弗拉基米尔参与的是一场等待的游戏，他们应由艺坛高手扮演，并和观众有亲切的交流。贝克特显然不希望他笔下的流浪汉迷住我们，但他就应该以不同的方式去描写他们。汉姆是最无魅力的唯我主义者，不应由已故的伯特·拉尔饰演，不过没人（我希望）会让拉尔饰演波佐，亦即汉姆的前辈。

我第一次观看《等待戈多》是在读剧本之前，我记得自己吃惊地听到拉尔引用雪莱的诗句，此时月亮正在升起，“苍白因憔悴而起……在爬上天际凝视大地时”。贝克特与乔伊斯一样都不赞同艾略特对雪莱的公开厌恶（实际上艾略特并不讨厌雪莱）。雪莱对月亮所说的片断实际上成了第一幕的收场：

你的苍白因憔悴而起
在爬上天际凝视大地时，
孤独地漫游
在那来历各异的群星中——
你不断变化，像一只忧伤的眼睛，
找不到值得它永恒不渝的对象。

雪莱虽有柏拉图派之名，实际上却是某种休谟式的怀疑论者，他也许能在此和贝克莱主教玩一场反讽游戏；不管怎样，我怀疑这就是贝克特对这一片断的解读，这也解释了为什么埃斯特拉贡要引用它。贝克莱认为客观物体本身并不存在，只有在我们感知时才存在于我们心灵之中，雪莱所咏之月亮是戏拟贝克莱的主体意识，忧伤而变动不定，因为没有人是值得永恒不渝的对象。“我等众生”并不值得月亮的关注，于是我们也就不再存在。

雪莱的月亮是一位孤独的漫游者，象征着埃斯特拉贡忧心会被弗拉基米尔抛弃，而这又表现为他不断威胁要离开弗拉基米尔。这份焦虑涉及到埃斯特拉贡的自杀狂，这使他常把自己比做基督。贝克特的传记作者狄尔德里•拜尔告诉我们埃斯特拉贡原本叫“利维”，也许我们能猜到，贝克特起初构思他时依据的是他的犹太朋友的形象，即被德国人杀害的保罗•李昂，他跟贝克特一样具有乔伊斯的风格。在“等待”戈多和贝克特为法国抵抗运动默默而英勇工作时的焦急等待之间，有一种微妙但永远令人不安的联系。死亡是《等待戈多》里明显的沉重主题，它也是对贝克莱主教逃避现实原则及死亡终极性的反讽式戏拟，这就是此剧得以避免昙花一现的几种因素之一。

在第二幕开始后不久，雪莱又复出了，此时埃斯特拉贡采用雪莱的枯叶形象表达“所有死去的声音”，也意指所有贝克特的朋友和爱人的逝去。波佐随之歇斯底里地为哀悼死亡而争辩：“他们跨过坟墓给予新的生命，而光芒瞬间闪烁之后又是黑夜降临。”此前在拉吉的感人祷文中，贝克莱主教已遭到辩证的驳斥：“总之，自主教贝克莱死后，每人受到的折损达一英寸四盎司。”我们在被死亡客观化后就丧失了存在，而在此之前也为究竟是否存在过担忧。于是，弗拉基米尔担心他或许只是埃斯特拉贡的梦境投射，其中有人会在他盯住睡着的埃斯特拉贡时也凝视着他。

当此时刻，戏剧家贝克特所取得的效果充满了陌生性，这与它实际上的原创性完全不成比例。在众多哲学剧中，贝克特显然回到了卡尔德隆的《人生如梦》，正如他在论普鲁斯特的书中所做的。但贝克特的漂泊所具有的悲情很奇怪地具有原创性，虽然在这后面隐藏着莎士比亚式愚人的影子（集中体现在《第十二夜》中的费斯特身上）。贝克特对待死亡的态度与约翰逊博士有奇特的相似，这可以解释他早先为何强烈想写《人类愿望》，其中将会让约翰逊也成为舞台上的一位恰当角色。贝克特和约翰逊一样，执著地将心灵中对死亡的早期领悟联系着这样的信念：爱会早早消失，甚至从来不会出现。这就是《克拉普的最后磁带》中的重点，这个剧本把贝克特四十岁时对自己美学观念的假定视为反讽性地落在自我之上的客体阴影，这是引用了弗洛伊德《悼念与忧郁》中最富机巧的句子。如果说埃斯特拉贡和弗拉基米尔的最终原型就是贝克特和他最后的妻子苏珊娜，那么，他们于1942年11月为逃避盖世太保而从巴黎到法国东南部一月之久的跋涉就可看作《等待戈多》的原始艺术素材。贝克特戏剧的想象是一种精粹的熔炼，即使半世纪之后，我们仍难以理解有关剧本源起的这一信息。它的美学尊严是不容置疑的，而且它还质疑任何将贝克特的经验性焦虑和他的戏剧艺术所实现的焦虑联系起来的做法。

贝克特的名声和他的散文叙事作品几乎不相关（可以这样说）；他的国际声誉一直建立在他的戏剧尤其是《等待戈多》之上。他的准小说其实也很出色，而《终局》无疑是其中的一部杰作，但剧场是他唯一完全实现自己艺术的地方。乔伊斯的戏剧《流亡者》是易卜生主义的一次尝试，而普鲁斯特的戏剧和亨利•詹姆斯的戏剧一样都近乎灾难。与卡夫卡风格的奇特相似虽然不为贝克特所喜，在剧中仍能感受得到，但被卡夫卡式“不可摧毁性”的感受所限制，而这种“不可摧毁性”正如我们所看到的，并不为贝克特所赞同。乔伊斯在某种意义上是赫耳墨斯神智学信奉者和摩尼教士；贝克特则不是。他不会把自己和上帝或莎士比亚混淆，虽然他在《终局》里改写了《哈姆莱特》、《暴风雨》及《李尔王》，使该作如《芬尼根守灵》一样与莎士比亚有了极大的关系。

在我们这混乱时代的优秀剧作家，如布莱希特、皮兰德娄、尤内斯库、加西亚•洛尔卡和萧伯纳等人之中，难以找到与贝克特并驾齐驱者。他们没写过《终局》；只有回到易卜生才能找到如此强有力的戏剧。我们在等待戈多之时，《墨菲》的作者仍在徘徊，而在我们进入汉姆的捕鼠机时他已消失，汉姆的捕鼠机出自哈姆莱特的捕鼠机，这又是改编自假定的《贡扎果谋杀案》。我无法想象任何二十世纪的文学作品像《终局》一样，创作于1957年，却丝毫不减其原创性，迄今也没有任何东西可以挑战这种原创性。贝克特也许曾预言“大师之作”在乔伊斯和普鲁斯特之后已不再可能，但《终局》确实当之无愧。贝克特在1956年五十岁之后有过五年之久的创作高潮，这一时期始于《终局》而结束于《克拉普的最后磁带》与《如此情况》，它们和《终局》一起达到了一个新水准，贝克特后来再也没有达到过。

我们所见到的贝克特最早的剧作只有一场，即计划写约翰逊博士和特拉尔夫人关系的剧作中保存下来的部分。这就是《人类愿望》的第一幕，场景是在约翰逊博士奇怪的家中，里面是一群空虚并需要照应的人与物：威廉斯太太、德斯默林斯太太、卡麦可小姐、小猫哈吉、还有列维特博士。当女士们吵吵嚷嚷时，我们突然遇到了二十年之后作为作家的贝克特——列维特大醉进屋，晃荡着爬上楼，众女士的反应是：

（三位交换了眼神。厌恶的姿态，嘴巴张了又合，最后她们恢复了闲谈。）

**威廉斯太太**：我们无话可说。

**德斯默林斯太太**：这时一位舞台剧作家一定会要我们开口的。

**威**：他会要我们说明一下列维特。

**德**：对大众说明。

**威**：无知的大众。

**德**：向顶层楼座说。

**威**：向正厅后座说。

**卡麦可小姐**：向包厢说。

从这里迈一步就是《等待戈多》，再走一步就是《终局》。贝克特的立场一开始就是从演员朝向观众的，反之则不行。在《终局》里，我们发现有种极端的内在化倾向；全剧就如一出戏中戏，但舞台上没有观众，我们可能正在进入古怪的唯我主义者汉姆的心灵之中，这是最后绝境中的哈姆莱特，也是沉书入海的普洛斯佩罗，或者甚至是完全疯狂的李尔。正如在他之前的乔伊斯一样，贝克特也利用了莎士比亚，但与乔伊斯的方式截然两样。《终局》里很少有公开指涉莎士比亚之处。贝克特重新思考了所有三部剧中的冲突。克罗夫就像卡力班和爱瑞尔之于普洛斯佩罗；霍拉旭与掘墓人则在与哈姆莱特对话中出现；弄臣和葛罗斯特被李尔王吓坏。有无数的置换；葛罗斯特/克罗夫不是盲人；李尔/汉姆却变得眼盲。汉姆/李尔欲从克罗夫/弄臣处寻求爱；弄臣虽然十分辛酸，但他爱李尔如同独子爱父。结局时哈姆莱特变得冷静与超脱；而汉姆总是显得锋芒逼人，但又不如哈姆莱特那样危险。克罗夫是个无爱心的霍拉旭，但他又如霍拉旭一样相对于汉姆/哈姆莱特而代表了观众。普洛斯佩罗采取了少有的宽恕行为，汉姆则对生活满腹怨恨和仇视。克罗夫的憎恨更像卡力班而不像爱瑞尔，但他不想离开而且也无处可去。

贝克特以出色的简练手法剥离了所有莎剧的语境，把三位最重要的莎剧主人公集中到一位演员身上。正如每一位批评家都注意到的，《终局》比《等待戈多》更具有显著的戏剧性：汉姆是剧作家兼表演者，在表演之时也与观众进行比赛（如同一局棋），只有当表演也成比赛时才例外。但是演员令人憎恨；《终局》已超出了任何间离效果。我们眼前没有愁闷的小丑加流浪汉：汉姆虽像波佐，却有创造天赋，只是他的创造用错了地方。克罗夫并不更加令人同情，而纳格和奈尔勉强称得上只配汉姆所有的父母。阅读剧本或观看演出时，我总感到诧异的是，这些不讨喜的角色却能以一种个人魅力迷惑住我，与哈姆莱特、普洛斯佩罗、李尔等奇怪地相似，而且更是对霍拉旭、卡力班、弄臣及葛罗斯特等人体现出的最佳情致的补偿。《终局》的经典性挑战显示它已接近了经典的尾声；如果文学即意味着莎士比亚、但丁、拉辛、普鲁斯特和乔伊斯等人，那这部作品正标志了文学的最后一站。贝克特也许会满不在乎（虽然我怀疑这点），但他仍是维柯所说的神权时代再现前的沉默先知。他几乎是在预告但丁、普鲁斯特和乔伊斯将不会再有深刻的读者，也预言莎士比亚和拉辛最终要被逐出舞台。这的确将是一场终局，许多活着的人会有机会看到这一情景。

如果照棋手贝克特所写的那样去演哈姆莱特，或者导演此剧，你可以将其设想为哈姆莱特和克劳狄斯之间的一场比赛，其中的第五幕终局最后要把舞台清空，只留下绝望的骑士霍拉旭和棋局结束后上场的国王福丁布拉斯。《终局》里的白眼汉姆没有强大对手，所以他要么和自己对弈并输掉，要么和观众对弈而没有赢家。在《哈姆莱特》中，幕后的克劳狄斯和格特鲁德狂热地做爱；这是否算通奸可以争论，因为莎士比亚没有确认这一切始于何时。相比之下，纳格和奈尔的罗曼司就出奇地简单；这似乎是他们出场的原因，而严格地说这部戏不需要此二人。我猜想，贝克特也巧妙地借鉴了《麦克白》；那让汉姆不安的局外小男孩就是剧中的弗里恩斯，是将会统治那破碎世界的王室先祖。

克罗夫与汉姆的关系让批评家想起年轻时的贝克特，他曾为乔伊斯笔下唯我主义的哈姆莱特扮演过忠实的霍拉旭。我不知道如何将此从《终局》中排除，这也是剧本的力量之一，它那严酷的匮乏使它普遍化了，因此没有一部莎氏戏剧，包括《理查二世》和《理查三世》，能完全免受其影响。认识《终局》阐释力量的方法之一，是看它对莎剧的阐发和对浸透莎氏影响的史诗《尤利西斯》与《芬尼根守灵》的不成功反思之间的差异。首先，这一差异是形式的；贝克特塑造了我们世纪的莎士比亚式舞台。我不愿看到《李尔王》被演成《终局》，或是《哈姆莱特》被演成《等待戈多》，在汤姆•斯托帕德深受贝克特困扰的《罗森克兰茨和基尔登斯特恩已死》中。更富想象并更具贝克特精神的是把《李尔王》导演成《等待戈多》或将《哈姆莱特》导演成《终局》，甚至是把《暴风雨》导演成《普洛斯佩罗的最后磁带》。

不论我们如何以《终局》作为对莎剧的批评，莎士比亚作品仍是圣书，而《终局》只能是注解。这是盎格鲁—爱尔兰—法兰西式的阐释莎士比亚，同时还有某种反讽式哲学超越：休•肯纳很好地解说过的笛卡尔式分析，以及叔本华提出的噩梦式生存意志，在年轻的贝克特论普鲁斯特的文章中已被采用。贝克特置身于《终局》之中（我们不知在多大程度上是有意而为），他写下了汉姆意识的戏剧，而易卜生却没有作此尝试，虽然这在《皇帝与加利利人》中的皇帝朱里安身上隐约地有所闪现。

不论怎样去读《哈姆莱特》，那位王子总会让你困惑不已，正如他也深为自己困惑一样，对于西方最宏大的意识表现，任何教条式方法都不会奏效。莎士比亚自己就在哈姆莱特身上作了许多激进的实验，我们于是难以把第一幕中孩子气的王子和第五幕中受过洗礼的苦行僧联系起来，后者似乎在一两个月中就老了十五岁。贝克特和乔伊斯一样，在墓园一场之后就对哈姆莱特失去了兴趣，除了对哈姆莱特临终遗言“余下皆是静默”感到触动。作为西方的意识主角（或反派主角），哈姆莱特是一种个人魅力型形象。汉姆作为他的有力戏拟却与此毫不相关；他确实保持了哈姆莱特风格的地方在于他是演戏高手同时又是戏中戏的导演，但这只是哈姆莱特重要的一部分，它让我们相信，在莎士比亚的所有角色中，唯有丹麦王子可以成为其全部戏剧的作者。

正如大家所知道的，莎士比亚戏剧在某一层次上都是有关表演的，至少从

《爱的徒劳》开始是这样。“对一出戏来说这太长了”，白劳尼以此来抗议罗瑟琳的说法，即如果他要赢得她的爱，就必须和病人或垂死者相处一年又一天。戏剧隐喻充斥在四大家庭血泪悲剧之中：《哈姆莱特》、《奥赛罗》、《麦克白》和《李尔王》，这似乎说明，即使莎士比亚也必须回头运用自己最熟悉的东西，以便唤起艺术成就高峰所必须的创新性。莎士比亚、哈姆莱特及其他人的写戏冲动最好地表现在汉姆的这句话中：“接着就是唠叨，唠叨，言谈好比孤独的孩子，他把自己变成两三个孩子，以便在暗夜中共处低语。”

确实，贝克特在一开始时比莎士比亚更具有程式化特征；贝克特十分欣赏叶芝那日本能剧式的、很适合舞台演出的戏剧，他那极端的程式化正是从叶芝处得到的启示。不过，反思《哈姆莱特》会揭示出，程式化不管是在拉辛、晚期易卜生、叶芝或贝克特的作品中，都比不上《哈姆莱特》一剧（而不是那王子），王子自身有强烈的自发性，但他随着程式化的增强而被推动着随死亡之车奔跑，直到在毒药和刀剑仪式的黑暗中结束一切。

哈姆莱特的语言激发了汉姆的修辞暴力，但很难判断谁的暴力更为程式化。汉姆也是只在北方和西北方才发疯，而当风从南方来时，他的反应极为敏锐。汉姆的忧郁无法迷住任何人，而哈姆莱特的忧郁令人着迷了几个世纪，但人们不应轻视汉姆受伤的智力，这是承袭自哈姆莱特的。对《终局》所作的最深刻的批评出于肯纳，他认为该剧是一出禁欲喜剧（我不这样看），并建议我们自始至终都停留在汉姆的头脑之中。

汉姆既笨拙又显然是一个低能的棋手，但他执著的力量有种聪敏的性质，他是一位古道热肠的人物。他不仅是演员所饰的角色，而且他自己就是演员，像哈姆莱特一样常常责备自己是个戏子，即令他无此意愿。在贝克特忠实地侍奉乔伊斯时，乔伊斯始终是乔伊斯，这就是说，他作为作家谢姆、哈姆莱特、莎士比亚、斯蒂芬和布鲁姆先生。一切报道都认为贝克特身上并无夸张做作的演员成分。白拉克是他早期在短篇小说中的替身，他是一位奥勃洛莫夫而不是汉姆。我们永远无法知道莎士比亚是否进入了哈姆莱特（虽然很有可能），但我们肯定知道，贝克特一直与自己最出色的戏剧主人公保持距离，这与引人注目的克拉普正相反，在后者那里，剧作家和人物之间的隔阂已消失，并产生了很有效的结果。

汉姆的形象很突出，是二十世纪戏剧的中心男主角，一如海达·嘉伯乐是本世纪初戏剧的中心女主角那样。这不协调而且理应如此：我们有了一位女性伊阿古和一位被废黜的国王（差不多是吧），后者沦落为不能坐下的仆佣，或不能站立的盲人。在他的言语之间，他流露出与俄狄浦斯和基督认同的幻觉——这两个形象在叶芝看来既相互对立又相互支撑。汉姆会很愿意做一个残忍的独裁者，但我们从未知道这是否只是舞台上的欲望或演员的幻想，而不会真是什么恶念。尽管汉姆的表现清楚明晰，他也许不属于表现的模仿法则，因为那样我们就要靠伦理学和心理学来评判和分析他。莎士比亚的模仿使哈姆莱特既饰演自己，又成为自己；汉姆也许只能扮演自己。

既然哈姆莱特是他的范式，而且是我们认可的诗人，那么我们怎能把汉姆排除在文艺家行列之外呢？锡德尼·霍曼做过精明解释的问题让我烦恼，因为我们（包括贝克特）都生活在一个到处是破坏性“艺术家”的年代，许多巨型汉姆出现了：希特勒、斯大林及墨索里尼。汉姆受到这些人的影响，而更受阿尔弗雷·雅里的《乌布王》的影响。他与盲人弥尔顿和几乎失明的乔伊斯等人的关联不太清楚。霍曼令人不安地坚持认为汉姆是一位创造者。我想这可能是对的，即令霍曼的看法一直扩展到莎士比亚：“汉姆的使命，或剧作家的使命——这情形莎士比亚在十四行诗中抱怨过——就是表达一切，在观众面前袒露内在的感情。”这就再次把汉姆和贝克特分开了，后者拒绝成为一位莎士比亚式的剧作家。但这又是谁的剧作呢——贝克特的还是汉姆的？说得更尖锐些，究竟是莎士比亚的还是贝克特的？乔伊斯引用大仲马的话说，上帝之后，只有莎士比亚创造得最多。那么，《终局》不也是莎氏创作的一部分吗？

古代诺斯替教是异端神学中最消极的，它曾描述了一位伪创造者“巨匠造物主”（戏拟柏拉图《蒂迈欧篇》中的工匠），他惹的祸端使堕落与创造成为同一件事。事实上正如许多批评家已经表明的，《终局》涉及《圣经》之处是诺亚及其儿子汉莫的故事，汉莫由于看到自己父母交欢的情景而受到诅咒，也许还有更为冒犯诺亚的地方。我们不知（因为贝克特不肯告诉我们）汉姆的眼盲是否源于俄狄浦斯式诅咒，我们也不知诺亚及大洪水的故事对《终局》有什么影响。对诺斯替教徒来说(我想贝克特知道),大洪水是造物主所为,汉姆式的伪造物主渴望摧毁所有生命:人类、动物以及自然。博尔赫斯在早期作品《死亡与罗盘》中提到,对诺斯替教徒来说,镜子和父亲都是可恶的,因为两者都使人类数目增长。这就是汉姆所持的麦克白式立场,即担心所见到的窗外那个幸存的男孩会成为"将来的繁衍者"。

克罗夫和霍拉旭一样代表了观众,他们在我们与汉姆和哈姆莱特之间充当中间人。如果克罗夫离去,《终局》也就必须收场;不过即使他宣布要离开,直到落幕时他仍会静静地站在那里,一副上路的打扮,眼睛紧盯着汉姆。显然克罗夫没有离去,不只是作为手帕("老止血药"),观众也仍然与汉姆同在。卡力班和普洛斯佩罗最终证明是不可分的,因为他们一是养子,一是养父兼导师,只是观众茫然不知两人是否能够分开。我认为《哈姆莱特》中最令人震惊的一刻是霍拉旭在知道哈姆莱特将死后企图自杀。听见他不断重复着"我要死了",哈姆莱特带着惊人的愤怒与力量,把毒药从霍拉旭那里夺下来,这并非出自情感的举动,而是要让霍拉旭活下来告诉福丁布拉斯和其他幸存者们关于哈姆莱特的故事。汉姆就不需要克罗夫来讲述自己的生平,我倒是怀疑,那窗外的男孩是否如一些批评家们所认为的会取代克罗夫。

《终局》里没什么比汉姆和克罗夫的关系更成为问题的;称其为黑格尔式主人—奴隶辩证法的变种也帮助不大。如果将哈姆莱特—霍拉旭与普洛斯佩罗—卡力班相融合,你一定会得到一种易变而又矛盾的混合体。因为汉姆是创造者,所以克罗夫只能是被造者,而且克罗夫十分厌恶其他的造物。贝克特关于《终局》的名言是,这部戏"晦涩而简洁,很大程度上依赖文本的力量抓住人,比《等待戈多》更少人性化"。全剧确实简略,与《等待戈多》不同的是它有意省略任何前景部分。莎士比亚总是艺术地突出前景,无此我们则不能理解哈尔为何离弃福斯塔夫,这是《亨利四世》(上)的开场情景;或者也难以理解为何那弄臣苦苦要把李尔逼疯。贝克特不给我们任何前景,不过假如我认定莎士比亚为共同作者这种看法有意义的话,那么就可以设想《终局》这部精彩的经典戏剧仍有前景。

阿多诺解释《终局》为意识与死亡的比赛。肯纳认为该剧带有绝望的信念。

不过这两种意见与我的看法不合;焦虑的期待是主导,而焦虑既非绝望又非与死亡的搏斗。弗洛伊德注意到,焦虑是对丧失某物的危险的反应,而汉姆正是害怕失去克罗夫。我赞同弗洛伊德的观点,即焦虑只是一种感受,是对焦虑可能性的感受。当你等待戈多时,你就处在渺渺之中;《终局》的前景就是《等待戈多》,我们回到渺渺之中,一场干涸的大洪水,空旷浩渺的虚空。当哈姆莱特对罗森克兰茨和基尔登斯特恩叫喊时,他是为向自己复仇的终局铺平了道路:“啊,上帝,若不是有那场不祥的梦,我会身陷核桃壳中并自命为天下之王。”下面就是哈姆莱特意识中的熵,即那核桃壳中的天地:

**汉姆:**去拿油箱。

**克罗夫:**做什么?

**汉:**给小轮子上油。

**克:**我昨天才上过。

**汉:**昨天!这是什么意思?昨天!

**克**(激动地)**:**这是指那糟糕透顶的、很久以前的一天,在今天这倒霉日子之前。这是你教我的说法。如果这不再有什么意思的话,教我点别的。否则就别叫我开口。

(停了一会。)

**汉:**我曾认识一个疯子,他以为世界末日已来临。他是画家,又是雕刻家,我很喜欢他。我曾去疯人院看他,牵着他的手,拖他到窗边。看那边!那些生长的玉米!再看这边,那些捕鱼船队的帆!一切都那么可爱!

(稍停。)

他抽回手去,回到自己的角落。惊吓中他看到的一切都是灰烬。

(稍停。)

他孤独一人幸存于世。

(稍停。)

忘了。

(稍停。)

这情形似乎是……不曾是如此……不寻常。

**克**:一个疯子?什么时候?

**汉**:噢,已过去了,已过去了,你那时不知身在何处。

**克**:上帝可以作证。

(稍停。汉姆抬起小圆帽。)

**汉**:我很喜欢他。

(稍停。他又戴上帽子。)

**克**:有那么多可怕的事情。

**汉**:不,不,现在已没那么多了。

汉姆和克罗夫,普洛斯佩罗和卡力班,他们在这里组成了一个颠倒的麦克白,两个“昨天”即属于那照亮愚人和黄尘死路的昨天。汉姆无视克罗夫的激动,援引被修正过的威廉•布莱克,后者从未住过疯人院,却被大家认为是疯子。画家兼雕刻家的布莱克是一位天启式空想家,他通过自然看到了诺斯替创造—堕落的灰烬。剧中最重要的一句话是汉姆提到布莱克时所说的:“他孤独一人幸存于世。”

如果孤立开来看,《终局》里确有诺斯替教或叔本华式的观点。汉姆的观点如今也是布莱克的:幸存不等于获救,但至少你没有被自然或自我所欺骗。如李尔一样,汉姆失去了王国,却获得了对虚幻世界表象的轻蔑。当他走向终局时,事情并不那么可怕,因为它们已被认定会愈益可怕。《终局》的真正前景是某种形式的《李尔王》,甚至其结局会发展成《暴风雨》的变种。在两者之间,我们在汉姆的戏中看到了《哈姆莱特》里戏中戏的翻版,以及罗斯金所谓“舞台之火”的永恒显现。

《终局》的终曲如果存在于贝克特随后发表的戏剧作品中的话,那就是传记体舞台独白剧《克拉普的最后磁带》(1958)。肯纳细心地发觉这部作品中不信神的贝克特居然有新教的遗产,贝克特从叔本华处学到对生命意志的不信任,但他却逃避不了新教意志,即坚定强调内在之光是上帝的烛光在每个人内心的闪耀。克拉普也是一位烛光学者,不过是流浪汉式的,而没有爱默生或斯蒂文斯式的伪装。观看帕特里克·马基(这部分即为他所写)以至少三种不同调子唱颂克拉普的三个人生阶段,人们会达到对贝克特审美筹划的新理解,即某种显耀的退隐,它有能力使自己消退为某种无限的虚构。

本应代替《无言剧》去作为《终局》的结尾,但《克拉普的最后磁带》却太强大而不宜行此功能,因为即使《终局》也难掩其光辉。大概是为了替说英语的马基写词,《克拉普的最后磁带》是贝克特十二年之后首次以英文写初稿。这样语言中就有某种轻松的光彩,如同普鲁斯特及华兹华斯那样,几乎又回到了个人的童年,回到了爱尔兰,还有母亲的去世以及对真爱的放弃,那份爱大概是对他的表妹佩琪·辛克莱所生,那位姑娘于1933年去世。但我们在磁带上听到的是启示,即贝克特内在之光突显于眼前的那一刻。磁带上所录制的最温柔最美好的一刻被播放了两次,传达了对那魔幻般性满足的记忆,但在结尾时,我们却听到了不能算作反讽的台词:

> 也许我的大好时光已逝。那时曾有快乐的机会。但我不愿时光倒流。我内心现在不再燃着火焰。不要,我不愿时光倒流。

贝克特在这之前或之后的作品中都没有类似的感受。不管这是悲情还是反讽,或是二者的混合,这段剖白都惊人地直截了当。作为《终局》或者说我们哀挽时代的《哈姆莱特》的尾声,它阻碍了想象力。这不是汉姆,既是也不是贝克特。那火焰能否在艺术传统中找到归属也不清楚。肯纳一篇研究贝克特的论文结尾时想让他自己和我们都相信,早期作品《普鲁斯特》和成熟作品《终局》的作者并非一位“艺术宗教”的信徒,因此贝克特与T. S. 艾略特有点相同。我所担心的是,新神权主义者们也许会越过肯纳而让贝克特在死后改宗,但是,《终局》所达到的陌生性会使他免于那样的命运。

# 排列经典

Cataloging the Canon

# 23 | 哀伤的结语

我这里并非要提出“终身的阅读计划”，虽然这一说法现在带有复古的魅力。总有（希望是）源源不断的读者不理会新兴科技发展的纷扰而专注于读书。有时我试图想象约翰逊博士或乔治·艾略特会如何面对MTV说唱音乐，或他们会如何体验虚拟世界，而当我想到他们必定会对这些非理性的娱乐加以嘲笑和拒绝时，心中就感到十分欣慰。我在一所顶尖大学教了一辈子的文学以后，反而对文学教育能否渡过眼下的困境缺乏信心。

近四十年前我就开始了教学生涯，当时学术界充斥着T. S. 艾略特的思想；这些思想令我愤怒，促使我极力反抗。如今我又发现周围全是些哗众取宠的教授，充满着法德理论的克隆，各种有关性倾向和社会性别的意识形态，以及无休止的文化多元主义，我于是明白了，文学研究的巴尔干化已经是不可逆转的了。所有对文学作品审美价值持敌意者不会走开，他们会培养出一批体制性的憎恨者。作为一位年迈的体制性浪漫主义者，我仍然拒绝对神权时代的艾略特式怀念，但我认为没有理由为了文学的喜好而争论不已。本书并不专为学术界而著，因为只有一小部分学者仍然因喜爱阅读而读书。被约翰逊和他之后的伍尔夫称为“普通读者”的人仍然存在着，而他们可能仍然欢迎各种有关读书的建议。

这类读者既不是为轻松愉快而读书，也不是为了消除社会的罪孽而读书，而是为了扩展其孤独的生存而读书。今日的学术界已经变得走火入魔了，我听到有一位著名的批评家指责上述那种读者，他对我说，不抱有建设性的社会目的去读书是不道德的，所以他催促我要接受再教育，沉下心来读一读阿卜杜拉•贾恩•马哈茂德的作品，此人是英国伯明翰文化唯物主义学派的首领。我嗜好读书，几乎无所不读，但是我照他所说的去做后并没有得救，于是回过头来要告诉你们的既不是读什么也不是怎样读，我只能告诉你们我读了些什么并且哪些书值得去重读，这也许是对经典的唯一实践检验。

我估计当你知道了“文化批评”和“文化唯物主义”以后，你一定也了解了“文化资本”这个概念。但是，为了积累“文化资本”而榨取的“剩余价值”是什么？马克思主义与其说是科学还不如说是痛苦的呐喊，它也有自己的诗人，但迄今每一种主要宗教都有自己的诗人。“文化资本”若不是某种隐喻，就是某种无意义的纯粹文辞。如果是后者，它只会牵涉到当今由出版商、代理人以及读书俱乐部所组成的市场。作为一种修辞，它仍是一种部分出自痛楚、部分出自罪恶感的呼喊，那是身为法国上层中产阶级社会所培养的知识分子的人所感到的罪恶感，或是我们学术界中与法国理论家们认同而实际上忘了自己生活和执教于哪个国家的人所感到的罪恶感。美国是否有过什么“文化资本”呢？我们主宰这一混乱时代乃是由于我们一直处于混乱之中，即使在民主时代也是如此。《草叶集》是“文化资本”吗？《白鲸》呢？从来就没有什么官方的美国文学经典，也决不可能有，因为在美国，美学总是处于孤独的、个人化的和孤立的地位。“美国古典主义”是一个矛盾语，“法国古典主义”则是一个连贯的传统。

我不相信眼下的此类文学研究会有前途，但这并不意味着文学批评的死亡。作为文学的一部分，批评不会消亡，但也不会留在我们的学校里。对西方文学的研究仍然会继续，但只会如今日的古典学系的规模。今日所谓的“英语系”将会更名为“文化研究系”，在这里，《蝙蝠侠》漫画、摩门教主题公园、电视、电影以及摇滚乐将会取代乔叟、莎士比亚、弥尔顿、华兹华斯以及华莱士•斯蒂文斯。曾经是精英荟萃的主要大学和学院仍会讲授一些有关莎士比亚、弥尔顿及其他名家的课程，但这只会在由三四位学者组成的系里讲授，这些学者类似于古希腊文和拉丁文教师。但我们不必为这一趋向哀叹不已，如今每年进入耶鲁的学生中仅有少数人具有真正的读书激情。你无法教会那些对你说不爱诗的人去热爱伟大的诗篇。如何能教人以孤独呢?真正的阅读应该是一种孤独的活动,它并不教人成为更好的公民。也许阅读的年代,如贵族时代、民主时代和混乱时代,现在都已经到了尽头,再生的神权时代将会充斥着声像文化。

在美国,"文学研究的危机"与宗教复兴(或"大觉醒")和犯罪浪潮都具有同样的奇特性。它们都是新闻性事件。我国的宗教复兴已经生生不息达两个世纪之久;它抓住了国内和家庭中的暴力问题,因而越发令人尊重,也越发获得持久的动力。我自己投身于文学研究已近半个世纪,这一活动一直受到社会的质疑,并被普遍认为是雕虫小技。英语系以及相关系科始终不能找到自己的定位,并且还极不明智地吞咽下一切看上去可以吸收的东西。

这种生吞活剥产生的可怕结局将是自我毁灭:诗歌、戏剧、故事和小说的教学正在被各种社会与政治讨伐的摇旗呐喊所取代。或者,通俗文化作品取代了难懂的大家之作而成了教材。并非是"文学"需要重新定义;如果你在读文学却又认不出来,那就没有人可以帮助你更了解它或更喜欢它。"一种普遍共享的文化"是后马克思主义理想家们提出来用以解决"危机"的,但是《失乐园》和《浮士德·第二部》如何能普遍共享呢?最强有力的诗在认知和想象上都太艰深,在任何社会阶层中,或不论在什么性别、族裔以及民族中,都只有少数人才能深入阅读它。

当我还是孩子时,莎士比亚的《裘力斯·恺撒》几乎是学校课表上普遍都有的,它是莎氏悲剧最精彩与最感人的入门之作。现在的老师却告诉我,许多学校都无法让学生读完这部剧作,因为学生们发现它已经超出了自己的兴趣范围。据说有两个地方以制作纸盾纸剑来代替对该剧的阅读和讨论。文学生产和消费方式的社会化不能消除早期教育的这种滑坡。当今大行其道的学术道德是鼓励人们放弃要历经艰难才能获得的快乐,而去追求那种容易获得的、到处可见的乐趣。托洛茨基鼓励他的马克思主义同志们去读但丁,但他在今日美国大学里却不会受到欢迎。

我是你们真正的"马克思主义"批评家,但我追随的是格鲁乔·马克思而不是卡尔·马克思,格鲁乔的严肃告诫一直被我引为座右铭:"不管那是什么,我一概反对！”我所反对的依次是艾略特及其学术界徒众们的新基督教式新批评，保罗·德·曼及其同伙的解构主义，新左派和老右派们正在对所谓文学经典的不平等乃至其道德可疑性进行的攻击。少数有声望的批评家无法扩充或修改经典，虽然他们显然有意为之。但是不论他们自觉与否，都只能认可真正的经典化过程，即过去和现在之间所进行的永恒竞争。社会经济的发展并没使约翰·阿什伯里、詹姆斯·梅里尔或托马斯·品钦加入到那含混的、并不存在但又有强烈吸引力的美国经典概念之中。斯蒂文斯和伊丽莎白·毕晓普的诗歌有了阿什伯里和梅里尔为继承人，正如他们曾以艾米莉·狄金森的诗歌为前辈一样。品钦最好的作品可以说是结合了S. J. 佩雷尔曼和纳撒尼尔·韦斯特两人的精华，但是《拍卖第四十九批》所具有的经典潜能更多地有赖于我们奇诡的感觉，即《寂寞芳心小姐》正在模仿它。

莎士比亚和但丁对经典性的传人们总是例外；我们从来不相信他们曾经深入研讨过乔伊斯、贝克特或任何其他人。这也是我在本书里一再重复的，西方经典就是以莎士比亚和但丁为中心的。除了他们，我们就只有他们所吸收的东西和吸收他们的东西。重新定义“文学”是徒劳的，因为你无法获得充足的认知力量去涵盖莎士比亚和但丁，而他们就是文学。如果要对他们重新定义，那只能祝你好运。这一事业正由“新历史主义”卖力地在推进着，而这不过是法国式莎士比亚，因为哈姆莱特被置于了米歇尔·福柯的阴影之中。我们已经欣赏过法国的弗洛伊德或拉康，以及法国的乔伊斯或德里达。犹太人弗洛伊德和爱尔兰人乔伊斯更合我的口味，好比英国的或世界的莎士比亚。法国式莎士比亚荒谬而可笑，如果你不懂得欣赏这一喜剧性发明的话那才真叫忘恩负义。

为什么恰恰是文学研究者变成了业余的社会政治家、半吊子社会学家、不胜任的人类学家、平庸的哲学家以及武断的文化史家呢？这虽是一大谜团，却也并非完全不可思议。他们憎恨文学或为之羞愧，或者只是不喜欢阅读文学作品。阅读一首诗、一篇小说或一出莎氏悲剧对他们而言无非语境分析练习，但不是在寻找充分的背景材料这唯一合理的意义上。语境不论是怎么选出来的，总是被给予了比弥尔顿的诗、狄更斯的小说和《麦克白》更多的力量和价值。我根本不清楚“社会能量”这个比喻表示的是什么，不过这些能量和弗洛伊德的本能冲动一样，都是既不能写又不能读，或者实际上什么也不能做。利比多是个神话，"社会能量"也是这样。莎士比亚以文笔流畅而出名，他就是那位尽力写了《哈姆莱特》和《李尔王》的人。当今的文学理论却不会接受这一明显的事实。

或者是美学价值，或者是种族、阶级以及性别的多重决定。你必须选择，因为如果你确信所有属于诗、戏剧或小说与故事的价值只是服务于统治阶级的神话，那么，你为什么要读这些作品而不去为那些受剥削阶级的迫切要求服务呢？阅读受侮辱和受损害作家的作品而不是莎士比亚就会帮助那些与他们有相同经历的人，这一思想是我们学院派提出的最奇怪谬见之一。

世俗经典的形成涉及一个深刻的真理：它既不是由批评家也不是由学术界，更不是由政治家来进行的。作家、艺术家和作曲家们自己决定了经典，因为他们把最出色的前辈和最重要的后来者联系了起来。让我们以当代最重要的美国作家为例，如诗人阿什伯里和梅里尔，还有史诗性小说家品钦。我真诚地认定他们的经典性，但现在人还不能完全认识这一点。对经典性的预言需要作家死后两代人左右才能够被证实。华莱士•斯蒂文斯生活于1879年到1955年之间，他显然是一位经典诗人，也许是继惠特曼和艾米莉•狄金森之后主要的美国诗人。他的对手似乎只是罗伯特•弗罗斯特和T. S. 艾略特；庞德和威廉•卡洛斯•威廉斯更具有争议性，玛丽安娜•莫尔和格特鲁德•斯坦因（主要以她的诗来看）也是如此，而哈特•克莱恩则去世得太早。斯蒂文斯激励了梅里尔、阿什伯里以及伊丽莎白•毕晓普和A. R. 阿蒙斯等人的成长并使他们获得成功。但目前的时间还太短，还看不出是否会有些耐久的诗人能从他们的影响中脱颖而出，尽管我自己相信这点。当一个或更多这样的诗人已明确无误地出现时，这有助于证实斯蒂文斯的地位，但梅里尔或阿什伯里还没有，至少在程度上还不够。

这是一个有趣的过程，我倾向于质疑自己的观点并要问：叶芝怎么样？盎格鲁—爱尔兰的诗人们在叶芝之后都十分小心地对待他的影响，甚至似乎在排斥他。对此的解释仍是，人们需要一段时间才能真切地看到影响所在。叶芝死于1939年，而过了半个多世纪后，我才能看到他对那些否定他的人所产生的影响，如艾略特和斯蒂文斯；他们的影响一直强大，如两人对哈特•克莱恩的共同影响，而后者的独特风格虽具有争议，却在四处传布。艾略特和斯蒂文斯两人的文化立场针锋相对，而克莱恩与艾略特的关系尤其是水火难容。不过，社会政治的考虑也会被经典形成中的影响关系翻转过来。克莱恩反对艾略特的看法，但又无法躲开艾略特的警言妙句。伟大的风格就足以证实作品的经典性，因为它们具有感染力，这种感染力正是对经典形成的实际检验。

花几天时间潜心阅读莎士比亚，然后再转向另一位作家——与莎士比亚同时代、之前或之后的作家。我们可以试验一下，在每一组作家中试着找出那些最杰出的：荷马或但丁，塞万提斯或本•琼生，托尔斯泰或普鲁斯特。阅读经验的差异将既是类型上的也是程度上的。这种差异从莎士比亚时代迄今一直被人们普遍地感受到，一般的和高级的读者都认为它与我们对"自然"的感受有关。约翰逊博士向我们保证说，除了对一般自然的表现之外，任何东西都不会让人高兴太久。这一保证在我看来仍然是言之凿凿，尽管现在每周受到好评的作品中大多数通不过约翰逊式的检验。莎士比亚式的表现自第一次登上舞台就被认为是模仿我们最基本的东西，这比单纯去反映现实更为自然。从莎士比亚到但丁或塞万提斯甚或托尔斯泰，这一过程会让你产生失去感官直接性的幻觉。当我们回顾莎士比亚时，会后悔与他的疏远，因为这也是一种对现实的疏远。

人们读和写的动机大多不尽相同，这常常使最有自我意识的读者和作者都迷惑不已。也许，隐喻或读写形象语言的最终动机就是与众不同的欲望，就是置身他处的欲望。我的这一看法是继承尼采的，他警告我们，能用语言表达的都是心中已死的东西，所以他对言说行为总抱有一种轻蔑。哈姆莱特与尼采同样都把蔑视态度延伸到了写作行为上。但是我们的阅读并非为了打开心扉，所以阅读行为中并不存在轻蔑。传统告诉我们，自由和孤独的自我从事写作是为了克服死亡。我认为自我在寻求自由和孤独时最终只是为了一个目的去阅读：去面对伟大。这种面对难以遮蔽加入伟大行列的欲望，而这一欲望正是我们称为崇高的审美体验的基础，即超越极限的渴求。我们共同的命运是衰老、疾痛、死亡和销声匿迹。我们共同希望的就是某种形式的复活，这希望虽然渺茫却从未停息过。

经由阅读而面对伟大是一种私密而费时的过程，也无法融入批评的时尚。现在它比以往任何时候都过时，因为对自由和孤独的诉求被诋毁为政治不正确、自私、不适合我们这个痛苦的社会。西方文学的伟大以莎士比亚为中心，他已经成为所有作家的试金石，不论他们是前辈还是后继者，是戏剧家、抒情诗人还是说故事者。他在人物创造上除了乔叟的提示以外并无真正的前辈楷模，而他的后人们无不受他表现人性的方法的影响。他的原创性曾是并仍是易于吸收的营养，所以我们对它毫无戒备，无法看清它在多大程度上改变了我们并继续在改变着我们。莎士比亚之后的西方文学大都在不同程度上对他有些防范，因为莎氏压倒一切的影响会淹没所有不得不向他学习的人。

莎士比亚的奥秘在于他的普遍性：黑泽明导演的《麦克白》和《李尔王》电影完全是黑泽明式的，也是十足莎士比亚式的。即使你将莎氏人物视为演员的角色而不是戏剧人物，当你将他们与易卜生所写的角色进行比较时，你仍然不能解释哈姆莱特和克莉奥佩特拉的人性魅力，易卜生无疑是莎士比亚之后欧洲主要的戏剧家。当我们从哈姆莱特转到彼尔·京特，从克莉奥佩特拉转到海达·嘉伯乐时，我们会感到人物性格在褪色，莎士比亚魔力般的人物退缩成了易卜生式的北欧精灵。莎士比亚普遍性的奇迹在于它并不是超越偶然性就可以获得：那些伟大的人物和他们的戏剧是渗透到社会和历史中去的，同时又不接受任何简化模式，如历史的、社会的、神学的或近来的心理学与道德化的。

一些学者在哈尔引导下发现福斯塔夫有许多糟糕的缺陷，但福斯塔夫同时也有大智慧，他是深刻的思想家和真正的幽默家，与哈姆莱特同样地具有原创意识。仅仅认为福斯塔夫是一位光彩照人的角色还不够；他是一个宇宙而并非某种装饰，他举起的镜子更多地是朝向我们追求新鲜生活的最大能力，而不仅是朝向自然。布莱克说，丰富即为美，以此为准，则没有一个戏剧人物比约翰·福斯塔夫爵士更美了。这位爵士的丰富不下于拉伯雷的巨人形象，因为前者必须在舞台的限制下表演，而后者即巴汝奇却是出现在整个想象中的法国。威廉·黑兹利特所说的“活力”是指“限定任何事物的力量或热情”，这在莎剧中表现得最多，而薄伽丘和拉伯雷则是散文作家中具有活力的佼佼者。黑兹利特也促使我们认识到，艺术并不是以进步为鹄的，这一认识在迟暮年代里，例如我们今日，只会招来一片反对。

一位批评家，传统中的迟到者，按照他的看法对西方经典进行排列有什么用呢？在汹涌而来的多元文化主义大潮面前，即使我们的顶尖大学如今也力不从心。不过，就算这一潮流会持续下去，对过去和现在的作品所进行的经典遴选仍有其自身的意义和魅力，因为这也是正在进行着的文学竞争的一部分。每个人都会有或应该有一份荒岛书单，以防哪天为逃避敌人而栖身海岛岸边，或是劫后余生之际要以静心读书来打发时光。如果我能有一种书，它定会是莎士比亚全集；如果还能有第二种，那就是《圣经》。第三种呢？问题就开始复杂了。黑兹利特是为数不多确定无疑的经典批评家，他有一篇精妙的散文《论读老书》：

> 我认为一本书在作者死了一两代人后仍能生存并非坏事。我对死者比对生者更有信心。当代作家一般可分为两类：朋友或敌人。对朋友我们难免想得过好，对敌人我们总是想得太坏，这样我们就不能从细读中得到很多快乐，也无法公正地评价他们各自的优点。

黑兹利特表示了对当今愈益迟暮年代里批评家的恰当告诫。有记录世界历史的漫长和复杂所导致的书籍（和作者）过度膨胀，这是经典困境的核心，于今尤甚。“我要读什么？”不再是一个问题，因为在影视时代里读书人已经寥寥无几。实际问题已经成为：“什么是我不必去费心读的？”

人们一旦接受憎恨学派的任何教条并承认美学选择只是社会政治多重决定因素的伪装时，这类问题马上就变得容易回答了。根据格雷森姆法则，劣作将会挤掉佳作，是艾丽斯·沃克而不是其他更有才华和更富想象力的作者去服务于社会变革。但是，社会变革者从哪里能找到他们的选择指南呢？大家同感不快的是，政治像过期报纸一样很快就会变味，极难维持新鲜。也许，文学政治总是在进行着，但是政治立场在大作家奇特的私人家族罗曼司上是无足轻重的，这些大作家彼此影响，不大在意政治上的类同和差异。

文学影响是一门“精神政治学”：经典的形成，即使它必然地反映了阶级的利益，也是极为矛盾的现象。英美诗歌经典中的核心人物是弥尔顿，而不是两位伟大的英国诗人乔叟与莎士比亚。同样地，整个西方文学经典中早期的关键作家不是荷马、但丁、乔叟和莎士比亚，而是维吉尔，他是希腊诗歌与欧洲史诗传统（但丁、塔索、斯宾塞以及弥尔顿）之间的重要桥梁。维吉尔和弥尔顿仍能在后世诗人中引发巨大的矛盾情感，正是这些矛盾情感确定了经典语境中的核心性。尽管有从传书者以斯拉到最近的弗莱这些经典的理想化者，经典的存在却不是为了解除读者的焦虑。事实上，一部经典就是一份已经获得的焦虑，正如所有文学巨著都是作者已获得的焦虑那样。文学经典不会使我们受到文化的洗礼；也不会使我们摆脱文化的焦虑。相反地，它证实了我们的文化焦虑，并给这些焦虑以形式和连贯性。

如果你坚持认为某种美学立场本身就是一种意识形态，那么意识形态在文学经典形成中就有相当的作用。上述信念存在于憎恨学派的所有六个分支中：女性主义者，马克思主义者，拉康派，新历史主义者，解构主义者，符号学派。当然，此美学和彼美学各不相同，坚信文学研究应公开为社会变革效命的人所持的美学观，显然不同于我自己所持的佩特和王尔德的后爱默生式美学观。这一差异是否重要我不清楚：社会改革者们和我都认为，品钦、梅里尔和阿什伯里三人在我们时代的美国享有经典地位。憎恨派抛出了不少经典作家的候选人，如非裔美国人和女性作家等等，但是他们的热情并不高。

如果文学经典只是阶级、种族、性别和国家利益的产品，那么大概一切美学传统皆是如此，包括音乐和视觉艺术在内。马蒂斯和斯特拉文斯基可以与乔伊斯和普鲁斯特等人一起作为四位已死的欧洲白人男性退场。我在马蒂斯画展上曾经惊奇地凝视着拥挤的纽约人，他们在此参观真的是由社会环境决定的吗？当憎恨学派成为艺术史家和批评家的主流，就像在文学界一样时，那么，当我们都挤着去看“游击女孩”的乱涂乱画时，马蒂斯是否会无人问津？这个问题的愚蠢显而易见，因为这涉及到马蒂斯的显赫地位；而斯特拉文斯基显然也不怕被世界各地芭蕾舞团的政治正确音乐所取代。那么为什么文学在当代社会理想主义者的冲击下会不堪一击呢？回答也许是那共同的错觉，即人们误以为，想象性文学（我们常如此称呼它）与其他艺术相比较，只要较少的知识和技能就能被生产和被理解。

如果我们都以音符或画笔来说话，我猜斯特拉文斯基和马蒂斯也许就会经受如今为经典作家所经受的那种独特危害。当我试图阅读憎恨派选为经典之替代的众多作品时，我思忖，这些胸有抱负的作者必然相信自己的一生都是在讲故事，或者他们的诚挚感情本身就已经是诗，只需稍加修饰就行。我转向自己的书单，希望文学幸存者们会从中找到一些作者和书是他们从未谋面的，并且得到只有经典文学才能够提供的回报。

# 附录：经典书目

## A：神权时代

以下目录中的书籍，我建议读它们的译本，因为从那些容易获取的译本中我得到了特别的愉悦和见识。不过，许多有价值的古希腊及拉丁文学作品并未列入其中，因为普通读者不可能有时间去阅读所有的作品。随着历史的延伸，较早的经典也必然范围变窄。由于本书只是讨论文学作品，所以我只把那些本身具有较高审美趣味的宗教、哲学、历史及科学著作列入其中。我想，在以下所有书籍中，一旦读者深谙《圣经》、荷马、柏拉图、雅典剧作家及维吉尔等人的作品，另一部极其重要的著作便是《古兰经》。无论就审美和精神方面的力量或影响而言，《古兰经》对我们的未来都是不可或缺的，忽视它将是愚昧的，也将日趋危险。

基于它们对西方经典的影响，我把一部分梵语的著作、经文及基本文学文本也列入以下目录。在西方文学传统之外，还有中国古代文学这一巨大财富，但我们很少能获得适当的译本。

### 古代近东

《吉尔伽美什》(*Gilgamesh*)

《埃及亡灵书》(*The Egyptian Book of the Dead*)

《圣经》（钦定詹姆斯本）(The Holy Bible, *Authorized King James Version*)

《次经》(*The Apocrypha*)

《先知书》(*Sayings of the Fathers*)

### 古印度(梵语)

《摩诃婆罗多》(*The Mahabharata*)

《福者之歌》(*The Bhagavad-Gita*)

《罗摩衍那》(*The Ramayana*)

## 古希腊

**荷马（Homer）**

《伊利亚特》（*The Iliad*）

《奥德赛》（*The Odyssey*）

**赫西奥德（Hesiod）**

《工作与时日》（*The Works and Days*）

**阿基洛科斯、萨福、阿尔克曼（Archilochos，Sappho，Alkman）**

**品达（Pindar）**

《颂歌》（*The Odes*）

**埃斯库罗斯（Aeschylus）**

《奥瑞斯忒亚》（*The Oresteia*）

《七将攻忒拜》（*Seven against Thebes*）

《被缚的普罗米修斯》（*Prometheus Bound*）

《波斯人》（*The Persians*）

《乞援人》（*The Suppliant Women*）

**索福克勒斯（Sophocles）**

《俄狄浦斯王》（*Oedipus the King*）

《俄狄浦斯在科洛诺斯》（*Oedipus at Colonus*）

《安提戈涅》（*Antigone*）

《埃勒克特拉》（*Electra*）

《埃阿斯》（*Ajax*）

《特拉基斯少女》（*Women of Trachis*）

《菲罗克忒忒斯》（*Philoctetes*）

**欧里庇得斯（Euripides）**

《独眼巨怪》（*Cyclops*）

《赫拉克勒斯》（*Heracles*）

《阿尔克提斯》（*Alcestis*）

《赫卡柏》（*Hecuba*）

《酒神的伴侣》（*The Bacchae*）

《奥瑞斯忒斯》（*Orestes*）

《安德罗玛克》（*Andromache*）

《美狄亚》（*Medea*）

《伊翁》（*Ion*）

《希波吕托斯》（*Hippolytus*）

《海伦》（*Helen*）

《伊菲格涅亚在奥利斯》（*Iphigeneia at Aulis*）

**阿里斯托芬（Aristophanes）**

《鸟》（*The Birds*）

《云》（*The Clouds*）

《蛙》（*The Frogs*）

《吕西斯忒拉忒》（*Lysistrata*）

《骑士》（*The Knights*）

《马蜂》（*The Wasps*）

《公民大会妇女》（*The Assemblywomen*，also called *The Parliament of Women*）

**希罗多德（Herodotus）**

《历史》（*The Histories*）

**修昔底德（Thucydides）**

《伯罗奔尼撒战争史》（*The Peloponnesian War*）

**前苏格拉底哲学家：赫拉克利特和恩培多克勒 （The Pre-Socratics：Heraclitus，Empedocles）**

**柏拉图（Plato）**

《对话集》（*Dialogues*）

**亚里士多德（Aristotle）**

《诗学》（*Poetics*）

《伦理学》(*Ethics*)

## 希腊化时期

**米南德(Menander)**

《萨摩斯女子》(*The Girl from Samos*)

**“朗吉努斯”(“Longinus”)**

《论崇高》(*On the Sublime*)

**卡利马科斯(Callimachus)**

《颂歌》和《铭辞集》(*Hymns* and *Epigrams*)

**忒奥克里托斯(Theocritus)**

《田园诗集》(*Idylls*)

**普卢塔克(Plutarch)**

《希腊罗马名人比较列传》(*Lives*)

《道德论丛》(*Moralia*)

**“伊索”(“Aesop”)**

《伊索寓言》(*Fables*)

**卢奇安(Lucian)**

《讽刺集》(*Satires*)

## 古罗马

**普劳图斯(Plautus)**

《伪装者》(*Pseudolus*)

《吹牛的军人》(*The Braggart Soldier*)

《一根绳子》(*The Rope*)

《安菲特律翁》(*Amphitryon*)

**泰伦斯(Terence)**

《安德罗斯女子》(*The Girl from Andros*)

《阉奴》(*The Eunuch*)

《婆母》(*The Mother-in-Law*)

**卢克莱修(Lucretius)**

《物性论》(*The Way Things Are*)

**西塞罗(Cicero)**

《论众神》(*On the Gods*)

**贺拉斯(Horace)**

《歌集》(*Odes*)

《书札》(*Epistles*)

《讽刺诗集》(*Satires*)

**佩尔西乌斯(Persius)**

《讽刺诗集》(*Satires*)

**卡图卢斯(Catullus)**

《阿提斯》(*Attis*)

**维吉尔(Virgil)**

《埃涅阿斯记》(*The Aeneid*)

《牧歌》(*Eclogues*)

《农事诗》(*Georgics*)

**卢坎(Lucan)**

《法尔萨利亚》(*Pharsalia*)

**奥维德(Ovid)**

《变形记》(*Metamorphoses*)

《爱的艺术》(*The Art of Love*)

《希罗依德》(*Epistulae heroidum* or *Heroides*)

**尤维纳利斯(Juvenal)**

《讽刺诗集》(*Satires*)

**马提雅尔(Martial)**

《铭辞集》(*Epigrams*)

**塞内加(Seneca)**

《悲剧集》(尤其是《美狄亚》和《疯狂的赫拉克勒斯》)(*Tragedies*, particularly *Medea*; and *Hercules furens*)

**佩特罗尼乌斯(Petronius)**

《萨蒂利孔》(*Satyricon*)

**阿普列尤斯(Apuleius)**

《金驴记》(*The Golden Ass*)

## 中世纪:但丁之前的拉丁语、阿拉伯语和方言作品

**圣奥古斯丁(Saint Augustine)**

《上帝之城》(*The City of God*)

《忏悔录》(*The Confession*)

**古兰经(The Koran)**

《古兰经》(*Al-Qur'an: A Contemporary*)

《一千零一夜》(*The Book of the Thousand Nights and One Night*)

《诗体埃达》(*The Poetic Edda*)

**斯诺里·斯图鲁松(Snorri Sturluson)**

《散文埃达》(*The Prose Edda*)

《尼伯龙根之歌》(*The Nibelungen Lied*)

**沃尔夫拉姆·封·埃申巴赫(Wolfram von Eschenbach)**

《帕尔齐法尔》(*Parzival*)

**特罗亚(Chrétien de Troyes)**

《伊万,或带狮子的骑士》(*Yvain: The Knight of the Lion*)

《贝奥武甫》(*Beowulf*)

《熙德之歌》(*The Poem of the Cid*)

**皮桑(Christine de Pisan)**

《女士城书》(*The Book of the City of Ladies*)

**迪亚哥·德·桑·佩德罗(Diego de San Pedro)**

《爱的牢笼》(*Prison of Love*)

# B:贵族时代

从但丁的《神曲》到歌德的《浮士德·第二部》,其间五百年里涌现了大量的文学作品,主要有五个支系:意大利文学、西班牙文学、英国文学、法国文学及德国文学。在本部分及接下来的目录中,有时某些经典大师的作品并未提及,相反,我却试图让大家关注一些我认为是经典但被忽视的作家及作品。从本部分目录开始,有许多优秀但不很重要的作家被略去。我们也将会碰到一些"过时之作",这是一种在民主时代不断扩展的悲哀,并且在我们这个世纪威胁着我们,让我们透不过气来。在他们自己的年代和自己的国家里备受尊敬的作家有时到了其他年代和其他国家也会有一席之地,但常常会变为一时风行的迷恋之物。在我们当代文学界,这种情况我目睹过几十次,这样的作家和作品完全可以略而不论,我会在最后一部分书目的引言中详谈这个问题。

## 意大利

**但丁（Dante）**

《神曲》(*The Divine Comedy*)

《新生》(*The New Life*)

**彼特拉克（Petrarch）**

《歌集》(*Lyric Poems*)

《选集》(*Selections*)

**薄伽丘（Giovanni Boccaccio）**

《十日谈》(*The Decameron*)

**博亚尔多（Matteo Maria Boiardo）**

《热恋的罗兰》(*Orlando innamorato*)

**阿里奥斯托（Ludovico Ariosto）**

《疯狂的罗兰》(*Orlando furioso*)

**米开朗琪罗（Michelangelo Buonarroti）**

《诗集》(*Sonnets and Madrigals*)

**马基雅维里（Niccolò Machiavelli）**

《君主论》(*The Prince*)

《曼陀罗花》(*The Mandrake, a Comedy*)

**达·芬奇（Leonardo da Vinci）**

《笔记》(*Notebooks*)

**卡斯蒂廖内（Baldassare Castiglione）**

《侍臣论》(*The Book of the Courtier*)

**斯坦姆帕(Gaspara Stampa)**

《诗集》(*Sonnets and Madrigals*)

**瓦萨里（Giorgio Vasari）**

《意大利建筑师、画家和雕塑家的生活》(*Lives of the Painters*)

**切利尼（Benvenuto Cellini）**

《自传》(*Autobiography*)

**塔索（Torquato Tasso）**

《被解放的耶路撒冷》(*Jerusalem Delivered*)

**布鲁诺（Giordano Bruno）**

《驱逐趾高气扬的野兽》(*The Expulsion of the Triumphant Beast*)

**康帕内拉（Tommaso Campanella）**

《诗集》(*Poems*)

《太阳城》(*The City of the Sun*)

**维柯（Giambattista Vico）**

《新科学》(*Principles of a New Science*)

**哥尔多尼（Carlo Goldoni）**

《一仆二主》(*The Servant of Two Masters*)

**阿尔菲耶里（Vittorio Alfieri）**

《扫罗》(*Saul*)

## 葡萄牙

**卡蒙斯（Luis de Camoëns）**

《卢济塔尼亚之歌》(*The Lusiads*)

**费雷拉(António Ferreira)**

《诗歌》(见《缪斯再生》)(*Poetry*, in *The Muse Reborn*)

## 西班牙

**曼里克（Jorge Manrique）**

《歌谣》(*Coplas*)

**罗哈斯（Fernando de Rojas）**

《塞莱斯蒂娜》(*La Celestina*)

《小癞子》

**克维多（Francisco de Quevedo）**

《梦》(*Visions*)

《讽刺信札》(*Satirical Letter of Censure*)

**莱昂（Fray Luis de León）**

《诗篇》(*Poems*)

**圣十字约翰(St. John of the Cross)**

《诗篇》(*Poems*)

**贡戈拉（Luis de Góngora）**

《十四行诗集》(*Sonnets*)

《孤独》(*Soledades*)

**塞万提斯（Miguel de Cervantes）**

《堂吉诃德》(*Don Quixote*)

《训诫小说》(*Exemplary Stories*)

**维加（Lope de Vega）**

《拉·多罗特亚》(*La Dorotea*)

《羊泉村》(*Fuente ovejuna*)

《迷失在镜中》(*Lost in a Mirror*)

《奥尔梅多骑士》(*The Knight of Olmedo*)

**莫利纳（Tirso de Molina）**

《塞维利亚的诱惑者》(*The Trickster of Seville*)

**卡尔德隆 （Pedro Calderón de la Barca）**

《人生如梦》(*Life Is a Dream*)

《萨拉梅亚的镇长》(*The Mayor of Zalamea*)

《奇妙的魔术师》(*The Mighty Magician*)

《医生的荣誉》(*The Doctor of His Own Honor*)

**胡安娜·伊内斯修女 （Sor Juana Inés de la Cruz）**

《诗集》(*Poems*)

## 英格兰与苏格兰

**乔叟（Geoffrey Chaucer）**

《坎特伯雷故事集》(*The Canterbury Tales*)

《特罗伊拉斯和克莱西德》(*Troilus and Criseyde*)

**马洛礼（Sir Thomas Malory）**

《亚瑟王之死》(*Le Morte D'Arthur*)

**邓巴（William Dunbar）**

《诗集》(*Poems*)

**斯克尔顿（John Skelton）**

《诗集》(*Poems*)

**托马斯·莫尔（Sir Thomas More）**

《乌托邦》(*Utopia*)

**怀亚特（Sir Thomas Wyatt）**

《诗集》(*Poems*)

**萨里伯爵(Henry Howard, Earl of Surrey)**

《诗集》(*Poems*)

**锡德尼（Sir Philip Sidney）**

《阿卡迪亚》(*The Countess of Pembroke's Arcadia*)

《爱星者和星星》(*Astrophel and Stella*)

《诗辩》(*An Apology for Poetry*)

**格雷维尔(Fulke Greville, Lord Brooke)**

《诗集》(*Poems*)

**斯宾塞（Edmund Spenser）**

《仙后》(*The Faerie Queene*)

《短诗集》(*The Minor Poems*)

**罗利（Sir Walter Ralegh）**

《诗集》(*Poems*)

**马洛（Christopher Marlowe）**

《诗集》与《戏剧集》(*Poems* and *Plays*)

**德雷顿（Michael Drayton）**

《诗集》（*Poems*）

**塞缪尔·丹尼尔（Samuel Daniel）**

《诗集》（*Poems*）

《为诗一辩》（*A Defence of Ryme*）

**纳什（Thomas Nashe）**

《倒霉的旅行家》（*The Unfortunate Traveller*）

**基德（Thomas Kyd）**

《西班牙悲剧》（*The Spanish Tragedy*）

**莎士比亚（William Shakespeare）**

《戏剧集》和《诗集》（*Plays* and *Poems*）

**坎皮恩（Thomas Campion）**

《歌集》（*Songs*）

**多恩（John Donne）**

《诗集》（*Poems*）

《布道文集》（*Sermons*）

**本·琼生（Ben Jonson）**

《诗集》、《戏剧集》和《假面音乐舞剧》（*Poems*，*Plays*，and *Masques*）

**培根（Francis Bacon）**

《随笔》（*Essays*）

**伯顿（Robert Burton）**

《忧郁的剖析》（*The Anatomy of Melancholy*）

**托马斯·布朗（Sir Thomas Browne）**

《一个医生的宗教信仰》（*Religio Medici*）

《瓮葬》（*Hydriotaphia*，*or Urne-Buriall*）

《居鲁士的花园》（*The Garden of Cyrus*）

**霍布斯（Thomas Hobbes）**

《利维坦》（*Leviathan*）

**赫里克（Robert Herrick）**

《诗集》（*Poems*）

**卡鲁（Thomas Carew）**

《诗集》（*Poems*）

**洛夫莱斯（Richard Lovelace）**

《诗集》（*Poems*）

**马韦尔（Andrew Marvell）**

《诗集》（*Poems*）

**赫伯特（George Herbert）**

《寺庙》（*The Temple*）

**特拉赫恩（Thomas Traherne）**

《世纪》、《诗集》和《感恩》（*Centuries*，*Poems*，and *Thanksgivings*）

**沃恩（Henry Vaughan）**

《诗歌》（*Poetry*）

**罗彻斯特伯爵（John Wilmot，Earl of Rochester）**

《诗集》（*Poems*）

**克拉肖（Richard Crashaw）**

《诗集》（*Poems*）

**鲍蒙特和弗莱彻（Francis Beaumont and John Fletcher）**

《戏剧集》（*Plays*）

**查普曼（George Chapman）**

《喜剧》、《悲剧》和《诗集》（*Comedies*，*Tragedies*，*Poems*）

**约翰·福特（John Ford）**

《可惜她是妓女》（*'Tis Pity She's a Whore*）

**马斯顿（John Marston）**

《愤世者》（*The Malcontent*）

**韦伯斯特（John Webster）**

《白魔》(*The White Devil*)

《马尔菲公爵夫人》(*The Duchess of Malfi*)

**米德尔顿和罗利（Thomas Middleton and William Rowley）**

《被偷换的孩子》(*The Changeling*)

**图尔纳（Cyril Tourneur）**

《复仇者的悲剧》(*The Revenger's Tragedy*)

**马辛格（Philip Massinger）**

《旧债新还》(*A New Way to Pay Old Debts*)

**班扬（John Bunyan）**

《天路历程》(*The Pilgrim's Progress*)

**沃尔顿（Izaak Walton）**

《高明的垂钓者》(*The Compleat Angler*)

**弥尔顿（John Milton）**

《失乐园》(*Paradise Lost*)

《复乐园》(*Paradise Regained*)

《利西达斯》、《科玛斯》和《短诗集》(*Lycidas*, *Comus*, and *the Minor Poems*)

《力士参孙》(*Samson Agonistes*)

《论出版自由》(*Areopagitica*)

**奥布里（John Aubrey）**

《短暂的生命》(*Brief Lives*)

**泰勒（Jeremy Taylor）**

《圣洁死亡的规则和习尚》(*Holy Dying*)

**巴特勒（Samuel Butler）**

《休迪布拉斯》(*Hudibras*)

**德莱顿（John Dryden）**

《诗歌和戏剧集》(*Poetry and Plays*)

《评论集》(*Critical Essays*)

**奥特韦（Thomas Otway）**

《得救的威尼斯》(*Venice Preserv'd*)

**康格里夫（William Congreve）**

《如此世道》(*The Way of the World*)

《以爱还爱》(*Love for Love*)

**斯威夫特（Jonathan Swift）**

《一只澡盆的故事》(*A Tale of a Tub*)

《格列佛游记》(*Gulliver's Travels*)

《散文集》(*Shorter Prose Works*)

《诗集》(*Poems*)

**埃思里奇（Sir George Etherege）**

《摩登人物》(*The Man of Mode*)

**蒲柏（Alexander Pope）**

《诗集》(*Poems*)

**盖伊（John Gay）**

《乞丐的歌剧》(*The Beggar's Opera*)

**鲍斯韦尔（James Boswell）**

《约翰逊传》(*Life of Johnson*)

《游赫布里底诸岛日记》(*Journals*)

**萨缪尔·约翰逊（Samuel Johnson）**

《文集》(*Works*)

**吉本（Edward Gibbon）**

《罗马帝国衰亡史》(*The History of the Decline and Fall of the Roman Empire*)

**柏克（Edmund Burke）**

《关于崇高和秀美概念来源的哲学探讨》(*A Philosophical Enquiry into … the Sublime and Beautiful*)

《关于法国革命的思考》(*Reflections on*

the Revolution in France)

**毛里斯·摩根(Maurice Morgann)**

《论戏剧人物约翰·福斯塔夫爵士》(*An Essay on the Dramatic Character of Sir John Falstaff*)

**威廉·柯林斯(William Collins)**

《诗集》(*Poems*)

**托马斯·格雷(Thomas Gray)**

《诗集》(*Poems*)

**法夸尔(George Farquhar)**

《扮成风流潇洒者的计谋》(*The Beaux' Stratagem*)

《招兵官》(*The Recruiting Officer*)

**威彻利(William Wycherley)**

《乡下女人》(*The Country Wife*)

《光明磊落者》(*The Plain Dealer*)

**斯马特(Christopher Smart)**

《羔羊颂》(*Jubilate Agno*)

《献给大卫之歌》(*A Song to David*)

**哥尔德斯密斯(Oliver Goldsmith)**

《威克菲尔德的牧师》(*The Vicar of Wakefield*)

《委曲求全》(*She Stoops to Conquer*)

《旅行者》(*The Traveller*)

《荒村》(*The Deserted Village*)

**谢立丹(Richard Brinsley Sheridan)**

《造谣学校》(*The School for Scandal*)

《情敌》(*The Rivals*)

**柯珀(William Cowper)**

《诗歌集》(*Poetical Works*)

**克雷布(George Crabbe)**

《诗作》(*Poetical Works*)

**笛福(Daniel Defoe)**

《摩尔·弗兰德斯》(*Moll Flanders*)

《鲁滨逊飘流记》(*Robinson Crusoe*)

《瘟疫年记事》(*A Journal of the Plague Year*)

**理查森(Samuel Richardson)**

《克拉丽莎》(*Clarissa*)

《帕梅拉》(*Pamela*)

《查尔斯·格兰迪森爵士》(*Sir Charles Grandison*)

**菲尔丁(Henry Fielding)**

《约瑟夫·安德鲁斯》(*Joseph Andrews*)

《弃儿汤姆·琼斯的故事》(*The History of Tom Jones, a Founding*)

**斯摩莱特(Tobias Smollett)**

《亨佛利·克林克》(*The Expedition of Humphry Clinker*)

《蓝登传》(*The Adventures of Roderick Random*)

**斯特恩(Laurence Sterne)**

《项狄传》(*The Life and Opinions of Tristram Shandy, Gentleman*)

《感伤旅行》(*A Sentimental Journey through France and Italy*)

**伯尼(Fanny Burney)**

《埃维莉娜》(*Evelina*)

**艾迪生和斯梯尔 (Joseph Addison and Richard Steele)**

《旁观者》(*The Spectator*)

## 法国

**傅华萨（Jean Froissart）**

《闻见录》(*Chronicles*)

《罗兰之歌》(*The Song of Roland*)

**维永（François Villon）**

《诗集》(*Poems*)

**蒙田（Michel de Montaigne）**

《随笔集》(*Essays*)

**拉伯雷（François Rabelais）**

《巨人传》(*Gargantua and Pantagruel*)

**玛格丽特·德·纳瓦尔（Marguerite de Navarre）**

《七日谈》(*The Heptameron*)

**杜·贝莱（Joachim Du Bellay）**

《悔恨集》(*The Regrets*)

**赛弗(Maurice Scève)**

《德丽亚》(*Délie*)

**龙萨（Pierre de Ronsard）**

《颂诗》、《挽歌》、《十四行诗》(*Odes, Elegies, Sonnets*)

**柯门斯（Philippe de Commynes）**

《回忆录》(*Memoirs*)

**欧比涅（Agrippa d'Aubigné）**

《悲歌集》(*Les Tragiques*)

**卡涅尔（Robert Garnier）**

《马克·安东尼》(*Mark Antony*)

《犹太姑娘》(*The Jewesses*)

**高乃依（Pierre Corneille）**

《熙德》(*The Cid*)

《波利耶克特》(*Polyeucte*)

《尼高梅德》(*Nicomède*)

《贺拉斯》(*Horace*)

《西拿》(*Cinna*)

《罗多古娜》(*Rodogune*)

**拉罗什富科（François de La Rochefoucauld）**

《箴言录》(*Maxims*)

**拉·封丹(Jean de La Fontaine)**

《寓言诗》(*Fables*)

**莫里哀（Molière）**

《恨世者》(*The Misanthrope*)

《答尔丢夫》(*Tartuffe*)

《太太学堂》(*The School for Wives*)

《女博士》(*The Learned Ladies*)

《唐璜》(*Don Juan*)

《丈夫学堂》(*School for Husbands*)

《可笑的女才子》(*Ridiculous Precieuses*)

《贵人迷》(*The Would-Be Gentleman*)

《吝啬鬼》(*The Miser*)

《没病找病》(*The Imaginary Invalid*)

**帕斯卡尔（Blaise Pascal）**

《思想录》(*Pensées*)

**博叙埃（Jacques-Bénigne Bossuet）**

《追悼词》(*Funerary Orations*)

**布瓦洛（Nicolas Boileau-Despréaux）**

《诗艺》(*The Art of Poetry*)

《经台吟》(*Lutrin*)

**拉辛（Jean Racine）**

《菲德拉》(*Phaedra*)

《安德罗玛克》(*Andromache*)

《布里塔尼居斯》(*Britannicus*)

《阿达莉》(*Athaliah*)

**马里沃（Pierre Carlet de Marivaux）**

《喜剧七部》(*Seven Comedies*)

**卢梭（Jean-Jacques Rousseau）**

《忏悔录》(*The Confessions*)

《爱弥尔》(*Émile*)

《新爱洛绮丝》(*La Nouvelle Héloïse*)

**伏尔泰（Voltaire）**

《查第格》(*Zadig*)

《老实人》(*Candide*)

《英国书信》(*Letters on England*)

《里斯本地震》(*The Lisbon Earthquake*)

**普雷沃（Abbé Prévost）**

《曼侬·莱斯戈》(*Manon Lescaut*)

**拉法耶特夫人（Madame de La Fayette）**

《克莱芙王妃》(*The Princess of Clèves*)

**塞巴斯蒂安-罗克·尼科拉斯（Sébastien-Roch Nicolas de Chamfort）**

《完美文明的产物》(*Products of the Perfected Civilization*)

**狄德罗（Denis Diderot）**

《拉摩的侄儿》(*Rameau's Nephew*)

**拉克洛（Choderlos de Laclos）**

《危险的交往》(*Dangerous Liaisons*)

## 德国

**伊拉斯谟（Erasmus）**

《愚人颂》(*In Praise of Folly*)

**歌德（Johann Wolfgang von Goethe）**

《浮士德》(*Faust*)

《诗与真》(*Dichtung und Wahrheit*)

《埃格蒙特》(*Egmont*)

《亲和力》(*Elective Affinities*)

《少年维特之烦恼》(*The Sorrows of Young Werther*)

《诗集》(*Poems*)

《威廉·迈斯特的学习时代》(*Wilhelm Meister's Apprenticeship*)

《威廉·迈斯特的漫游时代》(*Wilhelm Meister's Years of Wandering*)

《意大利游记》(*Italian Journey*)

《诗剧》和《赫尔曼与窦绿苔》(*Verse Plays* and *Hermann and Dorothea*)

《罗马哀歌》、《威尼斯铭语》、《西东合集》(*Roman Elegies*, *Venetian Epigrams*, *West-Eastern Divan*)

**席勒（Friedrich Schiller）**

《强盗》(*The Robbers*)

《玛丽·斯图亚特》(*Mary Stuart*)

《华伦斯坦》(*Wallenstein*)

《唐·卡洛斯》(*Don Carlos*)

《论素朴诗和感伤诗》(*On the Naïve and Sentimental in Literature*)

**莱辛（Gotthold Lessing）**

《拉奥孔》(*Laocoön*)

《智者纳旦》(*Nathan the Wise*)

**荷尔德林（Friedrich Hölderlin）**

《赞美诗与片段》(*Hymns and Fragments*)

《诗选》(*Selected Poems*)

**克莱斯特（Heinrich von Kleist）**

《戏剧五部》(*Five Plays*)

《故事集》(*Stories*)

## C：民主时代

我认定维柯所说的民主时代是十九世纪的后歌德时代，此时，意大利和西班牙文学正走向衰退，而随着英国文艺复兴在浪漫主义中的兴起，其文学走向了繁荣，紧随其后的便是法国和德国文学。这也是俄罗斯和美国文学活力开始显现的时代。我抵制当前讨伐经典的回溯运动，因为它试图提升十九世纪一批（可惜）不够格的女作家的文学地位，以及非裔美国作家中一些不成熟的叙事作品和诗歌作品的文学地位。在本书中我不止一次地说过，扩展经典只是企图把一批较优秀甚至最为优秀的作家排斥在外，因为实际上，无论我们（不管我们是谁）多么渴望读书，也绝对不会有时间去阅读所有的作品。对我们大部分人，特别是那些饱受折磨的年轻人来说，不够格的作家及其作品将耗费他们的精力，而这些精力原本能够更好地用来阅读更有实力的作家的作品。女性主义者和非裔美国文学学者要复兴的一切几乎都可以明确地归为"过时之作"，因为它们刚一出现就变得虚弱无力，如今就想象力而言都已过时。

### 意大利

**福斯科洛（Ugo Foscolo）**

《墓地哀思》(*On Sepulchres*)

《雅科波·奥尔蒂斯的最后书简》(*Last Letters of Jacopo Orits*)

《颂诗》与《恩典》(*Odes* and *The Graces*)

**曼佐尼（Alessandro Manzoni）**

《约婚夫妇》(*The Betrothed*)

《论历史小说》(*On the Historical Novel*)

**莱奥帕尔迪（Giacomo Leopardi）**

《论文和对话》(*Essays and Dialogues*)

《诗集》(*Poems*)

《道德小品集》(*The Moral Essays*)

**贝利（Giuseppe Gioacchino Belli）**

《现代罗马十四行诗集》(*Roman Sonnets*)

**卡尔杜齐（Giosuè Carducci）**

《撒旦颂》(*Hymn to Satan*)

《野蛮颂歌》(*Barbarian Odes*)

《节奏与韵律》(*Rhymes and Rhythms*)

**维尔加（Giovanni Verga）**

《西西里短篇故事》(*Little Novels of Sicily*)

《堂·杰苏阿多师傅》(*Mastro-Don Gesualdo*)

《楂树旁的屋子》(*The House by the Medlar Tree*)

《母狼和其他故事》(*The She-Wolf and Other Stories*)

## 西班牙与葡萄牙

**贝克尔（Gustavo Adolfo Bécquer）**

《诗韵集》(*Poems*)

**佩雷斯·加尔多斯（Benito Pérez Galdós）**

《福尔图纳达和哈辛达》(*Fortunata and Jacinta*)

**克拉林（Leopoldo Alas [Clarín]）**

《庭长夫人》(*La Regenta*)

**埃萨·德·克罗兹（José Maria de Eça de Queirós）**

《马伊亚一家》(*The Maias*)

## 法国

**贡斯当（Benjamin Constant）**

《阿道尔夫》(*Adolphe*)

《红色笔记》(*The Red Notebook*)

**夏多布里昂（François-Auguste-René de Chateaubriand）**

《阿达拉》(*Atala*)

《勒内》(*René*)

《基督教真谛》(*The Genius of Christianity*)

**拉马丁（Alphonse de Lamartine）**

《沉思集》(*Meditations*)

**维尼（Alfred de Vigny）**

《查特顿》(*Chatterton*)

《诗集》(*Poems*)

**雨果（Victor Hugo）**

《光与影：诗选集》(*The Distance, The Shadows: Selected Poems*)

《悲惨世界》(*Les Misérables*)

《巴黎圣母院》(*Notre-Dame of Paris*)

《论莎士比亚》(*William Shakespeare*)

《海上劳工》(*The Toilers of the Sea*)

《撒旦的末日》(*The End of Satan*)

《上帝》(*God*)

**缪塞（Alfred de Musset）**

《诗集》(*Poems*)

《罗朗札齐奥》(*Lorenzaccio*)

**奈瓦尔（Gérard de Nerval）**

《幻影》(*The Chimeras*)

《西尔薇》(*Sylvie*)

《奥蕾丽亚》(*Aurelia*)

**戈蒂耶（Théophile Gautier）**

《莫班小姐》(*Mademoiselle de Maupin*)

《珐琅与雕玉》(*Enamels and Cameos*)

**巴尔扎克（Honoré de Balzac）**

《金目少女》(*The Girl with the Golden Eyes*)

《路易·朗裴》(*Louis Lambert*)

《驴皮记》(*The Wild Ass's Skin*)

《高老头》(*Old Goriot*)

《贝姨》(*Cousin Bette*)

《交际花盛衰记》(*A Harlot High and Low*)

《欧也妮·葛朗台》(*Eugénie Grandet*)

《于絮尔·弥罗埃》(*Ursule Mirouet*)

**司汤达（Stendhal）**

《论爱情》(*On Love*)

《红与黑》(*The Red and the Black*)

《巴马修道院》(*The Charterhouse of Parma*)

**福楼拜 (Gustave Flaubert)**

《包法利夫人》(*Madame Bovary*)

《情感教育》(*Sentimental Education*)

《萨朗波》(*Salammbö*)

《淳朴的心》(*A Simple Soul*)

**乔治·桑 (George Sand)**

《魔沼》(*The Haunted Pool*)

**波德莱尔 (Charles Baudelaire)**

《恶之花》(*Flowers of Evil*)

《巴黎的忧郁》(*Paris Spleen*)

**马拉梅 (Stéphane Mallarmé)**

《诗与散文选集》(*Selected Poetry and Prose*)

**魏尔兰 (Paul Verlaine)**

《诗选》(*Selected Poems*)

**兰波 (Arthur Rimbaud)**

《全集》(*Complete Works*)

**科尔比埃尔 (Tristan Corbière)**

《黄色的爱》(*Les Amours jaunes*)

**拉弗格 (Jules Laforgue)**

《作品选》(*Selected Writings*)

**莫泊桑 (Guy de Maupassant)**

《短篇小说选集》(*Selected Short Stories*)

**左拉 (Émile Zola)**

《萌芽》(*Germinal*)

《小酒店》(*L'Assommoir*)

《娜娜》(*Nana*)

## 斯堪的纳维亚

**易卜生 (Henrik Ibsen)**

《布兰德》(*Brand*)

《彼尔·京特》(*Peer Gynt*)

《皇帝与加利利人》(*Emperor and Galilean*)

《海达·嘉伯乐》(*Hedda Gabler*)

《社会支柱》(*The Master Builder*)

《海上夫人》(*The Lady from the Sea*)

《当我们死而复醒时》(*When We Dead Awaken*)

**斯特林堡 (August Strindberg)**

《到大马士革去》(*To Damascus*)

《朱丽小姐》(*Miss Julie*)

《父亲》(*The Father*)

《死魂舞》(*The Dance of Death*)

《鬼魂奏鸣曲》(*The Ghost Sonata*)

《一出梦的戏剧》(*A Dream Play*)

## 英国

**彭斯 (Robert Burns)**

《诗集》(*Poems*)

**布莱克 (William Blake)**

《诗歌与散文全集》(*Completed Poetry and Prose*)

**华兹华斯 (William Wordsworth)**

《诗集》(*Poems*)

《序曲》(*The Prelude*)

**司各特 (Sir Walter Scott)**

《威弗利》(*Waverley*)

《米德洛西恩的监狱》(*The Heart of Midlothian*)

《雷德冈脱利特》(*Redgauntlet*)
《清教徒》(*Old Mortality*)
**简·奥斯汀(Jane Austen)**
《傲慢与偏见》(*Pride and Prejudice*)
《爱玛》(*Emma*)
《曼斯菲尔德庄园》(*Mansfield Park*)
《劝导》(*Persuasion*)
**柯勒律治(Samuel Taylor Coleridge)**
《诗歌与散文》(*Poems and Prose*)
**多萝茜·华兹华斯(Dorothy Wordsworth)**
《格拉斯米尔笔记》(*The Grasmere Journal*)
**黑兹利特(William Hazlitt)**
《随笔与批评》(*Essays and Criticism*)
**拜伦(Lord Byron)**
《唐璜》(*Don Juan*)
《诗集》(*Poems*)
**兰多(Walter Savage Landor)**
《诗集》(*Poems*)
《文学家与政治家的想象对话》(*Imaginary Conversations*)
**德·昆西(Thomas De Quincey)**
《瘾君子自白》(*Confessions of an English Opium Eater*)
《散文选集》(*Selected Prose*)
**兰姆(Charles Lamb)**
《随笔录》(*Essays*)
**艾奇沃思(Maria Edgeworth)**
《拉克伦特堡》(*Castle Rackrent*)
**高尔特(John Galt)**
《遗赠》(*The Entail*)
**盖斯凯尔(Elizabeth Gaskell)**
《克兰福德》(*Cranford*)
《玛丽·巴顿》(*Mary Barton*)
《北与南》(*North and South*)
**霍格(James Hogg)**
《一个清白罪人的忏悔》(*The Private Memoirs and Confessions of Justified Sinner*)
**梅图林(Charles Maturin)**
《漫游者麦尔默斯》(*Melmoth the Wanderer*)
**雪莱(Percy Bysshe Shelley)**
《诗集》(*Poems*)
《诗辩》(*A Defence of Poetry*)
**玛丽·雪莱(Mary Wollstonecraft Shelley)**
《弗兰肯斯坦》(*Frankenstein*)
**克莱尔(John Clare)**
《诗集》(*Poems*)
**济慈(John Keats)**
《诗歌与书信》(*Poems and Letters*)
**贝多斯(Thomas Lovell Beddoes)**
《死亡的笑话》(*Death's Jest-Book*)
《诗集》(*Poems*)
**达莱(George Darley)**
《忘忧药》(*Nepenthe*)
《诗集》(*Poems*)
**胡德(Thomas Hood)**
《诗集》(*Poems*)
**韦德(Thomas Wade)**

《诗集》(*Poems*)

**罗伯特·布朗宁 (Robert Browning)**

《诗集》(*Poems*)

《指环与书》(*The Ring and the Book*)

**狄更斯 (Charles Dickens)**

《匹克威克外传》(*The Posthumous Papers of the Pickwick Club*)

《大卫·科波菲尔》(*David Copperfield*)

《雾都孤儿》(*The Adventures of Oliver Twist*)

《双城记》(*A Tale of Two Cities*)

《荒凉山庄》(*Bleak House*)

《艰难时世》(*Hard Times*)

《尼古拉斯·尼克尔贝》(*Nicholas Nickleby*)

《董贝父子》(*Dombey and Son*)

《远大前程》(*Great Expectations*)

《马丁·朱述尔维特》(*Martin Chuzzlewit*)

《圣诞故事集》(*Christmas Stories*)

《小杜丽》(*Little Dorrit*)

《我们共同的朋友》(*Our Mutual Friend*)

《艾德温·德鲁德之谜》(*The Mystery of Edwin Drood*)

**丁尼生 (Alfred, Lord Tennyson)**

《诗集》(*Poems*)

**罗塞蒂 (Dante Gabriel Rossetti)**

《诗篇》与《译作》(*Poems* and *Translation*)

**阿诺德 (Matthew Arnold)**

《诗集》(*Poems*)

《评论集》(*Essays*)

**克拉夫 (Arthur Hugh Clough)**

《诗集》(*Poems*)

**克里斯蒂娜·罗塞蒂 (Christina Rossetti)**

《诗集》(*Poems*)

**皮科克 (Thomas Love Peacock)**

《噩梦隐修院》(*Nightmare Abbey*)

《格里尔·格兰治》(*Gryll Grange*)

**霍普金斯 (Gerard Manley Hopkins)**

《诗歌》与《散文》(*Poems* and *Prose*)

**卡莱尔 (Thomas Carlyle)**

《散文选集》(*Selected Prose*)

《成衣匠的改制》(*Sartor Resartus*)

**罗斯金 (John Ruskin)**

《现代画家》(*Modern Painters*)

《威尼斯之石》(*The Stones of Venice*)

《时至今日》(*Unto This Last*)

《空气女皇》(*The Queen of the Air*)

**佩特 (Walter Pater)**

《文艺复兴史研究》(*Studies in the History of the Renaissance*)

《鉴赏集》(*Appreciations*)

《想象的肖像》(*Imaginary Portraits*)

《享乐主义者马里乌斯》(*Marius the Epicurean*)

**爱德华·菲茨杰拉德 (Edward FitzGerald)**

《鲁拜集》(*The Rubáiyát of Omar Khayyám*)

**穆勒 (John Stuart Mill)**

《论自由》(*On Liberty*)

《自传》(*Autobiography*)

**纽曼 (John Henry Newman)**

《生命之歌》(*Apologia pro Vita Sua*)
《赞同的规律》(*A Grammar of Assent*)
《大学的理念》(*The Idea of a University*)
**特罗洛普 (Anthony Trollope)**
《巴塞特郡小说》(*The Barsetshire Novels*)
《巴里塞小说》(*The Palliser Novels*)
《奥利农庄》(*Orley Farm*)
《我们现在的生活方式》(*The Way We Live Now*)
**卡罗尔 (Lewis Carroll)**
《全集》(*Complete Works*)
**里尔 (Edward Lear)**
《一派胡言》(*Complete Nonsense*)
**吉辛 (George Gissing)**
《新寒士街》(*New Grub Street*)
**斯温伯恩 (Algernon Charles Swinburne)**
《诗歌》与《书信》(*Poems* and *Letters*)
**夏洛蒂·勃朗特 (Charlotte Brontë)**
《简·爱》(*Jane Eyre*)
《维莱特》(*Villette*)
**爱米莉·勃朗特 (Emily Brontë)**
《诗集》(*Poems*)
《呼啸山庄》(*Wurhering Heights*)
**萨克雷 (William Makepeace Thackeray)**
《名利场》(*Vanity Fair*)
《亨利·埃斯蒙德》(*The History of Henry Esmond*)
**梅瑞狄斯 (George Meredith)**
《诗集》(*Poems*)
《自我主义者》(*The Egoist*)
**汤普森 (Francis Thompson)**
《诗集》(*Poems*)
**莱昂内尔·约翰逊 (Lionel Johnson)**
《诗集》(*Poems*)
**布里吉斯 (Robert Bridges)**
《诗集》(*Poems*)
**切斯特顿 (Gilbert Keith Chesterton)**
《诗选》(*Collected Poems*)
《名叫星期四的人》(*The Man Who Was Thursday*)
**巴特勒 (Samuel Butler)**
《埃瑞洪》(*Erewhon*)
《众生之路》(*The Way of All Flesh*)
**吉尔伯特 (W. S. Gilbert)**
《吉尔伯特和沙利文戏剧全集》(*Complete Plays of Gilbert and Sullivan*)
《巴布民谣》(*Bab Ballads*)
**科林斯 (Wilkie Collins)**
《月亮宝石》(*The Moonstone*)
《白衣女人》(*The Woman in White*)
《无名》(*No Name*)
**帕特莫尔 (Coventry Patmore)**
《颂歌》(*Odes*)
**詹姆斯·汤姆逊 (James Thomson [Bysshe Vanolis])**
《恐怖之夜的城市》(*The City of Dreadful Night*)
**王尔德 (Oscar Wilde)**
《戏剧集》(*Plays*)

《道林·格雷的肖像》(*The Picture of Dorian Gray*)
《作为批评家的艺术家》(*The Artist as Critic*)
《书信集》(*Letters*)
**戴维森(John Davidson)**
《歌谣集》(*Ballads and Songs*)
**道森(Ernest Dowson)**
《诗歌全集》(*Complete Poems*)
**乔治·艾略特(George Eliot)**
《亚当·比德》(*Adam Bede*)
《织工马南》(*Silas Marner*)
《弗洛斯河上的磨房》(*The Mill on the Floss*)
《米德尔马奇》(*Middlemarch*)
《丹尼尔·德隆达》(*Daniel Deronda*)
**斯蒂文森(Robert Louis Stevenson)**
《随笔》(*Essays*)
《绑架》(*Kidnapped*)
《化身博士》(*Dr. Jekyll and Mr. Hyde*)
《金银岛》(*Treasure Island*)
《新天方夜谭》(*The New Arabian Nights*)
《巴伦特雷的少爷》(*The Master of Ballantrae*)
《赫米斯顿的魏尔》(*Weir of Hermiston*)
**莫里斯(William Morris)**
《早期故事集》(*Early Romances*)
《诗集》(*Poems*)
《地上乐园》(*The Earthly Paradise*)
《世界尽头的井》(*The Well at the World's End*)
《乌有乡消息》(*News from Nowhere*)
**斯托克(Bram Stoker)**
《德拉库拉》(*Dracula*)
**麦克唐纳(George Macdonald)**
《莉莉丝》(*Lilith*)
《北风的背后》(*At the Back of the North Wind*)

## 德国

**诺瓦利斯(Novalis [Friedrich vonHardenburg])**
《夜颂》(*Hymns to the Night*)
《格言》(*Aphorisms*)
**雅可布与威廉·格林 (Jacob and Wilhelm Grimm)**
《格林童话》(*Fairy Tales*)
**默里克(Eduard Mörike)**
《诗选》(*Selected Poems*)
《莫扎特在去布拉格途中》(*Mozart on His Way to Prague*)
**施托姆(Theodor Storm)**
《茵梦湖》(*Immensee*)
《诗集》(*Poems*)
**凯勒(Gottfried Keller)**
《绿衣亨利》(*Green Henry*)
《故事集》(*Tales*)
**霍夫曼(E. T. W. Hoffmann)**
《魔鬼的长生不老药》(*The Devil's Elixir*)
《故事集》(*Tales*)
**戈特赫尔夫(Jeremias Gotthelf)**

《黑蜘蛛》(*The Black Spider*)

**施蒂弗特 (Adalbert Stifter)**

《晚来的夏天》(*Indian Summer*)

《故事集》(*Tales*)

**施莱格尔 (Friedrich Schlegel)**

《批评》与《格言》(*Criticism* and *Aphorisms*)

**毕希纳 (Georg Büchner)**

《丹东之死》(*Danton's Death*)

《沃伊采克》(*Woyzeck*)

**海涅 (Heinrich Heine)**

《诗歌全集》(*Complete Poems*)

**瓦格纳 (Richard Wagner)**

《尼伯龙根的指环》(*The Ring of the Nibelung*)

**尼采 (Friedrich Nietzsche)**

《悲剧的诞生》(*The Birth of Tragedy*)

《善与恶的彼岸》(*Beyond Good and Evil*)

《论道德的谱系》(*On the Genealogy of Morals*)

《权力意志》(*The Will to Power*)

**冯塔纳 (Theodor Fontane)**

《埃菲·布利斯特》(*Effi Briest*)

**格奥尔格 (Stefan George)**

《诗选》(*Selected Poems*)

## 俄罗斯

**普希金 (Aleksandr Pushkin)**

《故事全集》(*Complete Prose Tales*)

《诗集》(*Collected Poetry*)

《叶甫盖尼·奥涅金》(*Eugene Onegin*)

《叙事诗集》(*Narrative Poems*)

《鲍里斯·戈都诺夫》(*Boris Godunov*)

**果戈理 (Nikolay Gogol)**

《故事全集》(*The Complete Tales*)

《死魂灵》(*Dead Souls*)

《钦差大臣》(*The Government Inspector*)

**莱蒙托夫 (Mikhail Lermontov)**

《叙事诗集》(*Narrative Poems*)

《当代英雄》(*A Hero of Our Time*)

**阿克萨科夫 (Sergey Aksakov)**

《家庭纪事》(*A Family Chronicle*)

**赫尔岑 (Aleksandr Herzen)**

《往事与随想》(*My Past and My Thoughts*)

《来自彼岸》(*From the Other Shore*)

**冈察洛夫 (Ivan Goncharov)**

《战舰巴拉达号》(*The Frigate Pallada*)

《奥勃洛莫夫》(*Oblomov*)

**屠格涅夫 (Ivan Turgenev)**

《猎人笔记》(*A Sportsman's Notebook*)

《村居一月》(*A Month in the Country*)

《父与子》(*Fathers and Sons*)

《前夜》(*On the Eve*)

《初恋》(*First Love*)

**陀思妥耶夫斯基 (Fyodor Dostoevsky)**

《地下室手记》(*Notes from the Underground*)

《罪与罚》(*Crime and Punishment*)

《白痴》(*The Idiot*)

《群魔》(*The Possessed [The Devils]*)

《卡拉马佐夫兄弟》(*The Brothers Kara-*

*mazov*)
《短篇小说集》(*Short Novels*)
**托尔斯泰(Leo Tolstoy)**
《哥萨克》(*The Cossacks*)
《战争与和平》(*War and Peace*)
《安娜·卡列尼娜》(*Anna Karenina*)
《忏悔录》(*A Confession*)
《黑暗的势力》(*The Power of Darkness*)
《短篇小说集》(*Short Novels*)
**列斯科夫(Nikolay Leskov)**
《故事集》(*Tales*)
**奥斯特洛夫斯基(Aleksandr Ostrovsky)**
《大雷雨》(*The Storm*)
**车尔尼雪夫斯基(Nikolay Chernyshevsky)**
《怎么办?》(*What Is to Be Done?*)
**勃洛克(Aleksandr Blok)**
《十二个及其他诗集》(*The Twelve and Other Poems*)
**契诃夫(Anton Chekhov)**
《故事集》(*The Tales*)
《主要戏剧》(*The Major Plays*)

## 美国

**欧文(Washington Irving)**
《见闻札记》(*The Sketch Book*)
**布赖恩特(William Cullen Bryant)**
《诗选》(*Collected Poems*)
**库珀(James Fenimore Cooper)**
《杀鹿者》(*The Deerslayer*)
**惠蒂埃(John Greenleaf Whittier)**
《诗选》(*Collected Poems*)
**爱默生(Ralph Waldo Emerson)**
《论自然》(*Nature*)
《论文集》(*Essays*, first and second series)
《典范人物》(*Representative Men*)
《生活之道》(*The Conduct of Life*)
《日记》(*Journals*)
《诗集》(*Poems*)
**狄金森(Emily Dickinson)**
《诗歌全集》(*Complete Poems*)
**惠特曼(Walt Whitman)**
《草叶集》第一版(*Leaves of Grass*, first edition)
《草叶集》第三版(*Leaves of Grass*, third edition)
《诗歌全集》(*The Complete Poems*)
《典型的日子》(*Specimen Days*)
**霍桑(Nathaniel Hawthorne)**
《红字》(*The Scarlet Letter*)
《故事与速写》(*Tales and Sketches*)
《玉石雕像》(*The Marble Faun*)
《笔记》(*Notebooks*)
**麦尔维尔(Herman Melville)**
《白鲸》(*Moby-Dick*)
《广场故事》(*The Piazza Tales*)
《比利·巴德》(*Billy Budd*)
《诗集》(*Collected Poems*)
《克拉勒尔》(*Clarel*)
**爱伦·坡(Edgar Allan Poe)**

《诗歌和故事集》(*Poetry and Tales*)

《随笔与评论》(*Essays and Reviews*)

《阿瑟·戈登·皮姆的故事》(*The Narrative of Arthur Gordon Pym*)

《我发现了！》(*Eureka*)

**卫瑞(Jones Very)**

《随笔与诗篇》(*Essays and Poems*)

**塔克曼 (Frederick Goddard Tuckerman)**

《蟋蟀及其他诗集》(*The Cricket and Other Poems*)

**梭罗 (Henry David Thoreau)**

《瓦尔登湖》(*Walden*)

《诗集》(*Poems*)

《随笔》(*Essays*)

**达纳 (Richard Henry Dana, Jr.)**

《两年水手生涯》(*Two Years before the Mast*)

**道格拉斯 (Frederick Douglass)**

《弗雷德里克·道格拉斯的生平》(*Narrative of the Life of Frederick Douglass, an American Slave*)

**朗费罗 (Henry Wadsworth Longfellow)**

《诗选》(*Selected Poems*)

**拉尼尔 (Sidney Lanier)**

《诗集》(*Poems*)

**帕克曼 (Francis Parkman)**

《北美的英国和法国》(*France and England in North America*)

《加利福尼亚和俄勒冈小路》(*The California and Oregon Trail*)

**亚当斯 (Henry Adams)**

《亨利·亚当斯的教育》(*The Education of Henry Adams*)

《圣米歇尔山和沙特尔大教堂》(*Mont Saint Michel and Chartres*)

**比尔斯 (Ambrose Bierce)**

《作品集》(*Collected Writings*)

**奥尔科特 (Louisa May Alcott)**

《小妇人》(*Little Women*)

**切斯奈特 (Charles W. Chesnutt)**

《短篇小说》(*The Short Fiction*)

**肖邦 (Kate Chopin)**

《觉醒》(*The Awakening*)

**豪威尔斯 (William Dean Howells)**

《塞拉斯·拉帕姆的发迹》(*The Rise of Silas Lapham*)

《现代婚姻》(*A Modern Instance*)

**克莱恩 (Stephen Crane)**

《红色英勇勋章》(*The Red Badge of Courage*)

《故事》与《诗歌》(*Stories* and *Poems*)

**亨利·詹姆斯 (Henry James)**

《贵妇人的画像》(*The Portrait of a Lady*)

《波士顿人》(*The Bostonians*)

《卡萨玛希玛公主》(*The Princess Casamassima*)

《未成熟的少年时代》(*The Awkward Age*)

《短篇小说和故事》(*Short Novels and Tales*)

《专使》(*The Ambassadors*)

《鸽翼》(*The Wings of the Dove*)

《金碗》(*The Golden Bowl*)

**弗里德里克(Harold Frederic)**

《西伦·韦尔的堕落》(*The Damnation of Theron Ware*)

**马克·吐温(Mark Twain)**

《短篇小说集》(*Complete Short Stories*)

《哈克贝利·芬历险记》(*The Adventures of Huckleberry Finn*)

《魔鬼的跑道》(*The Devil's Racetrack*)

《四十四号:神秘的陌生人》(*Number Forty-Four: The Mysterious Stranger*)

《傻瓜威尔逊》(*Pudd'nhead Wilson*)

《亚瑟王朝廷上的康州美国佬》(*A Connecticut Yankee in King Arthur's Court*)

**威廉·詹姆斯(William James)**

《宗教体验种种》(*The Varieties of Religious Experience*)

《实用主义》(*Pragmatism*)

**诺里斯(Frank Norris)**

《章鱼》(*The Octopus*)

**朱厄特(Sarah Orne Jewett)**

《尖尖的枞树之乡及其他故事集》(*The Country of the Pointed Firs and Other Stories*)

**斯蒂克尼(Trumbull Stickney)**

《诗集》(*Poems*)

# D:混乱时代:预言经典

我对这部分目录不如对前三部分那么有自信。对文化进行预言不是件容易的事,这里的所有作品不是都能成为经典之作。文学作品数量过多对它们中的许多来说是个威胁,但我不是根据某种文化政治来进行取舍的。在我看来,我所略去的那些作品注定将成为过时之作:即便是“多元文化”的倡导者,再过一两代之后也会反对那些作品,以便给更优秀的作品腾出空间。毫无疑问,这个目录多少会反映出一些我个人的喜好,但绝不完全代表我本人的癖性。罗伯特·洛威尔及菲利普·拉金的作品被列在其中,是因为我似乎是唯一认为他们被过高评价的在世批评家,我或许错了;我不得不设想,我憎恨并力求避免的审美之外的考虑令我目盲。然而,半个世纪后,我若能从阴间再回到人世,发现罗伯特·洛威尔和菲利普·拉金的作品已成为过时之作,我一点也不会感到惊讶,就像其他许多被我排斥在外的作家一样。但批评家并不能造就经典之作,正如任何憎恨网络不能造就它们,后世的诗人们可能会发现罗伯特·洛威尔及菲利普·拉金的作品具有经典性,因为它们有着无可逃避的影响。

## 意大利

**皮兰德娄（Luigi Pirandello）**

《赤裸的面具》（*Naked Masks: Five Plays*）

**邓南遮（Gabriele D'Annunzio）**

《迈亚：生命赞》（*Maia: In Praise of Life*）

**康帕纳（Dino Campana）**

《俄耳甫斯的歌》（*Orphic Songs*）

**萨巴（Umberto Saba）**

《故事与回忆》（*Stories and Recollections*）

《诗集》（*Poems*）

**兰佩杜萨（Giuseppe Tomasi di Lampedusa）**

《豹》（*The Leopard*）

**翁加雷蒂（Giuseppe Ungaretti）**

《诗选》（*Selected Poems*）

《被埋葬的港口：诗选》（*The Buried Harbour: Selected Poems*）

**蒙塔莱（Eugenio Montale）**

《暴风雨及其他：诗集》（*The Storm and Other Things: Poems*）

《境遇》（*The Occasions: Poems*）

《乌贼骨》（*Cuttlefish Bones: Poems*）

《别样：最后与开初的诗》（*Otherwise: Last and First Poems*）

《艺术的第二生命：散文选》（*The Second Life of Art: Selected Essays*）

**夸西莫多（Salvatore Quasimodo）**

《文选：诗歌与诗评》（*Selected Writings: Poems and Discourse on Poetry*）

**兰多尔菲（Tommaso Landolfi）**

《果戈理的妻子及其他故事》（*Gogol's Wife and Other Stories*）

**夏侠（Leonardo Sciascia）**

《白天的猫头鹰》（*Day of the Owl*）

《同样危险》（*Equal Danger*）

《酒一样暗的海》（*The Wine-Dark Sea: Thirteen Stories*）

**帕索里尼（Pier Paolo Pasolini）**

《诗集》（*Poems*）

**帕韦泽（Cesare Pavese）**

《苦役》（*Hard Labor: Poems*）

《与莱乌科对话》（*Dialogues with Leucò*）

**莱维（Primo Levi）**

《更待何时》（*If No Now, When?*）

《诗集》（*Collected Poems*）

《元素周期表》（*The Periodic Table*）

**斯韦沃（Italo Svevo）**

《塞诺的意识》（*The Confessions of Zeno*）

《暮年》（*As a Man Grows Older*）

**巴萨尼（Giorgio Bassani）**

《苍鹭》（*The Heron*）

**金兹布格（Natalia Ginzburg）**

《家庭絮语》（*Family*）

**维托里尼（Elio Vittorini）**

《墨西拿的妇女》（*Women of Messina*）

**莫拉维亚（Alberto Moravia）**

《1934》（*1934*）

**赞佐托（Andrea Zanzotto）**

《诗选》（*Selected Poetry*）

**卡尔维诺（Italo Calvino）**

《看不见的城市》（*Invisible Cities*）

《树上的男爵》(*The Baron in the Trees*)
《寒冬夜行人》(*If on a Winter's Night a Traveler*)
《零时间》(*t zero*)
**波尔塔(Antonio Porta)**
《另一个梦中的吻》(*Kisses from Another Dream: Poems*)

## 西班牙

**乌纳穆诺(Miguel de Unamuno)**
《三部典范小说》(*Three Exemplary Novels*)
《堂吉诃德和桑丘的生活》(*Our Lord Don Quixote*)
**马查多(Antonio Machado)**
《诗选》(*Selected Poems*)
**希门内斯(Juan Ramón Jiménez)**
《隐身世界:诗篇》(*Invisible Reality: Poems*)
**萨利纳斯(Pedro Salinas)**
《属于你的呼唤》(*My Voice Because of You, Poems*)
**纪廉(Jorge Guillén)**
《纪廉论纪廉:诗歌与诗人》(*Guillén on Guillén: The Poetry and the Poet*)
**阿莱克桑德雷(Vicente Aleixandre)**
《渴望光明:诗选》(*A Longing for the Light: Selected Poems*)
**加西亚·洛尔卡(Federico García Lorca)**
《诗选》(*Selected Poems*)
《三部悲剧:血的婚姻,叶尔玛,贝尔纳达·阿尔巴的家》(*Three Tragedies: Blood Wedding, Yerma, The House of Bernarda Alba*)
**阿尔贝蒂(Rafael Alberti)**
《猫头鹰的失眠:诗篇》(*The Owl's Insomnia: Poems*)
**赛努达(Luis Cernuda)**
《诗选》(*Selected Poems*)
**埃尔南德斯(Miguel Hernández)**
《诗选》(*Selected Poems*)
**奥特罗(Blas de Otero)**
《诗选》(*Selected Poems*)
**塞拉(Camilo José Cela)**
《蜂房》(*The Hive*)
**戈伊蒂索洛(Juan Goytisolo)**
《移动的空间》(*Space in Motion*)

## 加泰罗尼亚

**里瓦(Carles Ribá)**
《诗选》(*Selected Poems*)
**福依克斯(J. V. Foix)**
《诗选》(*Selected Poems*)
**佩鲁乔(Joan Perucho)**
《自然史》(*Natural History*)
**罗多雷达(Merce Rodoreda)**
《鸽群时代》(*The Time of the Doves*)
**吉姆费雷尔(Pere Gimferrer)**
《诗选》(*Selected Poems*)
**埃斯普里乌(Salvador Espriú)**
《牛皮:诗篇》(*La Pell de Brau: Poems*)

## 葡萄牙

**佩索阿（Fernando Pessoa）**

《羊主》(*The Keeper of Sheep*)

《诗集》(*Poems*)

《诗选》(*Selected Poems*)

《总是惊讶：散文选》(*Always Astonished: Selected Prose*)

《惶然录》(*The Book of Disquiet*)

**塞纳（Jorge de Sena）**

《诗选》(*Selected Poems*)

**萨拉马戈（José Saramago）**

《修道院纪事》(*Baltasar and Blimunda*)

**皮雷斯（José Cardoso Pires）**

《群狗海滩歌谣》(*Ballad of Dogs' Beach*)

**索菲亚·安德雷森 (Sophia de Mello Breyner Andresen)**

《诗选》(*Selected Poems*)

**安德拉德（Eugénio de Andrade）**

《诗选》(*Selected Poems*)

## 法国

**法朗士（Anatole France）**

《企鹅岛》(*Penguin Island*)

《泰伊丝》(*Thaïs*)

**阿兰-傅尼埃（Alain-Fournier）**

《大个子莫尔纳》(*Le Grand Meaulnes*)

**普鲁斯特（Marcel Proust）**

《追忆似水年华》(*Remembrance of Things Past [In Search of Lost Time]*)

**纪德（André Gide）**

《背德者》(*The Immoralist*)

《柯里登》(*Corydon*)

《梵蒂冈的地窖》(*Lafcadio's Adventures [The Caves of the Vatican]*)

《伪币制造者》(*The Counterfeiters*)

《日记》(*The Journals*)

**科莱特（Colette）**

《故事集》(*Collected Stories*)

《不再爱》(*Retreat from Love*)

**巴塔耶（George Bataille）**

《正午的蓝色》(*Blue of Noon*)

**塞利纳（Louis-Ferdinand Céline）**

《长夜漫漫的旅程》(*Journey to the End of the Night*)

**多马尔（René Daumal）**

《相似的山》(*Mount Analogue*)

**热内（Jean Genet）**

《百花圣母》(*Our Lady of the Flowers*)

《偷儿日记》(*The Thief's Journal*)

《阳台》(*The Balcony*)

**季洛杜（Jean Giraudoux）**

《戏剧四种》(*Four Plays*)

**雅里（Alfred Jarry）**

《作品选》(*Selected Works*)

**科克托（Jean Cocteau）**

《地狱机器和其他戏剧》(*The Infernal Machine and Other Plays*)

**阿波利奈尔（Guillaume Appollinaire）**

《作品选》(*Selected Writings*)

**布勒东（André Breton）**

《诗集》(*Poems*)

《超现实主义宣言》(*Manifestoes of Surrealism*)

**瓦莱里(Paul Valéry)**

《诗的艺术》(*The Art of Poetry*)

《作品选》(*Selected Writings*)

**夏尔(René Char)**

《诗集》(*Poems*)

**艾吕雅(Paul Elaurd)**

《诗选》(*Selected Poems*)

**阿拉贡(Louis Aragon)**

《诗选》(*Selected Poems*)

**齐奥诺(Jean Giono)**

《屋顶上的轻骑兵》(*The Horseman on the Roof*)

**莱里斯(Michel Leiris)**

《人类》(*Manhood*)

**拉迪盖(Raymond Radiguet)**

《多尔热伯爵的舞会》(*Count d'Orgel's Ball*)

**萨特(Jean-Paul Sartre)**

《密室》(*No Exit*)

《恶心》(*Nausea*)

《圣热内》(*Saint Genet*)

《词语》(*The Words*)

《家庭白痴：福楼拜》(*The Family Idiot: Gustave Flaubert*)

**西蒙·德·波伏瓦(Simone de Beauvoir)**

《第二性》(*The Second Sex*)

**加缪(Albert Camus)**

《局外人》(*The Stranger*)

《鼠疫》(*The Plague*)

《堕落》(*The Fall*)

《叛逆者》(*The Rebel*)

**米肖(Henri Michaux)**

《作品选》(*Selected Writings*)

**雅贝(Edmond Jabès)**

《问题书》(*The Book of Questions*)

《诗选》(*Selected Poems*)

**圣琼·佩斯(Saint-John Perse)**

《征讨》(*Anabasis*)

《群鸟》(*Birds*)

《流放及其他诗作》(*Exile and Other Poems*)

**勒韦尔迪(Pierre Reverdy)**

《诗选》(*Selected Poems*)

**查拉(Tristan Tzara)**

《七篇达达宣言》(*Seven Dada Manifestos*)

**雅各布(Max Jacob)**

《诗选》(*Selected Poems*)

**儒弗(Pierre-Jean Jouve)**

《诗选》(*Selected Poems*)

**蓬热(Francis Ponge)**

《万事：作品选》(*Things: Selected Writings*)

**普雷韦尔(Jacques Prévert)**

《话语集》(*Paroles*)

**雅各特(Philippe Jaccottet)**

《诗选》(*Selected Poems*)

**贝玑(Charles Péguy)**

《贞德》(*The Mystery of the Charity of Joan of Arc*)

**佩雷（Benjamin Péret）**

《诗选》(*Selected Poems*)

**马尔罗（André Malraux）**

《征服者》(*The Conquerors*)

《王家大道》(*The Royal Way*)

《人的命运》(*Man's Fate*)

《希望》(*Man's Hope*)

《沉默的声音》(*The Voice of Silence*)

**莫里亚克（François Mauriac）**

《苔蕾丝》(*Therese*)

《爱的荒漠》(*The Desert of Love*)

《伪善的女人》(*The Woman of the Pharisees*)

**阿努伊（Jean Anouilh）**

《贝克特》(*Becket*)

《安提戈涅》(*Antigone*)

《欧律狄刻》(*Eurydice*)

《排练》(*The Rehearsal*)

**尤内斯库（Eugène Ionesco）**

《秃头歌女》(*The Bald Soprano*)

《椅子》(*The Chairs*)

《教训》(*The Lesson*)

《阿美代》(*Amédée*)

《责任的牺牲者》(*Victims of Duty*)

《犀牛》(*Rhinoceros*)

**布朗肖（Maurice Blanchot）**

《默默无闻的托马斯》(*Thomas the Obscure*)

**克洛索夫斯基（Pierre Klossowski）**

《食宿规则》(*The Laws of Hospitality*)

《巴风特》(*The Baphomet*)

**鲁塞尔（Raymond Roussel）**

《洛居·索吕》(*Locus Solus*)

**阿尔托（Antonin Artaud）**

《作品选》(*Selected Writings*)

**列维–斯特劳斯（Claude Lévi-Strauss）**

《忧郁的热带》(*Tristes Tropiques*)

**罗伯–格里耶（Alain Robbe-Grillet）**

《窥视者》(*The Voyeur*)

《嫉妒》(*Jealousy*)

《迷宫》(*In the Labyrinth*)

《橡皮》(*The Erasers*)

《纽约的革命计划》(*Project for a Revolution in New York*)

《一部新小说》(*For a New Novel*)

**萨洛特（Nathalie Sarraute）**

《演说的功用》(*The Use of Speech*)

《天象仪》(*The Planetarium*)

**西蒙（Claude Simon）**

《草》(*The Grass*)

《风》(*The Wind*)

《佛兰德公路》(*The Flander Road*)

**杜拉斯（Marguerite Duras）**

《情人》(*The Lover*)

《小说四部》(*Four Novels*)

**潘热（Robert Pinget）**

《寓言》(*Fable*)

《主啊，解救我》(*The Libera Me Domine*)

《声音》(*That Voice*)

**图尼埃（Michel Tournier）**

《桤木王》(*The Ogre*)

《星期五》(*Friday*)

**尤瑟纳尔（Marguerite Yourcenar）**

《一弹解千愁》(*Coup de Grace*)

《哈德良回忆录》(*Memoirs of Hadrian*)

**福兰（Jean Follain）**

《透明世界：诗篇》(*Transparence of the World: Poems*)

**博纳富瓦（Yves Bonnefoy）**

《石写字》(*Words in Stone*)

## 英国与爱尔兰

**叶芝（William Butler Yeats）**

《诗集》(*The Collected Poems*)

《戏剧集》(*Collected Plays*)

《幻象》(*A Vision*)

《神话》(*Mythologies*)

**萧伯纳（George Bernard Shaw）**

《主要批评文选》(*Major Critical Essays*)

《伤心之家》(*Heartbreak House*)

《皮格马利翁》(*Pygmalion*)

《圣女贞德》(*Saint Joan*)

《巴巴拉少校》(*Major Barbara*)

《回到玛土撒拉》(*Back to Methuselah*)

**辛格（John Millington Synge）**

《戏剧集》(*Collected plays*)

**奥凯西（Sean O'Casey）**

《朱诺和孔雀》(*Juno and the Paycock*)

《犁和星》(*The Plough and the Stars*)

《枪手的影子》(*The Shadow of a Gunman*)

**布朗（George Douglas Brown）**

《有绿色百叶窗的屋子》(*The House with the Green Shutters*)

**哈代（Thomas Hardy）**

《心爱的人》(*The Well-Beloved*)

《林地居民》(*The Woodlanders*)

《还乡》(*The Return of the Native*)

《卡斯特桥市长》(*The Mayor of Casterbridge*)

《远离尘嚣》(*Far from the Madding Crowd*)

《德伯家的苔丝》(*Tess of the d'Urbervilles*)

《无名的裘德》(*Jude the Obscure*)

《诗集》(*Collected Poems*)

**吉卜林（Rudyard Kipling）**

《吉姆》(*Kim*)

《故事集》(*Collected Stories*)

《普克山的帕克》(*Puck of Pook's Hill*)

《诗歌全集》(*Complete Verse*)

**豪斯曼（A. E. Housman）**

《诗集》(*Collected Poems*)

**比尔博姆（Max Beerbohm）**

《朱莱卡·多布森》(*Zuleika Dobson*)

《七个男人和两个外人》(*Seven Men and Two Others*)

**康拉德（Joseph Conrad）**

《吉姆老爷》(*Lord Jim*)

《间谍》(*The Secret Agent*)

《诺斯特洛莫》(*Nostromo*)

《在西方的眼睛下》(*Under Western Eyes*)

《胜利》(*Victory*)

**弗班克（Ronald Firbank）**

《小说五种》(*Five Novels*)

**福特（Ford Madox Ford）**
《行进的目的》（*Parade's End*）
《好兵》（*The Good Soldier*）
**毛姆（W. Somerset Maugham）**
《短篇小说集》（*Collected Short Stories*）
《月亮和六便士》（*The Moon and Sixpence*）
**波伊斯（John Cowper Powys）**
《索伦特狼》（*Wolf Solent*）
《一件格拉斯顿伯里轶事》（*A Glastonbury Romance*）
**萨基（Saki [H. H. Munro]）**
《短篇小说集》（*The Short Stories*）
**H. G. 威尔斯（H. G. Wells）**
《科幻小说集》（*The Science Fiction Novels*）
**林赛（David Lindsay）**
《大角星之旅》（*A Voyage to Arcturus*）
**本涅特（Arnold Bennett）**
《老妇人的故事》（*The Old Wives' Tale*）
**德拉·梅尔（Walter De la Mare）**
《诗集》（*Collected Poems*）
《侏儒回忆录》（*Memoirs of a Midget*）
**威尔弗雷德·欧文（Wilfred Owen）**
《诗集》（*Collected Poems*）
**罗森伯格（Issac Rosenberg）**
《诗集》（*Collected Poems*）
**托马斯（Edward Thomas）**
《诗集》（*Collected Poems*）
**格雷夫斯（Robert Graves）**
《诗集》（*Collected Poems*）
《耶稣王》（*King Jesus*）
**缪尔（Edwin Muir）**
《诗集》（*Collected Poems*）
**琼斯（David Jones）**
《括号》（*In Parenthesis*）
《厌恶》（*The Anathemata*）
**高尔斯华绥（John Galsworthy）**
《福尔赛世家》（*The Forsyte Saga*）
**福斯特（E. M. Forster）**
《霍华德别墅》（*Howards End*）
《印度之行》（*A Passage to India*）
**奥康纳（Frank O'Connor）**
《故事集》（*Collected Stories*）
**D. H. 劳伦斯（D. H. Lawrence）**
《诗歌全集》（*Complete Poems*）
《美国经典文学研究》（*Studies in Classic American Literature*）
《短篇小说全集》（*Complete Short Stories*）
《儿子和情人》（*Sons and Lovers*）
《虹》（*The Rainbow*）
《恋爱中的女人》（*Women in Love*）
**伍尔夫（Virginia Woolf）**
《达洛威夫人》（*Mrs. Dalloway*）
《到灯塔去》（*To the Lighthouse*）
《奥兰多》（*Orlando: A Biography*）
《海浪》（*The Waves*）
《幕间》（*Between the Acts*）
**乔伊斯（James Joyce）**
《都柏林人》（*Dubliners*）
《青年艺术家的肖像》（*Portrait of the Artist as a Young Man*）

《尤利西斯》(*Ulysses*)
《芬尼根守灵》(*Finnegans Wake*)
**贝克特 (Samuel Beckett)**
《墨菲》(*Murphy*)
《瓦特》(*Watt*)
《小说三部曲:莫洛伊,马龙之死,无名者》(*Three Novels: Molloy, Malone Dies, The Unnamable*)
《等待戈多》(*Waiting for Godot*)
《终局》(*Endgame*)
《克拉普的最后磁带》(*Krapp's Last Tape*)
《如此情况》(*How It Is*)
**鲍恩 (Elizabeth Bowen)**
《故事集》(*Collected Stories*)
**法雷尔 (J. G. Farrell)**
《克里希纳普围城》(*The Siege of Krishnapur*)
**亨利·格林 (Henry Green)**
《乌有》(*Nothing*)
《爱》(*Loving*)
《结伴出游》(*Party Going*)
**伊夫林·沃 (Evelyn Waugh)**
《一把尘土》(*A Handful of Dust*)
《独家新闻》(*Scoop*)
《邪恶的肉体》(*Vile Bodies*)
《多升几面旗》(*Put Out More Flags*)
**伯吉斯 (Anthony Burgess)**
《唯一的太阳》(*Nothing like the Sun*)
**爱德华兹 (G. B. Edwards)**
《埃比尼泽·勒·佩奇之书》(*The Book of Ebenezer Le Page*)
**默多克 (Iris Murdoch)**
《好徒弟》(*The Good Apprentice*)
《布鲁诺的梦》(*Bruno's Dream*)
**格雷厄姆·格林 (Graham Greene)**
《布赖顿硬糖》(*Brighton Rock*)
《问题的核心》(*The Heart of the Matter*)
《权力与荣誉》(*The Power and the Glory*)
**衣修午德 (Christopher Isherwood)**
《柏林故事》(*The Berlin Stories*)
**诺曼·道格拉斯 (Norman Douglas)**
《南风》(*South Wind*)
**赫胥黎 (Aldous Huxley)**
《文选》(*Collected Essays*)
《滑稽的环舞》(*Antic Hay*)
《旋律与对位》(*Point Counter Point*)
《美丽的新世界》(*Brave New World*)
**达雷尔 (Lawrence Durrell)**
《亚历山大四部曲》(*The Alexandria Quartet*)
**戈尔丁 (William Golding)**
《品彻·马丁》(*Pincher Martin*)
**多丽丝·莱辛 (Doris Lessing)**
《金色笔记》(*The Golden Notebook*)
**皮克 (Mervyn Peake)**
《鬼城三部曲》(*The Gormenghast Trilogy*)
**文特森 (Jeanette Winterson)**
《激情》(*The Passion*)
**W. H. 奥登 (W. H. Auden)**
《诗集》(*Collected Poems*)
《染匠的手》(*The Dyer's Hand*)

**富勒（Roy Fuller）**

《诗集》(*Collected Poems*)

**艾沃特（Gavin Ewart）**

《诗选》(*Selected Poems*)

**邦廷（Basil Bunting）**

《诗集》(*Collected Poems*)

**燕卜荪（William Empson）**

《诗集》(*Collected Poems*)

《弥尔顿的上帝》(*Milton's God*)

《田园诗的几种变体》(*Some Version's of Pastoral*)

**奈特（George Wilson Knight）**

《火轮》(*The Wheel of Fire*)

《燃烧的甲骨》(*The Burning Oracle*)

**R. S. 托马斯（R. S. Thomas）**

《诗集》(*Poems*)

**柯莫德（Frank Kermode）**

《结尾的意义》(*The Sense of an Ending*)

**史密斯（Stevie Smith）**

《诗集》(*Collected Poems*)

**F. T. 普林斯（F. T. Prince）**

《诗集》(*Collected Poems*)

**拉金（Philip Larkin）**

《诗集》(*Collected Poems*)

**戴维（Donald Davie）**

《诗选》(*Selected Poems*)

**希尔（Geoffrey Hill）**

《诗集》(*Collected Poems*)

**乔纳森·斯宾塞（Jonathan Spence）**

《王氏之死》(*The Death of Woman Wang*)

《利玛窦的记忆宫殿》(*The Memory Palace of Matteo Ricci*)

**詹宁斯（Elizabeth Jennings）**

《诗选》(*Selected Poems*)

**凯斯·道格拉斯（Keith Douglas）**

《诗歌全集》(*The Complete Poems*)

**麦克迪尔米德（Hugh MacDiarmid）**

《诗歌全集》(*Complete Poems*)

**麦克尼斯（Louis MacNeice）**

《诗集》(*Collected Poems*)

**迪伦·托马斯（Dylan Thomas）**

《诗集》(*The Poems*)

**丹尼斯（Nigel Dennis）**

《身份证》(*Cards of Identity*)

**希尼（Seamus Heaney）**

《诗选：1969—1987》(*Selected Poems: 1969—1987*)

《田间劳作》(*Field Work*)

《基地岛》(*Station Island*)

**金塞拉（Thomas Kinsella）**

《辣椒罐诗集》(*Peppercanister Poems*)

**马尔登（Paul Muldoon）**

《诗选》(*Selected Poems*)

**蒙塔古（John Montague）**

《诗选》(*Selected Poems*)

**阿登（John Arden）**

《戏剧集》(*Plays*)

**奥顿（Joe Orton）**

《戏剧全集》(*The Complete Plays*)

**奥布莱恩（Flann O'Brien）**

《道尔基档案》(*The Dalkey Archive*)

《第三个警察》(*The Third Policeman*)

**斯托帕德（Tom Stoppard）**

《滑稽模仿》(*Travesties*)

**品特（Harold Pinter）**

《看房者》(*The Caretaker*)

《归家》(*The Homecoming*)

**邦德（Edward Bond）**

《愚人》(*The Fool*)

《获救》(*Saved*)

**奥威尔（George Orwell）**

《文集》(*Collected Essays*)

《1984》(*1984*)

**爱德娜·奥布莱恩（Edna O'Brien）**

《狂热的心》(*A Fanatic Heart*)

## 德国

**霍夫曼斯塔尔（Hugo von Hofmannsthal）**

《诗歌和诗剧》(*Poems and Verse Plays*)

《散文选》(*Selected Prose*)

《戏剧与歌剧选》(*Selected Plays and Libretti*)

**里尔克（Rainer Maria Rilke）**

《诗选》(包括《杜伊诺哀歌》)(*Selected Poetry* [includes *the Duino Elegies*])

《献给俄耳甫斯的十四行诗》(*The Sonnets to Orpheus*)

《马尔特·劳里茨·布里格记事》(*The Notebooks of Malte Laurids Brigge*)

《新诗集》(*New Poems: First Part and Other Part*)

**布罗赫（Herman Broch）**

《梦游者》(*The Sleepwalker*)

《维吉尔之死》(*The Death of Virgil*)

《霍夫曼斯塔尔和他的时代》(*Hugo von Hofmannsthal and His Time*)

**特拉克尔（Georg Trakl）**

《诗选》(*Selected Poems*)

**贝恩（Gottfried Benn）**

《诗选》(*Selected Poems*)

**卡夫卡（Franz Kafka）**

《美国》(*Amerika*)

《短篇小说全集》(*The Complete Stories*)

《蓝色八开笔记本》(*The Blue Octavo Notebook*)

《审判》(*The Trial*)

《日记》(*Diaries*)

《城堡》(*The Castle*)

《寓言、片断、格言》(*Parables, Fragments, Aphorisms*)

**布莱希特（Bertolt Brecht）**

《诗集，1913—1956》(*Poems, 1913—1956*)

《三分钱歌剧》(*The Threepenny Opera*)

《四川好人》(*The Good Woman of Setzuan*)

《大胆妈妈和她的孩子们》(*Mother Courage and Her Children*)

《伽利略传》(*Galileo*)

《高加索灰阑记》(*The Caucasian Chalk Circle*)

**施尼茨勒（Arthur Schnitzler）**

《戏剧》和《故事》(*Plays* and *Stories*)

**魏德金德（Frank Wedekind）**

《露露剧》(*Lulu Plays*)
《青春觉醒》(*Spring Awakening*)
**克劳斯(Karl Kraus)**
《人类的末日》(*The Last Days of Mankind*)
**艾希(Günter Eich)**
《鼹鼠》(*Moles*)
**托马斯·曼(Thomas Mann)**
《魔山》(*The Magic Mountain*)
《三十年故事集》(*Stories of Three Decades*)
《约瑟和他的兄弟们》(*Joseph and His Brothers*)
《浮士德博士》(*Doctor Faustus*)
《骗子菲利克斯·克鲁尔的自白》(*Confessions of Felix Krull, Confidence Man*)
**德布林(Alfred Döblin)**
《柏林亚历山大广场》(*Berlin Alexanderplatz*)
**黑塞(Herman Hesse)**
《玻璃珠游戏》(*The Glass Bead Game*)
《纳尔齐斯和戈尔德蒙德》(*Narcissus and Goldmund*)
**穆齐尔(Robert Musil)**
《学生特尔莱斯的困惑》(*Young Törless*)
《没有个性的人》(*The Man Without Qualities*)
**罗特(Joseph Roth)**
《拉德茨基进行曲》(*The Radetzky March*)
**策兰(Paul Celan)**
《诗集》(*Poems*)
**伯恩哈特(Thomas Bernhard)**
《木刻家》(*Woodcutters*)
**伯尔(Heinrich Böll)**
《九点半钟的台球》(*Billiards at Half-Past Nine*)
**巴赫曼(Ingeborg Bachmann)**
《玫瑰风暴》(*In the Storm of Roses*)
**恩岑斯贝格(Hans Magnus Enzensberger)**
《给不读诗者的诗》(*Poems for People Who Don't Read Poems*)
**本雅明(Walter Benjamin)**
《启明》(*Illuminations*)
**瓦尔泽(Robert Walser)**
《故事选》(*Selected Stories*)
**沃尔夫(Christa Wolf)**
《卡桑德拉》(*Cassandra*)
**汉特克(Peter Handke)**
《迟归》(*Slow Homecoming*)
**弗里施(Max Frisch)**
《我不是斯蒂勒》(*I'm Not Stiller*)
《全新世的人类》(*Man in the Holocene*)
**格拉斯(Günter Grass)**
《铁皮鼓》(*The Tin Drum*)
《比目鱼》(*The Flounder*)
**迪伦马特(Friedrich Dürrenmatt)**
《老妇还乡》(*The Visit*)
**勃布罗夫斯基(Johannes Bobrowski)**
《阴影大地》(*Shadow Lands*)

## 俄罗斯

**阿赫马托娃（Anna Akhmatova）**

《诗集》(*Poems*)

**安德烈耶夫（Leonid Andreyev）**

《故事选》(*Selected Tales*)

**别雷（Andrey Bely）**

《彼得堡》(*Petersburg*)

**曼德尔斯塔姆（Osip Mandelshtam）**

《诗选》(*Selected Poems*)

**赫列布尼科夫（Velimir Khlebnikov）**

《时间之王》(*The King of Time*)

**马雅可夫斯基（Vladimir Mayakovsky）**

《臭虫及诗选》(*The Bedbug and Selected Poetry*)

**布尔加科夫（Mikhail Bulgakov）**

《大师与玛格丽特》(*The Master and Margarita*)

**库兹明（Mikhail Kuzmin）**

《亚历山大之歌》(*Alexandrian Songs*)

**高尔基（Maksim Gorky）**

《列夫·托尔斯泰》(*Reminiscences of Tolstoy*)

《自传》(*Autobiography*)

**布宁（Ivan Bunin）**

《故事选》(*Selected Stories*)

**巴贝尔（Isaac Babel）**

《故事集》(*Collected Stories*)

**帕斯捷尔纳克（Boris Pasternak）**

《日瓦戈医生》(*Doctor Zhivago*)

《诗选》(*Selected Poems*)

**阿廖莎（Yury Olesha）**

《嫉妒》(*Envy*)

**茨维塔耶娃（Marina Tsvetayeva）**

《诗选》(*Selected Poems*)

**左琴科（Mikhail Zoshchenko）**

《紧张的人和其他讽刺故事》(*Nervous People and Other Satires*)

**普拉东诺夫（Andrei Platonov）**

《基坑》(*The Foundation Pit*)

**索尔仁尼琴（Aleksandr Solzhenitsyn）**

《伊凡·杰尼索维奇的一天》(*One Day in the Life if Ivan Denisovich*)

《癌病房》(*The Cancer Ward*)

《古拉格群岛》(*The Gulag Archipelago*)

《1914年8月》(*August 1914*)

**布罗茨基（Joseph Brodsky）**

《言语的一部分：诗篇》(*A Part of Speech: Poems*)

## 斯堪的纳维亚

**迪内森（Isak Dinesen）**

《冬天的故事》(*Winter's Tales*)

《哥特故事集》(*Seven Gothic Tales*)

**尼克索（Martin Anderson Nexo）**

《征服者贝莱》(*Pelle the Conqueror*)

**哈姆生（Knut Hamsun）**

《饥饿》(*Hunger*)

《潘》(*Pan*)

**温赛特（Sigrid Undset）**

《克里斯汀·拉夫朗的女儿》(*Kristin Lavransdatter*)

**埃盖洛夫（Gunnar Ekelöf）**

《阴间指南》(*Guide to the Underworld*)

**特朗斯特罗姆(Tomas Tranströmer)**

《诗选》(*Selected Poems*)

**拉格克维斯特(Pär Lagerkvist)**

《巴拉巴斯》(*Barabbas*)

**古斯塔夫森(Lars Gustafsson)**

《诗选》(*Selected Poems*)

## 塞尔维亚—克罗地亚

**安德里奇(Ivo Andric)**

《德里纳河上的桥》(*The Bridge on the Drina*)

**鲍巴(Vasko Popa)**

《诗选》(*Selected Poems*)

**基什(Danilo Kis)**

《鲍里斯·达维多维奇的坟墓》(*A Tomb for Boris Davidovich*)

## 捷克

**恰佩克(Karel Capek)**

《鲵鱼之乱》(*War with the Newts*)

《R. U. R.》(*R. U. R.*)

**哈维尔(Vaclav Havel)**

《凄凉的广板》(*Largo Desolato*)

**昆德拉(Milan Kundera)**

《不可承受的生命之轻》(*The Unbearable Lightness of Being*)

**塞弗尔特(Jaroslav Seifert)**

《诗选》(*Selected Poetry*)

**霍卢布(Miroslav Holub)**

《苍蝇》(*The Fly*)

## 波兰

**舒尔茨(Bruno Schulz)**

《鳄鱼街》(*The Street of Crocodiles*)

《用沙漏做招牌的疗养院》(*Sanatorium Under the Sign of the Hourglass*)

**米沃什(Czeslaw Milosz)**

《诗选》(*Selected Poems*)

**贡布罗维奇(Witold Gombrowicz)**

《小说三种》(*Three Novels*)

**莱姆(Stanislaw Lem)**

《调查》(*The Investigation*)

《索拉里斯星》(*Solaris*)

**赫贝特(Zbigniew Herbert)**

《诗选》(*Selected Poems*)

**札加耶夫斯基(Adam Zagajewski)**

《战栗》(*Tremor*)

## 匈牙利

**约瑟夫(Attila József)**

《栖息在乌有之枝》(*Perched on Nothing's Branch*)

**尤哈斯(Ferenc Juhasz)**

《诗选》(*Selected Poems*)

**内迈特(Laszlo Németh)**

《有罪》(*Guilt*)

## 当代希腊

**卡瓦菲(C. P. Cavafy)**

《诗集》(*Collected Poems*)

**塞菲里斯(George Seferis)**

《诗集》(*Collected Poems*)

**卡赞札基斯 (Nikos Kazantzakis)**

《希腊激情》(*The Greek Passion*)

《奥德赛：现代续篇》(*The Odyssey: A Modern Sequel*)

**里佐斯 (Yannis Ritsos)**

《流亡与回归》(*Exile and Return*)

**埃利蒂斯 (Odysseas Elytis)**

《我所爱：诗选》(*What I Love: Selected Poems*)

**西凯利阿诺斯 (Angelos Sikelianos)**

《诗选》(*Selected Poems*)

## 意第绪语

**阿莱赫姆 (Sholem Aleichem)**

《记日记者特维》(*Tevye the Dairyman*)

《铁路故事》(*The Railroad Stories*)

《夜莺》(*The Nightingale*)

**塞弗里姆 (Mendele Mokher Seforim)**

《本杰明三世的旅行与历险》(*The Travels and Adventures of Benjamin the Third*)

**佩雷茨 (I. L. Peretz)**

《故事选》(*Selected Stories*)

**格拉特斯坦因 (Jacob Glatstein)**

《诗选》(*Selected Poems*)

**哈尔佩尔恩 (Moshe-Leib Halpern)**

《诗选》(*Selected Poems*)

**莱维克 (H. Leivick [Leivick Halpern])**

《诗选》(*Selected Poems*)

**辛格 (Israel Joshua Singer)**

《亚实基拿兄弟们》(*The Brothers Ashkenazi*)

《约瑟·卡尔布》(*Yoshe Kalb*)

**格拉德 (Chaim Grade)**

《经学院》(*The Yeshiva*)

**安斯基 (S. Ansky)**

《恶灵》(*The Dybbuk*)

**莱布 (Mani Leib)**

《诗选》(*Selected Poems*)

**阿施 (Sholem Asch)**

《东河》(*East River*)

**伊萨克·辛格 (Isaac Bashevis Singer)**

《故事集》(*Collected Stories*)

《在我父亲的法院里》(*In My Father's Court*)

《庄园》、《产业》、《莫斯卡特一家》(*The Manor, The Estate, The Family Moskat*)

《撒旦在戈雷》(*Satan in Goray*)

## 希伯来语

**比亚利克 (Hayyim Nahman Bialik)**

《施罗特·比亚利克：史诗诗歌》(*Shirot Bialik: The Epic Poems*)

**阿格农 (S. Y. Agnon)**

《在海的心脏》(*In the Heart of the Seas*)

《故事二十一篇》(*Twenty-one Stories*)

**阿佩费尔德 (Aharon Appelfeld)**

《不朽的巴特法斯》(*The Immortal Bartfuss*)

《巴登海伊姆1939年》(*Badenheim 1939*)

**沙卜泰 (Yaakov Shabtai)**

《昔日连绵》(*Past Continuous*)

**阿米哈伊（Yehuda Amichai）**

《诗选》(*Selected Poetry*)

《旅行》(*Travels*)

**耶和书亚（A. B. Yehoshua）**

《迟来的离婚》(*A Late Divorce*)

**奥兹（Amos Oz）**

《完美的和平》(*A Perfect Peace*)

**卡尔米（T. Carmi）**

《迷路石》(*At the Stone of Losses*)

**扎克（Nathan Zach）**

《诗选》(*Selected Poems*)

**拉维科维奇（Dalia Ravikovitch）**

《火装》(*A Dress of Fire*)

**佩吉斯（Dan Pagis）**

《诗选》(*Selected Poems*)

**沙哈尔（David Shahar）**

《破碎器皿宫》(*The Palace of Shattered Vessels*)

**格罗斯曼（David Grossman）**

《证之于：爱》(*See Under: Love*)

**坎纽克（Yoram Kaniuk）**

《他的女儿》(*His Daughter*)

## 阿拉伯语

**马哈福兹（Najib Mahfuz）**

《麦达格巷》(*Midaq Alley*)

《喷泉与坟墓》(*Fountain and Tomb*)

《米拉玛尔公寓》(*Miramar*)

**阿杜尼斯（Adunis）**

《诗选》(*Selected Poems*)

**达维什（Mahmud Darwish）**

《众生音乐》(*The Music of Human Flesh*)

**侯赛因（Taha Husayn）**

《埃及童年》(*An Egyptian Childhood*)

## 拉丁美洲

**达里奥（Rubén Dário）**

《诗选》(*Selected Poetry*)

**博尔赫斯（Jorge Luis Borges）**

《阿莱夫及其他故事》(*The Aleph and Other Stories*)

《梦虎》(《创造者》)（*Dreamtigers [The Maker]*)

《杜撰集》(*Ficciones*)

《迷宫》(*Labyrinths*)

《自选集》(*A Personal Anthology*)

**卡彭铁尔（Alejo Carpentier）**

《教堂大爆炸》(*Explosion in a Cathedral*)

《消逝的脚步》(*The Lost Steps*)

《国家理由》(*Reasons of State*)

《这个世界的王国》(*The Kingdom of This World*)

**加布雷拉·因方特（Guillermo Cabrera Infante）**

《三只悲伤的老虎》(*Three Trapped Tigers*)

《热带黎明景色》(*View of Dawn in the Tropics*)

**萨杜伊（Severo Sarduy）**

《弥勒》(*Maitreya*)

**阿雷纳斯（Reinaldo Arenas）**

《弗雷·塞尔万多的背运旅程》(*The Ill-Fated Peregrinations of Fray Servando*)

**聂鲁达 (Pablo Neruda)**

《漫歌》(*Canto general*)

《地球上的居所》(*Residence on Earth*)

《爱情诗二十首和一支绝望的歌》(*Twenty Love Poems and a Song of Despair*)

《全权》(*Fully Empowered*)

《诗选》(*Selected Poems*)

**纪廉 (Nicolás Guillén)**

《诗选》(*Selected Poems*)

**帕斯 (Octavio Paz)**

《诗集》(*The Collected Poems*)

《孤独的迷宫》(*The Labyrinth of Solitude*)

**巴列霍 (César Vallejo)**

《诗选》(*Selected Poems*)

《西班牙，为我拿开这杯苦酒》(*Spain, Take This Cup from Me*)

**阿斯图里亚斯 (Miguel Angel Asturias)**

《玉米人》(*Men of Mazie*)

**利马 (José Lezama Lima)**

《天堂》(*Paradiso*)

**多诺索 (José Donoso)**

《淫秽的夜鸟》(*The Obscene Bird of Night*)

**科塔萨尔 (Julio Cortázar)**

《跳房子》(*Hopscotch*)

《万火归一火》(*All Fires the Fire*)

《放大和其他故事》(*Blow-up and Other Stories*)

**加西亚·马尔克斯 (Gabriel García Márquez)**

《百年孤独》(*One Hundred Years of Solitude*)

《霍乱时期的爱情》(*Love in the Time of Cholera*)

**巴尔加斯·略萨 (Mario Vargas Llosa)**

《世界末日之战》(*The War of the End of the World*)

**富恩特斯 (Carlos Fuentes)**

《换皮》(*A Change of Skin*)

《我们的土地》(*Terra Nostra*)

**德鲁蒙德·德·安德拉德 (Carlos Drummond de Andrade)**

《穿越家族之旅》(*Travelling in the Family*)

## 西印度群岛

**詹姆斯 (C. L. R. James)**

《黑色雅各宾派》(*The Black Jacobins*)

《现在的未来》(*The Future in the Present*)

**奈保尔 (V. S. Naipaul)**

《河湾》(*A Bend in the River*)

《毕斯沃斯先生的房子》(*A House for Mr. Biswas*)

**沃尔科特 (Derek Walcott)**

《诗集》(*Collected Poems*)

**哈里斯 (Wilson Harris)**

《圭亚那四重奏》(*The Guyana Quartet*)

**瑟尔维尔 (Michael Thelwell)**

《越爱越认真》(*The Harder They Come*)

**塞泽尔 (Aimé Césaire)**

《诗集》(*Collected Poems*)

## 非洲

**阿契贝 (Chinua Achebe)**

《瓦解》(*Things Fall Apart*)

《神箭》(*Arrow of God*)

《动荡》(*No Longer at Ease*)

**索因卡 (Wole Soyinka)**

《森林之舞》(*A Dance of the Forest*)

**图图奥拉 (Amos Tutuola)**

《棕榈酒鬼和他在死人镇的死酒保》(*The Palm-Wine Drinkard and His Dead Palm-Wine Tapster in the Dead's Town*)

**奥基基博 (Christopher Okigbo)**

《迷宫,以及雷路》(*Labyrinths, with Path of Thunder*)

**克拉克 (John Pepper Clark [-Bekederemo])**

《伤亡:诗篇》(*Casualties: Poems*)

**阿马 (Ayi K. Armah)**

《美丽者还没有诞生》(*The Beautyful Ones Are Not Yet Born*)

**恩古吉 (Wa Thiong'o Ngugi)**

《一粒麦种》(*A Grain of Wheat*)

**奥卡拉 (Gabriel Okara)**

《渔夫的符咒》(*The Fisherman's Invocation*)

**戈迪默 (Nadine Gordimer)**

《故事集》(*Collected Stories*)

**库切 (J. M. Coetzee)**

《仇敌》(*Foe*)

**富加德 (Athol Fugard)**

《阿罗斯的教训》(*A Lesson from Aloes*)

**桑戈尔 (Léoppld S. Senghor)**

《诗选》(*Selected Poems*)

## 印度英语文学

**纳拉扬 (R. K. Narayan)**

《向导》(*The Guide*)

**拉什迪 (Salman Rushdie)**

《午夜的孩子》(*Midnight's Children*)

**杰布瓦拉 (Ruth Prawer Jhabvala)**

《热与灰》(*Heat and Dust*)

## 加拿大

**劳利 (Malcolm Lowry)**

《在火山下》(*Under the Volcano*)

**戴维斯 (Robertson Davies)**

《德普特福三部曲》(*The Deptford Trilogy*)

《反叛的天使》(*The Rebel Angels*)

**蒙罗 (Alice Munro)**

《我一直想要告诉你的事》(*Something I've Been Meaning to Tell You*)

**弗莱 (Northrop Frye)**

《同一的寓言》(*Fables of Identity*)

**埃贝尔 (Anne Hébert)**

《诗选》(*Selected Poems*)

**麦克弗森 (Jay Macpherson)**

《两次讲述的诗篇》(*Poems Twice Told*)

**阿特伍德 (Margaret Atwood)**

《浮现》(*Surfacing*)

海因（**Daryl Hine**）

《诗选》(*Selected Poems*)

## 澳大利亚与新西兰

迈尔斯·弗兰克林（**Miles [Stella] Franklin**）

《我的光辉生涯》(*My Brilliant Career*)

曼斯菲尔德（**Katherine Mansfield**）

《短篇小说集》(*The Short Stories*)

霍普（**A. D. Hope**）

《诗集》(*Collected Poems*)

怀特（**Patrick White**）

《乘战车的人》(*Riders in the Chariot*)

《树叶裙》(*A Fringe of Leaves*)

《探险家沃斯》(*Voss*)

斯特德（**Christina Stead**）

《热爱孩子的男人》(*The Man Who Loved Children*)

朱迪思·赖特（**Judith Wright**）

《诗选》(*Selected Poems*)

默里（**Les A. Murray**）

《猎兔者的奖赏：诗集》(*The Rabbiter's Bounty: Collected Poems*)

基尼利（**Thomas Keneally**）

《剧作者》(*The Playmaker*)

《辛德勒名单》(*Schindler's List*)

马洛夫（**David Malouf**）

《一种想象的生活》(*An Imaginary Life*)

哈特（**Kevin Hart**）

《潘尼尔及其他诗作》(*Peniel and Other Poems*)

凯里（**Peter Carey**）

《奥斯卡和露辛达》(*Oscar and Lucinda*)

《魔术师》(*Illywhacker*)

## 美国

罗宾逊（**Edwin Arlington Robinson**）

《诗选》(*Selected Poems*)

弗罗斯特（**Robert Frost**）

《诗歌》(*The Poetry*)

沃顿（**Edith Wharton**）

《短篇小说集》(*Collected Short Stories*)

《纯真时代》(*The Age of Innocence*)

《伊桑·弗罗姆》(*Ethan Frome*)

《欢乐之家》(*The House of Mirth*)

《乡村习俗》(*The Custom of the Country*)

凯瑟（**Willa Cather**）

《我的安东尼娅》(*My Antonia*)

《教授的住宅》(*The Professor's House*)

《一个沉沦的妇女》(*A Lost Lady*)

斯坦因（**Gertrude Stein**）

《三个女人的一生》(*Three Lives*)

《美国地理历史》(*The Geographical History of America*)

《美国人的成长》(*The Making of Americans*)

《软纽扣》(*Tender Buttons*)

斯蒂文斯（**Wallace Stevens**）

《诗选》(*Collected Poems*)

《必要的天使》(*The Neccessay Angel*)

《遗作集》(*Opus Posthumous*)

《心底的棕榈》(*The Palm at the End of the Mind*)

**林赛（Vachel Lindsay）**
《诗集》(*Collected Poems*)
**马斯特斯（Edgar Lee Masters）**
《匙河集》(*Spoon River Anthology*)
**德莱塞（Theodore Dreiser）**
《嘉莉妹妹》(*Sister Carrie*)
《美国悲剧》(*An American Tragedy*)
**舍伍德·安德森（Sherwood Anderson）**
《俄亥俄州怀恩斯堡镇》(*Winesburg, Ohio*)
《林中之死和其他故事》(*Death in the Woods and Other Stories*)
**辛克莱·刘易斯（Sinclair Lewis）**
《巴比特》(*Babbitt*)
《事情不会发生在这里》(*It Can't Happen Here*)
**怀利（Elinor Wylie）**
《最后诗作》(*Last Poems*)
**威廉斯（William Carlos Williams）**
《春天和一切》(*Spring and All*)
《佩特森》(*Paterson*)
《诗集》(*Collected Poems*)
**庞德（Ezra Pound）**
《人物：诗集》(*Personae: Collected Poems*)
《诗章》(*The Cantos*)
《文学论文集》(*Literary Essays*)
**杰弗斯（Robinson Jeffers）**
《诗选》(*Selected Poems*)
**玛丽安娜·莫尔（Marianne Moore）**
《诗歌全集》(*Complete Poems*)
**杜利特尔（Hilda Doolittle [H. D.]）**
《诗选》(*Selected Poems*)
**兰色姆（John Crowe Ranson）**
《诗选》(*Selected Poems*)
**T. S. 艾略特（T. S. Eliot）**
《诗歌和戏剧全集》(*The Complete Poems and Plays*)
《论文选集》(*Selected Essays*)
**波特（Katherine Anne Porter）**
《故事集》(*Collected Stories*)
**图默（Jean Toomer）**
《甘蔗》(*Cane*)
**多斯·帕索斯（John Dos Passos）**
《美国》(*U. S. A.*)
**艾肯（Conrad Aiken）**
《诗选》(*Collected Poems*)
**奥尼尔（Eugene O'Neill）**
《拉撒路笑了》(*Lazarus Laughed*)
《送冰人来了》(*The Iceman Cometh*)
《进入黑夜的漫长旅程》(*Long Day's Journy into Night*)
**e. e. 卡明斯（e. e. cummings）**
《诗全集》(*Complete Poems*)
**威尔赖特（John B. Wheelwright）**
《诗选》(*Collected Poems*)
**罗伯特·菲茨杰拉德（Robert Fitzgerald）**
《春色：诗篇》(*Spring Shade: Poems*)
**博根（Louis Bogan）**
《蓝色的港湾：诗选》(*The Blue Estuaries: Selected Poems*)

**亚当斯（Léonie Adams）**

《诗选》（*Poems: A Selection*）

**克莱恩（Hart Crane）**

《诗歌全集》和《书信与散文选》（*Complete Poems* and *Selected Letters and Prose*）

**泰特（Allen Tate）**

《诗集》（*Collected Poems*）

**F. S. 菲茨杰拉尔德 （F. Scott Fitzgerald）**

《重访巴比伦及其他故事》（*Babylon Revisited and Other Stories*）

《了不起的盖茨比》（*The Great Gatsby*）

《夜色温柔》（*Tender Is the Night*）

**福克纳（William Faulkner）**

《我弥留之际》（*As I Lay Dying*）

《圣殿》（*Sanctuary*）

《八月之光》（*Light in August*）

《押沙龙，押沙龙！》（*Absalom, Absalom!*）

《喧哗与骚动》（*The Sound and the Fury*）

《野棕榈》（*The Wild Palms*）

《故事集》（*The Collected Stories*）

《村子》（*The Hamlet*）

**海明威（Ernest Hemingway）**

《短篇小说全集》（*Complete Short Stories*）

《永别了，武器》（*A Farewell to Arms*）

《太阳照样升起》（*The Sun Also Rises*）

《伊甸园》（*The Garden of Eden*）

**斯坦贝克（John Steinbeck）**

《愤怒的葡萄》（*The Grapes of Wrath*）

**赫斯顿（Zora Neale Hurston）**

《他们的眼睛望着上帝》（*Their Eyses Were Watching God*）

**韦斯特（Nathanael West）**

《寂寞芳心小姐》（*Miss Lonelyhearts*）

《整整一百万》（*A Cool Million*）

《蝗虫的日子》（*The Day of the Locust*）

**理查德·赖特（Richard Wright）**

《土生子》（*Native Son*）

《黑孩子》（*Black Boy*）

**韦尔蒂（Eudora Welty）**

《小说集》（*Collected Stories*）

《三角洲婚礼》（*Delta Wedding*）

《强盗新郎》（*The Robber Bridegroom*）

《庞德的心》（*The Ponder Heart*）

**兰斯顿·休斯（Langston Hughes）**

《诗选》（*Selected Poems*）

《大海》（*The Big Sea*）

《我徘徊，我彷徨》（*I Wonder as I Wander*）

**埃德蒙·威尔逊（Edmund Wilson）**

《光明之岸》（*The Shores of Light*）

《爱国者之血》（*Patrioric Gore*）

**肯尼斯·伯克（Kenneth Burke）**

《抗诉》（*Counter-statement*）

《动机修辞学》（*A Rhetoric of Motives*）

**约瑟夫·米切尔（Joseph Mitchell）**

《在老旅馆里》（*Up in the Old Hotel*）

**卡汗（Abraham Cahan）**

《大卫·列文斯基的崛起》（*The Rise of David Levinsky*）

**博伊尔（Kay Boyle）**

《短故事三篇》(*Three Short Novels*)
**格拉斯哥（Ellen Glasgow）**
《荒芜的土地》(*Barren Ground*)
《钢筋铁骨》(*Vein of Iron*)
**马昆德（John P. Marquand）**
《普尔哈姆先生》(*H. M. Pulham, Esquire*)
**约翰·奥哈拉（John O'Hara）**
《故事集》(*Collected Stories*)
《萨马拉的约会》(*Appointment in Samarra*)
**亨利·罗斯（Henry Roth）**
《就说是睡着了》(*Call It Sleep*)
**怀尔德（Thornton Wilder）**
《戏剧三种》(*Three Plays*)
**沃伦（Robert Penn Warren）**
《国王的人马》(*All the King's Men*)
《世界与时代》(*World Enough and Time*)
《诗选》(*Selected Poems*)
**舒瓦茨（Delmore Schwartz）**
《诗选：夏季知识》(*Selected Poems: Summer Knowledge*)
**基斯（Weldon Kees）**
《诗集》(*Collected Poems*)
**毕晓普（Elizabeth Bishop）**
《诗歌全集》(*The Complete Poems*)
**贝里曼（John Berryman）**
《诗集》(*Collected Poems*)
**鲍尔斯（Paul Bowles）**
《遮蔽的天空》(*The Sheltering Sky*)
**贾雷尔（Randall Jarrell）**
《诗全集》(*Comprete Poems*)
**奥尔森（Charles Olson）**
《马克西姆诗钞》(*The Maximus Poems*)
《诗集》(*Collected Poems*)
**海登（Robert Hayden）**
《诗集》(*Collected Poems*)
**洛威尔（Robert Lowell）**
《诗集》(*Collected Poems*)
**罗思科（Theodore Roethke）**
《诗集》(*Collected Poems*)
《柴火》(*Straw for the Fire*)
**艾吉（James Agee）**
《让我出游》(*Permit Me Voyage*)
《让我们赞美名人》(*Let Us Now Praise Famous Men* [with Walker Evans])
**加里格（Jean Garrigue）**
《诗选》(*Selected Poems*)
**斯文森（May Swenson）**
《新事新编》(*New & Selected Things Taking Place*)
《换句话说》(*In Other Words*)
**邓肯（Robert Duncan）**
《弯弓》(*Bending the Bow*)
**威尔伯（Richard Wilbur）**
《新作与诗集》(*New and Collected Poems*)
**埃伯哈特（Richard Eberhart）**
《诗集》(*Collected Poems*)
**托尔逊（M. B. Tolson）**
《哈莱姆画廊》(*Harlem Gallery*)
**科克（Kenneth Koch）**

《大地上的四季》(*Seasons on Earth*)

**弗兰克·奥哈拉（Frank O'Hara）**

《诗选》(*Selected Poems*)

**舒伊勒（James Schuyler）**

《诗集》(*Collected Poems*)

**鲍德温（James Baldwin）**

《票价》(*The Price of the Ticket*)

**贝娄（Saul Bellow）**

《只争朝夕》(*Seize the Day*)

《奥吉·玛琪历险记》(*The Adventures of Augie March*)

《赫索格》(*Herzog*)

**奇弗（John Cheever）**

《故事集》(*The Stories*)

《子弹公园》(*Bullet Park*)

**拉尔夫·埃利森（Ralph Ellison）**

《无形人》(*Invisible Man*)

**卡波特（Truman Capote）**

《冷血》(*In Cold Blood*)

**麦卡勒斯（Carson McCullers）**

《伤心咖啡店之歌》(*The Ballad of the Sad Café*)

《心是孤独的猎手》(*The Heart Is a Lonely Hunter*)

**奥康纳（Flannery O'Connor）**

《故事全集》(*Complete Stories*)

《狂暴者得逞》(*The Violent Bear It Away*)

《智血》(*Wise Blood*)

**纳博科夫（Vladimir Nabokov）**

《洛丽塔》(*Lolita*)

《微暗的火》(*Pale Fire*)

**维达尔（Gore Vidal）**

《米拉·布雷肯里奇》(*Myra Breckinridge*)

《林肯》(*Lincoln*)

**斯蒂伦（William Styron）**

《漫长的征程》(*The Long March*)

**塞林格（J. D. Salinger）**

《麦田里的守望者》(*The Catcher in the Rye*)

《九故事》(*Nine Stories*)

**怀特·莫里斯(Wright Morris)**

《孤树中的典礼》(*Ceremony in Lone Tree*)

**马拉默德（Bernard Malamud）**

《故事集》(*The Stories*)

《修配工》(*The Fixer*)

**梅勒（Norman Mailer）**

《为我自己做广告》(*Advertisements for Myself*)

《刽子手之歌》(*The Executioner's Song*)

《古代的夜晚》(*Ancient Evenings*)

**霍克斯（John Hawkes）**

《食人者》(*The Cannibal*)

《第二层皮》(*Second Skin*)

**加迪斯（William Gaddis）**

《认可》(*The Recognitions*)

**田纳西·威廉斯（Tennessee Williams）**

《玻璃动物园》(*The Glass Menagerie*)

《欲望号街车》(*A Streetcar Named Desire*)

《夏天与烟雾》(*Summer and Smoke*)

**阿瑟·米勒（Arthur Miller）**

《推销员之死》（*Death of a Saleman*）

**梅耶（Edwin Justus Mayer）**

《黑暗的孩子》（*Children of Darkness*）

**布罗德基（Harlod Brodkey）**

《仿古故事集》（*Stories in an Almost Classical Mode*）

**勒吉恩（Ursula K. Le Guin）**

《黑暗的左手》（*The Left Hand of Darkness*）

**卡弗（Raymond Carver）**

《我打电话的地方》（*Where I'm Calling From*）

**库弗（Robert Coover）**

《打女佣屁股》（*Spanking the Maid*）

**堂·德里洛（Don DeLillo）**

《白噪音》（*White Noise*）

《天秤星座》（*Libra*）

《走狗》（*Running Dog*）

《毛二世》（*Mao II*）

**克劳利（John Crowley）**

《小的，大的》（*Little, Big*）

《埃及》（*Aegypt*）

《爱与睡眠》（*Love and Sleep*）

**戴文波特（Guy Davenport）**

《塔特林！》（*Tatlin!*）

**迪基（James Dickey）**

《早期运动》（*The Early Motion*）

《中间运动》（*The Central Motion*）

**E. L. 多克特罗（E. L. Doctorow）**

《丹尼尔之书》（*The Book of Daniel*）

《世界博览会》（*World's Fair*）

**埃尔金（Stanley Elkin）**

《活的结局》（*The Living End*）

**威廉·加斯（William H. Gass）**

《在中部地区的深处》（*In the Heart of the Heart of the Country*）

《不祥人的幸运》（*Omensetter's Luck*）

**霍班（Russell Hoban）**

《行走者里德利》（*Riddley Walker*）

**丹尼斯·约翰逊（Denis Johnson）**

《天使》（*Angels*）

《费斯卡多罗》（*Fiskadoro*）

《基督之子》（*Jesus' Son*）

**麦卡锡（Cormac McCarthy）**

《血腥最高点》（*Blood Meridian*）

《沙雀》（*Suttree*）

《上帝的孩子》（*Child of God*）

**威廉·肯尼迪（William Kennedy）**

《铁草》（*Ironweed*）

《阿尔巴尼三部曲》（*The Albany Cycle*）

**莫里森（Toni Morrison）**

《所罗门之歌》（*Song of Solomon*）

**奈勒（Gloria Naylor）**

《酿酒场的女人们》（*The Women of Brewster Place*）

**卡罗尔·奥茨（Joyce Carol Oates）**

《他们》（*Them*）

**珀西（Walker Percy）**

《看电影的人》（*The Moviegoer*）

**佩莱（Grace Paley）**

《男人的小烦恼》（*The Little Disturbances*

*of Man*)

**品钦（Thomas Pynchon）**

《V.》(*V.*)

《拍卖第四十九批》(*The Crying of Lot 49*)

《万有引力之虹》(*Gravity's Rainbow*)

**奥兹克（Cynthia Ozick）**

《嫉妒，或美国的意第绪语》(*Envy, or Yiddish in America*)

《斯德哥尔摩的弥赛亚》(*The Messiah of Stockholm*)

**伊什梅尔·里德（Ishmael Reed）**

《胡言乱语》(*Mumbo Jumbo*)

**菲利普·罗思（Philip Roth）**

《波特诺的怨诉》(*Portnoy's Complaint*)

《我作为男人的一生》(*My Life as a Man*)

《被缚的朱克曼：三部曲和尾声》(*Zuckerman Bound: A Trilogy and Epilogue*)

《反生活》(*The Counterlife*)

《遗产》(*Patrimony*)

《夏洛克行动》(*Operation Shylock*)

**索特（James Salter）**

《单面脸》(*Solo Faces*)

《光年》(*Light Years*)

**罗伯特·斯通（Robert Stone）**

《狗战士》(*Dog Soldiers*)

《日出的旗子》(*A Flag for Sunrise*)

**约翰·巴思（John Barth）**

《飘浮的歌剧》(*The Floating Opera*)

《路的尽头》(*The End of the Road*)

《烟草经纪人》(*The Sot-Weed Factor*)

**阿比希（Walter Abish）**

《字母表非洲》(*Alphabetical Africa*)

《多么德国化》(*How German Is It*)

《退热》(*Eclipse Fever*)

《我是你脚下的尘土》(*I Am the Dust Under Your Feet*)

**巴塞尔姆（Donald Barthelme）**

《短篇小说四十篇》(*Forty Stories*)

《亡父》(*The Dead Father*)

**迪希（Thomas M. Disch）**

《歌之翼》(*On Wings of Song*)

**泰鲁（Paul Theroux）**

《蚊子海岸》(*The Mosquito Coast*)

**厄普代克（John Updike）**

《伊斯特威克的女巫们》(*The Witches of Eastwick*)

**冯尼古特（Kurt Vonnegut, Jr.）**

《猫的摇篮》(*Cat's Cradle*)

**爱德蒙·怀特（Edmund White）**

《忘掉爱莉娜》(*Forgetting Elena*)

《给那不勒斯王的夜曲》(*Nocturnes for the King of Naples*)

**麦考科特（James McCourt）**

《剩余时间》(*Time Remaining*)

**威尔考克斯（James Wilcox）**

《现代浸礼教徒》(*Modern Baptists*)

**A. R. 阿蒙斯（A. R. Ammons）**

《诗集》(*Collected Poems*)

《长诗选》(*Selected Longer Poems*)

《空间：一种运动的形式》(*Sphere: The Form of a Motion*)

**阿什伯里（John Ashbery）**

《春天的两重梦》（*The Double Dream of Spring*）

《休闲日》（*Houseboat Days*）

《诗选》（*Selected Poems*）

《流程图》（*Flow Chart*）

《洛特雷阿蒙旅馆》（*Hotel Lautréamont*）

《群星闪耀》（*And the Stars Were Shinning*）

**马麦特（David Mamet）**

《美国的野牛》（*American Buffalo*）

《快耕》（*Speed-the-Plow*）

**雷布（David Rabe）**

《空中飘带》（*Streamers*）

**舍帕德（Sam Shepard）**

《戏剧七种》（*Seven Plays*）

**奥古斯特·威尔逊（August Wilson）**

《围墙》（*Fences*）

《乔·特纳的来和去》（*Joe Turner's Come and Gone*）

**赫克特（Anthony Hecht）**

《早期诗歌集》（*Collected Earlier Poems*）

**鲍尔斯（Edgar Bowers）**

《住在一起：新作与诗选》（*Living Together: New and Selected Poems*）

**杰斯提斯（Donald Justice）**

《诗选》（*Selected Poems*）

**梅里尔（James Merrill）**

《开始九个》（*From the First Nine*）

《桑多弗变幻着的光》（*The Changing Light at Sandover*）

**默温（W. S. Merwin）**

《诗选》（*Selected Poems*）

**詹姆斯·赖特（James Wright）**

《河之上：诗全集》（*Above the River: The Complete Poems*）

**金内尔（Galway Kinnell）**

《诗选》（*Selected Poems*）

**费尔德曼（Irving Feldman）**

《新诗与选集》（*New and Selected Poems*）

**霍尔（Donald Hall）**

《一日》（*The One Day*）

《新旧诗集》（*Old and New Poems*）

**费因曼（Alvin Feinman）**

《诗集》（*Poems*）

**霍华德（Richard Howard）**

《无题》（*Untitled Subjects*）

《发现》（*Findings*）

**霍兰德（John Hollander）**

《反思间谍》（*Reflections on Espionage*）

《诗选》（*Selected Poems*）

《嵌块》（*Tesserae*）

**斯奈德（Gary Snyder）**

《没有自然：新作与诗选》（*No Nature: New and Selected Poems*）

**斯米克（Charles Simic）**

《诗选》（*Selected Poems*）

**斯特兰德（Mark Strand）**

《诗选》（*Selected Poems*）

《持续的生命》（*The Continuous Life*）

《黑暗港口》（*Dark Harbor*）

**查尔斯·赖特（Charles Wright）**

《大千世界》(*The World of the Ten Thousand Things*)

**杰伊·赖特 (Jay Wright)**

《历史的维度》(*Dimensions of History*)

《科莫的双重发明》(*The Double Invention of Komo*)

《诗选》(*Selected Poems*)

《埃兰的书》(*Elaine's Book*)

《波列罗舞曲》(*Boleros*)

**克兰皮特(Amy Clampitt)**

《西行》(*Westward*)

**艾伦·格罗斯曼(Allen Grossman)**

《苍穹及其他诗集：新作与选集》(*The Ether Dome and Other Poems: New and Selected*)

**霍华德·莫斯(Howard Moss)**

《新诗选集》(*New Selected Poems*)

**爱泼怀特 (James Applewhite)**

《河书：埃诺日记》(*River Writing: An Eno Journal*)

**麦克科来彻(J. D. McClatchy)**

《余途》(*The Rest of the Way*)

**科恩 (Alfred Corn)**

《人群中的呼喊》(*A Call in the Midst of the Crowd*)

**克莱斯(Douglas Crase)**

《修正主义者》(*The Revisionist*)

**达夫 (Rita Dove)**

《诗选》(*Selected Poems*)

**西里亚斯·莫斯(Thylias Moss)**

《小集合:新作与诗选》(*Small Congregations: New and Selected Poems*)

**赫施(Edward Hirsch)**

《尘世尺度》(*Earthly Measures*)

**库什纳(Tony Kushner)**

《天使在美国》(*Angels in America*)